鲁迅：源泉与流脉

鲁迅

散文全编

钱理群 编
李庆西 注

中国社会科学出版社

图书在版编目（CIP）数据

鲁迅散文全编／钱理群编；李庆西注. -- 北京：
中国社会科学出版社，2024.12. -- （源泉与流脉丛书）.
ISBN 978 - 7 - 5227 - 4057 - 7

Ⅰ. I210.4
中国国家版本馆 CIP 数据核字第 2024HD6504 号

出 版 人	赵剑英
选题策划	陈肖静
责任编辑	陈肖静
特约策划	李浴洋
责任校对	刘　娟
责任印制	戴　宽

出　　版	中国社会科学出版社
社　　址	北京鼓楼西大街甲 158 号
邮　　编	100720
网　　址	http://www.csspw.cn
发 行 部	010 - 84083685
门 市 部	010 - 84029450
经　　销	新华书店及其他书店

印刷装订	北京君升印刷有限公司
版　　次	2024 年 12 月第 1 版
印　　次	2024 年 12 月第 1 次印刷

开　　本	710 × 1000　1/16
印　　张	29
字　　数	489 千字
定　　价	69.00 元

弁　语

李庆西

20 世纪 90 年代之前，鲁迅著作出版形式比较单调，市面上流通的只是《鲁迅全集》和《坟》《热风》《呐喊》《彷徨》等各个单集，皆由人民文学出版社独家发行。其实，按一九九〇年全国人大通过的《著作权法》，鲁迅著作版权自一九八七年开始就进入了公有领域。当时我在浙江文艺出版社做编辑，与黄育海兄商议：鉴于上述出版现状，我们应将鲁迅纳入本社出版计划。我们想到的是，仅以全集和单集形式出版鲁迅作品与普通读者的阅读需求有很大差距。首先，不妨考虑以"全编"形式分类辑纂出版鲁迅的各体创作（小说、散文、杂文等），作为向非专业读者提供的普及性读本。育海兄是本社副总编辑，当时主抓一套"现代作家诗文全编"系列丛书，很快将鲁迅的几种全编提上出版日程。

于是，我邀约钱理群、王得后两位先生联手编纂《鲁迅小说全编》《鲁迅散文全编》，当时他们尚在中壮年，已是学界最具权威的鲁迅研究专家。我注意到，《著作权法》于一九九一年起正式实施，本社的这两种鲁迅全编正好就在这一年出版。之后，我又邀约得后先生编纂《鲁迅杂文全编》（两卷本），于一九九三年出版。从那时起，因为鲁迅，我与钱、王两位前辈建立了长久的合作关系。

出版鲁迅作品，虽说原著已无版权限制，但人文版鲁迅著作的注释（主要见诸《鲁迅全集》）属于该社的知识产权，我们无权使用。而既然是普及性质的读本，我们的鲁迅各体全编亦须是注释本（针对冷僻语词、典故、专有名词及历史事件等），尽可能为读者提供阅读方便。我在做小说和散文全编时，专门请人另做注释。杂文全编篇幅最巨，注释相当多，涉及的问题亦较复杂，许多地方需要联系鲁迅文章语境去理解，须不时请教得后先生。考虑到彼此沟通方便，我只能自己承担注释工作。一方面做责任编辑，一方面写注释条目，前后大概费时一年。最后注释文稿请得后先生审定，好在他还满意。

鲁迅三种全编出版后，我和育海兄有一个更大的心愿，就是重新编纂《鲁迅全集》。此议曾于一九九五年、一九九八年两度启动，均未果。后一次育海兄已往浙江人民出版社履职，在他坚持之下，上级有关部门允将全集规模缩减为一套六卷本的《新版鲁迅杂文集》，得后先生和我都参加了那个六卷本的编注工作。

再度与得后先生合作是二〇〇五年，其时陕西师范大学出版社拟出鲁迅小说、散文、杂文全编。小说请林贤治先生操觚，散文仍由钱理群担纲，杂文还是王得后编，我作注。这回的注释并非径取原浙江文艺版全编，半数以上条目都是重写，且有增删，亦费事经年。

这一次，钱、王两位先生的编纂方式作了很大调整，采用更明晰的文体分类，逐篇厘定散文与杂文的分际。过去讲鲁迅散文主要就是《野草》和《朝花夕拾》这两个集子，其实《坟》《华盖集》《南腔北调集》《且介亭杂文》这些通常被认为是杂文集的集子本来就夹有不少散文作品。鲁迅自己编集大多采取编年原则，并不细分文体。分类和编年自是各有优长，鲁迅的说法是"分类有益于揣摩文章，编年有利于明白时势"（《〈且介亭杂文〉序言》）。"全编"纂集思路本身以文体分类，就是为了适应现时一般读者阅读需要，乃着眼于全民阅读，而需要做研究的专业读者使用按编年收录原集的《鲁迅全集》自然更为有利。

如何将鲁迅杂文集中的散文分离出来？钱先生和王先生辨识文体的具体标准并无特别之处，就是将偏于叙事与抒情之作归于散文（包括融议论、叙事与抒情为一体的随笔），而偏于议论的则列入杂文（鲁迅将自己的杂文又称作"短评"）。但实际做起来则是一番沉潜反复的功夫。此中分际，他们在散文和杂文全编导言中各有交代。这回重新厘定，他们从《野草》《朝花夕拾》之外的各个集子中析出散文六十五篇，譬如，收在《坟》里边的《看镜有感》《春末闲谈》《灯下漫笔》，收入《华盖集》的《"碰壁"之后》，《华盖集续编》的《送灶日漫笔》《记念刘和珍君》，《三闲集》的《在钟楼上》……鲁迅的这些名篇过去被收入各个杂文集中，现在按文体归入了散文全编。

钱先生将鲁迅散文编为四辑：朝花夕拾/野草/夜记：其他散文

作品/南腔北调：演讲词。前两个是鲁迅自己编定的散文集，但从写作和成书时间上看，《野草》在《朝花夕拾》之前，钱先生为何将次序倒过来，大概是考虑到《朝花夕拾》的内容与作者自身关系密切，叙述语态亦贴近世间现实，而《野草》属于诗性散文，阅读理解自有一定难度。对读者而言，这是循序渐进的安排。后边一辑以"夜记"命名，拈出"夜"的意象，提示读者注意鲁迅擅于从黑暗中捕捉"爱"的闪光的特质，这一辑作品均由杂文集移入，数量也最多。压轴的十四篇演讲词亦是从杂文集中析出，称作"南腔北调"，意在强调鲁迅的谈话风，编者导言中专门分析了鲁迅面对公众言述的若干特点，这里毋须赘述。

　　在陕西师大版的杂文全编中，因为已将散文尽悉移出，成为一个真正的杂文读本。早先浙江文艺版的杂文全编采用编年体例，并未循从鲁迅杂文集的编排（鲁迅虽然大致按作成年月结集，但各集所收作品时间上往往互有交叉），亦是出于文体甄别的考虑。其实王先生早有区别归类的想法，只是最初那个版本中未能斟酌完善。这回整齐归一，王先生便将编纂体例改为以杂文集为单元，按原集出版次序排列，这是在分类的基础上兼顾编年，实际上与钱先生的思路亦庶几相近。本编作上下二册，按鲁迅的十六个杂文集，外加集外杂文，分为十七辑。编者导言中对鲁迅杂文的思想特点与艺术性质做了深刻的讨论，是王先生毕生的体会，相信对阅读理解大有裨益。

　　陕西师大版三种全编于二○○六年出版。同年，得后先生邀我与他合作编注《鲁迅杂文基础读本》，由浙江文艺出版社出版。二○一○年，王得后、钱理群、王富仁应邀给台北人间出版社编选《鲁迅精要读本》（两卷本），其中亦采用了我做的注释。这些年来能与自己尊崇的学者一再合作，其间有幸获得前辈指教，对于我本人亦是难得的学术训练。

　　现在，中国社会科学出版社重出《鲁迅散文全编》《鲁迅杂文全编》，采用钱理群、王得后两位先生编纂的本子，自然是一种经典化的出版方略。事实证明，他们是各种鲁迅读本最具权威性的编纂者，尤其散文、杂文这两个全编，我相信是能够传世的本子。

　　多年来，两位先生为编纂出版鲁迅著作花费许多心血，在伏案斟酌别裁之中，不但倾注了他们研读鲁迅的独家心解，亦饱含自己心中热忱的读者意识。两位先生的学术事业不必我来赞颂，这里只

弁
语

想说一句，他们为鲁迅编书，向来亦是作为自己的学术课题。多年辛勤积成这份成果，值得我辈格外珍重。

从第一种鲁迅作品全编到现在中国社会科学出版社的最新版本，已有三十余年历史，我本人以绵薄之力参与其中，只是作为一个见证。而今目睹鲁迅作品在全民阅读活动中愈益产生巨大影响，不能不感到十分欣喜。

二〇二二年六月二十二日

目　　录

夜记：其他散文作品

南腔北调：演讲词

附　录

导　言

　　说起文学家的鲁迅，人们首先想起的是小说家的鲁迅，杂文家的鲁迅，而较少注意散文家的鲁迅。——而我们所要讨论的正是散文家的鲁迅。

　　应该说鲁迅作品的不同文体之间是有着大体的分工的。他自己说过，写小说是为了"利用他的力量，来改良社会"，因此取材"多采自病态社会的不幸的人们中，意思是在揭出病苦，引起疗救的注意"；①写杂文是为了"对于有害的事物，立刻给以反响或抗争"，因此"是感应的神经，是攻守的手足"。②而他的散文，或是将"心目中的离奇和芜杂""幻化"为"离奇和芜杂的文章"，或"从记忆中抄出"，"在纷扰中寻出一点闲静来"，③是更多地展现自己的内心世界的。鲁迅曾对人说，《野草》里有他的"哲学"，④鲁迅还谈到他的所想与所写有"为别人"和"为自己"的区分；⑤我们可以说，鲁迅的小说与杂文是偏于"为别人"写的，他的散文（特别是《野草》这样的散文诗）则是偏于"为自己"写的，也就是说，他要借散文这样一种更具个人性的文体，来相对真实与深入地来展现其个人存在——个体生命的存在与文学个人话语的存在：这就是鲁迅的散文的特殊价值所在。阅读鲁迅散文也自

---

　　①　鲁迅：《我怎么做起小说来》，《鲁迅全集》第4卷，人民文学出版社1981年版，第511—512页。

　　②　鲁迅：《〈且介亭杂文〉序言》，《鲁迅全集》第6卷，人民文学出版社1981年版，第3页。

　　③　鲁迅：《〈朝花夕拾〉小引》，《鲁迅全集》第2卷，人民文学出版社1981年版，第229—230页。

　　④　衣萍：《古庙杂谈（五）》，原载1925年3月31日《京报》副刊，引自《章衣萍集·随笔三种及其他》，汉语大词典出版社1993年版，第93页。

　　⑤　鲁迅：《两地书·二十四》，《鲁迅全集》第11卷，人民文学出版社1981年版，第79—80页。

有一种特殊的意味：它会帮助我们走近鲁迅的生命个体，这将是一次心灵的相遇。

鲁迅说过："人的言行，在白天和黑夜，在日下与灯前，常常显得两样。"① 这是一个重要的提醒：人在不同场合、不同语境下，会展现出个人风貌的不同侧面，这就使人们有可能从不同的角度去观看、体察，达到对其人的全面体认与把握。

本书将鲁迅的散文编为四辑，正是提供了四个不同的观察角度。

（一）

请先打开《朝花夕拾》。鲁迅说，他因不能摆脱"思乡的蛊惑"而提笔；② 他念念不忘的是这样的情景——

"水村的夏夜，摇着大芭蕉扇，在大树下乘凉，是一件极舒服的事。男女都谈些闲天，说些故事。孩子是唱歌的唱歌，猜谜的猜谜"。③

这是鲁迅终身难忘的记忆。直到晚年，他还在上海里弄里寻找这样的邻居间"谈闲天"的乐趣——

"听说今年上海的热，是六十年来所未有的。白天出去混饭，晚上低头回家，屋子里还是热，并且加了蚊子。这时候，只有门外是天堂。因为海边的缘故罢，总有些风，用不着挥扇。虽然彼此有些认识，却不常见面的寓在四近的亭子间或阁楼里的邻人也都坐出来了，他们有的是店员，有的是书局里的校对员，有的是制图工人的好手。大家都已经做得筋疲力尽，叹着苦，但这时总还算有闲的，所以也谈闲天。

闲天的范围因为并不小：谈旱灾，谈三寸怪人干，谈洋米，谈裸腿，也谈古文，谈白话，谈大众语。……④

我们也仿佛看见了鲁迅的身影：小时候和普通乡村里的孩子一起唱歌，猜谜，间或坐在父母身边睁大眼睛听大人谈闲天；长大了就成为乡邻间谈闲天的一个成员，而且谈兴最高，话最多，也最受欢迎。——这是回到老百姓日常生活中，放松自如地神吹乱侃谈闲天的鲁迅，一个在我们周围生活中随处可见的普通的中年人。

---

① 鲁迅：《夜颂》，《鲁迅全集》第 5 卷，人民文学出版社 1981 年版，第 193 页。

② 鲁迅：《〈朝花夕拾〉小引》，《鲁迅全集》第 2 卷，人民文学出版社 1981 年版，第 229 页。

③ 鲁迅：《自言自语》，《鲁迅全集》第 8 卷，人民文学出版社 1981 年版，第 91 页。

④ 鲁迅：《门外文谈》，《鲁迅全集》第 6 卷，人民文学出版社 1981 年版，第 84 页。

谈什么呢？

谈自己的保姆（《阿长与〈山海经〉》），父亲（《五猖会》《父亲的病》），——奇怪的是，不谈母亲，直到晚年，临死的时候才说要专门写一篇"谈母爱"的文章，[①] 但最后还是没有写出，留下了终身的遗憾。自然还要谈学校，讲老师的故事——这是做学生的永远谈不完的话题，从"方正"而又摇头晃脑的私塾先生（《从百草园到三味书屋》），到严肃的，随时会说出"抑扬顿挫的话来"的外国教授《藤野先生》）。免不了要常常谈起的，还有小时候最讨厌的邻居《琐记》，最喜欢读与最不喜欢读的书《阿长与〈山海经〉》》《〈二十四孝图〉》），最迷恋的民间戏剧中的鬼与人（《无常》），或爱或怜或恨的小动物《狗·猫·鼠》。最想谈，又最难言说的是关于亡友的故事（《范爱农》）……

听鲁迅娓娓道来，我们触摸到了他心灵世界最柔和的一面，这是在披甲上阵中的杂文里很难见到的。那"仁厚黑暗的地母呵，愿在你怀里永安她的魂灵"的高声祈祷（《阿长与〈山海经〉》），那"我将不能常到百草园了。Ade，我的蟋蟀们！Ade，我的覆盆子们和木莲们！……的一声叹息（《从百草园到三味书屋》），这内心的自责：为什么父亲临终时要拼命叫喊，打搅了他的平静？"这就是我对于父亲最大的错处"呵（《父亲的病》），这永远的挂念："现在不知他唯一的女儿景况如何？倘在上学，中学已该毕业了罢"（《范爱农》）……，都非常地感人。

在这毫不经意的闲谈中，我们仍然可以感到鲁迅思想与情感的深邃：在"爱"（父子之爱，师生之爱，朋友之间的爱，"下等人"的爱，自然生命的爱）的呼唤的同时，更有对"死"的逼视，可以说这是一个个人间乃至宇宙的"至爱者"（保姆，父亲，朋友，革命者，以及小动物）被"死亡所捕获"的故事，慈爱的背后有着说不出的生命的悲怆感，于是，就有了全书最迷人的篇章：《无常》。"我至今还确凿记得，在故乡时候，和'下等人'一同，常常这样高兴地正视过这鬼面人，理而情，可怖而可爱的无常；而且欣赏他脸上的哭或笑，口头的硬语与谐谈……"，这构成了鲁迅童年中刻骨铭心的神圣记忆。在他生命结束前，这样的记忆又重新浮现，他仍然感

---

① 冯雪峰：《鲁迅计划而未完成的著作》，《鲁迅回忆录（散篇）》（中册），北京出版社 1999 年版，第 696 页。

到这家乡人所创造的最有"特色的鬼"的魅力：这"对于死的无可奈何，而且随随便便的无常"，① 正是象征着对死亡的超越。这样，我们就可以说，鲁迅的闲谈，看似漫无边际，即所谓"任心"而谈，但心有所系，就有了一个潜在的共同话题：关于"爱"与"死"的体验与思考。由此焕发的"慈爱"与"悲怆"情怀互为表里，就构成了鲁迅这类闲话的特殊韵味。

尽管是闲谈，鲁迅仍不避自己的现实关怀与思想锋芒。——这本也是"谈闲天"的特点：普通民众，即使是"乡下人"，在谈天说地时，也会慷慨激昂地议论时政。于是，我们在《狗·猫·鼠》《无常》诸篇里，都读到了鲁迅对知识界的"正人君子"的"偏侧一掷"，② 而《〈二十四孝图〉》里，更有了这样的震天怒吼："我总要上下四方寻求，得到一种最黑，最黑的咒文，先来诅咒一切反对白话，妨害白话者，即使人死了真有灵魂，因这最恶的心，应该坠入地狱，也将绝不改悔，总要先来诅咒一切反对白话，妨害白话者"。这样的凄厉、怨愤，使前述鲁迅的慈爱与悲怆更显丰厚，而见风骨。即所谓闲谈中有硬气，能听这样的一夕之谈，真是极大的思想与审美的享受。

我们这里将鲁迅的《朝花夕拾》视为"谈闲天"的文本，这不仅有助于领悟其特有的魅力，而且也提示了某种阅读方法，即将其放在夏夜乘凉聊天的场景之下去倾听。比如说，同一个话题，会分成几次讲，每次讲个侧面。鲁迅讲他和父亲的关系，就讲了两次，将其对照起来听与读，当会很有意思。《五猖会》讲在儿时最向往的狂欢节里父亲强迫背诵古书的往事，并且说他"至今一想起，还诧异我的父亲何以要在那时候叫我来背书"说的是父子两代深刻的隔膜；而《父亲的病》却如前文所说，讲父亲临终时因突然意识到永远的离别而止不住地呼唤，又因为搅乱了父亲的安宁而感到终身的愧疚——说的是父子之间割不断的生命之缘。两篇合起来读，就会深切地体味到父与子生命的缠绕，这是鲁迅刻骨铭心的童年记忆，也给我们读者以刻骨铭心之感。

---

① 鲁迅：《女吊》，《鲁迅全集》第6卷，人民文学出版社1981年版，第614页。
② 参看鲁迅《这样的战士》："那些头上有各种旗帜，绣出各样好名称：慈善家，学者，文士，长者，青年，雅人，君子……。头下有各样外套，绣出各式好花样：学问，道德，国粹，民意，逻辑，公义，东方文明……。但他举起了投枪。……他微笑，偏侧一掷，却正中了他们的心窝。"

在乡场与里弄的聊天中，通常是"你唱罢来我登场"，甚至一人说时，多人随时打岔或抢话，在七嘴八舌中见情趣。同一个人，同一件事，不同的讲述者常有不同的说法，对照起来听，也很有意思。我们不妨设想：鲁迅和他的两个兄弟周作人与周建人一起来到聊天现场，在鲁迅讲完了他记忆中的父亲的故事以后，周作人又这样讲他眼里的父亲伯宜公——

"他看去似乎很严正，实际却并不厉害，他没有打过小孩……"

"鲁迅便画了不少的漫画……随后便塞在小床的垫被底下……有一天，不晓得怎么被伯宜公找到了，翻开看时，好些画中都有一幅画着一个人倒在地上，胸口刺着一支箭，上有题字曰'射死八斤'（按：'八斤'是邻居的小孩，比鲁迅大三四岁，常欺负周家兄弟）。他叫了鲁迅去问，可是并不严厉，还有些笑嘻嘻的，他大概很了解儿童反抗的心理，所以并不责罚，结果只是把这页撕去了。"①

周作人说父亲"没有打过小孩"，但老三周建人却清楚地记得，有一次周作人与凤升叔吵架，"祖父听到后生起气来，对我父亲说：'伯宜嘁，我和你约法三章，凤升不好归我教训，魁寿不好归你教训'，说着拖了凤升叔进屋去了，父亲……便扯了二哥到大堂前……要二哥朝着牌位跪下，一边打一边骂：'打死你这不孝子孙！周家怎么会有你这样的子孙？'"②

三兄弟对父亲的回忆，竟是如此的不同，这是颇耐人寻味的。将鲁迅的《朝花夕拾》与周作人的《鲁迅的故家》、周建人的《鲁迅的故家的败落》对照起来读，会有格外不同的感受吧。

单是对家园风景的记忆与追述就大有异趣。鲁迅对百草园的描述是我们所熟知的：他注目于菜畦的"碧绿"，桑椹的"紫红"，蜂与菜花的"金黄"，感觉到鸣蝉的"长吟"，蟋蟀的"弹琴"与油蛉的"低唱"：这都是有艺术天分的孩子对大自然声、色之美的感受、体验与记忆。而与木莲藤缠络着的何首乌则因为有了"像人形的，吃了可以成仙"的传说，而激起了具有诗人气质的少年鲁迅的想象与追寻的热情——

"我于是常常拔它起来，牵连不断地拔起来，也曾因此弄坏了泥墙，却从来没有见过一块根像人样……"

---

① 周作人：《鲁迅的故家》，河北教育出版社 2002 年版，第 55—56、65 页。

② 周建人：《鲁迅故家的败落》，湖南人民出版社 1984 年版，第 76—77 页。

而对于周作人，百草园既不能唤起感觉，也不能激发想象，有的是可供探讨的动物与植物。于是他关注的是动物的命名，还要对鲁迅说的"弹琴"作一番考证——

"蟋蟀是蛐蛐的官名，它单独时名为叫，在雌雄相对，低声吟唱的时候则云弹琴。……又有一种油唧蛉，北方叫作油壶芦，似蟋蟀而肥大，……它们只会嘘嘘地直声叫，弹琴的本领我可以保证它们是没有的。"

对"园里的植物"，兴趣也在其食用价值——

"木莲藤……结的莲房似的果实，可以用井水揉搓，做成凉粉一类的东西，叫作木莲豆腐，不过容易坏肚，所以不大有人敢吃。"

谈到何首乌，自然不相信"成仙"之说，而是另有说法——

"据医书上说，有一个姓何的老人因为常吃这一种块根，头发不白而黑，因此被称为何首乌，当初不一定要像人形的。《野菜博录》中说它可以救荒，以竹刀切作片，换水煮去苦味，大抵也只当土豆吃罢了。"①

这样的回忆与讲述，显示的是"爱智者"的理性，但也自有其乐趣。——同时听周家兄弟"摆古"，由童年记忆的差异，而想起他们以后的不同发展，听其言而识其人，这都是饶有兴味的。

（二）

不过，我们不能在"百草园"的《朝花夕拾》里流连太久，还是到属于鲁迅的"另一个园子"的《野草》丛中去看一看吧。

在鲁迅的记忆里，农村夏夜乘凉的民间言说中，除了共同交流的"谈闲天"之外，还有另一种"自言自语"——

"只有陶老头子，天天独自坐着。因为他一世没有进过城，见识有限，无天可谈。而且眼花耳聋，问七问八，说三话四，很有点讨厌，所以没人理他。

"他却时常闭着眼，自己说些什么。仔细听去，虽然昏话多，偶然之间，却也有几句略有意思的段落的。

"夜深了，乘凉的都散了。我回家点上灯，还不想睡，便将听得的话写了下来，再看一回，却又毫无意思了。

"其实陶老头子这等人，那里会真有好话呢，不过既然写了，姑

① 周作人：《鲁迅的故家》，河北教育出版社 2002 年版，第 15、17 页。

且留下罢了。"留下又怎样呢？这是连我也答复不来"。①

这是不能进入公共谈话空间，或者说是被其排斥在外的孤独者的"自言自语"。

值得注意的是作者价值评价的游移。先是否定："没人理他"；又肯定："也有几句略有意思"；再否定："又毫无意思了"；又肯定："姑且留下"；再否定："留下又怎样呢?"——这样的"自言自语"，以及对其价值的反复质疑，都独具鲁迅个人特色，显示了鲁迅式的思维方式与言说方式。

而且有了《自言自语》这样的文本，② 以及时隔六七年以后写出的《野草》——在某种意义上可以说《自言自语》是《野草》的草稿：不仅在写作思路与写法上有前后一贯性，而且有些篇章是可以对读的，如《自言自语》里的《火的冰》《我的兄弟》与《野草》的《死火》《风筝》。《自言自语》里还有一篇《我的父亲》，也可以与《朝花夕拾》的《父亲的病》对读。有兴趣的读者不妨一试。

这是与《朝花夕拾》的"谈闲天"完全不同的另一种言说环境，言说方式，不仅鲁迅主体呈现出另一种状态，与我们读者也存在着另一种关系。

鲁迅说："我的确时时解剖别人，然而更多的是更无情地解剖我自己，发表一点，酷爱温暖的人物已经觉得冷酷了，如果全露出我的血肉来，末路正不知要到怎样。我有时也想就此驱逐旁人，到那时还不唾弃我的，即使是枭蛇鬼怪，也是我的朋友。倘使并这个也没有，则就是我一个人也行。"③

鲁迅还这样谈到自己："历来所身受之事，真是一言难尽，但我总如野兽一样，受了伤，就回头钻入草莽，舐掉血迹，至多也不过呻吟几声的。"④

在我们面前的，就是这样一匹远离人群，"钻入草莽"的独兽，

---

① 鲁迅：《自言自语·一·序》，《鲁迅全集》第 8 卷，人民文学出版社 1981 年版，第 91 页。

② 《自言自语》收入《鲁迅全集》第 8 卷《集外集拾遗补编》，也收入本书第三辑，可参看。

③ 鲁迅：《写在〈坟〉后面》，《鲁迅全集》第 1 卷，人民文学出版社 1981 年版，第 284 页。

④ 鲁迅：《致曹聚仁，1933 年 6 月 18 日》，《鲁迅全集》第 12 卷，人民文学出版社 1981 年版。

一个孤独的生命个体：既独自承担痛苦，"舔掉"外部世界、他人的伤害留下的"血迹"；更独自面对自己，"无情地解剖自己"，对自我的存在，对自我与他人、世界的关系，进行无情的追问，发出根本的质疑，露出全部的血肉，揭示血淋淋的真实。

这是真正的自我孤独。"自言自语"是不需要听者和读者的，至少说，是不关心他人的听与读的。与谈闲天需要创造亲切、和谐、宽松的气氛，以便进行心灵的交流相反，自言自语则自觉地将我们读者推到一定的距离之外，甚至是以作者与读者的紧张、排斥为其存在的前提：唯有排除他人的干扰，才能直逼自己灵魂的最深处。

这同时也是自我怀疑与警戒。鲁迅多次表示：自己"在寻求中"，"就怕我未熟的果实偏偏毒死了偏爱我的果实的人"，[①]"我自己，是什么也不怕的，生命是我自己的东西，所以我不妨大步走去，向着我自以为可以走去的路；即使前面是深渊，荆棘，狭谷，火坑，都由我自己负责。然而向青年说话可就难了，如果盲人瞎马，引入危途，我就该得谋杀许多人命的罪孽。"[②] ——这又是一种真正的自我承担。因此，鲁迅一方面强调，《野草》里有"我的哲学"，一方面又说"《野草》心情太颓唐了，因为那是我碰了许多钉子之后写出来的"，希望年轻朋友"脱离这种颓唐心情的影响"，[③] 这仍然是"只能在自身试验，不敢邀请别人"的意思。[④]

那么，作为读者，我们怎么办呢？——还是在一旁静静地（千万不要打扰！）倾听鲁迅的自言自语吧，或许因此而走近鲁迅的内心世界……

这一篇篇都是自我灵魂的拷问，对生命存在的追问——

"我"是谁？——"我不过一个影"，一个从群体中分离出来的，从肉体的形状中分离出来的精神个体的存在。"我"拒绝了什么？——按照群体的"公意"生活的"你"的"天堂""地狱"，"你"的"黄金世界"，以及"你"自己。"我"将有怎样的命运？——然而

---

① 鲁迅：《写在〈坟〉后面》，《鲁迅全集》第 1 卷，人民文学出版社 1981 年版，第 284 页。

② 鲁迅：《北京通信》，《鲁迅全集》第 3 卷，人民文学出版社 1981 年版，第 51 页。

③ 鲁迅：《致萧军，1934 年 10 月 9 日》，《鲁迅全集》第 12 卷，人民文学出版社 1981 年版，第 530 页。

④ 鲁迅：《两地书·第一集·二四》，《鲁迅全集》第 11 卷，人民文学出版社 1981 年版，第 80 页。

黑暗又会吞并我"，"然而光明又会使我消失"，"我不如彷徨于无地"。"我"选择了什么？因此而拥有了什么？——"我独自远行，不但没有你，并且再没有别的影在黑暗里。只有我被黑暗沉没，那世界全属于我自己"。（《影的告别》）

当别人向我"求乞"，我将如何对待？——"我不布施，我无布施心，我但居布施者之上，给与烦腻，疑心，憎恶"。当我"求乞"，我将得到什么？——"我将得不到布施，得不到布施心，我将得到自居于布施之上者的烦腻，疑心，憎恶"。当我"用无所为和沉默求乞"呢？——"我至少将得到虚无"。（《求乞者》）

当"路人从四面奔来"，"要鉴赏这拥抱或杀戮"，将如何对待这些看客？——"也不拥抱，也不杀戮，而且也不见有拥抱或杀戮之意"，倒要"鉴赏这路人们的干枯，无血的大戮"。（《复仇》）

"现在何以如此寂寞？难道连身外的青春也都逝去，世上的青年也多衰老了么？""希望是甚么？""绝望"呢？——"绝望之为虚妄，正与希望相同"。"我只得由自己来肉薄这空虚中的暗夜了"——"但暗夜又在那里呢？"（《希望》）

"你是怎么称呼的？"——"我不知道"。"你是从那里来的呢？"——"我不知道"。"那么，我可以问你到那里去么？"——"我不知道"。"你可知道前面是怎么一个所在么？"——前面？前面，是坟"。"走完了那坟地之后呢？"——"那我可不知道"。"那前面的声音叫我走"，"不理他"还是"走"？——"然而我不能！我只得走。我还是走好罢……。（《过客》）

这是"死火"的两难："走出冰谷"，"我将烧完"；"仍在这里"，"我将冻灭"。"怎么办呢？"——"那我就不如烧完！"（《死火》）

"抉心自食，欲知本味。创伤酷烈，本味何能知？……""痛定之后，徐徐食之。然其心已陈旧，本味又何以知？……（《墓碣文》）

如果人死了，"只是运动神经的废灭，而知觉还在"，将会怎样？——我真的"梦见自己死在道路上"，于是有了"死后"的种种"使我烦厌得不堪，——不堪之至"，"愤怒得几乎昏厥过去"的奇事，我终于明白：人既"没有任意生存的权利"，没有"任意死掉的权利"，人死了也"很难适合人们的公意"。（《死后》）

透过这些紧张的追问与逼视，鲁迅留下了一幅幅自我画像——

这是后园的"枣树"："他简直落尽叶子，单剩干子，然而脱了当初满树是果实和叶子时候的弧形，欠伸得很舒服"，而"一无所有的

干子，却仍然默默地铁似的直刺着奇怪而高的天空，一意要制他的死命，不管他各式各样地睞着许多蛊惑的眼睛。"（《秋夜》）

这是"朔方的雪"："在无边的旷野上，在凛冽的天宇下，闪闪地旋转升腾着的是雨的精魂……是的，那是孤独的雪，是死掉的雨，是雨的精魂。"（《雪》）

这是那"垂老的女人"："她赤身露体地，石像似的站在荒野的中央，……于一刹那间将一切并合：眷念与决绝，爱抚与复仇，养育与歼除，祝福与咒诅……。她于是举两手尽量向天，口唇间漏出人与兽的，非人间所有，所以无词的言语。……她那伟大如石像，然而已经荒废的，颓败的身躯的全面都颤动了。这颤动点点如鱼鳞，每一鳞都起伏如沸水在烈火上；空气也即刻一同振颤，仿佛暴风雨中的荒海的波涛。"（《颓败线的颤动》）

这是"这样的战士"："在这样的境地里，谁也不闻战叫：太平。太平……。但他举起了投枪！"（《这样的战士》）

是枫树上的"病叶"："一片独有一点蛀孔，镶着乌黑的花边，在红，黄和绿的斑驳中，明眸似的向人凝视"。（《腊叶》）

是"叛逆的猛士"："他屹立着，洞见切已改和现有的废墟和荒坟，记得一切深广和久远的苦痛，正视一切重叠淤积的凝血，深知一切已死，方生，将生和未生。他看透了造化的把戏；他将要起来使人类苏生，或者使人类灭尽，这些造物主的良民们。造物主，怯弱者，羞惭了，于是伏藏。天地在猛士的眼中于是变色。"（《淡淡的血痕中》）

是荒野上的"过客"——"状态困顿倔强，眼光阴沉，黑须，乱发，黑色短衣裤皆破碎，赤足著破鞋，胁下挂一个口袋，支着等身的竹杖"，"向野地里跄踉地闯进去，夜色跟在他后面"……（《过客》）

他现在就站在这里：用那"乌黑"的眼睛"凝视"着我和你……

（三）

现在我们来读鲁迅的"其他散文作品"。这些《朝花夕拾》《野草》之外的散文，都曾编入鲁迅的杂文集；鲁迅说他的杂文集是"只按作成的年日，不管文体，各类都夹在一处"，"杂"编而成，[①]

[①] 鲁迅：《且介亭杂文·序言》，《鲁迅全集》第6卷，人民文学出版社1981年版，第3页。

因此，就可以进行再分类：将偏于议论的归为"杂文"，而将偏于"叙事与抒情"的，以及篇幅较长的融议论、叙事与抒情为一体的"随笔"，称为"散文"（或称"散文小品"，也即周作人说的"美文"）。本书的编选，即是这样的将鲁迅杂文集中的散文分离出来的一个尝试。

将这些散文称为"夜记"，是因为鲁迅自己本有这样的计划："将偶然的感想，在灯下记出，留为一集"。在 1927 年 7 月写完了《朝花夕拾》的"后记"以后，又于同年的 10 月、12 月连续写了《怎么写》与《在钟楼上》二文，并在副题上写明是"夜记之一"与"之二"。据鲁迅自己说，他后来"有感于屠戮之凶，又做了一篇半，题为《虐杀》"，应是"夜记"之三、四，"先讲些日本幕府之磔杀邪教徒，俄国皇帝的酷待革命党之类的事"，但遇到了创造社、太阳社大批"人道主义"，这类谴责杀戮的文章也就写不下去，"连稿子也不见了"。1930 年鲁迅应柔石之约，又起了重写"夜记"的念头，写了一篇《做古文与做好人的秘诀》，并标明是"夜记之五"。但此文仍未写完，也未发表。待到柔石惨遭国民党政府屠杀，在他遇害"一年有余"时，鲁迅"从乱纸堆里检出这稿子来，真不胜其悲痛"，"想将全文补完，而终于做不到，刚要下笔，又立刻想到别的地方去了"。鲁迅想："所谓'人琴俱亡'者，大约也就是这模样的罢。"于是将半篇文章收在《二心集》里，"以作柔石的记念"。① 鲁迅从此更念念不忘《夜记》的写作与编辑，直到去世前还特地将病后写的《"这也是生活"……》《死》《女吊》《半夏小集》四篇，另外放在一处，准备再"写它十来篇"，"已有腹稿的两篇"，是"关于'母爱'"和"关于'穷'"的，并且已经答应巴金，将这本散文集交文化生活出版社出版，书名仍是《夜记》。② 许广平在鲁迅去世之后，将鲁迅自己另放的四篇文章，与《且介亭杂文》及其二集、末编中选出的十篇，合编成《夜记》一书，仍由上海文化生活出版社于 1937 年 4 月出版。我们这次又将鲁迅在 1927 年以后写的《夜记》之一、二、五等篇收入，同时编选了鲁迅写于 1919 至 1927、

---

① 鲁迅：《做古文与做好人的秘诀》"附记"，《鲁迅全集》第 4 卷，人民文学出版社 1981 年版，第 271—272 页。

② 参看冯雪峰《鲁迅先生计划而未完成的著作——片断回忆》，《鲁迅回忆录（散篇）》（中册），北京出版社 1999 年版，第 695—696 页；许广平《鲁迅〈夜记〉编后记》，《许广平文集》第 1 卷，江苏文艺出版社 1998 年版，第 413 页。

1927 至 1936 年之间写的其他散文，算是进一步实现鲁迅的遗愿吧。① ——一本《夜记》其写作与编辑竟经历了如此曲折的过程，这一段历史，构成了一个大的背景。

而"夜记"这一命名本身，则提供了更具体、形象的写作情境。在编入本辑的鲁迅散文中，就有好几篇是直接写到"夜"或以"灯"为题的，如《灯下漫笔》《怎么写》《夜颂》《秋夜纪游》《写于深夜里》等。读者或许可以从阅读这几篇入手，进入"夜记"的文学世界。

"夜"的意象，在鲁迅"夜记"写作中，是具有三重意义的。

在最表面的层面上，这是强调一种夜间写作。萧红对此有十分真切的描述——

"全楼都寂静下去，窗外也是一点声音没有了，鲁迅先生站起来，坐到书桌边，在那绿色的台灯下开始写文章了。"

"许先生说鸡鸣的时候，鲁迅先生还是坐着，街上的汽车嘟嘟的叫起来了，鲁迅先生还是坐着。"

"有时许先生醒了，看着玻璃窗白萨萨的了，灯光也不显得怎样亮了，鲁迅先生的背影不像夜里那样黑大。鲁迅先生的背影是灰黑色的，仍旧坐在那里……"②

与鲁迅有过密切交往的增田涉也有这样的观察——

"有一次夜里两点钟的时候，我走过他所住的大楼下面，只有他的房间还亮着灯，那是青色的灯光。透过台灯的青色灯罩发出的青色的光，在漆黑的夜里，只是个窗门照耀着，那不是月光，但我好象感到这时的鲁迅是在月光里。"

"在月亮一样明朗，但带着悲凉的光辉里，他注视着民族的未来。"③

萧红看见的鲁迅"灰黑色"的背影，增田涉感受到的"悲凉的光辉"都让我们肃然，悚然，深思。

"夜"对鲁迅更意味着一种心境，生存状态，以及一种写作状态。在标明是《夜记之一》的《怎么写》里，有这样一段表述——

---

① 在编选中因考虑到《半夏小集》一篇，按文体应属杂文，故未收入本书，而编入王得后先生编选的《鲁迅杂文全编》中，有兴趣的读者可参看。

② 萧红：《回忆鲁迅先生》，《鲁迅回忆录（散篇）》（中册），北京出版社 1999 年版，第 717 页。

③ 增田涉：《鲁迅的印象》，《鲁迅回忆录（专著）》（下册），北京出版社 1999 年版，第 1384、1385 页。

"夜九时后，一切星散，一所很大的洋楼里，除我以外，没有别人。我沉静下去了。寂静浓到如酒，令人微醺。望后窗外骨立的乱山中许多白点，是丛冢；一粒深黄色火，是南普陀寺的琉璃灯。前面则海天微茫，黑絮一般的夜色简直似乎要扑到心坎里。我靠了石栏远眺，听得自己的心音，四远还仿佛有无量悲哀，苦恼，零落，死灭，都杂入这寂静中，使它变成药酒，加色，加味，加香。这时，我曾经想要写，但是不能写，无从写。这也就是我所谓'当我沉默着的时候，我觉得充实，我将开口，同时感到空虚'"。①

　　这"黑絮一般的夜色简直似乎要扑到心坎里"的感觉，正是典型的"夜"的感觉，使我们自然想起前引《野草》中的《影的告别》里所说，"只有我被黑暗沉没，那世界全属于我自己"。于是，"四处还仿佛有无量悲哀，苦恼，零落，死灭，都杂入这寂静中"。——正是在深夜的寂静里，白日的喧嚣与浮躁逐渐消退，进入"孤思默想"的生命的沉潜状态，独自面对自己的内心世界，同时面对外部的大千世界，就"想到一切"："世界怎样""人类怎样"。②"心事浩茫连广宇"，③"我"因此而获得了真正的博大与丰富：在"沉默"中，"我"感到了"充实"。于是就产生了"想要写"的欲望与冲动，但立刻感到"不能写，无从写"的困惑：不仅是外在环境的限制，也包括自身对写作意义的疑惑："我将开口，同时感到空虚"。——这里的空与实，无与有，言与不言，展现的是一个无限丰富却又充满困惑的灵魂。

　　时隔六年以后，1933 年的鲁迅又写了一篇《夜颂》，正面地讨论了自己与夜的关系。

　　最引人注目的，自然是他的自我命名："爱夜的人"。

　　而这背后，却有着更为深刻与重要的自我定位：鲁迅说"爱夜的人"必定是"孤独者，有闲者，不能战斗者，怕光明者"，此话大有深意。

　　鲁迅早就说过，"真的知识阶级"永远不满足于现状，是永远的批判者，也是永远的孤独者。鲁迅自己因为坚持永远的批判立

---

　　① 鲁迅：《怎么写》，《鲁迅全集》第 4 卷，人民文学出版社 1981 年版，第 18—19 页。

　　② 鲁迅：《关于知识阶级》，《鲁迅全集》第 8 卷，人民文学出版社 1981 年版，第 192 页。

　　③ 鲁迅：《无题（万家墨面没蒿莱）》，《鲁迅全集》第 7 卷，人民文学出版社 1981 年版，第 448 页。

场，就不得不一再孤身作战。在"五四"运动以后，"《新青年》的团体散掉了，有的高升，有的退隐，有的前进"，依然"在沙漠中走来走去"的鲁迅，①就不能不感到"寂寞新文苑，平安旧战场。两间余一卒，荷戟独彷徨"②的孤独与悲哀。20 世纪 30 年代鲁迅到了上海，又"遇见文豪们的笔尖的围剿"，③横加种种罪名，鲁迅被视为"有闲者""不能战斗者"与"怕光明者"。这里确实存在根本的分歧：在鲁迅看来，唯有正视真实的黑暗，才能有真实的战斗；而那些"非革命的急进革命论者"却"欢迎喜鹊，憎厌枭鸣，只检一点吉祥之兆"，"闭了眼睛"，以虚幻的光明"陶醉自己"。④于是鲁迅再一次面临着与自己的"战友"的分裂，并自觉地走向边缘。这同时是一个意义重大的选择：远离社会中心，"孤独"地站在边缘位置（因此"有闲"），仍然坚持"敢于正视淋漓的鲜血，敢于直面惨淡的人生"的态度（在有些人看来就是"怕光明者"），做社会的冷静的观察者与清醒的批判者（那些"不革命的急进革命论者"就会认为这是"不能战斗者"）。——这就是写作《夜记》的鲁迅的基本处境与言说立场。

鲁迅说，这样的社会的冷静的观察者与清醒的批判者，必定是"爱夜的人"。这是因为：人唯有在黑夜里，才能直面真实。

"人的言行，在白天和在深夜，在日下和在灯前，常常显得两样。夜是造化所织的幽玄的天衣，普覆一切人，使他们温暖，安心，不知不觉的自己渐渐脱去人造的面具和衣裳，赤条条地裹在这无边无际的黑絮似的大块里"。

人们自会注意到"黑絮"意象的再次出现。如果在厦门那间"很大的房子"的那个黑夜里，鲁迅感受到了"夜的丰富"；那么，在上海公寓的这个夜晚，鲁迅就陶醉在"夜的赤条条的真实"里。

鲁迅说，"爱夜的人要有听夜的耳朵和看夜的眼睛，自在暗中，看一切暗"。——这是在要求着种新的观察思维与言说方式。

"看一切暗"包括两个方面。

①　鲁迅：《〈自选集〉自序》，《鲁迅全集》第 4 卷，人民文学出版社 1981 年版，第 456 页。

②　鲁迅：《题〈彷徨〉》，《鲁迅全集》第 7 卷，人民文学出版社 1981 年版，第 150 页。

③　参看鲁迅《〈三闲集〉序言》，《鲁迅全集》第 4 卷，人民文学出版社 1981 年版，第 4 页。

④　鲁迅：《太平歌诀》，《鲁迅全集》第 4 卷，人民文学出版社 1981 年版，第 104 页。

"夜的降临，抹杀了一切文人学士们当光天化日之下，写在耀眼的白纸上的超然，混然，恍然，勃然，粲然的文章，只剩下乞怜，讨好，撒谎，骗人，吹牛，捣鬼的夜气……"——要善于发现与揭露：在夜的掩护下得以暴露的黑暗的本相，真相。这是所谓"黑夜之暗"。

更难能可贵的是，能够敏锐地发现与揭露：在白日的"热闹，喧嚣"中，在"高墙后面，大厦中间，深闺里，黑狱里，客室里，秘密机关里"，弥漫着的"惊人的真的大黑暗"——这将是与"白夜之暗"的搏斗，它需要不同寻常的眼光（识别力）与别一样的勇气与智慧（战斗力）。

以这样的视点来看鲁迅的"夜记"，它大概有两个类型。有一组散文，或为《朝花夕拾》《野草》的先河，如《自言自语》，或是其延伸：如《我的种痘》《我的第一个师傅》这样的追忆童年的文章，自然可以与《阿长与〈山海经〉》等文对读，特别是离世前写的《女吊》与1925、1926年间那场大病以后写的《无常》，可谓遥相呼应。而《忆韦素园君》《忆刘半农君》《关于太炎先生二三事》《因太炎先生想起的二三事》，与《范爱农》《藤野先生》也显然属于一个系列。但构成"夜记"主体的，却是《夜颂》呼唤的"自在暗中，看一切暗"的文字。《记念刘和珍君》《为了忘却的记念》《写于深夜里》诸篇直面中国现实的"惊人的真的大黑暗"，《灯下漫笔》《关于中国的两三件事》《病后杂谈》《病后杂谈之余》诸篇直抵中国历史的"惊人的真的大黑暗"，任何时候读都会有惊心动魄之感，可以说把前述《朝花夕拾》《野草》"爱"与"死"的主题，大大地深化了。鲁迅说"大明一朝，以剥皮始，以剥皮终"，[1] 而他自己，三十年中，又"目睹许多青年的血，层层淤积起来"，将他"埋得不能呼吸"，[2] 说他"每当朋友或学生的死，倘不知地点，不知死法，总比知道的更悲哀和不安；由此推想那一边，在暗室中毕命于几个屠夫的手里，也一定比当众而死的更寂寞[3]……：这都是带血的文字，而且仿佛鲜血已经渗过纸背，直滴在我们心上。也是在血的

---

[1]　鲁迅：《病后杂谈》，《鲁迅全集》第6卷，人民文学出版社1981年版，第167页。

[2]　鲁迅：《为了忘却的记念》，《鲁迅全集》第4卷，人民文学出版社1981年版，第488页。

[3]　鲁迅：《写于深夜里》，《鲁迅全集》第6卷，人民文学出版社1981年版，第502页。

屠戮中，鲁迅看到了真正的"爱"的闪光。当他得知三位"沉勇而友爱"的女性，"在弹雨中互相救助，虽殒身不恤"，也同样感到了"惊心动魄的伟大"。①

鲁迅曾说殷夫的诗是"爱的大纛"和"憎的丰碑"，因此它"属于别一世界"。② ——对鲁迅"夜记"里的散文，或许也当这样看。

（四）

我们已经看到了：处在乡邻之中，在民间话语空间里，"任心闲谈"的鲁迅；远离人群，"钻入草莽"，拷问自我，"自言自语"的鲁迅；以及"自在暗中，看一切暗"，对社会作冷静观察，不断发出清醒的批判的"恶声"的鲁迅。

那么，置身于公众场合的鲁迅，又是怎样的姿态，心境，将如何言说呢？——我们一起来看鲁迅的演说词。

但我们还是先听一听曾经聆听鲁迅演说的人们的回忆，以多少获得一点现场感。

一部 1936 年 11 月出版的《鲁迅印象记》（作者王志之是北平师范大学中文系的学生）在"群众包围中的鲁迅"的标题下，这样描述了鲁迅 1932 年在北京演讲的情景——

> 人们涌着，挤着，抢着报告，说是教员休息室和一切办公室都上了锁。嘈杂声中激起了一片呼喊："我们欢迎周先生来演讲，我们同学欢迎，不要学校当局招待！""我们到学生会！"……人们立刻把那间大屋塞满了，板凳上，窗台上，重重叠叠的堆起来，挤得一隙不剩。
>
> "请大家让个凳子出来给周先生坐！"
>
> 无论你撕破喉管，仍然不发生丝毫的效力，人们不由自主地挤拢来，老头子的热情已经同这一批疯狂的群众融成一片了。
>
> "周先生"，嘈杂声中有人在喊，"你那顶帽子戴了多少年了？"

---

① 鲁迅：《记念刘和珍君》，《鲁迅全集》第 3 卷，人民文学出版社 1981 年版，第 276、277 页。

② 鲁迅：《白莽作〈孩儿塔〉序》，《鲁迅全集》第 6 卷，人民文学出版社 1981 年版，第 494 页。

老头子没有回答，笑了，把那顶油晃晃的帽子放在餐桌上，摸出那个美丽牌的纸烟盒，抽出一支烟燃了起来。

"周先生，你一天要抽多少烟?"

"少抽几支呀! 周先生!"

群众中不断地在同他开玩笑。人们的心头都充满着一种特殊的感情，对于这位老头子表示敬意并不由于虚伪的客气而是制止不住的发狂的亲切。

......

风雨操场那间宽敞的屋已经挤得水泄不通，窗沿上坐满了人，还剩大批的群众涌塞在大门口。

"让开! 让开!"

"从窗子上进去吧!"

无数的人声在喊，每个都不由自主地挤去挤来，我们几个同学用尽全力挣扎，死死的把老头子护着。

"请大家让开呀! 看把周先生挤坏了!"

......好容易挤上了讲台，我的大氅挤掉了两个纽扣，出了一身大汗。老头子站在讲台侧，一边揩汗一边喘。

......一片掌声随着又是一片呼喊:

"我们听不见!"

窗外也在喊:

"我们听不见!"

我站在抬口上，双手举起来招呼:

"请大家不要嚷! 请大家维持秩序!"

但呼喊的声音越来越激烈:

"我们听不见!"

"到外面去吧! 露天演讲!"

......屋里的群众实要爆动了，无数的激流往外冲，门和窗户霎时在这一阵剧烈的恶浪汹涌中摧毁了。

我们跟出去，操场坝中已经摆好了一张方桌，人山人海地包围着在涌。

老头子在人们的头顶上抬上了方桌。

整整地继续了好几分钟的鼓掌，讲演开始了。

我相信，在那样多的群众当中，未必有多少人听得清。老头子的腔调压不住风的怒吼，他那满口的浙江话就连我们包围着坐在他脚下的桌沿上记录的人都不大听得懂。然而，人们却很安静，好象已经满足了，个个都闭着嘴仰起头来把他望着，始终没有人作声。

讲演完了，一片掌声又涌起一阵呼喊：

"再讲点！"

"再添点儿！"

……

老头子笑了，俯下身来问我：

"怕他们不大听得到吧？"

"再讲点！"呼喊的声音更高涨了。

依了群众的要求，老头子又添了点儿。

群众跟着涌出了操场，老头子被重重叠叠的人们包围起来了。①

现在我们还可以看到这样一张鲁迅在露天广场演讲的照片，其场面是非常动人的。据鲁迅自己说，"南方的青年比北方更热情，常常把他抬起来，抛上去，有时使他头昏目眩才罢手"，他说："北方青年较为沉静，不过现在似乎也更为活泼了。"②

但鲁迅的演讲并不都是这样作"狮子吼"的（鲁迅自己在讲到这一次演讲时说，因为人太多，怕后面的青年听不见，"只能提高嗓音吼叫了"③），于是，又有了这样的回忆：创造社的郑伯奇曾与鲁迅同时被邀请演讲，先讲的郑伯奇因为没有经验，讲得听众走了不少，临到鲁迅登台——

怕是有病的关系罢，鲁迅先生的声音并不高，但却带着一点沉着的低音。口调是徐缓的，但却像是跟自己人谈家常一样的亲切。

他先从他的家乡说起。他说，他是浙东的一个产酒名区

---

① 王志之：《鲁迅印象记》，《鲁迅回忆录（专著）》（上册），北京出版社1999年版，第25—27页。

② 李霁野：《鲁迅先生两次回北京》，《鲁迅回忆承（散篇）》（上册），北京出版社1999年版，第278页。

③ 荆有麟：《鲁迅回忆片断》，《鲁迅回忆录（专著）》（上册），北京出版社1999年版，第141页。

的的人，但他并不爱喝酒。这样，他对于曾经说他"醉眼朦胧"的冯乃超君轻轻地回教了一下。……

在朴实的语句中，时时露出讽刺的光芒，……便引起热烈的鼓掌和哄堂的笑声。

不知什么时候，屋子里添进了那么多的人。偌大的一座讲堂是挤得水泄不通了。连窗子上面都爬着挟书本的学生。①

这是与鲁迅讲课的风格大体是一致的。他的学生回忆说，他上课时的神态"看不出有什么奇特，既不威严也似乎不慈和。说起话来，声音是平缓的，既不抑扬顿挫，也无慷慨激昂的音调，他那拿着粉笔和讲义的两手，从来没有表情的姿势帮助着他的语言，他的脸上也老是那样的冷静，薄薄的肌肉完全是凝定的"，"然而，教室里却突然爆发笑声了，他的每句极平常的话几乎都需被迫地停顿下来，中断下来，每个听众的眼前赤裸裸地显示出了美与丑，善与恶，真实与虚伪，光明与黑暗，过去现在和未来。大家在听他的"中国小说史"的讲述，却仿佛听到了全人类的灵魂的历史，每一件事态的甚至人心的重重叠叠的外套都给他连根撕掉了（读鲁迅的学术演讲，例如《魏晋风度及文章与药及酒之关系》《上海文艺之一瞥》，大概也会有这样的感觉——引者注）。于是教室里的人全都笑了起来，笑声里混杂着欢乐和悲哀，爱怜和憎恨，羞惭与愤怒……大家抬起头来，见到了鲁迅先生的苍白冷静的面孔上浮动着慈祥亲切的光辉，像是严冬的太阳"。② 这几乎是听课的学生共同的感觉："有时讲得把人都要笑死了，他还是讲，一点也不停止，一点也没有笑容。他本心并没有想'插科打诨'故意逗人笑的含意，只是认真的讲，往深处钻，往皮骨里拧，把一切的什么'膏丹丸散，三坟五典'的破玩意撕得净尽。你只看见他眯缝着眼认真的在那撕，一点也不苟且的在那里剥皮抽筋，挖心取胆，……假如笑是表示畅快，那你又怎能不笑？而他又何必要笑？"③ 后来成为著名的语言学家的魏建

① 郑伯奇：《鲁迅先生的演讲》，《鲁迅回忆录（散篇）》（中册），北京出版社 1999年版，第 610—611 页。

② 鲁彦：《活在人类心里》，《鲁迅回忆录（散篇）》（上册），北京出版社 1999 年版，第 121 页。

③ 冶秋：《怀想鲁迅先生》，《鲁迅回忆录（散篇）》（上册），北京出版社 1999 年版，第 171 页。

功更注意的是鲁迅的讲课与演说的语言："先生说的是普通话，是带着浓厚绍兴方言色彩的口头语。他一个音节一个音节地吐字，是那么安详，是那么苍劲。我把读先生的文章——现代汉语的书面语言所感觉到的那样锋利，那样坚韧，联贯在一起，真有说不出的一种愉快。"①

但鲁迅的演讲现场除了这样的或热烈、火爆或亲切、愉快的氛围，其实是更有一种紧张感的。郁达夫就听鲁迅这样谈到一次演讲的复杂背景："大学里来请我演讲，伪君子正在庆幸机会到了，可以罗织成罪我的证据。但我却不忙不迫的讲了些魏晋人的风度之类，而对于时局和政治，一个字也不曾提起"。②"这里所说的，大概就是 1927 年 7 月 23 日、26 日在国民党政府广州教育局主办的广州夏期学术演讲会上作的《魏晋风度及文章与药及酒之关系》这次演说。正是在一个星期以前，国民党发动了"七一五大屠杀"，因此，这次请鲁迅演说显然是暗含杀机，同时也是一个陷阱。鲁迅既不正面触及"时局和政治"，又多有种种暗示，坚持了自己的原则。这其间的言说困境与挣扎，是应该细心体察的。绝不能忽视这样一个基本事实：鲁迅是在不自由的状态下作公开演说的。鲁迅对此是有清醒的意识，并且保持了高度警惕的。在前引王志之的回忆中还提供了一个细节：在鲁迅作露天演说时，有学生想照相，鲁迅却总是躲开不让照，后来他解释说："他们先不给我说，我知道是什么人！"③ 这样的被监视的阴影是始终笼罩着鲁迅的演讲活动的，对他的心境，以至演说内容、言说方式都有直接、间接的影响。

鲁迅在与郁达夫的谈话中特地提到"伪君子"，即教育、学术界的"正人君子"，文化、新闻界的流氓文人，这其实也是构成了一个阴影的。鲁迅曾谈到这样一位"文学家"，她在一篇所谓"素描"里，说"鲁迅很喜欢演说，只是有些口吃，并且是'南腔北调'"。鲁迅回应说："前两点我很惊奇，后一点可是十分佩服了。真的，我不会说绵软的苏白，不会打响亮的京腔，不入调，不入流，实在是

---

① 魏建功：《忆三十年代的鲁迅》，《鲁迅回忆录（散篇）》（上册），北京出版社 1999 年版，第 258 页。

② 郁达夫：《回忆鲁迅》，《鲁迅回忆录（散篇）》（上册），北京出版社 1999 年版，第 157 页。

③ 王志之：《鲁迅印象记》，《鲁迅回忆录（专著）》（上册），北京出版社 1999 年版，第 28 页。

南腔北调"，鲁迅甚至干脆把自己的论文集定名为《南腔北调集》。①鲁迅是充分意识到自身在中国的社会结构与话语体系中"不入调，不入流"的异质性与边缘性的。

这同时意味着，鲁迅对公开演讲者所扮演的公众角色，是心怀警戒的，或者说是他所不习惯，不自在，甚至是要竭力回避的。他几乎在每一次演讲的开头，都要反复地申说："我自己觉得我的讲话不能使诸君有益或者有趣，因为我实在不知道什么事，但推脱的时间太长久了，所以终于不能不到这里来说几句"（《未有天才之前》）；"我不会演讲，也想不出什么可讲的"（《关于知识阶级》）；"我没有整篇的鸿论，也没有高明的见解"（《文艺与政治的歧途》）；我的演讲"没有什么可听"而且"无聊"（《无声的中国》）；"这学校是邀过我好几次了，我总是推宕着没有来"（《革命时代的文学》）；"我也没有什么东西可讲"（《读书杂谈》）等等。不能把这些话看做是演讲者照例的谦辞，至少鲁迅不是这样的。在我看来，这正是显示了鲁迅在演讲时内在的紧张感。——如果前文说的只是外在环境的紧张，那么，这内心的紧张或许是更为深刻的：它揭示了鲁迅的内在矛盾。鲁迅当然知道也并不否认演讲的作用，特别是青年在听讲过程中表现出来的热情，以及对思想和知识的渴望，他是感受到的，并且也会从中受到某种激励；但他更深知，或者说更深切地感受到了公开演讲中的言说困境。

对这样的言说困境的正视，其实是鲁迅演说中相当核心的东西，与他的演说的主要内容，也就是他的正面表达，形成了一种张力。但由于都只点到即是，很容易被忽视，却是我们阅读时首先要注意的。

鲁迅在《关于知识阶级》的演讲中说："讲演近于做八股，是极难的，要有演讲的天才才好，在我是不会的"。②——这真是一语中的："做八股"其实就是鲁迅在同一演讲中说的由于"想到种种利害"，自觉、不自觉地"在指挥刀下听令"言说，或者说得好听一点，按照社会公认的规则即所谓"公意"说话，这正是鲁迅所要拒

① 鲁迅：《南腔北调集·题记》，《鲁迅全集》第 4 卷，人民文学出版社 1999 年版，第 417 页。

② 鲁迅：《关于知识阶级》，《鲁迅全集》第 8 卷，人民文学出版社 1981 年版，第 71 页。

绝的"整篇的鸿论""高明的见解","有益"或"有趣"的话，因为鲁迅说得很清楚："真的知识阶级"是"不顾利害的"，"要是发表意见，就要想到什么就说什么"，而这却是演讲"八股"所禁忌的。这正是所面临的困境：自己想说的话不允许说，或者说了没有人听；别人——不只是当权者，而且包括"公意"，甚至是听众——要自己说的话，自己不想说，不愿说，说不了。于是，鲁迅就只好宣布，自己不是"演讲的天才"，不会表演，因此也就"不会"演讲了。

这同时提出了一个问题：演讲能完全袒露心里的话，无保留地显示真实的自我吗？鲁迅在《无声的中国》里坦言承认："讲演时候就不是我的真态度，因为我对朋友，孩子说话时候的态度是不一样的。"这是鲁迅早就说过的："偏爱我的作品的读者，有时批评说，我的文字是说真话的。这其实是过誉"，"我自然不想太欺骗人，但也未尝将心里的话照样说尽，大约只要看得可以交卷就算完"。① 公开演讲就更是不能"将心里的话照样说尽"的，鲁迅曾这样告诫年轻朋友："和朋友谈心，不必留意"，"可以脱掉衣服，但上阵要穿甲"，因为鬼魅多得很，"是要提防，不能赤膊的"。② 鲁迅作公开演讲显然是"穿甲上阵"的，并非处处坦率直言，但他仍然坚持"说些较真的话，发些较真的声音"。③ 其实这是更加难能可贵的。

鲁迅在《读书杂谈》里有一个分析，也颇耐琢磨："一做教员，未免有顾虑；教授有教授的架子，不能畅所欲言"，"这或者有人要反驳：那么，你畅所欲言就是了，何必如此小心"，但实际上"教授自身，纵使自以为怎样放达，下意识里总不免有架子在"。④ "这就使我们又想起了鲁迅在《夜颂》里的那句话：人在白天的公开场合里，总是戴着"人造的面具"，穿着"衣裳"的。教员，教授，都是人的一种身份，一种社会地位，为了和这样的身份、地位相适应，就得有"面具"与"衣裳"，"总不免有架子在"。演讲者也是自有

① 鲁迅：《写在〈坟〉后面》，《鲁迅全集》第 1 卷，人民文学出版社 1981 年版，第 283—284 页。

② 鲁迅：《致萧军、萧红，1935 年 3 月 13 日》，《鲁迅全集》第 13 卷，人民文学出版社 1981 年版，第 79 页。

③ 鲁迅：《无声的中国》，《鲁迅全集》第 4 卷，人民文学出版社 1981 年版，第 15 页。

④ 鲁迅：《读书杂谈》，《鲁迅全集》第 3 卷，人民文学出版社 1981 年版，第 441 页。

身份的，而且在公开场合是不能不"顾虑"自己的身份的，鲁迅也不例外，而每种身份都会有相应的"面具"和"衣裳"以至"架子"，就会对人的言说形成某种限制，真正的"畅所欲言"在光天化日之下的演说里，是不可能的：鲁迅对这样的演说必有的局限是看得很清楚的。

鲁迅更警惕演讲可能存在的陷阱。他在《文艺与政治的歧途》里特意指出："刚才我来演讲，大家一阵子拍手。""那拍手是很危险的东西，拍了手或者使我自以为伟大不再向前了，所以还是不拍手的好"。[①] 鲁迅居然视听众的"拍手"为"危险"，这样的敏感很特殊，却有着深刻的意义。鲁迅在《娜拉走后怎样》这篇著名演讲里，提出了他终身关注的一个命题："群众，——尤其是中国的，——永远是戏剧的看客。牺牲上场，如果显得慷慨，他们就看了悲壮剧：如果显得觳，他们就看了滑稽剧。"对鲁迅揭示的"看客"现象，曾有过这样的阐释："中国人在生活中不但自己做戏演给别人看，而且把别人的所作所为都当作戏来看。看戏（看别人）和演戏（被别人看）就成了中国人基本的生存方式，也构成了人与人之间的基本关系"："每天每刻，都处在被'众目睽睽'地'看'，的境遇中；而自己也在时时'窥视'他人。"[②] 不难想见，鲁迅在演讲者与听众之间，也强烈地感觉到了这样的"被看"与"看"的关系。被"众目睽睽"地"看"，这在鲁迅心理上不能不产生一种表演感，严肃的思想启迪、心灵交流变成"演戏"，"拍手"的热烈、不过是表示演得精彩，满足了听众的娱乐欲望，成了"明星"：这正是他最为恐惧，并且要竭力逃避的。同在《娜拉走后怎样》里鲁迅又说："对于这样的群众没有法，只好使他们无戏可看倒是疗救"，[③] 鲁迅之延宕以至拒绝演说，正是同样的意思与态度。

"拍手"的危险，还在于它容易使演讲者热昏头脑。这就是鲁迅说的，"拍了手或者使我自以为伟大不再向前了"。从表面上看，在演说场中，是演讲者在引导听众，实际上听众的反应，特别是他们

---

① 鲁迅：《文艺与政治的歧途》，《鲁迅全集》第 7 卷，人民文学出版社 1981 年版，第 117 页。

② 钱理群：《"游戏国"里的看客》，《鲁迅作品十五讲》，北京大学出版社 2003 年版，第 39 页。

③ 鲁迅：《娜拉走后怎样》，《鲁迅全集》第 1 卷，人民文学出版社 1981 年版，第 163—164 页。

的"拍手"也在影响、以至引导演讲者，特别是如果演讲者被冲昏了头，就会自觉、不自觉地被听众的"拍手"所表达的群体意志所支配，不由自主地说听众希望、要求自己说的话。这样的热热闹闹与自我陶醉中话语自主权的丧失，在鲁迅看来，才是真正"危险"的。

鲁迅还要追问的是，演讲者自我角色的认定。他在《关于知识阶级》的演说里，明白表示：我想"发表一点个人的意见"，"我并不是站在引导者的地位"。这是一个十分重要的定位，鲁迅因此与众多的知识分子演讲者划清了界限：他们或自命为"青年导师"，或以充当"国师"为己任，他们与听讲者的关系是"引导"与"被引导"，自认为真理在握，演讲的目的是要听众都相信自己的话，跟着自己走向光明的坦途。鲁迅却明确告诉听众：我并不"要诸位都相信我的话"，理由简单而朴实："我自己走路都走不清楚，如何能引导诸位？"① 这样的自我质疑，是许多知识分子所缺少的，而正是鲁迅最为看重的"真的知识阶级"的一个基本特质。

而我们关注的是，由此而决定的鲁迅演讲词的特点。他总是将自己思考的过程，自己的困惑，向听者袒露；同时强调仅是个人的意见，是可以而且应该质疑的：他要求听众和自己一起来思考与探索。我们不妨一起来读鲁迅的《娜拉走后怎样》这篇演说。一开始就说："人生最苦痛的是梦醒了无路可走。"——这"苦痛"首先属于鲁迅自己。接着讲"在目下的社会里，经济权就见得最要紧"；但又立刻承认："可惜我不知道这权柄如何取得，单知道仍然要战斗。"最后说到"不是很大的鞭子打在背上，中国自己是不肯动弹的"，也还是坦诚直言："但是从那里来，怎么地来，我也是不能确切地知道"。② "不仅说自己"知道"什么，更说自己"不知道"什么；不是自己掌握了真理，有现成的路指引听众去走，而是自己也是寻路者：只知道要向前走，怎么走，走到哪里，却是要和听众一起来探讨、实践的。因此，我说过，"听鲁迅演讲，或许比听胡适演说更为吃力，因为一切都不明确，要自己去想"。③ 这正是鲁迅演说的魅力所在：它逼迫你紧张地思索与不断地

① 鲁迅：《关于知识阶级》，《鲁迅全集》第 8 卷，人民文学出版社 1981 年版，第 187 页。

② 鲁迅：《娜拉走后怎样》，《鲁迅全集》第 1 卷，人民文学出版社 1981 年版，第 159、161、164 页。

③ 钱理群：《与鲁迅相遇》，生活·读书·新知三联书店 2003 年版，第 217—218 页。

诘难演讲者和你自己，同时，又在其中享受着话语权的平等与思想自由的欢乐。

我们对鲁迅散文的阅读与欣赏，如果能归结于这样的享受，这是很美好的。

钱理群
2005 年 11 月 13 日—22 日

朝花夕拾

小　引

　　我常想在纷扰中寻出一点闲静来，然而委实不容易。目前是这么离奇，心里是这么芜杂。一个人做到只剩了回忆的时候，生涯大概总要算是无聊了罢，但有时竟会连回忆也没有。中国的做文章有轨范，世事也仍然是螺旋。前几天我离开中山大学的时候，便想起四个月以前的离开厦门大学；听到飞机在头上鸣叫，竟记得了一年前在北京城上日日旋绕的飞机。我那时还做了一篇短文，叫做《一觉》。现在是，连这"一觉"也没有了。

　　广州的天气热得真早，夕阳从西窗射入，逼得人只能勉强穿一件单衣。书桌上的一盆"水横枝"①，是我先前没有见过的：就是一段树，只要浸在水中，枝叶便青葱得可爱。看看绿叶，编编旧稿，总算也在做一点事。做着这等事，真是虽生之日，犹死之年，很可以驱除炎热的。

　　前天，已将《野草》编定了；这回便轮到陆续载在《莽原》上的《旧事重提》，我还替他改了一个名称：《朝花夕拾》。带露折花，色香自然要好得多，但是我不能够。便是现在心目中的离奇和芜杂，我也还不能使他即刻幻化，转成离奇和芜杂的文章。或者，他日仰看流云时，会在我的眼前一闪烁罢。

　　我有一时，曾经屡次忆起儿时在故乡所吃的蔬果：菱角，罗汉豆②，茭白，香瓜。凡这些，都是极其鲜美可口的；都曾是使我思乡的蛊惑。后来，我在久别之后尝到了，也不过如此；惟独在记忆上，还有旧来的意味留存。他们也许要哄骗我一生，使我时时反顾。

　　这十篇就是从记忆中抄出来的，与实际容或有些不同，然而我现在只记得是这样。文体大概很杂乱，因为是或作或辍，经了九个

---

　　①　**水横枝**　就是取栀子枝条插在水盂中，岭南一种制作简单的观叶盆景。

　　②　**罗汉豆**　即蚕豆，绍兴及浙东一带俗称。

月之多。环境也不一：前两篇写于北京寓所的东壁下；中三篇是流离中所作，地方是医院和木匠房①；后五篇却在厦门大学的图书馆的楼上，已经是被学者们挤出集团之后了。

　　一九二七年五月一日，鲁迅于广州白云楼记。

（原刊 1927 年 5 月 25 日《莽原》半月刊第 2 卷第 10 期）

①　指鲁迅避难之处。一九二六年"三一八惨案"后，段祺瑞政府通缉教育界、新闻界人士和国民党干部四十八人，鲁迅亦名列其中（据鲁迅《而已集·大衍发微》），先后往北京山本医院、德国医院和法国医院等处避难。在德国医院时曾住院中木匠房。

狗·猫·鼠

　　从去年起，仿佛听得有人说我是仇猫的。那根据自然是在我的那一篇《兔和猫》①；这是自画招供，当然无话可说，——但倒也毫不介意。一到今年，我可很有点担心了。我是常不免于弄弄笔墨的，写了下来，印了出去，对于有些人似乎总是搔着痒处的时候少，碰着痛处的时候多。万一不谨，甚而至于得罪了名人或名教授，或者更甚而至于得罪了"负有指导青年责任的前辈"②之流，可就危险已极。为什么呢？因为这些大脚色是"不好惹"③的。怎地"不好惹"呢？就是怕要浑身发热④之后，做一封信登在报纸上，广告道："看哪！狗不是仇猫的么？鲁迅先生却自己承认是仇猫的，而他还说要打'落水狗'！"这"逻辑"的奥义，即在用我的话，来证明我倒是狗，于是而凡有言说，全都根本推翻，即使我说二二得四，三三见九，也没有一字不错。这些既然都错，则绅士口头的二二得七，三三见千等等，自然就不错了。

　　我于是就间或留心着查考它们成仇的"动机"。这也并非敢妄学

———————

　　①　《兔和猫》　鲁迅所作短篇小说，原刊一九二二年十月十日《晨报·副刊》，后收入《呐喊》。

　　②　"负有指导青年责任的前辈"　这是引用徐志摩的话。一九二五年女师大风潮后，鲁迅与陈西滢（即陈源）等现代评论派人士发生论争。次年二月三日，徐志摩在《晨报·副刊》刊文《结束闲话，结束废话》，称鲁迅和陈西滢一方都是"负有指导青年责任的前辈"，不要再互相攻讦，免得被人笑话。二月七日，鲁迅在《京报副刊》撰文《我还不能"带住"》（后收入《华盖集续编》），认为徐志摩、陈西滢等人混淆是非，是在"串戏"。

　　③　"不好惹"　指陈西滢。一九二六年一月三十日，《晨报·副刊》发表陈西滢的"一束通信"，徐志摩在以编辑名义写的按语中，强调陈西滢非等闲之辈，其原话是"说实话，他也不是好惹的"。

　　④　这是套用陈西滢致徐志摩信中的话。陈在《晨报·副刊》发表的"一束通信"中有致徐志摩一信，其中说，"昨晚因为写另一篇文章，睡迟了，今天似乎有些发热。今天写了这封信，已经疲倦了。"

现下的学者以动机来褒贬作品①的那些时髦，不过想给自己预先洗刷洗刷。据我想，这在动物心理学家，是用不着费什么力气的，可惜我没有这学问。后来，在覃哈特②博士（Dr. O. Dähnhardt）的《自然史底国民童话》里，总算发见了那原因了。据说，是这么一回事：动物们因为要商议要事，开了一个会议，鸟，鱼，兽都齐集了，单是缺了象。大会议定，派伙计去迎接它，拈到了当这差使的阄的就是狗。"我怎么找到那象呢？我没有见过它，也和它不认识。"它问。"那容易，"大众说，"它是驼背的。"狗去了，遇见一匹猫，立刻弓起脊梁来，它便招待，同行，将弓着脊梁的猫介绍给大家道："象在这里！"但是大家都嗤笑它了。从此以后，狗和猫便成了仇家。

日耳曼人走出森林虽然还不很久，学术文艺却已经很可观，便是书籍的装潢，玩具的工致，也无不令人心爱。独有这一篇童话却实在不漂亮；结怨也结得没有意思。猫的弓起脊梁，并不是希图冒充，故意摆架子的，其咎却在狗的自己没眼力。然而原因也总可以算作一个原因。我的仇猫，是和这大大两样的。

其实人禽之辨，本不必这样严。在动物界，虽然并不如古人所幻想的那样舒适自由，可是噜苏做作的事总比人间少。它们适性任情，对就对，错就错，不说一句分辩话。虫蛆也许是不干净的，但它们并没有自鸣清高；鸷禽猛兽以较弱的动物为饵，不妨说是凶残的罢，但它们从来就没有竖过"公理""正义"的旗子，使牺牲者直到被吃的时候为止，还是一味佩服赞叹它们。人呢，能直立了，自然是一大进步；能说话了，自然又是一大进步；能写字作文了，自然又是一大进步。然而也就堕落，因为那时也开始了说空话。说空话尚无不可，甚至于连自己也不知道说着违心之论，则对于只能嗥叫的动物，实在免不得"颜厚有忸怩"③。假使真有一位一视同仁的造物主，高高在上，那么，对于人类的这些小聪明，也许倒以为多事，正如我们在万生园④里，看见猴子翻筋斗，母象

---

① 陈西滢《创作的动机与态度》一文中的说法。这篇文章发表在一九二五年十一月七日出版的《现代评论》第二卷第四十八期。

② **覃哈特** 今译德恩哈尔特（1870—1915），德国文史学家、民俗学者。

③ **"颜厚有忸怩"** 语出《尚书·夏书·五子之歌》。意思是，脸皮厚的人也会感到羞耻。

④ **万生园** 又作万牲园，即清末农工商部在北京西直门外建立的农事试验场所属动物园。即今北京动物园前身。一九〇八年建成，开放接待游人。

请安，虽然往往破颜一笑，但同时也觉得不舒服，甚至于感到悲哀，以为这些多余的聪明，倒不如没有的好罢。然而，既经为人，便也只好"党同伐异"，学着人们的说话，随俗来谈一谈，——辩一辩了。

现在说起我仇猫的原因来，自己觉得是理由充足，而且光明正大的。一，它的性情就和别的猛兽不同，凡捕食雀鼠，总不肯一口咬死，定要尽情玩弄，放走，又捉住，捉住，又放走，直待自己玩厌了，这才吃下去，颇与人们的幸灾乐祸，慢慢地折磨弱者的坏脾气相同。二，它不是和狮虎同族的么？可是有这么一副媚态！但这也许是限于天分之故罢，假使它的身材比现在大十倍，那就真不知道它所取的是怎么一种态度。然而，这些口实，仿佛又是现在提起笔来的时候添出来的，虽然也像是当时涌上心来的理由。要说得可靠一点，或者倒不如说不过因为它们配合时候的嗥叫，手续竟有这么繁重，闹得别人心烦，尤其是夜间要看书，睡觉的时候。当这些时候，我便要用长竹竿去攻击它们。狗们在大道上配合时，常有闲汉拿了木棍痛打；我曾见大勃吕该尔①（P. Bruegel d. Ä）的一张铜版画 Allegorie der Wollust 上，也画着这回事，可见这样的举动，是中外古今一致的。自从那执拗的奥国学者弗罗特②（S. Freud）提倡了精神分析说——Psychoanalysis，听说章士钊③先生是译作"心解"的，虽然简古，可是实在难解得很——以来，我们的名人名教授也颇有隐隐约约，检来应用的了，这些事便不免又要归宿到性欲上去。打狗的事我不管，至于我的打猫，却只因为它们嚷嚷，此外并无恶意，我自信我的嫉妒心还没有这么博大，当现下"动辄获咎"之秋，这是不可不预先声明的。例如人们当配合之前，也很有些手续，新的是写情书，少则一束，多则一捆；旧的是什么"问名""纳采"④，

————————

① **大勃吕该尔** 这里应指老彼得·勃鲁盖尔（1525—1569），十六世纪法兰德斯最负盛名的画家。出身农民，曾在罗马学艺。他的两个儿子也是画家，哥哥小彼得（Pieter Brueghel，1564—1638）被称作小勃鲁盖尔，弟弟扬（Jan Brueghel，1568—1625）则有大勃鲁盖尔之称。Allegorie der Wollust，德语，欲望的寓言。

② **弗罗特** 今译弗洛伊德（1856—1939），奥地利心理学家，精神分析学说创始人。Psychonalysis，学术名词，精神分析或心理分析。

③ **章士钊（1881—1973）** 字行严，笔名秋桐，湖南长沙人。北洋时期以学者身份进入政界，任段祺瑞政府司法总长兼教育总长。曾翻译《莋罗乙德叙传》和《心解学》。

④ **"问名""纳采"** 旧时婚仪程式，《仪礼·士昏礼》和《礼记·昏义》均有记载。"问名"是男家向媒妁询问女方姓名和生辰八字，"纳采"指女家接受男方馈送的订婚彩礼。

磕头作揖，去年海昌蒋氏①在北京举行婚礼，拜来拜去，就十足拜了三天，还印有一本红面子的《婚礼节文》，《序论》里大发议论道："平心论之，既名为礼，当必繁重。专图简易，何用礼为？……然则世之有志于礼者，可以兴矣！不可退居于礼所不下之庶人矣！"然而我毫不生气，这是因为无须我到场；因此也可见我的仇猫，理由实在简简单单，只为了它们在我的耳朵边尽嚷的缘故。人们的各种礼式，局外人可以不见不闻，我就满不管，但如果当我正要看书或睡觉的时候，有人来勒令朗诵情书，奉陪作揖，那是为自卫起见，还要用长竹竿来抵御的。还有，平素不大交往的人，忽而寄给我一个红帖子，上面印着"为舍妹出阁"，"小儿完姻"，"敬请观礼"或"阖第光临"这些含有"阴险的暗示"②的句子，使我不化钱便总觉得有些过意不去的，我也不十分高兴。

但是，这都是近时的话。再一回忆，我的仇猫却远在能够说出这些理由之前，也许是还在十岁上下的时候了。至今还分明记得，那原因是极其简单的：只因为它吃老鼠，——吃了我饲养着的可爱的小小的隐鼠。③

听说西洋是不很喜欢黑猫的，不知道可确；但 Edgar Allan Poe④的小说里的黑猫，却实在有点骇人。日本的猫善于成精，传说中的"猫婆"⑤，那食人的惨酷确是更可怕。中国古时候虽然曾有"猫鬼"⑥，近来却很少听到猫的兴妖作怪，似乎古法已经失传，老实起来了。只是我在童年，总觉得它有点妖气，没有什么好感。那是一个我的幼时的夏夜，我躺在一株大桂树下的小板桌上乘凉，祖母摇着芭蕉扇坐在桌旁，给我猜谜，讲故事。忽然，桂树上沙

---

① **海昌蒋氏** 海昌即今浙江海宁，三国吴置海昌屯田都尉，后世有以海昌为海宁代称。蒋氏为海宁望族，未考所述在北京举行婚礼的是蒋氏何人。

② **"阴险的暗示"** 这是陈西滢抱怨周作人的话。他否认自己污蔑女师大学生，在给周的信中说，"这话先生说过不止一次了，可是好像每次都在骂我的文章里，而且语气里很带些阴险的暗示。"

③ **隐鼠** 即鼩鼱，鼠类中最小的一种。

④ **Edgar Allan Poe** 今译埃德加·爱伦·坡（1809—1849），美国小说家、诗人和文学评论家。他的短篇小说《黑猫》写主人公虐猫而被猫所虐，因黑猫作祟，主人公将妻子砍死，陷入一种自我恐怖状态。

⑤ **"猫婆"** 日本民间传说中的精怪。一个喜欢养猫的老妇人被猫吃了，猫变成了她的人形，又去别处害人。

⑥ **"猫鬼"** 古代传说的一种妖术。《北史·独孤信传》记述独孤信之子独孤陁蓄猫鬼杀人谋财之事，传谓："其猫鬼每杀人者，所死家财物潜移于蓄猫鬼家。"

沙地有趾爪的爬搔声，一对闪闪的眼睛在暗中随声而下，使我吃惊，也将祖母讲着的话打断，另讲猫的故事了——

"你知道么？猫是老虎的先生。"她说，"小孩子怎么会知道呢，猫是老虎的师父。老虎本来是什么也不会的，就投到猫的门下来。猫就教给它扑的方法，捉的方法，吃的方法，像自己的捉老鼠一样。这些教完了；老虎想，本领都学到了，谁也比不过它了，只有老师的猫还比自己强，要是杀掉猫。自己便是最强的脚色了。它打定主意，就上前去扑猫。猫是早知道它的来意的，一跳，便上了树，老虎却只能眼睁睁地在树下蹲着。它还没有将一切本领传授完，还没有教给它上树。"

这是侥幸的，我想，幸而老虎很性急，否则从桂树上就会爬下一匹老虎来。然而究竟很怕人，我要进屋子里睡觉去了。夜色更加黯然；桂叶瑟瑟地作响，微风也吹动了，想来草席定已微凉，躺着也不至于烦得翻来复去了。

几百年的老屋中的豆油灯的微光下，是老鼠跳梁的世界，飘忽地走着，吱吱地叫着，那态度往往比"名人名教授"还轩昂。猫是饲养着的，然而吃饭不管事。祖母她们虽然常恨鼠子们啮破了箱柜，偷吃了东西，我却以为这也算不得什么大罪，也和我不相干，况且这类坏事大概是大个子的老鼠做的，决不能诬陷到我所爱的小鼠身上去。这类小鼠大抵在地上走动，只有拇指那么大，也不很畏惧人，我们那里叫它"隐鼠"，与专住在屋上的伟大者是两种。我的床前就帖着两张花纸，一是"八戒招赘"①，满纸长嘴大耳，我以为不甚雅观；别的一张"老鼠成亲"②却可爱，自新郎新妇以至傧相，宾客，执事，没有一个不是尖腮细腿，像煞读书人的，但穿的都是红衫绿裤。我想，能举办这样大仪式的，一定只有我所喜欢的那些隐鼠。现在是粗俗了，在路上遇见人类的迎娶仪仗，也不过当作性交的广告看，不甚留心；但那时的想看"老鼠成亲"的仪式，却极其神往，即使像海昌蒋氏似的连拜三夜，怕也未必会看得心烦。正月十四的夜。是我不肯轻易便睡，等候它们的仪仗从床下出来的夜。然而仍然只看见几个光着身子的隐鼠在地面游行，不像正在办着喜事。直

---

① "八戒招赘" 指《西游记》第十八回所述八戒入赘高老庄之事。

② "老鼠成亲" 即老鼠嫁女的民俗故事，旧时民间剪纸和木版年画多以此为题材。老鼠成亲的日子各地传说不一，大多在农历正月间。

狗·猫·鼠

到我熬不住了，快快睡去，一睁眼却已经天明，到了灯节了。也许鼠族的婚仪，不但不分请帖，来收罗贺礼，虽是真的"观礼"，也绝对不欢迎的罢，我想，这是它们向来的习惯，无法抗议的。

老鼠的大敌其实并不是猫。春后，你听到它"咋！咋咋咋咋！"地叫着，大家称为"老鼠数铜钱"的，便知道它的可怕的屠伯已经光降了。这声音是表现绝望的惊恐的，虽然遇见猫，还不至于这样叫。猫自然也可怕，但老鼠只要窜进一个小洞去，它也就奈何不得，逃命的机会还很多。独有那可怕的屠伯——蛇，身体是细长的，圆径和鼠子差不多，凡鼠子能到的地方，它也能到，追逐的时间也格外长，而且万难幸免，当"数钱"的时候，大概是已经没有第二步办法的了。

有一回，我就听得一间空屋里有着这种"数钱"的声音，推门进去，一条蛇伏在横梁上，看地上，躺着一匹隐鼠，口角流血，但两胁还是一起一落的。取来给躺在一个纸盒子里，大半天，竟醒过来了，渐渐地能够饮食，行走，到第二日，似乎就复了原，但是不逃走。放在地上，也时时跑到人面前来，而且缘腿而上，一直爬到膝髁。给放在饭桌上，便检吃些菜渣，舐舐碗沿；放在我的书桌上，则从容地游行，看见砚台便舐吃了研着的墨汁。这使我非常惊喜了。我听父亲说过的，中国有一种墨猴，只有拇指一般大，全身的毛是漆黑而且发亮的。它睡在笔筒里，一听到磨墨，便跳出来，等着，等到人写完字，套上笔，就舐尽了砚上的余墨，仍旧跳进笔筒里去了。我就极愿意有这样的一个墨猴，可是得不到；问那里有，那里买的呢，谁也不知道。"慰情聊胜无"，这隐鼠总可以算是我的墨猴了罢，虽然它舐吃墨汁，并不一定肯等到我写完字。

现在已经记不分明，这样地大约有一两月；有一天，我忽然感到寂寞了，真所谓"若有所失"。我的隐鼠，是常在眼前游行的，或桌上，或地上。而这一日却大半天没有见，大家吃午饭了，也不见它走出来，平时，是一定出现的。我再等着，再等它一半天，然而仍然没有见。

长妈妈，一个一向带领着我的女工，也许是以为我等得太苦了罢，轻轻地来告诉我一句话。这即刻使我愤怒而且悲哀，决心和猫们为敌。她说：隐鼠是昨天晚上被猫吃去了！

当我失掉了所爱的，心中有着空虚时，我要充填以报仇的恶念！

我的报仇，就从家里饲养着的一匹花猫起手，逐渐推广，至于凡所遇见的诸猫。最先不过是追赶，袭击；后来却愈加巧妙了，能飞石击中它们的头，或诱入空屋里面，打得它垂头丧气。这作战继续得颇长久，此后似乎猫都不来近我了。但对于它们纵使怎样战胜，大约也算不得一个英雄；况且中国毕生和猫打仗的人也未必多，所以一切韬略，战绩，还是全都省略了罢。

但许多天之后，也许是已经经过了大半年，我竟偶然得到一个意外的消息：那隐鼠其实并非被猫所害，倒是它缘着长妈妈的腿要爬上去，被她一脚踏死了。

这确是先前所没有料想到的。现在我已经记不清当时是怎样一个感想，但和猫的感情却终于没有融和；到了北京，还因为它伤害了兔的儿女们，便旧隙夹新嫌，使出更辣的辣手。"仇猫"的话柄，也从此传扬开来。然而在现在，这些早已是过去的事了，我已经改变态度，对猫颇为客气，倘其万不得已，则赶走而已，决不打伤它们，更何况杀害。这是我近几年的进步。经验既多，一旦大悟，知道猫的偷鱼肉，拖小鸡，深夜大叫，人们自然十之九是憎恶的，而这憎恶是在猫身上。假如我出而为人们驱除这憎恶，打伤或杀害了它，它便立刻变为可怜，那憎恶倒移在我身上了。所以，目下的办法，是凡遇猫们捣乱，至于有人讨厌时，我便站出去，在门口大声叱曰："嘘！滚！"小小平静，即回书房，这样，就长保着御侮保家的资格。其实这方法，中国的官兵就常在实做的，他们总不肯扫清土匪或扑灭敌人，因为这么一来，就要不被重视，甚至于因失其用处而被裁汰。我想，如果能将这方法推广应用，我大概也总可望成为所谓"指导青年"的"前辈"的罢，但现下也还未决心实践，正在研究而且推敲。

一九二六年二月二十一日

（原刊 1926 年 3 月 10 日《莽原》半月刊第 1 卷第 5 期）

狗·猫·鼠

阿长与《山海经》

长妈妈①，已经说过，是一个一向带领着我的女工，说得阔气一点，就是我的保姆。我的母亲和许多别的人都这样称呼她，似乎略带些客气的意思。只有祖母叫她阿长。我平时叫她"阿妈"，连"长"字也不带；但到憎恶她的时候，——例如知道了谋死我那隐鼠的却是她的时候，就叫她阿长。

我们那里没有姓长的；她生得黄胖而矮，"长"也不是形容词。又不是她的名字，记得她自己说过，她的名字是叫作什么姑娘的。什么姑娘，我现在已经忘却了，总之不是长姑娘；也终于不知道她姓什么。记得她也曾告诉过我这个名称的来历：先前的先前，我家有一个女工，身材生得很高大，这就是真阿长。后来她回去了，我那什么姑娘才来补她的缺，然而大家因为叫惯了，没有再改口，于是她从此也就成为长妈妈了。

虽然背地里说人长短不是好事情，但倘使要我说句真心话，我可只得说：我实在不大佩服她。最讨厌的是常喜欢切切察察，向人们低声絮说些什么事，还竖起第二个手指，在空中上下摇动，或者点着对手或自己的鼻尖。我的家里一有些小风波，不知怎的我总疑心和这"切切察察"有些关系。又不许我走动，拔一株草，翻一块石头，就说我顽皮，要告诉我的母亲去了。一到夏天，睡觉时她又伸开两脚两手，在床中间摆成一个"大"字，挤得我没有余地翻身，久睡在一角的席子上，又已经烤得那么热。推她呢，不动；叫她呢，也不闻。

"长妈妈生得那么胖，一定很怕热罢？晚上的睡相，怕不见得很好罢？……"

母亲听到我多回诉苦之后，曾经这样地问过她。我也知道这意

① **长妈妈**（？—1899）　绍兴东浦大门溇人，夫家姓余。

思是要她多给我一些空席。她不开口。但到夜里，我热得醒来的时候，却仍然看见满床摆着一个"大"字，一条臂膊还搁在我的颈子上。我想，这实在是无法可想了。

但是她懂得许多规矩；这些规矩，也大概是我所不耐烦的。一年中最高兴的时节，自然要数除夕了。辞岁之后，从长辈得到压岁钱，红纸包着，放在枕边，只要过一宵，便可以随意使用。睡在枕上，看着红包，想到明天买来的小鼓，刀枪，泥人，糖菩萨……。然而她进来，又将一个福橘①放在床头了。

"哥儿，你牢牢记住！"她极其郑重地说。"明天是正月初一，清早一睁开眼睛，第一句话就得对我说：'阿妈，恭喜恭喜！'记得么？你要记着，这是一年的运气的事情。不许说别的话！说过之后，还得吃一点福橘。"她又拿起那橘子来在我的眼前摇了两摇，"那么，一年到头，顺顺流流……。"

梦里也记得元旦的，第二天醒得特别早，一醒，就要坐起来。她却立刻伸出臂膊，一把将我按住。我惊异地看她时，只见她惶急地看着我。

她又有所要求似的，摇着我的肩。我忽而记得了——

"阿妈，恭喜……。"

"恭喜恭喜！大家恭喜！真聪明！恭喜恭喜！"她于是十分喜欢似的，笑将起来，同时将一点冰冷的东西，塞在我的嘴里。我大吃一惊之后，也就忽而记得，这就是所谓福橘，元旦辟头的磨难，总算已经受完，可以下床玩耍去了。

她教给我的道理还很多，例如说人死了，不该说死掉，必须说"老掉了"；死了人，生了孩子的屋子里，不应该走进去；饭粒落在地上，必须拣起来，最好是吃下去；晒裤子用的竹竿底下，是万不可钻过去的……。此外，现在大抵忘却了，只有元旦的古怪仪式记得最清楚。总之：都是些烦琐之至，至今想起来还觉得非常麻烦的事情。

然而我有一时也对她发生过空前的敬意。她常常对我讲"长毛"②。她之所谓"长毛"者，不但洪秀全军，似乎连后来一切土匪

---

① **福橘** 一种福建产的橘子，旧历新年前上市的时令果品，因名称吉利，颇讨口彩。

② **长毛** 指太平天国农民军。因对抗清廷剃发垂辫的法令，太平军留发而不结辫，故有"长毛"之称。

强盗都在内，但除却革命党，因为那时还没有。她说得长毛非常可怕，他们的话就听不懂。她说先前长毛进城的时候，我家全都逃到海边去了，只留一个门房和年老的煮饭老妈子看家。后来长毛果然进门来了，那老妈子便叫他们"大王"，——据说对长毛就应该这样叫，——诉说自己的饥饿。长毛笑道："那么，这东西就给你吃了罢！"将一个圆圆的东西掷了过来，还带着一条小辫子，正是那门房的头。煮饭老妈子从此就骇破了胆，后来一提起，还是立刻面如土色，自己轻轻地拍着胸脯道："阿呀，骇死我了，骇死我了……。"

我那时似乎倒并不怕，因为我觉得这些事和我毫不相干的，我不是一个门房。但她大概也即觉到了，说道："像你似的小孩子，长毛也要掳的，掳去做小长毛。还有好看的姑娘，也要掳。"

"那么，你是不要紧的。"我以为她一定最安全了，既不做门房，又不是小孩子，也生得不好看，况且颈子上还有许多灸疮疤。

"那里的话?!"她严肃地说。"我们就没有用么？我们也要被掳去。城外有兵来攻的时候，长毛就叫我们脱下裤子，一排一排地站在城墙上，外面的大炮就放不出来；再要放，就炸了！"

这实在是出于我意想之外的，不能不惊异。我一向只以为她满肚子是麻烦的礼节罢了，却不料她还有这样伟大的神力。从此对于她就有了特别的敬意，似乎实在深不可测；夜间的伸开手脚，占领全床，那当然是情有可原的了，倒应该我退让。

这种敬意，虽然也逐渐淡薄起来，但完全消失，大概是在知道她谋害了我的隐鼠之后。那时就极严重地诘问，而且当面叫她阿长。我想我又不真做小长毛，不去攻城，也不放炮，更不怕炮炸，我惧惮她什么呢！

但当我哀掉隐鼠，给它复仇的时候，一面又在渴慕着绘图的《山海经》① 了。这渴慕是从一个远房的叔祖惹起来的。他是一个胖胖的，和蔼的老人，爱种一点花木，如珠兰，茉莉之类，还有极其少见的，据说从北边带回去的马缨花。他的太太却正相反，什么也莫名其妙，曾将晒衣服的竹竿搁在珠兰的枝条上，枝折了，还要愤愤地咒骂道："死尸！"这老人是个寂寞者，因为无人可谈，就很爱和孩子们往来，有时简直称我们为"小友"。在我们聚族而居的

---

① 《山海经》 十八卷，约公元前四世纪至二世纪间的作品。内容主要是我国民间传说中的地理知识，还保存了不少上古时代流传下来的神话。

宅子里，只有他书多，而且特别。制艺和试帖诗①，自然也是有的；但我却只在他的书斋里，看见过陆玑的《毛诗草木鸟兽虫鱼疏》②，还有许多名目很生的书籍。我那时最爱看的是《花镜》③，上面有许多图。他说给我听，曾经有过一部绘图的《山海经》，画着人面的兽，九头的蛇，三脚的鸟，生着翅膀的人，没有头而以两乳当作眼睛的怪物，……可惜现在不知道放在那里了。

我很愿意看看这样的图画，但不好意思力逼他去寻找，他是很疏懒的。问别人呢，谁也不肯真实地回答我。压岁钱还有几百文，买罢，又没有好机会。有书买的大街离我家远得很，我一年中只能在正月间去玩一趟，那时候，两家书店都紧紧地关着门。

玩的时候倒是没有什么的，但一坐下，我就记得绘图的《山海经》。

大概是太过于念念不忘了，连阿长也来问《山海经》是怎么一回事。这是我向来没有和她说过的，我知道她并非学者，说了也无益；但既然来问，也就都对她说了。

过了十多天，或者一个月罢，我还很记得，是她告假回家以后的四五天，她穿着新的蓝布衫回来了，一见面，就将一包书递给我，高兴地说道：

"哥儿，有画儿的'三哼经'，我给你买来了！"

我似乎遇着了一个霹雳，全体都震悚起来；赶紧去接过来，打开纸包，是四本小小的书，略略一翻，人面的兽，九头的蛇，……果然都在内。

这又使我发生新的敬意了，别人不肯做，或不能做的事，她却能够做成功。她确有伟大的神力。谋害隐鼠的怨恨，从此完全消灭了。

这四本书，乃是我最初得到，最为心爱的宝书。

书的模样，到现在还在眼前。可是从还在眼前的模样来说，却是一部刻印都十分粗拙的本子。纸张很黄；图像也很坏，甚至于

---

① **制艺和试帖诗** 即旧时科举考试规定的诗文套路。制艺，即八股文，取儒家典籍中的文句出题，应试者按八股程式阐发其命意。试帖诗，取古人诗句或成语命题，冠以"赋得"二字，又称"赋得体"，通常为五言八韵。在科举时代，书贾大量刻印八股文和试帖诗范文，是莘莘学子的应试读物。

② **陆玑的《毛诗草木鸟兽虫鱼疏》** 陆玑，三国吴郡（治今苏州）人，曾为吴太子中庶子、乌程令。所著《毛诗草木鸟兽虫鱼疏》对《诗经》提到的一百七十余种动植物作了详细注解，是一部重要的名物训诂之作。《毛诗》，即指《诗经》，相传为西汉初毛亨、毛苌所传，故称《毛诗》。

③ **《花镜》** 清初陈淏子所撰园艺专著，成书于康熙年间。

几乎全用直线凑合，连动物的眼睛也都是长方形的。但那是我最为心爱的宝书，看起来，确是人面的兽；九头的蛇；一脚的牛；袋子似的帝江①；没有头而"以乳为目，以脐为口"，还要"执干戚而舞"的刑天②。

此后我就更其搜集绘图的书，于是有了石印的《尔雅音图》③和《毛诗品物图考》④，又有了《点石斋丛画》和《诗画舫》⑤。《山海经》也另买了一部石印的，每卷都有图赞，绿色的画，字是红的，比那木刻的精致得多了。这一部直到前年还在，是缩印的郝懿行⑥疏。木刻的却已经记不清是什么时候失掉了。

我的保姆，长妈妈即阿长，辞了这人世，大概也有了三十年了罢。我终于不知道她的姓名，她的经历；仅知道有一个过继的儿子，她大约是青年守寡的孤孀。

仁厚黑暗的地母呵，愿在你怀里永安她的魂灵！

三月十日

（原刊 1926 年 3 月 25 日《莽原》第 1 卷第 6 期）

---

① **帝江**　《山海经·西山经》记载的一种神鸟，其谓："其状如黄囊，赤如丹火，六足四翼，浑敦无面目。"

② **刑天**　《山海经·海外西经》记载的神话人物，谓刑天与黄帝争位，"帝断其首，葬之常羊之山。乃以乳为目，以脐为口，操干戚以舞"。

③ **《尔雅音图》**　《尔雅》是中国最早的名物训诂著作，大约产生于秦汉之间，撰著人不详。《隋书·经籍志》著录晋人郭璞撰《尔雅注》《尔雅音》《尔雅图》《尔雅图赞》等，均亡佚。今本《尔雅音图》是清嘉庆年间刊刻的影宋本。

④ **《毛诗品物图考》**　用图画配合文字考辨《诗经》名物的简明读物，日本汉学家冈元凤纂辑。一七八四年（日本天明四年）出版，未久传入中国。

⑤ **《点石斋丛画》和《诗画舫》**　《点石斋丛画》，清光绪年间上海点石斋书局出版的石印画刊，尊闻阁主人编，书中汇辑历代画作，亦有日本画家作品。《诗画舫》，一种画谱，汇辑明隆庆、万历年间画作。

⑥ **郝懿行（1757—1825）**　字恂九，号兰皋，山东栖霞人。清嘉庆进士，官至户部主事。他是清代重要的经学家、训诂学家，著有《尔雅义疏》《山海经笺疏》《竹书纪年校正》等。

《二十四孝图》

我总要上下四方寻求，得到一种最黑，最黑，最黑的咒文，先来诅咒一切反对白话，妨害白话者。即使人死了真有灵魂，因这最恶的心，应该堕入地狱，也将决不改悔，总要先来诅咒一切反对白话，妨害白话者。

自从所谓"文学革命"以来，供给孩子的书籍，和欧、美、日本的一比较，虽然很可怜，但总算有图有说，只要能读下去，就可以懂得的了。可是一班别有心肠的人们，便竭力来阻遏它，要使孩子的世界中，没有一丝乐趣。北京现在常用"马虎子"这一句话来恐吓孩子们。或者说，那就是《开河记》① 上所载的，给隋炀帝开河，蒸死小儿的麻叔谋；正确地写起来，须是"麻胡子"。那么，这麻叔谋乃是胡人②了。但无论他是什么人，他的吃小孩究竟也还有限，不过尽他的一生。妨害白话者的流毒却甚于洪水猛兽，非常广大，也非常长久，能使全中国化成一个麻胡，凡有孩子都死在他肚子里。

只要对于白话来加以谋害者，都应该灭亡！

这些话，绅士们自然难免要掩住耳朵的，因为就是所谓"跳到半天空，骂得体无完肤，——还不肯罢休。"③ 而且文士们一定也要骂，以为大悖于"文格"，亦即大损于"人格"。岂不是"言者心声也"么？"文"和"人"当然是相关的，虽然人间世本来千奇百怪，教授们中也有"不尊敬"作者的人格而不能"不说他的小说好"④

---

① 《开河记》 宋代传奇小说，撰著人不详。叙述麻叔谋奉隋炀帝之命开掘汴渠的故事，其中有麻氏蒸食孩童的荒诞传说。

② 胡人 参见《朝花夕拾·后记》第一段作者的解释。

③ 这是陈西滢议论鲁迅的话，见《致志摩》一信，一九二六年一月三十日发于《晨报副刊》。

④ 陈西滢在《新文学运动以来的十部著作》上篇中说，"我不能因为我不尊敬鲁迅先生的人格，就不说他的小说好，我也不能因为佩服他的小说，就称赞他其余的文章。"该文见于一九二六年四月十七日出版的《现代评论》第三卷第七十一期。

的特别种族。但这些我都不管，因为我幸而还没有爬上"象牙之塔"去，正无须怎样小心。倘若无意中竟已撞上了，那就即刻跌下来罢。然而在跌下来的中途，当还未到地之前，还要说一遍：

只要对于白话来加以谋害者，都应该灭亡！

每看见小学生欢天喜地地看着一本粗拙的《儿童世界》① 之类，另想到别国的儿童用书的精美，自然要觉得中国儿童的可怜。但回忆起我和我的同窗小友的童年，却不能不以为他幸福，给我们的永逝的韶光一个悲哀的吊唁。我们那时有什么可看呢，只要略有图画的本子，就要被塾师，就是当时的"引导青年的前辈"禁止，呵斥，甚而至于打手心。我的小同学因为专读"人之初性本善"② 读得要枯燥而死了，只好偷偷地翻开第一叶，看那题着"文星高照"四个字的恶鬼一般的魁星像③，来满足他幼稚的爱美的天性。昨天看这个，今天也看这个，然而他们的眼睛里还闪出苏醒和欢喜的光辉来。

在书塾之外，禁令可比较的宽了，但这是说自己的事，各人大概不一样。我能在大众面前，冠冕堂皇地阅看的，是《文昌帝君阴骘文图说》④ 和《玉历钞传》⑤，都画着冥冥之中赏善罚恶的故事，雷公电母站在云中，牛头马面布满地下，不但"跳到半天空"是触犯天条的，即使半语不合，一念偶差，也都得受相当的报应。这所报的也并非"睚眦之怨"⑥，因为那地方是鬼神为君，"公理"作宰，请酒下跪，全都无功，简直是无法可想。在中国的天地间，不但做人，便是做鬼，也艰难极了。然而究竟很有比阳间更好的处所：无所谓"绅士"，也没有"流言"。

阴间，倘要稳妥，是颂扬不得的。尤其是常常好弄笔墨的人，

---

① 当时商务印书馆编辑出版的一种儿童刊物。一九二二年一月创刊，一九三七年八月停刊。

② **"人之初性本善"** 指旧时孩童发蒙课本《三字经》，这是其开头一句。

③ **魁星像** 魁星，即古代天文记载的二十八宿中的奎星，传说主宰天下文运。以前科举时代民间有"魁星点斗"之说，以"魁"字字形会意，演为一种吉相。

④ **《文昌帝君阴骘文图说》** 文昌帝君前身是东晋时蜀人张育（或张亚子），因率众抗击前秦，死后被奉祀梓潼神。唐宋时逐渐演化为掌管功名禄位的神祇。《文昌帝君阴骘文图说》是过去民间流行的一种劝善书，带有因果报应的说教，成书年代和撰述人均未详。

⑤ **《玉历钞传》** 又作《玉历至宝钞》，旧时刊本甚多，流传颇广。其书描述所谓阴间地狱情形，《朝花夕拾·后记》专有介绍。

⑥ **"睚眦之怨"** 意即小小的怨意，《史记·范雎传》："一饭之德必偿，睚眦之怨必报。"

在现在的中国，流言的治下，而又大谈"言行一致"①的时候。前车可鉴，听说阿尔志跋绥夫②曾答一个少女的质问说，"惟有在人生的事实这本身中寻出欢喜者，可以活下去。倘若在那里什么也不见，他们其实倒不如死。"于是乎有一个叫作密哈罗夫的，寄信嘲骂他道，"……所以我完全诚实地劝你自杀来祸福你自己的生命，因为这第一是合于逻辑，第二是你的言语和行为不至于背驰"。

其实这论法就是谋杀，他就这样地在他的人生中寻出欢喜来。阿尔志跋绥夫只发了一大通牢骚，没有自杀。密哈罗夫先生后来不知道怎样，这一个欢喜失掉了，或者另外又寻到了"什么"了罢。诚然，"这些时候，勇敢，是安稳的；情热，是毫无危险的"。

然而，对于阴间，我终于已经颂扬过了，无法追改；虽有"言行不符"之嫌，但确没有受过阎王或小鬼的半文津贴，则差可以自解。总而言之，还是仍然写下去罢：

我所看的那些阴间的图画，都是家藏的老书，并非我所专有。我所收得的最先的画图本子，是一位长辈的赠品：《二十四孝图》③。这虽然不过薄薄的一本书，但是下图上说，鬼少人多，又为我一人所独有，使我高兴极了。那里面的故事，似乎是谁都知道的；便是不识字的人，例如阿长，也只要一看图画便能够滔滔地讲出这一段的事迹。但是，我于高兴之余，接着就是扫兴，因为我请人讲完了二十四个故事之后，才知道"孝"有如此之难，对于先前痴心妄想，想做孝子的计划，完全绝望了。

"人之初，性本善"么？这并非现在要加研究的问题。但我还依稀记得，我幼小时候实未尝蓄意忤逆，对于父母，倒是极愿意孝顺的。不过年幼无知，只用了私见来解释"孝顺"的做法，以为无非是"听话"，"从命"，以及长大之后，给年老的父母好好地吃饭罢了。自从得了这一本孝子的教科书以后，才知道并不然，而且还要

---

① **大谈"言行一致"** 陈西滢《闲话》中举述"言行不相顾"的例子，如"讲革命的做官僚，讲言论自由的烧报馆……"（刊于一九二六年一月二十三日《现代评论》第三卷第五十九期），暗指鲁迅在教育部任职、北京市民愤于《晨报》官方立场而焚烧报馆事件。

② **阿尔志跋绥夫（М. П. Арцыбащев，1878—1927）** 俄罗斯小说家。鲁迅曾翻译他的中篇小说《工人绥惠略夫》（自德译本转译）。

③ **《二十四孝图》** 元代郭守正（一说郭居业或郭居敬）辑录《全相二十四孝诗选》，宣扬历代人物之孝行。王克孝绘成《二十四孝图》，流传于世。

难到几十几百倍。其中自然也有可以勉力仿效的，如"子路负米"①，"黄香扇枕"②之类。"陆绩怀橘"③也并不难，只要有阔人请我吃饭。"鲁迅先生作宾客而怀橘乎？"我便跪答云，"吾母性之所爱，欲归以遗母。"阔人大佩服，于是孝子就做稳了，也非常省事。"哭竹生笋"④就可疑，怕我的精诚未必会这样感动天地。但是哭不出笋来，还不过抛脸而已，一到"卧冰求鲤"⑤，可就有性命之虞了。我乡的天气是温和的，严冬中，水面也只结一层薄冰，即使孩子的重量怎样小，躺上去，也一定哗喇一声，冰破落水，鲤鱼还不及游过来。自然，必须不顾性命，这才孝感神明，会有出乎意料之外的奇迹，但那时我还小，实在不明白这些。

其中最使我不解，甚至于发生反感的，是"老莱娱亲"⑥和"郭巨埋儿"⑦两件事。

我至今还记得，一个躺在父母跟前的老头子，一个抱在母亲手上的小孩子，是怎样地使我发生不同的感想呵。他们一手都拿着"摇咕咚"。这玩意儿确是可爱的，北京称为小鼓，盖即鼗也，朱熹⑧曰："鼗，小鼓，两旁有耳；持其柄而摇之，则旁耳还自击，"咕咚咕咚地响起来。然而这东西是不该拿在老莱子手里的，他应该扶一枝拐杖。现在这模样，简直是装佯，侮辱了孩子。我没有再看第二回，一到这一叶，便急速地翻过去了。

---

① "子路负米" 子路，姓仲名由，孔子的弟子。《孔子家语》记载他的孝行，自己常以野菜粗食果腹，到百里之外给父母去驮米。

② "黄香扇枕" 黄香，东汉人。早年丧母，后尽心服侍父亲，《东观汉记》称，他夏天给父亲扇床枕，冬天给父亲暖被窝。

③ "陆绩怀橘" 陆绩，三国吴国人，曾为郁林太守。据《三国志·吴志》本传，他六岁时去袁术处做客，主人给他吃橘子，他揣在怀里拿回去给母亲。

④ "哭竹生笋" 这是三国吴国官员孟宗的故事。《三国志·吴志·孙皓传》裴松之注引《楚国先贤传》："（孟）宗母嗜笋，冬节将至，时笋尚未生。宗入竹林哀叹，而笋为之出，得以供母，皆以为至孝之所致感。"

⑤ "卧冰求鲤" 魏晋大臣王祥之事。《晋书·王祥传》谓："父母有疾，衣不解带，汤药必亲尝。母常欲生鱼，时天寒冰冻，（王）祥解衣将剖冰求之，冰忽自解，双鲤跃出，持之而归。"

⑥ "老莱娱亲" 老莱，即老莱子，相传为春秋末楚国隐士，以孝道著称。《艺文类聚·人部》谓：年逾七十，常穿五色彩衣作小儿状，博父母开心。

⑦ "郭巨埋儿" 郭巨，东汉人。他担心养儿妨碍侍奉母亲，欲将自己婴孩埋于野外，掘地时挖出一罐黄金，因而孝名传遍天下，事见干宝《搜神记》卷十一。

⑧ 朱熹（1130—1200） 字元晦，徽州婺源（今属江西）人，南宋理学家。以下一句，见于朱熹《四书章句集注》卷九。

那时的《二十四孝图》，早已不知去向了，目下所有的只是一本日本小田海僊①所画的本子，叙老莱子事云："行年七十，言不称老，常著五色斑斓之衣，为婴儿戏于亲侧。又常取水上堂，诈跌仆地，作婴儿啼，以娱亲意。"大约旧本也差不多，而招我反感的便是"诈跌"。无论忤逆，无论孝顺，小孩子多不愿意"诈"作，听故事也不喜欢是谣言，这是凡有稍稍留心儿童心理的都知道的。

然而在较古的书上一查，却还不至于如此虚伪。师觉授②《孝子传》云，"老莱子……常衣斑斓之衣，为亲取饮，上堂脚跌，恐伤父母之心，僵仆为婴儿啼。"（《太平御览》③四百十三引）较之今说，似稍近于人情。不知怎地，后之君子却一定要改得他"诈"起来，心里才能舒服。邓伯道弃子救侄④，想来也不过"弃"而已矣，昏妄人也必须说他将儿子捆在树上，使他追不上来才肯歇手。正如将"肉麻当作有趣"一般，以不情为伦纪，诬蔑了古人，教坏了后人。老莱子即是一例，道学先生以为他白璧无瑕时，他却已在孩子的心中死掉了。

至于玩着"摇咕咚"的郭巨的儿子，却实在值得同情。他被抱在他母亲的臂膊上，高高兴兴地笑着；他的父亲却正在掘窟窿，要将他埋掉了。说明云，"汉郭巨家贫，有子三岁，母尝减食与之。巨谓妻曰，贫乏不能供母，子又分母之食。盍埋此子？"但是刘向⑤《孝子传》所说，却又有些不同：巨家是富的，他都给了两弟；孩子是才生的，并没有到三岁。结末又大略相象了，"及掘坑二尺，得黄金一釜，上云：天赐郭巨，官不得取，民不得夺"！

我最初实在替这孩子捏一把汗，待到掘出黄金一釜，这才觉得轻松。然而我已经不但自己不敢再想做孝子，并且怕我父亲去做孝子了。家境正在坏下去，常听到父母愁柴米；祖母又老了，倘使我

---

① 小田海僊（1785—1862） 日本江户幕府末期文人画家（一说为中国旅日画家王赢的日文名）。所绘《二十四孝图》，被收入上海点石斋书局印行的《点石斋丛画》。

② 师觉授 即南朝隐士师觉援，字觉授。本传见《南史·孝义上》。所撰《孝子传》已佚，今存清人黄奭辑本。

③ 《太平御览》 宋太宗时，官方辑纂的大型类书，凡一千卷。所引书籍近一千七百种，许多原书已佚。

④ 邓伯道弃子救侄 邓伯道，即邓攸（？—326），字伯道，《晋书·良吏》有传。永嘉之乱时，携家人从石勒营中逃出，情急之下弃子而救侄。

⑤ 刘向（约前77—前6） 字子政，西汉经学家、文学家。所撰《孝子传》亦佚，今有清人黄奭辑本。

的父亲竟学了郭巨，那么，该埋的不正是我么？如果一丝不走样，也掘出一釜黄金来，那自然是如天之福，但是，那时我虽然年纪小，似乎也明白天下未必有这样的巧事。

现在想起来，实在很觉得傻气。这是因为现在已经知道了这些老玩意，本来谁也不实行。整饬伦纪的文电是常有的，却很少见绅士赤条条地躺在冰上面，将军跳下汽车去负米。何况现在早长大了，看过几部古书，买过几本新书，什么《太平御览》咧，《古孝子传》①咧，《人口问题》咧，《节制生育》咧，《二十世纪是儿童的世界》咧，可以抵抗被埋的理由多得很。不过彼一时，此一时，彼时我委实有点害怕：掘好深坑，不见黄金，连"摇咕咚"一同埋下去，盖上土，踏得实实的，又有什么法子可想呢。我想，事情虽然未必实现，但我从此总怕听到我的父母愁穷，怕看见我的白发的祖母，总觉得她是和我不两立，至少，也是一个和我的生命有些妨碍的人。后来这印象日见其淡了，但总有一些留遗，一直到她去世——这大概是送给《二十四孝图》的儒者所万料不到的罢。

五月十日

（原刊 1926 年 5 月 25 日《莽原》半月刊第 1 卷第 10 期）

① 《古孝子传》 清人茆泮林编纂，从类书中辑录古代散佚的多种《孝子传》而成。

五猖会

孩子们所盼望的，过年过节之外，大概要数迎神赛会①的时候了。但我家的所在很偏僻，待到赛会的行列经过时，一定已在下午，仪仗之类，也减而又减，所剩的极其寥寥。往往伸着颈子等候多时，却只见十几个人抬着一个金脸或蓝脸红脸的神像匆匆地跑过去。于是，完了。

我常存着这样的一个希望：这一次所见的赛会，比前一次繁盛些。可是结果总是一个"差不多"；也总是只留下一个纪念品，就是当神像还未抬过之前，化一文钱买下的，用一点烂泥，一点颜色纸，一枝竹签和两三枝鸡毛所做的，吹起来会发出一种刺耳的声音的哨子，叫作"吹都都"的，吡吡地吹它两三天。

现在看看《陶庵梦忆》②，觉得那时的赛会，真是豪奢极了，虽然明人的文章，怕难免有些夸大。因为祷雨而迎龙王，现在也还有的，但办法却已经很简单，不过是十多人盘旋着一条龙，以及村童们扮些海鬼。那时却还要扮故事，而且实在奇拔得可观。他记扮《水浒传》中人物云："……于是分头四出，寻黑矮汉，寻梢长大汉，寻头陀③，寻胖大和尚，寻苗壮妇人，寻姣长妇人，寻青面，寻歪头，寻赤须，寻美髯，寻黑大汉，寻赤脸长须。大索城中；无，则之郭，之村，之山僻，之邻府州县。用重价聘之，得三十六人，梁山泊好汉，个个呵活，臻臻至至，人马称娖④而行。……"这样的

---

① **迎神赛会**　旧时民间习俗，抬神像出庙，周游邑中街巷，伴以鼓乐杂戏，作为酬神祈福仪式，也是一种民众娱乐活动。

② **《陶庵梦忆》**　晚明张岱所著小品文集。以下所引见该书卷七"及时雨"条，记述崇祯五年（1632）绍兴祈雨赛会的情形。

③ **头陀**　佛门用语，原指修习苦行者，民间多将游方乞食的僧人称为"头陀"。

④ **臻臻至至，人马称娖**　臻臻至至，众盛貌；称娖，齐整完备的意思。

白描的活古人，谁能不动一看的雅兴呢？可惜这种盛举，早已和明社①一同消灭了。

赛会虽然不像现在上海的旗袍②，北京的谈国事③，为当局所禁止，然而妇孺们是不许看的，读书人即所谓士子，也大抵不肯赶去看。只有游手好闲的闲人，这才跑到庙前或衙门前去看热闹；我关于赛会的知识，多半是从他们的叙述上得来的，并非考据家所贵重的"眼学"④。然而记得有一回，也亲见过较盛的赛会。开首是一个孩子骑马先来，称为"塘报"⑤；过了许久，"高照"⑥到了，长竹竿揭起一条很长的旗，一个汗流浃背的胖大汉用两手托着；他高兴的时候，就肯将竿头放在头顶或牙齿上，甚而至于鼻尖。其次是所谓"高跷"，"抬阁"，"马头"⑦了；还有扮犯人的，红衣枷锁，内中也有孩子。我那时觉得这些都是有光荣的事业，与闻其事的即全是大有运气的人，——大概羡慕他们的出风头罢。我想，我为什么不生一场重病，使我的母亲也好到庙里去许下一个"扮犯人"的心愿的呢？……然而我到现在终于没有和赛会发生关系过。

要到东关⑧看五猖会去了。这是我儿时所罕逢的一件盛事。因为那会是全县中最盛的会，东关又是离我家很远的地方，出城还有六十多里水路，在那里有两座特别的庙。一是梅姑庙⑨，就是《聊斋志异》所记，室女守节，死后成神，却篡取别人的丈夫的；现在神座上确塑着一对少年男女，眉开眼笑，殊与"礼教"有妨。其一便是五猖

---

① **明社** 意谓明朝社稷。

② **上海的旗袍** 直系军阀孙传芳占据上海时，曾下令女子不得穿旗袍。

③ **北京的谈国事** 奉系军阀张作霖占据北京时，禁止民众议论政局，茶肆酒馆多贴有"莫谈国事"的标语。

④ **"眼学"** 指举述古书上的事例须亲自寓目，不能以听来的为凭。北齐颜之推《颜氏家训·勉学》谓："谈说制文，援引古昔，必须眼学，勿信耳受。"

⑤ **"塘报"** 本谓古代驿递的军情通告，这里借指骑马报信的孩子（赶在迎神仪仗到来之前向沿途观众报告消息）。

⑥ **"高照"** 悬于竹竿上的幡帜，照会迎神仪仗已到来。

⑦ **"高跷""抬阁""马头"** 都是民间赛会常见的游艺节目。"抬阁"是在扎成楼阁的活动舞台上演出戏曲节目，由若干壮汉在游行队伍中抬行。"马头"是一种马头形道具，用以扮示武将上阵。

⑧ **东关** 绍兴旧属的一个大集镇，今属绍兴市上虞区。

⑨ **梅姑庙** 梅姑是绍兴民间传说的节妇，未及出嫁夫已亡，守节至三十岁忧郁而死，民间设祠祭之。蒲松龄所著《聊斋志异》卷十四《金姑父》一篇，演绎上虞金生入庙被梅姑招为夫婿之事，颇有颠覆礼教之趣。

庙了，名目就奇特。据有考据癖的人说：这就是五通神①。然而也并无确据。神像是五个男人，也不见有什么猖獗之状；后面列坐着五位太太，却并不"分坐"，远不及北京戏园里界限之谨严。其实呢，这也是殊与"礼教"有妨的，——但他们既然是五猖，便也无法可想，而且自然也就"又作别论"了。

因为东关离城远，大清早大家就起来。昨夜预定好的三道明瓦窗的大船，已经泊在河埠头，船椅，饭菜，茶炊，点心盒子，都在陆续搬下去了。我笑着跳着，催他们要搬得快。忽然，工人的脸色很谨肃了，我知道有些蹊跷，四面一看，父亲就站在我背后。

"去拿你的书来。"他慢慢地说。

这所谓"书"，是指我开蒙时候所读的《鉴略》②，因为我再没有第二本了。我们那里上学的岁数是多拣单数的，所以这使我记住我其时是七岁。

我忐忑着，拿了书来了。他使我同坐在堂中央的桌子前，教我一句一句地读下去。我担着心，一句一句地读下去。

两句一行，大约读了二三十行罢，他说：

"给我读熟。背不出，就不准去看会。"

他说完，便站起来，走进房里去了。

我似乎从头上浇了一盆冷水。但是，有什么法子呢？自然是读着，读着，强记着，——而且要背出来。

　　　　粤自盘古，生于太荒，
　　　　首出御世，肇开混茫。

就是这样书，我现在只记得前四句，别的都忘却了；那时所强记的二三十行，自然也一齐忘却在里面了。记得那时听人说，读《鉴略》比读《千字文》，《百家姓》有用得多，因为可以知道从古到今的大概。知道从古到今的大概，那当然是很好的，然而我一字也不懂。"粤自盘古"就是"粤自盘古"，读下去，记住它，"粤自盘古"呵！"生于太荒"呵！……

───────────

① **五通神**　又名五郎神、五猖神，旧时江南供奉妖邪的淫祀。相传为兄弟五人，俗称"五圣"。

② **《鉴略》**　旧时学塾采用的一种简明历史课本，清人王仕云编著。

应用的物件已经搬完，家中由忙乱转成静肃了。朝阳照着西墙，天气很清朗。母亲，工人，长妈妈即阿长，都无法营救，只默默地静候着我读熟，而且背出来。在百静中，我似乎头里要伸出许多铁钳，将什么"生于太荒"之流夹住；也听到自己急急诵读的声音发着抖，仿佛深秋的蟋蟀，在夜中鸣叫似的。

他们都等候着；太阳也升得更高了。

我忽然似乎已经很有把握，便即站了起来，拿书走进父亲的书房，一气背将下去，梦似的就背完了。

"不错。去罢。"父亲点着头，说。

大家同时活动起来，脸上都露出笑容，向河埠走去。工人将我高高地抱起，仿佛在祝贺我的成功一般，快步走在最前头。

我却并没有他们那么高兴。开船以后，水路中的风景，盒子里的点心，以及到了东关的五猖会的热闹，对于我似乎都没有什么大意思。

直到现在，别的完全忘却，不留一点痕迹了，只有背诵《鉴略》这一段，却还分明如昨日事。

我至今一想起，还诧异我的父亲何以要在那时候叫我来背书。

五月二十五日

（原刊 1926 年 6 月 10 日《莽原》第 1 卷第 11 期）

朝花夕拾

无　常

　　迎神赛会这一天出巡的神，如果是掌握生杀之权的，——不，这生杀之权四个字不大妥，凡是神，在中国仿佛都有些随意杀人的权柄似的，倒不如说是职掌人民的生死大事的罢，就如城隍和东岳大帝①之类，那么，他的卤簿②中间就另有一群特别的脚色：鬼卒，鬼王，还有活无常③。

　　这些鬼物们，大概都是由粗人和乡下人扮演的。鬼卒和鬼王是红红绿绿的衣裳，赤着脚；蓝脸，上面又画些鱼鳞，也许是龙鳞或别的什么鳞罢，我不大清楚。鬼卒拿着钢叉，叉环振得琅琅地响，鬼王拿的是一块小小的虎头牌。据传说，鬼王是只用一只脚走路的；但他究竟是乡下人，虽然脸上已经画上些鱼鳞或者别的什么鳞，却仍然只得用了两只脚走路。所以看客对于他们不很敬畏，也不大留心，除了念佛老妪和她的孙子们为面面圆到起见，也照例给他们一个"不胜屏营待命之至"④的仪节。

　　至于我们——我相信：我和许多人——所最愿意看的，却在活无常。他不但活泼而诙谐，单是那浑身雪白这一点，在红红绿绿中就有"鹤立鸡群"之概。只要望见一顶白纸的高帽子和他手里的破芭蕉扇的影子，大家就都有些紧张，而且高兴起来了。

　　人民之于鬼物，惟独与他最为稔熟，也最为亲密，平时也常常可以遇见他。譬如城隍庙或东岳庙中，大殿后面就有一间暗室，叫作"阴司间"，在才可辨色的昏暗中，塑着各种鬼：吊死鬼，跌死鬼，虎伤鬼，科场鬼，……而一进门口所看见的长而白的东西就是他。我虽然也曾瞻仰过一回这"阴司间"，但那时胆子小，没有看明

---

　　① **城隍和东岳大帝**　旧时，城隍为主管城邑的神祇，东岳大帝是道教所奉泰山神。
　　② **卤簿**　古代帝王或官员出行时作为扈从的仪仗。蔡邕《独断》："天子出，车驾次第，谓之卤簿。"
　　③ **无常**　佛教语，谓世间一切事物不能久住，皆于生灭变异之中。
　　④ **"不胜屏营待命之至"**　旧时官员呈文结尾处的套语，这里是恭敬肃立的意思。

白。听说他一手还拿着铁索，因为他是勾摄生魂的使者。相传樊江①东岳庙的"阴司间"的构造，本来是极其特别的：门口是一块活板，人一进门，踏着活板的这一端，塑在那一端的他便扑过来，铁索正套在你脖子上。后来吓死了一个人，钉实了，所以在我幼小的时候，这就已不能动。

倘使要看个分明，那么，《玉历钞传》上就画着他的像，不过《玉历钞传》也有繁简不同的本子的，倘是繁本，就一定有。身上穿的是斩衰凶服②，腰间束的是草绳，脚穿草鞋，项挂纸锭；手上是破芭蕉扇，铁索，算盘；肩膀是耸起的，头发却披下来；眉眼的外梢都向下，像一个"八"字。头上一顶长方帽，下大顶小，按比例一算，该有二尺来高罢；在正面，就是遗老遗少们所戴瓜皮小帽的缀一粒珠子或一块宝石的地方，直写着四个字道："一见有喜"。有一种本子上，却写的是"你也来了"。这四个字，是有时也见于包公殿③的扁额上的，至于他的帽上是何人所写，他自己还是阎罗王，我可没有研究出。

《玉历钞传》上还有一种和活无常相对的鬼物，装束也相仿，叫作"死有分"。这在迎神时候也有的，但名称却讹作死无常了，黑脸，黑衣，谁也不爱看。在"阴司间"里也有的，胸口靠着墙壁，阴森森地站着；那才真真是"碰壁"。④凡有进去烧香的人们，必须摩一摩他的脊梁，据说可以摆脱了晦气；我小时也曾摩过这脊梁来，然而晦气似乎终于没有脱，——也许那时不摩，现在的晦气还要重罢，这一节也还是没有研究出。

我也没有研究过小乘佛教⑤的经典，但据耳食之谈，则在印度的佛经里，焰摩天⑥是有的，牛首阿旁⑦也有的，都在地狱里做主任。

---

① **樊江**　绍兴城东的一处村落，今属绍兴市越城区皋埠镇。

② **斩衰凶服**　古代用葛布缝制的丧服，在"五服"（以亲疏为差等的五种丧服）中属重孝丧服。其衣缘不绲边，表示乱头粗服以尽哀恸。详见《礼记·丧服小记》。

③ **包公殿**　供奉北宋包拯的庙宇。相传包拯死后成为阎罗十殿第五殿的阎罗王，东岳庙和城隍庙亦供有他的神像。

④ **"碰壁"**　此语有双关之意。在北京女师大风潮中，一些教师劝阻学生说"你们做事不要碰壁"。参见本书《"碰壁"之后》）一文。

⑤ **小乘佛教**　早期佛教的主流宗派，以自我完善与解脱为宗旨。汉传佛教以大乘为主，但毗昙宗、成实宗、俱舍宗等小乘宗派亦皆有流传。

⑥ **焰摩天**　所谓"欲界诸天"之一，这里大概是表示地狱的"焰摩界"。

⑦ **牛首阿旁**　佛经所谓地狱里的狱卒，牛头人身模样。国人又有马首人身的想象，即后文提到的"马面"，往往合称"牛头马面"。

至于勾摄生魂的使者的这无常先生，却似乎于古无征，耳所习闻的只有什么"人生无常"之类的话。大概这意思传到中国之后，人们便将他具象化了。这实在是我们中国人的创作。

然而人们一见他，为什么就都有些紧张，而且高兴起来呢？

凡有一处地方，如果出了文士学者或名流，他将笔头一扭，就很容易变成"模范县"①。我的故乡，在汉末虽曾经虞仲翔②先生揄扬过，但是那究竟太早了，后来到底免不了产生所谓"绍兴师爷"③，不过也并非男女老小全是"绍兴师爷"，别的"下等人"也不少。这些"下等人"，要他们发什么"我们现在走的是一条狭窄险阻的小路，左面是一个广漠无际的泥潭，右面也是一片广漠无际的浮砂，前面是遥遥茫茫荫在薄雾的里面的目的地"（这几句话均出自陈西滢《致志摩》）。那样热昏似的妙语，是办不到的，可是在无意中，看得往这"荫在薄雾的里面的目的地"的道路很明白：求婚，结婚，养孩子，死亡。但这自然是专就我的故乡而言，若是"模范县"里的人民，那当然又作别论。他们——敝同乡"下等人"——的许多，活着，苦着，被流言，被反噬，因了积久的经验，知道阳间维持"公理"的只有一个会④，而且这会的本身就是"遥遥茫茫"，于是乎势不得不发生对于阴间的神往。人是大抵自以为衔些冤抑的；活的"正人君子"们只能骗鸟，若问愚民，他就可以不假思索地回答你：公正的裁判是在阴间！

想到生的乐趣，生固然可以留恋；但想到生的苦趣，无常也不一定是恶客。无论贵贱，无论贫富，其时都是"一双空手见阎王"⑤，有冤的得伸，有罪的就得罚。然而虽说是"下等人"，也何

① "模范县" 陈西滢在《现代评论》第二卷第三十七期发表《模范县与毛厕》一文，夸耀当时无锡的市政建设和文明状况，称"无锡是中国的模范县"。因为他是无锡人，故鲁迅有此揶揄之笔。

② 虞仲翔 即虞翻（164—233），字仲翔，汉末三国会稽余姚人，经学家。他揄扬家乡的话，见《三国志·吴志》本传裴注引《会稽典录》。

③ "绍兴师爷" 师爷，指清代各级军政官署办理案牍的幕僚，主要有刑名、钱谷二种，其中绍兴人较多，因有"绍兴师爷"之称。陈西滢在《晨报副刊》（一九二六年一月三十日）发表的《致志摩》信中，说鲁迅"有他们贵乡绍兴的刑名师爷的脾气"。

④ 维持"公理"的只有一个会 指陈西滢等人在一九二五年十二月组织的"教育界公理维持会"。参见鲁迅《华盖集·"公理"的把戏》。

⑤ 一双空手见阎王 清代张南庄所著讽刺小说《何典》有谓："卖嘴郎中无好药，一双空手见阎王。"

无
常

尝没有反省？自己做了一世人，又怎么样呢？未曾"跳到半天空"么？没有"放冷箭"①么？无常的手里就拿着大算盘，你摆尽臭架子也无益。对付别人要滴水不漏的公理，对自己总还不如虽在阴司里也还能够寻到一点私情。然而那又究竟是阴间，阎罗天子，牛首阿旁，还有中国人自己想出来的马面，都是并不兼差，真正主持公理的脚色，虽然他们并没有在报上发表过什么大文章。当还未做鬼之前，有时先不欺心的人们，遥想着将来，就又不能不想在整块的公理中，来寻一点情面的末屑，这时候，我们的活无常先生便见得可亲爱了，利中取大，害中取小，我们的古哲墨翟②先生谓之"小取"云。

在庙里泥塑的，在书上墨印的模样上，是看不出他那可爱来的。最好是去看戏。但看普通的戏也不行，必须看"大戏"或者"目连戏"③。目连戏的热闹，张岱④在《陶庵梦忆》上也曾夸张过，说是要连演两三天。在我幼小时候可已经不然了，也如大戏一样，始于黄昏，到次日的天明便完结。这都是敬神禳灾的演剧，全本里一定有一个恶人，次日的将近天明便是这恶人的收场的时候，"恶贯满盈"，阎王出票来勾摄了，于是乎这活的活无常便在戏台上出现。

我还记得自己坐在这一种戏台下的船上的情形，看客的心情和普通是两样的。平常愈夜深愈懒散，这时却愈起劲。他所戴的纸糊的高帽子，本来是挂在台角上的，这时预先拿进去了；一种特别乐器，也准备使劲地吹。这乐器好像喇叭，细而长，可有七八尺，大约是鬼物所爱听的罢，和鬼无关的时候就不用；吹起来，Nhatu，nhatu，nhatututuu 地响，所以我们叫它"目连嗐头"⑤。

在许多人期待着恶人的没落的凝望中，他出来了，服饰比画上

---

① "跳到半空中"，"放冷箭" 均出自陈西滢《致志摩》。

② 墨翟（约前 468—前 376） 即墨子，战国鲁国（一说宋国）人，墨家学派创始人。《墨子·大取》权衡轻重利害，有谓："利之中取大，害之中取小也。害之中取小也，非取害也，取利也。"

③ "大戏"或者"目连戏" "大戏"即绍兴大班（乱弹），今称绍剧，旧时多有表演活无常的剧目。"目连戏"取材《佛说盂兰盆经》，宋元杂剧及南戏演绎成目连救母的故事，明清以后，流播甚广，并非绍兴一地所有。绍兴目连戏《目连救母》中有"跳无常"一折。

④ 张岱（1597—约 1689） 字宗子，号陶庵，浙江山阴（今绍兴）人，明末清初学者。撰有《琅嬛文集》《石匮书》《陶庵梦忆》等。

⑤ "目连嗐头" 嗐头，绍兴方言，即号筒。绍兴目连戏中常用一种加长的号筒，故有此称。

还简单，不拿铁索，也不带算盘，就是雪白的一条莽汉，粉面朱唇，眉黑如漆，蹙着，不知道是在笑还是在哭。但他一出台就须打一百零八个嚏，同时也放一百零八个屁，这才自述他的履历。可惜我记不清楚了，其中有一段大概是这样：

> ……大王出了牌票，叫我去拿隔壁的癞子。
> 问了起来呢，原来是我堂房的阿侄。
> 生的是什么病？伤寒，还带痢疾。
> 看的是什么郎中？下方桥的陈念义①la 儿子。
> 开的是怎样的药方？附子，肉桂，外加牛膝。
> 第一煎吃下去，冷汗发出；
> 第二煎吃下去，两脚笔直。
> 我道 nga 阿嫂哭得悲伤，暂放他还阳半刻。
> 大王道我是得钱买放，就将我捆打四十！

这叙述里的"子"字都读作入声。陈念义是越中的名医，俞仲华曾将他写入《荡寇志》②里，拟为神仙；可是一到他的令郎，似乎便不大高明了。la 者"的"也；"儿"读若"倪"，倒是古音罢；nga 者，"我的"或"我们的"之意也。

他口里的阎罗天子仿佛也不大高明，竟会误解他的人格，——不，鬼格。但连"还阳半刻"都知道，究竟还不失其"聪明正直之谓神"③。不过这惩罚，却给了我们的活无常以不可磨灭的冤苦的印象，一提起，就使他更加蹙紧双眉，捏定破芭蕉扇，脸向着地，鸭子浮水似的跳舞起来。

Nhatu，nhatu，nhatu-nhatu-nhatututuu！目连头也冤苦不堪似的吹着。

---

① **下方桥的陈念义** 下方桥，地名，在今绍兴市柯桥区齐贤镇。陈念义，清代嘉庆道光年间绍兴名医。

② **俞仲华（1794—1849）** 即俞万春（1794—1849），字仲华，浙江山阴（今绍兴）人，清代小说家。著有章回小说《荡寇志》（一名《结水浒传》），重述水浒故事，写梁山好汉尽被朝廷剿灭。

③ **"聪明正直之谓神"** 语见《左传·庄公三十二年》。有神降于莘国，莘公请命于神，求赐田地。太史史嚚曰："莘其亡乎！吾闻之：国将兴，听于民；将亡，听于神。神，聪明正直而壹者也，依人而行。莘多凉德，其何土之能得？"

他因此决定了：

难是弗放者个！
那怕你，铜墙铁壁！
那怕你，皇亲国戚！
…………

　　"难"者，"今"也；"者个"者"的了"之意，词之决也。"虽有怯心，不怨飘瓦"①，他现在毫不留情了，然而这是受了阎罗老子的督责之故，不得已也。一切鬼众中，就是他有点人情；我们不变鬼则已，如果要变鬼，自然就只有他可以比较的相亲近。

　　我至今还确凿记得，在故乡时候，和"下等人"一同，常常这样高兴地正视过这鬼面人，理而情，可怖而可爱的无常；而且欣赏他脸上的哭或笑，口头的硬语与谐谈……。

　　迎神时候的无常，可和演剧上的又有些不同了。他只有动作，没有言语，跟定了一个捧着一盘饭菜的小丑似的脚色走，他要去吃；他却不给他。另外还加添了两名脚色，就是"正人君子"之所谓"老婆儿女"②。凡"下等人"，都有一种通病：常喜欢以己之所欲，施之于人。虽是对于鬼，也不肯给他孤寂，凡有鬼神，大概总要给他们一对一对地配起来。无常也不在例外。所以，一个是漂亮的女人，只是很有些村妇样，大家都称她无常嫂；这样看来，无常是和我们平辈的，无怪他不摆教授先生的架子。一个是小孩子，小高帽，小白衣；虽然小，两肩却已经耸起了，眉目的外梢也向下。这分明是无常少爷了，大家却叫他阿领③，对于他似乎都不很表敬意；猜起来，仿佛是无常嫂的前夫之子似的。但不知何以相貌又和无常有这么像？吁！鬼神之事，难言之矣，只得姑且置之弗论。至于无常何以没有亲儿女，到今年可很容易解释了；鬼神能前知，他怕儿女一

　　① **"虽有怯心，不怨飘瓦"** 语见《庄子·达生》："虽有怯心者不怨飘瓦。"意思是：即便怀有嫉恨心的人，不意让落瓦砸到头上，也不至于要怪罪谁。

　　② **"正人君子"之所谓"老婆儿女"** "正人君子"指陈西滢和现代评论派的学者教授们，因为在女师大风潮中他们站在当局一边，被当时主流媒体称为"正人君子"。陈西滢在《现代评论》第三卷第七十四期发表的《节育问题》一文中指称"有些志士"暗中接受苏俄金钱以补贴家用。

　　③ **阿领** 指妇女再嫁时带来与前夫所生的孩子。

多，爱说闲话的就要旁敲侧击地锻成他拿卢布，所以不但研究，还早已实行了"节育"了。

这捧着饭菜的一幕，就是"送无常"。因为他是勾魂使者，所以民间凡有一个人死掉之后，就得用酒饭恭送他。至于不给他吃，那是赛会时候的开玩笑，实际上并不然。但是，和无常开玩笑，是大家都有此意的，因为他爽直，爱发议论，有人情，——要寻真实的朋友，倒还是他妥当。

有人说，他是生人走阴，就是原是人，梦中却入冥去当差的，所以很有些人情。我还记得住在离我家不远的小屋子里的一个男人，便自称是"走无常"，门外常常燃着香烛。但我看他脸上的鬼气反而多。莫非入冥做了鬼，倒会增加人气的么？吁！鬼神之事，难言之矣，这也只得姑且置之弗论了。

六月二十三日

（原刊 1926 年 7 月 10 日《莽原》第 1 卷第 13 期）

无
常

从百草园到三味书屋

　　我家的后面有一个很大的园，相传叫作百草园。现在是早已并屋子一起卖给朱文公的子孙①了，连那最末次的相见也已经隔了七八年，其中似乎确凿只有一些野草；但那时却是我的乐园。

　　不必说碧绿的菜畦，光滑的石井栏，高大的皂荚树，紫红的桑椹；也不必说鸣蝉在树叶里长吟，肥胖的黄蜂伏在菜花上，轻捷的叫天子（云雀）忽然从草间直窜向云霄里去了。单是周围的短短的泥墙根一带，就有无限趣味。油蛉在这里低唱，蟋蟀们在这里弹琴。翻开断砖来，有时会遇见蜈蚣；还有斑蝥②，倘若用手指按住它的脊梁，便会拍的一声，从后窍喷出一阵烟雾。何首乌藤和木莲藤缠络着，木莲有莲房一般的果实，何首乌有拥肿的根。有人说，何首乌根是有像人形的，吃了便可以成仙，我于是常常拔它起来，牵连不断地拔起来，也曾因此弄坏了泥墙，却从来没有见过有一块根像人样。如果不怕刺，还可以摘到覆盆子，像小珊瑚珠攒成的小球，又酸又甜，色味都比桑椹要好得远。

　　长的草里是不去的，因为相传这园里有一条很大的赤练蛇。

　　长妈妈曾经讲给我一个故事听：先前，有一个读书人住在古庙里用功，晚间，在院子里纳凉的时候，突然听到有人在叫他。答应着，四面看时，却见一个美女的脸露在墙头上，向他一笑，隐去了。他很高兴；但竟给那走来夜谈的老和尚识破了机关。说他脸上有些妖气，一定遇见"美女蛇"了；这是人首蛇身的怪物，能唤人名，倘一答应，夜间便要来吃这人的肉的。他自然吓得要死，而那老和

---

　　① **朱文公的子孙**　朱文公，即朱熹，"文"是他死后的谥号。鲁迅在绍兴的老宅（现纳入绍兴鲁迅纪念馆）一九一九年卖给姓朱的人家，称之"朱文公的子孙"，是作者风趣的说法。

　　② **斑蝥**　一种身带斑点和条纹的有毒甲虫，会蜇人，属鞘翅目芫菁科。

尚却道无妨，给他一个小盒子，说只要放在枕边，便可高枕而卧。他虽然照样办，却总是睡不着，——当然睡不着的。到半夜，果然来了，沙沙沙！门外像是风雨声。他正抖作一团时，却听得豁的一声，一道金光从枕边飞出，外面便什么声音也没有了，那金光也就飞回来，敛在盒子里。后来呢？后来，老和尚说，这是飞蜈蚣，它能吸蛇的脑髓，美女蛇就被它治死了。

结末的教训是：所以倘有陌生的声音叫你的名字，你万不可答应他。

这故事很使我觉得做人之险，夏夜乘凉，往往有些担心，不敢去看墙上，而且极想得到一盒老和尚那样的飞蜈蚣。走到百草园的草丛旁边时，也常常这样想。但直到现在，总还是没有得到，但也没有遇见过赤练蛇和美女蛇。叫我名字的陌生声音自然是常有的，然而都不是美女蛇。

冬天的百草园比较的无味；雪一下，可就两样了。拍雪人（将自己的全形印在雪上）和塑雪罗汉需要人们鉴赏，这是荒园，人迹罕至，所以不相宜，只好来捕鸟。薄薄的雪，是不行的；总须积雪盖了地面一两天，鸟雀们久已无处觅食的时候才好。扫开一块雪，露出地面，用一支短棒支起一面大的竹筛来，下面撒些秕谷，棒上系一条长绳，人远远地牵着，看鸟雀下来啄食，走到竹筛底下的时候，将绳子一拉，便罩住了。但所得的是麻雀居多，也有白颊的"张飞鸟"①，性子很躁，养不过夜的。

这是闰土②的父亲所传授的方法，我却不大能用。明明见它们进去了，拉了绳，跑去一看，却什么都没有，费了半天力，捉住的不过三四只。闰土的父亲③是小半天便能捕获几十只，装在叉袋④里叫着撞着的。我曾经问他得失的缘由，他只静静地笑道：你太性急，来不及等它走到中间去。

我不知道为什么家里的人要将我送进书塾里去了，而且还是全

————————————

① "张飞鸟" 即鹡鸰。头部有黑白条纹，形似戏曲中张飞脸谱，故有"张飞鸟"之称。

② 闰土 鲁迅小说《故乡》中的人物。其原型叫章运水，绍兴道墟乡杜浦村（今属上虞县）人。其父章庆福是农民，兼作竹匠，常在周家打短工。

③ 闰土的父亲 闰土是鲁迅小说《故乡》中的人物，原型章运水是上虞县（今绍兴市上虞区）农家子弟，其父章庆福常在绍兴城里做短工。

④ 叉袋 通常指装东西的布口袋，江浙部分地区方言。

从百草园到三味书屋

城中称为最严厉的书塾。也许是因为拔何首乌毁了泥墙罢，也许是因为将砖头抛到间壁的梁家去了罢，也许是因为站在石井栏上跳了下来罢，……都无从知道。总而言之：我将不能常到百草园了。Ade①，我的蟋蟀们！Ade，我的覆盆子们和木莲们！

出门向东，不上半里，走过一道石桥，便是我的先生②的家了。从一扇黑油的竹门进去，第三间是书房。中间挂着一块扁道：三味书屋③；扁下面是一幅画，画着一只很肥大的梅花鹿伏在古树下。没有孔子牌位，我们便对着那扁和鹿行礼。第一次算是拜孔子，第二次算是拜先生。

第二次行礼时，先生便和蔼地在一旁答礼。他是一个高而瘦的老人，须发都花白了，还戴着大眼镜。我对他很恭敬，因为我早听到，他是本城中极方正，质朴，博学的人。

不知从那里听来的，东方朔④也很渊博，他认识一种虫，名曰"怪哉"⑤，冤气所化，用酒一浇，就消释了。我很想详细地知道这故事，但阿长是不知道的，因为她毕竟不渊博。现在得到机会了，可以问先生。

"先生，'怪哉'这虫，是怎么一回事？……"我上了生书，将要退下来的时候，赶忙问。

"不知道！"他似乎很不高兴，脸上还有怒色了。

我才知道做学生是不应该问这些事的，只要读书，因为他是渊博的宿儒，决不至于不知道，所谓不知道者，乃是不愿意说。年纪比我大的人，往往如此，我遇见过好几回了。

我就只读书，正午习字，晚上对课⑥。先生最初这几天对我很严

---

① **Ade** 德语：再见。
② **我的先生** 作者发蒙的塾师，寿怀鉴（1849—1929），字镜吾，出身秀才。
③ **三味书屋** 当时绍兴城内有名的私塾，书房内悬挂"三味书屋"匾额。所谓"三味"，据说取"读经味如稻粱，读史味如肴馔，读诸子百家味如醯醢"之义。
④ **东方朔（公元前 154—前 93）** 字曼倩，汉武帝的侍臣。擅讽谏，有文名，出语诙谐，有关他的传说很多。《文选》收入他的《答客难》《非有先生论》。
⑤ **"怪哉"** 传说中的一种怪虫，认为是民众怨愤所生。《太平广记》卷四百七十三"怪哉"条："汉武帝幸甘泉，驰道中有虫。赤色，头牙齿耳鼻尽具，观者莫识。帝乃使东方朔视之，还对曰：'此虫名怪哉，昔时拘系无辜，众庶愁怨，咸仰首叹曰，怪哉怪哉！盖感动上天，愤所生也，故名怪哉。'……"此条文末标注"出《小说》"（即南朝殷芸《小说》），但殷芸《小说》中并无"怪哉"之名。
⑥ **对课** 旧时学塾中让学生练习对偶的功课。

厉，后来却好起来了，不过给我读的书渐渐地加上字去，从三言到五言，终于到七言。

三味书屋后面也有一个园，虽然小，但在那里也可以爬上花坛去折蜡梅花，在地上或桂花树上寻蝉蜕。最好的工作是捉了苍蝇喂蚂蚁，静悄悄地没有声音。然而同窗们到园里的太多，太久，可就不行了，先生在书房里便大叫起来：

"人都到那里去了?!"

人们便一个一个陆续走回去；一同回去，也不行的。他有一条戒尺，但是不常用，也有罚跪的规矩，但也不常用，普通总不过瞪几眼，大声道：

"读书!"

于是大家放开喉咙读一阵书，真是人声鼎沸。有念"仁远乎哉我欲仁斯仁至矣"① 的，有念"笑人齿缺曰狗窦大开"② 的，有念"上九潜龙勿用"③ 的，有念"厥土下上上错厥贡苞茅橘柚"④ 的……。先生自己也念书。后来，我们的声音便低下去，静下去了，只有他还大声朗读着：

"铁如意，指挥倜傥，一座皆惊呢～～～～；金叵罗，颠倒淋漓噫，千杯未醉嗬～～～～……。"⑤

我疑心这是极好的文章，因为读到这里，他总是微笑起来，而且将头仰起，摇着，向后面拗过去，拗过去。

先生读书入神的时候，于我们是很相宜的。有几个便用纸糊的盔甲套在指甲上做戏。我是画画儿，用一种叫作"荆川纸"⑥ 的，蒙在小说的绣像上一个个描下来，像习字时候的影写一样。读的书多起来，画的画也多起来；书没有读成，画的成绩却不少了，最成片断的是《荡寇志》和《西游记》的绣像⑦，都有一大本。后来，

---

① **"仁远乎哉我欲仁斯仁至矣"** 《论语·述而》中的句子，可标点为："仁远乎哉? 我欲仁，斯仁至矣。"

② **"笑人齿缺曰狗窦大开"** 《幼学琼林·身体》中的句子。

③ **"上九潜龙勿用"** 此句《易经·乾》原作："初九，潜龙勿用。"

④ **"厥土下上上错厥贡苞茅橘柚"** 此句《尚书·禹贡》原作："厥土惟涂泥，厥田惟下下，厥赋下上，错……厥包橘柚，锡贡。"这里用以形容学童背诵时瞎念一气。

⑤ **"铁如意，……"** 见清末刘翰所作《李克用置酒三垂岗赋》，此篇被王先谦编入《清嘉集初稿》。

⑥ **"荆川纸"** 一种竹浆做的土纸，略显透明，学生初习毛笔字时用以描红。

⑦ **绣像** 旧时雕版印刷书籍中的线描插图，通俗小说多有绣像本。

因为要钱用，卖给一个有钱的同窗了。他的父亲是开锡箔店的；听说现在自己已经做了店主，而且快要升到绅士的地位了。这东西早已没有了罢。

九月十八日

（原刊 1926 年 10 月 10 日《莽原》第 1 卷第 19 期）

父亲的病

　　大约十多年前罢，S城①中曾经盛传过一个名医的故事：

　　他出诊原来是一元四角，特拔②十元，深夜加倍，出城又加倍。有一夜，一家城外人家的闺女生急病，来请他了，因为他其时已经阔得不耐烦，便非一百元不去。他们只得都依他。待去时，却只是草草地一看，说道"不要紧的"，开一张方，拿了一百元就走。那病家似乎很有钱，第二天又来请了。他一到门，只见主人笑面承迎，道，"昨晚服了先生的药，好得多了，所以再请你来复诊一回。"仍旧引到房里，老妈子便将病人的手拉出帐外来。他一按，冷冰冰的，也没有脉，于是点点头道，"唔，这病我明白了。"从从容容走到桌前，取了药方纸，提笔写道：

　　"凭票付英洋③壹百元正。"下面是署名，画押。

　　"先生，这病看来很不轻了，用药怕还得重一点罢。"主人在背后说。

　　"可以，"他说。于是另开了一张方：

　　"凭票付英洋贰百元正。"下面仍是署名，画押。

　　这样，主人就收了药方，很客气地送他出来了。

　　我曾经和这名医周旋过两整年，因为他隔日一回，来诊我的父亲的病。那时虽然已经很有名，但还不至于阔得这样不耐烦；可是诊金却已经是一元四角。现在的都市上，诊金一次十元并不算奇，可是那时是一元四角已是巨款，很不容易张罗的了；又何况是隔日一次。他大概的确有些特别，据舆论说，用药就与众不同。我不知

---

　　① **S城**　这里指绍兴城。
　　② **特拔**　旧时指医生特别出诊，亦即上门急诊。
　　③ **英洋**　即鹰洋，墨西哥独立后铸造的银元。币面为墨西哥国徽，有鹰的形象，故称鹰洋。十九世纪五十年代鹰洋大量流入中国，因成色较佳，在沿海地区成为主要通货。

道药品，所觉得的，就是"药引"的难得，新方一换，就得忙一大场。先买药，再寻药引。"生姜"两片，竹叶十片去尖，他是不用的了。起码是芦根，须到河边去掘；一到经霜三年的甘蔗，便至少也得搜寻两三天。可是说也奇怪，大约后来总没有购求不到的。

据舆论说，神妙就在这地方。先前有一个病人，百药无效；待到遇见了什么叶天士①先生，只在旧方上加了一味药引：梧桐叶。只一服，便霍然而愈了。"医者，意也。"② 其时是秋天，而梧桐先知秋气。其先百药不投，今以秋气动之，以气感气，所以……。我虽然并不了然，但也十分佩服，知道凡有灵药，一定是很不容易得到的，求仙的人，甚至于还要拚了性命，跑进深山里去采呢。

这样有两年，渐渐地熟识，几乎是朋友了。父亲的水肿是逐日利害，将要不能起床；我对于经霜三年的甘蔗之流也逐渐失了信仰，采办药引似乎再没有先前一般踊跃了。正在这时候，他有一天来诊，问过病状，便极其诚恳地说：

"我所有的学问，都用尽了。这里还有一位陈莲河③先生，本领比我高。我荐他来看一看，我可以写一封信。可是，病是不要紧的，不过经他的手，可以格外好得快……。"

这一天似乎大家都有些不欢，仍然由我恭敬地送他上轿。进来时，看见父亲的脸色很异样，和大家谈论，大意是说自己的病大概没有希望的了；他因为看了两年，毫无效验，脸又太熟了，未免有些难以为情，所以等到危急时候，便荐一个生手自代，和自己完全脱了干系。但另外有什么法子呢？本城的名医，除他之外，实在也只有一个陈莲河了。明天就请陈莲河。

陈莲河的诊金也是一元四角。但前回的名医的脸是圆而胖的，他却长而胖了：这一点颇不同。还有用药也不同，前回的名医是一个人还可以办的，这一回却是一个人有些办不妥帖了，因为他一张药方上，总兼有一种特别的丸散和一种奇特的药引。

---

① **叶天士** 即叶桂（1667—1746），字天士。江苏吴县人，清乾隆时名医。著有《温热论》《临证指南医案》等。

② **"医者，意也。"** 汉和帝时太医丞郭玉的说法。《后汉书·方术·郭玉传》："医之为言，意也。腠理至微，随气用巧。"

③ **陈莲河** 这是将何廉臣三字倒念的谐音名字。何廉臣（1860—1929）是当时绍兴名医。二十世纪初，他在上海与周雪樵、丁福保等组建早期中医团体。一九〇八年，与绍兴医界同仁创办《绍兴医药学报》，并主持事务。

芦根和经霜三年的甘蔗，他就从来没有用过。最平常的是"蟋蟀一对"，旁注小字道："要原配，即本在一窠中者。"似乎昆虫也要贞节，续弦或再醮，连做药资格也丧失了。但这差使在我并不为难，走进百草园，十对也容易得，将它们用线一缚，活活地掷入沸汤中完事。然而还有"平地木①十株"呢，这可谁也不知道是什么东西了，问药店，问乡下人，问卖草药的，问老年人，问读书人，问木匠，都只是摇摇头，临末才记起了那远房的叔祖，爱种一点花木的老人，跑去一问，他果然知道，是生在山中树下的一种小树，能结红子如小珊瑚珠的，普通都称为"老弗大"。

"踏破铁鞋无觅处，得来全不费工夫。"药引寻到了，然而还有一种特别的丸药：败鼓皮丸。这"败鼓皮丸"就是用打破的旧鼓皮做成；水肿一名鼓胀，一用打破的鼓皮自然就可以克伏他。清朝的刚毅因为憎恨"洋鬼子"，预备打他们，练了些兵称作"虎神营"②，取虎能食羊，神能伏鬼的意思，也就是这道理。可惜这一种神药，全城中只有一家出售的，离我家就有五里，但这却不像平地木那样，必须暗中摸索了，陈莲河先生开方之后，就恳切详细地给我们说明。

"我有一种丹，"有一回陈莲河先生说，"点在舌上，我想一定可以见效。因为舌乃心之灵苗……。价钱也并不贵，只要两块钱一盒……。"

我父亲沉思了一会，摇摇头。

"我这样用药还会不大见效，"有一回陈莲河先生又说，"我想，可以请人看一看，可有什么冤愆……。医能医病，不能医命，对不对？自然，这也许是前世的事……。"

我的父亲沉思了一会，摇摇头。

凡国手，都能够起死回生的，我们走过医生的门前，常可以看见这样的扁额。现在是让步一点了，连医生自己也说道："西医长于外科，中医长于内科。"但是 S 城那时不但没有西医，并且谁也还没有想到天下有所谓西医，因此无论什么，都只能由轩辕岐伯③的嫡派门徒包办。轩辕时候是巫医不分的，所以直到现在，他的门徒就还

---

① **平地木** 即紫金牛，一种草药。《本草纲目》称有"解毒破血"功效。

② **"虎神营"** 清光绪二十六年（庚子国变），端郡王载漪组建的王室禁卫军。文中说是刚毅创办，似误记。

③ **轩辕岐伯** 轩辕，即黄帝，传说中上古帝王；岐伯，相传为黄帝之臣，擅长医术，常与黄帝讨论经脉之道。中国最早的医学典籍《黄帝内经》即托名黄帝与岐伯所作，因而"轩辕岐伯"亦成为中医的代名词。

见鬼，而且觉得"舌乃心之灵苗"。这就是中国人的"命"，连名医也无从医治的。

不肯用灵丹点在舌头上，又想不出"冤愆"来，自然，单吃了一百多天的"败鼓皮丸"有什么用呢？依然打不破水肿，父亲终于躺在床上喘气了。还请一回陈莲河先生，这回是特拔，大洋十元。他仍旧泰然的开了一张方，但已停止败鼓皮丸不用，药引也不很神妙了，所以只消半天，药就煎好，灌下去，却从口角上回了出来。

从此我便不再和陈莲河先生周旋，只在街上有时看见他坐在三名轿夫的快轿里飞一般抬过；听说他现在还康健，一面行医，一面还做中医什么学报，正在和只长于外科的西医奋斗哩。

中西的思想确乎有一点不同。听说中国的孝子们，一到将要"罪孽深重祸延父母"的时候，就买几斤人参，煎汤灌下去，希望父母多喘几天气，即使半天也好。我的一位教医学的先生却教给我医生的职务道：可医的应该给他医治，不可医的应该给他死得没有痛苦。——但这先生自然是西医。

父亲的喘气颇长久，连我也听得很吃力，然而谁也不能帮助他。我有时竟至于电光一闪似的想道："还是快一点喘完了罢……。"立刻觉得这思想就不该，就是犯了罪；但同时又觉得这思想实在是正当的，我很爱我的父亲。便是现在，也还是这样想。

早晨，住在一门里的衍太太①进来了。她是一个精通礼节的妇人，说我们不应该空等着。于是给他换衣服；又将纸锭和一种什么《高王经》②烧成灰，用纸包了给他捏在拳头里……。

"叫呀，你父亲要断气了。快叫呀！"衍太太说。

"父亲！父亲！"我就叫起来。

"大声！他听不见。还不快叫？！"

"父亲！！！父亲！！！"

他已经平静下去的脸，忽然紧张了，将眼微微一睁，仿佛有一些苦痛。"叫呀！快叫呀！"她催促说。

"父亲！！！"

---

① 衍太太　指作者叔祖周子传的妻子。

② 《高王经》　即《高王观世音》。《魏书·儒林·卢景裕传》称："有人负罪当死，梦沙门教讲经，觉时如所梦，默诵千遍，临刑刀折，主者以闻，赦之。此经遂行于世，号曰《高王观世音》。"出于此种想象，以为到了阴间，有《高王经》相伴自能减少痛苦。

"什么呢？……不要嚷。……不……。"他低低地说，又较急地喘着气，好一会，这才复了原状，平静下去了。

"父亲!!!"我还叫他，一直到他咽了气。

我现在还听到那时的自己的这声音，每听到时，就觉得这却是我对于父亲的最大的错处。

十月七日

（原刊 1926 年 11 月 10 日《莽原》第 1 卷第 21 期）

琐　记

　　衍太太现在是早经做了祖母，也许竟做了曾祖母了；那时却还年青，只有一个儿子比我大三四岁。她对自己的儿子虽然狠，对别家的孩子却好的，无论闹出什么乱子来，也决不去告诉各人的父母，因此我们就最愿意在她家里或她家的四近玩。

　　举一个例说罢，冬天，水缸里结了薄冰的时候，我们大清早起一看见，便吃冰。有一回给沈四太太①看到了，大声说道："莫吃呀，要肚子疼的呢！"这声音又给我母亲听到了，跑出来我们都挨了一顿骂，并且有大半天不准玩。我们推论祸首，认定是沈四太太，于是提起她就不用尊称了，给她另外起了一个绰号，叫作"肚子疼"。

　　衍太太却决不如此。假如她看见我们吃冰，一定和蔼地笑着说，"好，再吃一块。我记着，看谁吃的多。"

　　但我对于她也有不满足的地方。一回是很早的时候了，我还很小，偶然走进她家去，她正在和她的男人看书。我走近去，她便将书塞在我的眼前道，"你看，你知道这是什么？"我看那书上画着房屋，有两个人光着身子仿佛在打架，但又不很像。正迟疑间，他们便大笑起来了。这使我很不高兴，似乎受了一个极大的侮辱，不到那里去大约有十多天。一回是我已经十多岁了，和几个孩子比赛打旋子，看谁旋得多。她就从旁计着数，说道，"好，八十二个了！再旋一个，八十三！好，八十四……"但正在旋着的阿祥，忽然跌倒了，阿祥的婶母也恰恰走进来。她便接着说道，"你看，不是跌了么？不听我的话。我叫你不要旋，不要旋……"。

　　虽然如此，孩子们总还喜欢到她那里去。假如头上碰得肿了一大块的时候，去寻母亲去罢，好的是骂一通，再给擦一点药；坏的是没有药擦，还添几个栗凿和一通骂。衍太太却决不埋怨，立刻给

　　① 沈四太太　鲁迅故家的房客。

你用烧酒调了水粉，搽在疙瘩上，说这不但止痛，将来还没有瘢痕。

父亲故去之后，我也还常到她家里去，不过已不是和孩子们玩耍了，却是和衍太太或她的男人谈闲天。我其时觉得很有许多东西要买，看的和吃的，只是没有钱。有一天谈到这里，她便说道，"母亲的钱，你拿来用就是了，还不就是你的么？"我说母亲没有钱，她就说可以拿首饰去变卖；我说没有首饰，她却道，"也许你没有留心。到大厨的抽屉里，角角落落去寻去，总可以寻出一点珠子这类东西……"。

这些话我听去似乎很异样，便又不到她那里去了，但有时又真想去打开大厨，细细地寻一寻。大约此后不到一月，就听到一种流言，说我已经偷了家里的东西去变卖了，这实在使我觉得有如掉在冷水里。流言的来源，我是明白的，倘是现在，只要有地方发表，我总要骂出流言家的狐狸尾巴来，但那时太年青，一遇流言，便连自己也仿佛觉得真是犯了罪，怕遇见人们的眼睛，怕受到母亲的爱抚。

好。那么，走罢！

但是，那里去呢？Ｓ城人的脸早经看熟，如此而已，连心肝也似乎有些了然。总得寻别一类人们去，去寻为Ｓ城人所诟病的人们，无论其为畜生或魔鬼。那时为全城所笑骂的是一个开得不久的学校，叫作中西学堂①，汉文之外，又教些洋文和算学。然而已经成为众矢之的了；熟读圣贤书的秀才们，还集了"四书"②的句子，做一篇八股③来嘲诮它，这名文便即传遍了全城，人人当作有趣的话柄。我只记得那"起讲"的开头是：

> 徐子以告夷子曰：吾闻用夏变夷者，未闻变于夷者也。今也不然：鴃舌之音，闻其声，皆雅言也……。

以后可忘却了，大概也和现今的国粹保存大家的议论差不多。但我对于这中西学堂，却也不满足，因为那里面只教汉文，算学，英文

---

① **中西学堂** 清光绪年间绍兴开办的一所私立学校，全称绍郡中西学堂。一八九九年改为绍兴府学堂。

② **"四书"** 宋儒将《礼记》中的《大学》《中庸》与《论语》《孟子》合称"四书"，作为经学基本读物。朱熹所著《四书章句集注》奠定了"四书"的地位。

③ **八股** 明清科举考试采用的程式化文体，以"四书""五经"的文句命题，文章定为八个段落，依次为：破题、承题、起讲、入手、前股、中股、后股、束股。从起股至束股的四段中，都有两股排比对偶的文字，合共八股，故称"八股文"。

和法文。功课较为别致的，还有杭州的求是书院①，然而学费贵。

无须学费的学校在南京，自然只好往南京去。第一个进去的学校②，目下不知道称为什么了，光复③以后，似乎有一时称为雷电学堂，很像《封神榜》④上"太极阵""混元阵"一类的名目。总之，一进仪凤门⑤，便可以看见它那二十丈高的桅杆和不知多高的烟通。功课也简单，一星期中，几乎四整天是英文："It is a cat." "Is it a rat?"⑥ 一整天是读汉文："君子曰，颍考叔可谓纯孝也已矣，爱其母，施及庄公。"⑦ 一整天是做汉文：《知己知彼百战百胜论》，《颍考叔论》，《云从龙风从虎论》，《咬得菜根则百事可做论》。

初进去当然只能做三班生，卧室里是一桌一凳一床，床板只有两块。头二班学生就不同了，二桌二凳或三凳一床，床板多至三块。不但上讲堂时挟着一堆厚而且大的洋书，气昂昂地走着，决非只有一本"泼赖妈"⑧和四本《左传》⑨的三班生所敢正视；便是空着手，也一定将肘弯撑开，像一只螃蟹，低一班的在后面总不能走出他之前。这一种螃蟹式的名公巨卿，现在都阔别得很久了，前四五年，竟在教育部的破脚躺椅上，发见了这姿势，然而这位老爷却并非雷电学堂出身的，可见螃蟹态度，在中国也颇普遍。

可爱的是桅杆。但并非如"东邻"的"支那通"⑩所说，因为

---

① **求是书院** 当时杭州的一所新式高等学校，创办于一八九七年（清光绪二十三年），是现在浙江大学的前身。

② **第一个进去的学校** 鲁迅于一八九八年考入南京江南水师学堂，半年后离开该校。江南水师学堂后改为海军军官学校，一九一五年又改为海军雷电学校。

③ **光复** 指一九一一年的辛亥革命。

④ **《封神榜》** 即神魔小说《封神演义》，明代许仲琳（一说陆西星）撰。

⑤ **仪凤门** 南京明城墙十三座城门之一，在城北狮子山下。

⑥ **"It is a cat." "Is it a rat?"** 英语："这是一只猫。""这是只老鼠吗？"

⑦ 原文："君子曰：颍考叔，纯孝也。爱其母，施及庄公……"这是《古文观止》首篇《郑伯克段于鄢》结尾之句。选自《左传·隐公元年》。

⑧ **"泼赖妈"** 英语 primer 的音译，意为初级读本。

⑨ **《左传》** 即《春秋左氏传》或《左氏春秋》，相传为春秋末年鲁国史官左丘明所作，为《春秋》三传之一（其他两传为公羊、谷梁）。其传以记事为主，兼记言论叙述详瞻，为中国第一部完整的编年史。

⑩ **"支那通"** 支那，古代印度人称中国为 Chini（据说是"秦"的音译），中国引进梵文佛经时，按音译写作"支那"。后来，"支那"一词随汉译佛经传入日本。明治维新后，"支那"一词在日本开始普遍使用。甲午战争后，日本官方公文中概以"支那"称呼中国，废除以往常用的"汉""中土""中国"等名称，由此近代日语中"支那"一词明显带有对中国的蔑视。支那通，即指通晓中国文化和国情的日本人。

它"挺然翘然"，又是什么的象征。乃是因为它高，乌鸦喜鹊，都只能停在它的半途的木盘上。人如果爬到顶，便可以近看狮子山，远眺莫愁湖，——但究竟是否真可以眺得那么远，我现在可委实有点记不清楚了。而且不危险，下面张着网，即使跌下来，也不过如一条小鱼落在网子里；况且自从张网以后，听说也还没有人曾经跌下来。

原先还有一个池，给学生学游泳的，这里面却淹死了两个年幼的学生。当我进去时，早填平了，不但填平，上面还造了一所小小的关帝庙。庙旁是一座焚化字纸的砖炉，炉口上方横写着四个大字道："敬惜字纸"。只可惜那两个淹死鬼失了池子，难讨替代①，总在左近徘徊，虽然已有"伏魔大帝关圣帝君"镇压着。办学的人大概是好心肠的，所以每年七月十五，总请一群和尚到雨天操场来放焰口②，一个红鼻而胖的大和尚戴上毗卢帽③，捏诀④，念咒："回资啰，普弥耶吽！唵耶吽！唵！耶！吽！！！"

我的前辈同学被关圣帝君镇压了一整年，就只在这时候得到一点好处，——虽然我并不深知是怎样的好处。所以当这些时，我每每想：做学生总得自己小心些。

总觉得不大合适，可是无法形容出这不合适来。现在是发现了大致相近的字眼了，"乌烟瘴气"，庶几乎其可也。只得走开。近来是单是走开也就不容易，"正人君子"者流会说你骂人骂到了聘书，或者是发"名士"脾气⑤，给你几句正经的俏皮话。不过那时还不打紧，学生所得的津贴，第一年不过二两银子，最初三个月的试习期内是零用五百文。于是毫无问题，去考矿路学堂⑥去了，也许是矿路学堂，已经有些记不真，文凭又不在手头，更无从查考。试验并不难，录取的。

---

① **讨替代** 这里指给死者找替代。旧时有一种迷信说法，横死的人变成的"鬼"在阴间不得安生，须设法使别人也以同样方式死亡（替代他去死），这样就能让他得以投生。

② **放焰口** 一种施食饿鬼的佛教法事，是中元节（旧历七月十五日）盂兰盆会的主要节目。焰口，佛语指饿鬼。

③ **毗卢帽** 放焰口时主座和尚戴的僧帽，绣有毗卢佛像。

④ **捏诀** 和尚道士念咒施法，同时做出一种手势。

⑤ **"名士"脾气** 一九二六年九月至十二月，鲁迅在厦门大学任教，与顾颉刚同事，彼此不谐，顾称之为"名士派"。参见鲁迅《两地书·四八》（出版时以"朱山根"代指顾颉刚）。

⑥ **矿路学堂** 全称江南陆师学堂附设矿务铁路学堂。鲁迅于一八九九年进入该校学习，一九〇二年毕业。

这回不是 It is a cat 了，是 Der Mann，Das Weib，Das Kind。①汉文仍旧是"颍考叔可谓纯孝也已矣"，但外加《小学集注》②。论文题目也小有不同，譬如《工欲善其事必先利其器论》，是先前没有做过的。

此外还有所谓格致③，地学，金石学，……都非常新鲜。但是还得声明：后两项，就是现在之所谓地质学和矿物学，并非讲舆地和钟鼎碑版④的。只是画铁轨横断面图却有些麻烦，平行线尤其讨厌。但第二年的总办是一个新党⑤，他坐在马车上的时候大抵看着《时务报》⑥，考汉文也自己出题目，和教员出的很不同。有一次是《华盛顿⑦论》，汉文教员反而惴惴地来问我们道："华盛顿是什么东西呀？……"

看新书的风气便流行起来，我也知道了中国有一部书叫《天演论》⑧。星期日跑到城南去买了来，白纸石印的一厚本，价五百文正。翻开一看，是写得很好的字，开首便道：

> 赫胥黎独处一室之中，在英伦之南，背山而面野，槛外诸境，历历如在机下。乃悬想二千年前，当罗马大将恺彻⑨未到时，此间有何景物？计惟有天造草昧……

哦！原来世界上竟还有一个赫胥黎坐在书房里那么想，而且想

---

① **Der Mann，Das Weib，Das Kind**　德语：男人，女人，孩子。

② 《**小学集注**》　宋朱熹撰，明陈选、清高愈集注。是书辑录儒家经传中有关童蒙教化的片断，旧时作为乡塾训课读本。

③ **格致**　"格物致知"的缩略语。《礼记·大学》："致知在格物，物格而后知至。"格，推究之义。清末曾用"格致"统称物理、化学等自然科学学科。

④ **舆地和钟鼎碑版**　舆地，古人作为地理学的概念。钟鼎碑版，指青铜和石刻等古代器物，研究这些文物的形制、文字和纹样的学问，亦称金石学。

⑤ **新党**　即晚清维新派人士。这里指矿路学堂当时的总办俞明震。

⑥ 《**时务报**》　梁启超等人主编的一份旬刊，是当时宣传变法维新的重要媒体。一八九六年八月创办于上海，一八九八年七月停刊。

⑦ **华盛顿**（G. Washington，1732—1799）　即乔治·华盛顿，美国第一任总统。

⑧ 《**天演论**》　英国科学家赫胥黎（T. Huxley，1825—1895）所著《进化论与伦理学》的旧译。译者严复（1854—1921）选择翻译其中进化论部分，并加入自己的一些思想。《天演论》于一八九八年在国内出版，即对当时知识界产生重大影响。

⑨ **恺彻**　今译恺撒（G. J. Caesar，前100—前44），古罗马共和时期后期的军事统帅、政治家，曾任共和国执政官。通译恺撒，古罗马统帅，曾两次渡海侵入不列颠（英国）。

得那么新鲜？一口气读下去，"物竞""天择"也出来了，苏格拉第①，柏拉图②也出来了，斯多噶③也出来了。学堂里又设立了一个阅报处，《时务报》不待言，还有《译学汇编》④，那书面上的张廉卿⑤一流的四个字，就蓝得很可爱。

"你这孩子有点不对了，拿这篇文章去看去，抄下来去看去。"一位本家的老辈严肃地对我说，而且递过一张报纸来。接来看时，"臣许应骙⑥跪奏……"，那文章现在是一句也不记得了，总之是参康有为变法⑦的；也不记得可曾抄过没有。

仍然自己不觉得有什么"不对"，一有闲空，就照例地吃侉饼，花生米，辣椒，看《天演论》。

但我们也曾经有过一个很不平安的时期。那是第二年，听说学校就要裁撤了。这也无怪，这学堂的设立，原是因为两江总督⑧（大约是刘坤一⑨罢）听到青龙山的煤矿⑩出息好，所以开手的。待到开学时，煤矿那面却已将原先的技师辞退，换了一个不甚了

---

① **苏格拉第** 今译苏格拉底（Sokrates，前469—前399），古希腊哲学家。他没有著作存世，其思想言论主要见于弟子柏拉图、色诺芬的著作。

② **柏拉图（Platon，前427—前347）** 古希腊哲学家。著有《对话录》《理想国》。

③ **斯多噶（Stoikoi）** 即斯多葛哲学（Stoicism），古希腊和罗马时期兴盛的一个哲学学派。其创始人为芝诺（Zeno，约前490—前425），主要代表人物有巴内斯、塞内卡、艾比克泰德、马可·奥勒留等。注重知觉、理性与逻辑，强调义务与责任，是这个学派的主要特点。

④ **《译学汇编》** 当为《译书汇编》。一九〇〇年，中国留日学生团体励志会成员在东京创办的一份中文月刊。主要译介欧美和日本的政治学说，涉及经济、法律、哲学、文化等领域，后改为《政法学报》。

⑤ **张廉卿（1823—1894）** 即张裕钊（1823—1894），字廉卿，湖北鄂州人。清代古文家、书法家，曾入曾国藩幕府。

⑥ **许应骙（1832—1903）** 字德昌，广东番禺（今属广州）人。清末大臣，官至礼部尚书、闽浙总督。维新变法时期，他是著名的反对派。

⑦ **康有为变法** 康有为（1858—1927），字广厦，号长素，广东南海人。清末维新运动领袖人物，一八九八年他与梁启超、谭嗣同等由光绪帝任用参预政事，推行政治维新和体制改革，史称"戊戌变法"。但变法遭到以慈禧太后为首的保守派强烈抵制，不久发动政变，囚禁光绪帝，杀害谭嗣同等戊戌六君子，康有为、梁启超流亡国外。历时一百〇三天的变法以失败告终。

⑧ **两江总督** 总督，清代最高地方军政长官，辖一省或二三省。两江总督辖区为江苏、安徽、江西。

⑨ **刘坤一（1830—1902）** 字岘庄，湖南新宁人。一八七九年至一九〇一年间数任两江总督。在晚清大臣中，他是支持洋务和新政的人物。

⑩ **青龙山的煤矿** 指官塘煤矿象山矿区，在今南京江宁区青龙山南麓，是江南地区最早建有竖井的煤矿。此矿现已废弃。

然的人了。理由是：一、先前的技师薪水太贵；二、他们觉得开煤矿并不难。于是不到一年，就连煤在那里也不甚了然起来，终于是所得的煤，只能供烧那两架抽水机之用，就是抽了水掘煤，掘出煤来抽水，结一笔出入两清的账。既然开矿无利，矿路学堂自然也就无须乎开了，但是不知怎的，却又并不裁撤。到第三年我们下矿洞去看的时候，情形实在颇凄凉，抽水机当然还在转动，矿洞里积水却有半尺深，上面也点滴而下，几个矿工便在这里面鬼一般工作着。

毕业，自然大家都盼望的，但一到毕业，却又有些爽然若失。爬了几次桅，不消说不配做半个水兵；听了几年讲，下了几回矿洞，就能掘出金银铜铁锡来么？实在连自己也茫无把握，没有做《工欲善其事必先利其器论》的那么容易。爬上天空二十丈和钻下地面二十丈，结果还是一无所能，学问是"上穷碧落下黄泉，两处茫茫皆不见"了。所余的还只有一条路：到外国去。

留学的事，官僚也许可了，派定五名到日本去。其中的一个因为祖母哭得死去活来，不去了，只剩了四个。日本是同中国很两样的，我们应该如何准备呢？有一个前辈同学在，比我们早一年毕业，曾经游历过日本，应该知道些情形。跑去请教之后，他郑重地说：

"日本的袜是万不能穿的，要多带些中国袜。我看纸票也不好，你们带去的钱不如都换了他们的现银。"

四个人都说遵命。别人不知其详，我是将钱都在上海换了日本的银元，还带了十双中国袜——白袜。

后来呢？后来，要穿制服和皮鞋，中国袜完全无用；一元的银圆日本早已废置不用了，又赔钱换了半元的银圆和纸票。

十月八日

（原刊 1926 年 11 月 25 日《莽原》第 1 卷第 22 期）

藤野先生

东京也无非是这样。上野①的樱花烂熳的时节，望去确也像绯红的轻云，但花下也缺不了成群结队的"清国留学生"的速成班②，头顶上盘着大辫子，顶得学生制帽的顶上高高耸起，形成一座富士山。也有解散辫子，盘得平的，除下帽来，油光可鉴，宛如小姑娘的发髻一般，还要将脖子扭几扭。实在标致极了。

中国留学生会馆的门房里有几本书买，有时还值得去一转；倘在上午，里面的几间洋房里倒也还可以坐坐的。但到傍晚，有一间的地板便常不免要咚咚咚地响得震天，兼以满房烟尘斗乱；问问精通时事的人，答道，"那是在学跳舞。"

到别的地方去看看，如何呢？

我就往仙台③的医学专门学校去。从东京出发，不久便到一处驿站，写道：日暮里。不知怎地，我到现在还记得这名目。其次却只记得水户④了，这是明的遗民朱舜水⑤先生客死的地方。仙台是一个市镇，并不大；冬天冷得利害；还没有中国的学生。

大概是物以希为贵罢。北京的白菜运往浙江，便用红头绳系住菜根，倒挂在水果店头，尊为"胶菜"；福建野生着的芦荟，一到北京就请进温室，且美其名曰"龙舌兰"。我到仙台也颇受了这样

---

① **上野** 东京最大的公园，建于一八七三年。

② **"清国留学生"的速成班** 指东京弘文学院速成班。当时许多初到日本的中国留学生，先要在这里学习日语课程。

③ **仙台** 日本本州岛东北部城市，宫城县首府。

④ **水户** 日本本州岛东部城市，位于东京与仙台之间。

⑤ **朱舜水**（1600—1682） 本名朱之瑜，别名舜水，浙江余姚人，明末清初学者。清军南下后，参与郑成功、张煌言的抵抗活动，失败后流亡日本。他在日本讲学二十余年，有《朱舜水文集》存世。

的优待，不但学校不收学费，几个职员还为我的食宿操心。我先是住在监狱旁边一个客店里的，初冬已经颇冷，蚊子却还多，后来用被盖了全身，用衣服包了头脸，只留两个鼻孔出气。在这呼吸不息的地方，蚊子竟无从插嘴，居然睡安稳了。饭食也不坏。但一位先生却以为这客店也包办囚人的饭食，我住在那里不相宜，几次三番，几次三番地说。我虽然觉得客店兼办囚人的饭食和我不相干，然而好意难却，也只得别寻相宜的住处了。于是搬到别一家，离监狱也很远，可惜每天总要喝难以下咽的芋梗汤。

从此就看见许多陌生的先生，听到许多新鲜的讲义。解剖学是两个教授分任的。最初是骨学。其时进来的是一个黑瘦的先生，八字须，戴着眼镜，挟着一叠大大小小的书。一将书放在讲台上，便用了缓慢而很有顿挫的声调，向学生介绍自己道：

"我就是叫作藤野严九郎①的……。"

后面有几个人笑起来了。他接着便讲述解剖学在日本发达的历史，那些大大小小的书，便是从最初到现今关于这一门学问的著作。起初有几本是线装的；还有翻刻中国译本的，他们的翻译和研究新的医学，并不比中国早。

那坐在后面发笑的是上学年不及格的留级学生，在校已经一年，掌故颇为熟悉的了。他们便给新生讲演每个教授的历史。这藤野先生，据说是穿衣服太模胡了，有时竟会忘记带领结；冬天是一件旧外套，寒颤颤的，有一回上火车去，致使管车的疑心他是扒手，叫车里的客人大家小心些。

他们的话大概是真的，我就亲见他有一次上讲堂没有带领结。

过了一星期，大约是星期六，他使助手来叫我了。到得研究室，见他坐在人骨和许多单独的头骨中间，——他其时正在研究着头骨，后来有一篇论文在本校的杂志上发表出来。

"我的讲义，你能抄下来么？"他问。

"可以抄一点。"

---

① **藤野严九郎（1874—1945）** 日本福井县人。一八九六年毕业于爱知县立医学专门学校，留校任教。一八九七年在东京帝国大学（现东京大学）进修解剖学。一九〇一年转任仙台医科专门学校解剖学讲师，鲁迅进入该校学习时他已升任教授。一九一一年仙台医专并入东北帝国大学（现东北大学）医学部，因学历不够被解除教职，去东京行医。一九一五年，回乡自设诊所。鲁迅逝世后，他写了《谨忆周树人君》（刊于日本《文学指南》一九三七年三月号），表达对鲁迅和中国的敬意。

“拿来我看！”

我交出所抄的讲义去，他收下了，第二三天便还我，并且说，此后每一星期要送给他看一回。我拿下来打开看时，很吃了一惊，同时也感到一种不安和感激。原来我的讲义已经从头到末，都用红笔添改过了，不但增加了许多脱漏的地方，连文法的错误，也都一一订正。这样一直继续到教完了他所担任的功课：骨学、血管学、神经学。

可惜我那时太不用功，有时也很任性。还记得有一回藤野先生将我叫到他的研究室里去，翻出我那讲义上的一个图来，是下臂的血管，指着，向我和蔼的说道：

“你看，你将这条血管移了一点位置了。——自然，这样一移，的确比较的好看些，然而解剖图不是美术，实物是那么样的，我们没法改换它。现在我给你改好了，以后你要全照着黑板上那样的画。”

但是我还不服气，口头答应着，心里却想道：

“图还是我画的不错；至于实在的情形，我心里自然记得的。”

学年试验完毕之后，我便到东京玩了一夏天，秋初再回学校，成绩早已发表了，同学一百余人之中，我在中间，不过是没有落第。这回藤野先生所担任的功课，是解剖实习和局部解剖学。

解剖实习了大概一星期，他又叫我去了，很高兴地，仍用了极有抑扬的声调对我说道：

“我因为听说中国人是很敬重鬼的，所以很担心，怕你不肯解剖尸体。现在总算放心了，没有这回事。”

但他也偶有使我很为难的时候。他听说中国的女人是裹脚的，但不知道详细，所以要问我怎么裹法，足骨变成怎样的畸形，还叹息道，“总要看一看才知道。究竟是怎么一回事呢？”

有一天，本级的学生会干事到我寓里来了，要借我的讲义看。我检出来交给他们，却只翻检了一通，并没有带走。但他们一走，邮差就送到一封很厚的信，拆开看时，第一句是：

“你改悔罢！”

这是《新约》[①] 上的句子罢，但经托尔斯泰新近引用过的。其

藤野先生

---

① 《新约》 即《新约全书》。基督教《圣经》包括《旧约全书》和《新约全书》两部分。

时正值日俄战争①，托老先生便写了一封给俄国和日本的皇帝的信，开首便是这一句。日本报纸上很斥责他的不逊，爱国青年也愤然，然而暗地里却早受了他的影响了。其次的话，大略是说上年解剖学试验的题目，是藤野先生讲义上做了记号，我预先知道的，所以能有这样的成绩。末尾是匿名。

我这才回忆到前几天的一件事。因为要开同级会，干事便在黑板上写广告，末一句是"请全数到会勿漏为要"，而且在"漏"字旁边加了一个圈。我当时虽然觉到圈得可笑，但是毫不介意，这回才悟出那字也在讥刺我了，犹言我得了教员漏泄出来的题目。

我便将这事告知了藤野先生；有几个和我熟识的同学也很不平，一同去诘责干事托辞检查的无礼，并且要求他们将检查的结果，发表出来。终于这流言消灭了，干事却又竭力运动，要收回那一封匿名信去。结末是我便将这托尔斯泰式的信退还了他们。

中国是弱国，所以中国人当然是低能儿，分数在六十分以上，便不是自己的能力了：也无怪他们疑惑。但我接着便有参观枪毙中国人的命运了。第二年添教霉菌学，细菌的形状是全用电影②来显示的，一段落已完而还没有到下课的时候，便影几片时事的片子，自然都是日本战胜俄国的情形。但偏有中国人夹在里边：给俄国人做侦探，被日本军捕获，要枪毙了，围着看的也是一群中国人；在讲堂里的还有一个我。

"万岁！"他们都拍掌欢呼起来。

这种欢呼，是每看一片都有的，但在我，这一声却特别听得刺耳。此后回到中国来，我看见那些闲看枪毙犯人的人们，他们也何尝不酒醉似的喝彩，——呜呼，无法可想！但在那时那地，我的意见却变化了。

到第二学年的终结，我便去寻藤野先生，告诉他我将不学医学，并且离开这仙台。他的脸色仿佛有些悲哀，似乎想说话，但竟没有说。

"我想去学生物学，先生教给我的学问，也还有用的。"其实我并没有决意要学生物学，因为看得他有些凄然，便说了一个慰安他

---

① **日俄战争** 一九〇四年二月至一九〇五年九月，日本与俄罗斯两国为争夺中国辽东半岛和朝鲜半岛的控制权，在中国领土和海域进行的一场帝国主义战争。日本作为获胜一方，战后在远东获得诸多利益，军国主义思潮亦大为膨胀。

② **电影** 这里指幻灯片。

的谎话。

"为医学而教的解剖学之类，怕于生物学也没有什么大帮助。"他叹息说。

将走的前几天，他叫我到他家里去，交给我一张照相，后面写着两个字道："惜别"，还说希望将我的也送他。但我这时适值没有照相了；他便叮嘱我将来照了寄给他，并且时时通信告诉他此后的状况。

我离开仙台之后，就多年没有照过相，又因为状况也无聊，说起来无非使他失望，便连信也怕敢写了。经过的年月一多，话更无从说起，所以虽然有时想写信，却又难以下笔，这样的一直到现在，竟没有寄过一封信和一张照片。从他那一面看起来，是一去之后，杳无消息了。

但不知怎地，我总还时时记起他，在我所认为我师的之中，他是最使我感激，给我鼓励的一个。有时我常常想：他的对于我的热心的希望，不倦的教诲，小而言之，是为中国，就是希望中国有新的医学；大而言之，是为学术，就是希望新的医学传到中国去。他的性格，在我的眼里和心里是伟大的，虽然他的姓名并不为许多人所知道。

他所改正的讲义，我曾经订成三厚本，收藏着的，将作为永久的纪念。不幸七年前迁居①的时候，中途毁坏了一口书箱，失去半箱书，恰巧这讲义也遗失在内了。责成运送局去找寻，寂无回信。只有他的照相至今还挂在我北京寓居的东墙上，书桌对面。每当夜间疲倦，正想偷懒时，仰面在灯光中瞥见他黑瘦的面貌，似乎正要说出抑扬顿挫的话来，便使我忽又良心发现，而且增加勇气了，于是点上一枝烟，再继续写些为"正人君子"之流所深恶痛疾的文字。

十月十二日

（原刊 1926 年 12 月 10 日《莽原》第 1 卷第 23 期）

---

① **七年前迁居** 鲁迅自一九一二年起在北京政府教育部任职，已常居北京。一九一九年十二月回绍兴处理家产，将旧宅中书籍等物品运往北京，所说"七年前迁居"是指这一次。

范爱农

在东京的客店里，我们大抵一起来就看报。学生所看的多是《朝日新闻》和《读卖新闻》①，专爱打听社会上琐事的就看《二六新闻》。一天早晨，辟头就看见一条从中国来的电报，大概是：

"安徽巡抚恩铭被 Jo Shiki Rin 刺杀，刺客就擒。"②

大家一怔之后，便容光焕发地互相告语，并且研究这刺客是谁，汉字是怎样三个字。但只要是绍兴人，又不专看教科书的，却早已明白了。这是徐锡麟③，他留学回国之后，在做安徽候补道④，办着巡警事务，正合于刺杀巡抚的地位。

大家接着就预测他将被极刑，家族将被连累。不久，秋瑾⑤姑娘在绍兴被杀的消息也传来了，徐锡麟是被挖了心，给恩铭的亲兵炒食净尽。人心很愤怒。有几个人便密秘地开一个会，筹集川资；这

---

① 《朝日新闻》和《读卖新闻》 两家日本最有影响的综合性报纸，分别创刊于一八八八年和一八七四年。下文提到的《二六新闻》，应是《二六新报》。

② 安徽巡抚恩铭被 Jo Shiki Rin 刺杀，刺客就擒。" 恩铭（？—1907），于库里氏，清满洲镶白旗人。光绪三十二年（1906）出任安徽巡抚，创办多个军警学堂和训练营。第二年在出席安庆巡警学堂毕业典礼时被刺杀。**Jo Shiki Rin,** 即徐锡麟（见注〔3〕）。巡抚，清代省级最高官员。

③ 徐锡麟（1873—1907） 字伯荪，浙江山阴（今绍兴）人。清末革命团体光复会成员，曾在绍兴创办大通学堂，联络会党，训练骨干。光绪三十二年（1906）捐候补道作掩护身份，为安徽巡抚恩铭重用，任安庆巡警学堂监督。次年与秋瑾共谋浙皖两省起义。五月二十六日，趁巡警学堂毕业典礼检阅枪杀恩铭，继而在围捕中被俘，遭杀害。

④ 候补道 即候补道员。道员，俗称道台，为省以下、府县之上的地方主官，或专管一省特定事务的官员。清代职官体系庞杂，许多被擢拔或捐纳的官员并非即时授予实职，往往在吏部等候分派（掣签分发某部或某省听候委用），称作候补。

⑤ 秋瑾（1879？—1907） 字璿卿，号竞雄，别号鉴湖女侠，浙江山阴（今绍兴）人。光绪三十年（1904）赴日本留学，先后参加光复会、同盟会。后回国从事反清活动，在上海、浙江联络会党，任绍兴大通学堂监督。三十三年（1907）与徐锡麟策划浙皖起义，因徐在安庆起事失败，她在大通学堂被捕，六月六日在绍兴轩亭口就义。

时用得着日本浪人①了，撕乌贼鱼下酒，慷慨一通之后，他便登程去接徐伯荪的家属去。

照例还有一个同乡会，吊烈士，骂满洲；此后便有人主张打电报到北京，痛斥满政府的无人道。会众即刻分成两派：一派要发电，一派不要发。我是主张发电的，但当我说出之后，即有一种钝滞的声音跟着起来：

"杀的杀掉了，死的死掉了，还发什么屁电报呢。"

这是一个高大身材，长头发，眼球白多黑少的人，看人总象在渺视。他蹲在席子上，我发言大抵就反对；我早觉得奇怪，注意着他的了，到这时才打听别人：说这话的是谁呢，有那么冷？认识的人告诉我说：他叫范爱农②，是徐伯荪的学生。

我非常愤怒了，觉得他简直不是人，自己的先生被杀了，连打一个电报还害怕，于是便坚执地主张要发电，同他争起来。结果是主张发电的居多数，他屈服了。其次要推出人来拟电稿。

"何必推举呢？自然是主张发电的人罗～。"他说。

我觉得他的话又在针对我，无理倒也并非无理的。但我便主张这一篇悲壮的文章必须深知烈士生平的人做，因为他比别人关系更密切，心里更悲愤，做出来就一定更动人。于是又争起来。结果是他不做，我也不做，不知谁承认做去了；其次是大家走散，只留下一个拟稿的和一两个干事，等候做好之后去拍发。

从此我总觉得这范爱农离奇，而且很可恶。天下可恶的人，当初以为是满人，这时才知道还在其次；第一倒是范爱农。中国不革命则已，要革命，首先就必须将范爱农除去。

然而这意见后来似乎逐渐淡薄，到底忘却了，我们从此也没有再见面。直到革命的前一年，我在故乡做教员，大概是春末时候罢，忽然在熟人的客座上看见了一个人，互相熟视了不过两三秒钟，我们便同时说：

"哦哦，你是范爱农！"

"哦哦，你是鲁迅！"

---

① **日本浪人** 指日本幕府时代离开主人家四处流浪的落魄武士。一八六八年明治维新废除幕藩体制，大批失业武士流向社会。这些浪人无固定职业，往往受雇于人，从事各种暴力活动。日本军方在对外侵略战争中，利用浪人作为特工和别动队。

② **范爱农（1883—1912）** 名肇基，字斯年，号爱友，浙江绍兴人。1912 年 7 月 10 日与绍兴《民兴日报》友人游湖时溺水身亡。

不知怎地我们便都笑了起来，是互相的嘲笑和悲哀。他眼睛还是那样，然而奇怪，只这几年，头上却有了白发了，但也许本来就有，我先前没有留心到。他穿着很旧的布马褂，破布鞋，显得很寒素。谈起自己的经历来，他说他后来没有了学费，不能再留学，便回来了。回到故乡之后，又受着轻蔑，排斥，迫害，几乎无地可容。现在是躲在乡下，教着几个小学生糊口。但因为有时觉得很气闷，所以也趁了航船进城来。

　　他又告诉我现在爱喝酒，于是我们便喝酒。从此他每一进城，必定来访我，非常相熟了。我们醉后常谈些愚不可及的疯话，连母亲偶然听到了也发笑。一天我忽而记起在东京开同乡会时的旧事，便问他：

　　"那一天你专门反对我，而且故意似的，究竟是什么缘故呢？"

　　"你还不知道？我一向就讨厌你的，——不但我，我们。"

　　"你那时之前，早知道我是谁么？"

　　"怎么不知道。我们到横滨，来接的不就是子英①和你么？你看不起我们，摇摇头，你自己还记得么？"

　　我略略一想，记得的，虽然是七八年前的事。那时是子英来约我的，说到横滨去接新来留学的同乡。汽船一到，看见一大堆，大概一共有十多人，一上岸便将行李放到税关上去候查检，关吏在衣箱中翻来翻去，忽然翻出一双绣花的弓鞋来，便放下公事，拿着仔细地看。我很不满，心里想，这些鸟男人，怎么带这东西来呢。自己不注意，那时也许就摇了摇头。检验完毕，在客店小坐之后，即须上火车。不料这一群读书人又在客车上让起坐位来了，甲要乙坐在这位上，乙要丙去坐，揖让未终，火车已开，车身一摇，即刻跌倒了三四个。我那时也很不满，暗地里想：连火车上的坐位，他们也要分出尊卑来……。自己不注意，也许又摇了摇头。然而那群雍容揖让的人物中就有范爱农，却直到这一天才想到。岂但他呢，说起来也惭愧，这一群里，还有后来在安徽战死的陈伯平②烈士，被害

----

　　① 　子英　即陈濬（1882—1950），字子英，浙江绍兴人。早年留学日本，与徐锡麟有交往。曾任绍兴府中学堂监督，与鲁迅共事。辛亥革命后，为县议会议员。

　　② 　陈伯平（1882—1907）　名渊，字墨峰，一号伯平行，浙江会稽（今绍兴）人。他是徐锡麟在大通学堂时的学生，曾随徐赴日。归国后协助秋瑾筹办《中国女报》，光绪三十三年（1907）至安庆，与徐锡麟发动起义，攻打军械所时战死。

的马宗汉①烈士；被囚在黑狱里，到革命后才见天日而身上永带着匪刑的伤痕的也还有一两人。而我都茫无所知，摇着头将他们一并运上东京了。徐伯荪虽然和他们同船来，却不在这车上，因为他在神户就和他的夫人坐车走了陆路了。

我想我那时摇头大约有两回，他们看见的不知道是那一回。让坐时喧闹，检查时幽静，一定是在税关上的那一回了，试问爱农，果然是的。

"我真不懂你们带这东西做什么？是谁的？"

"还不是我们师母的？"他瞪着他多白的眼。

"到东京就要假装大脚，又何必带这东西呢？"

"谁知道呢？你问她去。"

到冬初，我们的景况更拮据了，然而还喝酒，讲笑话。忽然是武昌起义②，接着是绍兴光复③。第二天爱农就上城来，戴着农夫常用的毡帽，那笑容是从来没有见过的。

"老迅，我们今天不喝酒了。我要去看看光复的绍兴。我们同去。"

我们便到街上去走了一通，满眼是白旗。然而貌虽如此，内骨子是依旧的，因为还是几个旧乡绅所组织的军政府，什么铁路股东是行政司长，钱店掌柜是军械司长……。这军政府也到底不长久，几个少年一嚷，王金发④带兵从杭州进来了，但即使不嚷或者也会来。他进来以后，也就被许多闲汉和新进的革命党所包围，大做王都督。在衙门里的人物，穿布衣来的，不上十天也大概换上皮袍子了，天气还并不冷。

我被摆在师范学校校长的饭碗旁边，王都督给了我校款二百元。爱农做监学，还是那件布袍子，但不大喝酒了，也很少有工夫谈闲

---

① **马宗汉（1884—1907）** 字子畦，浙江余姚人。光绪三十一年（1905）赴日本留学，次年回国。三十三年与陈伯平参加徐锡麟组织的安庆起义，被俘后遇害。

② **武昌起义** 一九一一年十月十日，革命党人和同盟会人士在武昌（今武汉市武昌区）组织的武装暴动。举事者号召各省起义，推翻清王朝。全国规模的辛亥革命在武昌首先取得胜利。

③ **绍兴光复** 武昌首义后，全国各地爆发反清起义，许多地方当局即脱离清政府，绍兴府于一九一一年十一月四日宣布光复。

④ **王金发（1882—1915）** 名逸，字季高，浙江嵊县（今嵊州）人。原为洪门平阳党首领，光绪三十一年（1905）加入光复会。曾任绍兴大通学堂体育教员，为秋瑾得力助手。三十三年入同盟会。宣统三年（1911）参加上海、杭州光复诸役，旋率光复军进入绍兴，成立绍兴军政分府，自任都督。"二次革命"失败后，被浙江督军朱瑞杀害于杭州。

天。他办事，兼教书，实在勤快得可以。

"情形还是不行，王金发他们。"一个去年听过我的讲义的少年来访问我，慷慨地说，"我们要办一种报①来监督他们。不过发起人要借用先生的名字。还有一个是子英先生，一个是德清②先生。为社会，我们知道你决不推却的。"

我答应他了。两天后便看见出报的传单，发起人诚然是三个。五天后便见报，开首便骂军政府和那里面的人员；此后是骂都督，都督的亲戚、同乡、姨太太……。

这样地骂了十多天，就有一种消息传到我的家里来，说都督因为你们诈取了他的钱，还骂他，要派人用手枪来打死你们了。

别人倒还不打紧，第一个着急的是我的母亲，叮嘱我不要再出去。但我还是照常走，并且说明，王金发是不来打死我们的，他虽然绿林大学③出身，而杀人却不很轻易。况且我拿的是校款，这一点他还能明白的，不过说说罢了。

果然没有来杀。写信去要经费，又取了二百元。但仿佛有些怒意，同时传令道：再来要，没有了！

不过爱农得到了一种新消息，却使我很为难。原来所谓"诈取"者，并非指学校经费而言，是指另有送给报馆的一笔款。报纸上骂了几天之后，王金发便叫人送去了五百元。于是乎我们的少年们便开起会议来，第一个问题是：收不收？决议曰：收。第二个问题是：收了之后骂不骂？决议曰：骂。理由是：收钱之后，他是股东；股东不好，自然要骂。

我即刻到报馆去问这事的真假。都是真的。略说了几句不该收他钱的话，一个名为会计的便不高兴了，质问我道：

"报馆为什么不收股本？"

"这不是股本……"

"不是股本是什么？"

---

① 指一九一二年一月在绍兴创刊的《越铎日报》。鲁迅也是这份报纸的发起人之一，并为该报发刊撰写《〈越铎〉出世辞》（收入《鲁迅全集·集外集拾遗补编》）。

② 德清 即孙德卿（1868—1932），原名秉彝，字长生，浙江绍兴人。清光绪三十年（1904）赴日本留学，结识孙中山、陶成章、秋瑾等人，加入光复会与同盟会。曾资助徐锡麟创办大通学堂，王金发率民军进驻绍兴，出任民团局副局长，与鲁迅、陈潜同为《越铎日报》发起人。

　③ 绿林大学 王金发原为浙东洪门平阳党首领，这是戏指其早年的江湖身份。

我就不再说下去了，这一点世故是早已知道的，倘我再说出连累我们的话来，他就会面斥我太爱惜不值钱的生命，不肯为社会牺牲，或者明天在报上就可以看见我怎样怕死发抖的记载。

然而事情很凑巧，季茀①写信来催我往南京了。爱农也很赞成，但颇凄凉，说：

"这里又是那样，住不得。你快去罢⋯⋯。"

我懂得他无声的话，决计往南京。先到都督府去辞职，自然照准，派来了一个拖鼻涕的接收员，我交出账目和余款一角又两铜元，不是校长了。后任是孔教会②会长傅力臣。

报馆案③是我到南京后两三个星期了结的，被一群兵们捣毁。子英在乡下，没有事；德清适值在城里，大腿上被刺了一尖刀。他大怒了。自然，这是很有些痛的，怪他不得。他大怒之后，脱下衣服，照了一张照片，以显示一寸来宽的刀伤，并且做一篇文章叙述情形，向各处分送，宣传军政府的横暴。我想，这种照片现在是大约未必还有人收藏着了，尺寸太小，刀伤缩小到几乎等于无，如果不加说明，看见的人一定以为是带些疯气的风流人物的裸体照片，倘遇见孙传芳④大帅，还怕要被禁止的。

我从南京移到北京的时候，爱农的学监也被孔教会会长的校长设法去掉了。他又成了革命前的爱农。我想为他在北京寻一点小事做，这是他非常希望的，然而没有机会。他后来便到一个熟人的家里去寄食，也时时给我信，景况愈困穷，言辞也愈凄苦。终于又非

---

① **季茀** 即许寿裳（1882—1948），字季黻（又作季茀），号上遂，浙江绍兴人。学者、教育家。早年留学日本，与鲁迅相识，成为终身挚友。辛亥革命后任浙江军政司秘书，历任教育部普通教育司司长、江西省教育厅厅长等职。曾在北京大学、中山大学、西北联大和华西大学等校执教。一九四六年去台湾，任台湾大学教授兼国文系主任。一九四八年在台北寓所遭歹徒杀害。

② **孔教会** 辛亥革命后出现的一个以尊孔复古为宗旨的社团。一九一二年十月在上海成立，发起人有陈焕章、沈增植、梁鼎芬等人。孔教会在上海设立总会事务所（后迁北京），经政府立案批准在各地设立支会。次年九月在曲阜举行全国孔教大会，推举康有为担任总会长、张勋为名誉会长。这里所说的"孔教会会长傅力臣"，指绍兴支会的会长傅励臣（1866—1918），此人前清举人出身，时任绍兴县教育会会长和绍兴师范学校校长。

③ **报馆案** 指王金发所部士兵捣毁《越铎日报》报馆一事，发生在一九一二年八月一日。

④ **孙传芳（1885—1935）** 字馨远，山东历城人。北洋直系军阀。直皖战争后逐渐控制江浙一带，一九二五年底自任浙闽苏皖赣五省联军总司令兼江苏总司令。其间曾下令禁止上海美术专门学校采用裸体模特儿教学（当时上海是江苏省所辖特别市）。

走出这熟人的家不可，便在各处飘浮。不久，忽然从同乡那里得到一个消息，说他已经掉在水里，淹死了。

我疑心他是自杀。因为他是浮水的好手，不容易淹死的。

夜间独坐在会馆里，十分悲凉，又疑心这消息并不确，但无端又觉得这是极其可靠的，虽然并无证据。一点法子都没有，只做了四首诗①，后来曾在一种日报上发表，现在是将要忘记完了。只记得一首里的六句，起首四句是："把酒论天下，先生小酒人，大圜犹酩酊，微醉合沉沦。"中间忘掉两句，末了是"旧朋云散尽，余亦等轻尘。"

后来我回故乡去，才知道一些较为详细的事。爱农先是什么事也没得做，因为大家讨厌他。他很困难，但还喝酒，是朋友请他的。他已经很少和人们来往，常见的只剩下几个后来认识的较为年青的人了，然而他们似乎也不愿意多听他的牢骚，以为不如讲笑话有趣。

"也许明天就收到一个电报，拆开来一看，是鲁迅来叫我的。"他时常这样说。

一天，几个新的朋友约他坐船去看戏，回来已过夜半，又是大风雨，他醉着，却偏要到船舷上去小解。大家劝阻他，也不听，自己说是不会掉下去的。但他掉下去了，虽然能浮水，却从此不起来。

第二天打捞尸体，是在菱荡里找到的，直立着。

我至今不明白他究竟是失足还是自杀②。

他死后一无所有，遗下一个幼女和他的夫人。有几个人想集一点钱作他女孩将来的学费的基金，因为一经提议，即有族人来争这笔款的保管权，——其实还没有这笔款，大家觉得无聊，便无形消散了。

现在不知他唯一的女儿景况如何？倘在上学，中学已该毕业了罢。

十一月十八日

(原刊 1926 年 12 月 25 日《莽原》第 1 卷第 24 期)

---

① 鲁迅悼念范爱农的诗实为三首，原刊一九一二年八月二十一日绍兴《民兴日报》，署名黄棘，后收入《集外集》。下文提到的是第三首诗，其五六两句是："此别成终古，从兹绝绪言"。

② **失足还是自杀** 关于范爱农之死，鲁迅怀疑可能是投湖自杀。一九一二年旧历三月二十七日，范爱农致鲁迅信中有如此表示："如此世界，实何生为？盖吾辈生成傲骨，未能随波逐流，惟死而已，端无生理。"

后　记

　　我在第三篇讲《二十四孝》的开头，说北京恐吓小孩的"马虎子"应作"麻胡子"，是指麻叔谋①，而且以他为胡人。现在知道是错了，"胡"应作"祜"，是叔谋之名，见唐人李济翁②做的《资暇集》卷下，题云《非麻胡》。原文如次：

　　俗怖婴儿曰：麻胡来！不知其源者，以为多髯之神而验刺者，非也。隋将军麻祜，性酷虐，炀帝令开汴河，威棱既盛，至稚童望风而畏，互相恐吓曰：麻祜来！稚童语不正，转祜为胡。只如宪宗朝泾将郝玼③，蕃中皆畏惮，其国婴儿啼者，以玼怖之则止。又，武宗朝，闾阎孩孺相胁云：薛尹④来！咸类此也。况《魏志》载张文远辽⑤来之明证乎？（原注：麻祜庙在睢阳。方节度李丕即其后。丕为重建碑。）

　　原来我的识见，就正和唐朝的"不知其源者"相同，贻讥于千载之前，真是咎有应得，只好苦笑。但又不知麻祜庙碑或碑文，现今尚在睢阳或存于方志中否？倘在，我们当可以看见和小说《开河记》所载相反的他的功业。

---

　　①　**麻叔谋**　名祜，传隋炀帝时开河督都护。在清人小说《说唐》中，他被雄阔海杀死。
　　②　**李济翁**　即李匡文（？—893），字济翁，唐陇西临洮（今属甘肃）人。昭宗时为宗正少卿。所撰《资暇集》是一部考辨典故、名物、礼仪习俗的笔记著作。
　　③　**郝玼**　应作郝玼，《旧唐书》有郝玼传，谓"泾原之戍将也"。元和中为凉州刺史、渭州刺史。守边三十年，对付吐蕃手段残忍，"蕃人畏之如神"，后移庆州刺史。
　　④　**薛尹**　指薛元赏（？—约852），唐太和、会昌间，两度为京兆尹，严惩都市恶少，限制禁军怙势扰民，颇有政绩。后任工部尚书，拜昭义节度使。
　　⑤　**张文远辽**　即三国魏将张辽（169—222），字文远，雁门马邑（今山西朔县）人。《三国志·魏志》本传谓：建安十三年张辽守合肥，以步卒八百破敌十万。对阵之际，"大呼自名，冲垒入"，使孙权人马望风披靡。

因为想寻几张插画，常维钧①兄给我在北京搜集了许多材料，有几种是为我所未曾见过的。如光绪己卯（1879）肃州胡文炳作的《二百卅孝图》——原书有注云："卅读如习。"我真不解他何以不直称四十，而必须如此麻烦——即其一。我所反对的"郭巨埋儿"，他于我还未出世的前几年，已经删去了。序有云：

> ……坊间所刻《二十四孝》，善矣。然其中郭巨埋儿一事，揆之天理人情，殊不可以训。……炳窃不自量，妄为编辑。凡矫枉过正而刻意求名者，概从割爱；惟择其事之不诡于正，而人人可为者，类为六门。……

这位肃州胡老先生的勇决，委实令我佩服了。但这种意见，恐怕是怀抱者不乏其人，而且由来已久的，不过大抵不敢毅然删改，笔之于书。如同治十一年（1872）刻的《百孝图》②，前有纪常郑绩③序，就说：

> ……况迩来世风日下，沿习浇漓，不知孝出天性自然，反以孝作另成一事。且择古人投炉④埋儿为忍心害理，指割股抽肠为损亲遗体。殊未审孝只在乎心，不在乎迹。尽孝无定形，行孝无定事。古之孝者非在今所宜，今之孝者难泥古之事。因此时此地不同，而其人其事各异，求其所以尽孝之心则一也。子夏⑤曰：事父母能竭其力。故孔门问孝，所答何尝有同然

---

① **常维钧** 即常惠（1894—1985），字维钧，北京人。早年就读于北京法文学堂及北京大学预科，参加五四运动。曾任北大助教，为《歌谣》周刊编辑，后长期任职于故宫博物院。

② **《百孝图》** 即《百孝图说》，清代俞葆真编，何云梯绘图。全书一文一图，胪列上古至明代孝行卓著者百人百事。

③ **纪常郑绩** 即郑绩（1813—1874），字纪常，号憨士，别署梦香园叟，广东新会人。晚清画家，著有《梦幻居画学简明》。

④ **投炉** 古代孝女救父的一个传说。三国时李娥的父亲为孙权炼金，耗资千万，不见黄金出炉。李娥担心父亲受罚坐斩，情急之下自己投于炉中，"于是金液沸腾，溢于炉口"。只见她的一双鞋从炉口流出，身体则化矣。此见《太平御览》卷四一五引《纪闻》。

⑤ **子夏（前507—?）** 卜氏，名商，字子夏，春秋末晋国温（今河南温县）人。孔子的学生，以文学著称。孔子死后，到魏国讲学。相传《诗经》《春秋》等儒家经典由他所传。

乎？……"

则同治年间就有人以埋儿等事为"忍心害理"，灼然可知。至于这一位"纪常郑绩"先生的意思，我却还是不大懂，或者像是说：这些事现在可以不必学，但也不必说他错。

这部《百孝图》的起源有点特别，是因为见了"粤东颜子"的《百美新咏》①而作的。人重色而己重孝，卫道之盛心可谓至矣。虽然是"会稽俞葆真兰浦编辑"，与不佞有同乡之谊，——但我还只得老实说：不大高明。例如木兰从军的出典，他注云："隋史"。这样名目的书，现今是没有的；倘是《隋书》，那里面又没有木兰从军的事。

而中华民国九年（1920），上海的书店却偏偏将它用石印翻印了，书名的前后各添了两个字：《男女百孝图全传》。第一叶上还有一行小字道：家庭教育的好模范。又加了一篇"吴下大错王鼎谨识"的序，开首先发同治年间"纪常郑绩"先生一流的感慨：

> 慨自欧化东渐，海内承学之士，嚣嚣然侈谈自由平等之说，致道德日就沦胥，人心日益浇漓，寡廉鲜耻，无所不为，侥幸行险，人思幸进，求所谓砥砺廉隅，束身自爱者，世不多睹焉……。起观斯世之忍心害理，几全如陈叔宝②之无心肝。长此滔滔，伊何底止？……"

其实陈叔宝糊涂到好像"全无心肝"，或者有之，若拉他来配"忍心害理"，却未免有些冤枉。这是有几个人以评"郭巨埋儿"和"李娥投炉"的事的。

至于人心，有几点确也似乎正在浇漓起来。自从《男女之秘密》，《男女交合新论》出现后，上海就很有些书名喜欢用"男女"二字冠首。现在是连"以正人心而厚风俗"的《百孝图》上也加上了。这大概为因不满于《百美新咏》而教孝的"会稽俞葆真兰浦"先生所不及料的罢。

---

① 《百美新咏》 即《百美新咏图传》，清代颜希源撰，王翙绘图。是书以木刻版画形式传述历史和传说中的百余位美女，并汇辑大量文人题咏诗篇。

② 陈叔宝 即陈后主（553—604），南朝陈最后一位皇帝，公元五八二至五八九年在位。其奢侈淫逸，不问政事，后被隋文帝所俘。

从说"百行之先"①的孝而忽然拉到"男女"上去，仿佛也近乎不庄重，——浇漓。但我总还想趁便说几句，——自然竭力来减省。

我们中国人即使对于"百行之先"，我敢说，也未必就不想到男女上去的。太平无事，闲人很多，偶有"杀身成仁舍生取义"的，本人也许忙得不暇检点，而活着的旁观者总会加以绵密的研究。曹娥的投江觅父②，淹死后抱父尸出，是载在正史，很有许多人知道的。但这一个"抱"字却发生过问题。

我幼小时候，在故乡曾经听到老年人这样讲：

> ……死了的曹娥，和她父亲的尸体，最初是面对面抱着浮上来的。然而过往行人看见的都发笑了，说：哈哈！这么一个年青姑娘抱着这么一个老头子！于是那两个死尸又沉下去了；停了一刻又浮起来，这回是背对背的负着。

好！在礼义之邦里，连一个年幼——呜呼，"娥年十四"而已——的死孝女要和死父亲一同浮出，也有这么艰难！

我检查《百孝图》和《二百卌孝图》，画师都很聪明，所画的是曹娥还未跳入江中，只在江干啼哭。但吴友如③画的《女二十四孝图》（1892）却正是两尸一同浮出的这一幕，而且也正画作"背对背"，如第一图的上方。我想，他大约也知道我所听到的那故事的。还有《后二十四孝图说》，也是吴友如画，也有曹娥，则画作正在投江的情状，如第一图下。

就我现今所见的教孝的图说而言，古今颇有许多遇盗，遇虎，遇火，遇风的孝子，那应付的方法，十之九是"哭"和"拜"。

中国的哭和拜，什么时候才完呢？

至于画法，我以为最简古的倒要算日本的小田海僊本，这本子早已印入《点石斋丛画》里，变成国货，很容易入手的了。吴

---

① **"百行之先"** 语出《旧唐书·孝友·宋兴贵传》引唐高祖诏书："士有百行，孝敬为先。"

② **曹娥的投江觅父** 曹娥，汉顺帝时会稽上虞（今属浙江）人。其父曹盱为巫祝，在江边迎神时溺水。曹娥沿江觅父，号哭不绝，终不见父亲尸骸，遂投江而死。此事见《后汉书·列女·孝女曹娥传》。

③ **吴友如（？—约1893）** 原名吴猷，字嘉猷，江苏元和（今苏州）人。晚清画家。光绪十年（1884）应聘主绘《点石斋画报》，擅写风俗时事，风行一时。

友如画的最细巧，也最能引动人。但他于历史画其实是不大相宜的；他久居上海的租界里，耳濡目染，最擅长的倒在作"恶鸨虐妓"，"流氓拆梢"一类的时事画，那真是勃勃有生气，令人在纸上看出上海的洋场来。但影响殊不佳，近来许多小说和儿童读物的插画中，往往将一切女性画成妓女样，一切孩童都画得像一个小流氓，大半就因为太看了他的画本的缘故。

　　而孝子的事迹也比较地更难画，因为总是惨苦的多。譬如"郭巨埋儿"，无论如何总难以画到引得孩子眉飞色舞，自愿躺到坑里去。还有"尝粪心忧"①，也不容易引人入胜。还有老莱子的"戏彩娱亲"，题诗上虽说"喜色满庭帏"，而图画上却绝少有有趣的家庭的气息。

上：取自《女二十四孝图》（吴友如）

下：取自《后二十四孝图说》（吴友如）

---

　　① **"尝粪心忧"** 据《梁书·孝行·庾黔娄传》：南朝齐时，庾黔娄为孱陵县令，到县未久父亲患疾，其心有感应，即弃官归家。医者告知，"欲知差剧，但尝粪甜苦"。其父每次排便，黔娄即取尝之。"味转甜滑，心逾忧苦"。

上：取自《百孝图》（何云梯）

中：取自《二十四孝图诗合刊》（李锡彤）

下：取自《百孝图》（慎独山房刻本）

　　我现在选取了三种不同的标本，合成第二图。上方的是《百孝图》中的一部分，"陈村何云梯"画的，画的是"取水上堂诈跌卧地作婴儿啼"这一段。也带出"双亲开口笑"来。中间的一小块是我从"直北李锡彤"画的《二十四孝图诗合刊》上描下来的，画的是"著五色斑斓之衣为婴儿戏于亲侧"这一段；手里捏着"摇咕咚"，就是"婴儿戏"这三个字的点题。但大约李先生觉得一个高大的老头子玩这样的把戏究竟不像样，将他的身子竭力收缩，画成一个有胡子的小孩子了。然而仍然无趣。至于线的错误和缺少，那是不能怪作者的，也不能埋怨我，只能去骂刻工。查这刻工当前清同治十二年（1873）时，是在"山东省布政司街南首路西鸿文堂刻字处"。下方的是"民国壬戌"（1922）慎独山房刻本，无画人姓名，但是双料画法，一面"诈跌卧地"，一面"为婴儿戏"，将两件事合起来，而将"斑斓之衣"忘却了。吴友如画的一本，也合两事为一，也忘了斑斓之衣，只是老莱子比较的胖一些，且绾着双丫髻，——不过还是无趣味。

人说，讽刺和冷嘲只隔一张纸，我以为有趣和肉麻也一样。孩子对父母撒娇可以看得有趣，若是成人，便未免有些不顺眼。放达的夫妻在人面前的互相爱怜的态度，有时略一跨出有趣的界线，也容易变为肉麻。老莱子的作态的图，正无怪谁也画不好。像这些图画上似的家庭里，我是一天也住不舒服的，你看这样一位七十岁的老太爷整年假惺惺地玩着一个"摇咕咚"。

汉朝人在宫殿和墓前的石室里，多喜欢绘画或雕刻古来的帝王，孔子弟子，列士，列女，孝子之类的图。宫殿当然一椽不存了；石室却偶然还有，而最完全的是山东嘉祥县的武氏石室①。我仿佛记得那上面就刻着老莱子的故事。但现在手头既没有拓本，也没有《金石萃编》②，不能查考了；否则，将现时的和约一千八百年前的图画比较起来，也是一种颇有趣味的事。

关于老莱子的，《百孝图》上还有这样的一段：

　　……莱子又有弄雏娱亲之事："尝弄雏于双亲之侧，欲亲之喜。"（原注：《高士传》③。）

谁做的《高士传》呢？嵇康的，还是皇甫谧的？也还是手头没有书，无从查考。只在新近因为白得了一个月的薪水，这才发狠买来的《太平御览》上查了一通，到底查不着，倘不是我粗心，那就是出于别的唐宋人的类书④里的了。但这也没有什么大关系。我所觉得特别的，是文中的那"雏"字。

我想，这"雏"未必一定是小禽鸟。孩子们喜欢弄来玩耍的，用泥和绸或布做成的人形，日本也叫 Hina，写作"雏"。他们那里

---

　　① **武氏石室**　即嘉祥武氏墓群石刻。在今山东嘉祥县武宅山（旧称紫云山），包括武氏墓地石阙及四座石室祠堂四壁的石刻画像，其中武梁祠为最早。这些石室营造于东汉桓帝、灵帝时期，宋代以后因黄河改道被泥沙湮没，至清乾隆末年陆续发掘。

　　② **《金石萃编》**　清代王昶编著的一部金石学著作，汇辑先秦至宋代石刻文字和铜器铭文一千五百余件，附有编者的考释和案语。

　　③ **《高士传》**　晋代皇甫谧撰。纂辑自唐尧至三国魏高节之士九十六人的故事，其中东汉人物居三分之一。

　　④ **类书**　古代一种工具书。编撰者采摭群书，辑录各门类或某一门类的资料，随类相从加以编排，以备读书人寻检、征引。

往往存留中国的古语；而老莱子在父母面前弄孩子的玩具，也比弄小禽鸟更自然。所以英语的 Doll，即我们现在称为"洋囡囡"或"泥人儿"，而文字上只好写作"傀儡"的，说不定古人就称"雏"，后来中绝，便只残存于日本了。但这不过是我一时的臆测，此外也并无什么坚实的凭证。

这弄雏的事，似乎也还没有人画过图。

我所搜集的另一批，是内有"无常"的画像的书籍。一曰《玉历钞传警世》（或无下二字），一曰《玉历至宝钞》（或作编）。其实是两种都差不多的。关于搜集的事，我首先仍要感谢常维钧兄，他寄给我北京龙光斋本，又鉴光斋本；天津思过斋本，又石印局本；南京李光明庄本。其次是章矛尘兄①，给我杭州玛瑙经房本，绍兴许广记本，最近石印本。又其次是我自己，得到广州宝经阁本，又翰元楼本。

这些《玉历》，有繁简两种，是和我的前言相符的。但我调查了一切无常的画像之后，却恐慌起来了。因为书上的"活无常"是花袍，纱帽，背后插刀；而拿算盘，戴高帽子的却是"死有分"！虽然面貌有凶恶和和善之别，脚下有草鞋和布（？）鞋之殊，也不过画工偶然的随便，而最关紧要的题字，则全体一致，曰："死有分"。呜呼，这明明是专在和我为难。

然而我还不能心服。一者因为这些书都不是我幼小时候所见的那一部，二者因为我还确信我的记忆并没有错。不过撕下一叶来做插画的企图，却被无声无臭地打得粉碎了。只得选取标本各一——南京本的死有分和广州本的活无常——之外，还自己动手，添画一个我所记得的目连戏或迎神赛会中的"活无常"来塞责，如第三图上方。好在我并非画家，虽然太不高明，读者也许不至于嗔责罢。先前想不到后来，曾经对于吴友如先生辈颇说过几句蹊跷话，不料曾几何时，即须自己出丑了，现在就预先辩解几句在这里存案。但是，如果无效，那也只好直抄徐（印世昌）大总统②的哲学：听其

---

① **章矛尘（1901—1981）** 即川岛（1901—1981），本名廷谦，字矛尘，以笔名川岛行，浙江上虞（今绍兴上虞区）人。一九一九年入北京大学哲学系，毕业后留校任教，参与创办《语丝》。著有《和鲁迅相处的日子》《川岛选集》等。

② **徐（印世昌）大总统** 徐世昌（1855—1939），字卜五，号菊人，天津人。清光绪进士，曾任内阁大臣。一九一四年应袁世凯相邀出任国务卿，袁复辟帝制时他自行引退。一九一八年至一九二二年任北洋政府总统。

自然。

　　还有不能心服的事，是我觉得虽是宣传《玉历》的诸公，于阴间的事情其实也不大了然。例如一个人初死时的情状，那图像就分成两派。一派是只来一位手执钢叉的鬼卒，叫作"勾魂使者"，此外什么都没有；一派是一个马面，两个无常——阳无常和阴无常——而并非活无常和死有分。倘说，那两个就是活无常和死有分罢，则和单个的画像又不一致。如第四图版上的A，阳无常何尝是花袍纱帽？只有阴无常却和单画的死有分颇相像的，但也放下算盘拿了扇。这还可以说大约因为其时是夏天，然而怎么又长了那么长的络腮胡子了呢？难道夏天时疫多，他竟忙得连修刮的工夫都没有了么？这图的来源是天津思过斋的本子，合并声明；还有北京和广州本上的，也相差无几。

上：鲁迅自画的"活无常"

右：取自《玉历钞传》

左：取自《玉历至宝钞》

　　B是从南京的李光明庄刻本上取来的，图画和A相同，而题字则

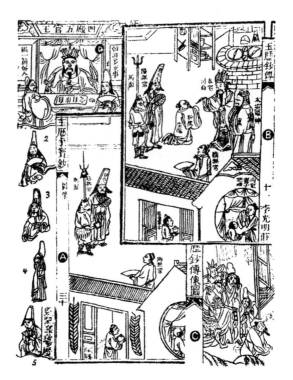

各种《玉历》图像

正相反了：天津本指为阴无常者，它却道是阳无常。但和我的主张是一致的。那么，倘有一个素衣高帽的东西，不问他胡子之有无，北京人，天津人，广州人只管去称为阴无常或死有分，我和南京人则叫他活无常，各随自己的便罢。"名者，实之宾也"①，不关什么紧要的。

不过我还要添上一点 C 图，是绍兴许广记刻本中的一部分，上面并无题字，不知宣传者于意云何。我幼小时常常走过许广记的门前，也闲看他们刻图画，是专爱用弧线和直线，不大肯作曲线的，所以无常先生的真相，在这里也难以判然。只是他身边另有一个小高帽，却还能分明看出，为别的本子上所无。这就是我所说过的在赛会时候出现的阿领。他连办公时间也带着儿子走，我想，大概是在叫他跟随学习，预备长大之后，可以"无改于父之道"② 的。

---

① "名者，实之宾也"　《庄子·逍遥游》谓：许由不受尧之禅让，认为接受尧的位置不过是名分而已，他回答尧说，"吾将为名乎？名者，实之宾也，吾将为宾乎？"宾，这里是从属的意思。

② "无改于父之道"　《论语·学而》称："三年无改于父之道，可谓孝矣。"

除勾摄人魂外，十殿阎罗王中第四殿五官王的案桌旁边，也什九站着一个高帽脚色。如 D 图，①取自天津的思过斋本，模样颇漂亮；②是南京本，舌头拖出来了，不知何故；③是广州的宝经阁本，扇子破了；④是北京龙光斋本，无扇，下巴之下一条黑，我看不透它是胡子还是舌头；⑤是天津石印局本，也颇漂亮，然而站到第七殿泰山王的公案桌边去了：这是很特别的。

又，老虎噬人的图上，也一定画有一个高帽的脚色，拿着纸扇子暗地里在指挥。不知道这也就是无常呢，还是所谓"伥鬼"？但我乡戏文上的伥鬼①都不戴高帽子。

研究这一类三魂渺渺，七魄茫茫，"死无对证"的学问，是很新颖，也极占便宜的。假使征集材料，开始讨论，将各种往来的信件都编印起来，恐怕也可以出三四本颇厚的书，并且因此升为"学者"。但是，"活无常学者"，名称不大冠冕，我不想干下去了，只在这里下一个武断：

《玉历》式的思想是很粗浅的："活无常"和"死有分"，合起来是人生的象征。人将死时，本只须死有分来到。因为他一到，这时候，也就可见"活无常"。

但民间又有一种自称"走阴"或"阴差"的，是生人暂时入冥，帮办公事的脚色。因为他帮同勾魂摄魄，大家也就称之为"无常"；又以其本是生魂也，则别之曰"阳"，但从此便和"活无常"隐然相混了。如第四图版之 A，题为"阳无常"的，是平常人的普通装束，足见明明是阴差，他的职务只在领鬼卒进门，所以站在阶下。

既有了生魂入冥的"阳无常"，便以"阴无常"来称职务相似而并非生魂的死有分了。

做目连戏和迎神赛会虽说是祷祈，同时也等于娱乐，扮演出来的应该是阴差，而普通状态太无趣，——无所谓扮演，——不如奇特些好，于是就将"那一个无常"的衣装给他穿上了；——自然原也没有知道得很清楚。然而从此也更传讹下去。所以南京人和我之所谓活无常，是阴差而穿着死有分的衣冠，顶着真的活无常的名号，大背经典，荒谬得很的。

---

① **伥鬼** 旧时传说，谓人死于虎，其鬼魂受虎役使者为"伥鬼"。唐裴铏《传奇·马拯》："二子并闻其说，遂诘猎者，曰：'此是伥鬼，被虎所食之人也，为虎前呵道耳。'"成语"为虎作伥"即源于此。

不知海内博雅君子，以为何如？

我本来并不准备做什么后记，只想寻几张旧画像来做插图，不料目的不达，便变成一面比较，剪贴，一面乱发议论了。那一点本文或作或辍地几乎做了一年，这一点后记也或作或辍地几乎做了两个月。天热如此，汗流浃背，是亦不可以已乎：爰为结。

一九二七年七月十一日，写完于广州东堤寓楼之西窗下。

（原刊 1927 年 8 月 10 日《莽原》第 2 卷第 15 期）

野草

题　辞

当我沉默着的时候，我觉得充实；我将开口，同时感到空虚。

过去的生命已经死亡。我对于这死亡有大欢喜①，因为我借此知道它曾经存活。死亡的生命已经朽腐。我对于这朽腐有大欢喜，因为我借此知道它还非空虚。

生命的泥委弃在地面上，不生乔木，只生野草，这是我的罪过。

野草，根本不深，花叶不美，然而吸取露，吸取水，吸取陈死人②的血和肉，各各夺取它的生存。当生存时，还是将遭践踏，将遭删刈，直至于死亡而朽腐。

但我坦然，欣然。我将大笑，我将歌唱。

我自爱我的野草，但我憎恶这以野草装饰的地面。

地火在地下运行，奔突；熔岩一旦喷出，将烧尽一切野草，以及乔木，于是并且无可朽腐。

但我坦然，欣然。我将大笑，我将歌唱。

天地有如此静穆，我不能大笑而且歌唱。天地即不如此静穆，我或者也将不能。我以这一丛野草，在明与暗，生与死，过去与未来之际，献于友与仇，人与兽，爱者与不爱者之前作证。

为我自己，为友与仇，人与兽，爱者与不爱者，我希望这野草的死亡与朽腐，火速到来。要不然，我先就未曾生存，这实在比死亡与朽腐更其不幸。

去罢，野草，连着我的题辞！

─────────────

①　**大欢喜**　佛家语，指情感满足或欲望的解脱。

②　**陈死人**　指死亡已久的人。《古诗十九首·驱车上东门》："下有陈死人，杳杳即长暮。潜寐黄泉下，千载永不寤。"

一九二七年四月二十六日，鲁迅记于广州之白云楼①上。

（原刊 1926 年 7 月 2 日《语丝》周刊第 138 期）

野
草 _____

　　① 　**白云楼**　鲁迅在广州的住处。据《鲁迅日记》，鲁迅于一九二七年一月到广州，起初
入住中山大学大钟楼，三月十九日迁居白云路白云楼。

78

秋　夜

　　在我的后园，可以看见墙外有两株树，一株是枣树，还有一株也是枣树。

　　这上面的夜的天空，奇怪而高，我生平没有见过这样的奇怪而高的天空。他仿佛要离开人间而去，使人们仰面不再看见。然而现在却非常之蓝，闪闪地映着几十个星星的眼，冷眼。他的口角上现出微笑，似乎自以为大有深意，而将繁霜洒在我的园里的野花草上。

　　我不知道那些花草真叫什么名字，人们叫他们什么名字。我记得有一种开过极细小的粉红花，现在还开着，但是更极细小了，她在冷的夜气中，瑟缩地做梦，梦见春的到来，梦见秋的到来，梦见瘦的诗人将眼泪擦在她最末的花瓣上，告诉她秋虽然来，冬虽然来，而此后接着还是春，胡蝶乱飞，蜜蜂都唱起春词来了。她于是一笑，虽然颜色冻得红惨惨地，仍然瑟缩着。

　　枣树，他们简直落尽了叶子。先前，还有一两个孩子来打他们别人打剩的枣子，现在是一个也不剩了，连叶子也落尽了。他知道小粉红花的梦，秋后要有春；他也知道落叶的梦，春后还是秋。他简直落尽叶子，单剩干子，然而脱了当初满树是果实和叶子时候的弧形，欠伸得很舒服。但是，有几枝还低亚着，护定他从打枣的竿梢所得的皮伤，而最直最长的几枝，却已默默地铁似的直刺着奇怪而高的天空，使天空闪闪地鬼映眼；直刺着天空中圆满的月亮，使月亮窘得发白。

　　鬼映眼的天空越加非常之蓝，不安了，仿佛想离去人间，避开枣树，只将月亮剩下。然而月亮也暗暗地躲到东边去了。而一无所有的干子，却仍然默默地铁似的直刺着奇怪而高的天空，一意要制他的死命，不管他各式各样地映着许多蛊惑的眼睛。

　　哇的一声，夜游的恶鸟飞过了。

　　我忽而听到夜半的笑声，吃吃地，似乎不愿意惊动睡着的人，然而四围的空气都应和着笑。夜半，没有别的人，我即刻听出这声音就在我嘴里，我也即刻被这笑声所驱逐，回进自己的房。灯火的带子也即刻被我旋高了。

后窗的玻璃上丁丁地响，还有许多小飞虫乱撞。不多久，几个进来了，许是从窗纸的破孔进来的。他们一进来，又在玻璃的灯罩上撞得丁丁地响。一个从上面撞进去了，他于是遇到火，而且我以为这火是真的。两三个却休息在灯的纸罩上喘气。那罩是昨晚新换的罩，雪白的纸，折出波浪纹的叠痕，一角还画出一枝猩红色的栀子①。

猩红的栀子开花时，枣树又要做小粉红花的梦，青葱地弯成弧形了……。我又听到夜半的笑声；我赶紧砍断我的心绪，看那老在白纸罩上的小青虫，头大尾小，向日葵子似的，只有半粒小麦那么大，遍身的颜色苍翠得可爱，可怜。

我打一个呵欠，点起一支纸烟，喷出烟来，对着灯默默地敬奠这些苍翠精致的英雄们。

一九二四年九月十五日

（原刊 1924 年 12 月 1 日《语丝》周刊第 3 期）

野
草

① **栀子** 栀子花常见为白色，红色当是罕见品种。清人陈淏子《花镜》中记有蜀后主孟昶于宫苑赏红栀子花之事。

影的告别

人睡到不知道时候的时候，就会有影来告别，说出那些话——

有我所不乐意的在天堂里，我不愿去；有我所不乐意的在地狱里，我不愿去；有我所不乐意的在你们将来的黄金世界里，我不愿去。

然而你就是我所不乐意的。

朋友，我不想跟随你了，我不愿住。

我不愿意！

呜乎呜乎，我不愿意，我不如彷徨于无地。

我不过一个影，要别你而沉没在黑暗里了。然而黑暗又会吞并我，然而光明又会使我消失。

然而我不愿彷徨于明暗之间，我不如在黑暗里沉没。

然而我终于彷徨于明暗之间，我不知道是黄昏还是黎明。我姑且举灰黑的手装作喝干一杯酒，我将在不知道时候的时候独自远行。

呜乎呜乎，倘若黄昏，黑夜自然会来沉没我，否则我要被白天消失，如果现是黎明。

朋友，时候近了。

我将向黑暗里彷徨于无地。

你还想我的赠品。我能献你甚么呢？无已，则仍是黑暗和虚空而已。但是，我愿意只是黑暗，或者会消失于你的白天；我愿意只是虚空，决不占你的心地。

我愿意这样，朋友——

我独自远行，不但没有你，并且再没有别的影在黑暗里。只有我被黑暗沉没，那世界全属于我自己。

一九二四年九月二十四日

（原刊 1924 年 12 月 8 日《语丝》周刊第 4 期）

求乞者

　　我顺着剥落的高墙走路，踏着松的灰土。另外有几个人，各自走路。微风起来，露在墙头的高树的枝条带着还未干枯的叶子在我头上摇动。

　　微风起来，四面都是灰土。

　　一个孩子向我求乞，也穿着夹衣，也不见得悲戚，而拦着磕头，追着哀呼。

　　我厌恶他的声调，态度。我憎恶他并不悲哀，近于儿戏；我烦厌他这追着哀呼。

　　我走路。另外有几个人各自走路。微风起来，四面都是灰土。

　　一个孩子向我求乞，也穿着夹衣，也不见得悲戚，但是哑的，摊开手，装着手势。

　　我就憎恶他这手势。而且，他或者并不哑，这不过是一种求乞的法子。

　　我不布施，我无布施心，我但居布施者之上，给与烦腻，疑心，憎恶。

　　我顺着倒败的泥墙走路，断砖叠在墙缺口，墙里面没有什么。微风起来，送秋寒穿透我的夹衣；四面都是灰土。

　　我想着我将用什么方法求乞：发声，用怎样声调？装哑，用怎样手势？……

　　另外有几个人各自走路。

　　我将得不到布施，得不到布施心；我将得到自居于布施之上者的烦腻，疑心，憎恶。

　　我将用无所为和沉默求乞……

　　我至少将得到虚无。

　　微风起来，四面都是灰土。另外有几个人各自走路。

灰土，灰土，……
…………
灰土……

　　　　　　一九二四年九月二十四日

　　（原刊 1924 年 12 月 8 日《语丝》周刊第 4 期）

野
草

84

我的失恋

——拟古的新打油诗①

我的所爱在山腰；
想去寻她山太高，
低头无法泪沾袍。
爱人赠我百蝶巾；
回她什么：猫头鹰。
从此翻脸不理我，
不知何故兮使我心惊。

我的所爱在闹市；
想去寻她人拥挤，
仰头无法泪沾耳。
爱人赠我双燕图；
回她什么：冰糖壶卢②。
从此翻脸不理我，
不知何故兮使我胡涂。

我的所爱在河滨；
想去寻她河水深，
歪头无法泪沾襟。

---

① **拟古的新打油诗** 打油诗是一种俚俗诗体，相传得名于唐代一位叫张打油的民间诗人。这里所谓拟古，乃模拟东汉张衡《四愁诗》的格式。《四愁诗》共四节，每节七句，首句均为"我所思兮在□□"。

② **冰糖壶卢** 北方一种零食，用山楂等果品裹以糖浆制成，拿竹签串成葫芦状。葫芦，旧时往往写作"壶卢"。

爱人赠我金表索；
回她什么：发汗药。
从此翻脸不理我，
不知何故兮使我神经衰弱。

我的所爱在豪家；
想去寻她兮没有汽车，
摇头无法泪如麻。
爱人赠我玫瑰花；
回她什么：赤练蛇。
从此翻脸不理我，
不知何故兮——由她去罢。

一九二四年十月三日

（原刊 1924 年 12 月 8 日《语丝》周刊第 4 期）

复　仇

　　人的皮肤之厚，大概不到半分，鲜红的热血，就循着那后面，在比密密层层地爬在墙壁上的槐蚕①更其密的血管里奔流，散出温热。于是各以这温热互相蛊惑，煽动，牵引，拼命地希求偎倚，接吻，拥抱，以得生命的沉酣的大欢喜。

　　但倘若用一柄尖锐的利刃，只一击，穿透这桃红色的，菲薄的皮肤，将见那鲜红的热血激箭似的以所有温热直接灌溉杀戮者；其次，则给以冰冷的呼吸，示以淡白的嘴唇，使之人性茫然，得到生命的飞扬的极致的大欢喜；而其自身，则永远沉浸于生命的飞扬的极致的大欢喜中。

　　这样，所以，有他们俩裸着全身，捏着利刃，对立于广漠的旷野之上。

　　他们俩将要拥抱，将要杀戮……

　　路人们从四面奔来，密密层层地，如槐蚕爬上墙壁，如马蚁要扛鲞头②。衣服都漂亮，手倒空的。然而从四面奔来，而且拼命地伸长颈子，要赏鉴这拥抱或杀戮。他们已经豫觉着事后的自己的舌上的汗或血的鲜味。

　　然而他们俩对立着，在广漠的旷野之上，裸着全身，捏着利刃，然而也不拥抱，也不杀戮，而且也不见有拥抱或杀戮之意。

　　他们俩这样地至于永久，圆活的身体，已将干枯，然而毫不见有拥抱或杀戮之意。

　　路人们于是乎无聊；觉得有无聊钻进他们的毛孔，觉得有无聊从他们自己的心中由毛孔钻出，爬满旷野，又钻进别人的毛孔中。

----

　　① **槐蚕**　生长在槐树上的尺蠖。

　　② **马蚁要扛鲞头**　浙东俗语，喻指以小博大，微小的力量聚集起来可成大事。马蚁，今作蚂蚁。鲞头，即鱼头。鲞是腌腊过的鱼。

他们于是觉得喉舌干燥，脖子也乏了；终至于面面相觑，慢慢走散；甚而至于居然觉得干枯到失了生趣。

于是只剩下广漠的旷野，而他们俩在其间裸着全身，捏着利刃，干枯地立着；以死人似的眼光，赏鉴这路人们的干枯，无血的大戮，而永远沉浸于生命的飞扬的极致的大欢喜中。

一九二四年十二月二十日

（原刊 1924 年 12 月 29 日《语丝》周刊第 7 期）

复仇(其二)

　　因为他自以为神之子，以色列的王①，所以去钉十字架。

　　兵丁们给他穿上紫袍，戴上荆冠，庆贺他；又拿一根苇子打他的头，吐他，屈膝拜他；戏弄完了，就给他脱了紫袍，仍穿他自己的衣服。

　　看哪，他们打他的头，吐他，拜他……

　　他不肯喝那用没药②调和的酒，要分明地玩味以色列人怎样对付他们的神之子，而且较永久地悲悯他们的前途，然而仇恨他们的现在。

　　四面都是敌意，可悲悯的，可咒诅的。

　　丁丁地响，钉尖从掌心穿透，他们要钉杀他们的神之子了，可悯的人们呵，使他痛得柔和。丁丁地响，钉尖从脚背穿透，钉碎了一块骨，痛楚也透到心髓中，然而他们自己钉杀着他们的神之子了，可咒诅的人们呵，这使他痛得舒服。

　　十字架竖起来了；他悬在虚空中。

　　他没有喝那用没药调和的酒，要分明地玩味以色列人怎样对付他们的神之子，而且较永久地悲悯他们的前途，然而仇恨他们的现在。

　　路人都辱骂他，祭司长和文士也戏弄他，和他同钉的两个强盗也讥诮他。

　　看哪，和他同钉的……

---

　　① **以色列的王**　这里指耶稣。《新约全书·马可福音》第十五章："'这个基督，以色列的王，现在让他从十字架上下来吧，好让我们了就相信！'与耶稣一起被钉十字架的人也责骂他。"下文给耶稣穿上紫袍、戴上荆冠，以及祭司长和文士之戏弄，这些细节亦见《马可福音》第十五章。

　　② **没药**　一作末药，梵语音译。一种散瘀消肿的药物，取自地丁树的干燥树脂，原产东非及阿拉伯半岛一带。

四面都是敌意，可悲悯的，可咒诅的。

他在手足的痛楚中，玩味着可悯的人们的钉杀神之子的悲哀和可咒诅的人们要钉杀神之子，而神之子就要被钉杀了的欢喜。突然间，碎骨的大痛楚透到心髓了，他即沉酣于大欢喜和大悲悯中。

他腹部波动了，悲悯和咒诅的痛楚的波。

遍地都黑暗了。

"以罗伊，以罗伊，拉马撒巴各大尼?!"（翻出来，就是：我的上帝，你为甚么离弃我?!）

上帝离弃了他，他终于还是一个"人之子"；然而以色列人连"人之子"都钉杀了。

钉杀了"人之子"的人们的身上，比钉杀了"神之子"的尤其血污，血腥。

一九二四年十二月二十日

（原刊 1924 年 12 月 29 日《语丝》周刊第 7 期）

希　望

我的心分外地寂寞。

然而我的心很平安：没有爱憎，没有哀乐，也没有颜色和声音。

我大概老了。我的头发已经苍白，不是很明白的事么？我的手颤抖着，不是很明白的事么？那么，我的魂灵的手一定也颤抖着，头发也一定苍白了。

然而这是许多年前的事了。

这以前，我的心也曾充满过血腥的歌声：血和铁，火焰和毒，恢复和报仇。而忽而这些都空虚了，但有时故意地填以没奈何的自欺的希望。希望，希望，用这希望的盾，抗拒那空虚中的暗夜的袭来，虽然盾后面也依然是空虚中的暗夜。然而就是如此，陆续地耗尽了我的青春。

我早先岂不知我的青春已经逝去了？但以为身外的青春固在：星，月光，僵坠的胡蝶，暗中的花，猫头鹰的不祥之言，杜鹃的啼血，笑的渺茫，爱的翔舞……。虽然是悲凉漂渺的青春罢，然而究竟是青春。

然而现在何以如此寂寞？难道连身外的青春也都逝去，世上的青年也多衰老了么？

我只得由我来肉薄这空虚中的暗夜了。我放下了希望之盾，我听到 **Petöfi Sándor**① （1823—49）的“希望”之歌：

> 希望是甚么？是娼妓：
> 她对谁都蛊惑，将一切都献给；
> 待你牺牲了极多的宝贝——

---

　① **Petöfi Sándor**　今译裴多菲·山陀尔（1823—1849），匈牙利诗人、革命家。这里所引《希望》一诗，作于一八四五年。

你的青春——她就弃掉你。

这伟大的抒情诗人，匈牙利的爱国者，为了祖国而死在可萨克①兵的矛尖上，已经七十五年了。悲哉死也，然而更可悲的是他的诗至今没有死。

但是，可惨的人生！桀骜英勇如 Petöfi，也终于对了暗夜止步，回顾着茫茫的东方了。他说：

绝望之为虚妄，正与希望相同②。

倘使我还得偷生在不明不暗的这"虚妄"中，我就还要寻求那逝去的悲凉漂渺的青春，但不妨在我的身外。因为身外的青春倘一消灭，我身中的迟暮也即凋零了。

然而现在没有星和月光，没有僵坠的胡蝶以至笑的渺茫，爱的翔舞。然而青年们很平安。

我只得由我来肉薄这空虚中的暗夜了，纵使寻不到身外的青春，也总得自己来一掷我身中的迟暮。但暗夜又在那里呢？现在没有星，没有月光以至笑的渺茫和爱的翔舞；青年们很平安，而我的面前又竟至于并且没有真的暗夜。

绝望之为虚妄，正与希望相同！

一九二五年一月一日

（原刊 1925 年 1 月 19 日《语丝》周刊第 10 期）

野
草

92

① **可萨克** 即哥萨克（Козаки），原是生活在俄罗斯南部草原的游牧社群，历史上以骁勇善战著称。十七世纪后，俄罗斯帝国向东方和南方扩张，哥萨克骑兵是被倚重的武装力量。

② **绝望之为虚妄，正与希望相同** 裴多菲之语，见于他致友人凯雷尼弗里杰什的信札。

雪

　　暖国的雨，向来没有变过冰冷的坚硬的灿烂的雪花。博识的人们觉得他单调，他自己也以为不幸否耶？江南的雪，可是滋润美艳之至了；那是还在隐约着的青春的消息，是极壮健的处子的皮肤。雪野中有血红的宝珠山茶，白中隐青的单瓣梅花，深黄的磬口的腊梅花①；雪下面还有冷绿的杂草。胡蝶确乎没有；蜜蜂是否来采山茶花和梅花的蜜，我可记不真切了。但我的眼前仿佛看见冬花开在雪野中，有许多蜜蜂们忙碌地飞着，也听得他们嗡嗡地闹着。

　　孩子们呵着冻得通红，像紫芽姜一般的小手，七八个一齐来塑雪罗汉。因为不成功，谁的父亲也来帮忙了。罗汉就塑得比孩子们高得多，虽然不过是上小下大的一堆，终于分不清是壶卢还是罗汉；然而很洁白，很明艳，以自身的滋润相粘结，整个地闪闪地生光。孩子们用龙眼核给他做眼珠，又从谁的母亲的脂粉奁中偷得胭脂来涂在嘴唇上。这回确是一个大阿罗汉了。他也就目光灼灼地嘴唇通红地坐在雪地里。

　　第二天还有几个孩子来访问他；对了他拍手，点头，嬉笑。但他终于独自坐着了。晴天又来消释他的皮肤，寒夜又使他结一层冰，化作不透明的水晶模样；连续的晴天又使他成为不知道算什么，而嘴上的胭脂也褪尽了。

　　但是，朔方的雪花在纷飞之后，却永远如粉，如沙，他们决不粘连，撒在屋上，地上，枯草上，就是这样。屋上的雪是早已就有消化了的，因为屋里居人的火的温热。别的，在晴天之下，旋风忽来，便蓬勃地奋飞，在日光中灿灿地生光，如包藏火焰的大雾，旋转而且升腾，弥漫太空，使太空旋转而且升腾地闪烁。

　　在无边的旷野上，在凛冽的天宇下，闪闪地旋转升腾着的是雨

---

　　①　磬口的腊梅花　磬口，腊梅品种之一。盛开之际，花瓣呈半含状。

的精魂……

是的，那是孤独的雪，是死掉的雨，是雨的精魂。

一九二五年一月十八日

（原刊 1925 年 1 月 26 日《语丝》周刊第 11 期）

野
草

风　筝

　　北京的冬季，地上还有积雪，灰黑色的秃树枝丫叉于晴朗的天空中，而远处有一二风筝浮动，在我是一种惊异和悲哀。

　　故乡的风筝时节，是春二月，倘听到沙沙的风轮声，仰头便能看见一个淡墨色的蟹风筝或嫩蓝色的蜈蚣风筝。还有寂寞的瓦片风筝，没有风轮，又放得很低，伶仃地显出憔悴可怜模样。但此时地上的杨柳已经发芽，早的山桃也多吐蕾，和孩子们的天上的点缀相照应，打成一片春日的温和。我现在在那里呢？四面都还是严冬的肃杀，而久经诀别的故乡的久经逝去的春天，却就在这天空中荡漾了。

　　但我是向来不爱放风筝的，不但不爱，并且嫌恶他，因为我以为这是没出息孩子所做的玩艺。和我相反的是我的小兄弟，他那时大概十岁内外罢，多病，瘦得不堪，然而最喜欢风筝，自己买不起，我又不许放，他只得张着小嘴，呆看着空中出神，有时至于小半日。远处的蟹风筝突然落下来了，他惊呼；两个瓦片风筝的缠绕解开了，他高兴得跳跃。他的这些，在我看来都是笑柄，可鄙的。

　　有一天，我忽然想起，似乎多日不很看见他了，但记得曾见他在后园拾枯竹。我恍然大悟似的，便跑向少有人去的一间堆积杂物的小屋去，推开门，果然就在尘封的什物堆中发现了他。他向着大方凳，坐在小凳上；便很惊惶地站了起来，失了色瑟缩着。大方凳旁靠着一个胡蝶风筝的竹骨，还没有糊上纸，凳上是一对做眼睛用的小风轮，正用红纸条装饰着，将要完工了。我在破获秘密的满足中，又很愤怒他的瞒了我的眼睛，这样苦心孤诣地来偷做没出息孩子的玩艺。我即刻伸手折断了胡蝶的一支翅骨，又将风轮掷在地下，踏扁了。论长幼，论力气，他是都敌不过我的，我当然得到完全的胜利，于是傲然走出，留他绝望地站在小屋里，后来他怎样，我不知道，也没有留心。

　　然而我的惩罚终于轮到了，在我们离别得很久之后，我已经是中年。我不幸偶而看了一本外国的讲论儿童的书，才知道游戏是儿童最正当的行为，玩具是儿童的天使。于是二十年来毫不忆及的幼小时候对于精神的虐杀的这一幕，忽地在眼前展开，而我的心也仿佛同时变了铅块，很重很重的堕下去了。

但心又不竟堕下去而至于断绝，他只是很重很重地堕着，堕着。

我也知道补过的方法的：送他风筝，赞成他放，劝他放，我和他一同放。我们嚷着，跑着，笑着。——然而他其时已经和我一样，早已有了胡子了。

我也知道还有一个补过的方法的：去讨他的宽恕，等他说，"我可是毫不怪你呵。"那么，我的心一定就轻松了，这确是一个可行的方法。有一回，我们会面的时候，是脸上都已添刻了许多"生"的辛苦的条纹，而我的心很沉重。我们渐渐谈起儿时的旧事来，我便叙述到这一节，自说少年时代的胡涂。"我可是毫不怪你呵。"我想，他要说了，我即刻便受了宽恕，我的心从此也宽松了罢。

"有过这样的事么？"他惊异地笑着说，就像旁听着别人的故事一样。他什么也不记得了。

全然忘却，毫无怨恨，又有什么宽恕之可言呢？无怨的恕，说谎罢了。

我还能希求什么呢？我的心只得沉重着。

现在，故乡的春天又在这异地的空中了，既给我久经逝去的儿时的回忆，而一并也带着无可把握的悲哀。我倒不如躲到肃杀的严冬中去罢，——但是，四面又明明是严冬，正给我非常的寒威和冷气。

一九二五年一月二十四日

（原刊 1925 年 2 月 2 日《语丝》周刊第 12 期）

好的故事

灯火渐渐地缩小了，在预告石油的已经不多；石油又不是老牌，早熏得灯罩很昏暗。鞭爆的繁响在四近，烟草的烟雾在身边：是昏沉的夜。

我闭了眼睛，向后一仰，靠在椅背上；捏着《初学记》①的手搁在膝髁上。

我在蒙胧中，看见一个好的故事。

这故事很美丽，幽雅，有趣。许多美的人和美的事，错综起来像一天云锦，而且万颗奔星似的飞动着，同时又展开去，以至于无穷。

我仿佛记得曾坐小船经过山阴道②，两岸边的乌桕，新禾，野花，鸡，狗，丛树和枯树，茅屋，塔，伽蓝③，农夫和村妇，村女，晒着的衣裳，和尚，蓑笠，天，云，竹，……都倒影在澄碧的小河中，随着每一打桨，各各夹带了闪烁的日光，并水里的萍藻游鱼，一同荡漾。诸影诸物，无不解散，而且摇动，扩大，互相融和；刚一融和，却又退缩，复近于原形。边缘都参差如夏云头，镶着日光，发出水银色焰。凡是我所经过的河，都是如此。

现在我所见的故事也如此。水中的青天的底子，一切事物统在上面交错，织成一篇，永是生动，永是展开，我看不见这一篇的结束。

河边枯柳树下的几株瘦削的一丈红④，该是村女种的罢。大红花和斑红花，都在水里面浮动，忽而碎散，拉长了，缕缕的胭脂水，然

---

① 《初学记》 类书。唐集贤院学士徐坚等人奉敕编撰，原为便于玄宗诸皇子缀文检事，故名。全书分二十三部，三百多子目，摘录经史文献及历代诗赋，征引广泛，保存了许多佚书的零篇片段。

② 山阴道 指旧时绍兴县城西南一带。《世说新语·言语》："王子敬云：'从山阴道上行，山川自相映发，使人应接不暇。'"

③ 伽蓝 梵语"僧伽蓝摩"（Saṃghărāma）的略称，意为僧众共住的园林，泛指寺院。

④ 一丈红 即蜀葵。观赏植物，可入药。

而没有晕。茅屋，狗，塔，村女，云，……也都浮动着。大红花一朵朵全被拉长了，这时是泼剌奔进的红锦带。带织入狗中，狗织入白云中，白云织入村女中……。在一瞬间，他们又将退缩了。但斑红花影也已碎散，伸长，就要织进塔，村女，狗，茅屋，云里去。

现在我所见的故事清楚起来了，美丽，幽雅，有趣，而且分明。青天上面，有无数美的人和美的事，我一一看见，一一知道。

我就要凝视他们……。

我正要凝视他们时，骤然一惊，睁开眼，云锦也已皱蹙，凌乱，仿佛有谁掷一块大石下河水中，水波陡然起立，将整篇的影子撕成片片了。我无意识地赶忙捏住几乎坠地的《初学记》，眼前还剩着几点虹霓色的碎影。

我真爱这一篇好的故事，趁碎影还在，我要追回他，完成他，留下他。我抛了书，欠身伸手去取笔，——何尝有一丝碎影，只见昏暗的灯光，我不在小船里了。

但我总记得见过这一篇好的故事，在昏沉的夜……。

一九二五年二月二十四日①

（原刊 1925 年 2 月 9 日《语丝》周刊第 13 期）

① 一九二五年二月二十四日　文末落款的写作日期在刊出日期之后，有误。据《鲁迅日记》，本篇应作于一九二五年一月二十八日。

过　客

时：

　　或一日的黄昏。

地：

　　或一处。

人：

　　老翁——约七十岁，白须发，黑长袍。

　　女孩——约十岁，紫发，乌眼珠，白地黑方格长衫。

　　过客——约三四十岁，状态困顿倔强，眼光阴沉，黑须，乱发，黑色短衣裤皆破碎，赤足著破鞋，胁下挂一个口袋，支着等身的竹杖。

　　东，是几株杂树和瓦砾；西，是荒凉破败的丛葬；其间有一条似路非路的痕迹。一间小土屋向这痕迹开着一扇门；门侧有一段枯树根。

　　（女孩正要将坐在树根上的老翁挽起。）

　　翁——孩子。喂，孩子！怎么不动了呢？

　　孩——（向东望着，）有谁走来了，看一看罢。

　　翁——不用看他。扶我进去罢。太阳要下去了。

　　孩——我，——看一看。

　　翁——唉，你这孩子！天天看见天，看见土，看见风，还不够好看么？什么也不比这些好看。你偏是要看谁。太阳下去时候出现的东西，不会给你什么好处的。……还是进去罢。

　　孩——可是，已经近来了。阿阿，是一个乞丐。

　　翁——乞丐？不见得罢。

　　（过客从东面的杂树间跄踉走出，暂时踌蹰之后，慢慢地走近老翁去。）

客——老丈，你晚上好？

翁——阿，好！托福。你好？

客——老丈，我实在冒昧，我想在你那里讨一杯水喝。我走得渴极了。这地方又没有一个池塘，一个水洼。

翁——唔，可以可以。你请坐罢。（向女孩）孩子，你拿水来，杯子要洗干净。

（女孩默默地走进土屋去。）

翁——客官，你请坐。你是怎么称呼的。

客——称呼？——我不知道。从我还能记得的时候起，我就只一个人。我不知道我本来叫什么。我一路走，有时人们也随便称呼我，各式各样地，我也记不清楚了，况且相同的称呼也没有听到过第二回。

翁——阿阿。那么，你是从那里来的呢？

客——（略略迟疑，）我不知道。从我还能记得的时候起，我就在这么走。

翁——对了。那么，我可以问你到那里去么？

客——自然可以。——但是，我不知道。从我还能记得的时候起，我就在这么走，要走到一个地方去，这地方就在前面。我单记得走了许多路，现在来到这里了。我接着就要走向那边去，（西指，）前面！

（女孩小心地捧出一个木杯来，递去。）

客——（接杯，）多谢，姑娘。（将水两口喝尽，还杯，）多谢，姑娘。这真是少有的好意。我真不知道应该怎样感激！

翁——不要这么感激。这于你是没有好处的。

客——是的，这于我没有好处。可是我现在很恢复了些力气了。我就要前去。老丈，你大约是久住在这里的，你可知道前面是怎么一个所在么？

翁——前面？前面，是坟。

客——（诧异地，）坟？

孩——不，不，不的。那里有许多许多野百合，野蔷薇，我常常去玩，去看他们的。

客——（西顾，仿佛微笑，）不错。那些地方有许多许多野百合，野蔷薇，我也常常去玩过，去看过的。但是，那是坟。（向老翁，）老丈，走完了那坟地之后呢？

翁——走完之后？那我可不知道。我没有走过。

客——不知道?!

孩——我也不知道。

翁——我单知道南边；北边；东边，你的来路。那是我最熟悉的地方，也许倒是于你们最好的地方。你莫怪我多嘴，据我看来，你已经这么劳顿了，还不如回转去，因为你前去也料不定可能走完。

客——料不定可能走完？……（沉思，忽然惊起，）那不行！我只得走。回到那里去，就没一处没有名目，没一处没有地主，没一处没有驱逐和牢笼，没一处没有皮面的笑容，没一处没有眶外的眼泪。我憎恶他们，我不回转去！

翁——那也不然。你也会遇见心底的眼泪，为你的悲哀。

客——不。我不愿看见他们心底的眼泪，不要他们为我的悲哀！

翁——那么，你，（摇头，）你只得走了。

客——是的，我只得走了。况且还有声音常在前面催促我，叫唤我，使我息不下。可恨的是我的脚早经走破了，有许多伤，流了许多血。（举起一足给老人看，）因此，我的血不够了；我要喝些血。但血在那里呢？可是我也不愿意喝无论谁的血。我只得喝些水，来补充我的血。一路上总有水，我倒也并不感到什么不足。只是我的力气太稀薄了，血里面太多了水的缘故罢。今天连一个小水洼也遇不到，也就是少走了路的缘故罢。

翁——那也未必。太阳下去了，我想，还不如休息一会的好罢，像我似的。

客——但是，那前面的声音叫我走。

翁——我知道。

客——你知道？你知道那声音么？

翁——是的。他似乎曾经也叫过我。

客——那也就是现在叫我的声音么？

翁——那我可不知道。他也就是叫过几声，我不理他，他也就不叫了，我也就记不清楚了。

客——唉唉，不理他……。（沉思，忽然吃惊，倾听着，）不行！我还是走的好。我息不下。可恨我的脚早经走破了。（准备走路。）

孩——给你！（递给一片布，）裹上你的伤去。

客——多谢，（接取，）姑娘。这真是……。这真是极少有的好意。这能使我可以走更多的路。（就断砖坐下，要将布缠在踝上，）

但是，不行！（竭力站起，）姑娘，还了你罢，还是裹不下。况且这太多的好意，我没法感激。

翁——你不要这么感激，这于你没有好处。

客——是的，这于我没有什么好处。但在我，这布施是最上的东西了。你看，我全身上可有这样的。

翁——你不要当真就是。

客——是的。但是我不能。我怕我会这样：倘使我得到了谁的布施，我就要像兀鹰看见死尸一样，在四近徘徊，祝愿她的灭亡，给我亲自看见；或者咒诅她以外的一切全都灭亡，连我自己，因为我就应该得到咒诅。但是我还没有这样的力量；即使有这力量，我也不愿意她有这样的境遇，因为她们大概总不愿意有这样的境遇。我想，这最稳当。（向女孩，）姑娘，你这布片太好，可是太小一点了，还了你罢。

孩——（惊惧，退后，）我不要了！你带走！

客——（似笑，）哦哦，……因为我拿过了？

孩——（点头，指口袋，）你装在那里，去玩玩。

客——（颓唐地退后，）但这背在身上，怎么走呢？……

翁——你息不下，也就背不动。——休息一会，就没有什么了。

客——对咧，休息……。（默想，但忽然惊醒，倾听。）不，我不能！我还是走好。

翁——你总不愿意休息么？

客——我愿意休息。

翁——那么，你就休息一会罢。

客——但是，我不能……。

翁——你总还是觉得走好么？

客——是的。还是走好。

翁——那么，你也还是走好罢。

客——（将腰一伸，）好，我告别了。我很感谢你们。（向着女孩，）姑娘，这还你，请你收回去。

（女孩惊惧，敛手，要躲进土屋里去。）

翁——你带去罢。要是太重了，可以随时抛在坟地里面的。

孩——（走向前，）阿阿，那不行！

客——阿阿，那不行的。

翁——那么，你挂在野百合野蔷薇上就是了。

孩——（拍手，）哈哈！好！

客——哦哦……。

（极暂时中，沉默。）

翁——那么，再见了。祝你平安。（站起，向女孩，）孩子，扶我进去罢。你看，太阳早已下去了。（转身向门。）

客——多谢你们。祝你们平安。（徘徊，沉思，忽然吃惊，）然而我不能！我只得走。我还是走好罢……。（即刻昂了头，奋然向西走去。）

（女孩扶老人走进土屋，随即阖了门。过客向野地里跄跄地闯进去，夜色跟在他后面。）

一九二五年三月二日

（原刊 1925 年 3 月 9 日《语丝》周刊第 17 期）

过
客

死　火

我梦见自己在冰山间奔驰。

这是高大的冰山，上接冰天，天上冻云弥漫，片片如鱼鳞模样。山麓有冰树林，枝叶都如松杉。一切冰冷，一切青白。

但我忽然坠在冰谷中。

上下四旁无不冰冷，青白。而一切青白冰上，却有红影无数，纠结如珊瑚网。我俯看脚下，有火焰在。

这是死火。有炎炎的形，但毫不摇动，全体冰结，像珊瑚枝；尖端还有凝固的黑烟，疑这才从火宅①中出，所以枯焦。这样，映在冰的四壁，而且互相反映，化为无量数影，使这冰谷，成红珊瑚色。

哈哈！

当我幼小的时候，本就爱看快舰激起的浪花，洪炉喷出的烈焰。不但爱看，还想看清。可惜他们都息息变幻，永无定形。虽然凝视又凝视，总不留下怎样一定的迹象。

死的火焰，现在先得到了你了！

我拾起死火，正要细看，那冷气已使我的指头焦灼；但是，我还熬着，将他塞入衣袋中间。冰谷四面，登时完全青白。我一面思索着走出冰谷的法子。

我的身上喷出一缕黑烟，上升如铁线蛇②。冰谷四面，又登时满有红焰流动，如大火聚③，将我包围。我低头一看，死火已经燃烧，烧穿了我的衣裳，流在冰地上了。

"唉，朋友！你用了你的温热，将我惊醒了。"他说。

野
草

---

①　**火宅**　佛家语，《法华经·譬喻品》："三界无安，犹如火宅，众苦充满，甚可怖畏。"

②　**铁线蛇**　一种形如蚯蚓的小蛇，栖息在泥土中，身长仅三四寸，行动极灵活。

③　**火聚**　佛家语，聚集的猛火，喻指地狱。明张居正《答李中溪有道尊师书》："寄意方外，如入火聚得清凉门。"

我连忙和他招呼，问他名姓。

"我原先被人遗弃在冰谷中，"他答非所问地说，"遗弃我的早已灭亡，消尽了。我也被冰冻冻得要死。倘使你不给我温热，使我重行烧起，我不久就须灭亡。"

"你的醒来，使我欢喜。我正在想着走出冰谷的方法；我愿意携带你去，使你永不冰结，永得燃烧。"

"唉唉！那么，我将烧完！"

"你的烧完，使我惋惜。我便将你留下，仍在这里罢。"

"唉唉！那么，我将冻灭了！"

"那么，怎么办呢？"

"但你自己，又怎么办呢？"他反而问。

"我说过了：我要出这冰谷……。"

"那我就不如烧完！"

他忽而跃起，如红彗星，并我都出冰谷口外。有大石车突然驰来，我终于碾死在车轮底下，但我还来得及看见那车就坠入冰谷中。

"哈哈！你们是再也遇不着死火了！"我得意地笑着说，仿佛就愿意这样似的。

一九二五年四月二十三日

（原刊 1925 年 5 月 4 日《语丝》周刊第 25 期）

死
火

狗的驳诘

我梦见自己在隘巷中行走，衣履破碎，像乞食者。

一条狗在背后叫起来了。

我傲慢地回顾，叱咤说：

"哎！住口！你这势利的狗！"

"嘻嘻！"他笑了，还接着说，"不敢，愧不如人呢。"

"什么!?"我气愤了，觉得这是一个极端的侮辱。

"我惭愧：我终于还不知道分别铜和银；还不知道分别布和绸；还不知道分别官和民；还不知道分别主和奴；还不知道……"

我逃走了。

"且慢！我们再谈谈……"他在后面大声挽留。

我一径逃走，尽力地走，直到逃出梦境，躺在自己的床上。

一九二五年月四月二十三日

（原刊 1925 年 5 月 4 日《语丝》周刊第 25 期）

野
草

失掉的好地狱

  我梦见自己躺在床上，在荒寒的野外，地狱的旁边。一切鬼魂们的叫唤无不低微，然有秩序，与火焰的怒吼，油的沸腾，钢叉的震颤相和鸣，造成醉心的大乐①，布告三界②：地下太平。

  有一伟大的男子站在我面前，美丽，慈悲，遍身有大光辉，然而我知道他是魔鬼。

  "一切都已完结，一切都已完结！可怜的鬼魂们将那好的地狱失掉了！"他悲愤地说，于是坐下，讲给我一个他所知道的故事——

  "天地作蜂蜜色的时候，就是魔鬼战胜天神，掌握了主宰一切的大威权的时候。他收得天国，收得人间，也收得地狱。他于是亲临地狱，坐在中央，遍身发大光辉，照见一切鬼众。

  "地狱原已废弛得很久了：剑树③消却光芒；沸油的边际早不腾涌；大火聚有时不过冒些青烟，远处还萌生曼陀罗花，花极细小，惨白可怜。——那是不足为奇的，因为地上曾经大被焚烧，自然失了他的肥沃。

  "鬼魂们在冷油温火里醒来，从魔鬼的光辉中看见地狱小花，惨白可怜，被大蛊惑，倏忽间记起人世，默想至不知几多年，遂同时向着人间，发一声反狱的绝叫。

  "人类便应声而起，仗义执言，与魔鬼战斗。战声遍满三界，远过雷霆。终于运大谋略，布大网罗，使魔鬼并且不得不从地狱出走。最后的胜利，是地狱门上也竖了人类的旌旗！

---

  ① **醉心的大乐** 乐，指音乐。这里的"大"，与《野草》诸篇所用"大欢喜""大火聚""大威权"的"大"，都是模仿汉译佛经的语气。

  ② **三界** 佛教以欲界、色界、无色界为三界，道教以天界、地界、人界为三界。这里应泛指天堂、人间、地狱。

  ③ **剑树** 佛教有剑轮地狱之说，罪人不断受利剑斩截之苦。剑树显示剑轮地狱恐怖景象。

"当鬼魂们一齐欢呼时，人类的整饬地狱使者已临地狱，坐在中央，用了人类的威严，叱咤一切鬼众。

　　"当鬼魂们又发一声反狱的绝叫时，即已成为人类的叛徒，得到永劫沉沦的罚，迁入剑树林的中央。

　　"人类于是完全掌握了主宰地狱的大威权，那威棱且在魔鬼以上。人类于是整顿废弛，先给牛首阿旁以最高的俸草；而且，添薪加火，磨砺刀山，使地狱全体改观，一洗先前颓废的气象。

　　"曼陀罗花立即焦枯了。油一样沸；刀一样铦；火一样热；鬼众一样呻吟，一样宛转，至于都不暇记起失掉的好地狱。

　　"这是人类的成功，是鬼魂的不幸……。

　　"朋友，你在猜疑我了。是的，你是人！我且去寻野兽和恶鬼……。"

　　　　　　　　　　一九二五年六月十六日

　　　　（原刊 1925 年 6 月 22 日《语丝》周刊第 32 期）

野
草

108

墓碣文

　　我梦见自己正和墓碣对立，读着上面的刻辞。那墓碣似是沙石所制，剥落很多，又有苔藓丛生，仅存有限的文句——

　　……于浩歌狂热之际中寒；于天上看见深渊。于一切眼中看见无所有；于无所希望中得救……。

　　……有一游魂，化为长蛇，口有毒牙。不以啮人，自啮其身，终以殒颠①……。

　　……离开！……

　　我绕到碣后，才见孤坟，上无草木，且已颓坏。即从大阙口中，窥见死尸，胸腹俱破，中无心肝。而脸上却绝不显哀乐之状，但蒙蒙如烟然。

　　我在疑惧中不及回身，然而已看见墓碣阴面的残存的文句——

　　……抉心自食，欲知本味。创痛酷烈，本味何能知？……

　　……痛定之后，徐徐食之。然其心已陈旧，本味又何由知？……

　　……答我。否则，离开！……

　　我就要离开。而死尸已在坟中坐起，口唇不动，然而说——

　　"待我成尘时，你将见我的微笑！"

　　我疾走，不敢反顾，生怕看见他的追随。

一九二五年六月十七日

（原刊 1925 年 6 月 22 日《语丝》周刊第 32 期）

---

① **殒颠**　殒灭，死亡。

颓败线的颤动

　　我梦见自己在做梦。自身不知所在，眼前却有一间在深夜中紧闭的小屋的内部，但也看见屋上瓦松①的茂密的森林。

　　板桌上的灯罩是新拭的，照得屋子里分外明亮。在光明中，在破榻上，在初不相识的披毛的强悍的肉块底下，有瘦弱渺小的身躯，为饥饿，苦痛，惊异，羞辱，欢欣而颤动。弛缓，然而尚且丰腴的皮肤光润了；青白的两颊泛出轻红，如铅上涂了胭脂水。

　　灯火也因惊惧而缩小了，东方已经发白。

　　然而空中还弥漫地摇动着饥饿，苦痛，惊异，羞辱，欢欣的波涛……。

　　"妈！"约略两岁的女孩被门的开阖声惊醒，在草席围着的屋角的地上叫起来了。

　　"还早哩，再睡一会罢！"她惊惶地说。

　　"妈！我饿，肚子痛。我们今天能有什么吃的？"

　　"我们今天有吃的了。等一会有卖烧饼的来，妈就买给你。"她欣慰地更加紧捏着掌中的小银片，低微的声音悲凉地发抖，走近屋角去一看她的女儿，移开草席，抱起来放在破榻上。

　　"还早哩，再睡一会罢。"她说着，同时抬起眼睛，无可告诉地一看破旧的屋顶以上的天空。

　　空中突然另起了一个很大的波涛，和先前的相撞击，回旋而成旋涡，将一切并我尽行淹没，口鼻都不能呼吸。

　　我呻吟着醒来，窗外满是如银的月色，离天明还很辽远似的。

　　我自身不知所在，眼前却有一间在深夜中紧闭的小屋的内部，我自己知道是在续着残梦。可是梦的年代隔了许多年了。屋的内外已经这样整齐；里面是青年的夫妻，一群小孩子，都怨恨鄙夷地对

野
草

————————————

① **瓦松**　一种生长在石隙和瓦缝中的草本植物，叶线形或至披针状，有观赏性。

着一个垂老的女人。

"我们没有脸见人，就只因为你，"男人气忿地说。"你还以为养大了她，其实正是害苦了她，倒不如小时候饿死的好！"

"使我委屈一世的就是你！"女的说。

"还要带累了我！"男的说。

"还要带累他们哩！"女的说，指着孩子们。

最小的一个正玩着一片干芦叶，这时便向空中一挥，仿佛一柄钢刀，大声说道：

"杀！"

那垂老的女人口角正在痉挛，登时一怔，接着便都平静，不多时候，她冷静地，骨立的石像似的站起来了。她开开板门，迈步在深夜中走出，遗弃了背后一切的冷骂和毒笑。

她在深夜中尽走，一直走到无边的荒野；四面都是荒野，头上只有高天，并无一个虫鸟飞过。她赤身露体地，石像似的站在荒野的中央，于一刹那间照见过往的一切：饥饿，苦痛，惊异，羞辱，欢欣，于是发抖；害苦，委屈，带累，于是痉挛；杀，于是平静。……又于一刹那间将一切并合：眷念与决绝，爱抚与复仇，养育与歼除，祝福与咒诅……。她于是举两手尽量向天，口唇间漏出人与兽的，非人间所有，所以无词的言语。

当她说出无词的言语时，她那伟大如石像，然而已经荒废的，颓败的身躯的全面都颤动了。这颤动点点如鱼鳞，每一鳞都起伏如沸水在烈火上；空中也即刻一同振颤，仿佛暴风雨中的荒海的波涛。

她于是抬起眼睛向着天空，并无词的言语也沉默尽绝，惟有颤动，辐射若太阳光，使空中的波涛立刻回旋，如遭飓风，汹涌奔腾于无边的荒野。

我梦魇了，自己却知道是因为将手搁在胸脯上了的缘故；我梦中还用尽平生之力，要将这十分沉重的手移开。

一九二五年六月二十九日

（原刊 1925 年 7 月 13 日《语丝》周刊第 35 期）

立　论

　　我梦见自己正在小学校的讲堂上预备作文，向老师请教立论的方法。

　　"难!"老师从眼镜圈外斜射出眼光来，看着我，说。"我告诉你一件事——

　　"一家人家生了一个男孩，合家高兴透顶了。满月的时候，抱出来给客人看，——大概自然是想得一点好兆头。

　　"一个说:'这孩子将来要发财的。'他于是得到一番感谢。

　　"一个说:'这孩子将来要做官的。'他于是收回几句恭维。

　　"一个说:'这孩子将来是要死的。'他于是得到一顿大家合力的痛打。

　　"说要死的必然，说富贵的许谎。但说谎的得好报，说必然的遭打。你……"

　　"我愿意既不谎人，也不遭打。那么，老师，我得怎么说呢?"

　　"那么，你得说:'啊呀! 这孩子呵! 您瞧! 多么……。阿唷! 哈哈! Hehe! he, hehehehe!'"①

一九二五年七月八日

（原刊 1925 年 7 月 13 日《语丝》周刊第 35 期）

野
草

---

　　① **Hehe! he, hehehehe!**　　像声词，即嘿嘿! 嘿，嘿嘿嘿嘿!

死　后

　　我梦见自己死在道路上。

　　这是那里，我怎么到这里来，怎么死的，这些事我全不明白。总之，待到我自己知道已经死掉的时候，就已经死在那里了。

　　听到几声喜鹊叫，接着是一阵乌老鸦。空气很清爽，——虽然也带些土气息，——大约正当黎明时候罢。我想睁开眼睛来，他却丝毫也不动，简直不像是我的眼睛；于是想抬手，也一样。

　　恐怖的利镞忽然穿透我的心了。在我生存时，曾经玩笑地设想：假使一个人的死亡，只是运动神经的废灭，而知觉还在，那就比全死了更可怕。谁知道我的预想竟的中①了，我自己就在证实这预想。

　　听到脚步声，走路的罢。一辆独轮车从我的头边推过，大约是重载的，轧轧地叫得人心烦，还有些牙齿酸。很觉得满眼绯红，一定是太阳上来了。那么，我的脸是朝东的。但那都没有什么关系。切切嚓嚓的人声，看热闹的。他们踹起黄土来，飞进我的鼻孔，使我想打喷嚏了，但终于没有打，仅有想打的心。

　　陆陆续续地又是脚步声，都到近旁就停下，还有更多的低语声；看的人多起来了。我忽然很想听听他们的议论。但同时想，我生存时说的什么批评不值一笑的话，大概是违心之论罢：才死，就露了破绽了。然而还是听；然而毕竟得不到结论，归纳起来不过是这样——

　　"死了？……"

　　"嗡。——这……"

　　"哼！……"

　　"啧。……唉！……"

　　我十分高兴，因为始终没有听到一个熟识的声音。否则，或者

---

　　① 的中　的，即箭靶的中心，"的中"就是射中了，这里指预想成真。

害得他们伤心；或则要使他们快意；或则要使他们加添些饭后闲谈的材料，多破费宝贵的工夫；这都会使我很抱歉。现在谁也看不见，就是谁也不受影响。好了，总算对得起人了！

但是，大约是一个马蚁，在我的脊梁上爬着，痒痒的。我一点也不能动，已经没有除去他的能力了；倘在平时，只将身子一扭，就能使他退避。而且，大腿上又爬着一个哩！你们是做什么的？虫豸！？

事情可更坏了：嗡的一声，就有一个青蝇停在我的颧骨上，走了几步，又一飞，开口便舐我的鼻尖。我懊恼地想：足下，我不是什么伟人，你无须到我身上来寻做论的材料……。但是不能说出来。他却从鼻尖跑下，又用冷舌头来舐我的嘴唇了，不知道可是表示亲爱。还有几个则聚在眉毛上，跨一步，我的毛根就一摇。实在使我烦厌得不堪，——不堪之至。

忽然，一阵风，一片东西从上面盖下来，他们就一同飞开了，临走时还说——

"惜哉！……"

我愤怒得几乎昏厥过去。

木材捧在地上的钝重的声音同着地面的震动，使我忽然清醒，前额上感着芦席的条纹。但那芦席就被掀去了，又立刻感到了日光的灼热。还听得有人说——

"怎么要死在这里？……"

这声音离我很近，他正弯着腰罢。但人应该死在那里呢？我先前以为人在地上虽没有任意生存的权利，却总有任意死掉的权利的。现在才知道并不然，也很难适合人们的公意。可惜我久没了纸笔；即有也不能写，而且即使写了也没有地方发表了。只好就这样地抛开。

有人来抬我，也不知道是谁。听到刀鞘声，还有巡警在这里罢，在我所不应该"死在这里"的这里。我被翻了几个转身，便觉得向上一举，又往下一沉；又听得盖了盖，钉着钉。但是，奇怪，只钉了两个。难道这里的棺材钉，是只钉两个的么？

我想：这回是六面碰壁，外加钉子。真是完全失败，呜呼哀哉了！……

"气闷！……"我又想。

然而我其实却比先前已经宁静得多，虽然知不清埋了没有。在手背上触到草席的条纹，觉得这尸衾倒也不恶。只不知道是谁给我化钱的，可惜！但是，可恶，收敛的小子们！我背后的小衫的一角皱起来了，他们并不给我拉平，现在抵得我很难受。你们以为死人无知，做事就这样地草率么？哈哈！

　　我的身体似乎比活的时候要重得多，所以压着衣皱便格外的不舒服。但我想，不久就可以习惯的；或者就要腐烂，不至于再有什么大麻烦。此刻还不如静静地静着想。

　　"您好？您死了么？"

　　是一个颇为耳熟的声音。睁眼看时，却是勃古斋旧书铺的跑外的小伙计。不见约有二十多年了，倒还是那一副老样子。我又看看六面的壁，委实太毛糙，简直毫没有加过一点修刮，锯绒还是毛毿毿的。

　　"那不碍事，那不要紧。"他说，一面打开暗蓝色布的包裹来。"这是明板《公羊传》①，嘉靖黑口本②，给您送来了。您留下他罢。这是……。"

　　"你！"我诧异地看定他的眼睛，说，"你莫非真正胡涂了？你看我这模样，还要看什么明板？……"

　　"那可以看，那不碍事。"

　　我即刻闭上眼睛，因为对他很烦厌。停了一会，没有声息，他大约走了。但是似乎一个马蚁又在脖子上爬起来，终于爬到脸上，只绕着眼眶转圈子。

　　万不料人的思想，是死掉之后也还会变化的。忽而，有一种力将我的心的平安冲破；同时，许多梦也都做在眼前了。几个朋友祝我安乐，几个仇敌祝我灭亡。我却总是既不安乐，也不灭亡地不上不下地生活下来，都不能副任何一面的期望。现在又影一般死掉了，连仇敌也不使知道，不肯赠给他们一点惠而不费的欢欣……。

　　我觉得在快意中要哭出来。这大概是我死后第一次的哭。

---

　　①　《公羊传》　指《春秋公羊传》的明代刻本。《公羊传》为"春秋三传"之一，相传作者为战国齐人公羊高（另外两家是左丘明、谷梁赤）。

　　②　嘉靖黑口本　古代雕版印书是一个板子印一叶（相当于现代图书的两页），装订时从中间折叠，折缝处称书口（成书后朝外），其上下方至边栏有黑线或黑块的称"黑口"，留白的叫做"白口"。嘉靖，明世宗的年号（1522—1566）。

然而终于也没有眼泪流下；只看见眼前仿佛有火花一闪，我于是坐了起来。

一九二五年七月十二日

（原刊 1925 年 7 月 20 日《语丝》周刊第 36 期）

这样的战士

要有这样的一种战士——

已不是蒙昧如非洲土人而背着雪亮的毛瑟枪①的；也并不疲惫如中国绿营兵②而却佩着盒子炮③。他毫无乞灵于牛皮和废铁的甲胄；他只有自己，但拿着蛮人所用的，脱手一掷的投枪。

他走进无物之阵④，所遇见的都对他一式点头。他知道这点头就是敌人的武器，是杀人不见血的武器，许多战士都在此灭亡，正如炮弹一般，使猛士无所用其力。

那些头上有各种旗帜，绣出各样好名称：慈善家，学者，文士，长者，青年，雅人，君子……。头下有各样外套，绣出各式好花样：学问，道德，国粹，民意，逻辑，公义，东方文明……。

但他举起了投枪。

他们都同声立了誓来讲说，他们的心都在胸膛的中央，和别的偏心的人类两样。他们都在胸前放着护心镜⑤，就为自己也深信心在胸膛中央的事作证。

但他举起了投枪。

他微笑，偏侧一掷，却正中了他们的心窝。

---

① **毛瑟枪** 德国枪械师毛瑟兄弟设计的一种单发步枪，最初的型号称71式，一八七一年成为普鲁士军队制式武器。清政府曾向毛瑟公司大量采购这种步枪，并在国内仿造。

② **绿营兵** 清朝入关后，在汉人中大量招募士卒，组成绿营兵，以绿旗为标志，故名。绿营兵分驻各省镇戍（不属于汉军八旗），实是清廷正规军主力之一。后因滋生弊端，战斗力下降，其地位被地方团练起家的湘军、淮军所取代。

③ **盒子炮** 毛瑟公司生产的一种可以连射的军用手枪，其枪套是一个木盒，在中国有匣子枪、盒子炮之名。这种手枪清末和民国时期曾有进口，国内亦有仿造。

④ **无物之阵** 这是鲁迅描述中国现实的一个专门名词。学者钱理群的定义是，"分明有一种敌对势力包围，却找不到明确的敌人，当然就分不清友和仇，也形不成明确的战线；随时碰见各式各样的'壁'，却又'无形'——这就是'无物之阵'。"（《心灵的探寻》）

⑤ **护心镜** 古代将士铠甲上保护胸部的圆形金属片。

一切都颓然倒地；——然而只有一件外套，其中无物。无物之物已经脱走，得了胜利，因为他这时成了戕害慈善家等类的罪人。

但他举起了投枪。

他在无物之阵中大踏步走，再见一式的点头，各种的旗帜，各样的外套……。

但他举起了投枪。

他终于在无物之阵中老衰，寿终。他终于不是战士，但无物之物则是胜者。

在这样的境地里，谁也不闻战叫：太平。

太平……。

但他举起了投枪！

一九二五年十二月十四日

（原刊 1925 年 12 月 21 日《语丝》周刊第 58 期）

野草

聪明人和傻子和奴才

奴才总不过是寻人诉苦。只要这样，也只能这样。有一日，他遇到一个聪明人。

"先生！"他悲哀地说，眼泪联成一线，就从眼角上直流下来。"你知道的。我所过的简直不是人的生活。吃的是一天未必有一餐，这一餐又不过是高粱皮，连猪狗都不要吃的，尚且只有一小碗……。"

"这实在令人同情。"聪明人也惨然说。

"可不是么！"他高兴了。"可是做工是昼夜无休息的：清早担水晚烧饭，上午跑街夜磨面，晴洗衣裳雨张伞，冬烧汽炉夏打扇。半夜要煨银耳，侍候主人耍钱；头钱①从来没分，有时还挨皮鞭……。"

"唉唉……。"聪明人叹息着，眼圈有些发红，似乎要下泪。

"先生！我这样是敷衍不下去的。我总得另外想法子。可是什么法子呢？……"

"我想，你总会好起来……。"

"是么？但愿如此。可是我对先生诉了冤苦，又得你的同情和慰安，已经舒坦得不少了。可见天理没有灭绝……。"

但是，不几日，他又不平起来了，仍然寻人去诉苦。

"先生！"他流着眼泪说，"你知道的。我住的简直比猪窠还不如。主人并不将我当人；他对他的叭儿狗还要好到几万倍……。"

"混帐！"那人大叫起来，使他吃惊了。那人是一个傻子。

"先生，我住的只是一间破小屋，又湿，又阴，满是臭虫，睡下去就咬得真可以。秽气冲着鼻子，四面又没有一个窗……。"

"你不会要你的主人开一个窗的么？"

"这怎么行？……"

"那么，你带我去看去！"

---

① **头钱** 亦称抽头，指赌场经营者向赌客抽取的份钱。

傻子跟奴才到他屋外，动手就砸那泥墙。

"先生！你干什么？"他大惊地说。

"我给你打开一个窗洞来。"

"这不行！主人要骂的！"

"管他呢！"他仍然砸。

"人来呀！强盗在毁咱们的屋子了！快来呀！迟一点可要打出窟窿来了！……"他哭嚷着，在地上团团地打滚。

一群奴才都出来了，将傻子赶走。

听到了喊声，慢慢地最后出来的是主人。

"有强盗要来毁咱们的屋子，我首先叫喊起来，大家一同把他赶走了。"他恭敬而得胜地说。

"你不错。"主人这样夸奖他。

这一天就来了许多慰问的人，聪明人也在内。

"先生。这回因为我有功，主人夸奖了我了。你先前说我总会好起来，实在是有先见之明……。"他大有希望似的高兴地说。

"可不是么……。"聪明人也代为高兴似的回答他。

一九二五年十二月二十六日

（原刊 1926 年 1 月 4 日《语丝》周刊第 60 期）

腊　叶

灯下看《雁门集》①，忽然翻出一片压干的枫叶来。

这使我记起去年的深秋。繁霜夜降，木叶多半凋零，庭前的一株小小的枫树也变成红色了。我曾绕树徘徊，细看叶片的颜色，当他青葱的时候是从没有这么注意的。他也并非全树通红，最多的是浅绛，有几片则在绯红地上，还带着几团浓绿。一片独有一点蛀孔，镶着乌黑的花边，在红、黄和绿的斑驳中，明眸似的向人凝视。我自念：这是病叶呵！便将他摘了下来，夹在刚才买到的《雁门集》里。大概是愿使这将坠的被蚀而斑斓的颜色，暂得保存，不即与群叶一同飘散罢。

但今夜他却黄蜡似的躺在我的眼前，那眸子也不复似去年一般灼灼。假使再过几年，旧时的颜色在我记忆中消去，怕连我也不知道他何以夹在书里面的原因了。将坠的病叶的斑斓，似乎也只能在极短时中相对，更何况是葱郁的呢。看看窗外，很能耐寒的树木也早经秃尽了；枫树更何消说得。当深秋时，想来也许有和这去年的模样相似的病叶的罢，但可惜我今年竟没有赏玩秋树的余闲。

一九二五年十二月二十六日

（原刊 1926 年 1 月 4 日《语丝》周刊第 60 期）

---

① 《雁门集》　元代诗人萨都剌（约 1300—约 1348）的诗集。

淡淡的血痕中

——记念几个死者和生者和未生者

目前的造物主①，还是一个怯弱者。

他暗暗地使天变地异，却不敢毁灭一个这地球；暗暗地使生物衰亡，却不敢长存一切尸体；暗暗地使人类流血，却不敢使血色永远鲜秾；暗暗地使人类受苦，却不敢使人类永远记得。

他专为他的同类——人类中的怯弱者——设想，用废墟荒坟来衬托华屋，用时光来冲淡苦痛和血痕；日日斟出一杯微甘的苦酒，不太少，不太多，以能微醉为度，递给人间，使饮者可以哭，可以歌，也如醒，也如醉，若有知，若无知，也欲死，也欲生。他必须使一切也欲生；他还没有灭尽人类的勇气。

几片废墟和几个荒坟散在地上，映以淡淡的血痕，人们都在其间咀嚼着人我的渺茫的悲苦。但是不肯吐弃，以为究竟胜于空虚，各各自称为"天之僇民"②，以作咀嚼着人我的渺茫的悲苦的辩解，而且悚息着静待新的悲苦的到来。新的，这就使他们恐惧，而又渴欲相遇。

这都是造物主的良民。他就需要这样。

叛逆的猛士出于人间；他屹立着，洞见一切已改和现有的废墟和荒坟，记得一切深广和久远的苦痛，正视一切重叠淤积的凝血，深知一切已死，方生，将生和未生。他看透了造化的把戏；他将要起来使人类苏生，或者使人类灭尽，这些造物主的良民们。

造物主，怯弱者，羞惭了，于是伏藏。天地在猛士的眼中于是变色。

一九二六年四月八日

（原刊 1926 年 4 月 19 日《语丝》周刊第 75 期）

野
草

122

① **造物主** 犹似《庄子·大宗师》中的"造物者"，有人解释为"道"。

② **"天子僇民"** 《庄子·大宗师》说，孔子与子贡对谈，自称"天之戮民"。戮民，受压迫、残害之人。按：戮，同"僇"。

一　觉

飞机负了掷下炸弹①的使命，像学校的上课似的，每日上午在北京城上飞行。每听得机件搏击空气的声音，我常觉到一种轻微的紧张，宛然目睹了"死"的袭来，但同时也深切地感着"生"的存在。

隐约听到一二爆发声以后，飞机嗡嗡地叫着，冉冉地飞去了。也许有人死伤了罢，然而天下却似乎更显得太平。窗外的白杨的嫩叶，在日光下发乌金光；榆叶梅也比昨日开得更烂漫。收拾了散乱满床的日报，拂去昨夜聚在书桌上的苍白的微尘，我的四方的小书斋，今日也依然是所谓"窗明几净"。

因为或一种原因，我开手编校那历来积压在我这里的青年作者的文稿了；我要全都给一个清理。我照作品的年月看下去，这些不肯涂脂抹粉的青年们的魂灵便依次屹立在我眼前。他们是绰约的，是纯真的，——阿，然而他们苦恼了，呻吟了，愤怒，而且终于粗暴了，我的可爱的青年们！

魂灵被风沙打击得粗暴，因为这是人的魂灵，我爱这样的魂灵；我愿意在无形无色的鲜血淋漓的粗暴上接吻。漂渺的名园中，奇花盛开着，红颜的静女正在超然无事地逍遥，鹤唳一声，白云郁然而起……。这自然使人神往的罢，然而我总记得我活在人间。

我忽然记起一件事：两三年前，我在北京大学的教员预备室里，看见进来了一个并不熟识的青年，默默地给我一包书，便出去了，打开看时，是一本《浅草》②。就在这默默中，使我懂得了许多话。阿，这赠品是多么丰饶呵！可惜那《浅草》不再出版了，似乎只成

---

① **掷下炸弹**　指奉系军阀张作霖、李景林部的飞机轰炸驻守北京的冯玉祥部队。鲁迅在《〈野草〉英文译本序》中说，"奉天派和直隶派军阀战争的时候，作《一觉》。"

② **《浅草》**　浅草社编印的文艺期刊。一九二三年三月创刊，一九二五年二月停刊，共出四期。

了《沉钟》①的前身。那《沉钟》就在这风沙浻洞中，深深地在人海的底里寂寞地鸣动。

野蓟经了几乎致命的摧折，还要开一朵小花，我记得托尔斯泰②曾受了很大的感动，因此写出一篇小说来。但是，草木在旱干的沙漠中间，拼命伸长他的根，吸取深地中的水泉，来造成碧绿的林莽，自然是为了自己的"生"的，然而使疲劳枯渴的旅人，一见就怡然觉得遇到了暂时息肩之所，这是如何的可以感激，而且可以悲哀的事!?

《沉钟》的《无题》③——代启事——说："有人说：我们的社会是一片沙漠。——如果当真是一片沙漠，这虽然荒漠一点也还静肃；虽然寂寞一点也还会使你感觉苍茫。何至于像这样的混沌，这样的阴沉，而且这样的离奇变幻!"

是的，青年的魂灵屹立在我眼前，他们已经粗暴了，或者将要粗暴了，然而我爱这些流血和隐痛的魂灵，因为他使我觉得是在人间，是在人间活着。

在编校中夕阳居然西下，灯火给我接续的光。各样的青春在眼前一一驰去了，身外但有昏黄环绕。我疲劳着，捏着纸烟，在无名的思想中静静地合了眼睛，看见很长的梦。忽而惊觉，身外也还是环绕着昏黄；烟篆④在不动的空气中上升，如几片小小夏云，徐徐幻出难以指名的形象。

一九二六年四月十日

（原刊 1926 年 4 月 19 日《语丝》周刊第 75 期）

---

① 《沉钟》 沉钟社编印的文艺期刊。一九二五年十月创刊，初为周刊，后改为半月刊。一九二七年一月休刊，至一九三二年十月复刊，一九三四年二月停刊。

② 托尔斯泰（Л. Н. Толстой，1828—1910） 俄罗斯作家，著有《战争与和平》《安娜·卡列尼娜》等。他的中篇小说《哈泽·穆拉特》开头部分描述了野蓟的生命意象。

③ 《无题》 刊于一九二五年十二月出版的《沉钟》周刊第十期。

④ 烟篆 形容烟卷袅袅盘升的烟缕，有如笔画弯曲的篆字。

夜记:其他散文作品

自言自语

一　序

水村的夏夜，摇着大芭蕉扇，在大树下乘凉，是一件极舒服的事。男女都谈些闲天，说些故事。孩子是唱歌的唱歌，猜谜的猜谜。

只有陶老头子，天天独自坐着。因为他一世没有进过城，见识有限，无天可谈。而且眼花耳聋，问七答八，说三话四，很有点讨厌，所以没一个人理他。

他却时常闭着眼，自己说些什么。仔细听去，虽然昏话多，偶然之间，却也有几句略有意思的段落的。

夜深了，乘凉的都散了。我回家点上灯，还不想睡，便将听得的话写了下来，再看一回，却又毫无意思了。

其实陶老头子这等人，那里真会有好话呢，不过既然写出，姑且留下罢了。

留下又怎样呢？这是连我也答复不来。

中华民国八年八月八日灯下记。

二　火的冰

流动的火，是熔化的珊瑚么？

中间有些绿白，像珊瑚的心，浑身通红，像珊瑚的肉，外层带些黑，是珊瑚焦了。

好是好呵，可惜拿了要烫手。

遇着说不出的冷，火便结了冰了。

中间有些绿白，像珊瑚的心，浑身通红，像珊瑚的肉，外层带些黑，也还是珊瑚焦了。

好是好呵，可惜拿了便要火烫一般的冰手。

火，火的冰，人们没奈何他，他自己也苦么？

唉，火的冰。

唉，唉，火的冰的人！

三　古城

你以为那边是一片平地么？不是的。其实是一座沙山，沙山里面是一座古城。这古城里，一直从前住着三个人。

古城不很大，却很高。只有一个门，门是一个闸。

青铅色的浓雾，卷着黄沙，波涛一般的走。

少年说，"沙来了。活不成了。孩子快逃罢。"

老头子说，"胡说，没有的事。"

这样的过了三年和十二个月另八天。

少年说，"沙积高了，活不成了。孩子快逃罢。"

老头子说，"胡说，没有的事。"

少年想开闸，可是重了。因为上面积了许多沙了。

少年拼了死命，终于举起闸，用手脚都支着，但总不到二尺高。

少年挤那孩子出去说，"快走罢！"

老头子拖那孩子回来说，"没有的事！"

少年说，"快走罢！这不是理论，已经是事实了！"

青铅色的浓雾，卷着黄沙，波涛一般的走。

以后的事，我可不知道了。

你要知道，可以掘开沙山，看看古城。闸门下许有一个死尸。闸门里是两个还是一个？

四　螃蟹

老螃蟹觉得不安了，觉得全身太硬了。自己知道要蜕壳了。

他跑来跑去的寻。他想寻一个窟穴，躲了身子，将石子堵了穴口，隐隐的蜕壳。他知道外面蜕壳是危险的。身子还软，要被别的螃蟹吃去的。这并非空害怕，他实在亲眼见过。

他慌慌张张的走。

旁边的螃蟹问他说，"老兄，你何以这般慌？"

他说，"我要蜕壳了。"

"就在这里蜕不很好么？我还要帮你呢。""那可太怕人了。"

"你不怕窟穴里的别的东西，却怕我们同种么？"

"我不是怕同种。"

"那还怕什么呢？"

"就怕你要吃掉我。"

五　波儿

波儿气愤愤的跑了。

波儿这孩子，身子有矮屋一般高了，还是淘气，不知道从那里学了坏样子，也想种花了。

不知道从那里要来的蔷薇子，种在干地上，早上浇水，上午浇水，正午浇水。

正午浇水，土上面一点小绿，波儿很高兴，午后浇水，小绿不见了，许是被虫子吃了。

波儿去了喷壶，气愤愤的跑到河边，看见一个女孩子哭着。

波儿说，"你为什么在这里哭?"

女孩子说，"你尝河水什么味罢。"

波儿尝了水，说是"淡的"。

女孩子说，"我落下了一滴泪了，还是淡的，我怎么不哭呢。"

波儿说，"你是傻丫头!"

波儿气愤愤的跑到海边，看见一个男孩子哭着。

波儿说，"你为什么在这里哭?"

男孩子说，"你看海水是什么颜色?"

波儿看了海水，说是"绿的"。

男孩子说，"我滴下了一点血了，还是绿的，我怎么不哭呢。"

波儿说，"你是傻小子!"

波儿才是傻小子哩。世上那有半天抽芽的蔷薇花，花的种子还在土里呢。

便是终于不出，世上也不会没有蔷薇花。

六　我的父亲

我的父亲躺在床上，喘着气，脸上很瘦很黄，我有点怕敢看他了。他眼睛慢慢闭了，气息渐渐平了。我的老乳母对我说，"你的爹要死了，你叫他罢。"

"爹爹。"

"不行，大声叫!"

"爹爹!"

我的父亲张一张眼，口边一动，彷佛有点伤心，——他仍然慢慢的闭了眼睛。

我的老乳母对我说，"你的爹死了。"

阿！我现在想，大安静大沈寂的死，应该听他慢慢到来。谁敢乱嚷，是大过失。

我何以不听我的父亲，徐徐入死，大声叫他。

阿！我的老乳母。你并无恶意，却教我犯了大过，扰乱我父亲的死亡，使他只听得叫"爹"，却没有听到有人向荒山大叫。

那时我是孩子，不明白什么事理。现在，略略明白，已经迟了。我现在告知我的孩子，倘我闭了眼睛，万不要在我的耳朵边叫了。

七　我的兄弟

我是不喜欢放风筝的，我的一个小兄弟是喜欢放风筝的。

我的父亲死去之后，家里没有钱了。我的兄弟无论怎么热心，也得不到一个风筝了。

一天午后，我走到一间从来不用的屋子里，看见我的兄弟，正躲在里面糊风筝，有几支竹丝，是自己削的，几张皮纸，是自己买的，有四个风轮，已经糊好了。

我是不喜欢放风筝的，也最讨厌他放风筝，我便生气，踏碎了风轮，拆了竹丝，将纸也撕了。

我的兄弟哭着出去了，悄然的在廊下坐着，以后怎样，我那时没有理会，都不知道了。

我后来悟到我的错处。我的兄弟却将我这错处全忘了，他总是很要好的叫我"哥哥"。

我很抱歉，将这事说给他听，他却连影子都记不起了。他仍是很要好的叫我"哥哥"。

阿！我的兄弟。你没有记得我的错处，我能请你原谅么？

然而还是请你原谅罢！

（原连刊于 1919 年《国民公报》"新文艺"栏，署名神飞。第一、二节发表于 8 月 19 日；第三节发表于 8 月 20 日；第四节发表于8 月 21 日；第五节发表于 9 月 7 日；第六、七节发表于 9 月 9 日。第七节末原注"未完"。后收入《集外集拾遗补编》）

无　题

　　有一个大襟上挂一支自来水笔的记者，来约我做文章，为敷衍他起见，我于是乎要做文章了。首先想题目……

　　这时是夜间，因为比较的凉爽，可以捏笔而没有汗。刚坐下，蚊子出来了，对我大发挥其他们的本能。他们的咬法和嘴的构造大约是不一的，所以我的痛法也不一。但结果则一，就是不能做文章了。并且连题目没有想。

　　我熄了灯，躲进帐子里，蚊子又在耳边鸣鸣的叫。

　　他们并没有叮，而我总是睡不着。点灯来照，躲得不见一个影，熄了灯躺下，却又来了。

　　如此者三四回，我于是愤怒了；说道：叮只管叮，但请不要叫。然而蚊子仍然鸣鸣的叫。

　　这时倘有人提出一个问题，问我"于蚊虫跳蚤孰爱?"我一定毫不迟疑，答曰"爱跳蚤!"这理由很简单，就因为跳蚤是咬而不嚷的。

　　默默的吸血，虽然可怕，但于我却较为不麻烦，因此毋宁爱跳蚤。在与这理由大略相同的根据上，我便也不很喜欢去"唤醒国民"，这一篇大道理，曾经在槐树下和金心异①说过，现在恕不再叙了。

　　我于是又起来点灯而看书，因为看书和写字不同，可以一手拿扇赶蚊子。

　　不一刻，飞来了一匹青蝇，只绕着灯罩打圈子。

　　"嗡！嗡嗡！"

---

　　①　**金心异**　指钱玄同（1887—1939），浙江吴兴人，文字学家。"五四"时期为《新青年》编者之一。

我又麻烦起来了，再不能懂书里面怎么说。用扇去赶，却扇灭了灯；再点起来，他又只是绕，愈绕愈有精神。

"嘤，嘤，嘤!"

我敌不住了! 我仍然躲进帐子里。

我想：虫的扑灯，有人说是慕光，有人说是趋炎，有人说是为性欲，都随便，我只愿他不要只是绕圈子就好了。

然而蚊子又呜呜的叫了起来。

然而我已经磕睡了，懒得去赶他，我蒙胧的想：天造万物都得所，天使人会磕睡，大约是专为要叫的蚊子而设的……

阿! 皎洁的明月，暗绿的森林，星星闪着他们晶莹的眼睛，夜色中显出几轮较白的圆纹是月见草①的花朵……自然之美多少丰富呵!

然而我只听得高雅的人们这样说。我窗外没有花草，星月皎洁的时候，我正在和蚊子战斗，后来又睡着了。

早上起来，但见三位得胜者拖着鲜红色的肚子站在帐子上；自己身上有些痒，且搔且数，一共有五个疙瘩，是我在生物界里战败的标征。

我于是也便带了五个疙瘩，出门混饭去了。

（原刊 1921 年 7 月 8 日《晨报》"浪漫谈"栏，后收入《集外集拾遗补编》）

夜记：其他散文作品

① **月见草** 夜来香的日本名称。

智识即罪恶

我本来是一个四平八稳，给小酒馆打杂，混一口安稳饭吃的人，不幸认得几个字，受了新文化运动的影响，想求起智识来了。

那时我在乡下，很为猪羊不平；心里想，虽然苦，倘也如牛马一样，可以有一件别的用，那就免得专以卖肉见长了。然而猪羊满脸呆气，终生胡涂，实在除了保持现状之外，没有别的法。所以，诚然，智识是要紧的！

于是我跑到北京，拜老师，求智识。地球是圆的。元质①有七十多种。x + y = z。闻所未闻，虽然难，却也以为是人所应该知道的事。

有一天，看见一种日报，却又将我的确信打破了。报上有一位虚无哲学家说：智识是罪恶，赃物②……。虚无哲学，多大的权威呵，而说道智识是罪恶。我的智识虽然少，而确实是智识，这倒反而坑了我了。我于是请教老师去。

老师道：“呸，你懒得用功，便胡说，走！”

我想：“老师贪图束脩③罢。智识倒也还不如没有的稳当，可惜粘在我脑里，立刻抛不去，我赶快忘了他罢。”

然而迟了。因为这一夜里，我已经死了。

半夜，我躺在公寓的床上，忽而走进两个东西来，一个“活无常”，一个“死有分”④。但我却并不诧异，因为他们正如城隍庙里

---

① **元质** 即元素。

② 北大哲学系学生朱谦之 1921 年 5 月 19 日在《京报》副刊《青年之友》上发表《教育上的反智主义》中说：“知识就是赃物……知识就是罪恶——知识发达一步，罪恶也跟他前进一步。因为知识是反于淳朴的真情，故自有了知识，而浇淳散朴，天下始大乱。……

③ **束修** 备指干肉，十条干肉为束修，原是古代诸侯大夫相馈赠的礼物。后也指学生向老师赠送的礼物。

④ **“活无常”“死有分”** 均为迷信中地狱的勾魂使者。

塑着的一般。然而跟在后面的两个怪物，却使我吓得失声，因为并非牛头马面①，而却是羊面猪头！我便悟到，牛马还太聪明，犯了罪，换上这诸公了，这可见智识是罪恶……。我没有想完，猪头便用嘴将我一拱，我于是立刻跌入阴府里，用不着久等烧车马。

到过阴间的前辈先生多说，阴府的大门是有匾额和对联的，我留心看时，却没有，只见大堂上坐着一位阎罗王。希奇，他便是我的隔壁的大富豪朱朗翁。大约钱是身外之物，带不到阴间的，所以一死便成为清白鬼了，只是不知道怎么又做了大官。他只穿一件极俭朴的爱国布的龙袍，但那龙颜却比活的时候胖得多了。

"你有智识么？"朗翁脸上毫无表情的问。

"没……"我是记得虚无哲学家的话的，所以这样答。

"说没有便是有——带去！"

我刚想：阴府里的道理真奇怪……却又被羊角一叉，跌出阎罗殿去了。

其时跌在一坐城池里，其中都是青砖绿门的房屋，门顶上大抵是洋灰做的两个所谓狮子，门外面都挂一块招牌。倘在阳间，每一所机关外总挂五六块牌，这里却只一块，足见地皮的宽裕了。这瞬息间，我又被一位手执钢叉的猪头夜叉用鼻子拱进一间屋子里去，外面有牌额是：

油豆滑跌小地狱

进得里面，却是一望无边的平地，满铺了白豆拌着桐油。只见无数的人在这上面跌倒又起来，起来又跌倒。我也接连的摔了十二交，头上长出许多疙瘩来。但也有竟在门口坐着躺着，不想爬起，虽然浸得油汪汪的，却毫无一个疙瘩的人，可惜我去问他，他们都瞠着眼不说话。我不知道他们是不听见呢还是不懂，不愿意说呢还是无话可谈。

我于是跌上前去，去问那些正在乱跌的人们。其中的一个道："这就是罚智识的，因为智识是罪恶，赃物……。我们还算是轻的呢。你在阳间的时候，怎么不昏一点？……"他气喘吁吁的断续的说。

"现在昏起来罢。"

① **牛头马面** 都是佛经传说中地狱的缺卒。

“迟了。”

“我听得人说，西医有使人昏睡的药，去请他注射去，好么？”

“不成，我正因为知道医药，所以在这里跌，连针也没有了。”

“那么……有专给人打吗啡针的，听说多是没智识的人……我寻他们去。”

在这谈话时，我们本已滑跌了几百交了。我一失望，便更不留神，忽然将头撞在白豆稀薄的地面上。地面很硬，跌势又重，我于是胡里胡涂的发了昏……

阿！自由！我忽而在平野上了，后面是那城，前面望得见公寓。我仍然胡里胡涂的走，一面想：我的妻和儿子，一定已经上京了，他们正围着我的死尸哭呢。我于是扑向我的躯壳去，便直坐起来，他们吓跑了，后来竭力说明，他们才了然，都高兴得大叫道：你还阳了，呵呀，我的老天爷哪……

我这样胡里胡涂的想时，忽然活过来了……

没有我的妻和儿子在身边，只有一个灯在桌上，我觉得自己睡在公寓里。间壁的一位学生已经从戏园回来，正哼着“先帝爷唉唉唉”哩，可见时候是不早了。

这还阳还得太冷静，简直不像还阳，我想，莫非先前也并没有死么？

倘若并没死，那么，朱朗翁也就并没有做阎罗王。

解决这问题，用智识究竟还怕是罪恶，我们还是用感情来决一决罢。

十月二十三日

（原刊 1921 年 10 月 23 日北京《晨报·副刊》“开心话”栏，后收入《热风》）

智识即罪恶

为"俄国歌剧团"

我不知道，——其实是可以算知道的，然而我偏要这样说，——俄国歌剧团①何以要离开他的故乡，却以这美妙的艺术到中国来博一点茶水喝。你们还是回去罢！

我到第一舞台看俄国的歌剧，是四日的夜间，是开演的第二日。

一入门，便使我发生异样的心情了：中央三十多人，旁边一大群兵，但楼上四五等中还有三百多的看客。

有人初到北京的，不久便说：我似乎住在沙漠里了。②

是的，沙漠在这里。

没有花，没有诗，没有光，没有热。没有艺术，而且没有趣味，而且至于没有好奇心。

沉重的沙……

我是怎么一个怯弱的人呵。这时我想：倘使我是一个歌人，我的声音怕要销沉了罢。

沙漠在这里。

然而他们舞蹈了，歌唱了，美妙而且诚实的，而且勇猛的。

流动而且歌吟的云……

兵们拍手了，在接吻的时候。兵们又拍手了，又在接吻的时候。

非兵们也有几个拍手了，也在接吻的时候，而一个最响，超出于兵们的。

我是怎么一个编狭的人呵。这时我想：倘使我是一个歌人，我怕要收藏了我的竖琴，沉默了我的歌声罢。倘不然，我就要唱我的

---

① **俄国歌剧团** 指 1922 年经哈尔滨、长春等地来到北京的俄国歌剧团，它是十月革命之后流亡国外的，4 月初在北京演出。

② 指爱罗先珂（1859—1952），俄国盲诗人，童话作家，1921—1923 年间曾到中国。上面的话参见《呐喊·鸭的喜剧》。

反抗之歌。

　　而且真的，我唱了我的反抗之歌了！

　　沙漠在这里，恐怖的……

　　然而他们舞蹈了，歌唱了，美妙而且诚实的，而且勇猛的。

　　你们漂流转徙的艺术者，在寂寞里歌舞，怕已经有了归心了罢。你们大约没有复仇的意思，然而一回去，我们也就被复仇了。

　　比沙漠更可怕的人世在这里。

　　呜呼！这便是我对于沙漠的反抗之歌，是对于相识以及不相识的同感的朋友的劝诱，也就是为流转在寂寞中间的歌人们的广告。

四月九日

（原刊 1922 年 4 月 9 日《晨报·副刊》，后收入《热风》）

为「俄国歌剧团」

无　题

　　私立学校游艺大会①的第二日，我也和几个朋友到中央公园去走一回。

　　我站在门口帖着"昆曲"两字的房外面，前面是墙壁，而一个人用了全力要从我的背后挤上去，挤得我喘不出气。他似乎以为我是一个没有实质的灵魂了，这不能不说他有一点错。

　　回去要分点心给孩子们，我于是乎到一个制糖公司里去买东西。买的是"黄枚朱古律三文治"。

　　这是盒子上写着的名字，很有些神秘气味了。然而不的，用英文，不过是 Chocolate apricot sandwich②。

　　我买定了八盒这"黄枚朱古律三文治"，付过钱，将他们装入衣袋里。不幸而我的眼光忽然横溢了，于是看见那公司的伙计正搭开了五个指头，罩住了我所未买的别的一切"黄枚朱古律三文治"。

　　这明明是给我的一个侮辱！然而，其实，我可不应该以为这是一个侮辱，因为我不能保证他如不罩住，也可以在纷乱中永远不被偷。也不能证明我决不是一个偷儿，也不能自己保证我在过去现在以至未来决没有偷窃的事。

　　但我在那时不高兴了，装出虚伪的笑容，拍着这伙计的肩头说："不必的，我决不至于多拿一个……"

　　他说："那里那里……"赶紧掣回手去，于是惭愧了。这很出我意外，——我预料他一定要强辩，——于是我也惭愧了。

　　这种惭愧，往往成为我的怀疑人类的头上的一滴冷水，这于我是有损的。

──────────

　　①　**私立学校游艺大会**　指中国实验学校等二十四所男女学校为解决经费困难，于 1922 年 4 月 8 日、9 日、10 日三天在北京中央公园举行的游艺大会。

　　②　**Chocolate apricot sandwich**　英语，巧克力杏仁夹心面包。

夜间独坐在一间屋子里，离开人们至少也有一丈多远了。吃着分剩的"黄枚朱古律三文治"；看几叶托尔斯泰的书，渐渐觉得我的周围，又远远地包着人类的希望。

四月十二日

（原刊 1922 年 4 月 12 日北京《晨报·副刊》，后收入《热风》）

说 胡 须

今年夏天游了一回长安①，一个多月之后，胡里胡涂的回来了。知道的朋友便问我："你以为那边怎样？"我这才栗然地回想长安，记得看见很多的白杨，很大的石榴树，道中喝了不少的黄河水。然而这些又有什么可谈呢？我于是说："没有什么怎样。"他于是废然而去了，我仍旧废然而住，自愧无以对"不耻下问"的朋友们。

今天喝茶之后，便看书，书上沾了一点水，我知道上唇的胡须又长起来了。假如翻一翻《康熙字典》，上唇的，下唇的，颊旁的，下巴上的各种胡须，大约都有特别的名号谥法的罢，②然而我没有这样闲情别致。总之是这胡子又长起来了，我又要照例的剪短他，先免得沾汤带水。于是寻出镜子，剪刀，动手就剪，其目的是在使他和上唇的上缘平齐，成一个隶书的一字。

我一面剪，一面却忽而记起长安，记起我的青年时代，发出连绵不断的感慨来。长安的事，已经不很记得清楚了，大约确乎是游历孔庙的时候，其中有一间房子，挂着许多印画，有李二曲③像，有历代帝王像，其中有一张是宋太祖或是什么宗，我也记不清楚了，总之是穿一件长袍，而胡子向上翘起的。于是一位名士就毅然决然地说："这都是日本人假造的，你看这胡子就是日本式的胡子。"

诚然，他们的胡子确乎如此翘上，他们也未必不假造宋太祖或什么宗的画像，但假造中国皇帝的肖像而必须对了镜子，以自己的

胡子为法式，则其手段和思想之离奇，真可谓"出乎意表之外"①了。清乾隆中，黄易②掘出汉武梁祠石刻画像来，男子的胡须多翘上；我们现在所见北魏至唐的佛教造像中的信士像③，凡有胡子的也多翘上，直到元明的画像，则胡子大抵受了地心的吸力作用，向下面拖下去了。日本人何其不惮烦，孳孳汲汲地造了这许多从汉到唐的假古董，来埋在中国的齐鲁燕晋秦陇巴蜀的深山邃谷废墟荒地里？

我以为拖下的胡子倒是蒙古式，是蒙古人带来的，然而我们的聪明的名士却当作国粹了。留学日本的学生因为恨日本，便神往于大元，说道"那时倘非天幸，这岛国早被我们灭掉了④!"则认拖下的胡子为国粹亦无不可。然而又何以是黄帝的子孙？又何以说台湾人在福建打中国人⑤是奴隶根性？

我当时就想争辩，但我即刻又不想争辩了。留学德国的爱国者 X 君，——因为我忘记了他的名字，姑且以 X 代之，——不是说我的毁谤中国，是因为娶了日本女人，所以替他们宣传本国的坏处么？我先前不过单举几样中国的缺点，尚且要带累"贱内"改了国籍，何况现在是有关日本的问题？好在即使宋太祖或什么宗的胡子蒙些不白之冤，也不至于就有洪水，就有地震，有什么大相干。我于是连连点头，说道："嗡，嗡，对啦。"因为我实在比先前似乎油滑得多了，——好了。

我剪下自己的胡子的左尖端毕，想，陕西人费心劳力，备饭化钱，用汽车⑥载，用船装，用骡车拉，用自动车装，请到长安去讲

---

① **"出乎意表之外"** 引林纾文。当时林纾正在攻击白话文运动，认为用白话者都不通古文，所以提倡白话文的人常引用他文句不通的古文以示嘲讽。

② **黄易（1744—1801）** 浙江仁和（今杭州）人，清代金石收藏家。**汉武梁祠石刻画像**为汉代石刻艺术代表作品，在山东嘉祥汉墓前石室中，后因河道变迁淤入土中，乾隆五十一年（1786），黄易曾掘出石室数处，得画像二十余石。

③ **信士像** 我国古代信佛者常出资在寺庙和崖壁雕塑佛像，有时也在其间塑刻出资人的像，叫信士像。

④ 指元至元十七年（1280），元世祖忽必烈命范文虎等率军十余万进犯日本。次年七月，攻入日本平户岛。据《新元史·日本传》载："日本战船小，不能敌前后来攻者，皆败退、国中人心汹汹，市无粜米。日本主亲至八播祠祈祷，又宣令于大神官，乞以身代国难。……八月甲子朔，飓风大作，（元军）战舰皆破坏覆没。

⑤ 指 1919 年 11 月 15 日发生的福州惨案。为破坏爱国群众开展的抵制日货的运动，日本驻福州领事馆于这天派出日本浪人和流氓无赖殴打爱国学生，次日更打死打伤学生市民多人，参与者也有台湾的流氓。

⑥ **汽车** 指的是火车。下文中的"自动车"，指的是汽车。这两个名词是日语名称。

演，大约万料不到我是一个虽对于决无杀身之祸的小事情，也不肯直抒自己的意见，只会"嗡，嗡，对啦"的罢。他们简直是受了骗了。

我再向着镜中的自己的脸，看定右嘴角，剪下胡子的右尖端，撒在地上，想起我的青年时代来——

那已经是老话，约有十六七年了罢。

我就从日本回到故乡来，嘴上就留着宋太祖或什么宗似的向上翘起的胡子，坐在小船里，和船夫谈天。

"先生，你的中国话说得真好。"后来，他说。

"我是中国人，而且和你是同乡，怎么会……"

"哈哈哈，你这位先生还会说笑话。"

记得我那时的没奈何，确乎比看见 X 君的通信要超过十倍。我那时随身并没有带着家谱，确乎不能证明我是中国人。即使带着家谱，而上面只有一个名字，并无画像，也不能证明这名字就是我。即使有画像，日本人会假造从汉到唐的石刻，宋太祖或什么宗的画像，难道偏不会假造一部木版的家谱么？

凡对于以真话为笑话的，以笑话为真话的，以笑话为笑话的，只有一个方法：就是不说话。

于是我从此不说话。

然而，倘使在现在，我大约还要说："嗡，嗡，……今天天气多么好呀？……那边的村子叫什么名字？……"因为我实在比先前似乎油滑得多了，——好了。

现在我想，船夫的改变我的国籍，大概和 X 君的高见不同。其原因只在于胡子罢，因为我从此常常为胡子受苦。

国度会亡，国粹家是不会少的，而只要国粹家不少，这国度就不算亡。国粹家者，保存国粹者也；而国粹者，我的胡子是也。这虽然不知道是什么"逻辑"法，但当时的实情确是如此的。

"你怎么学日本人的样子，身体既矮小，胡子又这样，……"一位国粹家兼爱国者发过一篇崇论宏议之后，就达到这一个结论。

可惜我那时还是一个不识世故的少年，所以就愤愤地争辩。第一，我的身体是本来只有这样高，并非故意设法用什么洋鬼子的机器压缩，使他变成矮小，希图冒充。第二，我的胡子，诚然和许多日本人的相同，然而我虽然没有研究过他们的胡须样式变迁史，但曾经见过几幅古人的画像，都不向上，只是向外，向下，和我们的国粹差不多。维新以后，可是翘起来了，那大约是学了德国式。你看威廉皇帝的胡须，不是上指眼梢，和鼻梁正作平行么？虽然他后来因为吸烟烧了一边，只好将两边都剪平了。但在日本明治维新①的时候，他这一边还没有失火。……

这一场辩解大约要两分钟，可是总不能解国粹家之怒，因为德国也是洋鬼子，而况我的身体又矮小乎。而况国粹家很不少，意见又很统一，因此我的辩解也就很频繁，然而总无效，一回，两回，以至十回，十几回，连我自己也觉得无聊而且麻烦起来了。罢了，况且修饰胡须用的胶油在中国也难得，我便从此听其自然了。

听其自然之后，胡子的两端就显出毗心②现象来，于是也就和地面成为九十度的直角。国粹家果然也不再说话，或者中国已经得救了罢。

然而接着就招了改革家的反感，这也是应该的。我于是又分疏，一回，两回，以至许多回，连我自己也觉得无聊而且麻烦起来了。

大约在四五年或七八年前罢，我独坐在会馆里，窃悲我的胡须的不幸的境遇，研究他所以得谤的原因，忽而恍然大悟，知道那祸根全在两边的尖端上。于是取出镜子，剪刀，即刻剪成一平，使他既不上翘，也难拖下，如一个隶书的一字。

"阿，你的胡子这样了？"当初也曾有人这样问。

"唔唔，我的胡子这样了。"

他可是没有话。我不知道是否因为寻不着两个尖端，所以失了立论的根据，还是我的胡子"这样"之后，就不负中国存亡的责任了。总之我从此太平无事的一直到现在，所麻烦者，必须时常剪剪而已。

一九二四年十月三十日

（原刊 1924 年 12 月 15 日《语丝》第 5 期，后收入《坟》）

---

① **明治维新** 指日本明治年间（1868—1912）推行的一系列有利于发展资本主义的改革。

② **毗心** 即趋向中心；毗心现象是说上唇两边的须尖向下拖垂。

记"杨树达"君的袭来

今天早晨，其实时候是大约已经不早了。我还睡着，女工将我叫了醒来，说："有一个师范大学的杨先生，杨树达，要来见你。"我虽然还不大清醒，但立刻知道是杨遇夫君①，他名树达，曾经因为邀我讲书的事，访过我一次的。我一面起来，一面对女工说："略等一等，就请罢。"

我起来看钟，是九点二十分。女工也就请客去了。不久，他就进来，但我一看很愕然，因为他并非我所熟识的杨树达君，他是一个方脸，淡赭色脸皮，大眼睛长眼梢，中等身材的二十多岁的学生风的青年。他穿着一件藏青色的爱国布（？）长衫，时式的大袖子。手上拿一顶很新的淡灰色中折帽，白的围带；还有一个采色铅笔的扁匣，但听那摇动的声音，里面最多不过是两三支很短的铅笔。

"你是谁？"我诧异的问，疑心先前听错了。

"我就是杨树达。"

我想：原来是一个和教员的姓名完全相同的学生，但也许写法并不一样。

"现在是上课时间，你怎么出来的？"

"我不乐意上课！"

我想：原来是一个孤行己意，随随便便的青年，怪不得他模样如此傲慢。

"你们明天放假罢……"

"没有，为什么？"

"我这里可是有通知的，……"我一面说，一面想，他连自己学

---

① **杨遇夫**（1885—1956）　名树达，湖南长沙人，语言文字学家。历任北京师范大学、清华大学、湖南大学教授，著有《词诠》《高等国文法》等。文中自称"杨树达"者本名杨鄂生。

校里的纪念日都不知道了，可见是已经多天没有上课，或者也许不过是一个假借自由的美名的游荡者罢。

"拿通知给我看。"

"我团掉了。"我说。

"拿团掉的我看。"

"拿出去了。"

"谁拿出去的?"

我想：这奇怪，怎么态度如此无礼? 然而他似乎是山东口音，那边的人多是率直的，况且年青的人思想简单……或者他知道我不拘这些礼节：这不足为奇。

"你是我的学生么?"但我终于疑惑了。

"哈哈哈，怎么不是。"

"那么，你今天来找我干什么?"

"要钱呀，要钱!"

我想：那么，他简直是游荡者，荡窘了，各处乱钻。

"你要钱什么用?"我问。

"穷呀。要吃饭不是总要钱吗? 我没有饭吃了!"他手舞足蹈起来。

"你怎么问我来要钱呢?"

"因为你有钱呀。你教书，做文章，送来的钱多得很。"他说着，脸上做出凶相，手在身上乱摸。

我想：这少年大约在报章上看了些什么上海的恐吓团的记事，竟模仿起来了，还是防着点罢。我就将我的坐位略略移动，豫备容易取得抵抗的武器。

"钱是没有。"我决定的说。

"说谎! 哈哈哈，你钱多得很。"

女工端进一杯茶来。

"他不是很有钱么?"这少年便问她，指着我。

女工很惶窘了，但终于很怕的回答："没有。"

"哈哈哈，你也说谎!"

女工逃出去了。他换了一个坐位，指着茶的热气，说："多么凉。"

我想：这意思大概算是讥刺我，犹言不肯将钱助人，是凉血动物。

"拿钱来!"他忽而发出大声，手脚也愈加舞蹈起来，"不给钱是不走的！”

“没有钱。”我仍然照先的说。

“没有钱？你怎么吃饭？我也要吃饭。哈哈哈哈。”

“我有我吃饭的钱，没有给你的钱。你自己挣去。”

“我的小说卖不出去。哈哈哈！”

我想：他或者投了几回稿，没有登出，气昏了。然而为什么向我为难呢？大概是反对我的作风的。或者是有些神经病的罢。

“你要做就做，要不做就不做，一做就登出，送许多钱，还说没有，哈哈哈哈。晨报馆的钱已经送来了罢，哈哈哈。什么东西！周作人①，钱玄同②；周树人就是鲁迅，做小说的，对不对？孙伏园③；马裕藻就是马幼渔④，对不对？陈通伯⑤，郁达夫⑥。什么东西！Tolstoi，Andreev⑦，张三，什么东西！哈哈哈，冯玉祥，吴佩孚⑧，哈哈哈。”

“你是为了我不再向晨报馆投稿的事而来的么？”但我又即刻觉到我的推测有些不确了，因为我没有见过杨遇夫马幼渔在《晨报副镌》上做过文章，不至于拉在一起；况且我的译稿的稿费至今还没有着落，他该不至于来说反话的。

“不给钱是不走的。什么东西，还要找！还要找陈通伯去。我就要找你的兄弟去，找周作人去，找你的哥哥去。”

我想：他连我的兄弟哥哥都要找遍，大有恢复灭族法之意了，的确古人的凶心都遗传在现在的青年中。我同时又觉得这意思有些可笑，就自己微笑起来。

“你不舒服罢？”他忽然问。

“是的，有些不舒服，但是因为你骂得不中肯。”

---

① 周作人（1885—1967）　浙江绍兴人，鲁迅的二弟。当时为北京大学教授。

② 钱玄同（1887—1939）　浙江吴兴人。当时任北京大学教授。

③ 孙伏园（1897—1966）　浙江绍兴人。当时任《晨报副刊》编辑。

④ 马幼渔（1878—1945）　名裕藻，浙江鄞县人。当时任北京大学国文系教授。

⑤ 陈通伯（1896—1970）　名源。笔名西滢。江苏无锡人。当时任北京大学教授。

⑥ 郁达夫（1896—1945）　浙江富阳人，现代作家。当时任北京大学讲师。

⑦ Tolstoi　通译托尔斯泰（1828—1910），俄国作家。著有《战争与和平》《安娜·卡列尼娜》等。Andreev（1871—1919），安德烈夫，俄国作家。著有《红笑》《七个被绞死的人》等。

⑧ 冯玉祥（1882—1948）　安徽巢县人。北洋直系将领，当时任国民军总司令。吴佩孚（1873—1939），山东蓬莱人，北洋直系军阀。

"我朝南。"他又忽而站起来，向后窗立着说。

我想：这不知道是什么意思。

他忽而在我的床上躺下了。我拉开窗幔，使我的佳客的脸显得清楚些，以便格外看见他的笑貌。他果然有所动作了，是使他自己的眼角和嘴角都颤抖起来，以显示凶相和疯相，但每一抖都很费力，所以不到十抖，脸上也就平静了。

我想：这近于疯人的神经性痉挛，然而颤动何以如此不调匀，牵连的范围又何以如此之大，并且很不自然呢？——一定，他是装出来的。

我对于这杨树达君的纳罕和相当的尊重，忽然都消失了。接着就涌起要呕吐和沾了龌龊东西似的感情来。原来我先前的推测，都太近于理想的了。初见时我以为简率的口调，他的意思不过是装疯，以热茶为冷，以北为南的话，也不过是装疯。从他的言语举动综合起来，其本意无非是用了无赖和狂人的混合状态，先向我加以侮辱和恫吓，希图由此传到别个。使我和他所提出的人们都不敢再做辩论或别样的文章。而万一自己遇到困难的时候，则就用"神经病"这一个盾牌来减轻自己的责任。但当时不知怎样，我对于他装疯技术的拙劣，就是其拙至于使我在先觉不出他是疯人，后来渐渐觉到有些疯意，而又立刻露出破绽的事，尤其抱着特别的反感了。

他躺着唱起歌来，但我于他已经毫不感到兴味，一面想，自己竟受了这样浅薄卑劣的欺骗了，一面却照了他的歌调吹着口笛，借此嘘出我心中的厌恶来。

"哈哈哈！"他翘起一足，指着自己鞋尖大笑。那是玄色的深梁的布鞋，裤是西式的，全体是一个时髦的学生。

我知道，他是在嘲笑我的鞋尖已破，但已经毫不感到什么兴味了。

他忽而起来，走出房外去，两面一看，极灵敏地找着了厕所，小解了。我跟在他后面，也陪着他小解了。

我们仍然回到房里。

"吓！什么东西！……"他又要开始。

我可是有些不耐烦了，但仍然恳切地对他说：

"你可以停止了。我已经知道你的疯是装出来的。你此来也另外还藏着别的意思。如果是人，见人就可以明白的说，无须装怪相。还是说真话罢，否则，白费许多工夫，毫无用处的。"

他貌如不听见，两手搂着裤裆，大约是扣扣子，眼睛却注视着壁上的一张水彩画。过了一会，就用第二个指头指着那画大笑：

"哈哈哈！"

这些单调的动作和照例的笑声，我本已早经觉得枯燥的了，而况是假装的，又如此拙劣，便愈加看得烦厌。他侧立在我的前面，我坐着，便用了曾被讥笑的破的鞋尖一触他的胫骨，说：

"已经知道是假的了，还装甚么呢？还不如直说出你的本意来。"

但他貌如不听见，徘徊之间，突然取了帽和铅笔匣，向外走去了。

这一着棋是又出于我的意外的，因为我还希望他是一个可以理喻，能知惭愧的青年。他身体很强壮，相貌很端正。Tolstoi 和 Andreev 的发音也还正。

我追到风门前，拉住他的手，说道，"何必就走，还是自己说出本意来罢，我可以更明白些……"他却一手乱摇，终于闭了眼睛，拼两手向我一挡，手掌很平的正对着我：他大概是懂得一点国粹的拳术的。

他又往外走。我一直送到大门口，仍然用前说去固留，而他推而且挣，终于挣出大门了。他在街上走得很傲然，而且从容地。

这样子，杨树达君就远了。

我回进来，才向女工问他进来时候的情形。

"他说了名字之后，我问他要名片，他在衣袋里掏了一会，说道，'阿，名片忘了，还是你去说一声罢。'笑嘻嘻，一点不像疯的。"女工说。

我愈觉得要呕吐了。

然而这手段却确乎使我受损了，——除了先前的侮辱和恫吓之外。我的女工从此就将门关起来，到晚上听得打门声，只大叫是谁，却不出去，总须我自己去开门。我写完这篇文字之间，就放下了四回笔。

"你不舒服罢？"杨树达君曾经这样问过我。

是的，我的确不舒服。我历来对于中国的情形，本来多已不舒服的了，但我还没有豫料到学界或文界对于他的敌手竟至于用了疯子来做武器，而这疯子又是假的，而装这假疯子的又是青年的学生。

二四年十一月十三日夜

（原刊 1924 年 11 月 24 日《语丝》第 2 期，后收入《集外集》）

附　关于杨君袭来事件的辩正

一

今天有几位同学极诚实地告诉我，说十三日访我的那一位学生确是神经错乱的，十三日是发病的一天，此后就加重起来了。我相信这是真实情形，因为我对于神经患者的初发状态没有实见和注意研究过，所以很容易有看错的时候。

现在我对于我那记事后半篇中神经过敏的推断这几段，应该注销。但以为那记事却还可以存在：这是意外地发露了人对人——至少是他对我和我对他——互相猜疑的真面目了。

当初，我确是不舒服，自己想，倘使他并非假装，我即不至于如此恶心。现在知道是真的了，却又觉得这牺牲实在太大，还不如假装的好。然而事实是事实，还有什么法子呢？我只能希望他从速回复健康。

十一月二十一日

二

伏园兄：

今天接到一封信和一篇文稿，是杨君的朋友，也是我的学生①做的，真挚而悲哀，使我看了很觉得惨然，自己感到太易于猜疑，太易于愤怒。他已经陷入这样的境地了，我还可以不赶紧来消除我那对于他的误解么？所以我想，我前天交出的那一点辩正，似乎不够了，很想就将这一篇在《语丝》第三期上给他发表。但纸面有限，如果排工有工夫，我极希望增刊两板（大约此文两板还未必容得下），也不必增价，其责任即由我负担。

---

　　① 指李遇安，河北人，1924—1926年为北京师范大学学生。1924年12月1日他在《语丝》周刊第3期发表了《读了〈记"杨树达"君的袭来〉》一文。

由我造出来的酸酒，当然应该由我自己来喝干。

鲁迅。十一月二十四日

（原刊 1924 年 12 月 1 日《语丝》第 3 期，后收入《集外集》。最初发表时，第一节排在李遇安文之前，第二节排在李文之后）

看镜有感

因为翻衣箱，翻出几面古铜镜子来，大概是民国初年初到北京时候买在那里的，"情随事迁"，全然忘却，宛如见了隔世的东西了。

一面圆径不过二寸，很厚重，背面满刻蒲陶①，还有跳跃的鼯鼠，沿边是一圈小飞禽。古董店家都称为"海马葡萄镜"。但我的一面并无海马，其实和名称不相当。记得曾见过别一面，是有海马的，但贵极，没有买。这些都是汉代的镜子；后来也有模造或翻沙者，花纹可造粗拙得多了。汉武通大宛安息，以致天马蒲萄②，大概当时是视为盛事的，所以便取作什器的装饰。古时，于外来物品，每加海字，如海榴，海红花，海棠之类。海即现在之所谓洋，海马译成今文，当然就是洋马。镜鼻是一个虾蟆，则因为镜如满月，月中有蟾蜍③之故，和汉事不相干了。

遥想汉人多少闳放，新来的动植物，即毫不拘忌，来充装饰的花纹。唐人也还不算弱，例如汉人的墓前石兽，多是羊，虎，天禄，辟邪④，而长安的昭陵上，却刻著带箭的骏马⑤，还有一匹驼鸟，则办法简直前无古人。现今在坟墓上不待言，即平常的绘画，可有人敢用一朵洋花一只洋鸟，即私人的印章，可有人肯用一个草书一个俗字么？许多雅人，连记年月也必是甲子，怕用民国纪元。不知道是没有如此大胆的艺术家；还是虽有而民众都加迫害，他于是乎只

---

① 蒲陶　即葡萄。

② 汉武帝刘彻从建元三年（前138）起，多次派张骞、李广利等人出使西域，直至大宛（今乌兹别克斯坦）、安息（今伊朗境内）等国，天马、葡萄都来自大宛。

③ 月中有蟾蜍　古代神话传说，见《淮南子·精神训》："日中有竣乌，而月中有蟾蜍。"蟾蜍，即蛤蟆。

④ 天禄，辟邪　均为西域动物的名称。据《汉书·西域传》："似鹿，长尾，一角者或为天鹿（禄），两角者或为辟邪。"

⑤ 昭陵是唐太宗李世民墓，昭陵带箭的骏马是唐太宗于武德四年（621）平定洛阳时所乘名马飒露紫的石刻浮雕像，为昭陵六骏中的代表杰作。

得萎缩，死掉了？

宋的文艺，现在似的国粹气味就薰人。然而辽金元陆续进来了，这消息很耐寻味。汉唐虽然也有边患，但魄力究竟雄大，人民具有不至于为异族奴隶的自信心，或者竟毫未想到，凡取用外来事物的时候，就如将彼俘来一样，自由驱使，绝不介怀。一到衰弊陵夷之际，神经可就衰弱过敏了，每遇外国东西，便觉得彷佛彼来俘我一样，推拒，惶恐，退缩，逃避，抖成一团，又必想一篇道理来掩饰，而国粹遂成为屠王和屠奴的宝贝。

无论从那里来的，只要是食物，壮健者大抵就无需思索，承认是吃的东西。惟有衰病的，却总常想到害胃，伤身，特有许多禁条，许多避忌；还有一大套比较利害而终于不得要领的理由，例如吃固无妨，而不吃尤稳，食之或当有益，然究以不吃为宜云云之类。但这一类人物总要日见其衰弱的，因为他终日战战兢兢，自己先已失了活气了。

不知道南宋比现今如何，但对外敌，却明明已经称臣，惟独在国内特多繁文缛节以及唠叨的碎话。正如倒霉人物，偏多忌讳一般，豁达闳大之风消歇净尽了。直到后来，都没有什么大变化。我曾在古物陈列所所陈列的古画上看见一颗印文，是几个罗马字母。但那是所谓"我圣祖仁皇帝"①的印，是征服了汉族的主人，所以他敢；汉族的奴才是不敢的。便是现在，便是艺术家，可有敢用洋文的印的么？

清顺治中，时宪书②上印有"依西洋新法"五个字，痛哭流涕来劾洋人汤若望的偏是汉人杨光先③。直到康熙初，争胜了，就教他做钦天监正去，则又叩阍④以"但知推步之理不知推步之数"辞。不准辞，则又痛哭流涕地来做《不得已》，说道"宁可使中夏无好历法，不可使中夏有西洋人。"然而终于连闰月都算错了，他大约以为好历法专属于西洋人，中夏人自己是学不得，也学不好的。

---

① **"圣祖仁皇帝"** 指清代康熙皇帝玄烨。

② **时宪书** 即历书。清代因避高宗弘历的名讳，改称历书为时宪书。

③ **汤若望（1591—1666）** 德国人，天主教传教士。明天启二年（1622）来中国传教，后在历局供职。清顺治元年（1644）任钦天监监正（观察天象，推算节气历法的主要长官），变更历法，新编历书。**杨光先**，字长公，安徽歙县人。顺治时他上书礼部，说历书封面上不该用"依西洋新法"五字，无结果。康熙四年（1665）又上书礼部，指责历书推算该年十二月初一日蚀的错误，汤若望等因而被治判罪，杨光先接任钦天监正，复用旧历。康熙七年因推闰失实下狱，初论死罪，后以年老从宽发配充军，遇赦放归。下文的《不得已》，是杨光先几次指控汤若望的呈文的汇集。

④ **叩阍** 叩、敲。阍，官门。旧称吏民向皇帝申诉冤曲为"叩阍"。

但他竟论了大辟，可是没有杀，放归，死于途中了。汤若望入中国还在明崇祯初，其法终未见用；后来阮元①论之曰："明季君臣以大统寖疏，开局修正，既知新法之密，而讫未施行。圣朝定鼎，以其法造时宪书，颁行天下。彼十余年辩论翻译之劳，若以备我朝之采用者，斯亦奇矣！……我国家圣圣相传，用人行政，惟求其是，而不先设成心。即是一端，可以仰见如天之度量矣！"（《畴人传》四十五）

现在流传的古镜们，出自冢者中居多，原是殉葬品。但我也有一面日用镜，薄而且大，规抚汉制，也许是唐代的东西。那证据是：一、镜鼻已多磨损；二、镜面的沙眼都用别的铜来补好了。当时在妆阁中，曾照唐人的额黄和眉绿②，现在却监禁在我的衣箱里，它或者大有今昔之感罢。

但铜镜的供用，大约道光咸丰时候还与玻璃镜并行；至于穷乡僻壤，也许至今还用着。我们那里，则除了婚丧仪式之外，全被玻璃镜驱逐了。然而也还有余烈可寻，倘街头遇见一位老翁，肩了长凳似的东西，上面缚着一块猪肝色石和一块青色石，试仁听他的叫喊，就是"磨镜，磨剪刀！"

宋镜我没有见过好的，什九并无藻饰，只有店号或"正其衣冠"等类的迂铭词，真是"世风日下"。但是要进步或不退步，总须时时自出新裁，至少也必取材异域，倘若各种顾忌，各种小心，各种唠叨，这么做即违了祖宗，那么做又像了夷狄，终生惴惴如在薄冰上，发抖尚且来不及，怎么会做出好东西来。所以事实上"今不如古"者，正因为有许多唠叨着"今不如古"的诸位先生们之故。现在情形还如此。倘再不放开度量，大胆地，无畏地，将新文化尽量地吸收，则杨光先似的向西洋主人沥陈中夏的精神文明的时候，大概是不劳久待的罢。

但我向来没有遇见过一个排斥玻璃镜子的人。单知道咸丰年间，汪曰桢③先生却在他的大著《湖雅》里攻击过的。他加以比较研究之后，终于决定还是铜镜好。最不可解的是：他说，照起面貌来，

---

① 阮元（1764—1849） 字伯元，江苏仪征人。清代学者，著有《畴人传》等。畴人，即天文、历算家。

② 额黄和眉绿 古代妇女在额中和眉上所做的修饰。

③ 汪曰桢（1813—1881） 浙江吴兴人。清咸丰时任会稽教谕。著有《湖雅》《历代长术辑要》等。

玻璃镜不如铜镜之准确。莫非那时的玻璃镜当真坏到如此，还是因为他老先生又带上了国粹眼镜之故呢？我没有见过古玻璃镜。这一点终于猜不透。

一九二五年二月九日

（原刊 1925 年 3 月 2 日《语丝》第 16 期，后收入《坟》）

战士和苍蝇

Schopenhauer① 说过这样的话：要估定人的伟大，则精神上的大和体格上的大，那法则完全相反。后者距离愈远即愈小，前者却见得愈大。

正因为近则愈小，而且愈看见缺点和创伤，所以他就和我们一样，不是神道，不是妖怪，不是异兽。他仍然是人，不过如此。但也惟其如此，所以他是伟大的人。

战士战死了的时候，苍蝇们所首先发见的是他的缺点和伤痕，嘬着，营营地叫着，以为得意，以为比死了的战士更英雄。但是战士已经战死了，不再来挥去他们。于是乎苍蝇们即更其营营地叫，自以为倒是不朽的声音，因为它们的完全，远在战士之上。

的确的，谁也没有发见过苍蝇们的缺点和创伤。

然而，有缺点的战士终竟是战士，完美的苍蝇也终竟不过是苍蝇。

去罢，苍蝇们！虽然生着翅子，还能营营，总不会超过战士的。你们这些虫豸们！

三月二十一日

（原刊 1925 年 3 月 24 日《京报》附刊《民众文艺周刊》第 14 号，后收入《华盖集》）

---

① **Schopenhauer** 叔本华（1788—1860），德国哲学家。这里引述的话见他的《比喻、隐喻和寓言》一文。

春末闲谈

　　北京正是春末，也许我过于性急之故罢，觉着夏意了，于是突然记起故乡的细腰蜂。那时候大约是盛夏，青蝇密集在凉棚索子上，铁黑色的细腰蜂就在桑树间或墙角的蛛网左近往来飞行，有时衔一支小青虫去了，有时拉一个蜘蛛。青虫或蜘蛛先是抵抗着不肯去，但终于乏力，被衔着腾空而去了，坐了飞机似的。

　　老前辈们开导我，那细腰蜂就是书上所说的果蠃，纯雌无雄，必须捉螟蛉去做继子的。她将小青虫封在窠里，自己在外面日日夜夜敲打着，祝道"像我像我"，经过若干日，——我记不清了，大约七七四十九日罢，——那青虫也就成了细腰蜂了，所以《诗经》里说："螟蛉有子，果蠃负之。"螟蛉就是桑上小青虫。蜘蛛呢？他们没有提。我记得有几个考据家曾经立过异说，以为她其实自能生卵；其捉青虫，乃是填在窠里，给孵化出来的幼蜂做食料的。但我所遇见的前辈们都不采用此说，还道是拉去做女儿。我们为存留天地间的美谈起见，倒不如这样好。当长夏无事，遣暑林阴，瞥见二虫一拉一拒的时候，便如睹慈母教女，满怀好意，而青虫的宛转抗拒，则活像一个不识好歹的毛鸦头。

　　但究竟是夷人可恶，偏要讲什么科学。科学虽然给我们许多惊奇，但也搅坏了我们许多好梦。自从法国的昆虫学大家发勃耳（Fabre）[①] 仔细观察之后，给幼蜂做食料的事可就证实了。而且，这细腰蜂不但是普通的凶手，还是一种很残忍的凶手，又是一个学识技术都极高明的解剖学家。她知道青虫的神经构造和作用，用了神奇的毒针，向那运动神经球上只一螫，它便麻痹为不死不活状态，这才在它身上生下蜂卵，封入窠中。青虫因为不死不活，所以不动，但也因为不活不死，所以不烂，直到她的子女孵化出来的时候，这

---

　　① 　发勃耳（1823—1915）　通译法布尔，法国民虫学家。著有《昆虫记》等。

夜记……其他散文作品

食料还和被捕当日一样的新鲜。

　　三年前，我遇见神经过敏的俄国的 E 君①，有一天他忽然发愁道，不知道将来的科学家，是否不至于发明一种奇妙的药品，将这注射在谁的身上，则这人即甘心永远去做服役和战争的机器了？那时我也就皱眉叹息，装作一齐发愁的模样，以示"所见略同"之至意，殊不知我国的圣君，贤臣，圣贤，圣贤之徒，却早已有过这一种黄金世界的理想了。不是"唯辟作福，唯辟作威，唯辟玉食"②么？不是"君子劳心，小人劳力"③么？不是"治于人者食（去声）人，治人者食于人"④么？可惜理论虽已卓然，而终于没有发明十全的好方法。要服从作威就须不活，要贡献玉食就须不死；要被治就须不活，要供养治人者又须不死。人类升为万物之灵，自然是可贺的，但没有了细腰蜂的毒针，却很使圣君，贤臣，圣贤，圣贤之徒，以至现在的阔人，学者，教育家觉得棘手。将来未可知，若已往，则治人者虽然尽力施行过各种麻痹术，也还不能十分奏效，与果蠃并驱争先。即以皇帝一伦而言，便难免时常改姓易代，终没有"万年有道之长"；"二十四史"而多至二十四，就是可悲的铁证。现在又似乎有些别开生面了，世上挺生了一种所谓"特殊知识阶级"⑤的留学生，在研究室中研究之结果，说医学不发达是有益于人种改良的，中国妇女的境遇是极其平等的，一切道理都已不错，一切状态都已够好。E 君的发愁，或者也不为无因罢，然而俄国是不要紧的，因为他们不像我们中国，有所谓"特别国情"⑥，还有所谓"特殊知识阶级"。

　　但这种工作，也怕终于像古人那样，不能十分奏效的罢，因为这实在比细腰蜂所做的要难得多。她于青虫，只须不动，所以仅在

　　①　**E 君**　指爱罗先珂。

　　②　**"唯辟作福，唯辟作威，唯辟玉食"**　语见《尚书·洪范》。辟，天子或诸侯。

　　③　**"君子劳心，小人劳力"**　语见《左传·襄公九年》。

　　④　**"治于人者食人，治人者食于人"**　语见《孟子·滕文公》。

　　⑤　**"特殊知识阶级"**　1925 年 2 月，段祺瑞拼凑御用的"善后会议"，企图借此产生假的国民会议。当时一批归国留学生竟向"善后会议"提交请愿书，其中说："查国民代表会议之最大任务为规定中华民国宪法，留学者为一特殊知识阶级，无庸讳言，其应参加此项会议，多多益善。"

　　⑥　**"特别国情"**　1915 年袁世凯阴谋恢复帝制，其宪法顾问美国人古德诺（F. J. Goodnow）曾于 8 月 10 日北京《亚细亚日报》发表《共和与君主论》一文，说中国自有"特别国情"，不宜实行民主政治，而应恢复君主政体。

运动神经球上一螯，即告成功。而我们的工作，却求其能运动，无知觉，该在知觉神经中枢，加以完全的麻醉的。但知觉一失，运动也就随之失却主宰，不能贡献玉食，恭请上自"极峰"①下至"特殊知识阶级"的赏收享用了。就现在而言，窃以为除了遗老的圣经贤传法，学者的进研究室主义②，文学家和茶摊老板的莫谈国事③律，教育家的勿视勿听勿言勿动④论之外，委实还没有更好，更完全，更无流弊的方法。便是留学生的特别发见，其实也并未轶出了前贤的范围。

那么，又要"礼失而求诸野"⑤了。夷人，现在因为想去取法，姑且称之为外国，他那里，可有较好的法子么？可惜，也没有。所有者，仍不外乎不准集会，不许开口之类，和我们中华并没有什么很不同。然亦可见至道嘉猷，人同此心，心同此理，固无华夷之限也。猛兽是单独的，牛羊则结队；野牛的大队，就会排角成城以御强敌了，但拉开一匹，定只能牟牟地叫。人民与牛马同流，——此就中国而言，夷人别有分类法云，——治之之道，自然应该禁止集合：这方法是对的。其次要防说话。人能说话，已经是祸胎了，而况有时还要做文章。所以苍颉造字，夜有鬼哭⑥。鬼且反对，而况于官？猴子不会说话，猴界即向无风潮，——可是猴界中也没有官，但这又作别论，——确应该虚心取法，反朴归真，则口且不开，文章自灭：这方法也是对的。然而上文也不过就理论而言，至于实效，却依然是难说。最显著的例，是连那么专制的俄国，而尼古拉二世"龙御上宾"⑦之后，罗马诺夫氏竟已"覆宗绝祀"了。要而言之，那大缺点就在虽有二大良法，而还缺其一，便是：无法禁止人们的思想。

---

① **"极峰"** 旧时官僚政客对最高统治者的媚称。
② **进研究室主义** 胡适 1919 年 7 月在《每周评论》上发表《多研究些问题，少谈些"主义"》一文，提倡学者"进研究室"、"整理国故"。
③ **莫谈国事** 指北洋军阀统治时期，白色恐怖，茶馆酒肆里多贴有"莫谈国事"的字条，不少文人学者也奉此为处世格言。
④ **勿视勿听勿言勿动** 语出《论语·颜渊》。
⑤ **"礼失而求诸野"** 孔丘语，见《汉书·艺文志》。
⑥ **苍颉造字，夜有鬼哭** 语出《淮南子·本经训》："昔者苍颉作书而天雨粟，鬼夜哭。
⑦ **尼古拉二世（1868—1918）** 俄国罗曼诺夫王朝末代皇帝，1917 年 2 月被推翻，次年 7 月 17 日被处死。**"龙御上宾"**是旧时对皇帝逝世的敬称，意为乘龙仙去。

于是我们的造物主——假如天空真有这样的一位"主子"——就可恨了：一恨其没有永远分清"治者"与"被治者"；二恨其不给治者生一枝细腰蜂那样的毒针；三恨其不将被治者造得即使砍去了藏着的思想中枢的脑袋而还能动作——服役。三者得一，阔人的地位即永久稳固，统御也永久省了气力，而天下于是乎太平。今也不然，所以即使单想高高在上，暂时维持阔气，也还得日施手段，夜费心机，实在不胜其委屈劳神之至……。

假使没有了头颅，却还能做服役和战争的机械，世上的情形就何等地醒目呵！这时再不必用什么制帽勋章来表明阔人和窄人了，只要一看头之有无，便知道主奴，官民，上下，贵贱的区别。并且也不至于再闹什么革命，共和，会议等等的乱子了，单是电报，就要省下许多许多来。古人毕竟聪明，仿佛早想到过这样的东西，《山海经》上就记载着一种名叫"刑天"①的怪物。他没有了能想的头，却还活着，"以乳为目，以脐为口"，——这一点想得很周到，否则他怎么看，怎么吃呢，——实在是很值得奉为师法的。假使我们的国民都能这样，阔人又何等安全快乐？但他又"执干戚而舞"，则似乎还是死也不肯安分，和我那专为阔人图便利而设的理想底好国民又不同。陶潜②先生又有诗道："刑天舞干戚，猛志固常在。"连这位貌似旷达的老隐士也这么说，可见无头也会仍有猛志，阔人的天下一时总怕难得太平的了。但有了太多的"特殊知识阶级"的国民，也许有特在例外的希望；况且精神文明太高了之后，精神的头就会提前飞去，区区物质的头的有无也算不得什么难问题。

一九二五年四月二十二日

（原刊 1925 年 4 月 24 日《莽原》第 1 期，后收入《坟》）

---

① **刑天** 一作形天。据《山海经·海外西经》载，刑天与天帝争权，失败后被砍了头，埋在常羊山。但他不甘屈服，以两乳为目，肚脐为嘴，依然挥舞着盾牌和板斧。

② **陶潜**（约372—427） 一名渊明，晋浔阳柴桑（今江西九江）人，东晋诗人。

灯下漫笔

一

有一时，就是民国二三年时候，北京的几个国家银行的钞票，信用日见其好了，真所谓蒸蒸日上。听说连一向执迷于现银的乡下人，也知道这既便当，又可靠，很乐意收受，行使了。至于稍明事理的人，则不必是"特殊知识阶级"，也早不将沉重累坠的银元装在怀中，来自讨无谓的苦吃。想来，除了多少对于银子有特别嗜好和爱情的人物之外，所有的怕大都是钞票了罢，而且多是本国的。但可惜后来忽然受了一个不小的打击。

就是袁世凯①想做皇帝的那一年，蔡松坡②先生溜出北京，到云南去起义。这边所受的影响之一，是中国和交通银行的停止兑现。虽然停止兑现，政府勒令商民照旧行用的威力却还有的；商民也自有商民的老本领，不说不要，却道找不出零钱。假如拿几十几百的钞票去买东西，我不知道怎样，但倘使只要买一枝笔，一盒烟卷呢，难道就付给一元钞票么？不但不甘心，也没有这许多票。那么，换铜元，少换几个罢，又都说没有铜元。那么，到亲戚朋友那里借现钱去罢，怎么会有？于是降格以求，不讲爱国了，要外国银行的钞票。但外国银行的钞票这时就等于现银，他如果借给你这钞票，也就借给你真的银元了。

我还记得那时我怀中还有三四十元的中交票③，可是忽而变了一个穷人，几乎要绝食，很有些恐慌。俄国革命以后的藏着纸卢布的

---

① **袁世凯（1859—1916）** 河南项城人，北洋军阀首领，1912年任中华民国临时大总统。1916年1月宣布恢复君主专制，自称皇帝，同年3月被迫取消帝制，6月6日死于北京。

② **蔡松坡（1882—1916）** 名锷，湖南邵阳人。辛亥革命时任云南都督，1913年被袁世凯调往北京加以监视。1915年潜离北京，同年12月回到云南，组成护国军讨伐袁世凯。

③ **中交票** 中国银行和交通银行发行的钞票。

富翁的心情，恐怕也就这样的罢；至多，不过更深更大罢了。我只得探听，钞票可能折价换到现银呢？说是没有行市。幸而终于，暗暗地有了行市了：六折几。我非常高兴，赶紧去卖了一半。后来又涨到七折了，我更非常高兴，全去换了现银，沉垫垫地坠在怀中，似乎这就是我的性命的斤两。倘在平时，钱铺子如果少给我一个铜元，我是决不答应的。

但我当一包现银塞在怀中，沉垫垫地觉得安心，喜欢的时候，却突然起了另一思想，就是：我们极容易变成奴隶，而且变了之后，还万分喜欢。

假如有一种暴力，"将人不当人"，不但不当人，还不及牛马，不算什么东西；待到人们羡慕牛马，发生"乱离人，不及太平犬"的叹息的时候，然后给与他略等于牛马的价格，有如元朝定律，打死别人的奴隶，赔一头牛①，则人们便要心悦诚服，恭颂太平的盛世。为什么呢？因为他虽不算人，究竟已等于牛马了。

我们不必恭读《钦定二十四史》，或者入研究室，审察精神文明的高超。只要一翻孩子所读的《鉴略》，——还嫌烦重，则看《历代纪元编》②，就知道"三千余年古国古"③ 的中华，历来所闹的就不过是这一个小玩艺。但在新近编纂的所谓"历史教科书"一流东西里，却不大看得明白了，只仿佛说：咱们向来就很好的。

但实际上，中国人向来就没有争到过"人"的价格，至多不过是奴隶，到现在还如此，然而下于奴隶的时候，却是数见不鲜的。中国的百姓是中立的，战时连自己也不知道属于那一面，但又属于无论那一面。强盗来了，就属于官，当然该被杀掠；官兵既到，该是自家人了罢，但仍然要被杀掠，仿佛又属于强盗似的。这时候，百姓就希望有一个一定的主子，拿他们去做百姓，——不敢，是拿他们去做牛马，情愿自己寻草吃，只求他决定他们怎样跑。

假使真有谁能够替他们决定，定下什么奴隶规则来，自然就"皇恩浩荡"了。可惜的是往往暂时没有谁能定。举其大者，则如五

---

① 据多桑《蒙国史》引元太宗窝阔台的话："成吉思汗法令，杀一回教徒者罚黄金四十巴里失，而杀一汉人者其偿价仅与一驴相等。"

② 《鉴略》 清代王仕云著，旧时学塾用的初级历史读物。《历代纪元编》，清代李兆洛著，是中国历史的干支年表。

③ "三千余年古国古" 语出清代黄遵宪《出军歌》："四千余岁古国古，是我完全土。

胡十六国①的时候，黄巢②的时候，五代③时候，宋末元末时候，除了老例的服役纳粮以外，都还要受意外的灾殃。张献忠④的脾气更古怪了，不服役纳粮的要杀，服役纳粮的也要杀，敌他的要杀，降他的也要杀：将奴隶规则毁得粉碎。这时候，百姓就希望来一个另外的主子，较为顾及他们的奴隶规则的，无论仍旧，或者新颁，总之是有一种规则，使他们可上奴隶的轨道。

"时日曷丧，予及汝偕亡！"⑤ 愤言而已，决心实行的不多见。实际上大概是群盗如麻，纷乱至极之后，就有一个较强，或较聪明，或较狡滑，或是外族的人物出来，较有秩序地收拾了天下。厘定规则：怎样服役，怎样纳粮，怎样磕头，怎样颂圣。而且这规则是不像现在那样朝三暮四的。于是便"万姓胪欢"了；用成语来说，就叫作"天下太平"。

任凭你爱排场的学者们怎样铺张，修史时候设些什么"汉族发祥时代""汉族发达时代""汉族中兴时代"的好题目，好意诚然是可感的，但措辞太绕湾子了。有更其直捷了当的说法在这里——

一，想做奴隶而不得的时代；

二，暂时做稳了奴隶的时代。

这一种循环，也就是"先儒"之所谓"一治一乱"⑥；那些作乱人物，从后日的"臣民"看来，是给"主人"清道辟路的，所以说："为圣天子驱除云尔。"⑦

现在入了那一时代，我也不了然。但看国学家的崇奉国粹，文学家的赞叹固有文明，道学家的热心复古，可见于现状都已不满了。然而我们究竟正向着那一条路走呢？百姓是一遇到莫名其妙的战争，

---

① **五胡十六国** 指公元304—439年间，我国匈奴、羯、鲜卑、氐、羌等五个少数民族先后在北方和西蜀立国，计有前赵、后赵、前燕、后燕、南燕、后凉、南凉、北凉、前秦、后秦、西秦、夏、成汉，加上汉族建立的前凉、西凉、北燕，共十六国，史称"五胡十六国"。

② **黄巢**（？—884） 曹州冤句（今山东菏泽）人，唐末农民起义领袖。曾在公元880年攻陷唐都长安，称大齐皇帝。

③ **五代** 指公元907—960年间的梁、唐、晋、汉、周五个朝代。

④ **张献忠**（1606—1646） 延安柳树涧（今陕西定边）人，明末农民起义领袖。1643年曾在成都建立大西政权。

⑤ **"时日曷丧，予及汝偕亡"** 语见《尚书·汤誓》。时日，指夏桀。

⑥ **"一治一乱"** 语见《孟子·滕文公》："天下之生久矣，一治一乱。"

⑦ **"为圣天子驱除云尔"** 语出《汉书·王莽传赞》："圣王之驱除云尔。"

稍富的迁进租界，妇孺则避入教堂里去了，因为那些地方都比较的"稳"，暂不至于想做奴隶而不得。总而言之，复古的，避难的，无智愚贤不肖，似乎都已神往于三百年前的太平盛世，就是"暂时做稳了奴隶的时代"了。

但我们也就都像古人一样，永久满足于"古已有之"的时代么？都像复古家一样，不满于现在，就神往于三百年前的太平盛世么？

自然，也不满于现在的，但是，无须反顾，因为前面还有道路在。而创造这中国历史上未曾有过的第三样时代，则是现在的青年的使命！

二

但是赞颂中国固有文明的人们多起来了，加之以外国人。我常常想，凡有来到中国的，倘能疾首蹙额而憎恶中国，我敢诚意地捧献我的感谢，因为他一定是不愿意吃中国人的肉的！

鹤见祐辅氏[①]在《北京的魅力》中，记一个白人将到中国，预定的暂住时候是一年，但五年之后，还在北京，而且不想回去了。有一天，他们两人一同吃晚饭——

> 在圆的桃花心木的食桌前坐定，川流不息地献着山海的珍味，谈话就从古董，画，政治这些开头。电灯上罩着支那式的灯罩，淡淡的光洋溢于古物罗列的屋子中。什么无产阶级呀，Proletariat[②]呀那些事，就像不过在什么地方刮风。
>
> 我一面陶醉在支那生活的空气中，一面深思着对于外人有着"魅力"的这东西。元人也曾征服支那，而被征服于汉人种的生活美了；满人也征服支那，而被征服于汉人种的生活美了。现在西洋人也一样，嘴里虽然说着Democracy[③]呀，什么什么呀，而却被魅于支那人费六千年而建筑起来的生活的美。一经住过北京，就忘不掉那生活的味道。大风时候的万丈的沙尘，每三月一回的督军们的开战游戏，都不能抹去这支那生活的魅力。

---

① **鹤见祐辅（1885—1972）** 日本评论家，鲁迅曾选译过他的随笔集《思想·山水·人物》，《北京的魅力》即见于该书。

② **Proletariat** 英语：无产阶级。

③ **Democracy** 英语：民主。

这些话我现在还无力否认他。我们的古圣先贤既给与我们保古守旧的格言，但同时也排好了用子女玉帛所做的奉献于征服者的大宴。中国人的耐劳，中国人的多子，都就是办酒的材料，到现在还为我们的爱国者所自诩的。西洋人初入中国时，被称为蛮夷，自不免个个蹙额，但是，现在则时机已至，到了我们将曾经献于北魏，献于金，献于元，献于清的盛宴，来献给他们的时候了。出则汽车，行则保护：虽遇清道，然而通行自由的；虽或被劫，然而必得赔偿的；孙美瑶①掳去他们站在军前，还使官兵不敢开火。何况在华屋中享用盛宴呢？待到享受盛宴的时候，自然也就是赞颂中国固有文明的时候；但是我们的有些乐观的爱国者，也许反而欣然色喜，以为他们将要开始被中国同化了罢。古人曾以女人作苟安的城堡，美其名以自欺曰"和亲"，今人还用子女玉帛为作奴的贽敬，又美其名曰"同化"。所以倘有外国的谁，到了已有赴宴的资格的现在，而还替我们诅咒中国的现状者，这才是真有良心的真可佩服的人！

但我们自己是早已布置妥帖了，有贵贱，有大小，有上下。自己被人凌虐，但也可以凌虐别人；自己被人吃，但也可以吃别人。一级一级的制驭着，不能动弹，也不想动弹了。因为倘一动弹，虽或有利，然而也有弊。我们且看古人的良法美意罢——

> 天有十日，人有十等。下所以事上，上所以共神也。故王臣公，公臣大夫，大夫臣士，士臣皁，皁臣舆，舆臣隶，隶臣僚，僚臣仆，仆臣台。（《左传》昭公七年）

但是"台"没有臣，不是太苦了么？无须担心的，有比他更卑的妻，更弱的子在。而且其子也很有希望，他日长大，升而为"台"，便又有更卑更弱的妻子，供他驱使了。如此连环，各得其所，有敢非议者，其罪名曰不安分！

虽然那是古事，昭公七年离现在也太辽远了，但"复古家"尽可不必悲观的。太平的景象还在：常有兵燹，常有水旱，可有谁听到大叫唤么？打的打，革的革，可有处士来横议么？对国民如何专横，向外人如何柔媚，不犹是差等的遗风么？中国固有的精神文明，

---

① **孙美瑶**　当时占据山东抱犊崮的土匪头领。1923 年 5 月 5 日他在津浦路临城站劫车，绑架中外旅客二百多人，是当时哄动一时的事件。

其实并未为共和二字所埋没，只有满人已经退席，和先前稍不同。

因此我们在目前，还可以亲见各式各样的筵宴，有烧烤，有翅席，有便饭，有西餐。但茅檐下也有淡饭，路傍也有残羹，野上也有饿莩；有吃烧烤的身价不资的阔人，也有饿得垂死的每斤八文的孩子（见《现代评论》二十一期）。所谓中国的文明者，其实不过是安排给阔人享用的人肉的筵宴。所谓中国者，其实不过是安排这人肉的筵宴的厨房。不知道而赞颂者是可恕的，否则，此辈当得永远的诅咒！

外国人中，不知道而赞颂者，是可恕的；占了高位，养尊处优，因此受了蛊惑，昧却灵性而赞叹者，也还可恕的。可是还有两种，其一是以中国人为劣种，只配悉照原来模样，因而故意称赞中国的旧物。其一是愿世间人各不相同以增自己旅行的兴趣，到中国看辫子，到日本看木屐，到高丽看笠子，倘若服饰一样，便索然无味了，因而来反对亚洲的欧化。这些都可憎恶。至于罗素①在西湖见轿夫含笑，便赞美中国人，则也许别有意思罢。但是，轿夫如果能对坐轿的人不含笑，中国也早不是现在似的中国了。

这文明，不但使外国人陶醉，也早使中国一切人们无不陶醉而且至于含笑。因为古代传来而至今还在的许多差别，使人们各各分离，遂不能再感到别人的痛苦；并且因为自己各有奴使别人，吃掉别人的希望，便也就忘却自己同有被奴使被吃掉的将来。于是大小无数的人肉的筵宴，即从有文明以来一直排到现在，人们就在这会场中吃人，被吃，以凶人的愚妄的欢呼，将悲惨的弱者的呼号遮掩，更不消说女人和小儿。

这人肉的筵宴现在还排着，有许多人还想一直排下去。扫荡这些食人者，掀掉这筵席，毁坏这厨房，则是现在的青年的使命！

一九二五年四月二十九日

（原文分 2 次刊于 1925 年 5 月 1 日、5 月 22 日《莽原》第 2 期和第 5 期，后收入《坟》）

---

① **罗素（B. Russell，1872—1970）** 英国哲学家。1920 年曾来中国讲学。在他著的《中国问题》一书中说："我记得一个大夏天，我们几个人坐轿过山，道路崎岖难行，轿夫非常辛苦；我们到了山顶，停十分钟，让他们休息一会。立刻他们就并排的坐下来了，抽出他们的烟袋来，谈着笑着，好像一点忧虑都没有似的。"

"碰壁"之后

  我平日常常对我的年青的同学们说：古人所谓"穷愁著书"①的话，是不大可靠的。穷到透顶，愁得要死的人，那里还有这许多闲情逸致来著书？我们从来没有见过候补的饿莩在沟壑边吟哦；鞭扑底下的囚徒所发出来的不过是直声的叫喊，决不会用一篇妃红俪白的骈体文②来诉痛苦的。所以待到磨墨吮笔，说什么"履穿踵决"③时，脚上也许早经是丝袜；高吟"饥来驱我去……"的陶征士④，其时或者偏已很有些酒意了。正当苦痛，即说不出苦痛来，佛说极苦地狱中的鬼魂，也反而并无叫唤！

  华夏大概并非地狱，然而"境由心造"，我眼前总充塞着重迭的黑云，其中有故鬼，新鬼，游魂，牛首阿旁⑤，畜生，化生，大叫唤，无叫唤，使我不堪闻见。我装作无所闻见模样，以图欺骗自己，总算已从地狱中出离。

  打门声一响，我又回到现实世界了。又是学校的事。我为什么要做教员?! 想着走着，出去开门，果然，信封上首先就看见通红的一行字：国立北京女子师范大学。

  我本就怕这学校，因为一进门就觉得阴惨惨，不知其所以然，但也常常疑心是自己的错觉。后来看到杨荫榆⑥校长《致全体学生公

---

① **"穷愁著书"** 语出《史记·虞卿传》："虞卿非穷愁亦不能著书以自见于后世。"

② **骈体文** 起源于汉、魏，形成于南北朝的古代文体，全篇以双句（即俪句，偶句）为主，讲究对仗和声律。

③ **"履穿踵决"** 意思是鞋子穿破，脚跟露出。见《庄子·山木》《庄子·让王》。

④ **陶征士** 即东晋诗人陶渊明。安帝义熙末年（418），征召他为著作郎。不就，故被称为"征士"。**"饥来驱我去"**见他的《乞食》一诗。

⑤ **牛首阿旁** 指地狱中牛头人身的鬼卒。**畜生、化生**指轮回中的变化。**大叫唤，无叫唤**指地狱中的鬼魂。这些均为佛家用语。

⑥ **杨荫榆（? —1938）** 江苏无锡人，曾留学美国。当时北京女子师范大学校长。1925年女师大学生反杨风潮中，她在5月9日无理开除学生自治会成员六人，

启》里的"须知学校犹家庭，为尊长者断无不爱家属之理，为幼稚者亦当体贴尊长之心"的话，就恍然了，原来我虽然在学校教书，也等于在杨家坐馆①，而这阴惨惨的气味，便是从"冷板凳"②里出来的。可是我有一种毛病，自己也疑心是自讨苦吃的根苗，就是偶尔要想想。所以恍然之后，即又有疑问发生：这家族人员——校长和学生——的关系是怎样的，母女，还是婆媳呢？

想而又想，结果毫无。幸而这位校长宣言多，竟在她《对于暴烈学生之感言》③里获得正确的解答了。曰，"与此曹子勃谿相向"，则其为婆婆无疑也。

现在我可以大胆地用"妇姑勃谿"④这句古典了。但婆媳吵架，与西宾⑤又何干呢？因为究竟是学校，所以总还是时常有信来，或是婆婆的，或是媳妇的。我的神经又不强，一闻打门而悔做教员者以此，而且也确有可悔的理由。

这一年她们的家务简直没有完，媳妇儿们不佩服婆婆做校长了，婆婆可是不歇手。这是她的家庭，怎么肯放手呢？无足怪的。而且不但不放，还趁"五七"之际，在什么饭店请人吃饭之后，开除了六个学生自治会的职员，并且发表了那"须知学校犹家庭"的名论。

这回抽出信纸来一看，是媳妇儿们的自治会所发的，略谓：

> 旬余以来，校务停顿，百费待兴，若长此迁延，不特虚掷数百青年光阴，校务前途，亦岌岌不可终日。……

底下是请教员开一个会，出来维持的意思的话，订定的时间是当日下午四点钟。

"去看一看罢。"我想。

这也是我的一种毛病，自己也疑心是自讨苦吃的根苗；明知道

(接上页) 并于次日发表《致全体学生公启》。其中说："顷者不幸，少数学生滋事。犯规至于出校，初时一再隐忍，无非委曲求全。至于今日，续成绝望，乃有此万不得已之举。须知学校犹家庭，为尊长者，断无不爱家属之理，为幼稚者，亦当体贴尊长之心。"

① **坐馆** 旧时称当家庭教师为坐馆。
② **"冷板凳"** 清代范寅《越谚》："谑塾师曰：'坐冷板凳'。"
③ **《对于暴烈学生之感言》** 杨荫榆文。发表在1925年5月20日《晨报》。
④ **"妇姑勃谿"** 指婆媳吵架。语见《庄子·外物》。
⑤ **西宾** 旧时对家塾教师或幕友的敬称。

『碰壁』之后

无论什么事，在中国是万不可轻易去"看一看"的，然而终于改不掉，所以谓之"病"。但是，究竟也颇熟于世故了，我想后，又立刻决定，四点太早，到了一定没有人，四点半去罢。

四点半进了阴惨惨的校门，又走进教员休息室。出乎意料之外！除一个打盹似的校役以外，已有两位教员坐着了。一位是见过几面的；一位不认识，似乎说是姓汪，或姓王，我不大听明白，——其实也无须。

我也和他们在一处坐下了。

"先生的意思以为这事情怎样呢？"这不识教员在招呼之后，看住了我的眼睛问。

"这可以由各方面说……。你问的是我个人的意见么？我个人的意见，是反对杨先生的办法的……。"

糟了！我的话没有说完，他便将他那灵便小巧的头向旁边一摇，表示不屑听完的态度。但这自然是我的主观；在他，或者也许本有将头摇来摇去的毛病的。

"就是开除学生的罚太严了。否则，就很容易解决……。"我还要继续说下去。

"嗡嗡。"他不耐烦似的点头。

我就默然，点起火来吸烟卷。

"最好是给这事情冷一冷……。"不知怎的他又开始发表他的"冷一冷"学说了。

"嗡嗡。瞧着看罢。"这回是我不耐烦似的点头，但终于多说了一句话。我点头讫，瞥见坐前有一张印刷品，一看之后，毛骨便悚然起来。文略谓：

> ……第用学生自治会名义，指挥讲师职员，召集校务维持讨论会，……本校素遵部章，无此学制，亦无此办法，根本上不能成立。……而自闹潮以来……不能不筹正当方法，又有其他校务进行，亦待大会议决，兹定于（月之二十一日）下午七时，由校特请全体主任专任教员评议会会员在太平湖饭店开校务紧急会议，解决种种重要问题。务恳大驾莅临，无任盼祷！

署名就是我所视为畏途的"国立北京女子师范大学"，但下面还有一个"启"字。我这时才知道我不该来，也无须"莅临"太平湖饭店，因为我不过是一个"兼任教员"。然而校长为什么不制止学生开会，又不预先否认，却要叫我到了学校来看这"启"的呢？我愤然地要质问了，举目四顾，两个教员，一个校役，四面砖墙带着门和窗门，而并没有半个负有答复的责任的生物。"国立北京女子师范学校"虽然能"启"，然而是不能答的。只有默默地阴森地四周的墙壁将人包围，现出险恶的颜色。

我感到苦痛了，但没有悟出它的原因。

可是两个学生来请开会了；婆婆终于没有露面。我们就走进会场去，这时连我已经有五个人；后来陆续又到了七八人。于是乎开会。

"为幼稚者"仿佛不大能够"体贴尊长之心"似的，很诉了许多苦。然而我们有什么权利来干预"家庭"里的事呢？而况太平湖饭店里又要"解决种种重要问题"了！但是我也说明了几句我所以来校的理由，并要求学校当局今天缩头缩脑办法的解答。然而，举目四顾，只有媳妇儿们和西宾，砖墙带着门和窗门，而并没有半个负有答复的责任的生物！

我感到苦痛了，但没有悟出它的原因。

这时我所不识的教员和学生在谈话了；我也不很细听。但在他的话里听到一句"你们做事不要碰壁"，在学生的话里听到一句"杨先生就是壁"，于我就仿佛见了一道光，立刻知道我的痛苦的原因了。

碰壁，碰壁！我碰了杨家的壁了！

其时看看学生们，就像一群童养媳……。

这一种会议是照例没有结果的，几个自以为大胆的人物对于婆婆稍加微辞之后，即大家走散。我回家坐在自己的窗下的时候，天色已近黄昏，而阴惨惨的颜色却渐渐地退去，回忆到碰壁的学说，居然微笑起来了。

中国各处是壁，然而无形像"鬼打墙"① 一般，使你随时能"碰"。能打这墙的，能碰而不感到痛苦的，是胜利者。——但是，此刻太平湖饭店之宴已近阑珊，大家都已经吃到冰其淋，在那里"冷一冷"了罢……。

我于是仿佛看见雪白的桌布已经沾了许多酱油渍，男男女女围着桌子都吃冰其淋，而许多媳妇儿，就如中国历来的大多数媳妇儿

① **"鬼打墙"** 旧时迷信认为，夜间走路如果迷路而老在一个地方转来转去，就是被鬼用无形的墙壁拦住，称为"鬼打墙"。

在苦节的婆婆脚下似的，都决定了暗淡的运命。

我吸了两支烟，眼前也光明起来，幻出饭店里电灯的光彩，看见教育家在杯酒间谋害学生，看见杀人者于微笑后屠戮百姓，看见死尸在粪土中舞蹈，看见污秽洒满了风籁琴，我想取作画图，竟不能画成一线。我为什么要做教员，连自己也侮蔑自己起来。但是织芳①来访我了。

我们闲谈之间，他也忽而发感慨——

"中国什么都黑暗，谁也不行，但没有事的时候是看不出来的。教员咧，学生咧，烘烘烘，烘烘烘，真像一个学校，一有事故，教员也不见了，学生也慢慢躲开了；结局只剩下几个傻子给大家做牺牲，算是收束。多少天之后，又是这样的学校，躲开的也出来了，不见的也露脸了，'地球是圆的'咧，'苍蝇是传染病的媒介'咧，又是学生咧，教员咧，烘烘烘……。"

从不像我似的常常"碰壁"的青年学生的眼睛看来，中国也就如此之黑暗么？然而他们仅有微弱的呻吟，然而一呻吟就被杀戮了！

五月二十一日夜

（原刊 1925 年 6 月 1 日《语丝》第 29 期，后收入《华盖集》）

---

① **织芳** 即荆有麟，山西猗氏人。他曾在北京世界语专门学校听过鲁迅的课。当时以"文学青年"的名义漫谈于文学、新闻界。后参加了国民党特务组织。

从胡须说到牙齿

1

　　一翻《呐喊》，才又记得我曾在中华民国九年双十节①的前几天做过一篇《头发的故事》；去年，距今快要一整年了罢，那时是《语丝》出世未久，我又曾为它写了一篇《说胡须》。实在似乎很有些章士钊②之所谓"每况愈下"③了，——自然，这一句成语，也并不是章士钊首先用错的，但因为他既以擅长旧学自居，我又正在给他打官司，所以就栽在他身上。当时就听说，——或者也是时行的"流言"，——一位北京大学的名教授就愤慨过，以为从胡须说起，一直说下去，将来就要说到屁股，则于是乎便和上海的《晶报》④一样了。为什么呢？这须是熟精今典的人们才知道，后进的"束发小生"⑤是不容易了然的。因为《晶报》上曾经登过一篇《太阳晒屁股赋》，屁股和胡须又都是人身的一部分，既说此部，即难免不说彼部，正如看见洗脸的人，敏捷而聪明的学者即能推见他一直洗下去，将来一定要洗到屁股。所以有志于做 gentleman⑥者，为防微杜渐起见，应该在背后给一顿奚落的。——如果说此外还有深意，那我可不得而知了。

---

　　① **双十节**　1911 年 10 月 10 日孙中山领导的革命党举行武昌起义，次年 1 月 1 日建立中华民国，9 月 28 日临时参议院定 10 月 10 日为国庆纪念日。
　　② **章士钊**（1881—1973）　笔名孤桐，湖南长沙人。曾参加反清革命运动，五四运动后成为复古主义者，曾任段祺瑞政府的司法总长兼教育总长。
　　③ **"每况愈下"**　原作"每下愈况"，见《庄子·知北游》。后人引用常误作"每况愈下"，章士钊在《孤桐杂记》中也用错。
　　④ **《晶报》**　当时上海的一种低级趣味的小报，原为《神州日报》副刊，1919 年 3 月单独出版。下文所说的《太阳晒屁股赋》为张丹斧（延礼）作，刊于 1917 年 4 月 26 日《神州日报》副刊。
　　⑤ **"束发小生"**　这是章士钊常用的轻视青年学生的一句话。
　　⑥ **gentleman**　英语，绅士。

昔者窃闻之：欧美的文明人讳言下体以及和下体略有渊源的事物。假如以生殖器为中心而画一正圆形，则凡在圆周以内者均在讳言之列；而圆之半径，则美国者大于英。中国的下等人，是不讳言的；古之上等人似乎也不讳，所以虽是公子而可以名为黑臀①。讳之始，不知在什么时候；而将英美的半径放大，直至于口鼻之间或更在其上，则昉于一千九百二十四年秋。

文人墨客大概是感性太锐敏了之故罢，向来就很娇气，什么也给他说不得，见不得，听不得，想不得。道学先生于是乎从而禁之，虽然很像背道而驰，其实倒是心心相印。然而他们还是一看见堂客的手帕或者姨太太的荒冢就要做诗。我现在虽然也弄弄笔墨做做白话文，但才气却仿佛早经注定是该在"水平线"②之下似的，所以看见手帕或荒冢之类，倒无动于中；只记得在解剖室里第一次要在女性的尸体上动刀的时候，可似乎略有做诗之意，——但是，不过"之意"而已，并没有诗，读者幸勿误会，以为我有诗集将要精装行世，传之其人，先在此预告。后来，也就连"之意"都没有了，大约是因为见惯了的缘故罢，正如下等人的说惯一样。否则，也许现在不但不敢说胡须，而且简直非"人之初性本善论"或"天地玄黄赋"③便不屑做。遥想土耳其革命④后，撕去女人的面幕，是多么下等的事？呜呼，她们已将嘴巴露出，将来一定要光着屁股走路了！

2

虽然有人数我为"无病呻吟"党之一，但我以为自家有病自家知，旁人大概是不很能够明白底细的。倘没有病，谁来呻吟？如果竟要呻吟，那就已经有了呻吟病了，无法可医。——但模仿自然又是例外。即如自胡须直至屁股等辈，倘使相安无事，谁爱去纪念它们；我们平居无事时，从不想到自己的头，手，脚以至脚底心。待

---

① **黑臀** 春秋时晋成公的名字。见《国语·周语》。

② **"水平线"** 此处是讽刺观代评论派。他们在为《现代丛书》做的广告中说："《现代丛书》中不会有一本无价值的书，一本读不懂的书，一本在水平线下的书。"

③ **"人之初性本善"** 《三字经》的首句。**"天地玄黄"**是《千字文》的首句。两本书均为旧时学塾中的启蒙读本。

④ **土耳其革命** 指1919年基马尔领导的资产阶级民主革命。1923年革命成功，宣布建立土耳其共和国，继而对宗教、婚姻制度、社会习俗进行了一系列改革。

到慨然于"头颅谁斫"①，"髀肉（又说下去了，尚希绅士淑女恕之）复生"②的时候，是早已别有缘故的了，所以，"呻吟"。而批评家们曰："无病"。我实在艳羡他们的健康。

譬如腋下和胯间的毫毛，向来不很肇祸，所以也没有人引为题目，来呻吟一通。头发便不然了，不但白发数茎，能使老先生揽镜慨然，赶紧拔去；清初还因此杀了许多人。民国既经成立，辫子总算剪定了，即使保不定将来要翻出怎样的花样来，但目下总不妨说是已经告一段落。于是我对于自己的头发，也就淡然若忘，而况女子应否剪发的问题呢，因为我并不预备制造桂花油或贩卖烫剪：事不干己，是无所容心于其间的。但到民国九年，寄住在我的寓里的一位小姐考进高等女子师范学校去了，而她是剪了头发的，再没有法可梳盘龙髻或 S 髻。到这时，我才知道虽然已是民国九年，而有些人之嫉视剪发的女子，竟和清朝末年之嫉视剪发的男子相同；校长 M 先生③虽被天夺其魄，自己的头顶秃到近乎精光了，却偏以为女子的头发可系千钧，示意要她留起。设法去疏通了几回，没有效，连我也听得麻烦起来，于是乎"感慨系之矣"了，随口呻吟了一篇《头发的故事》。但是，不知怎的，她后来竟居然并不留长，现在还是蓬蓬松松的在北京道上走。

本来，也可以无须说下去了，然而连胡须样式都不自由，也是我平生的一件感愤，要时时想到的。胡须的有无，式样，长短，我以为除了直接受着影响的人以外，是毫无容喙的权利和义务的，而有些人们偏要越俎代谋④，说些无聊的废话，这真和女子非梳头不可的教育，"奇装异服"者要抓进警厅去办罪的政治一样离奇。要人没有反拨，总须不加刺激；乡下人捉进知县衙门去，打完屁股之后，叩一个头道："谢大老爷！"这情形是特异的中国民族所特有的。

不料恰恰一周年，我的牙齿又发生问题了，这当然就要说牙齿。

---

① **"头颅谁斫"** 据《资治通鉴》卷一八五载，隋炀帝政局不稳时曾"引镜自照，顾谓萧后曰：'好头颈，谁当斫之？'"

② **"髀肉复生"** 据《三国志·蜀书·先主纪》，刘备投靠刘表时，因无用武之地，久不乘马，他"见髀里肉生"，就"慨然流涕"。

③ **M 先生** 指毛邦伟，贵州遵义人。清光绪举人，后赴日留学。1920 年时任北京女子高等师范学校校长。

④ **越俎代谋** 原作越俎代疱，语出《庄子·逍遥游》。

这回虽然并非说下去，而是说进去，但牙齿之后是咽喉，下面是食道，胃，大小肠，直肠，和吃饭很有相关，仍将为大雅所不齿；更何况直肠的邻近还有膀胱呢，呜呼！

3

中华民国十四年十月二十七日，即夏历之重九，国民因为主张关税自主，游行示威①了。但巡警却断绝交通，至于发生冲突，据说两面"互有死伤"。次日，几种报章（《社会日报》，《世界日报》，《舆论报》，《益世报》，《顺天时报》等）的新闻中就有这样的话：

> 学生被打伤者，有吴兴身（第一英文学校），头部刀伤甚重……周树人（北大教员）齿受伤，脱门牙二。其他尚未接有报告。……

这样还不够，第二天，《社会日报》，《舆论报》，《黄报》，《顺天时报》又道：

> ……游行群众方面，北大教授周树人（即鲁迅）门牙确落二个。……

舆论也好，指导社会机关也好，"确"也好，不确也好，我是没有修书更正的闲情别致的。但被害苦的是先有许多学生们，次日我到L学校②去上课。缺席的学生就有二十余，他们想不至于因为我被打落门牙，即以为讲义也跌了价的，大概是预料我一定请病假。还有几个尝见和未见的朋友，或则面问，或则函问；尤其是朋其③君，先行肉薄中央医院，不得，又到我的家里，目睹门牙无恙，这才重

---

　① 1925年10月26日（文中误作27日），段棋瑞政府邀请英、美、法等十二国，在北京召开"关税特别会议"，企图在不平等条约的基础上与各帝国主义国家成立新的关税协定。开会当天，北京各学校和团体五万余人在天安门广场集会游行，反对关税会议，主张关税自主。游行至新华门时遭警察阻止、殴打，群众多人受伤。

　② **L学校**　指北京黎明中学，1925年鲁迅曾在该校教课一学期。

　③ **朋其**　即黄鹏基，四川仁寿人，当时是北京大学学生。

回东城，而"昊天不吊"①，竟刮起大风来了。

假使我真被打落两个门牙，倒也大可以略平"整顿学风"② 者和其党徒之气罢；或者算是说了胡须的报应，——因为有说下去之嫌，所以该得报应，——依博爱家言，本来也未始不是一举两得的事。但可惜那一天我竟不在场。我之所以不到场者，并非遵了胡适③ 教授的指示在研究室里用功，也不是从了江绍原④教授的忠告在推敲作品，更不是依着易卜生博士的遗训⑤正在"救出自己"；惭愧我全没有做那些大工作，从实招供起来，不过是整天躺在窗下的床上而已。为什么呢？曰：生些小病，非有他也。

然而我的门牙，却是"确落二个"的。

4

这也是自家有病自家知的一例，如果牙齿健全的，决不会知道牙痛的人的苦楚，只见他歪着嘴角吸风，模样着实可笑。自从盘古开辟天地以来，中国就未曾发明过一种止牙痛的好方法，现在虽然很有些什么"西法镶牙补眼"的了，但大概不过学了一点皮毛，连消毒去腐的粗浅道理也不明白。以北京而论，以中国自家的牙医而论，只有几个留美出身的博士是好的，但是，yes⑥，贵不可言。至于穷乡僻壤，却连皮毛家也没有，倘使不幸而牙痛，又不安本分而想医好，怕只好去叩求城隍土地爷爷罢。

我从小就是牙痛党之一，并非故意和牙齿不痛的正人君子们立

① **"昊天不吊"** 语见《左传·哀公十六年》。

② **"整顿学风"** 1925 年五卅事件后，北京学生纷纷罢课声援上海工人的反帝爱国斗争。北洋政府教育总长章士钊遂草拟"整顿学风令"，于同年 8 月 25 日在内阁会议上通过，并公布执行。

③ **胡适（1891—1962）** 安徽绩溪人。当时北京大学教授。1925 年 9 月 5 日在《现代评论》第 2 卷第 39 期上发表《爱国运动与求学》，文中引用德国歌德在拿破仑兵围柏林时闭门研究中国文物、费希特在柏林沦陷后仍继续讲学等事例，建议学生走进书斋、埋头用功，离开爱国的社会运动。

④ **江绍原** 安徽旌德人。当时北京大学讲师。1925 年 7 月 4 日在《现代评论》第 2 卷第 30 期发表《黄狗与青年作者》中说："我的小提议是：——无论作什么，非经过几番精审的推敲修正，决不发表。"

⑤ **江绍原** 安徽旌德人。当时北京大学讲师。1925 年 7 月 4 日在《现代评论》第 2 卷第 30 期发表《黄狗与青年作者》中说："我的小提议是：——无论作什么，非经过几番精审的推敲修正，决不发表。"

⑥ **yes** 英语，是的。

异，实在是"欲罢不能"。听说牙齿的性质的好坏，也有遗传的，好么，这就是我的父亲赏给我的一份遗产，因为他牙齿也很坏。于是或蛀，或破，……终于牙龈上出血了，无法收拾；住的又是小城，并无牙医。那时也想不到天下有所谓"西法……"也者，惟有《验方新编》①是唯一的救星；然而试尽"验方"都不验。后来，一个善士传给我一个秘方：择日将栗子风干，日日食之，神效。应择那一日，现在已经忘却了，好在这秘方的结果不过是吃栗子，随时可以风干的，我们也无须再费神去查考。自此之后，我才正式看中医，服汤药，可惜中医仿佛也束手了，据说这是叫"牙损"，难治得很呢。还记得有一天一个长辈斥责我，说，因为不自爱，所以会生这病的；医生能有什么法？我不解，但从此不再向人提起牙齿的事了，似乎这病是我的一件耻辱。如此者久而久之，直至我到日本的长崎，再去寻牙医，他给我刮去了牙后面的所谓"齿垽"，这才不再出血了，化去的医费是两元，时间是约一小时以内。

我后来也看看中国的医药书，忽而发见触目惊心的学说了。它说，齿是属于肾的，"牙损"的原因是"阴亏"。我这才顿然悟出先前的所以得到申斥的原因来，原来是它们在这里这样诬陷我。到现在，即使有人说中医怎样可靠，单方怎样灵，我还都不信。自然，其中大半是因为他们耽误了我的父亲的病的缘故罢，但怕也很挟带些切肤之痛的自己的私怨。

事情还很多哩，假使我有 Victor Hugo②先生的文才，也许因此可以写出一部《Les Misérables》的续集。然而岂但没有而已么，遭难的又是自家的牙齿，向人分送自己的冤单，是不大合式的，虽然所有文章，几乎十之九是自身的暗中的辩护。现在还不如迈开大步一跳，一径来说"门牙确落二个"的事罢：

袁世凯也如一切儒者一样，最主张尊孔。做了离奇的古衣冠，盛行祭孔的时候，大概是要做皇帝以前的一两年。③自此以来，相承不废，但也因秉政者的变换，仪式上，尤其是行礼之状有些不同：大概自以为维新者出则西装而鞠躬，尊古者兴则古装而顿首。我曾

---

① 《验方新编》　清代鲍相璈编。是过去流行的通俗医药书。

② **Victor Hugo**　维克多·雨果（1802—1885），法国作家。《Les Misérables》是雨果的长篇小说《悲惨世界》。

③ 袁世凯 1914 年 4 月通令全国祭孔，公布《崇圣典例》。

经是教育部的佥事，因为"区区"①，所以还不入鞠躬或顿首之列的；但届春秋二祭，仍不免要被派去做执事。执事者，将所谓"帛"或"爵"② 递给鞠躬或顿首之诸公的听差之谓也。民国十一年秋③，我"执事"后坐车回寓去，既是北京，又是秋，又是清早，天气很冷，所以我穿着厚外套，带了手套的手是插在衣袋里的。那车夫，我相信他是因为瞌睡，胡涂，决非章士钊党；但他却在中途用了所谓"非常处分"，以"迅雷不及掩耳之手段"，自己跌倒了，并将我从车上摔出。我手在袋里，来不及抵按，结果便自然只好和地母接吻，以门牙为牺牲了。于是无门牙而讲书者半年，补好于十二年之夏，所以现在使朋其君一见放心，释然回去的两个，其实却是假的。

5

孔二先生④说，"虽有周公之才之美，使骄且吝，其余，不足观也矣。"这话，我确是曾经读过的，也十分佩服。所以如果打落了两个门牙，借此能给若干人们从旁快意，"痛快"，倒也毫无吝惜之心。而无如门牙，只有这几个，而且早经脱落何？但是将前事拉成今事，却也是不甚愿意的事，因为有些事情，我还要说真实，便只好将别人的"流言"抹杀了，虽然这大抵也以有利于己，至少是无损于己者为限。准此，我便顺手又要将章士钊的将后事拉成前事的胡涂账揭出来。

又是章士钊。我之遇到这个姓名而摇头，实在由来已久；但是，先前总算是为"公"，现在却像憎恶中医一样，仿佛也挟带一点私怨了，因为他"无故"将我免了官，所以，在先已经说过：我正在给他打官司。近来看见他的古文的答辩书了，很斤斤于"无故"之辩，其中有一段：

> ……又该伪校务维持会擅举该员为委员，该员又不声明否

① 鲁迅从 1912 年 8 月起在教育部任佥事，1925 年因支持北京女师大学生驱逐校长杨荫榆的运动，被教育总长章士钊非法免职。鲁迅为此在平政院提出控告。当时有人攻击鲁迅因失了"区区佥事"就反对章士钊，没有"学者的态度"云云，参见《华盖集·碰壁之余》

② "帛" 古代祭祀时用来敬神的丝织品。"爵"，古代酒具，祭祀时用来献酒。

③ 应为民国十二年春。根据《鲁迅日记》一九二三年："三月二十五日晴，星期，黎明往孔庙执事。归途坠车，落二齿。"

④ 孔二先生 即孔丘。据《孔子家语·本姓解》，孔丘有兄孟皮，他排行第二。

认，显系有意抗阻本部行政，既情理之所难容，亦法律之所不许。……不得已于八月十二日，呈请执政将周树人免职，十三日由执政明令照准……

于是乎我也"之乎者也"地驳掉他：

查校务维持会公举树人为委员，系在八月十三日，而该总长呈请免职，据称在十二日。岂先预知将举树人为委员而先为免职之罪名耶？……

其实，那些什么"答辩书"也不过是中国的胡牵乱扯的照例的成法，章士钊未必一定如此胡涂；假使真只胡涂，倒还不失为胡涂人，但他是知道舞文玩法的。他自己说过："挽近政治。内包甚复。一端之起。其真意往往难于迹象求之。执法抗争。不过迹象间事。……"所以倘若事不干己，则与其听他说政法，谈逻辑，实在远不如看《太阳晒屁股赋》，因为欺人之意，这些赋里倒没有的。

离题愈说愈远了：这并不是我的身体的一部分。现在即此收住，将来说到那里，且看民国十五年秋罢。

一九二五年十月三十日

（原刊 1925 年 11 月 9 日《语丝》第 52 期，后收入《坟》）

送灶日漫笔

坐听着远远近近的爆竹声，知道灶君先生们都在陆续上天，向玉皇大帝讲他的东家的坏话去了，[①] 但是他大概终于没有讲，否则，中国人一定比现在要更倒楣。

灶君升天的那日，街上还卖着一种糖，有柑子那么大小，在我们那里也有这东西，然而扁的，像一个厚厚的小烙饼。那就是所谓"胶牙饧"了。本意是在请灶君吃了，粘住他的牙，使他不能调嘴学舌，对玉帝说坏话。我们中国人意中的神鬼，似乎比活人要老实些，所以对鬼神要用这样的强硬手段，而于活人却只好请吃饭。

今之君子往往讳言吃饭，尤其是请吃饭。那自然是无足怪的，的确不大好听。只是北京的饭店那么多，饭局那么多，莫非都在食蛤蜊，谈风月，"酒酣耳热而歌呜呜"么？不尽然的，的确也有许多"公论"从这些地方播种，只因为公论和请帖之间看不出蛛丝马迹，所以议论便堂哉皇哉了。但我的意见，却以为还是酒后的公论有情。人非木石，岂能一味谈理，碍于情面而偏过去了，在这里正有着人气息。况且中国是一向重情面的。何谓情面？明朝就有人解释过，曰："情面者，面情之谓也。"[②] 自然不知道他说什么，但也就可以懂得他说什么。在现今的世上，要有不偏不倚的公论，本来是一种梦想；即使是饭后的公评，酒后的宏议，也何尝不可姑妄听之呢。然而，倘以为那是真正老牌的公论，却一定上当，——但这也不能独归罪于公论家，社会上风行请吃饭而讳言请吃饭，使人们不得不虚假，那自然也应该分任其咎的。

---

① 旧俗以夏历十二月二十四日为灶神升天日，在这一天或前一天祭送灶神，称为送灶。

② 这是明代周道登（崇祯初年的礼部尚书兼东阁大学士）对崇祯皇帝说的话。据竹坞遗民著《烈皇小识》卷一："上又问阁臣：'近来诸臣奏内，多有情面二字，何谓情面？'周道登对曰：'情面者，面情之谓也。'左右皆匿笑。"

记得好几年前，是"兵谏"①之后，有枪阶级专喜欢在天津会议的时候，有一个青年愤愤地告诉我道：他们那里是会议呢，在酒席上，在赌桌上，带着说几句就决定了。他就是受了"公论不发源于酒饭说"之骗的一个，所以永远是愤然，殊不知他那理想中的情形，怕要到二九二五年才会出现呢，或者竟许到三九二五年。

然而不以酒饭为重的老实人，却是的确也有的，要不然，中国自然还要坏。有些会议，从午后二时起，讨论问题，研究章程，此问彼难，风起云涌，一直到七八点，大家就无端觉得有些焦躁不安，脾气愈大了，议论愈纠纷了，章程愈渺茫了，虽说我们到讨论完毕后才散罢，但终于一哄而散，无结果。这就是轻视了吃饭的报应，六七点钟时分的焦躁不安，就是肚子对于本身和别人的警告，而大家误信了吃饭与讲公理无关的妖言，毫不瞅睬，所以肚子就使你演说也没精采，宣言也——连草稿都没有。

但我并不说凡有一点事情，总得到什么太平湖饭店，撷英番菜馆之类里去开大宴；我于那些店里都没有股本，犯不上替他们来拉主顾，人们也不见得都有这么多的钱。我不过说，发议论和请吃饭，现在还是有关系的；请吃饭之于发议论，现在也还是有益处的；虽然，这也是人情之常，无足深怪的。

顺便还要给热心而老实的青年们进一个忠告，就是没酒没饭的开会，时候不要开得太长，倘若时候已晚了，那么，买几个烧饼来吃了再说。这么一办，总可以比空着肚子的讨论容易有结果，容易得收场。

胶牙饧的强硬办法，用在灶君身上我不管它怎样，用之于活人是不大好的。倘是活人，莫妙于给他醉饱一次，使他自己不开口，却不是胶住他。中国人对人的手段颇高明，对鬼神却总有些特别，二十三夜的捉弄灶君即其一例，但说起来也奇怪，灶君竟至于到了现在，还仿佛没有省悟似的。

道士们的对付"三尸神"②，可是更利害了。我也没有做过道

---

① **"兵谏"** 1917年第一次世界大战期间，北洋政府总统黎元洪和总理段祺瑞就参战问题发生分歧。段祺瑞提出的对德宣战案未被国会通过，他也被黎元洪免职。在段的指使下，安徽省长倪嗣冲首先通电独立，奉、鲁、闽、豫、浙、陕、直等省督军相继响应，皖督张勋也用"十三省省区联合会"名义电请黎元洪退职，他们自称这种行动为"兵谏"。

② **"三尸神"** 道教称在人体中做祟的神。据《太上三尸中经》说："上尸名彭倨，在人头中；中尸名彭质，在人腹中；下尸名彭矫，在人足中。"又说每逢庚申那天，他们便上天去向天帝陈说人的罪恶；但只要人们在这天晚上通宵不眠，便可避免，叫作"守庚申"。

士，详细是不知道的，但据"耳食之言"，则道士们以为人身中有三尸神，到有一日，便乘人熟睡时，偷偷地上天去奏本身的过恶。这实在是人体本身中的奸细，《封神传演义》①常说的"三尸神暴躁，七窍生烟"的三尸神，也就是这东西。但据说要抵制他却不难，因为他上天的日子是有一定的，只要这一日不睡觉，他便无隙可乘，只好将过恶都放在肚子里，再看明年的机会了。连胶牙饧都没得吃，他实在比灶君还不幸，值得同情。

三尸神不上天，罪状都放在肚子里；灶君虽上天，满嘴是糖，在玉皇大帝面前含含胡胡地说了一通，又下来了。对于下界的情形，玉皇大帝一点也听不懂，一点也不知道，于是我们今年当然还是一切照旧，天下太平。

我们中国人对于鬼神也有这样的手段。

我们中国人虽然敬信鬼神；却以为鬼神总比人们傻，所以就用了特别的方法来处治他。至于对人，那自然是不同的了，但还是用了特别的方法来处治，只是不肯说；你一说，据说你就是卑视了他了。诚然，自以为看穿了的话，有时也的确反不免于浅薄。

二月五日

（原刊 1926 年 2 月 11 日《国民新报·副刊》，后收入《华盖集续编》）

---

① 《封神传演义》 即《封神演义》，明代许仲琳（一说陆西星）所著长篇小说。

谈皇帝

　　中国人的对付鬼神，凶恶的是奉承，如瘟神和火神之类，老实一点的就要欺侮，例如对于土地或灶君。待遇皇帝也有类似的意思。君民本是同一民族，乱世时"成则为王败则为贼"，平常是一个照例做皇帝，许多个照例做平民；两者之间，思想本没有什么大差别。所以皇帝和大臣有"愚民政策"，百姓们也自有其"愚君政策"。

　　往昔的我家，曾有一个老仆妇，告诉过我她所知道，而且相信的对付皇帝的方法。她说——

　　"皇帝是很可怕的。他坐在龙位上，一不高兴，就要杀人；不容易对付的。所以吃的东西也不能随便给他吃，倘是不容易办到的，他吃了又要，一时办不到；——譬如他冬天想到瓜，秋天要吃桃子，办不到，他就生气，杀人了。现在是一年到头给他吃波菜，一要就有，毫不为难。但是倘说是波菜，他又要生气的，因为这是便宜货，所以大家对他就不称为波菜，另外起一个名字，叫作'红嘴绿鹦哥'。"

　　在我的故乡，是通年有波菜的，根很红，正如鹦哥的嘴一样。

　　这样的连愚妇人看来，也是呆不可言的皇帝，似乎大可以不要了。然而并不，她以为要有的，而且应该听凭他作威作福。至于用处，仿佛在靠他来镇压比自己更强梁的别人，所以随便杀人，正是非备不可的要件。然而倘使自己遇到，且须侍奉呢？可又觉得有些危险了，因此只好又将他练成傻子，终年耐心地专吃着"红嘴绿鹦哥"。

　　其实利用了他的名位，"挟天子以令诸侯"[①] 的，和我那老仆妇的意思和方法都相同，不过一则又要他弱，一则又要他愚。儒家的靠了"圣君"来行道也就是这玩意，因为要"靠"，所以要他威重，

　　① **"挟天子以令诸侯"**　语见《三国志·诸葛亮传》。

位高；因为要便于操纵，所以又要他颇老实，听话。

皇帝一自觉自己的无上威权，这就难办了。既然"普天之下，莫非皇土"①，他就胡闹起来，还说是"自我得之，自我失之，我又何恨"②哩！于是圣人之徒也只好请他吃"红嘴绿鹦哥"了，这就是所谓"天"。据说天子的行事，是都应该体帖天意，不能胡闹的；而这"天意"也者，又偏只有儒者们知道着。

这样，就决定了：要做皇帝就非请教他们不可。

然而不安分的皇帝又胡闹起来了。你对他说"天"么，他却道，"我生不有命在天?!"③岂但不仰体上天之意而已，还逆天，背天，"射天"④，简直将国家闹完，使靠天吃饭的圣贤君子们，哭不得，也笑不得。

于是乎他们只好去著书立说，将他骂一通，豫计百年之后，即身殁之后，大行于时，自以为这就了不得。

但那些书上，至多就止记着"愚民政策"和"愚君政策"全都不成功。

二月十七日

（原刊 1926 年 3 月 9 日《国民新报副刊》，后收入《华盖集续编》）

---

① **"普天之下，莫非皇土"** 语见《诗经·小雅·北山》。
② **"自我得之，自我失之，我又何恨"** 语出《梁书·邵陵王纶传》。
③ **"我生不有命在天"** 语见《尚书·西北戡黎》。
④ **"射天"** 见《史记·殷本纪》："帝武乙无道，为偶人，谓之天神。与之博，令人为行。天神不胜，乃僇辱之。为革囊，盛血，卬（仰）而射之，命曰'射天'。"

记念刘和珍君

一

中华民国十五年三月二十五日，就是国立北京女子师范大学为十八日在段祺瑞执政府前遇害的刘和珍①杨德群两君开追悼会的那一天，我独在礼堂外徘徊，遇见程君②，前来问我道，"先生可曾为刘和珍写了一点什么没有？"我说"没有"。她就正告我，"先生还是写一点罢；刘和珍生前就很爱看先生的文章。"

这是我知道的，凡我所编辑的期刊，大概是因为往往有始无终之故罢，销行一向就甚为寥落，然而在这样的生活艰难中，毅然预定了《莽原》③全年的就有她。我也早觉得有写一点东西的必要了，这虽然于死者毫不相干，但在生者，却大抵只能如此而已。倘使我能够相信真有所谓"在天之灵"，那自然可以得到更大的安慰，——但是，现在，却只能如此而已。

可是我实在无话可说。我只觉得所住的并非人间。四十多个青年的血，洋溢在我的周围，使我艰于呼吸视听，那里还能有什么言语？长歌当哭，是必须在痛定之后的。而此后几个所谓学者文人的阴险的论调④，尤使我觉得悲哀。我已经出离愤怒了。我将深味这非人间的浓黑的悲凉；以我的最大哀痛显示于非人间，使它们快意于我的苦痛，就将这作为后死者的菲薄的祭品，奉献于逝者的灵前。

---

① 刘和珍（1904—1926） 江西南昌人，北京女子师范大学英文系学生。**杨德群**（1902—1926），湖南湘阴人，北京女子师范大学国文系预科学生。

② **程君** 指程毅志，湖北孝感人，北京女子师范大学教育系学生。

③ 《莽原》 鲁迅主编的文学刑物，1925 年 4 月 24 日创刊，1927 年 12 月 25 日出至第 48 期停刊。

④ 指陈西滢等人在文章中称参加三·一八请愿的爱国学生和群众是"受人利用"云云。

二

真的猛士，敢于直面惨淡的人生，敢于正视淋漓的鲜血。这是怎样的哀痛者和幸福者？然而造化又常常为庸人设计，以时间的流驶，来洗涤旧迹，仅使留下淡红的血色和微漠的悲哀。在这淡红的血色和微漠的悲哀中，又给人暂得偷生，维持着这似人非人的世界。我不知道这样的世界何时是一个尽头！

我们还在这样的世上活着；我也早觉得有写一点东西的必要了。离三月十八日也已有两星期，忘却的救主快要降临了罢，我正有写一点东西的必要了。

三

在四十余被害的青年之中，刘和珍君是我的学生。学生云者，我向来这样想，这样说，现在却觉得有些踌躇了，我应该对她奉献我的悲哀与尊敬。她不是"苟活到现在的我"的学生，是为了中国而死的中国的青年。

她的姓名第一次为我所见，是在去年夏初杨荫榆女士做女子师范大学校长，开除校中六个学生自治会职员的时候①。其中的一个就是她；但是我不认识。直到后来，也许已经是刘百昭率领男女武将，强拖出校之后了，才有人指着一个学生告诉我，说：这就是刘和珍。其时我才能将姓名和实体联合起来，心中却暗自诧异。我平素想，能够不为势利所屈，反抗一广有羽翼的校长的学生，无论如何，总该是有些桀骜锋利的，但她却常常微笑着，态度很温和。待到偏安于宗帽胡同②，赁屋授课之后，她才始来听我的讲义，于是见面的回数就较多了，也还是始终微笑着，态度很温和。待到学校恢复旧观③，往日的教职员以为责任已尽，准备陆续引退的时候，我才见她虑及母校前途，黯然至于泣下。此后似乎就不相见。总之，在我的记忆上，那一次就是永别了。

---

① 1925年5月9日，北京女师大校长杨荫榆为平息学潮，迫害学生，假借评议会的名义开除许广平、刘和珍、蒲振声、张平江、郑德音、姜伯谛等六名学生自治会成员。

② **偏安于宗帽胡同** 反对杨荫榆的女师大学生被赶出学校后，在西城宗帽胡同租赁房屋作为临时校舍，于1925年9月21日开学。当时鲁迅等教师曾去义务授课，表示支持。

③ **学校恢复旧观** 女师大学生经过一年多的斗争，在社会进步力量声援下，于1925年11月30日迁回宣武门内石附马大街原址，宣告复校。

四

我在十八日早晨，才知道上午有群众向执政府请愿的事；下午便得到噩耗，说卫队居然开枪，死伤至数百人，而刘和珍君即在遇害者之列。但我对于这些传说，竟至于颇为怀疑。我向来是不惮以最坏的恶意，来推测中国人的，然而我还不料，也不信竟会下劣凶残到这地步。况且始终微笑着的和蔼的刘和珍君，更何至于无端在府门前喋血呢？

然而即日证明是事实了，作证的便是她自己的尸骸。还有一具，是杨德群君的。而且又证明着这不但是杀害，简直是虐杀，因为身体上还有棍棒的伤痕。

但段政府就有令，说她们是"暴徒"！

但接着就有流言，说她们是受人利用的。

惨象，已使我目不忍视了；流言，尤使我耳不忍闻。我还有什么话可说呢？我懂得衰亡民族之所以默无声息的缘由了。沉默呵，沉默呵！不在沉默中爆发，就在沉默中灭亡。

五

但是，我还有要说的话。

我没有亲见；听说，她，刘和珍君，那时是欣然前往的。自然，请愿而已，稍有人心者，谁也不会料到有这样的罗网。但竟在执政府前中弹了，从背部入，斜穿心肺，已是致命的创伤，只是没有便死。同去的张静淑①君想扶起她，中了四弹，其一是手枪，立仆；同去的杨德群君又想去扶起她，也被击，弹从左肩入，穿胸偏右出，也立仆。但她还能坐起来，一个兵在她头部及胸部猛击两棍，于是死掉了。

始终微笑的和蔼的刘和珍君确是死掉了，这是真的，有她自己的尸骸为证；沉勇而友爱的杨德群君也死掉了，有她自己的尸骸为证；只有一样沉勇而友爱的张静淑君还在医院里呻吟。当三个女子从容地转辗于文明人所发明的枪弹的攒射中的时候，这是怎样的一个惊心动魄的伟大呵！中国军人的屠戮妇婴的伟绩，八国联军的惩创学生的武功，不幸全被这几缕血痕抹杀了。

夜记：其他散文作品

---

① **张静淑**（1902—1978） 湖南长沙人，北京女子师范大学教育系学生。

但是中外的杀人者却居然昂起头来，不知道个个脸上有着血污……。

六

时间永是流驶，街市依旧太平，有限的几个生命，在中国是不算什么的，至多，不过供无恶意的闲人以饭后的谈资，或者给有恶意的闲人作"流言"的种子。至于此外的深的意义，我总觉得很寥寥，因为这实在不过是徒手的请愿。人类的血战前行的历史，正如煤的形成，当时用大量的木材，结果却只是一小块，但请愿是不在其中的，更何况是徒手。

然而既然有了血痕了，当然不觉要扩大。至少，也当浸渍了亲族；师友，爱人的心，纵使时光流驶，洗成绯红，也会在微漠的悲哀中永存微笑的和蔼的旧影。陶潜①说过，"亲戚或余悲，他人亦已歌，死去何所道，托体同山阿。"倘能如此，这也就够了。

七

我已经说过：我向来是不惮以最坏的恶意来推测中国人的。但这回却很有几点出于我的意外。一是当局者竟会这样地凶残，一是流言家竟至如此之下劣，一是中国的女性临难竟能如是之从容。

我目睹中国女子的办事，是始于去年的，虽然是少数，但看那干练坚决，百折不回的气概，曾经屡次为之感叹。至于这一回在弹雨中互相救助，虽殒身不恤的事实，则更足为中国女子的勇毅，虽遭阴谋秘计，压抑至数千年，而终于没有消亡的明证了。倘要寻求这一次死伤者对于将来的意义，意义就在此罢。

苟活者在淡红的血色中，会依稀看见微茫的希望；真的猛士，将更奋然而前行。

呜呼，我说不出话，但以此记念刘和珍君！

四月一日

（原刊 1926 年 4 月 12 日《语丝》第 74 期，后收入《华盖集续编》）

---

① **陶潜（约 372—427）** 一名渊明，浔阳柴桑（今江西九江）人，东晋诗人。下面的四句诗引他的《挽歌》。

记"发薪"

下午，在中央公园里和 C 君做点小工作①，突然得到一位好意的老同事的警报，说，部里今天发给薪水了，计三成；但必须本人亲身去领，而且须在三天以内。

否则？

否则怎样，他却没有说。但这是"洞若观火"的，否则，就不给。

只要有银钱在手里经过，即使并非檀越②的布施，人是也总爱逞逞威风的，要不然，他们也许要觉到自己的无聊，渺小。明明有物品去抵押，当铺却用这样的势利脸和高柜台；明明用银元去换铜元，钱摊却帖着"收买现洋"的纸条，隐然以"买主"自命。钱票当然应该可以到负责的地方去换现钱，而有时却规定了极短的时间，还要领签，排班，等候，受气；军警督压着，手里还有国粹的皮鞭。

不听话么？不但不得钱，而且要打了！

我曾经说过，中华民国的官，都是平民出身，并非特别种族。虽然高尚的文人学士或新闻记者们将他们看作异类，以为比自己格外奇怪，可鄙可嗤；然而从我这几年的经验看来，却委实不很特别，一切脾气，却与普通的同胞差不多，所以一到经手银钱的时候，也还是照例有一点借此威风一下的嗜好。

"亲领"问题的历史，是起源颇古的，中华民国十一年，就因此引起过方玄绰③的牢骚，我便将这写了一篇《端午节》。但历史虽说

---

① **C 君** 即齐寿山（1881—1965），河北高阳人。德国柏林大学毕业，曾任北洋政府教育部金事、视学。**"做点小工作"**，指翻译荷兰作家望·蔼覃的长篇童话《小约翰》。该译本 1928 年 1 月由未名社出版。

② **檀越** 梵文音译，意为施主。

③ **方玄绰** 鲁迅小说《端午节》中虚构的人物，但小说中描写的是当时的实际情况。

如同螺旋，却究竟并非印板，所以今之与昔，也还是小有不同。在昔盛世，主张"亲领"的是"索薪会"——呜呼，这些专门名词，恕我不暇一一解释了，而且纸张也可惜。——的骁将，昼夜奔走，向国务院呼号，向财政部坐讨，一旦到手，对于没有一同去索的人的无功受禄，心有不甘，用此给吃一点小苦头的。其意若曰，这钱是我们讨来的，就同我们的一样；你要，必得到这里来领布施。你看施衣施粥，有施主亲自送到受惠者的家里去的么？

　　然而那是盛世的事。现在是无论怎么"索"，早已一文也不给了，如果偶然"发薪"，那是意外的上头的嘉惠，和什么"索"丝毫无关。不过临时发布"亲领"命令的施主却还有，只是已非善于索薪的骁将，而是天天"画到"，未曾另谋生活的"不贰之臣"了。所以，先前的"亲领"是对于没有同去索薪的人们的罚，现在的"亲领"是对于不能空着肚子，天天到部的人们的罚。

　　但这不过是一个大意，此外的事，倘非身临其境，实在有些说不清。譬如一碗酸辣汤，耳闻口讲的，总不如亲自呷一口的明白。近来有几个心怀叵测的名人间接忠告我，说我去年作文，专和几个人闹意见，不再论及文学艺术，天下国家，是可惜的。殊不知我近来倒是明白了，身历其境的小事，尚且参不透，说不清，更何况那些高尚伟大，不甚了然的事业？我现在只能说说较为切己的私事，至于冠冕堂皇如所谓"公理"之类，就让公理专家去消遣罢。

　　总之，我以为现在的"亲领"主张家，已颇不如先前了，这就是"孤桐先生"之所谓"每况愈下"[1]。而且便是空牢骚如方玄绰者，似乎也已经很寥寥了。

　　"去！"我一得警报，便走出公园，跳上车，径奔衙门去。

　　一进门，巡警就给我一个立正举手的敬礼，可见做官要做得较大，虽然阔别多日，他们也还是认识的。到里面，不见什么人，因为办公时间已经改在上午，大概都已亲领了回家了。觅得一位听差，问明了"亲领"的规则，是先到会计科去取得条子，然后拿了这条子，到花厅里去领钱。

---

　　[1]　**孤桐先生**　指章士钊（1881—1973），笔名孤桐，湖南长沙人。当时是北洋政府的教育总长。**"每况愈下"**，原作"每下愈况"，见《庄子·知北游》。后人引用时常误作"每况愈下"，章士钊在《孤桐杂记》中也用错。

就到会计科，一个部员看了一看我的脸，便翻出条子来。我知道他是老部员，熟识同人，负着"验明正身"的重大责任的；接过条子之后，我便特别多点了两个头，以表示告别和感谢之至意。

其次是花厅了，先经过一个边门，只见上帖纸条道："丙组"，又有一行小注是"不满百元"。我看自己的条子上，写的是九十九元，心里想，这真是"人生不满百，常怀千岁忧。……"同时便直撞进去。看见一个和我差不多大的官，说道这"不满百元"是指全俸而言，我的并不在这里，是在里间。

就到里间，那里有两张大桌子，桌旁坐着几个人，一个熟识的老同事就招呼我了；拿出条子去，签了名，换得钱票，总算一帆风顺。这组的旁边还坐着一位很胖的官，大概是监督者，因为他敢于解开了官纱——也许是纺绸，我不大认识这些东西。——小衫，露着胖得拥成折叠的胸肚，使汗珠雍容地越过了折叠往下流。

这时我无端有些感慨，心里想，大家现在都说"灾官""灾官"，殊不知"心广体胖"的还不在少呢。便是两三年前教员正嚷索薪的时候，学校的教员豫备室里也还有人因为吃得太饱了，咳的一声，胃中的气体从嘴里反叛出来。走出外间，那一位和我差不多大的官还在，便拉住他发牢骚。

"你们怎么又闹这些玩艺儿了？"我说。

"这是他的意思……。"他和气地回答，而且笑嘻嘻的。

"生病的怎么办呢？放在门板上抬来么？"

"他说：这些都另法办理……。"

我是一听便了然的，只是在"门——衙门之门——外汉"怕不易懂，最好是再加上一点注解。这所谓"他"者，是指总长或次长而言。此时虽然似乎所指颇蒙胧，但再掘下去，便可以得到指实，但如果再掘下去，也许又要更蒙胧。总而言之，薪水既经到手，这些事便应该"适可而止，毋贪心也"的，否则，怕难免有些危机。即如我的说了这些话，其实就已经不大妥。

于是我退出花厅，却又遇见几个旧同事，闲谈了一回。知道还有"戊组"，是发给已经死了的人的薪水的，这一组大概无须"亲领"。又知道这一回提出"亲领"律者，不但"他"，也有"他们"在内。所谓"他们"者，粗粗一听，很像"索薪会"的头领们，但其实也不然，因为衙门里早就没有什么"索薪会"，所以这一回当然是别一批新人物了。

我们这回"亲领"的薪水，是中华民国十三年二月份的。因此，事前就有了两种学说。一，即作为十三年二月的薪水发给。然而还有新来的和新近加俸的呢，可就不免有向隅之感。于是第二种新学说自然起来：不管先前，只作为本年六月份的薪水发给。不过这学说也不大妥，只是"不管先前"这一句，就很有些疵病。

这个办法，先前也早有人苦心经营过。去年章士钊将我免职之后，自以为在地位上已经给了一个打击，连有些文人学士们也喜得手舞足蹈。然而他们究竟是聪明人，看过"满床满桌满地"的德文书的，即刻又悟到我单是抛了官，还不至于一败涂地，因为我还可以得欠薪，在北京生活。于是他们的司长刘百昭①便在部务会议席上提出，要不发欠薪，何月领来，便作为何月的薪水。这办法如果实行，我的受打击是颇大的，因为就受着经济的迫压。然而终于也没有通过。那致命伤，就在"不管先前"上；而刘百昭们又不肯自称革命党，主张不管什么，都从新来一回。

所以现在每一领到政费，所发的也还是先前的钱；即使有人今年不在北京了，十三年二月间却在，实在也有些难于说是现今不在，连那时的曾经在此也不算了。但是，既然又有新的学说起来，总得采纳一点，这采纳一点，也就是调和一些。因此，我们这回的收条上，年月是十三年二月的，钱的数目是十五年六月的。

这么一来，既然并非"不管先前"，而新近升官或加俸的又可以多得一点钱，可谓比较的周到。于我是无益也无损，只要还在北京，拿得出"正身"来。

翻开我的简单日记一查，我今年已经收了四回俸钱了：第一次三元；第二次六元；第三次八十二元五角，即二成五，端午节的夜里收到的；第四次三成，九十九元，就是这一次。再算欠我的薪水，是大约还有九千二百四十元，七月份还不算。

我觉得已是一个精神上的财主；只可惜这"精神文明"是不很可靠的，刘百昭就来动摇过。将来遇见善于理财的人，怕还要设立一个"欠薪整理会"，里面坐着几个人物，外有挂着一块招牌，使凡有欠薪的人们都到那里去接洽。几天或几月之后，人不见了，接着连招牌也不见了；于是精神上的财主就变了物质上的穷人了。

但现在却还的确收了九十九元，对于生活又较为放心，趁闲空

---

① **刘百昭** 湖南武冈人，曾任北洋政府教育部专门教育司司长。

来发一点议论再说。

七月二十一日

（原刊 1926 年 8 月 10 日《莽原》半月刊第 15 期，后收入《华盖集续编》）

再谈香港

我经过我所视为“畏途”的香港，算起来九月二十八日是第三回。

第一回带着一点行李，但并没有遇见什么事。第二回是单身往来，那情状，已经写过一点了①。这回却比前两次仿佛先就感到不安，因为曾在《创造月刊》上王独清②先生的通信中，见过英国雇用的中国同胞上船“查关”的威武：非骂则打，或者要几块钱。而我是有十只书箱在统舱里，六只书箱和衣箱在房舱里的。

看看挂英旗的同胞的手腕，自然也可说是一种经历，但我又想，这代价未免太大了，这些行李翻动之后，单是重行整理捆扎，就须大半天；要实验，最好只有一两件。然而已经如此，也就随他如此罢。只是给钱呢，还是听他逐件查验呢？倘查验，我一个人一时怎么收拾呢？

船是二十八日到香港的，当日无事。第二天午后，茶房匆匆跑来了，在房外用手招我道：

“查关！开箱子去！”

我拿了钥匙，走进统舱，果然看见两位穿深绿色制服的英属同胞，手执铁签，在箱堆旁站着。我告诉他这里面是旧书，他似乎不懂，嘴里只有三个字：

“打开来！”

“这是对的，”我想，“他怎能相信漠不相识的我的话呢。”自然打开来，于是靠了两个茶房的帮助，打开来了。

---

① 指鲁迅 1927 年 8 月 13 日发表在《语丝》周刊第 144 期上的《略谈香港》一文。

② **王独清（1898—1940）** 陕西西安人。创造社成员。他这篇通信题为《去雁》，发表于 1927 年 7 月 15 日《创造月刊》第 1 卷第 7 期，其中写到他自广州赴上海途经香港时被“查关”、索贿等事。

他一动手，我立刻觉得香港和广州的查关的不同。我出广州，也曾受过检查。但那边的检查员，脸上是有血色的，也懂得我的话。每一包纸或一部书，抽出来看后，便放在原地方，所以毫不凌乱。的确是检查。而在这"英人的乐园"的香港可大两样了。检查员的脸是青色的，也似乎不懂我的话。他只将箱子的内容倒出，翻搅一通，倘是一个纸包，便将包纸撕破，于是一箱书籍，经他搅松之后，便高出箱面有六七寸了。

"打开来！"

其次是第二箱。我想，试一试罢。

"可以不看么？"我低声说。

"给我十块钱。"他也低声说。他懂得我的话的。

"两块。"我原也肯多给几块的，因为这检查法委实可怕，十箱书收拾妥帖，至少要五点钟。可惜我一元的钞票只有两张了，此外是十元的整票，我一时还不肯献出去。

"打开来！"

两个茶房将第二箱抬到舱面上，他如法泡制，一箱书又变了一箱半，还撕碎了几个厚纸包。一面"查关"，一面磋商，我添到五元，他减到七元，即不肯再减。其时已经开到第五箱，四面围满了一群看热闹的旁观者。

箱子已经开了一半了，索性由他看去罢，我想着，便停止了商议，只是"打开来"。但我的两位同胞也仿佛有些厌倦了似的，渐渐不像先前一般翻箱倒箧，每箱只抽二三十本书，抛在箱面上，便画了查讫的记号了。其中有一束旧信札，似乎颇惹起他们的兴味，振了一振精神，但看过四五封之后，也就放下了。此后大抵又开了一箱罢，他们便离开了乱书堆：这就是终结。

我仔细一看，已经打开的是八箱，两箱丝毫未动。而这两个硕果，却全是伏园①的书箱，由我替他带回上海来的。至于我自己的东西，是全部乱七八糟。

"吉人自有天相，伏园真福将也！而我的华盖运却还没有走完，噫吁唏……"我想着，蹲下去随手去拾乱书。拾不几本，茶房又在舱口大声叫我了：

----

① **伏园** 即孙伏园（1894—1966），浙江绍兴人。曾为鲁迅的学生，后毕业于北京大学。曾任《晨报副刊》《京报副刊》的编辑。

夜记：其他散文作品

"你的房里查关，开箱子去！"

我将收拾书箱的事托了统舱的茶房，跑回房舱去。果然，两位英属同胞早在那里等我了。床上的铺盖已经掀得稀乱，一个凳子躺在被铺上。我一进门，他们便搜我身上的皮夹。我以为意在看看名刺，可以知道姓名。然而并不看名刺，只将里面的两张十元钞票一看，便交还我了。还嘱咐我好好拿着，仿佛很怕我遗失似的。

其次是开提包，里面都是衣服，只抖开了十来件，乱堆在床铺上。其次是看提篮，有一个包着七元大洋的纸包，打开来数了一回，默然无话。还有一包十元的在底里，却不被发见，漏网了。其次是看长椅子上的手巾包，内有角子一包十元，散的四五元，铜子数十枚，看完之后，也默然无话。其次是开衣箱。这回可有些可怕了。我取锁匙略迟，同胞已经捏着铁签作将要毁坏铰链之势，幸而钥匙已到，始庆安全。里面也是衣服，自然还是照例的抖乱，不在话下。

"你给我们十块钱，我们不搜查你了。"一个同胞一面搜衣箱，一面说。

我就抓起手巾包里的散角子来，要交给他。但他不接受，回过头去再"查关"。

话分两头。当这一位同胞在查提包和衣箱时，那一位同胞是在查网篮。但那检查法，和在统舱里查书箱的时候又两样了。那时还不过捣乱，这回却变了毁坏。他先将鱼肝油的纸匣撕碎，掷在地板上，还用铁签在蒋径三①君送我的装着含有荔枝香味的茶叶的瓶上钻了一个洞。一面钻，一面四顾，在桌上见了一把小刀。这是在北京时用十几个铜子从白塔寺买来，带到广州，这回削过杨桃的。事后一量，连柄长华尺五寸三分。然而据说是犯了罪了。

"这是凶器，你犯罪的。"他拿起小刀来，指着向我说。

我不答话，他便放下小刀，将盐煮花生的纸包用指头挖了一个洞。接着又拿起一盒蚊烟香。

"这是什么？"

"蚊烟香。盒子上不写着么？"我说。

"不是。这有些古怪。"

他于是抽出一枝来，嗅着。后来不知如何，因为这一位同胞已

---

① **蒋径三**（1899—1936）　浙江临海人。当时任中山大学图书馆馆员，历史语言研究所助教。

经搜完衣箱，我须去开第二只了。这时却使我非常为难，那第二只里并不是衣服或书籍，是极其零碎的东西：照片，钞本，自己的译稿，别人的文稿，剪存的报章，研究的资料……。我想，倘一毁坏或搅乱，那损失太大了。而同胞这时忽又去看了一回手巾包。我于是大悟，决心拿起手巾包里十元整封的角子，给他看了一看。他回头向门外一望，然后伸手接过去，在第二只箱上画了一个查讫的记号，走向那一位同胞去。大约打了一个暗号罢，——然而奇怪，他并不将钱带走，却塞在我的枕头下，自己出去了。

这时那一位同胞正在用他的铁签，恶狠狠地刺入一个装着饼类的坛子的封口去。我以为他一听到暗号，就要中止了。而孰知不然。他仍然继续工作，挖开封口，将盖着的一片木板摔在地板上，碎为两片，然后取出一个饼，捏了一捏，掷入坛中，这才也扬长而去了。

天下太平。我坐在烟尘陡乱，乱七八糟的小房里，悟出我的两位同胞开手的捣乱，倒并不是恶意。即使议价，也须在小小乱七八糟之后，这是所以"掩人耳目"的，犹言如此凌乱，可见已经检查过。王独清先生不云乎？同胞之外，是还有一位高鼻子，白皮肤的主人翁的。当收款之际，先看门外者大约就为此。但我一直没有看见这一位主人翁。

后来的毁坏，却很有一点恶意了。然而也许倒要怪我自己不肯拿出钞票去，只给银角子。银角子放在制服的口袋里，沉垫垫地，确是易为主人翁所发见的，所以只得暂且放在枕头下。我想，他大概须待公事办毕，这才再来收账罢。

皮鞋声橐橐地自远而近，停在我的房外了，我看时，是一个白人，颇胖，大概便是两位同胞的主人翁了。

"查过了？"他笑嘻嘻地问我。

的确是的，主人翁的口吻。但是，一目了然，何必问呢？或者因为看见我的行李特别乱七八糟，在慰安我，或在嘲弄我罢。

他从房外拾起一张《大陆报》① 附送的图画，本来包着什物，由同胞撕下来抛出去的，倚在壁上看了一回，就又慢慢地走过去了。

我想，主人翁已经走过，"查关"该已收场了，于是先将第一只衣箱整理，捆好。

---

① 《大陆报》 美国人密勒（F. Millard）1911 年 8 月 23 日在上海创办的英文报纸。1926 年左右由英国人接办，三十年代初由中国人接办。1948 年 5 月停刊。

不料还是不行。一个同胞又来了，叫我"打开来"，他要查。接着是这样的问答——

"他已经看过了。"我说。

"没有看过。没有打开过。打开来！"

"我刚刚捆好的。"

"我不信。打开来！"

"这里不画着查过的符号么？"

"那么，你给了钱了罢？你用贿赂……"

"…………"

"你给了多少钱？"

"你去问你的一伙去。"

他去了。不久，那一个又忙忙走来，从枕头下取了钱，此后便不再看见，——真正天下太平。

我才又慢慢地收拾那行李。只见桌子上聚集着几件东西，是我的一把剪刀，一个开罐头的家伙，还有一把木柄的小刀。大约倘没有那十元小洋，便还要指这为"凶器"，加上"古怪"的香，来恐吓我的罢。但那一枝香却不在桌子上。

船一走动，全船反显得更闲静了，茶房和我闲谈，却将这翻箱倒箧的事，归咎于我自己。

"你生得太瘦了，他疑心你是贩雅片的。"他说。

我实在有些愕然。真是人寿有限，"世故"无穷。我一向以为和人们抢饭碗要碰钉子，不要饭碗是无妨的。去年在厦门，才知道吃饭固难，不吃亦殊为"学者"所不悦，得了不守本分的批评①。胡须的形状，有国粹和欧式之别，不易处置，我是早经明白的。今年到广州，才又知道虽颜色也难以自由，有人在日报上警告我，叫我的胡子不要变灰色，又不要变红色②。至于为人不可太瘦，则到香港才省悟，先前是梦里也未曾想到的。

的确，监督着同胞"查关"的一个西洋人，实在吃得很肥胖。

香港虽只一岛，却活画着中国许多地方现在和将来的小照：中

---

① 指鲁迅在集美学校为学生演说一事。参见《华盖集续编·海上通信》。

② 指当时广州《国民新闻》副刊《新时代》发表尸一《鲁迅先生在茶楼上》一文，文中说："把他的胡子研究起来，我的结论是，他会由黑而灰，由灰而白。至于有人希望或恐怕它变成'红胡子'，那就非我所敢知的了。"

央几位洋主子，手下是若干颂德的"高等华人"和一伙作伥的奴气同胞。此外即全是默默吃苦的"土人"，能耐的死在洋场上，耐不住的逃入深山中，苗瑶①是我们的前辈。

九月二十九之夜。海上

（原刊 1927 年 11 月 19 日《语丝》周刊第 155 期，后收入《而已集》）

---

① **苗瑶**　指苗族和瑶族。古代他们由长江流域发展到黄河流域，后在民族争斗中被迫迁移到西南、中南一带山区。

怎么写

——夜记之一

写什么是一个问题，怎么写又是一个问题。

今年不大写东西，而写给《莽原》的尤其少。我自己明白这原因。说起来是极可笑的，就因为它纸张好。有时有一点杂感，子细一看，觉得没有什么大意思，不要去填黑了那么洁白的纸张，便废然而止了。好的又没有。我的头里是如此地荒芜，浅陋，空虚。

可谈的问题自然多得很，自宇宙以至社会国家，高超的还有文明，文艺。古来许多人谈过了，将来要谈的人也将无穷无尽。但我都不会谈。记得还是去年躲在厦门岛上的时候，因为太讨人厌了，终于得到"敬鬼神而远之"式的待遇，被供在图书馆楼上的一间屋子里。白天还有馆员，钉书匠，阅书的学生，夜九时后，一切星散，一所很大的洋楼里，除我以外，没有别人。我沉静下去了。寂静浓到如酒，令人微醺。望后窗外骨立的乱山中许多白点，是丛冢；一粒深黄色火，是南普陀寺的琉璃灯。前面则海天微茫，黑絮一般的夜色简直似乎要扑到心坎里。我靠了石栏远眺，听得自己的心音，四远还仿佛有无量悲哀，苦恼，零落，死灭，都杂入这寂静中，使它变成药酒，加色，加味，加香。这时，我曾经想要写，但是不能写，无从写。这也就是我所谓"当我沉默着的时候，我觉得充实，我将开口，同时感到空虚"。①

莫非这就是一点"世界苦恼"②么？我有时想。然而大约又不是的，这不过是淡淡的哀愁，中间还带些愉快。我想接近它，但我愈想，它却愈渺茫了，几乎就要发见仅只我独自倚着石栏，此外一

---

① 这段话引自《野草·题辞》。

② "世界苦恼" Weltschmerz，原为奥地利诗人莱瑙的话，意指人生在世难免苦恼；后有人用以解释文艺创作，认为苦恼为创作之源。

无所有。必须待到我忘了努力，才又感到淡淡的哀愁。

那结果却大抵不很高明。腿上钢针似的一刺，我便不假思索地用手掌向痛处直拍下去，同时只知道蚊子在咬我。什么哀愁，什么夜色，都飞到九霄云外去了，连靠过的石栏也不再放在心里。而且这还是现在的话，那时呢，回想起来，是连不将石栏放在心里的事也没有想到的。仍是不假思索地走进房里去，坐在一把唯一的半躺椅——躺不直的藤椅子——上，抚摩着蚊喙的伤，直到它由痛转痒，渐渐肿成一个小疙瘩。我也就从抚摩转成搔，掐，直到它由痒转痛，比较地能够打熬。

此后的结果就更不高明了，往往是坐在电灯下吃柚子。

虽然不过是蚊子的一叮，总是本身上的事来得切实。能不写自然更快活，倘非写不可，我想，也只能写一些这类小事情，而还万不能写得正如那一天所身受的显明深切。而况千叮万叮，而况一刀一枪，那是写不出来的。

尼采爱看血写的书①。但我想，血写的文章，怕未必有罢。文章总是墨写的，血写的倒不过是血迹。它比文章自然更惊心动魄，更直截分明，然而容易变色，容易消磨。这一点，就要任凭文学逞能，恰如冢中的白骨，往古来今，总要以它的永久来傲视少女颊上的轻红似的。

能不写自然更快活，倘非写不可，我想，就是随便写写罢，横竖也只能如此。这些都应该和时光一同消逝，假使会比血迹永远鲜活，也只足证明文人是侥幸者，是乖角儿。但真的血写的书，当然不在此例。

当我这样想的时候，便觉得"写什么"倒也不成什么问题了。

"怎样写"的问题，我是一向未曾想到的。初知道世界上有着这么一个问题，还不过两星期之前。那时偶然上街，偶然走进丁卜书店去，偶然看见一叠《这样做》②，便买取了一本。这是一种期刊，封面上画着一个骑马的少年兵士。我一向有一种偏见，凡书面上画着这样的兵士和手捏铁锄的农工的刊物，是不大去涉略的，因为我

---

① 尼采（F. Nietzsche，1844—1900） 德国哲学家。他在《扎拉图斯特拉如是说·读与写》中说："在一切著作中，吾所爱者，惟用血写之著作。"

② 《这样做》 旬刊，1927 年 3 月 27 日在广州创刊。主编孔圣裔原为共产党员，后叛变。

总疑心它是宣传品。发抒自己的意见，结果弄成带些宣传气味了的伊孛生①等辈的作品，我看了倒并不发烦。但对于先有了"宣传"两个大字的题目，然后发出议论来的文艺作品，却总有些格格不入，那不能直吞下去的模样，就和雒诵②教训文学的时候相同。但这《这样做》却又有些特别，因为我还记得日报上曾经说过，是和我有关系的。也是凡事切己，则格外关心的一例罢，我便再不怕书面上的骑马的英雄，将它买来了。回来后一检查剪存的旧报，还在的，日子是三月七日，可惜没有注明报纸的名目，但不是《民国日报》，便是《国民新闻》③，因为我那时所看的只有这两种。下面抄一点报上的话：

> 自鲁迅先生南来后，一扫广州文学之寂寞，先后创办者有《做什么》④，《这样做》两刊物。闻《这样做》为革命文学社定期出版物之一，内容注重革命文艺及本党主义之宣传。……

开首的两句话有些含混，说我都与闻其事的也可以，说因我"南来"了而别人创办的也通。但我是全不知情。当初将日报剪存，大概是想调查一下的，后来却又忘却，搁下了。现在还记得《做什么》出版后，曾经送给我五本。我觉得这团体是共产青年主持的，因为其中有"坚如"，"三石"等署名，该是毕磊⑤，通信处也是他。他还曾将十来本《少年先锋》⑥送给我，而这刊物里面则分明是共产青年所作的东西。果然，毕磊君大约确是共产党，于四月十八日从中山大学被捕。据我的推测，他一定早已不在这世上了，这看去很是瘦小精干的湖南的青年。

《这样做》却在两星期以前才见面，已经出到七八期合册了。第六期没有，或者说被禁止，或者说未刊，莫衷一是，我便买了一本七八合册和第五期。看日报的记事便知道，这该是和《做什么》反

---

① 伊孛生　通译易卜生（H. Ibsen, 1828—1906），挪威剧作家。
② 雒诵　反复诵读的意思。
③ 《民国日报》《国民新闻》　均为国民党在广州创办的报纸。
④ 《做什么》　周刊，中国共产党广东区委学生运动委员会的机关刊物。
⑤ 毕磊（1902—1927）　笔名坚如，三石，湖南长沙人。当时为中山大学英文系学生，曾任中共广东区委学生运动委员会副书记，《做什么》主编，后被捕牺牲。
⑥ 《少年先锋》　当时中国共产主义青年团广东区委员会的机关刊物。

对，或对立的。我拿回来，倒看上去，通讯栏里就这样说："在一般CP①气焰盛张之时，……而你们一觉悟起来，马上退出CP，不只是光退出便了事，尤其值得CP气死的，就是破天荒的接二连三的退出共产党登报声明……"那么，确是如此了。

这里又即刻出了一个问题。为什么这么大相反对的两种刊物，都因我"南来"而"先后创办"呢？这在我自己，是容易解答的：因为我新来而且灰色。但要讲起来，怕又有些话长，现在姑且保留，待有相当的机会时再说罢。

这回且说我看《这样做》。看过通讯，懒得倒翻上去了，于是看目录。忽而看见一个题目道：《郁达夫②先生休矣》，便又起了好奇心，立刻看文章。这还是切己的琐事总比世界的哀愁关心的老例，达夫先生是我所认识的，怎么要他"休矣"了呢？急于要知道。假使说的是张龙赵虎，或是我素昧平生的伟人，老实说罢，我决不会如此留心。

原来是达夫先生在《洪水》③上有一篇《在方向转换的途中》，说这一次的革命是阶级斗争的理论的实现，而记者则以为是民族革命的理论的实现。大约还有英雄主义不适宜于今日等类的话罢，所以便被认为"中伤"和"挑拨离间"，非"休矣"不可了。

我在电灯下回想，达夫先生我见过好几面，谈过好几回，只觉他稳健和平，不至于得罪于人，更何况得罪于国。怎么一下子就这么流于"偏激"了？我倒要看看《洪水》。

这期刊，听说在广西是被禁止的了，广东倒还有。我得到的是第三卷第二十九至三十二期。照例的坏脾气，从三十二期倒看上去，不久便翻到第一篇《日记文学》，也是达夫先生做的，于是便不再去寻《在方向转换的途中》，变成看谈文学了。我这种模模胡胡的看法，自己也明知道是不对的，但"怎么写"的问题，却就出在那里面。

作者的意思，大略是说凡文学家的作品，多少总带点自叙传的色彩的，若以第三人称来写出，则时常有误成第一人称的地方。而且叙述这第三人称的主人公的心理状态过于详细时，读者会疑心这

---

① **CP** 英语 Communist Party 的缩写，即共产党。

② **郁达夫（1896—1945）** 浙江富阳人，作家，创造社主要成员。《郁达夫先生休矣》是孔圣裔在《这样做》第 7、8 期合刊上发表的文章。

③ **《洪水》** 创造社刊物。

别人的心思，作者何以会晓得得这样精细？于是那一种幻灭之感，就使文学的真实性消失了。所以散文作品中最便当的体裁，是日记体，其次是书简体。

这诚然也值得讨论的。但我想，体裁似乎不关重要。上文的第一缺点，是读者的粗心。但只要知道作品大抵是作者借别人以叙自己，或以自己推测别人的东西，便不至于感到幻灭，即使有时不合事实，然而还是真实。其真实，正与用第三人称时或误用第一人称时毫无不同。倘有读者只执滞于体裁，只求没有破绽，那就以看新闻记事为宜，对于文艺，活该幻灭。而其幻灭也不足惜，因为这不是真的幻灭，正如查不出大观园的遗迹，而不满于《红楼梦》者相同。倘作者如此牺牲了抒写的自由，即使极小部分，也无异于削足适履的。

第二种缺陷，在中国也已经是颇古的问题。纪晓岚①攻击蒲留仙②的《聊斋志异》，就在这一点。两人密语，决不肯泄，又不为第三人所闻，作者何从知之？所以他的《阅微草堂笔记》，竭力只写事状，而避去心思和密语。但有时又落了自设的陷阱，于是只得以《春秋左氏传》的"浑良夫梦中之噪"来解嘲③。他的支绌的原因，是在要使读者信一切所写为事实，靠事实来取得真实性，所以一与事实相左，那真实性也随即灭亡。如果他先意识到这一切是创作，即是他个人的造作，便自然没有一切挂碍了。

一般的幻灭的悲哀，我以为不在假，而在以假为真。记得年幼时，很喜欢看变戏法，猢狲骑羊，石子变白鸽，最末是将一个孩子刺死，盖上被单，一个江北口音的人向观众装出撒钱模样道：Huazaa！Huazaa！④ 大概是谁都知道，孩子并没有死，喷出来的是装在

---

① **纪晓岚（1724—1805）** 名昀，直隶献县（今属河北）人，清代文学家，著有笔记小说《阅微草堂笔记》。

② **蒲留仙（1640—1715）** 名松龄，山东淄川（今山东淄博）人，清代小说家，著有短篇小说集《聊斋志异》。

③ 纪晓岚在《阅微草堂笔记·槐西杂志》中，记了旁人所谈的一个读书人受鬼戏落的故事，末段是："余曰：'此先生玩世之寓言耳。此语既未亲闻，又旁无闻者，岂此士人为鬼揶揄，尚肯自述邪？'先生抚髯曰：'鉏麑槐下之辞，浑良夫梦中之噪，谁闻之欤！'""浑良夫梦中之澡"，见《春秋左氏传》哀公十七年："（秋，七月）卫侯梦于北宫，见人登昆吾之观，被长发北面而噪曰：'登此昆吾之虚，绵绵生之瓜。余为浑良夫，叫天无辜！'"浑良夫原卫臣，这年春天被卫太子所杀，所以书中说卫侯梦中见他披发大叫。

④ **Huazaa** 用拉丁字母拼写的象声词，译音为"哗嚓"，形容撒钱的声音。

刀柄里的苏木汁①，Huazaa 一够，他便会跳起来的。但还是出神地看着，明明意识着这是戏法，而全心沉浸在这戏法中。万一变戏法的定要做得真实，买了小棺材，装进孩子去，哭着抬走，倒反索然无味了。这时候，连戏法的真实也消失了。

我宁看《红楼梦》，却不愿看新出的《林黛玉日记》②，它一页能够使我不舒服小半天。《板桥家书》③ 我也不喜欢看，不如读他的《道情》。我所不喜欢的是他题了家书两个字。那么，为什么刻了出来给许多人看的呢？不免有些装腔。幻灭之来，多不在假中见真，而在真中见假。日记体，书简体，写起来也许便当得多罢，但也极容易起幻灭之感；而一起则大抵很厉害，因为它起先模样装得真。

《越缦堂日记》④ 近来已极风行了，我看了却总觉得他每次要留给我一点很不舒服的东西。为什么呢？一是钞上谕。大概是受了何焯⑤的故事的影响的，他提防有一天要蒙"御览"。二是许多墨涂。写了尚且涂去，该有许多不写的罢？三是早给人家看，钞，自以为一部著作了。我觉得从中看不见李慈铭的心，却时时看到一些做作，仿佛受了欺骗。翻翻一部小说，虽是很荒唐，浅陋，不合理，倒从来不起这样的感觉的。

听说后来胡适之先生也在做日记，并且给人传观了。照文学进化的理论讲起来，一定该好得多。我希望他提前陆续的印出。

但我想，散文的体裁，其实是大可以随便的，有破绽也不妨。做作的写信和日记，恐怕也还不免有破绽，而一有破绽，便破灭到不可收拾了。与其防破绽，不如忘破绽。

（原刊 1927 年 10 月 10 日《莽原》半月刊第 18—19 期合刊，后收入《三闲集》）

---

① **苏木汁** 苏木是常绿小乔木，心材称"苏方"，可用来制成红色染料，称为"苏木汁"。

② **《林黛玉日记》** 日记体小说，喻血轮作。1918 年上海广文书局出版。

③ **《板桥家书》** 清代郑燮作。郑燮（**1693—1765**），号板桥，江苏兴化人。文学家、书画家。

④ **《越缦堂日记》** 清代李慈铭著。

⑤ **何焯（1661—1722）** 江苏长州（今吴县）人，清代校勘家。康熙时官至编修，后因事入狱，著作及藏书均被没收。康熙皇帝对这些书籍曾亲自检查，未见罪证，遂准予免罪并发还藏书。

在钟楼上
——夜记之二

　　也还是我在厦门的时候，柏生①从广州来，告诉我说，爱而②君也在那里了。大概是来寻求新的生命的罢，曾经写了一封长信给 K 委员③，说明自己的过去和将来的志望。

　　"你知道有一个叫爱而的么？他写了一封长信给我，我没有看完。其实，这种文学家的样子，写长信，就是反革命的!"有一天，K 委员对柏生说。

　　又有一天，柏生又告诉了爱而，爱而跳起来道：

　　"怎么？……怎么说我是反革命的呢?!"

　　厦门还正是和暖的深秋，野石榴开在山中，黄的花——不知道叫什么名字——开在楼下。我在用花刚石墙包围着的楼屋里听到这小小的故事，K 委员的眉头打结的正经的脸，爱而的活泼中带着沉闷的年青的脸，便一齐在眼前出现，又仿佛如见当 K 委员的眉头打结的面前，爱而跳了起来，——我不禁从窗隙间望着远天失笑了。

　　但同时也记起了苏俄曾经有名的诗人，《十二个》的作者勃洛克④的话来：

　　　　共产党不妨碍做诗，但于觉得自己是大作家的事却有妨碍。大作家者，是感觉自己一切创作的核心，在自己里面保持着规律的。

---

　　①　**柏生**　即孙伏园（1894—1966），浙江绍兴人。当时在厦门大学工作。

　　②　**爱而**　指李遇安，《语丝》《莽原》的投稿者，1926 年为中山大学职员。

　　③　**K 委员**　指顾孟余，国民党政客。当时中山大学委员会副主任委员。

　　④　**勃洛克**（А. А. ъпок，1880—1921）　苏联诗人。《十二个》是他创作的反映十月革命的长诗。这段引文原出娜杰日达·帕夫洛维奇《回忆勃洛克》（见《凤凰·文艺、科学与哲学论文集》第 1 集，1922 年莫斯科篝火出版社出版）。

共产党和诗，革命和长信，真有这样地不相容么？我想。

以上是那时的我想。这时我又想，在这里有插入几句声明的必要：我不过说是变革和文艺之不相容，并非在暗示那时的广州政府是共产政府或委员是共产党。这些事我一点不知道。只有若干已经"正法"的人们，至今不听见有人鸣冤或冤鬼诉苦，想来一定是真的共产党罢。至于有一些，则一时虽然从一方面得了这样的谥号，但后来两方相见，杯酒言欢，就明白先前都是误解，其实是本来可以合作的。

必要已毕，于是放心回到本题。却说爱而君不久也给了我一封信，通知我已经有了工作了。信不甚长，大约还有被冤为"反革命"的余痛罢。但又发出牢骚来：一，给他坐在饭锅旁边，无聊得很；二，有一回正在按风琴，一个漠不相识的女郎来送给他一包点心，就弄得他神经过敏，以为北方女子太死板而南方女子太活泼，不禁"感慨系之矣"了。

关于第一点，我在秋蚊围攻中所写的回信中置之不答。夫面前无饭锅而觉得无聊，觉得苦痛，人之常情也，现在已见饭锅，还要无聊，则明明是发了革命热。老实说，远地方在革命，不相识的人们在革命，我是的确有点高兴听的，然而——没有法子，索性老实说罢，——如果我的身边革起命来，或者我所熟识的人去革命，我就没有这么高兴听。有人说我应该拚命去革命，我自然不敢不以为然，但如叫我静静地坐下，调给我一杯罐头牛奶喝，我往往更感激。但是，倘说，你就死心塌地地从饭锅里装饭吃罢，那是不像样的；然而叫他离开饭锅去拚命，却又说不出口，因为爱而是我的极熟的熟人。于是只好袭用仙传的古法，装聋作哑，置之不问不闻之列。只对于第二点加以猛烈的教诫，大致是说他"死板"和"活泼"即然都不赞成，即等于主张女性应该不死不活，那是万分不对的。

约略一个多月之后，我抱着和爱而一类的梦，到了广州，在饭锅旁边坐下时，他早已不在那里了，也许竟并没有接到我的信。

我住的是中山大学中最中央而最高的处所，通称"大钟楼"。一月之后，听得一个戴瓜皮小帽的秘书说，才知道这是最优待的住所，非"主任"之流是不准住的。但后来我一搬出，又听说就给一位办事员住进去了，莫明其妙。不过当我住在那里的时候，总还是非主任之流即不准住的地方，所以直到知道办事员搬进去了的那一天为止，我总是常常又感激，又惭愧。

然而这优待室却并非容易居住的所在，至少的缺点，是不很能够睡觉的。一到夜间，便有十多匹——也许二十来匹罢，我不能知道确数——老鼠出现，驰骋文坛，什么都不管。只要可吃的，它就吃，并且能开盒子盖，广州中山大学里非主任之流即不准住的楼上的老鼠，仿佛也特别聪明似的，我在别地方未曾遇到过。到清晨呢，就有"工友"们大声唱歌，——我所不懂的歌。

　　白天来访的本省的青年，却大抵怀着非常的好意的。有几个热心于改革的，还希望我对于广州的缺点加以激烈的攻击。这热诚很使我感动，但我终于说是还未熟悉本地的情形，而且已经革命，觉得无甚可以攻击之处，轻轻地推却了。那当然要使他们很失望的，过了几天，尸一①君就在《新时代》上说：

　　　　……我们中几个很不以他这句话为然，我们以为我们还有许多可骂的地方，我们正想骂骂自己，难道鲁迅先生竟看不出我们的缺点么？……

　　其实呢，我的话一半是真的。我何尝不想了解广州，批评广州呢，无奈慨自被供在大钟楼上以来，工友以我为教授，学生以我为先生，广州人以我为"外江佬"，孤子特立，无从考查。而最大的阻碍则是言语。直到我离开广州的时候止，我所知道的言语，除一二三四……等数目外，只有一句凡有"外江佬"几乎无不因为特别而记住的 Hanbaran（统统）和一句凡有学习异地言语者几乎无不最容易学得而记住的骂人话 Tiu-na-ma 而已。

　　这两句有时也有用。那是我已经搬在白云路寓屋里的时候了，有一天，巡警捉住了一个窃取电灯的偷儿，那管屋的陈公便跟着一面骂，一面打。骂了一大套，而我从中只听懂了这两句。然而似乎已经全懂得，心里想："他所说的，大约是因为屋外的电灯几乎 Hanbaran 被他偷去，所以要 Tiu-na-ma 了。"于是就仿佛解决了一件大问题似的，即刻安心归坐，自去再编我的《唐宋传奇集》。

　　但究竟不知道是否真如此。私自推测是无妨的，倘若据以论广州，却未免太卤莽罢。

---

　　① *尸一*　即梁式，广东台山人。当时广州《国民新闻》副刊《新时代》的编辑。抗战后堕落为汉奸。这段引文出自他写的《鲁迅先生在茶楼上》。

但虽只这两句，我却发见了吾师太炎先生①的错处了。记得先生在日本给我们讲文字学时，曾说《山海经》上"其州在尾上"的"州"是女性生殖器。这古语至今还留存在广东，读若 Tiu. 故 Tiuhei 二字，当写作"州戏"，名词在前，动词在后的。我不记得他后来可曾将此说记在《新方言》②里，但由今观之，则"州"乃动词，非名词也。

　　至于我说无甚可以攻击之处的话，那可的确是虚言。其实是，那时我于广州无爱憎，因而也就无欣戚，无褒贬。我抱着梦幻而来，一遇实际，便被从梦境放逐了，不过剩下些索漠。我觉得广州究竟是中国的一部分，虽然奇异的花果，特别的语言，可以淆乱游子的耳目，但实际是和我所走过的别处都差不多的。倘说中国是一幅画出的不类人间的图，则各省的图样实无不同，差异的只在所用的颜色。黄河以北的几省，是黄色和灰色画的，江浙是淡墨和淡绿，厦门是淡红和灰色，广州是深绿和深红。我那时觉得似乎其实未曾游行，所以也没有特别的骂詈之辞，要专一倾注在素馨和香蕉上。——但这也许是后来的回忆的感觉，那时其实是还没有如此分明的。

　　到后来，却有些改变了，往往斗胆说几句坏话。然而有什么用呢？在一处演讲时，我说广州的人民并无力量，所以这里可以做"革命的策源地"，也可以做反革命的策源地……当译成广东话时，我觉得这几句话似乎被删掉了。给一处做文章③时，我说青天白日旗插远去，信徒一定加多。但有如大乘佛教④一般，待到居士⑤也算佛子的时候，往往戒律荡然，不知道是佛教的弘通，还是佛教的败坏？……然而终于没有印出，不知所往了……

　　广东的花果，在"外江佬"的眼里，自然依然是奇特的。我所最爱吃的是"杨桃"，滑而脆，酸而甜，做成罐头的，完全失却了本

　　① **太炎先生**　即章炳麟（1869—1936），浙江余杭人，清末革命家、学者。鲁迅留日期间曾听他讲授《说文解字》。
　　② **《新方言》**　章太炎著的语言文字著作。共十一卷，书末附《岭外洲语》一卷。
　　③　指《庆祝沪宁克复的那一边》，载 1927 年 5 月 5 日《国民新闻》副刊《新出路》，现收入《集外集拾遗补编》。
　　④ **大乘佛教**　公元一、二世纪间形成的佛教宗派。与小乘佛教相对而言，小乘佛教主张"自我解脱"，苦行修炼，大乘佛教则强调"超度众生"，认为人皆可成佛。
　　⑤ **居士**　指在家中修行的佛教徒。

夜记：其他散文作品

味。汕头的一种较大，却是"三廉"①，不中吃了。我常常宣传杨桃的功德，吃的人大抵赞同，这是我这一年中最卓著的成绩。

在钟楼上的第二月，即戴了"教务主任"的纸冠②的时候，是忙碌的时期。学校大事，盖无过于补考与开课也，与别的一切学校同。于是点头开会，排时间表，发通知书，秘藏题目，分配卷子，……于是又开会，讨论，计分，发榜。工友规矩，下午五点以后是不做工的，于是一个事务员请门房帮忙，连夜贴一丈多长的榜。但到第二天的早晨，就被撕掉了，于是又写榜。于是辩论：分数多寡的辩论；及格与否的辩论；教员有无私心的辩论；优待革命青年，优待的程度，我说已优，他说未优的辩论；补救落第，我说权不在我，他说在我，我说无法，他说有法的辩论；试题的难易，我说不难，他说太难的辩论；还有因为有族人在台湾，自己也可以算作台湾人，取得优待"被压迫民族"的特权与否的辩论；还有人本无名，所以无所谓冒名顶替的玄学底辩论……。这样地一天一天的过去，而每夜是十多匹——或二十匹——老鼠的驰骋，早上是三位工友的响亮的歌声。

现在想起那时的辩论来，人是多么和有限的生命开着玩笑呵。然而那时却并无怨尤，只有一事觉得颇为变得特别：对于收到的长信渐渐有些仇视了。

这种长信，本是常常收到的，一向并不为奇。但这时竟渐嫌其长，如果看完一张，还未说出本意，便觉得烦厌。有时见熟人在旁，就托付他，请他看后告诉我信中的主旨。

"不错。'写长信，就是反革命的！'"我一面想。

我当时是否也如 K 委员似的眉头打结呢，未曾照镜，不得而知。仅记得即刻也自觉到我的开会和辩论的生涯，似乎难以称为"在革命"，为自便计，将前判加以修正了：

"不。'反革命'太重，应该说是'不革命'的。然而还太重。其实是，——写长信，不过是吃得太闲空罢了。"

有人说，文化之兴，须有余裕，据我在钟楼上的经验，大致是

---

① 三廉　形似杨桃而略大的水果。

② 纸冠　高长虹 1926 年 11 月 7 日在《狂飙》第 5 期《1925 北京出版界形势指掌图》中攻击鲁迅说："直到实际的反抗者从哭声中被迫出校后，……鲁迅遂戴其纸糊的权威者的假冠入于身心交病之状况矣！"

真的罢。闲人所造的文化，自然只适宜于闲人，近来有些人磨拳擦掌，大鸣不平，正是毫不足怪，——其实，便是这钟楼，也何尝不造得蹊跷。但是，四万万男女同胞，侨胞，异胞之中，有的是"饱食终日，无所用心"，有的是"群居终日，言不及义"。怎不造出相当的文艺来呢？只说文艺，范围小，容易些。那结论只好是这样：有余裕，未必能创作；而要创作，是必须有余裕的。故"花呀月呀"，不出于啼饥号寒者之口，而"一手奠定中国的文坛"①，亦为苦工猪仔所不敢望也。

我以为这一说于我倒是很好的，我已经自觉到自己久已不动笔，但这事却应刻归罪于匆忙。

大约就在这时候，《新时代》上又发表了一篇《鲁迅先生往那里躲》，宋云彬②先生做的。文中有这样的对于我的警告：

> 他到了中大，不但不曾恢复他"呐喊"的勇气，并且似乎在说"在北方时受着种种迫压，种种刺激，到这里来没有压迫和刺激，也就无话可说了"。噫嘻！异哉！鲁迅先生竟跑出了现社会，躲向牛角尖里去了。旧社会死去的苦痛，新社会生出的苦痛，多多少放在他眼前，他竟熟视无睹！他把人生的镜子藏起来了，他把自己回复到过去时代去了。噫嘻！异哉！鲁迅先生躲避了。

而编辑者还很客气，用案语声明着这是对于我的好意的希望和怂恿，并非恶意的笑骂的文章。这是我很明白的，记得看见时颇为感动。因此也曾想如上文所说的那样，写一点东西，声明我虽不呐喊，却正在辩论和开会，有时一天只吃一顿饭，有时只吃一条鱼，也还未失掉了勇气。《在钟楼上》就是豫定的题目。然而一则还是因为辩论和开会，二则因为篇首引有拉狄克③的两句话，另外又引起了我许多杂乱的感想，很想说出，终于反而搁下了。那两句话是：

---

① **"一手奠定中国的文坛"** 这是新月书店为徐志摩做的广告。1927 年该书店创办时，在《开幕纪念刊》的"第一批出版新书预告"中，介绍徐的诗歌，说他"一只手奠定了一个文坛的基础"。

② **宋云彬（1897—1979）** 浙江宁海人，作家。当时任《黄埔日报》编辑。

③ **拉狄克（К. В. Радик，1885—1939）** 苏联政论家。他写的《无家可归的艺术家》，由刘一声译，1926 年 12 月载《中国青年》第 6 卷第 20、21 期合刊。

在一个最大的社会改变的时代，文学家不能做旁观者！

但拉狄克的话，是为了叶遂宁①和梭波里②的自杀而发的。他那一篇《无家可归的艺术家》译载在一种期刊上时，曾经使我发生过暂时的思索。我因此知道凡有革命以前的幻想或理想的革命诗人，很可有碰死在自己所讴歌希望的现实上的运命；而现实的革命倘不粉碎了这类诗人的幻想或理想，则这革命也还是布告上的空谈。但叶遂宁和梭波里是未可厚非的，他们先后给自己唱了挽歌，他们有真实。他们以自己的沉没，证明着革命的前行。他们到底并不是旁观者。

但我初到广州的时候，有时确也感到一点小康。前几年在北方，常常看见迫压党人，看见捕杀青年，到那里可都看不见了。后来才悟到这不过是"奉旨革命"的现象，然而在梦中时是委实有些舒服的。假使我早做了《在钟楼上》，文字也许不如此。无奈已经到了现在，又经过目睹"打倒反革命"的事实，纯然的那时的心情，实在无从追蹑了。现在就只好是这样罢。

（原刊 1927 年 12 月 17 日上海《语丝》第 4 卷第 1 期，后收入《三闲集》）

---

① 叶遂宁（С. А. Есенин，1895—1925） 通译叶赛宁，苏联诗人。十月革命时写过一些赞扬革命的诗歌，革命后陷于苦闷，终于自杀。
② 梭波里（А. Соболь，1888—1926） 苏联"同路人"作家。十月革命后曾接近革命，但终因对现实不满而自杀。

谈所谓"大内档案"

所谓"大内档案"① 这东西，在清朝的内阁里积存了三百多年，在孔庙里塞了十多年，谁也一声不响。自从历史博物馆将这残余卖给纸铺子，纸铺子转卖给罗振玉②，罗振玉转卖给日本人，于是乎大有号咷之声，仿佛国宝已失，国脉随之似的。前几年，我也曾见过几个人的议论，所记得的一个是金梁③，登在《东方杂志》上；还有罗振玉和王国维④，随时发感慨。最近的是《北新半月刊》上的《论档案的售出》，蒋彝潜⑤先生做的。

我觉得他们的议论都不大确。金梁，本是杭州的驻防旗人，早先主张排汉的，民国以来，便算是遗老了，凡有民国所做的事，他自然都以为很可恶。罗振玉呢，也算是遗老，曾经立誓不见国门，而后来仆仆京津间，痛责后生不好古，而偏将古董卖给外国人的，只要看他的题跋，大抵有"广告"气扑鼻，便知道"于意云何"了。独有王国维已经在水里将遗老生活结束，是老实人；但他的感

---

① **"大内档案"** 指清朝存放于内阁大库中的诏令、奏章、朱谕、则例，外国的表章，历科殿试的卷子以及其他文件。是有关清史的原始材料。

② **罗振玉（1866—1940）** 字叔蕴，浙江上虞人，清末任学都参事，曾搜集和整理甲骨、铜器、简牍等考古资料。辛亥革命后，从事复辟活动；与清朝废帝溥仪和日本政界、文化界人物来往密切。1922年春，历史博物馆将大内档案残余卖给北京同懋增纸店，售价四千元，后罗振玉又以一万元买去。1927年9月，罗将之卖给日本人松崎。

③ **金梁** 字息候，清光绪进士，曾任京师大学堂提调，奉天新民府知府。民国后是坚持复辟的顽固分子。这里指他在1923年2月25日《东方杂志》第20卷第4号上发表的《内阁大库档案访求记》。《东方杂志》是商务印书馆出版的综合性刊物。1904年创刊于上海。1948年停刊。

④ **王国维（1877—1927）** 字静安，浙江海宁人，近代学者，著有《宋元戏曲史》《观堂集林》《人间词话》等。辛亥革命后以清朝遗老自居，一度充任清朝废帝溥仪的"南书房行走"；1927年6月在北京颐和园投水自杀。

⑤ **蒋彝潜** 生平不详。他的《论档案的售出》一文，刊于1927年11月1日《北新》半月刊第2卷第1号。

夜记：其他散文作品

喟，却往往和罗振玉一鼻孔出气，虽然所出的气，有真假之分。所以他被弄成夹广告的 Sandwich①，是常有的事，因为他老实到像火腿一般。蒋先生是例外，我看并非遗老，只因为 sentimental② 一点，所以受了罗振玉辈的骗了。你想，他要将这卖给日本人，肯说这不是宝贝的么？

那么，这不是好东西么？不好，怎么你也要买，我也要买呢？我想，这是谁也要发的质问。

答曰：唯唯，否否。这正如败落大户家里的一堆废纸，说好也行，说无用也行的。因为是废纸，所以无用；因为是败落大户家里的，所以也许夹些好东西。况且这所谓好与不好，也因人的看法而不同，我的寓所近旁的一个垃圾箱，里面都是住户所弃的无用的东西，但我看见早上总有几个背着竹篮的人，从那里面一片一片，一块一块，检了什么东西去了，还有用。更何况现在的时候，皇帝也还尊贵，只要在"大内"里放几天，或者带一个"宫"字，就容易使人另眼相看的，这真是说也不信，虽然在民国。

"大内档案"也者，据深通"国朝"③ 掌故的罗遗老说，是他的"国朝"时堆在内阁里的乱纸，大家主张焚弃，经他力争，这才保留下来的。但到他的"国朝"退位，民国元年我到北京的时候，它们已经被装为八千（？）麻袋，塞在孔庙之中的敬一亭里了，的确满满地埋满了大半亭子。其时孔庙里设了一个历史博物馆筹备处，处长是胡玉缙④先生。"筹备处"云者，即里面并无"历史博物"的意思。

我却在教育部，因此也就和麻袋们发生了一点关系，眼见它们的升沉隐显。可气可笑的事是有的，但多是小玩意；后来看见外面的议论说得天花乱坠起来，也颇想做几句记事，叙出我所目睹的情节。可是胆子小，因为牵涉着的阔人很有几个，没有敢动笔。这是我的"世故"，在中国做人，骂民族，骂国家，骂社会，骂团体，……都可以的，但不可涉及个人，有名有姓。广州的一种期刊上说我只打叭儿狗，不骂军阀。殊不知我正因为骂了叭儿狗，这才有逃出北

① **Sandwich** 英语，夹心面包片。
② **sentimental** 英语：感伤的。按蒋彝潜文中多"追悼""痛哭"等句。
③ **国朝** 封建时代臣民称本朝为"国朝"，这里指清朝。辛亥革命后，罗振玉在文章中仍称清朝为"国朝"。
④ **胡玉缙**（1859—1940） 字绥之，江苏吴县人。清末曾任学部员外郎，京师大学堂文科教授。著有《许庼学林》等。

京的运命。泛骂军阀，谁来管呢？军阀是不看杂志的，就靠叭儿狗嗅，候补叭儿狗吠。阿，说下去又不好了，赶快带住。

现在是寓在南方，大约不妨说几句了，这些事情，将来恐怕也未必另外有人说。但我对于有关面子的人物，仍然都不用真姓名，将罗马字来替代。既非欧化，也不是"隐恶扬善"，只不过"远害全身"。这也是我的"世故"，不要以为自己在南方，他们在北方，或者不知所在，就小觑他们。他们是突然会在你眼前阔起来的，真是神奇得很。这时候，恐怕就会死得连自己也莫明其妙了。所以要稳当，最好是不说。但我现在来"折衷"，既非不说，而不尽说，而代以罗马字，——如果这样还不妥，那么，也只好听天由命了。上帝安我魂灵！

却说这些麻袋们躺在敬一亭里，就很令历史博物馆筹备处长胡玉缙先生担忧，日夜提防工役们放火。为什么呢？这事谈起来可有些繁复了。弄些所谓"国学"的人大概都知道，胡先生原是南菁书院①的高材生，不但深研旧学，并且博识前朝掌故的。他知道清朝武英殿里藏过一副铜活字，后来太监们你也偷，我也偷，偷得"不亦乐乎"，待到王爷们似乎要来查考的时候，就放了一把火。自然，连武英殿也没有了，更何况铜活字的多少。而不幸敬一亭中的麻袋，也仿佛常常减少，工役们不是国学家，所以他将内容的宝贝倒在地上，单拿麻袋去卖钱。胡先生因此想到武英殿失火的故事，深怕麻袋缺得多了之后，敬一亭也照例烧起来；就到教育部去商议一个迁移，或整理，或销毁的办法。

专管这一类事情的是社会教育司，然而司长是夏曾佑②先生。弄些什么"国学"的人大概也都知道的，我们不必看他另外的论文，只要看他所编的两本《中国历史教科书》，就知道他看中国人有怎地清楚。他是知道中国的一切事万不可"办"的；即如档案罢，任其自然，烂掉，霉掉，蛀掉，偷掉，甚而至于烧掉，倒是天下太平；倘一加人为，一"办"，那就舆论沸腾，不可开交了。结果是办事的人成为众矢之的，谣言和谗谤，百口也分不清。所以他的主张是"

---

① **南菁书院** 清光绪十年（1884）江苏学政黄体芳创办，地址在江苏江阴，以经史词章教授学生，主讲者有黄以周、缪荃孙等人。曾刻有《南菁书院丛书》《南菁讲舍文集》等。

② **夏曾佑（1865—1924）** 字穗卿，浙江杭县（今余杭）人。光绪进士。清末曾提倡新学，参与维新运动。1912年5月至1915年7月任北洋政府教育部社会教育司司长。

这个东西万万动不得"。

这两位熟于掌故的"要办"和"不办"的老先生，从此都知道各人的意思，说说笑笑，……但竟拖延下去了。于是麻袋们又安稳地躺了十来年。

这回是 F 先生①来做教育总长了，他是藏书和"考古"的名人。我想，他一定听到了什么谣言，以为麻袋里定有好的宋版书——"海内孤本"。这一类谣言是常有的，我早先还听得人说，其中且有什么妃的绣鞋和什么王的头骨哩。有一天，他就发一个命令，教我和 G 主事②试看麻袋。即日搬了二十个到西花厅，我们俩在尘埃中看宝贝，大抵是贺表，黄绫封，要说好是也可以说好的，但太多了，倒觉得不希奇。还有奏章，小刑名案子居多，文字是半满半汉，只有几个是也特别的，但满眼都是了，也觉得讨厌。殿试③卷是一本也没有；另有几箱，原在教育部，不过都是二三甲的卷子，听说名次高一点的在清朝便已被人偷去了，何况乎状元。至于宋版书呢，有是有的，或则破烂的半本，或是撕破的几张。也有清初的黄榜，也有实录④的稿本。朝鲜的贺正表，我记得也发见过一张。

我们后来又看了两天，麻袋的数目，记不清楚了，但奇怪，这时以考察欧美教育驰誉的 Y 次长⑤，以讲大话出名的 C 参事⑥，忽然都变为考古家了。他们和 F 总长，都"念兹在兹"⑦，在尘埃中间和破纸旁边离不开。凡有我们检起在桌上的，他们总要拿进去，说是去看看。等到送还的时候，往往比原先要少一点，上帝在上，那倒是真的。

大约是几叶宋版书作怪罢，F 总长要大举整理了，另派了部员几十人，我倒幸而不在内。其时历史博物馆筹备处已经迁在午门，

---

① **F 先生** 指傅增湘（1872—1949），字沅叔，四川江安人，藏书家。1917 年 12 月至 1919 年 5 月任北洋政府教育总长。著有《藏园群书题记》等。

② **G 主事** 不详。

③ **殿试** 又称廷试，皇帝主持的考试。

④ **实录** 封建王朝中某一皇帝统治时期的编年大事记，由当时的史臣奉旨编写。因材料丰富，后常为修史的人采用。

⑤ **Y 次长** 指袁希涛（1866—1930），字观澜，江苏宝山人。曾任江苏省教育会会长，1915—1919 年间曾先后两次任北洋政府教育部次长。

⑥ **C 参事** 指蒋维乔，字竹庄，江苏武进人。1912—1917 年间先后三次任北洋政府教育部参事。

⑦ **"念兹在兹"** 语见《尚书·大禹谟》。念念不忘的意思。

处长早换了YT①；麻袋们便在午门上被整理。YT是一个旗人，京腔说得极漂亮，文字从来不谈的，但是，奇怪之至，他竟也忽然变成考古家了，对于此道津津有味。后来还珍藏着一本宋版的什么《司马法》②，可惜缺了角，但已经都用古色纸补了起来。

那时的整理法我不大记得了，要之，是分为"保存"和"放弃"，即"有用"和"无用"的两部分。从此几十个部员，即天天在尘埃和破纸中出没，渐渐完工——出没了多少天，我也记不清楚了。"保存"的一部分，后来给北京大学又分了一大部分去。其余的仍藏博物馆。不要的呢，当时是散放在午门的门楼上。

那么，这些不要的东西，应该可以销毁了罢，免得失火。不，据"高等做官教科书"所指示，不能如此草草的。派部员几十人办理，虽说倘有后患，即应由他们负责，和总长无干。但究竟还只一部，外面说起话来，指摘的还是某部，而非某部的某某人。既然只是"部"，就又不能和总长无干了。

于是办公事，请各部都派员会同再行检查。这宗公事是灵的，不到两星期，各部都派来了，从两个至四个，其中很多的是新从外洋回来的留学生，还穿着崭新的洋服。于是济济跄跄，又在灰土和废纸之间钻来钻去。但是，说也奇怪，好几个崭新的留学生又都忽然变了考古家了，将破烂的纸张，绢片，塞到洋裤袋里——但这是传闻之词，我没有目睹。

这一种仪式既经举行，即倘有后患，各部都该负责，不能超然物外，说风凉话了。从此午门楼上的空气，便再没有先前一般紧张，只见一大群破纸寂寞地铺在地面上，时有一二工役，手执长木棍，搅着，拾取些黄绫表签和别的他们所要的东西。

那么，这些不要的东西，应该可以销毁了罢，免得失火。不。F总长是深通"高等做官学"的，他知道万不可烧，一烧必至于变成宝贝，正如人们一死，讣文上即都是第一等好人一般。况且他的主义本来并不在避火，所以他便不管了，接着，他也就"下野"了。

这些废纸从此便又没有人再提起，直到历史博物馆自行卖掉之

---

① **YT** 指彦德，字明允，满洲正黄旗人。曾任清政府学部总务司郎中，京师学务局长。他在这"大内档案"中得到蜀石经《穀梁传》九四〇余字。（罗振玉亦得《穀梁传》七十余字，后来两人都卖给庐江刘体乾；刘于1926年曾影印《孟蜀石经》八册。）

② **《司马法》** 古代兵书名，共三卷。旧题齐司马穰苴撰，实为战国时齐威王诸臣辑古代司马（掌管军政、军赋的官）兵法而成。

后，才又掀起了一阵神秘的风波。

我的话实在也未免有些煞风景，近乎说，这残余的废纸里，已没有什么宝贝似的。那么，外面惊心动魄的什么唐画呀，蜀石经①呀，宋版书呀，何从而来的呢？我想，这也是别人必发的质问。

我想，那是这样的。残余的破纸里，大约总不免有所谓东西留遗，但未必会有蜀刻和宋版，因为这正是大家所注意搜索的。现在好东西的层出不穷者，一，是因为阔人先前陆续偷去的东西，本不敢示人，现在却得了可以发表的机会；二，是许多假造的古董，都挂了出于八千麻袋中的招牌而上市了。

还有，蒋先生以为国立图书馆"五六年来一直到此刻，每次战争的胜来败去总得糟蹋得很多。"那可也不然。从元年到十五年，每次战争，图书馆从未遭过损失。只当袁世凯称帝时，曾经几乎遭一个皇室中人攘夺，然而幸免了。它的厄运，是在好书被有权者用相似的本子来掉换，年深月久，弄得面目全非，但我不想在这里多说了。

中国公共的东西，实在不容易保存。如果当局者是外行，他便将东西糟完，倘是内行，他便将东西偷完。而其实也并不单是对于书籍或古董。

一九二七，一二，二四

（原刊 1928 年 1 月 28 日上海《语丝》周刊第 4 卷第 7 期，后收入《而已集》）

---

① **蜀石经** 五代时后蜀皇帝孟昶命宰相毋昭裔楷书《易》、《诗》、《书》、三《礼》、三《传》、《论》、《孟》等十一经，刻石列于成都学官。这种石刻经文的拓本，后世称为蜀石经。

我和《语丝》的始终

同我关系较为长久的，要算《语丝》了。

大约这也是原因之一罢，"正人君子"们的刊物，曾封我为"语丝派主将"，连急进的青年所做的文章，至今还说我是《语丝》的"指导者"。去年，非骂鲁迅便不足以自救其没落的时候，我曾蒙匿名氏寄给我两本中途的《山雨》，打开一看，其中有一篇短文，大意是说我和孙伏园君在北京因被晨报馆所压迫，创办《语丝》，现在自己一做编辑，便在投稿后面乱加按语，曲解原意，压迫别的作者了，孙伏园君却有绝好的议论，所以此后鲁迅应该听命于伏园①。这听说是张孟闻②先生的大文，虽然署名是另外两个字。看来好像一群人，其实不过一两个，这种事现在是常有的。

自然，"主将"和"指导者"，并不是坏称呼，被晨报馆所压迫，也不能算是耻辱，老人该受青年的教训，更是进步的好现象，还有什么话可说呢。但是，"不虞之誉"，也和"不虞之毁"一样地无聊，如果生平未曾带过一兵半卒，而有人拱手颂扬道，"你真像拿

---

① 《山雨》 半月刊，1928年8月在上海创刊，同年12月停刊。该刊第1卷第4期发表西屏的《联想三则》，其中说："《山雨》在《语丝》第4卷第17期发表过一则讣闻[参见《集外集拾遗补编·通讯（复张孟闻）》]，这在本刊第一期的发刊词已经提起过了。现在所以要重提者，则是关于鲁迅先生的事。鲁迅先生在那篇讣闻后面，附有复信，其辞曰：'读了来稿之后，我有些地方是不同意的。其一，便是我觉得自己也是颇喜欢输入洋文艺者之一。……'这几句话简直派我是反对，或者客气一些说来是不喜欢输入洋文艺者之一。……推绎鲁迅先生之所以有这个误解者，大抵是我底去稿太坏之故，因为他是说'读了来稿之后'也。文字的题目是《偶像与奴才》，文中也颇引些外国名人的话……我想这至少也可以免去我是顽固而反对输入洋派的嫌疑吧，——然而仍然不免。因此，我联想起一件故事来。记得孙伏园编辑《晨报副刊》时，曾经登载打孔家店的老将吴虞底艳体诗，没有加以明白的说明，引起读者的责问，于是孙老先生就有《浅薄的读者》一篇教训文字，于是而有幽默的提倡。此时回想当日，觉得鲁迅先生似乎也有做伏园先生教训的读者之资格。"

② **张孟闻** 笔名西屏，浙江宁波人。《山雨》编者之一。

破仑呀!"则虽是志在做军阀的未来的英雄,也不会怎样舒服的。我并非"主将"的事,前年早已声辩了——虽然似乎很少效力——这回想要写一点下来的,是我从来没有受过晨报馆的压迫,也并不是和孙伏园先生两个人创办了《语丝》。这的创办,倒要归功于伏园一位的。

那时伏园是《晨报副刊》的编辑,我是由他个人来约,投些稿件的人。

然而我并没有什么稿件,于是就有人传说,我是特约撰述,无论投稿多少,每月总有酬金三四十元的。据我所闻,则晨报馆确有这一种太上作者,但我并非其中之一,不过因为先前的师生——恕我僭妄,暂用这两个字——关系罢,似乎也颇受优待:一是稿子一去,刊登得快;二是每千字二元至三元的稿费,每月底大抵可以取到;三是短短的杂评,有时也送些稿费来。但这样的好景象并不久长,伏园的椅子颇有不稳之势。因为有一位留学生①(不幸我忘掉了他的名姓)新从欧洲回来,和晨报馆有深关系,甚不满意于副刊,决计加以改革,并且为战斗计,已经得了"学者"②的指示,在开手看 Anatole France③ 的小说了。

那时的法兰斯,威尔士④,萧⑤,在中国是大有威力,足以吓倒文学青年的名字,正如今年的辛克莱儿⑥一般,所以以那时而论,形势实在是已经非常严重。不过我现在无从确说,从那位留学生开手读法兰斯的小说起到伏园气忿忿地跑到我的寓里来为止的时候,其间相距是几月还是几天。

"我辞职了。可恶!"

这是有一夜,伏园来访,见面后的第一句话。那原是意料中事,不足异的。第二步,我当然要问问辞职的原因,而不料竟和我有了

---

① 指刘勉己,他于 1924 年回国后任《晨报》代理总编辑。

② **"学者"** 指陈西滢。徐志摩曾在《"闲话"引出来的闲话》(1926 年 1 月 13 日《晨报副刊》)中说陈源"私淑"法朗士,"只有像西滢那样……才当得起'学者'的名词"。

③ **Anatole France(1844—1924)** 通译法朗士,法国作家。著有《企鹅岛》等。下文中的法兰斯亦指同一人。

④ **威尔士(H. G. Wells, 1866—1946)** 英国作家,著有《未来世界》等。

⑤ **萧** 即萧伯纳(G. B. Shaw, 1856—1950),英国作家、批评家。著有《华伦夫人的职业》《巴巴拉少校》等。

⑥ **辛克莱儿** 通译辛克莱(U. Sinclair, 1878—1968),美国小说家。著有《屠宰场》《石炭王》等。

关系。他说，那位留学生乘他外出时，到排字房去将我的稿子抽掉，因此争执起来，弄到非辞职不可了。但我并不气忿，因为那稿子不过是三段打油诗，题作《我的失恋》，是看见当时"阿呀阿唷，我要死了"之类的失恋诗盛行，故意做一首用"由她去罢"收场的东西，开开玩笑的。这诗后来又添了一段，登在《语丝》上，再后来就收在《野草》中。而且所用的又是另一个新鲜的假名，在不肯登载第一次看见姓名的作者的稿子的刊物上，也当然很容易被有权者所放逐的。

但我很抱歉伏园为了我的稿子而辞职，心上似乎压了一块沉重的石头。几天之后，他提议要自办刊物了，我自然答应愿意竭力"呐喊"。至于投稿者，倒全是他独力邀来的，记得是十六人，不过后来也并非都有投稿。于是印了广告，到各处张贴，分散，大约又一星期，一张小小的周刊便在北京——尤其是大学附近——出现了。这便是《语丝》。

那名目的来源，听说，是有几个人，任意取一本书，将书任意翻开，用指头点下去，那被点到的字，便是名称。那时我不在场，不知道所用的是什么书，是一次便得了《语丝》的名，还是点了好几次，而曾将不像名称的废去。但要之，即此已可知这刊物本无所谓一定的目标，统一的战线；那十六个投稿者，意见态度也各不相同，例如顾颉刚①教授，投的便是"考古"稿子，不如说，和《语丝》的喜欢涉及现在社会者，倒是相反的。不过有些人们，大约开初是只在敷衍和伏园的交情的罢，所以投了两三回稿，便取"敬而远之"的态度，自然离开。连伏园自己，据我的记忆，自始至今，也只做过三回文字，末一回是宣言从此要大为《语丝》撰述，然而宣言之后，却连一个字也不见了。于是《语丝》的固定的投稿者，至多便只剩了五六人，但同时也在不意中显了一种特色，是：任意而谈，无所顾忌，要催促新的产生，对于有害于新的旧物，则竭力加以排击，——但应该产生怎样的"新"，却并无明白的表示，而一到觉得有些危急之际，也还是故意隐约其词。陈源②教授痛斥"语丝

---

① **顾颉刚（1893—1980）** 江苏吴县人，历史学家。曾任燕京大学、北京大学等校教授。

② **陈源** 疑为涵庐（高一涵）。1926年初，涵庐在《现代评论》第4卷第89期的《闲话》中说："我二十四分的希望一般文人收起互骂的法宝……万一骂溜了嘴，不能收束，正可以同那实在可骂而又实在不敢骂的人们，斗斗法宝，就是到天桥走走，似乎也还值得些！"按天桥是当时北京的刑场。

派"的时候，说我们不敢直骂军阀，而偏和握笔的名人为难，便由于这一点。但是，叱吧儿狗险于叱狗主人，我们其实也知道的，所以隐约其词者，不过要使走狗嗅得，跑去献功时，必须详加说明，比较地费些力气，不能直捷痛快，就得好处而已。

当开办之际，努力确也可惊，那时做事的，伏园之外，我记得还有小峰和川岛①，都是乳毛还未褪尽的青年，自跑印刷局，自去校对，自叠报纸，还自己拿到大众聚集之处去兜售，这真是青年对于老人，学生对于先生的教训，令人觉得自己只用一点思索，写几句文章，未免过于安逸，还须竭力学好了。

但自己卖报的成绩，听说并不佳，一纸风行的，还是在几个学校，尤其是北京大学，尤其是第一院（文科）。理科次之。在法科，则不大有人顾问。倘若说，北京大学的法，政，经济科出身诸君中，绝少有《语丝》的影响，恐怕是不会很错的。至于对于《晨报》的影响，我不知道，但似乎也颇受些打击，曾经和伏园来说和，伏园得意之余，忘其所以，曾以胜利者的笑容，笑着对我说道：

"真好，他们竟不料踏在炸药上了！"

这话对别人说是不算什么的。但对我说，却好像浇了一碗冷水，因为我即刻觉得这"炸药"是指我而言，用思索，做文章，都不过使自己为别人的一个小纠葛而粉身碎骨，心里就一面想：

"真糟，我竟不料被埋在地下了！"

我于是乎"彷徨"起来。

谭正璧②先生有一句用我的小说的名目，来批评我的作品的经过的极伶俐而省事的话道："鲁迅始于'呐喊'而终于'彷徨'"（大意），我以为移来叙述我和《语丝》由始以至此时的历史，倒是很确切的。

但我的"彷徨"并不用许多时，因为那时还有一点读过尼采的《Zarathustra》③的余波，从我这里只要能挤出——虽然不过是挤

---

① **小峰** 指李小峰（1897—1971），江苏江阴人。曾参加新潮社和语丝社，后开办北新书局。川岛，指章廷谦（1901—1981），浙江绍兴人，当时北京大学学生。

② **谭正璧** 江苏嘉定（今属上海）人。他在《中国文学进化史》中说："鲁迅小说集是《呐喊》和《彷徨》，许钦文、王鲁彦、老舍、芳草等和他是一派……这派作者起初大都因耐不住沉寂而起来'呐喊'，后来屡遭失望，所收获的只是异样的空虚，于是只有'彷徨'于十字街头了。"

③ **《Zarathustra》** 即《查拉图斯特拉如是说》，尼采的哲学著作。查拉图斯特拉是古代波斯的"圣者"。

出——文章来，就挤了去罢，从我这里只要能做出一点"炸药"来，就拿去做了罢，于是也就决定，还是照旧投稿了——虽然对于意外的被利用，心里也耿耿了好几天。

《语丝》的销路可只是增加起来，原定是撰稿者同时负担印费的，我付了十元之后，就不见再来收取了，因为收支已足相抵，后来并且有了赢余。于是小峰就被尊为"老板"，但这推尊并非美意，其时伏园已另就《京报副刊》编辑之职，川岛还是捣乱小孩，所以几个撰稿者便只好猜住了多睬眼而少开口的小峰，加以荣名，勒令拿出赢余来，每月请一回客。这"将欲取之，必先与之"的方法果然奏效，从此市场中的茶居或饭铺的或一房门外，有时便会看见挂着一块上写"语丝社"的木牌。倘一驻足，也许就可以听到疑古玄同①先生的又快又响的谈吐。但我那时是在避开宴会的，所以毫不知道内部的情形。

我和《语丝》的渊源和关系，就不过如此，虽然投稿时多时少。但这样地一直继续到我走出了北京。到那时候，我还不知道实际上是谁的编辑。

到得厦门，我投稿就很少了。一者因为相离已远，不受催促，责任便觉得轻；二者因为人地生疏，学校里所遇到的又大抵是些念佛老妪式口角，不值得费纸墨。倘能做《鲁宾孙教书记》或《蚊虫叮卵脬论》，那也许倒很有趣的，而我又没有这样的"天才"，所以只寄了一点极琐碎的文字。这年底到了广州，投稿也很少。第一原因是和在厦门相同的；第二，先是忙于事务，又看不清那里的情形，后来颇有感慨了，然而我不想在它的敌人的治下去发表。

不愿意在有权者的刀下，颂扬他的威权，并奚落其敌人来取媚，可以说，也是"语丝派"一种几乎共同的态度。所以《语丝》在北京虽然逃过了段祺瑞及其吧儿狗们的撕裂，但终究被"张大元帅"②所禁止了，发行的北新书局，且同时遭了封禁，其时是一九二七年。

这一年，小峰有一回到我的上海的寓居，提议《语丝》就要在上海印行，且嘱我担任做编辑。以关系而论，我是不应该推托的。于是担任了。从这时起，我才探问向来的编法。那很简单，就是：凡社员的稿件，编辑者并无取舍之权，来则必用，只有外

---

① 疑古玄同即钱玄同。

② "张大元帅" 即张作霖（1875—1928），辽宁海城人。奉系军阀首领。

来的投稿，由编辑者略加选择，必要时且或略有所删除。所以我应做的，不过后一段事，而且社员的稿子，实际上也十之九直寄北新书局，由那里径送印刷局的，等到我看见时，已在印钉成书之后了。所谓"社员"，也并无明确的界限，最初的撰稿者，所余早已无多，中途出现的人，则在中途忽来忽去。因为《语丝》是又有爱登碰壁人物的牢骚的习气的，所以最初出阵，尚无用武之地的人，或本在别一团体，而发生意见，借此反攻的人，也每和《语丝》暂时发生关系，待到功成名遂，当然也就淡漠起来。至于因环境改变，意见分歧而去的，那自然尤为不少。因此所谓"社员"者，便不能有明确的界限。前年的方法，是只要投稿几次，无不刊载，此后便放心发稿，和旧社员一律待遇了。但经旧的社员绍介，直接交到北新书局，刊出之前，为编辑者的眼睛所不能见者，也间或有之。

经我担任了编辑之后，《语丝》的时运就很不济了，受了一回政府的警告，遭了浙江当局的禁止，还招了创造社式"革命文学"家的拚命的围攻。警告的来由，我莫名其妙，有人说是因为一篇戏剧[1]；禁止的缘故也莫名其妙，有人说是因为登载了揭发复旦大学内幕的文字，而那时浙江的党务指导委员[2]老爷却有复旦大学出身的人们。至于创造社派的攻击，那是属于历史底的了，他们在把守"艺术之宫"，还未"革命"的时候，就已经将"语丝派"中的几个人看作眼中钉的，叙事夹在这里太冗长了，且待下一回再说罢。

但《语丝》本身，却确实也在消沉下去。一是对于社会现象的批评几乎绝无，连这一类的投稿也少有，二是所余的几个较久的撰稿者，这时又少了几个了。前者的原因，我以为是在无话可说，或有话而不敢言，警告和禁止，就是一个实证。后者，我恐怕是其咎在我的。举一点例罢，自从我万不得已，选登了一篇极平和的纠正刘半农[3]先生的"林则徐被俘"之误的来信以后，他就不再有片纸

---

① 指《语丝》第 4 卷第 12 期（1928 年 3 月 19 日）白薇的独幕剧《革命神的受难》。剧中的革命神斥责反动军官时有如下台词："原来你是民国英雄，是革命军的总指挥么？""你阳假革命的美名，阴行你吃人的事实。"《语丝》因此受国民党当局"警告"。

② 浙江的党务指导委员，指许绍棣。1928 年 9 月，他以"言论乖谬，存心反动"的罪名，在浙江查禁《语丝》并其他书刊十五种。

③ **刘半农（1891—1934）**　名复，江苏江阴人，作家、语言学家。当时为北京大学教授，《语丝》撰稿人。

只字；江绍原①先生绍介了一篇油印的《冯玉祥先生……》来，我不给编入之后，绍原先生也就从此没有投稿了。并且这篇油印文章不久便在也是伏园所办的《贡献》②上登出，上有郑重的小序，说明着我托辞不载的事由单。

还有一种显著的变迁是广告的杂乱。看广告的种类，大概是就可以推见这刊物的性质的。例如"正人君子"们所办的《现代评论》上，就会有金城银行的长期广告，南洋华侨学生所办的《秋野》③上，就能见"虎标良药"的招牌。虽是打着"革命文学"旗子的小报，只要有那上面的广告大半是花柳药和饮食店，便知道作者和读者，仍然和先前的专讲妓女戏子的小报的人们同流，现在不过用男作家，女作家来替代了倡优，或捧或骂，算是在文坛上做工夫。《语丝》初办的时候，对于广告的选择是极严的，虽是新书，倘社员以为不是好书，也不给登载。因为是同人杂志，所以撰稿者也可行使这样的职权。听说北新书局之办《北新半月刊》，就因为在《语丝》上不能自由登载广告的缘故。但自从移在上海出版以后，书籍不必说，连医生的诊例也出现了，袜厂的广告也出现了，甚至于立愈遗精药品的广告也出现了。固然，谁也不能保证《语丝》的读者决不遗精，况且遗精也并非恶行，但善后办法，却须向《申报》之类，要稳当，则向《医药学报》的广告上去留心的。我因此得了几封诘责的信件，又就在《语丝》本身上登了一篇投来的反对的文章。④

但以前我也曾尽了我的本分。当袜厂出现时，曾经当面质问过小峰，回答是"发广告的人弄错的"；遗精药出现时，是写了一封信，并无答复，但从此以后，广告却也不见了。我想，在小峰，大约还要算是让步的，因为这时对于一部分的作家，早由北新书局致送稿费，不只负发行之责，而《语丝》也因此并非纯粹的同人杂志了。

积了半年的经验之后，我就决计向小峰提议，将《语丝》停刊，没有得到赞成，我便辞去编辑的责任。小峰要我寻一个替代的人，

---

　　① **江绍原（1898—1983）** 安徽旌德人。当时北京大学讲师，《语丝》撰稿人。

　　② **《贡献》** 国民党改组派刊物，1927 年 12 月在上海创刊。

　　③ **《秋野》** 月刊，上海暨南大学华侨学生组织秋野社主办的文艺月刊，1927 年 11 月创刊，1928 年 10 月停刊。

　　④ 指〈语丝〉第 5 卷第 4 期（1929 年 4 月）的《建议撤销广告》。

我于是推举了柔石。①

　　但不知为什么，柔石编辑了六个月，第五卷的上半卷一完，也辞职了。

　　以上是我所遇见的关于《语丝》四年中的琐事。试将前几期和近几期一比较，便知道其间的变化，有怎样的不同，最分明的是几乎不提时事，且多登中篇作品了，这是因为容易充满页数而又可免于遭殃。虽然因为毁坏旧物和戳破新盒子而露出里面所藏的旧物来的一种突击之力，至今尚为旧的和自以为新的人们所憎恶，但这力是属于往昔的了。

十二月二十二日

　　（原刊 1930 年 2 月 1 日《萌芽月刊》第 1 卷第 2 期，发表时还有副题《"我所遇见的六个文学团体"之五》，后收入《三闲集》）

---

　　① **柔石（1902—1931）** 原名赵平复，浙江宁海人，作家。著有《二月》等。1931年 2 月被国民党枪杀于上海龙华。

做古文和做好人的秘诀

——夜记之五

从去年以来一年半之间，凡有对于我们的所谓批评文字中，最使我觉得气闷的滑稽的，是常燕生①先生在一种月刊叫作《长夜》的上面，摆出公正脸孔，说我的作品至少还有十年生命的话。记得前几年，《狂飙》停刊时，同时这位常燕生先生也曾有文章②发表，大意说《狂飙》攻击鲁迅，现在书店不愿出版了，安知（！）不是鲁迅运动了书店老板，加以迫害？于是接着大大地颂扬北洋军阀度量之宽宏。我还有些记性，所以在这回的公正脸孔上，仍然隐隐看见刺着那一篇锻炼文字；一面又想起陈源教授的批评法：先举一些美点，以显示其公平，然而接着是许多大罪状——由公平的衡量而得的大罪状。将功折罪，归根结蒂，终于是"学匪"，理应枭首挂在"正人君子"的旗下示众。所以我的经验是：毁或无妨，誉倒可怕，有时候是极其"汲汲乎殆哉"的。更何况这位常燕生先生满身五色旗③气味，即令真心许我以作品的不灭，在我也好像宣统皇帝忽然龙心大悦，钦许我死后谥为"文忠"一般。于满肚气闷中的滑稽之余，仍只好诚惶诚恐，特别脱帽鞠躬，敬谢不敏之至了。

但在同是《长夜》的另一本上，有一篇刘大杰先生的文章④——

---

① **常燕生** 山西榆次人，曾是狂飙社成员。他在 1928 年 5 月《长夜》第三期发表《越过了阿Q的时代以后》中说："鲁迅及其追随者，都是思想已经落后的人。""鲁迅及其追随者在此后十年之中自然还应该有他相当的位置。"《长夜》，文艺半月刊，左舜生等主办，1928 年 4 月创刊，同年 5 月停刊。

② 指常燕生的《挽狂飙》一文。参看《三闲集·吊与贺》。

③ **五色旗** 1911—1927 年中华民国的国旗。

④ **刘大杰（1904—1977）** 湖南岳阳人，文学史家。这里指他发表在《长夜》第4期上的《呐喊与彷徨与野草》一文，内有"作者若不想法变换变换生活，以后恐怕再难有较大的作品罢。我诚恳地希望作者，放下呆板的生活（不要开书店，也不要作教授），提起皮包，走上国外的旅途去，好在自己的生活史上，留下几页空白的地方。"

这些文章，似乎《中国的文艺论战》上都未收载——我却很感激的读毕了，这或者就因为正如作者所说，和我素不相知，并无私人恩怨，夹杂其间的缘故。然而尤使我觉得有益的，是作者替我设法，以为在这样四面围剿之中，不如放下刀笔，暂且出洋；并且给我忠告，说是在一个人的生活史上留下几张白纸，也并无什么紧要。在仅仅一个人的生活史上，有了几张白纸，或者全本都是白纸，或者竟全本涂成黑纸，地球也决不会因此炸裂，我是早知道的。这回意外地所得的益处，是三十年来，若有所悟，而还是说不出简明扼要的纲领的做古文和做好人的方法，因此恍然抓住了蟊头了。

其口诀曰：要做古文，做好人，必须做了一通，仍旧等于一张的白纸。

从前教我们作文的先生，并不传授什么《马氏文通》，《文章作法》① 之流，一天到晚，只是读，做，读，做；做得不好，又读，又做。他却决不说坏处在那里，作文要怎样。一条暗胡同，一任你自己去摸索，走得通与否，大家听天由命。但偶然之间，也会不知怎么一来——真是"偶然之间"而且"不知怎么一来"，——卷子上的文章，居然被涂改的少下去，留下的，而且有密圈的处所多起来了。于是学生满心欢喜，就照这样——真是自己也莫名其妙，不过是"照这样"——做下去，年深月久之后，先生就不再删改你的文章了，只在篇末批些"有书有笔，不蔓不枝"之类，到这时候，即可以算作"通"。——自然，请高等批评家梁实秋②先生来说，恐怕是不通的，但我是就世俗一般而言，所以也姑且从俗。

这一类文章，立意当然要清楚的，什么意见，倒在其次。譬如说，做《工欲善其事，必先利其器论》罢，从正面说，发挥"其器不利，则工事不善"固可，即从反面说，偏以为"工以技为先，技不纯，则器虽利，而事亦不善"也无不可。就是关于皇帝的事，说"天皇圣明，臣罪当诛"固可，即说皇帝不好，一刀杀掉也无不可的，因为我们的孟夫子有言在先，"闻诛独夫纣矣，未闻弑君也"③，现在我们圣人之徒，也正是这一个意思儿。但总之，要从头到底，

---

① 《马氏文通》　清代马建忠著，我国第一部系统研究汉语语法的著作。《文章作法》，夏丏尊、刘薰宇合编，1926年上海开明书店出版。

② 梁实秋（1901—1987）　浙江杭州人，作家，曾与胡适、徐志摩等人在上海开办新月书店，参与编辑《新月》月刊。

③ 语见《孟子·梁惠王》，这里的"独夫"原作"一夫"。

一层一层说下去，弄得明明白白，还是天皇圣明呢，还是一刀杀掉，或者如果都不赞成，那也可以临末声明："虽穷淫虐之威，而究有君臣之分，君子不为已甚，窃以为放诸四裔可矣"的。这样的做法，大概先生也未必不以为然，因为"中庸"也是我们古圣贤的教训。

然而，以上是清朝末年的话，如果在清朝初年，倘有什么人去一告密，那可会"灭族"也说不定的，连主张"放诸四裔"也不行，这时他不和你来谈什么孟子孔子了。现在革命方才成功，情形大概也和清朝开国之初相仿。（不完）

> 这是"夜记"之五的小半篇。"夜记"这东西，是我于一九二七年起，想将偶然的感想，在灯下记出，留为一集的，那年就发表了两篇①。到得上海，有感于屠戮之凶，又做了一篇半，题为《虐杀》，先讲些日本幕府的磔杀耶教徒②，俄国皇帝的酷待革命党之类的事。但不久就遇到了大骂人道主义的风潮③，我也就借此偷懒，不再写下去，现在连稿子也不见了。

到得前年，柔石要到一个书店④去做杂志的编辑，来托我做点随随便便，看起来不大头痛的文章。这一夜我就又想到做"夜记"，立了这样的题目。大意是想说，中国的作文和做人，都要古已有之，但不可直钞整篇，而须东拉西扯，补缀得看不出缝，这才算是上上大吉。所以做了一大通，还是等于没有做，而批评者则谓之好文章或好人。社会上的一切，什么也没有进步的病根就在此。当夜没有做完，睡觉去了。第二天柔石来访，将写下来的给他看，他皱皱眉头，以为说得太噜苏一点，且怕过占了篇幅。于是我就约他另译一篇短文，将这放下了。

现在去柔石的遇害，已经一年有余了，偶然从乱纸里检出这稿子来，真不胜其悲痛。我想将全文补完，而终于做不到，刚要下笔，

---

① 指收入《三闲集》的《怎么写》和《在钟楼上》。

② 16世纪天主教传入日本后迅速传播。使当时统治日本的江户幕府（1603—1867）十分害怕，于1611年下令禁教，并残杀教士和教徒。1637年岛原的天主教徒起义，幕府调集十万军队进行镇压，杀人逾万。

③ 大骂人道主义的风潮　指1928年上半年，创造社所属刊物《文化批判》《创造月刊》等发表大量论文，把鲁迅作为"人道主义者"进行责难和批评。

④ 指上海明日书店。

又立刻想到别的事情上去了。所谓"人琴俱亡"者，大约也就是这模样的罢。现在只将这半篇附录在这里，以作柔石的记念。

一九三二年四月二十六日之夜，记

（本篇 1932 年收入《二心集》，此前未曾发表）

做古文和做好人的秘诀

为了忘却的记念

一

我早已想写一点文字，来记念几个青年的作家。这并非为了别的，只因为两年以来，悲愤总时时来袭击我的心，至今没有停止，我很想借此算是竦身一摇，将悲哀摆脱，给自己轻松一下，照直说，就是我倒要将他们忘却了。

两年前的此时，即一九三一年的二月七日夜或八日晨，是我们的五个青年作家①同时遇害的时候。当时上海的报章都不敢载这件事，或者也许是不愿，或不屑载这件事，只在《文艺新闻》上有一点隐约其辞的文章。那第十一期（五月二十五日）里，有一篇林莽②先生作的《白莽印象记》，中间说：

> 他做了好些诗，又译过匈牙利诗人彼得斐③的几首诗，当时的《奔流》的编辑者鲁迅接到了他的投稿，便来信要和他会面，但他却是不愿见名人的人，结果是鲁迅自己跑来找他，竭力鼓励他作文学的工作，但他终于不能坐在亭子间里写，又去跑他的路了。不久，他又一次的被了捕。……

这里所说的我们的事情其实是不确的。白莽并没有这么高慢，

---

① **五个青年作家** 指李伟森（1903—1931），又名李求实，湖北武昌人，译有《朵思退夫斯基》等；柔石（1901—1931），浙江宁海人，"左联"执委，著有《旧时代之死》《二月》等；胡也频（1905—1931），福建福州人，著有《光明在我们前面》《到莫斯科去》等；冯铿（1907—1931），又名岭梅，女，广东潮州人，著有《最后的出路》等；殷夫（1909—1931），即白莽，原名徐白，浙江象山人，著有《孩儿塔》《伏尔加河的黑浪》等，生前未结集出版。五人均系中共党员、"左联"成员。1931年1月17日，他们在上海东方旅馆开会时被捕，同年2月7日，被国民党当局秘密杀害于龙华。

② **林莽** 即楼适夷，浙江余姚人，作家。"左联"成员。

③ **彼得斐** 通译裴多菲，（Petofi Sandor, 1823—1849），匈牙利诗人。

他曾经到过我的寓所来，但也不是因为我要求和他会面；我也没有这么高慢，对于一位素不相识的投稿者，会轻率的写信去叫他。我们相见的原因很平常，那时他所投的是从德文译出的《彼得斐传》，我就发信去讨原文，原文是载在诗集前面的，邮寄不便，他就亲自送来了。看去是一个二十多岁的青年，面貌很端正，颜色是黑黑的，当时的谈话我已经忘却，只记得他自说姓徐，象山人；我问他为什么代你收信的女士是这么一个怪名字（怎么怪法，现在也忘却了），他说她就喜欢起得这么怪，罗曼谛克，自己也有些和她不大对劲了。就只剩了这一点。

夜里，我将译文和原文粗粗的对了一遍，知道除几处误译之外，还有一个故意的曲译。他像是不喜欢"国民诗人"这个字的，都改成"民众诗人"了。第二天又接到他一封来信，说很悔和我相见，他的话多，我的话少，又冷，好像受了一种威压似的。我便写一封回信去解释，说初次相会，说话不多，也是人之常情，并且告诉他不应该由自己的爱憎，将原文改变。因为他的原书留在我这里了，就将我所藏的两本集子送给他，问他可能再译几首诗，以供读者的参看。他果然译了几首，自己拿来了，我们就谈得比第一回多一些。这传和诗，后来就都登在《奔流》第二卷第五本，即最末的一本里。

我们第三次相见，我记得是在一个热天。有人打门了，我去开门时，来的就是白莽，却穿着一件厚棉袍，汗流满面，彼此都不禁失笑。这时他才告诉我他是一个革命者，刚由被捕而释出，衣服和书籍全被没收了，连我送他的那两本；身上的袍子是从朋友那里借来的，没有夹衫，而必须穿长衣，所以只好这么出汗。我想，这大约就是林莽先生说的"又一次的被了捕"的那一次了。

我很欣幸他的得释，就赶紧付给稿费，使他可以买一件夹衫，但一面又很为我的那两本书痛惜：落在捕房的手里，真是明珠投暗了。那两本书，原是极平常的，一本散文，一本诗集，据德文译者说，这是他搜集起来的，虽在匈牙利本国，也还没有这么完全的本子，然而印在《莱克朗氏万有文库》（Reclam's Universal-Bibliothek）① 中，倘在德国，就随处可得，也值不到一元钱。不过在我是一种宝贝，因为这是三十年前，正当我热爱彼得斐的时候，

---

① 《莱克朗氏万有文库》 1867 年德国出版的文学丛书。

特地托丸善书店①从德国去买来的，那时还恐怕因为书极便宜，店员不肯经手，开口时非常惴惴。后来大抵带在身边，只是情随事迁，已没有翻译的意思了，这回便决计送给这也如我的那时一样，热爱彼得斐的诗的青年，算是给它寻得了一个好着落。所以还郑重其事，托柔石亲自送去的。谁料竟会落在"三道头"②之类的手里的呢，这岂不冤枉！

<h2 align="center">二</h2>

我的决不邀投稿者相见，其实也并不完全因为谦虚，其中含着省事的分子也不少。由于历来的经验，我知道青年们，尤其是文学青年们，十之九是感觉很敏，自尊心也很旺盛的，一不小心，极容易得到误解，所以倒是故意回避的时候多。见面尚且怕，更不必说敢有托付了。但那时我在上海，也有一个惟一的不但敢于随便谈笑，而且还敢于托他办点私事的人，那就是送书去给白莽的柔石。

我和柔石最初的相见，不知道是何时，在那里。他仿佛说过，曾在北京听过我的讲义，那么，当在八九年之前了。我也忘记了在上海怎么来往起来，总之，他那时住在景云里，离我的寓所不过四五家门面，不知怎么一来，就来往起来了。大约最初的一回他就告诉我是姓赵，名平复。但他又曾谈起他家乡的豪绅的气焰之盛，说是有一个绅士，以为他的名字好，要给儿子用，叫他不要用这名字了。所以我疑心他的原名是"平福"，平稳而有福，才正中乡绅的意，对于"复"字却未必有这么热心。他的家乡，是台州的宁海，这只要一看他那台州式的硬气就知道，而且颇有点迂，有时会令我忽而想到方孝孺③，觉得好像也有些这模样的。

他躲在寓里弄文学，也创作，也翻译，我们往来了许多日，说得投合起来了，于是另外约定了几个同意的青年，设立朝华社。目的是在绍介东欧和北欧的文学，输入外国的版画，因为我们都以为应该来扶植一点刚健质朴的文艺。接着就印《朝花旬刊》，印《近代世界短篇小说集》，印《艺苑朝华》，算都在循着这条线，只有其中

---

① **丸善书店** 日本东京一家出售西文书籍的书店。

② **"三道头"** 当时上海公共租界的巡官，制服袖上缀有三道倒人字形标志，被称作"三道头"。

③ **方孝孺（1357—1402）** 浙江宁海人，文学家。明代建文四年（1402）建文帝朱允炆的权父燕王朱棣起兵攻陷南京，自立为帝，命他起草即位诏书，不从而被杀。

的一本《蕗谷虹儿画选》，是为了扫荡上海滩上的"艺术家"，即戳穿叶灵凤①这纸老虎而印的。

然而柔石自己没有钱，他借了二百多块钱来做印本。除买纸之外，大部分的稿子和杂务都是归他做，如跑印刷局，制图，校字之类。可是往往不如意，说来皱着眉头。看他旧作品，都很有悲观的气息，但实际上并不然，他相信人们是好的。我有时谈到人会怎样的骗人，怎样的卖友，怎样的吮血，他就前额亮晶晶的，惊疑地圆睁了近视的眼睛，抗议道，"会这样的么？——不至于此罢？……"

不过朝花社不久就倒闭了，我也不想说清其中的原因，总之是柔石的理想的头，先碰了一个大钉子，力气固然白化，此外还得去借一百块钱来付纸账。后来他对于我那"人心惟危"②说的怀疑减少了，有时也叹息道，"真会这样的么？……"但是，他仍然相信人们是好的。

他于是一面将自己所应得的朝花社的残书送到明日书店和光华书局去，希望还能够收回几文钱，一面就拼命的译书，准备还借款，这就是卖给商务印书馆的《丹麦短篇小说集》和戈理基③作的长篇小说《阿尔泰莫诺夫之事业》。但我想，这些译稿，也许去年已被兵火烧掉了。

他的迂渐渐的改变起来，终于也敢和女性的同乡或朋友一同去走路了，但那距离，却至少总有三四尺的。这方法很不好，有时我在路上遇见他，只要在相距三四尺前后或左右有一个年青漂亮的女人，我便会疑心就是他的朋友。但他和我一同走路的时候，可就走得近了，简直是扶住我，因为怕我被汽车或电车撞死；我这面也为他近视而又要照顾别人担心，大家都苍皇失措的愁一路，所以倘不是万不得已，我是不大和他一同出去的，我实在看得他吃力，因而自己也吃力。

无论从旧道德，从新道德，只要是损己利人的，他就挑选上，自己背起来。

他终于决定地改变了，有一回，曾经明白的告诉我，此后应该转换作品的内容和形式。我说：这怕难罢，譬如使惯了刀的，这回

---

① **叶灵凤（1904—1975）** 江苏南京人，作家画家。曾加入创造社。
② **"人心惟危"** 语见《尚书·大禹谟》。
③ **戈理基** 通译高尔基（М. Горъкий，1868—1936），苏联作家。著有《母亲》等。

要他要棍，怎么能行呢？他简洁的答道：只要学起来！

　　他说的并不是空话，真也在从新学起来了，其时他曾经带了一个朋友来访我，那就是冯铿女士。谈了一些天，我对于她终于很隔膜，我疑心她有点罗曼谛克，急于事功；我又疑心柔石的近来要做大部的小说，是发源于她的主张的。但我又疑心我自己，也许是柔石的先前的斩钉截铁的回答，正中了我那其实是偷懒的主张的伤疤，所以不自觉地迁怒到她身上去了。——我其实也并不比我所怕见的神经过敏而自尊的文学青年高明。

　　她的体质是弱的，也并不美丽。

<h2 style="text-align:center">三</h2>

　　直到左翼作家联盟成立之后，我才知道我所认识的白莽，就是在《拓荒者》上做诗的殷夫。有一次大会时，我便带了一本德译的，一个美国的新闻记者所做的中国游记去送他，这不过以为他可以由此练习德文，另外并无深意。然而他没有来。我只得又托了柔石。

　　但不久，他们竟一同被捕，我的那一本书，又被没收，落在"三道头"之类的手里了。

<h2 style="text-align:center">四</h2>

　　明日书店要出一种期刊，请柔石去做编辑，他答应了；书店还想印我的译著，托他来问版税的办法，我便将我和北新书局所订的合同，抄了一份交给他，他向衣袋里一塞，匆匆的走了。其时是一九三一年一月十六日的夜间，而不料这一去，竟就是我和他相见的末一回，竟就是我们的永诀。

　　第二天，他就在一个会场上被捕了，衣袋里还藏着我那印书的合同，听说官厅因此正在找寻我。印书的合同，是明明白白的，但我不愿意到那些不明不白的地方去辩解。记得《说岳全传》里讲过一个高僧，当追捕的差役刚到寺门之前，他就"坐化"①了，还留下什么"何立从东来，我向西方走"的偈子②。这是奴隶所幻想的脱离苦海的惟一的好方法，"剑侠"盼不到，最自在的惟此而已。我

---

　　① **坐化**　佛语。佛家传说有些高僧在临终前盘膝端坐，安然而逝，称为"坐化"。

　　② **偈子**　佛语。原出梵语，意为"烦"，又指高僧释疑悟道所作的隐语。

不是高僧，没有涅槃①的自由，却还有生之留恋，我于是就逃走。

这一夜，我烧掉了朋友们的旧信札，就和女人抱着孩子走在一个客栈里。不几天，即听得外面纷纷传我被捕，或是被杀了，柔石的消息却很少。有的说，他曾经被巡捕带到明日书店里，问是否是编辑；有的说，他曾经被巡捕带往北新书局去，问是否是柔石，手上上了铐，可见案情是重的。但怎样的案情，却谁也不明白。

他在囚系中，我见过两次他写给同乡的信，第一回是这样的——

　　我与三十五位同犯（七个女的）于昨日到龙华。并于昨夜上了镣，开政治犯从未上镣之纪录。此案累及太大，我一时恐难出狱，书店事望兄为我代办之。现亦好，且跟殷夫兄学德文，此事可告周先生；望周先生勿念，我等未受刑。捕房和公安局，几次问周先生地址，但我那里知道。诸望勿念。祝好！

　　　　　　　　　　　　　　　　赵少雄　一月二十四日。

以上正面。

　　洋铁饭碗，要二三只
　　如不能见面，可将东西
　　望转交赵少雄

以上背面。

他的心情并未改变，想学德文，更加努力；也仍在记念我，像在马路上行走时候一般。但他信里有些话是错误的，政治犯而上镣，并非从他们开始，但他向来看得官场还太高，以为文明至今，到他们才开始了严酷。其实是不然的。果然，第二封信就很不同，措词非常惨苦，且说冯女士的面目都浮肿了，可惜我没有抄下这封信。其时传说也更加纷繁，说他可以赎出的也有，说他已经解往南京的也有，毫无确信；而用函电来探问我的消息的也多起来，连母亲在北京也急得生病了，我只得一一发信去更正，这样的大约有二十天。

天气愈冷了，我不知道柔石在那里有被褥不？我们是有的。洋铁碗可曾收到了没有？……但忽然得到一个可靠的消息，说柔石和

---

① **涅槃**　佛语。意为脱离一切烦恼，寂灭、解脱等，后也指高僧和尚去世。

为了忘却的记念

其他二十三人，已于二月七日夜或八日晨，在龙华警备司令部被枪毙了，他的身上中了十弹。

原来如此！……

在一个深夜里，我站在客栈的院子中，周围是堆着的破烂的什物；人们都睡觉了，连我的女人和孩子。我沉重的感到我失掉了很好的朋友，中国失掉了很好的青年，我在悲愤中沉静下去了，然而积习却从沉静中抬起头来，凑成了这样的几句：

> 惯于长夜过春时，挈妇将雏鬓有丝。
> 梦里依稀慈母泪，城头变幻大王旗。
> 忍看朋辈成新鬼，怒向刀丛觅小诗。
> 吟罢低眉无写处，月光如水照缁衣。

但末二句，后来不确了，我终于将这写给了一个日本的歌人。

可是在中国，那时是确无写处的，禁锢得比罐头还严密。我记得柔石在年底曾回故乡，住了好些时，到上海后很受朋友的责备。他悲愤的对我说，他的母亲双眼已经失明了，要他多住几天，他怎么能够就走呢？我知道这失明的母亲的眷眷的心，柔石的拳拳的心。当《北斗》创刊时，我就想写一点关于柔石的文章，然而不能够，只得选了一幅珂勒惠支（Käthe Kollwitz）夫人①的木刻，名曰《牺牲》，是一个母亲悲哀地献出她的儿子去的，算是只有我一个人心里知道的柔石的记念。

同时被难的四个青年文学家之中，李伟森我没有会见过，胡也频在上海也只见过一次面，谈了几句天。较熟的要算白莽，即殷夫了，他曾经和我通过信，投过稿，但现在寻起来，一无所得，想必是十七那夜统统烧掉了，那时我还没有知道被捕的也有白莽。然而那本《彼得斐诗集》却在的，翻了一遍，也没有什么，只在一首《Wahlspruch》（格言）的旁边，有钢笔写的四行译文道：

> 生命诚宝贵，
> 爱情价更高；

---

① **珂勒惠支夫人（1867—1945）** 德国女画家。柔石等人被捕遇害后，她曾与当时世界进步文艺家联名向国民党政府提出抗议。鲁迅曾编印过她的版画集。

若为自由故，
二者皆可抛！

又在第二叶上，写着"徐培根"① 三个字，我疑心这是他的真姓名。

五

前年的今日，我避在客栈里，他们却是走向刑场了；去年的今日，我在炮声中逃在英租界，他们则早已埋在不知那里的地下了；今年的今日，我才坐在旧寓里，人们都睡觉了，连我的女人和孩子。我又沉重的感到我失掉了很好的朋友，中国失掉了很好的青年，我在悲愤中沉静下去了，不料积习又从沉静中抬起头来，写下了以上那些字。

要写下去，在中国的现在，还是没有写处的。年青时读向子期《思旧赋》②，很怪他为什么只有寥寥的几行，刚开头却又煞了尾。然而，现在我懂得了。

不是年青的为年老的写记念，而在这三十年中，却使我目睹许多青年的血，层层淤积起来，将我埋得不能呼吸，我只能用这样的笔墨，写几句文章，算是从泥土中挖一个小孔，自己延口残喘，这是怎样的世界呢。夜正长，路也正长，我不如忘却，不说的好罢。但我知道，即使不是我，将来总会有记起他们，再说他们的时候的。……

二月七—八日

（原刊 1933 年 4 月 1 日《现代》第 2 卷第 6 期，后收入《南腔北调集》）

---

① **徐培根** 白莽的哥哥，曾任国民党政府航空署长。
② **向子期（约 227—272）** 即向秀，河内（今河南武陟）人，魏晋时文学家。《思旧赋》是他哀悼被司马昭杀害的文友嵇康和吕安的文章。

看萧和"看萧的人们"记

　　我是喜欢萧①的。这并不是因为看了他的作品或传记，佩服得喜欢起来，仅仅是在什么地方见过一点警句，从什么人听说他往往撕掉绅士们的假面，这就喜欢了他了。还有一层，是因为中国也常有模仿西洋绅士的人物的，而他们却大抵不喜欢萧。被我自己所讨厌的人们所讨厌的人，我有时会觉得他就是好人物。

　　现在，这萧就要到中国来，但特地搜寻着去看一看的意思倒也并没有。

　　十六日的午后，内山完造②君将改造社的电报给我看，说是去见一见萧怎么样。我就决定说，有这样地要我去见一见，那就见一见罢。

　　十七日的早晨，萧该已在上海登陆了，但谁也不知道他躲着的处所。这样地过了好半天，好像到底不会看见似的。到了午后，得到蔡先生③的信，说萧现就在孙夫人④的家里吃午饭，教我赶紧去。

　　我就跑到孙夫人的家里去。一走进客厅隔壁的一间小小的屋子里，萧就坐在圆桌的上首，和别的五个人在吃饭。因为早就在什么地方见过照相，听说是世界的名人的，所以便电光一般觉得是文豪，而其实是什么标记也没有。但是，雪白的须发，健康的血色，和气的面貌，我想，倘若作为肖像画的模范，倒是很出色的。

　　午餐像是吃了一半了。是素菜，又简单。白俄的新闻上，曾经猜有无数的侍者，但只有一个厨子在搬菜。

---

　　① 萧　即萧伯纳。
　　② 内山完造（1885—1959）　日本人，当时上海内山书店的老板。1927年与鲁迅相识，后多有交往。
　　③ 蔡先生　即蔡元培（1868—1940），字鹤卿，浙江绍兴人，教育家。当时是中国民权保障同盟的领导人之一。
　　④ 孙夫人　即宋庆龄。

夜记：其他散文作品

萧吃得并不多，但也许开始的时候，已经很吃了一通了也难说。到中途，他用起筷子来了，很不顺手，总是夹不住。然而令人佩服的是他竟逐渐巧妙，终于紧紧的夹住了一块什么东西，于是得意的遍看着大家的脸，可是谁也没有看见这成功。

在吃饭时候的萧，我毫不觉得他是讽刺家。谈话也平平常常。例如说：朋友最好，可以久远的往还，父母和兄弟都不是自己自由选择的，所以非离开不可之类。

午餐一完，照了三张相。并排一站，我就觉得自己的矮小了。虽然心里想，假如再年青三十年，我得来做伸长身体的体操……。

两点光景，笔会（PenClub）① 有欢迎。也趁了摩托车② 一同去看时，原来是在叫作"世界学院"的大洋房里。走到楼上，早有为文艺的文艺家，民族主义文学家，交际明星，伶界大王等等，大约五十个人在那里。合起围来，向他质问各色各样的事，好像翻检《大英百科全书》似的。

萧也演说了几句：诸君也是文士，所以这玩艺儿是全都知道的。至于扮演者，则因为是实行的，所以比起自己似的只是写写的人来，还要更明白。此外还有什么可说的呢。总之，今天就如看看动物园里的动物一样，现在已经看见了，这就可以了罢。云云。

大家都哄笑了，大约又以为这是讽刺。

也还有一点梅兰芳博士③和别的名人的问答，但在这里，略之。

此后是将赠品送给萧的仪式。这是由有着美男子之誉的邵洵美④君拿上去的，是泥土做的戏子的脸谱的小模型，收在一个盒子里。还有一种，听说是演戏用的衣裳，但因为是用纸包好了的，所以没有见。萧很高兴的接受了。据张若谷君后来发表出来的文章，则萧还问了几句话，张君也刺了他一下，可惜萧不听见云。⑤ 但是，我实在也没有听见。

---

① **笔会**　国际性的著作家团体，1921 年成立于伦敦。中国分会 1929 年 12 月在上海成立，蔡元培任理事长。

② **摩托车**　当时指汽车。

③ **梅兰芳**（1894—1961）　江苏泰州人，京剧演员。1930 年梅兰芳访美时，波摩那大学和南加州大学曾授予他文学博士的荣誉学位。

④ **邵洵美**（1906—1968）　浙江余姚人。诗人、作家。

⑤ **张若谷**　江苏南汇（今属上海）人，这里所记的事见他 1933 年 2 月 18 日发表在《大晚报》上的文章《五十分钟和萧伯纳在一起》。

有人问他菜食主义的理由。这时很有了几个来照照相的人，我想，我这烟卷的烟是不行的，便走到外面的屋子去了。

还有面会新闻记者的约束，三点光景便又回到孙夫人的家里来。早有四五十个人在等候了，但放进的却只有一半。首先是木村毅①君和四五个文士，新闻记者是中国的六人，英国的一人，白俄一人，此外还有照相师三四个。

在后园的草地上，以萧为中心，记者们排成半圆阵，替代着世界的周游，开了记者的嘴脸展览会。萧又遇到了各色各样的质问，好像翻检《大英百科全书》似的。

萧似乎并不想多话。但不说，记者们是决不干休的，于是终于说起来了，说得一多，这回是记者那面的笔记的分量，就渐渐的减少了下去。

我想，萧并不是真的讽刺家，因为他就会说得那么多。

试验是大约四点半钟完结的。萧好像已经很疲倦，我就和木村君都回到内山书店里去了。

第二天的新闻，却比萧的话还要出色得远远。在同一的时候，同一的地方，听着同一的话，写了出来的记事，却是各不相同的。似乎英文的解释，也会由于听者的耳朵，而变换花样。例如，关于中国的政府罢，英字新闻的萧，说的是中国人应该挑选自己们所佩服的人，作为统治者②；日本字新闻的萧，说的是中国政府有好几个③；汉字新闻的萧，说的是凡是好政府，总不会得人民的欢心的。④

从这一点看起来，萧就并不是讽刺家，而是一面镜。

但是，在新闻上的对于萧的评论，大体是坏的。人们是各各去听自己所喜欢的，有益的讽刺去的，而同时也给听了自己所讨厌的，

---

① **木村毅**　当时日本改造社记者。萧伯纳访华时曾到上海采访，并约请鲁迅为《改造》杂志撰写有关文章。

② **英字新闻**　指上海《字林西报》1933 年 2 月 18 日的一段报导："回答着关于被压迫民族和他们应该怎么干的问题，萧伯纳先生说：'他们应当自己解决自己的问题，中国也应当这样干。中国的民众应当自己组织起来，并且，他们所要挑选的自己的统治者，不是什么戏子或者封建的王公。'"

③ **日本字新闻**　指上海《每日新闻》1933 年 2 月 18 日的一段报导："中国记者问：'对于中国政府的你的意见呢？'——'在中国，照我所知道，政府有好几个，你指的那一个呢？'"

④ **汉字新闻**　据《萧伯纳在上海》一书所引，当时上海有中文报纸曾报导萧伯纳的话说："中国今日所需要者为良好政府，要知好政府及好官吏，绝非一般民众所欢迎。"

有损的讽刺。于是就各各用了讽刺来讽刺道，萧不过是一个讽刺家而已。

在讽刺竞赛这一点上，我以为还是萧这一面伟大。

我对于萧，什么都没有问；萧对于我，也什么都没有问。不料木村君却要我写一篇萧的印象记。别人做的印象记，我是常看的，写得仿佛一见便窥见了那人的真心一般，我实在佩服其观察之锐敏。至于自己，却连相书也没有翻阅过，所以即使遇见了名人罢，倘要我滔滔的来说印象，可就穷矣了。

但是，因为是特地从东京到上海来要我写的，我就只得寄一点这样的东西，算是一个对付。

一九三三年二月二十三夜

（原刊 1933 年 4 月号日本《改造》杂志，系日文。后由许霞［许广平］译成中文，经作者校定，发表于 1933 年 5 月 1 日《现代》第 3 卷第 1 期。1934 年 3 月收入《南腔北调集》）

夜　颂

　　爱夜的人，也不但是孤独者，有闲者，不能战斗者，怕光明者。

　　人的言行，在白天和在深夜，在日下和在灯前，常常显得两样。夜是造化所织的幽玄的天衣，普覆一切人，使他们温暖，安心，不知不觉的自己渐渐脱去人造的面具和衣裳，赤条条地裹在这无边际的黑絮似的大块里。

　　虽然是夜，但也有明暗。有微明，有昏暗，有伸手不见掌，有漆黑一团糟。爱夜的人要有听夜的耳朵和看夜的眼睛，自在暗中，看一切暗。君子们从电灯下走入暗室中，伸开了他的懒腰；爱侣们从月光下走进树阴里，突变了他的眼色。夜的降临，抹杀了一切文人学士们当光天化日之下，写在耀眼的白纸上的超然，混然，恍然，勃然，粲然的文章，只剩下乞怜，讨好，撒谎，骗人，吹牛，捣鬼的夜气，形成一个灿烂的金色的光圈，像见于佛画上面似的，笼罩在学识不凡的头脑上。

　　爱夜的人于是领受了夜所给与的光明。

　　高跟鞋的摩登女郎在马路边的电光灯下，阁阁的走得很起劲，但鼻尖也闪烁着一点油汗，在证明她是初学的时髦，假如长在明晃晃的照耀中，将使她碰着"没落"的命运。一大排关着的店铺的昏暗助她一臂之力，使她放缓开足的马力，吐一口气，这时才觉得沁人心脾的夜里的拂拂的凉风。

　　爱夜的人和摩登女郎，于是同时领受了夜所给与的恩惠。

　　一夜已尽，人们又小心翼翼的起来，出来了；便是夫妇们，面目和五六点钟之前也何其两样。从此就是热闹，喧嚣。而高墙后面，大厦中间，深闺里，黑狱里，客室里，秘密机关里，却依然弥漫着惊人的真的大黑暗。

　　现在的光天化日，熙来攘往，就是这黑暗的装饰，是人肉酱缸上的金盖，是鬼脸上的雪花膏。只有夜还算是诚实的。我爱夜，在夜间作《夜颂》。

六月八日

（原刊 1933 年 6 月 10 日《申报·自由谈》，后收入《准风月谈》）

夜
颂

243

我的种痘

　　上海恐怕也真是中国的"最文明"的地方，在电线柱子和墙壁上，夏天常有劝人勿吃天然冰的警告，春天就是告诫父母，快给儿女去种牛痘的说帖，上面还画着一个穿红衫的小孩子。我每看见这一幅图，就诧异我自己，先前怎么会没有染到天然痘，呜呼哀哉，于是好像这性命是从路上拾来似的，没有什么希罕，即使姓名载在该杀的"黑册子"① 上，也不十分惊心动魄了。但自然，几分是在所不免的。

　　现在，在上海的孩子，听说是生后六个月便种痘就最安全，倘走过施种牛痘局的门前，所见的中产或无产的母亲们抱着在等候的，大抵是一岁上下的孩子，这事情，现在虽是不属于知识阶级的人们也都知道，是明明白白了的。我的种痘却很迟了，因为后来记的清清楚楚，可见至少已有两三岁。虽说住的是偏僻之处，和别地方交通很少，比现在可以减少输入传染病的机会，然而天花却年年流行的，因此而死的常听到。我居然逃过了这一关，真是洪福齐天，就是每年开一次庆祝会也不算过分。否则，死了倒也罢了，万一不死而脸上留一点麻，则现在除年老之外，又添上一条大罪案，更要受青年而光脸的文艺批评家的奚落了。幸而并不，真是叨光得很。

　　那时候，给孩子们种痘的方法有三样。一样，是淡然忘之，请痘神随时随意种上去，听它到处发出来，随后也请个医生，拜拜菩萨，死掉的虽然多，但活的也有，活的虽然大抵留着瘢痕，但没有的也未必一定找不出。一样是中国古法的种痘，将痘痂研成细末，给孩子由鼻孔里吸进去，发出来的地方虽然也没有一定的处所，但粒数很少，没有危险了。人说，这方法是明末发明的，我不知

---

　　① "黑册子" 指 1933 年 6 月国民党特务组织蓝衣社拟定的预谋暗杀进步人士和国民党内部反蒋分子的黑名单。1933 年 7 月，美国人伊罗生主办的《中国论坛》第 2 卷第 8 期，以《钩命单》为题将之披露，宋庆龄、蔡元培、杨杏佛、鲁迅、茅盾等都在其中。

道可的确。

第三样就是所谓"牛痘"了，因为这方法来自西洋，所以先前叫"洋痘"。最初的时候，当然，华人是不相信的，很费过一番宣传解释的气力。这一类宝贵的文献，至今还剩在《验方新编》[①] 中，那苦口婆心虽然大足以感人，而说理却实在非常古怪的。例如，说种痘免疫之理道：

> "痘为小儿一大病，当天行时，尚使远避，今无故取婴孩而与之以病，可乎？"曰："非也。譬之捕盗，乘其羽翼未成，就而擒之，甚易矣；譬之去莠，及其滋蔓未延，芟而除之，甚易矣……"

但尤其非常古怪的是说明"洋痘"之所以传入中国的原因：

> 予考医书中所载，婴儿生数日，刺出臂上污血，终身可免出痘一条，后六道刀法皆失传，今日点痘，或其遗法也。夫以万全之法，失传已久，而今复行者，大约前此劫数未满，而今日洋烟入中国，害人不可胜计，把那劫数抵过了，故此法亦从洋来，得以保全婴儿之年寿耳。若不坚信而遵行之，是违天而自外于生生之理矣！……

而我所种的就正是这抵消洋烟之害的牛痘。去今已五十年，我的父亲也不是新学家，但竟毅然决然的给我种起"洋痘"来，恐怕还是受了这种学说的影响，因为我后来检查藏书，属于"子部医家类"[②] 者，说出来真是惭愧得很，——实在只有《达生篇》[③] 和这宝贝的《验方新编》而已。

那时种牛痘的人固然少，但要种牛痘却也难，必须待到有一个时候，城里临时设立起施种牛痘局来，才有种痘的机会。我的牛痘，是请医生到家里来种的，大约是特别隆重的意思；时候可完全不知

---

① 《验方新编》　清代鲍相璈编著，共八卷，是过去流行的通俗医药书。
② "子部医家类"　古代图书分为"经""史""子""集"四大部类。医学书籍属于"子"部"医家"。
③ 《达生篇》　清代亟斋居士（王琦）著，一卷，是过去流行的中医妇产科专书。

道了，推测起来，总该是春天罢。这一天，就举得了种痘的仪式，堂屋中央摆了一张方桌子，系上红桌帏，还点了香和蜡烛，我的父亲抱了我，坐在桌旁边。上首呢，还是侧面，现在一点也不记得了。这种仪式的出典，也至今查不出。

这时我就看见了医官。穿的是什么服饰，一些记忆的影子也没有，记得的只是他的脸：胖而圆，红红的，还带着一副墨晶的大眼镜。尤其特别的是他的话我一点都不懂。凡讲这种难懂的话的，我们这里除了官老爷之外，只有开当铺和卖茶叶的安徽人，做竹匠的东阳人，和变戏法的江北佬。官所讲者曰“官话”，此外皆谓之“拗声”。他的模样，是近于官的，大家都叫他“医官”，可见那是“官话”了。官话之震动了我的耳膜，这是第一次。

照种痘程序来说，他一到，该是动刀，点浆了，但我实在糊涂，也一点都没有记忆，直到二十年后，自看臂膊上的疮痕，才知道种了六粒，四粒是出的。但我确记得那时并没有痛，也没有哭，那医官还笑着摩摩我的头顶，说道：

“乖呀，乖呀！”

什么叫“乖呀乖呀”，我也不懂得，后来父亲翻译给我说，这是他在称赞我的意思。然而好像并不怎么高兴似的，我所高兴的是父亲送了我两样可爱的玩具。现在我想，我大约两三岁的时候，就是一个实利主义者的了，这坏性质到老不改，至今还是只要卖掉稿子或收到版税，总比听批评家的“官话”要高兴得多。

一样玩具是朱熹①所谓“持其柄而摇之，则两耳还自击”的鼗鼓，在我虽然也算难得的事物，但仿佛曾经玩过，不觉得希罕了。最可爱的是另外的一样，叫作“万花筒”，是一个小小的长圆筒，外糊花纸，两端嵌着玻璃，从孔子较小的一端向明一望，那可真是猗欤休哉，里面竟有许多五颜六色，希奇古怪的花朵，而这些花朵的模样，都是非常整齐巧妙，为实际的花朵丛中所看不见的。况且奇迹还没有完，如果看得厌了，只要将手一摇，那里面就又变了另外的花样，随摇随变，不会雷同，语所谓“层出不穷”者，大概就是“此之谓也”罢。

然而我也如别的一切小孩——但天才不在此例——一样，要探

_____

① 朱熹（1130—1200）　字元晦，婺源（今属江西）人，宋代理学家。撰有《四书集注》等。

检这奇境了。我于是背着大人，在僻远之地，剥去外面的花纸，使它露出难看的纸版来；又挖掉两端的玻璃，就有一些五色的通草丝和小片落下；最后是撕破圆筒，发见了用三片镜玻璃条合成的空心的三角。花也没有，什么也没有，想做它复原，也没有成功，这就完结了。我真不知道惋惜了多少年，直到做过了五十岁的生日，还想找一个来玩玩，然而好像究竟没有孩子时候的勇猛了，终于没有特地出去买。否则，从竖着各种旗帜的"文学家"看来，又成为一条罪状，是无疑的。

现在的办法，譬如半岁或一岁种过痘，要稳当，是四五岁时候必须再种一次的。但我是前世纪的人，这有办得这么周密，到第二，第三次的种痘，已是二十多岁，在日本的东京了，第二次红了一红，第三次毫无影响。

最末的种痘，是十年前，在北京混混的时候。那时也在世界语专门学校①里教几点钟书，总该是天花流行了罢，正值我在讲书的时间内，校医前来种痘了。我是一向煽动人们种痘的，而这学校的学生们，也真是令人吃惊。都已二十岁左右了，问起来，既未出过天花，也没有种过牛痘的多得很。况且去年还有一个实例，是颇为漂亮的某女士缺课两月之后，再到学校里来，竟变换了一副面目，肿而且麻，几乎不能认识了；还变得非常多疑而善怒，和她说话之际，简直连微笑也犯忌，因为她会疑心你在暗笑她，所以我总是十分小心，庄严，谨慎。自然，这情形使某种人批评起来，也许又会说是我在用冷静的方法，进攻女学生的。但不然，老实说罢，即使原是我的爱人，这时也实在使我有些"进退维谷"，因为柏拉图式的恋爱论②，我是能看，能言，而不能行的。

不过一个好好的人，明明有妥当的方法，却偏要使细菌到自己的身体里来繁殖一通，我实在以为未免太近于固执；倒也不是想大家生得漂亮，给我可以冷静的进攻。总之，我在讲堂上就又竭力煽动了，然而困难得很，因为大家说种痘是痛的。再四磋商的结果，终于公举我首先种痘，作为青年的模范，于是我就成了群众所推戴的领袖，率领了青年军，浩浩荡荡，奔向校医室里来。

---

① **世界语专门学校**　1923 年在北京成立。鲁迅于 1923 年 9 月至 1925 年 3 月在该校义务授课。

② **柏拉图式的恋爱论**　指古希腊哲学家柏拉图在所著《邦国篇》中宣扬的精神恋爱论。

虽是春天，北京却还未暖和的，脱去衣服，点上四粒豆浆，又赶紧穿上衣服，也很费一点时光。但等我一面扣衣，一面转脸去看时，我的青年军已经溜得一个也没有了。

自然，牛痘在我身上，也还是一粒也没有出。

但也不能就决定我对于牛痘已经决无感应，因为这校医和他的痘浆，实在令我有些怀疑。他虽是无政府主义者，博爱主义者，然而托他医病，却是不能十分稳当的。也是这一年，我在校里教书的时候，自己觉得发热了，请他诊察之后，他亲爱的说道：

"你是肋膜炎，快回去躺下，我给你送药来。"

我知道这病是一时难好的，于生计大有碍，便十分忧愁，连忙回去躺下了，等着药，到夜没有来，第二天又焦灼的等了一整天，仍无消息。夜里十时，他到我寓里来了，恭敬的行礼：

"对不起，对不起，我昨天把药忘记了，现在特地来赔罪的。"

"那不要紧。此刻吃罢。"

"阿呀呀！药，我可没有带了来？……"

他走后，我独自躺着想，这样的医治法，肋膜炎是决不会好的。第二天的上午，我就坚决的跑到一个外国医院去，请医生详细诊察了一回，他终于断定我并非什么肋膜炎，不过是感冒。我这才放了心，回寓后不再躺下，因此也疑心到他的痘浆，可真是有效的痘浆，然而我和牛痘，可是那一回要算最后的关系了。

直到一九三二年一月中，我才又遇到了种痘的机会。那时我们从闸北火线上逃到英租界的一所旧洋房里，虽然楼梯和走廊上都挤满了人，因四近还是胡琴声和打牌声，真如由地狱上了天堂一样。过了几天，两位大人来查考了，他问明了我们的人数，写在一本簿子上，就昂然而去。我想，他是在造难民数目表，去报告上司的，现在大概早已告成，归在一个什么机关的档案里了罢。后来还来了一位公务人员，却是洋大人，他用了很流畅的普通语，劝我们从乡下逃来的人们，应该赶快种牛痘。

这样不化钱的种痘，原不妨伸出手去，占点便宜的，但我还睡在地板上，天气又冷，懒得起来，就加上几句说明，给了他拒绝。他略略一想，也就作罢了，还低了头看着地板，称赞我道：

"我相信你的话，我看你是有知识的。"

我也很高兴，因为我看我的名誉，在古今中外的医官的嘴上是都很好的。

但靠着做"难民"的机会，我也有了巡阅马路的工夫，在不意中，竟又看见万花筒了，听说还是某大公司的制造品。我的孩子是生后六个月就种痘的，像一个蚕蛹，用不着玩具的贿赂；现在大了一点，已有收受贡品的资格了，我就立刻买了去送他。然而很奇怪，我总觉得这一个远不及我的那一个，因为不但望进去总是昏昏沉沉，连花朵也毫不鲜明，而且总不见一个好模样。

　　我有时也会忽然想到儿童时代所吃的东西，好像非常有味，处境不同，后来永远吃不到了。但因为或一机会，居然能够吃到了的也有。然而奇怪的是味道并不如我所记忆的好，重逢之后，倒好像惊破了美丽的好梦，还不如永远的相思一般。我这时候就常常想，东西的味道是未必退步的，可是我老了，组织无不衰退，味蕾当然也不能例外，味觉的变钝，倒是我的失望的原因。

　　对于这万花筒的失望，我也就用了同样的解释。

　　幸而我的孩子也如我的脾气一样——但我希望他大起来会改变——他要探检这奇境了。首先撕去外面的花纸，露出来的倒还是十九世纪一样的难看的纸版，待到挖去一端的玻璃，落下来的却已经不是通草条，而是五色玻璃的碎片。围成三角形的三块玻璃也改了样，后面并非摆锡，只不过涂着黑漆了。

　　这时我才明白我的自责是错误的。黑玻璃虽然也能返光，却远不及镜玻璃之强；通草是轻的，易于支架起来，构成巨大的花朵，现在改用玻璃片，就无论怎样加以动摇，也只能堆在角落里，像一撮沙砾了。这样的万花筒，又怎能悦目呢？

　　整整的五十年，从地球年龄来计算，真是微乎其微，然而从人类历史上说，却已经是半世纪，柔石①丁玲他们，就活不到这么久。我幸而居然经历过了，我从这经历，知道了种痘的普及，似乎比十九世纪有些进步，然而万花筒的做法，却分明的大大的退步了。

六月三十日

（原刊 1933 年 8 月 1 日上海《文学》月刊第 1 卷第 2 号，后收入《集外集拾遗补编》）

---

　　①　**柔石（1902—1931）**　原名赵平复。"左联"作家，1931 年 2 月被国民党杀害。**丁玲（1904—1986）**，原名蒋冰之，湖南临澧人。"左联"作家。1933 年 5 月 14 日她在上海被捕，鲁迅作此文时，正误传她在南京遇害。

我谈"堕民"

六月二十九日的《自由谈》里，唐弢①先生曾经讲到浙东的堕民，并且据《堕民猥谈》②之说，以为是宋将焦光瓒的部属，因为降金，为时人所不齿，至明太祖③，乃榜其门曰"丐户"，此后他们遂在悲苦和被人轻蔑的环境下过着日子。

我生于绍兴，堕民是幼小时候所常见的人，也从父老的口头，听到过同样的他们所以成为堕民的缘起。但后来我怀疑了。因为我想，明太祖对于元朝，尚且不肯放肆④，他是决不会来管隔一朝代的降金的宋将的；况且看他们的职业，分明还有"教坊"或"乐户"⑤的余痕，所以他们的祖先，倒是明初的反抗洪武和永乐皇帝的忠臣义士⑥也说不定。还有一层，是好人的子孙会吃苦，卖国者的子孙却未必变成堕民的，举出最近便的例子来，则岳飞⑦的后裔还在杭

---

① **唐弢** 浙江镇海人，作家、文学史家。

② **《堕民猥谈》** 应作《堕民猥编》，作者不详。清代钱大昕编纂的《鄞县志》中，引录该书有关堕民的记载："堕民，谓之丐户……相传为宋罪俘之遗，故摈之。丐自言则云宋将焦光瓒部落，以叛宋投金故被斥。……元人名为怯怜户，明太祖定户籍，扁其门曰丐。……男子则捕蛙，卖饧……立冬打鬼胡，花帽鬼脸，钟鼓戏剧，种种沿门需索。其妇人则为人家挽发髻，剃妇面毛，习媒妁，伴良家新娶妇，梳发为髻。"（卷一《风俗》）

③ **明太祖** 即朱元璋（1328—1398），安徽凤阳人，元末农民起义领袖，1368年推翻元朝，建立明朝。

④ 明初对待元朝残余势力实行剿抚兼施的政策，如将捕捉到的元帝之子买的里八剌封为崇礼侯，遣使祭奠元主爱猷识理达腊等事。鲁迅说明太祖对元朝"不肯放肆"当指这类事情。

⑤ **"教坊"** 从唐代开始设立的掌管教练女乐的机构。"乐户"，封建时代罪人妻女被编入乐籍者，名称最早见于《魏书·刑罚志》。两者其实都是官妓，相沿到清代雍正年间才废止。

⑥ 朱元璋死后，皇太孙朱允炆继位，不久燕王朱棣造反，称永乐帝。忠于朱允炆而反对永乐皇帝的有景清、铁铉、方孝孺等，他们的家属和族人多遭杀戮或被贬为奴（未见有贬为堕民的记载）。反抗洪武（即明太祖）的忠臣义士，所指不详。

⑦ **岳飞（1103—1142）** 字鹏举，河南汤阴人，南宋爱国将领，被投降派宋高宗、秦桧杀害。

州看守岳王坟，可是过着很穷苦悲惨的生活，然而秦桧，严嵩①……的后人呢？……

不过我现在并不想翻这样的陈年账。我只要说，在绍兴的堕民，是一种已经解放了的奴才，这解放就在雍正年间罢②，也说不定。所以他们是已经都有别的职业的了，自然是贱业。男人们是收旧货，卖鸡毛，捉青蛙，做戏；女的则每逢过年过节，到她所认为主人的家里去道喜，有庆吊事情就帮忙，在这里留着奴才的皮毛，但事毕便走，而且有颇多的犒赏，就可见是曾经解放过的了。

每一家堕民所走的主人家是有一定的，不能随便走；婆婆死了，就使儿媳妇去，传给后代，恰如遗产的一般；必须非常贫穷，将走动的权利卖给了别人，这才和旧主人断绝了关系。假使你无端叫她不要来了，那就是等于给与她重大的侮辱。我还记得民国革命之后，我的母亲曾对一个堕民的女人说，"以后我们都一样了，你们可以不要来了。"不料她却勃然变色，愤愤的回答道："你说的是什么话？……我们是千年万代，要走下去的！"

就是为了一点点犒赏，不但安于做奴才，而且还要做更广泛的奴才，还得出钱去买做奴才的权利，这是堕民以外的自由人所万想不到的罢。

七月三日

（原刊 1933 年 7 月 6 日《申报·自由谈》，后收入《准风月谈》）

---

① 秦桧（1090—1155） 江宁（今南京）人，曾任南宋宰相。严嵩（1480—1567），江西分宜人。明世宗时曾任太子太师。两人都是祸国殃民的奸臣。

② 据清代蒋良骐《东华录》载：雍正元年（1723）九月"除绍兴府堕民丐籍"。

秋夜纪游

游光

秋已经来了，炎热也不比夏天小，当电灯替代了太阳的时候，我还是在马路上漫游。

危险？危险令人紧张，紧张令人觉到自己生命的力。在危险中漫游，是很好的。

租界也还有悠闲的处所，是住宅区。但中等华人的窟穴却是炎热的，吃食担，胡琴，麻将，留声机，垃圾桶，光着的身子和腿。相宜的是高等华人或无等洋人住处的门外，宽大的马路，碧绿的树，淡色的窗幔，凉风，月光，然而也有狗子叫。

我生长农村中，爱听狗子叫，深夜远吠，闻之神怡，古人之所谓"犬声如豹"① 者就是。倘或偶经生疏的村外，一声狂噑，巨獒跃出，也给人一种紧张，如临战斗，非常有趣的。

但可惜在这里听到的是吧儿狗。它躲躲闪闪，叫得很脆：汪汪！

我不爱听这一种叫。

我一面漫步，一面发出冷笑，因为我明白了使它闭口的方法，是只要去和它主子的管门人说几句话，或者抛给它一根肉骨头。这两件我还能的，但是我不做。

它常常要汪汪。

我不爱听这一种叫。

我一面漫步，一面发出恶笑了，因为我手里拿着一粒石子，恶笑刚敛，就举手一掷，正中了它的鼻梁。

呜的一声，它不见了。我漫步着，漫步着，在少有的寂寞里。

秋已经来了，我还是漫步着。叫呢，也还是有的，然而更加躲躲闪闪了，声音也和先前不同，距离也隔得远了，连鼻子都看不见。

① **"犬声如豹"**　语出唐代王维《山中与裴秀才迪书》，原作"深巷寒犬，吠声如豹"。

我不再冷笑，不再恶笑了，我漫步着，一面舒服的听着它那很脆的声音。

八月十四日

（原刊 1933 年 8 月 16 日《申报·自由谈》，后收入《准风月谈》）

喝　茶

　　某公司又在廉价了，去买了二两好茶叶，每两洋二角。开首泡了一壶，怕它冷得快，用棉袄包起来，却不料郑重其事的来喝的时候，味道竟和我一向喝着的粗茶差不多，颜色也很重浊。

　　我知道这是自己错误了，喝好茶，是要用盖碗的，于是用盖碗。果然，泡了之后，色清而味甘，微香而小苦，确是好茶叶。但这是须在静坐无为的时候的，当我正写着《吃教》的中途，拉来一喝，那好味道竟又不知不觉的滑过去，像喝着粗茶一样了。

　　有好茶喝，会喝好茶，是一种"清福"。不过要享这"清福"，首先就须有工夫，其次是练习出来的特别的感觉。由这一极琐屑的经验，我想，假使是一个使用筋力的工人，在喉干欲裂的时候，那么，即使给他龙井芽茶，珠兰窨片，恐怕他喝起来也未必觉得和热水有什么大区别罢。所谓"秋思"，其实也是这样的，骚人墨客，会觉得什么"悲哉秋之为气也"①，风雨阴晴，都给他一种刺戟，一方面也就是一种"清福"，但在老农，却只知道每年的此际，就要割稻而已。

　　于是有人以为这种细腻锐敏的感觉，当然不属于粗人，这是上等人的牌号。然而我恐怕也正是这牌号就要倒闭的先声。我们有痛觉，一方面是使我们受苦的，而一方面也使我们能够自卫。假使没有，则即使背上被人刺了一尖刀，也将茫无知觉，直到血尽倒地，自己还不明白为什么倒地。但这痛觉如果细腻锐敏起来呢，则不但衣服上有一根小刺就觉得，连衣服上的接缝，线结，布毛都要觉得，倘不穿"无缝天衣"，他便要终日如芒刺在身，活不下去了。但假装锐敏的，自然不在此例。

　　感觉的细腻和锐敏，较之麻木，那当然算是进步的，然而以有

　　　　① "悲哉秋之为气也"　语见楚国诗人宋玉《九辩》。

夜记：其他散文作品

助于生命的进化为限。如果不相干，甚而至于有碍，那就是进化中的病态，不久就要收梢。我们试将享清福，抱秋心的雅人，和破衣粗食的粗人一比较，就明白究竟是谁活得下去。喝过茶，望着秋天，我于是想：不识好茶，没有秋思，倒也罢了。

九月三十日

（原刊 1933 年 10 月 2 日《申报·自由谈》，后收入《准风月谈》）

关于中国的两三件事

一　关于中国的火

希腊人所用的火，听说是在一直先前，普洛美修斯①从天上偷来的，但中国的却和它不同，是燧人氏②自家所发见——或者该说是发明罢。因为并非偷儿，所以拴在山上，给老雕去啄的灾难是免掉了，然而也没有普洛美修斯那样的被传扬，被崇拜。

中国也有火神的。但那可不是燧人氏，而是随意放火的莫名其妙的东西。

自从燧人氏发见，或者发明了火以来，能够很有味的吃火锅，点起灯来，夜里也可以工作了，但是，真如先哲之所谓"有一利必有一弊"罢，同时也开始了火灾，故意点上火，烧掉那有巢氏③所发明的巢的了不起的人物也出现了。

和善的燧人氏是该被忘却的。即使伤了食，这回是属于神农氏④的领域了，所以那神农氏，至今还被人们所记得。至于火灾，虽然不知道那发明家究竟是什么人，但祖师总归是有的，于是没有法，只好漫称之曰火神，而献以敬畏。看他的画像，是红面孔，红胡须，不过祭祀的时候，却须避去一切红色的东西，而代之以绿色。他大约像西班牙的牛一样，一看见红色，便会亢奋起来，做出一种可怕的行动的。⑤

他因此受着崇祀。在中国，这样的恶神还很多。

---

①　**普洛美修斯**　通译普罗米修斯，希腊种话中的神。相传他从主神宙斯处偷火种给人类，受到宙斯惩罚，被钉在高加索山的岩石上任神鹰啄食。

②　**燧人氏**　中国传说的古代帝王，发明钻木取火，教人熟食。

③　**有巢氏**　中国传说的古代帝王，发明在树上巢居而住的人。

④　**神农氏**　中国传说的古代帝王，发明农具，教人耕种，又说他尝百草，发现草药。

⑤　指西班牙斗牛风俗，斗牛士执红布对牛撩拨，引牛向他攻击，然后搏斗。

然而，在人世间，倒似乎因了他们而热闹。赛会①也只有火神的，燧人氏的却没有。倘有火灾，则被灾的和邻近的没有被灾的人们，都要祭火神，以表感谢之意。被了灾还要来表感谢之意，虽然未免有些出于意外，但若不祭，据说是第二回还会烧，所以还是感谢了的安全。而且也不但对于火神，就是对于人，有时也一样的这么办，我想，大约也是礼仪的一种罢。

　　其实，放火，是很可怕的，然而比起烧饭来，却也许更有趣。外国的事情我不知道，若在中国，则无论查检怎样的历史，总寻不出烧饭和点灯的人们的列传来。在社会上，即使怎样的善于烧饭，善于点灯，也毫没有成为名人的希望。然而秦始皇一烧书，至今还俨然做着名人，至于引为希特拉②烧书事件的先例。假使希特拉太太善于开电灯，烤面包罢，那么，要在历史上寻一点先例，恐怕可就难了。但是，幸而那样的事，是不会哄动一世的。

　　烧掉房子的事，据宋人的笔记说，是开始于蒙古人的。因为他们住着帐篷，不知道住房子，所以就一路的放火③。然而，这是诳话。蒙古人中，懂得汉文的很少，所以不来更正的。其实，秦的末年就有着放火的名人项羽④在，一烧阿房宫，便天下闻名，至今还会在戏台上出现，连在日本也很有名。然而，在未烧以前的阿房宫里每天点灯的人们，又有谁知道他们的名姓呢？

　　现在是爆裂弹呀，烧夷弹呀之类的东西已经做出，加以飞机也很进步，如果要做名人，就更加容易了。而且如果放火比先前放得大，那么，那人就也更加受尊敬，从远处看去，恰如救世主一样，而那火光，便令人以为是光明。

二　关于中国的王道

　　在前年，曾经拜读过中里介山⑤氏的大作《给支那及支那国民的信》。只记得那里面说，周汉都有着侵略者的资质。而支那人都讴歌

---

　　①　**赛会**　旧俗中酬神祈福的活动，常用仪仗、鼓乐等迎神出庙，周游街巷。

　　②　**希特拉**　通译希特勒（A. Hitler，1889—1945），纳粹德国元首。

　　③　据宋代庄季裕《鸡肋编》载："靖康之后，金虏侵略中国，露居异俗，凡所经过，尽皆焚爇。"

　　④　**项羽（前232—前202）**　下相（今江苏宿迁）人，秦末农民起义领袖。他攻破咸阳后，曾火烧秦朝宫殿阿房宫，大火三月不灭。

　　⑤　**中里介山（1885—1944）**　日本通俗小说家。著有历史小说《大菩萨峠》等。

他，欢迎他了。连对于朔北的元和清，也加以讴歌了。只要那侵略，有着安定国家之力，保护民生之实，那便是支那人民所渴望的王道，于是对于支那人的执迷不悟之点，愤慨得非常。

那"信"，在满洲出版的杂志上，是被译载了的，但因为未曾输入中国，所以像是回信的东西，至今一篇也没有见。只在去年的上海报上所载的胡适①博士的谈话里，有的说，"只有一个方法可以征服中国，即彻底停止侵略，反过来征服中国民族的心。"不消说，那不过是偶然的，但也有些令人觉得好像是对于那信的答复。

征服中国民族的心，这是胡适博士给中国之所谓王道所下的定义，然而我想，他自己恐怕也未必相信自己的话的罢。在中国，其实是彻底的未曾有过王道，"有历史癖和考据癖"的胡博士，该是不至于不知道的。

不错，中国也有过讴歌了元和清的人们，但那是感谢火神之类，并非连心也全被征服了的证据。如果给与一个暗示，说是倘不讴歌，便将更加虐待，那么，即使加以或一程度的虐待，也还可以使人们来讴歌。四五年前，我曾经加盟于一个要求自由的团体，而那时的上海教育局长陈德征②氏勃然大怒道，在三民主义的统治之下，还觉得不满么？那可连现在所给与着的一点自由也要收起了。而且，真的是收起了的。每当感到比先前更不自由的时候，我一面佩服着陈氏的精通王道的学识，一面有时也不免想，真该是讴歌三民主义的。然而，现在是已经太晚了。

在中国的王道，看去虽然好像是和霸道对立的东西，其实却是兄弟，③ 这之前和之后，一定要有霸道跑来的。人民之所讴歌，就为了希望霸道的减轻，或者不更加重的缘故。

汉的高祖④，据历史家说，是龙种，但其实是无赖出身，说是侵

① 胡适（1891—1962） 字适之，安徽绩溪人。作家、文学史家。

② 陈德征 浙江浦江人，原为弥洒社成员，1927 年后依附国民党右派，任国民党上海市党部主任委员等职。

③ 中国古代对"王道"与"霸道"说法颇多，《孟子·公孙丑》载孟轲话说："以力假仁者霸，霸必有大国；以德行仁者王，王不待大"，他是肯定王道，否定霸道的。又《汉书·元帝纪》中有"汉家自有制度，本以霸王道杂之"的话，认为王道与霸道总是交替使用。

④ 汉的高祖 即刘邦（前247—前195），江苏沛县人，秦末农民起义领袖，汉朝的建立者。据《史记·高祖本纪》载，刘邦之母在大泽边梦与神遇，有蛟龙附身。遂受孕。还说刘邦"不事家人生产作业……好酒及色"等。

略者，恐怕有些不对的。至于周的武王①，则以征伐之名入中国，加以和殷似乎连民族也不同，用现代的话来说，那可是侵略者。然而那时的民众的声音，现在已经没有留存了。孔子和孟子确曾大大的宣传过那王道，但先生们不但是周朝的臣民而已，并且周游历国，有所活动，所以恐怕是为了想做官也难说。说得好看一点，就是因为要"行道"，倘做了官，于行道就较为便当，而要做官，则不如称赞周朝之为便当的。然而，看起别的记载来，却虽是那王道的祖师而且专家的周朝，当讨伐之初，也有伯夷和叔齐扣马而谏②，非拖开不可；纣的军队也加反抗，非使他们的血流到漂杵③不可。接着是殷民又造了反，虽然特别称之曰"顽民"④，从王道天下的人民中除开，但总之，似乎究竟有了一种什么破绽似的。好个王道，只消一个顽民，便将它弄得毫无根据了。

儒士和方士，是中国特产的名物。方士的最高理想是仙道，儒士的便是王道。但可惜的是这两件在中国终于都没有。据长久的历史上的事实所证明，则倘说先前曾有真的王道者，是妄言，说现在还有者，是新药。孟子生于周季，所以以谈霸道为羞⑤，倘使生于今日，则跟着人类的智识范围的展开，怕要羞谈王道的罢。

三　关于中国的监狱

我想，人们是的确由事实而从新省悟，而事情又由此发生变化的。从宋朝到清朝的末年，许多年间，专以代圣贤立言的"制艺"⑥这一种烦难的文章取士，到得和法国打了败仗⑦，这才省悟了这方法的错误。于是派留学生到西洋，开设兵器制造局，作为那改正的手

---

① **周的武王**　姓姬名发，公元前11世纪率兵灭殷建立周朝。

② **伯夷和叔齐扣马而谏**　据《史记·伯夷列传》载，伯夷和叔齐是殷末孤竹国君的两个儿子，周武王伐纣时，二人叩马而谏，说"以臣弑君，可谓仁乎"。武王虽称二人为"义人"，却并没听他们的劝告。

③ **血流漂杵**　据《尚书·武成》载，周武王与殷纣王会战于牧野，纣王兵败，纷纷倒戈，自相践踏，死伤无数，血流漂杵。

④ **顽民**　指周朝治下仍追随殷纣王之子武庚进行叛乱活动的殷朝贵族和遗民。

⑤ **以谈霸道为羞**　据《孟子·梁惠王》："齐宣王问曰：'齐桓、晋文之事，可得闻乎？'孟子对曰：'仲尼之徒，无道桓、文之事者，是以后世无传焉，臣未之闻也。'"

⑥ **制艺**　古代科举考试所规定的文体，明、清两代一般指八股文。

⑦ 指1884年至1885年的中法战争。结果清政府与法国签定了不平等的《中法新约》。

段。省悟到这还不够，是在和日本打了败仗之后①，这回是竭力开起学校来。于是学生们年年大闹了。从清朝倒掉，国民党掌握政权的时候起，才又省悟了这错误，作为那改正的手段的，是除了大造监狱之外，什么也没有了。

在中国，国粹式的监狱，是早已各处都有的，到清末，就也造了一点西洋式，即所谓文明式的监狱。那是为了示给旅行到此的外国人而建造，应该与为了和外国人好互相应酬，特地派出去，学些文明人的礼节的留学生，属于同一种类的。托了这福，犯人的待遇也还好，给洗澡，也给一定分量的饭吃，所以倒是颇为幸福的地方。但是，就在两三礼拜前，政府因为要行仁政了，还发过一个不准克扣囚粮的命令。从此以后，可更加幸福了。

至于旧式的监狱，则因为好像是取法于佛教的地狱的，所以不但禁锢犯人，此外还有给他吃苦的职掌。挤取金钱，使犯人的家属穷到透顶的职掌，有时也会兼带的。但大家都以为应该。如果有谁反对罢，那就等于替犯人说话，便要受恶党的嫌疑。然而文明是出奇的进步了，所以去年也有了提倡每年该放犯人回家一趟，给以解决性欲的机会的，颇是人道主义气味之说的官吏。② 其实，他也并非对于犯人的性欲，特别表着同情，不过因为总不愁竟会实行的，所以也就高声嚷一下，以见自己的作为官吏的存在。然而舆论颇为沸腾了。有一位批评家，还以为这么一来，大家便要不怕牢监，高高兴兴的进去了，很为世道人心愤慨了一下。③ 受了所谓圣贤之教那么久，竟还没有那位官吏的圆滑，固然也令人觉得诚实可靠，然而他的意见，是以为对于犯人，非加虐待不可，却也因此可见了。

从别一条路想，监狱确也并非没有不像以"安全第一"为标语的人们的理想乡的地方。火灾极少，偷儿不来，土匪也一定不来抢。即使打仗，也决没有以监狱为目标，施行轰炸的傻子；即使革命，

----

① 指 1894 年至 1895 年的中日战争（即甲午战争）。清政府战败后被迫签订了丧权辱国的《马关条约》。

② 1933 年 4 月 4 日《申报》"南京专电"称："司法界某要人谈……壮年犯之性欲问题，依照理论，人民犯罪，失去自由，而性欲不在剥夺之列，欧美文明国家，定有犯人假期……每年得请假返家五天或七天，解决其性欲。"

③ 1933 年 8 月 20 日出版的《十日谈》第 2 期载郭明《自由监狱》一文，其中说："最近司法当局复有关于囚犯性欲问题之讨论……本来，囚禁制度……是国家给予犯罪者一个自省而改过的机会……监狱痛苦尽人皆知，不法犯罪，乃自讨苦吃，百姓既有戒心，或者可以不敢犯法；对付小人，此亦天机一条也。"

有释放囚犯的例，而加以屠戮的是没有的。当福建独立①之初，虽有说是释放犯人，而一到外面，和他们自己意见不同的人们倒反而失踪了的谣言，然而这样的例子，以前是未曾有过的。总而言之，似乎也并非很坏的处所。只要准带家眷，则即使不是现在似的大水，饥荒，战争，恐怖的时候，请求搬进去住的人们，也未必一定没有的。于是虐待就成为必不可少了。

牛兰②夫妇，作为赤化宣传者而关在南京的监狱里，也绝食了三四回了，可是什么效力也没有。这是因为他不知道中国的监狱的精神的缘故。有一位官员诧异的说过：他自己不吃，和别人有什么关系呢？岂但和仁政并无关系而已呢，省些食料，倒是于监狱有益的。甘地③的把戏，倘不挑选兴行场④，就毫无成效了。

然而，在这样的近于完美的监狱里，却还剩着一种缺点。至今为止，对于思想上的事，都没有很留心。为要弥补这缺点，是在近来新发明的叫作"反省院"的特种监狱里，施着教育。我还没有到那里面去反省过，所以并不知道详情，但要而言之，好像是将三民主义时时讲给犯人听，使他反省着自己的错误。听人说，此外还得做排击共产主义的论文。如果不肯做，或者不能做，那自然，非终身反省不可了，而做得不够格，也还是非反省到死则不可。现在是进去的也有，出来的也有，因为听说还得添造反省院，可见还是进去的多了。考完放出的良民，偶尔也可以遇见，但仿佛大抵是萎靡不振，恐怕是在反省和毕业论文上，将力气使尽了罢。那前途，是在没有希望这一面的。

（原刊日本 1934 年 3 月号《改造》月刊，系日文，题为《火，王道，监狱》。后由作者译成中文，收入《且介亭杂文》）

---

① **福建独立** 指 1933 年 11 月的福建事变。1932 年在上海抗击日军侵略的十九路军，被蒋介石调往福建进行内战。该军广大官兵不愿与红军作战，并反对蒋介石投降日本的政策。1933 年 11 月，十九路军将领联合国民党内一部分势力，在福建成立"中华共和国人民革命政府"，并与红军成立抗日反蒋协定，但不久就在蒋介石兵力压迫下失败。

② **牛兰（Naulen）** 即保罗·鲁埃格，原籍波兰，"泛太平洋产业同盟"上海办事处秘书，共产国际驻中国工作人员。1931 年 6 月 17 日牛兰夫妇被国民党政府拘捕，一年后以"危害民国"罪受审，牛兰为此进行了绝食斗争。宋庆龄、蔡元培等曾组织营救。1937 年出狱。

③ **甘地（M. Gandhi, 1869—1948）** 印度民族独立领袖，多次被英国殖民政府监禁，在狱中数度以绝食表示反抗。

④ **兴行场** 日语，戏场的意思。

买《小学大全》记

线装书真是买不起了。乾隆时候的刻本的价钱，几乎等于那时的宋本。明版小说，是五四运动以后飞涨的；从今年起，洪运怕要轮到小品文身上去了。至于清朝禁书①，则民元革命后就是宝贝，即使并无足观的著作，也常要百余元至数十元。我向来也走走旧书坊，但对于这类宝书，却从不敢作非分之想。端午节前，在四马路一带闲逛，竟无意之间买到了一种，曰《小学大全》，共五本，价七角，看这名目，是不大有人会欢迎的，然而，却是清朝的禁书。

这书的编纂者尹嘉铨，博野人；他父亲尹会一②，是有名的孝子，乾隆皇帝曾经给过褒扬的诗。他本身也是孝子，又是道学家，官又做到大理寺卿③稽察觉罗学。还请令旗籍④子弟也讲读朱子⑤的《小学》，而"荷蒙朱批：所奏是。钦此。"这部书便成于两年之后的，加疏的《小学》六卷，《考证》和《释文》，《或问》各一卷，《后编》二卷，合成一函，是为《大全》。也曾进呈，终于在乾隆四十二年九月十七日奉旨："好！知道了。钦此。"那明明是得了皇帝的嘉许的。

到乾隆四十六年，他已经致仕回家了，但真所谓"及其老也，

---

① **清朝禁书** 清政府实行文化统制，在编纂《四库全书》时，将认为内容"悖谬"和有"违碍字句"的书，都分别"销毁"和"撤毁"（即"全毁"和"抽毁"）。"禁书"即指这些应毁的书。

② **尹会一（1691—1748）** 字元孚，清代道学家，官至吏部侍郎。

③ **大理寺卿** 中央审判机关的主管长官，在清代官制中为"正三品"。**稽察觉罗学**，即清朝皇族旁支弟学校的主管。

④ **旗籍** 清代满族军事、生产合一的户籍编制单位，共分八旗。此外另设蒙八旗和汉八旗。

⑤ **朱子** 即朱熹（1130—1200），婺源（今属江西）人，宋代理学家。《小学》，朱熹、刘子澄编，辑录古书中的片段而成。

戒之在得①"罢，虽然欲得的乃是"名"，也还是一样的招了大祸。这年三月，乾隆行经保定，尹嘉铨便使儿子送了一本奏章，为他的父亲请谥，朱批是"与谥乃国家定典，岂可妄求。此奏本当交部治罪，念汝为父私情，姑免之。若再不安分家居，汝罪不可逭矣！钦此。"不过他豫先料不到会碰这样的大钉子，所以接着还有一本，是请许"我朝"名臣汤斌范文程李光地顾八代张伯行②等从祀孔庙，"至于臣父尹会一，既蒙御制诗章褒嘉称孝，已在德行之科，自可从祀，非臣所敢请也。"这回可真出了大岔子，三月十八日的朱批是："竟大肆狂吠，不可恕矣！钦此。"

乾隆时代的一定办法，是凡以文字获罪者，一面拿办，一面就查抄，这并非着重他的家产，乃在查看藏书和另外的文字，如果别有"狂吠"，便可以一并治罪。因为乾隆的意见，是以为既敢"狂吠"，必不止于一两声，非彻底根究不可的。尹嘉铨当然逃不出例外，和自己的被捕的同时，他那博野的老家和北京的寓所，都被查抄了。藏书和别项著作，实在不少，但其实也并无什么干碍之作。不过那时是决不能这样就算的，经大学士三宝③等再三审讯之后，定为"相应请旨将尹嘉铨照大逆律凌迟处死"，幸而结果很宽大："尹嘉铨著加恩免其凌迟之罪，改为处绞立决，其家属一并加恩免其缘坐"就完结了。

这也还是名儒兼孝子的尹嘉铨所不及料的。

这一回的文字狱，只绞杀了一个人，比起别的案子来，决不能算是大狱，但乾隆皇帝却颇费心机，发表了几篇文字。从这些文字和奏章（均见《清代文字狱档》第六辑）看来，这回的祸机虽然发于他的"不安分"，但大原因，却在既以名儒自居，又请将名臣从祀：这都是大"不可恕"的地方。清朝虽然尊崇朱子，但止于"尊崇"，却不许"学样"，因为一学样，就要讲学，于是而有学说，于是而有门徒，于是而有门户，于是而有门户之争，这就足为"太平盛世"之累。况且以这样的"名儒"而做官，便不免以"名臣"自居，"妄自尊大"。乾隆是不承认清朝会有"名臣"的，他自己是

---

① "及其老也，戒之在得" 语见《论语·季氏》。

② 汤斌（1627—1687）官至礼部尚书。范文程（1597—1666），官至大学士，太傅兼太子太师。李光地（1642—1718），官至文渊阁大学士。顾八代（？—1709），官至礼部尚书。张伯行（1651—1725），官至礼部尚书。

③ 三宝（？—1784）满洲正红旗人，乾隆时官至东阁大学士。

"英主"，是"明君"，所以在他的统治之下，不能有奸臣，既没有特别坏的奸臣，也就没有特别好的名臣，一律都是不好不坏，无所谓好坏的奴子。①

特别攻击道学先生，所以是那时的一种潮流，也就是"圣意"。我们所常见的，是纪昀②总纂的《四库全书总目提要》和自著的《阅微草堂笔记》里的时时的排击。这就是迎合着这种潮流的，倘以为他秉性平易近人，所以憎恨了道学先生的谿刻，那是一种误解。大学士三宝们也很明白这潮流，当会审尹嘉铨时，曾奏道："查该犯如此狂悖不法，若即行定罪正法，尚不足以泄公愤而快人心。该犯曾任三品大员，相应遵例奏明，将该犯严加夹讯，多受刑法，问其究属何心，录取供词，具奏，再请旨立正典刑，方足以照炯戒。"后来究竟用了夹棍没有，未曾查考，但看所录供词，却于用他的"丑行"来打倒他的道学的策略，是做得非常起劲的。现在抄三条在下面——

　　问：尹嘉铨！你所书李孝女暮年不字事一篇，说"年逾五十，依然待字，吾妻李恭人闻而贤之，欲求淑女以相助，仲女固辞不就"等语。这处女既立志不嫁，已年过五旬，你为何叫你女人遣媒说合，要他做妾？这样没廉耻的事，难道是讲正经人干的么？据供：我说的李孝女年逾五十，依然待字，原因素日间知道雄县有个姓李的女子，守贞不字。吾女人要聘他为妾，我那时在京候补，并不知道；后来我女人告诉我，才知道的，所以替他做了这篇文字，要表扬他，实在我并没有见过他的面。但他年过五十，我还将要他做妾的话，做在文字内，这就是我廉耻丧尽，还有何辩。

　　问：你当时在皇上跟前讨赏翎子，说是没有翎子，就回去见不得你妻小。你这假道学怕老婆，到底皇上没有给你翎子，你如何回去的呢？据供：我当初在家时，曾向我妻子说过，要见皇上讨翎子，所以我彼时不辞冒昧，就妄求恩典，原想得了翎子回家，可以夸耀。后来皇上没有赏我，我回到家里，实在

────────────

① 乾隆的上述言论分别见他的《尹嘉铨免其凌迟之罪谕》和《明辟尹嘉铨标榜之罪谕》。

② 纪昀（1724—1805）　字晓岚，河北献县人，清代文学家。官至礼部尚书，曾任《四库全书》总纂官。《四库全书总目提要》，二百卷，是《四库全书》的书目题解。《阅微草堂笔记》，纪昀著笔记小说，五种二十四卷。

觉得害羞，难见妻子。这都是我假道学，怕老婆，是实。

问：你女人平日妒悍，所以替你娶妾，也要娶这五十岁女人给你，知道这女人断不肯嫁，他又得了不妒之名。总是你这假道学居常做惯这欺世盗名之事，你女人也学了你欺世盗名。你难道不知道么？供：我女人要替我讨妾，这五十岁李氏女子既已立志不嫁，断不肯做我的妾，我女人是明知的，所以借此要得不妒之名。总是我平日所做的事，俱系欺世盗名，所以我女人也学做此欺世盗名之事，难逃皇上洞鉴。

还有一件要紧事是销毁和他有关的书。他的著述也真太多，计应"销毁"者有书籍八十六种，石刻七种，都是著作；应"撤毁"者有书籍六种，都是古书，而有他的序跋。《小学大全》虽不过"疏辑"，然而是在"销毁"之列的。①

但我所得的《小学大全》，却是光绪二十二年开雕，二十五年刊竣，而"宣统丁巳"（实是中华民国六年）重校的遗老本，有张锡恭跋云："世风不古若矣，愿读是书者，有以转移之。……"又有刘安涛跋云："晚近凌夷，益加甚焉，异言喧豗，显与是书相悖，一唱百和，……驯致家与国均蒙其害，唐虞三代以来先圣先贤蒙以养正之遗意，扫地尽矣。剥极必复，天地之心见焉。……"为了文字狱，使士子不敢治史，尤不敢言近代事，但一面却也使昧于掌故，乾隆朝所竭力"销毁"的书，虽遗老也不复明白，不到一百三十年，又从新奉为宝典了。这莫非也是"剥极必复"②么？恐怕是遗老们的乾隆皇帝所不及料的罢。

但是，清的康熙，雍正和乾隆三个，尤其是后两个皇帝，对于"文艺政策"或说得较大一点的"文化统制"③，却真尽了很大的努力的。文字狱不过是消极的一方面，积极的一面，则如钦定四库全书④，

---

① 关于销毁《小学大全》，乾隆四十六年（1781）五月"上谕"。"如《小学》等书，本系前人著述、原可毋庸销毁，惟其中有经该犯（指尹嘉铨）疏解编辑及有序跋者，即当一体销毁。"

② **"剥极必复"** "剥""复"是《易经》中的两个卦名，《剥卦》之后就是《复卦》，所以说"剥极必复"。

③ 加着重号的文字是作者讽刺国民党的文艺政策之语，发表时都被删去。

④ **四库全书** 清乾隆三十七年（1772）设馆纂修，十年完成。收书三五○三种，七九三三七卷，分经、史、子、集四部。

于汉人的著作，无不加以取舍，所取的书，凡有涉及金元之处者，又大抵加以修改，作为定本。此外，对于"七经"，"二十四史"，《通鉴》①，文士的诗文，和尚的语录，也都不肯放过，不是鉴定，便是评选，文苑中实在没有不被蹂躏的处所了。而且他们是深通汉文的异族的君主，以胜者的看法，来批评被征服的汉族的文化和人情，也鄙夷，但也恐惧，有苛论，但也有确评，文字狱只是由此而来的辣手的一种，那成果，由满洲这方面言，是的确不能说它没有效的。

现在这影响好像是淡下去了，遗老们的重刻《小学大全》，就是一个证据，但也可见被愚弄了的性灵，又终于并不清醒过来。近来明人小品，清代禁书，市价之高，决非穷读书人所敢窥觎，但《东华录》，《御批通鉴辑览》，《上谕八旗》，《雍正朱批谕旨》②……等，却好像无人过问，其低廉为别的一切大部书所不及。倘有有心人加以收集，一一钩稽，将其中的关于驾御汉人，批评文化，利用文艺之处，分别排比，辑成一书，我想，我们不但可以看见那策略的博大和恶辣，并且还能够明白我们怎样受异族主子的驯扰，以及遗留至今的奴性的由来的罢。

自然，这决不及赏玩性灵文字③的有趣，然而借此知道一点演成了现在的所谓性灵的历史，却也十分有益的。

七月十日

（原刊 1934 年 8 月 5 日《新语林》半月刊第 3 期，后收入《且介亭杂文》）

---

① "七经"指《易》《书》《诗》《春秋》《周礼》《仪礼》和《礼记》，康熙、雍正、乾隆三朝加以注疏，合称《御纂七经》。**"二十四史"**，乾隆时规定的从《史记》到《明史》的二十四部史书，称《钦定二十四史》。**《通鉴》**，宋代司马光等编纂的编年体史书，名《资治通鉴》，乾隆命臣下编成自上古至明末的另一部史书，称《御批通鉴辑览》。
② **《东华录》** 清代蒋良骐编，三十二卷，是清朝前期文献史料的辑录，后有多人增补扩编。**《上谕八旗》**，雍正朝关于八旗政务的谕旨和奏议的汇编。**《雍正朱批谕旨》**，经雍正批阅的"臣工"二百余人的奏折。
③ **性灵文字** 指当时林语堂提倡"性灵"的文章。

忆韦素园君

我也还有记忆的，但是，零落得很。我自己觉得我的记忆好像被刀刮过了的鱼鳞，有些还留在身体上，有些是掉在水里了，将水一搅，有几片还会翻腾，闪烁，然而中间混着血丝，连我自己也怕得因此污了赏鉴家的眼目。

现在有几个朋友要纪念韦素园①君，我也须说几句话。是的，我是有这义务的。我只好连身外的水也搅一下，看看泛起怎样的东西来。

怕是十多年之前了罢，我在北京大学做讲师，有一天，在教师豫备室里遇见了一个头发和胡子统统长得要命的青年，这就是李霁野②。我的认识素园，大约就是霁野绍介的罢，然而我忘记了那时的情景。现在留在记忆里的，是他已经坐在客店的一间小房子里计画出版了。

这一间小房子，就是未名社③。

那时我正在编印两种小丛书，一种是《乌合丛书》，专收创作，一种是《未名丛刊》，专收翻译，都由北新书局出版。出版者和读者的不喜欢翻译书，那时和现在也并不两样，所以《未名丛刊》是特别冷落的。恰巧，素园他们愿意绍介外国文学到中国来，便和李小峰④

---

① 韦素园（1902—1932）　安徽霍丘人，未名社成员。译有果戈理小说《外套》，俄国短篇小说集《最后的光芒》等。

② 李霁野　安徽霍丘人，未名社成员。著有小说集《影》，译有安德列夫《往星中》等。

③ 未名社　文学团体。1925 年秋成立于北京，主要成员有鲁迅、韦素园、曹靖华、李霁野、台静农等。先后出版过《莽原》半月刊、《未名半月刊》《未名丛刊》及《未名新集》等。1931 年因经济困难而无形解散。

④ 李小峰（1897—1971）　江苏江阴人。曾参加新潮社和语丝社，后为北新书局主持人。

商量，要将《未名丛刊》移出，由几个同人自办。小峰一口答应了，于是这一种丛书便和北新书局脱离。稿子是我们自己的，另筹了一笔印费，就算开始。因这丛书的名目，连社名也就叫了"未名"——但并非"没有名目"的意思，是"还没有名目"的意思，恰如孩子的"还未成丁"似的。

未名社的同人，实在并没有什么雄心和大志，但是，愿意切切实实的，点点滴滴的做下去的意志，却是大家一致的。而其中的骨干就是素园。

于是他坐在一间破小屋子，就是未名社里办事了，不过小半好像也因为他生着病，不能上学校去读书，因此便天然的轮着他守寨。

我最初的记忆是在这破寨里看见了素园，一个瘦小，精明，正经的青年，窗前的几排破旧外国书，在证明他穷着也还是钉住着文学。然而，我同时又有了一种坏印象，觉得和他是很难交往的，因为他笑影少。"笑影少"原是未名社同人的一种特色，不过素园显得最分明，一下子就能够令人感得。但到后来，我知道我的判断是错误了，和他也并不难于交往。他的不很笑，大约是因为年龄的不同，对我的一种特别态度罢，可惜我不能化为青年，使大家忘掉彼我，得到确证了。这真相，我想，霁野他们是知道的。

但待到我明白了我的误解之后，却同时又发见了一个他的致命伤：他太认真；虽然似乎沉静。然而他激烈。认真会是人的致命伤的么？至少，在那时以至现在，可以是的。一认真，便容易趋于激烈，发扬则送掉自己的命，沉静着，又啮碎了自己的心。

这里有一点小例子。——我们是只有小例子的。

那时候，因为段祺瑞总理和他的帮闲们的迫压，我已经逃到厦门，但北京的狐虎之威还正是无穷无尽。段派的女子师范大学校长林素园[①]，带兵接收学校去了，演过全副武行之后，还指留着的几个教员为"共产党"。这个名词，一向就给有些人以"办事"上的便利，而且这方法，也是一种老谱，本来并不希罕的。但素园却好像

---

① 林素园 福建人。1925 年 8 月，北洋政府教育部为镇压北京女子师范大学学潮，下令停办该校，另设北京女子学院师范部，林被任命为师范部学长，同年 9 月 5 日，他率军警入女师大实行武装接收。

激烈起来了，从此以后，他给我的信上，有好一晌竟憎恶"素园"两字而不用，改称为"漱园"。同时社内也发生了冲突，高长虹①从上海寄信来，说素园压下了向培良②的稿子，叫我讲一句话。我一声也不响。于是在《狂飙》上骂起来了，先骂素园，后是我。素园在北京压下了培良的稿子，却由上海的高长虹来抱不平，要在厦门的我去下判断，我颇觉得是出色的滑稽，而且一个团体，虽是小小的文学团体罢，每当光景艰难时，内部是一定有人起来捣乱的，这也并不希罕。然而素园却很认真，他不但写信给我，叙述着详情，还作文登在杂志上剖白。在"天才"们的法庭上，别人剖白得清楚的么？——我不禁长长的叹了一口气，想到他只是一个文人，又生着病，却这么拚命的对付着内忧外患，又怎么能够持久呢。自然，这仅仅是小忧患，但在认真而激烈的个人，却也相当的大的。

　　不久，未名社就被封③，几个人还被捕。也许素园已经咯血，进了病院了罢，他不在内。但后来，被捕的释放，未名社也启封了，忽封忽启，忽捕忽放，我至今还不明白这是怎么的一个玩意。

　　我到广州，是第二年——一九二七年的秋初④，仍旧陆续的接到他几封信，是在西山病院里，伏在枕头上写就的，因为医生不允许他起坐。他措辞更明显，思想也更清楚，更广大了，但也更使我担心他的病。有一天，我忽然接到一本书，是布面装订的素园翻译的《外套》⑤。我一看明白，就打了一个寒噤：这明明是他送给我的一个纪念品，莫非他已经自觉了生命的期限了么？

　　我不忍再翻阅这一本书，然而我没有法。

　　我因此记起，素园的一个好朋友也咯过血，一天竟对着素园咯

---

　　① **高长虹**（1898—?）　山西盂县人，狂飙社成员，1926 年 10 月高长虹在上海《狂飙》周刊第 2 期上发表《给鲁迅先生》的通信，其中说："接培良来信，说他同韦素园先生大起冲突，原因是为韦先生退还在歌的《剃刀》，又压下他的《冬天》……现在编辑《莽原》者，且甚至执行编辑之权威者，为韦素园先生也……然权威或可施之于他人，要不应施之于同伴也……今则态度显然，公然以'退还'加诸我等矣！刀搁头上矣！到了这时，我还能不出来一理论吗？"最后又对鲁迅说："你如果愿意说话时，我也想听一听你的意见。"

　　② **向培良**（1905—1961）　狂飙社成员，后依附国民党右派。

　　③ **未名社被封**　1928 年春，未名社出版的《文学与革命》（托洛斯基著，李霁野、韦素园译）一书在济南山东省立第一师范学校被扣。北京警察厅据山东军阀张宗昌电告，3 月 26 日查封未名社，捕去李霁野等三人。至十月启封。

　　④ 鲁迅到广州的时间为 1927 年 1 月 18 日，这里的记录有误。

　　⑤ **《外套》**　俄国作家果戈理著，中篇小说。

起来，他慌张失措，用了爱和忧急的声音命令道："你不许再吐了！"
我那时却记起了伊勃生的《勃兰特》①。他不是命令过去的人，从新
起来，却并无这神力，只将自己埋在崩雪下面的么？……

我在空中看见了勃兰特和素园，但是我没有话。

一九二九年五月末，我最以为侥幸的是自己到西山病院去，和
素园谈了天。他为了日光浴，皮肤被晒得很黑了，精神却并不萎顿。
我们和几个朋友都很高兴。但我在高兴中，又时时夹着悲哀：忽而
想到他的爱人，已由他同意之后，和别人订了婚；忽而想到他竟连
绍介外国文学给中国的一点志愿，也怕难于达到：忽而想到他在这
里静卧着，不知道他自以为是在等候全愈，还是等候灭亡；忽而想
到他为什么要寄给我一本精装的《外套》？……

壁上还有一幅陀思妥也夫斯基②的大画像。对于这先生，我是尊
敬，佩服的，但我又恨他残酷到了冷静的文章。他布置了精神上的
苦刑，一个个拉了不幸的人来，拷问给我们看。现在他用沉郁的眼
光，凝视着素园和他的卧榻，好像在告诉我：这也是可以收在作品
里的不幸的人。

自然，这不过是小不幸，但在素园个人，是相当的大的。

一九三二年八月一日晨五时半，素园终于病殁在北平同仁医院
里了，一切计画，一切希望，也同归于尽。我所抱憾的是因为避祸，
烧去了他的信札③，我只能将一本《外套》当作唯一的纪念，永远
放在自己的身边。

自素园病殁之后，转眼已是两年了，这其间，对于他，文坛上
并没有人开口。这也不能算是希罕的，他既非天才，也非豪杰，活
的时候，既不过在默默中生存，死了之后，当然也只好在默默中泯
没。但对于我们，却是值得记念的青年，因为他在默默中支持了未
名社。

---

① **勃兰特**　通译易卜生（H. lbsen, 1828—1906），挪威剧作家，《勃兰特》是他的
一部诗剧。

② **陀思妥也夫斯基（Ф. М. Достоевский, 1821—1881）**　俄国作家，著有《穷人》
《罪与罚》《卡拉玛卓夫兄弟》等。

③　1930 年，鲁迅因参加中国自由运动大同盟而被国民党当局通缉，次年又因柔石等
被捕，先后两次离家避祸，出走前烧毁了所存的信札。

未名社现在是几乎消灭了，那存在期，也并不长久。然而自素园经营以来，绍介了果戈理（N. Gogol），陀思妥也夫斯基（F. Dostoevsky），安特列夫（L. Andreev），绍介了望·蔼覃（F. van Eeden），绍介了爱伦堡（I. Ehrenburg）的《烟袋》和拉夫列涅夫（B. Lavrenev）的《四十一》①。还印行了《未名新集》②，其中有丛芜的《君山》；静农的《地之子》和《建塔者》，我的《朝华夕拾》，在那时候，也都还算是相当可看的作品。事实不为轻薄阴险小儿留情，曾几何年，他们就都已烟消火灭，然而未名社的译作，在文苑里却至今没有枯死的。

　　是的，但素园却并非天才，也非豪杰，当然更不是高楼的尖顶，或名园的美花，然而他是楼下的一块石材，园中的一撮泥土，在中国第一要他多。他不入于观赏者的眼中，只有建筑者和栽植者，决不会将他置之度外。

　　文人的遭殃，不在生前的被攻击和被冷落，一瞑之后，言行两亡，于是无聊之徒，谬托知己，是非蜂起，既以自衒，又以卖钱，连死尸也成了他们的沽名获利之具，这倒是值得悲哀的。现在我以这几千字纪念我所熟识的素园，但愿还没有营私肥己的处所，此外也别无话说了。

　　我不知道以后是否还有记念的时候，倘止于这一次，那么，素园，从此别了！

　　　　　　　　　一九三四年七月十六之夜，鲁迅记
　　（原刊 1934 年 10 月上海《文学》月刊第 3 卷第 4 号，后收入《且介亭杂文》）

---

　　①　未名社译介这些外国作家的作品均收入《未名丛刊》。它们是：俄国果戈理的小说《外套》（韦素园译），陀思妥也夫斯基的小说《穷人》（韦丛芜译），安德列夫的剧本《往星中》和《黑假面人》（李霁野译），荷兰望·蔼覃的童话《小约翰》（鲁迅译），苏联爱伦堡等的小说集《烟袋》（曹靖华选译），苏联拉甫列涅夫的小说《第四十一》（曹靖华译）。

　　②　《未名新集》，未名社出版的该社成员的文学创作丛刊。下文中的丛芜即韦丛芜，静农即台静农，均为未名社成员。

忆刘半农君

这是小峰出给我的一个题目。

这题目并不出得过分。半农①去世，我是应该哀悼的，因为他也是我的老朋友。但是，这是十来年前的话了，现在呢，可难说得很。

我已经忘记了怎么和他初次会面，以及他怎么能到了北京。他到北京，恐怕是在《新青年》投稿之后，由蔡子民②先生或陈独秀先生去请来的，到了之后，当然更是《新青年》里的一个战士。他活泼，勇敢，很打了几次大仗。譬如罢，答王敬轩的双鐄信③，"她"字和"牠"字的创造④，就都是的。这两件，现在看起来，自然是琐屑得很，但那是十多年前，单是提倡新式标点，就会有一大群人"若丧考妣"，恨不得"食肉寝皮"的时候，所以的确是"大仗"。现在的二十左右的青年，大约很少有人知道三十年前，单是剪下辫子就会坐牢或杀头的了。然而这曾经是事实。

但半农的活泼，有时颇近于草率，勇敢也有失之无谋的地方。但是，要商量袭击敌人的时候，他还是好伙伴，进行之际，心口并不相应，或者暗暗的给你一刀，他是决不会的。倘若失了算，那是因为没有算好的缘故。

《新青年》每出一期，就开一次编辑会，商定下一期的稿件。其时最惹我注意的是陈独秀和胡适之。假如将韬略比作一间仓库罢，

---

① **半农** 即刘半农（1891—1934），江苏江阴人。作家、语言学家，历任北京大学教授、北平大学女子文理学院长等。

② **蔡子民** 即蔡元培（1868—1940），号子民，浙江绍兴人，教育家。"五四"时任北京大学校长。

③ **双鐄信** 1918 年初，《新青年》为推动文学革命运动，由编者之一钱玄同化名王敬轩，搜集社会上复古派反对新文化运动的言论，写信给《新青年》编辑部，再由刘半农写回信逐一批驳。两封信同时发表在《新青年》第 4 卷第 3 号。

④ "她"字和"牠"字的创造，刘半农在 1920 年 6 月 6 日作《她字问题》，文中提出中国字中应增加"她"字作第三位阴性代词，并增加"牠"字，以代无生物。

独秀先生的是外面竖一面大旗，大书道："内皆武器，来者小心！"但那门却开着的，里面有几枝枪，几把刀，一目了然，用不着提防。适之先生的是紧紧的关着门，门上粘一条小纸条道："内无武器，请勿疑虑。"这自然可以是真的，但有些人——至少是我这样的人——有时总不免要侧着头想一想。半农却是令人不觉其有"武库"的一个人，所以我佩服陈胡，却亲近半农。

所谓亲近，不过是多谈闲天，一多谈，就露出了缺点。几乎有一年多，他没有消失掉从上海带来的才子必有"红袖添香夜读书"的艳福的思想，好容易才给我们骂掉了。但他好像到处都这么的乱说，使有些"学者"皱眉。有时候，连到《新青年》投稿都被排斥。他很勇于写稿，但试去看旧报去，很有几期是没有他的。那些人们批评他的为人，是：浅。

不错，半农确是浅。但他的浅，却如一条清溪，澄澈见底，纵有多少沉渣和腐草，也不掩其大体的清。倘使装的是烂泥，一时就看不出它的深浅来了；如果是烂泥的深渊呢，那就更不如浅一点的好。

但这些背后的批评，大约是很伤了半农的心的，他的到法国留学，我疑心大半就为此。我最懒于通信，从此我们就疏远起来了。他回来时，我才知道他在外国钞古书，后来也要标点《何典》①，我那时还以老朋友自居，在序文上说了几句老实话，事后，才知道半农颇不高兴了，"驷不及舌"②，也没有法子。另外还有一回关于《语丝》的彼此心照的不快活③。五六年前，曾在上海的宴会上见过一回面，那时候，我们几乎已经无话可谈了。

近几年，半农渐渐的据了要津，我也渐渐的更将他忘却；但从报章上看见他禁称"蜜斯"④ 之类，却很起了反感：我以为这些事

---

① 《何典》 章回小说，清代张南庄（署名"过路人"）编著，共十回。清光绪四年（1878）上海申报馆出版。1926年6月，刘半农将此书标点重印。鲁迅曾为之作题记，参见《集外集拾遗》。

② "驷不及舌" 语出《论语·颜渊》，据朱熹《集注》："言出于舌，驷马不能追之。"

③ 《语丝》第4卷第9期（1928年2月27日）曾发表刘半农《林则徐照会英吉利国王公文》，其中说林则徐被英人俘虏，并且"明正了典刑，在印度异尸游街"。不久有读者洛卿在《语丝》第4卷第14期（同年4月2日）发表来信，指出这是史实性的错误。刘半农从此即不再给《语丝》写稿。

④ 1931年4月1日北平《世界日报》刊登刘半农同记者的谈话，说他不赞成学生间以蜜斯互称，并曾在他任院长的北平大学女子文理学院明令禁止，他认为蜜斯之称带奴性，不如用国语中的姑娘、小姐、女士等。蜜斯，英语 Miss 的音译，意为小姐。

情是不必半农来做的。从去年来，又看见他不断的做打油诗，弄烂古文，① 回想先前的交情，也往往不免长叹。我想，假如见面，而我还以老朋友自居，不给一个"今天天气……哈哈哈"完事，那就也许会弄到冲突的罢。

不过，半农的忠厚，是还使我感动的。我前年曾到北平，后来有人通知我，半农是要来看我的，有谁恐吓了他一下，不敢来了。这使我很惭愧，因为我到北平后，实在未曾有过访问半农的心思。

现在他死去了，我对于他的感情，和他生时也并无变化。我爱十年前的半农，而憎恶他的近几年。这憎恶是朋友的憎恶，因为我希望他常是十年前的半农，他的为战士，即使"浅"罢，却于中国更为有益。我愿以愤火照出他的战绩，免使一群陷沙鬼将他先前的光荣和死尸一同拖入烂泥的深渊。

八月一日

（原刊 1934 年 10 月《青年界》第 6 卷第 3 期，后收入《且介亭杂文》）

---

① 指刘半农 1933—1934 年间发表于《论语》《人间世》等刊物的《桐花芝豆堂诗集》和《双凤凰砖斋小品文》等。参看《准风月谈·"感旧"以后（下）》。

说"面子"

"面子"，是我们在谈话里常常听到的，因为好像一听就懂，所以细想的人大约不很多。

但近来从外国人的嘴里，有时也听到这两个音，他们似乎在研究。他们以为这一件事情，很不容易懂，然而是中国精神的纲领，只要抓住这个，就像二十四年前的拔住了辫子一样，全身都跟着走动了。相传前清时候，洋人到总理衙门①去要求利益，一通威吓，吓得大官们满口答应，但临走时，却被从边门送出去。不给他走正门，就是他没有面子；他既然没有了面子，自然就是中国有了面子，也就是占了上风了。这是不是事实，我断不定，但这故事，"中外人士"中是颇有些人知道的。

因此，我颇疑心他们想专将"面子"给我们。

但"面子"究竟是怎么一回事呢？不想还好，一想可就觉得胡涂。它像是很有好几种的，每一种身价，就有一种"面子"，也就是所谓"脸"。这"脸"有一条界线，如果落到这线的下面去了，即失了面子，也叫作"丢脸"。不怕"丢脸"，便是"不要脸"。但倘使做了超出这线以上的事，就"有面子"，或曰"露脸"。而"丢脸"之道，则因人而不同，例如车夫坐在路边赤膊捉虱子，并不算什么，富家姑爷坐在路边赤膊捉虱子，才成为"丢脸"。但车夫也并非没有"脸"，不过这时不算"丢"，要给老婆踢了一脚，就躺倒哭起来，这才成为他的"丢脸"。这一条"丢脸"律，是也适用于上等人的。这样看来，"丢脸"的机会，似乎上等人比较的多，但也不一定，例如车夫偷一个钱袋，被人发见，是失了面子的，而上等人大捞一批金珠珍玩，却仿佛也不见得怎样"丢脸"，况且还有"出洋

①　**总理衙门**　"总理各国事务衙门"的简称。清政府办理外交事务的机关。1860年初（咸丰十年）设。1901年（光绪二十七年）改为"外交部"。

考察"①，是改头换面的良方。

谁都要"面子"，当然也可以说是好事情，但"面子"这东西，却实在有些怪。九月三十日的《申报》就告诉我们一条新闻：沪西有业木匠大包作头之罗立鸿，为其母出殡，邀开"贳器店之王树宝夫妇帮忙，因来宾众多，所备白衣，不敷分配，其时适有名王道才，绰号三喜子，亦到来送殡，争穿白衣不遂，以为有失体面，心中怀恨，……邀集徒党数十人，各执铁棍，据说尚有持手枪者多人，将王树宝家人乱打，一时双方有剧烈之战争，头破血流，多人受有重伤。……"白衣是亲族有服者所穿的，现在必须"争穿"而又"不遂"，足见并非亲族，但竟以为"有失体面"，演成这样的大战了。这时候，好像只要和普通有些不同便是"有面子"，而自己成了什么，却可以完全不管。这类脾气，是"绅商"也不免发露的：袁世凯将要称帝的时候，有人以列名于劝进表中为"有面子"；有一国从青岛撤兵②的时候，有人以列名于万民伞上为"有面子"。

所以，要"面子"也可以说并不一定是好事情——但我并非说，人应该"不要脸"。现在说话难，如果主张"非孝"，就有人会说你在煽动打父母，主张男女平等，就有人会说你在提倡乱交——这声明是万不可少的。

况且，"要面子"和"不要脸"实在也可以有很难分辨的时候。不是有一个笑话么？一个绅士有钱有势，我假定他叫四大人罢，人们都以能够和他扳谈为荣。有一个专爱夸耀的小瘪三，一天高兴的告诉别人道："四大人和我讲过话了！"人问他"说什么呢？"答道："我站在他门口，四大人出来了，对我说：滚开去！"当然，这是笑话，是形容这人的"不要脸"，但在他本人，是以为"有面子"的，如此的人一多，也就真成为"有面子"了。别的许多人，不是四大人连"滚开去"也不对他说么？

在上海，"吃外国火腿"③虽然还不是"有面子"，却也不算怎么"丢脸"了，然而比起被一个本国的下等人所踢来，又仿佛近于"有面子"。

① **"出洋考察"**，旧时军阀、政客在下野或失意时，常以"出洋考察"作为暂时隐退、伺机再起的借口，其中也有并不真正"出洋"，只以此来保全面子的。
② 指1922年12月日本撤走侵占青岛的军队。
③ 旧时上海俗语，意指被外国人所踢。

中国人要"面子",是好的,可惜的是这"面子"是"圆机活法"①,善于变化,于是就和"不要脸"混起来了。长谷川如是闲说"盗泉"② 云:"古之君子,恶其名而不饮,今之君子,改其名而饮之。"也说穿了"今之君子"的"面子"的秘密。

十月四日

　　(原刊 1934 年 10 月号《漫画生活》第 2 期,后收入《且介亭杂文》)

---

① **"圆机活法"** 语出《庄子·盗跖》。指随机应变的方法。

② **长谷川如是闲(1875—1969)** 日本评论家。不饮盗泉,原为中国故事。据《尸子》(清代章宗源辑本)卷下:"孔子……过于盗泉,渴矣而不饮,恶其名也。"

脸谱臆测

对于戏剧，我完全是外行。但遇到研究中国戏剧的文章，有时也看一看。近来的中国戏是否象征主义，或中国戏里有无象征手法的问题，我是觉得很有趣味的。

伯鸿先生在《戏》周刊十一期（《中华日报》副刊）上，说起脸谱，承认了中国戏有时用象征的手法，"比如白表'奸诈'，红表'忠勇'，黑表'威猛'，蓝表'妖异'，金表'神灵'之类，实与西洋的白表'纯洁清净'，黑表'悲哀'，红表'热烈'，黄金色表'光荣'和'努力'并无不同，这就是'色的象征'，虽然比较的单纯，低级。[1] 这似乎也很不错，但再一想，却又生了疑问，因为白表奸诈，红表忠勇之类，是只以在脸上为限，一到别的地方，白就并不象征奸诈，红也不表示忠勇了。

对于中国戏剧史，我又是完全的外行。我只知道古时候（南北朝）的扮演故事，是带假面的，[2] 这假面上，大约一定得表示出这角色的特征，一面也是这角色的脸相的规定。古代的假面和现在的打脸的关系，好像还没有人研究过，假使有些关系，那么，"白表奸诈"之类，就恐怕只是人物的分类，却并非象征手法了。

---

[1] 《戏》周刊第十一期（一九三四年十月二十八日）曾发表伯鸿的《苏联为什么邀梅兰芳去演戏（上）》一文，该文先引《申报》"读书问答"栏《梅兰芳与中国旧剧的前途（三）》文中的话说："中国旧剧其取材大半是历史上的传说，其立论大体是'劝善罚恶'的老套，这里面既不含有神秘的感情，也就用不以观感的具体的符号来象征什么……即如那一般人认为最含有象征主义意味的脸谱，和那以马鞭代马的玩意儿，也只能说借以帮助观众对于剧情的理解，不能认为即是象征主义。"于是接着说："这个是很正确的了。但是他因否定了中国旧戏是象征主义，同时否定了中国旧剧采用的一些'象征手法'。比如白表'奸诈'，红表'忠勇'……因为'色的象征'，还有'音的象征''形的象征'，也经有意识或无意识地使用着……这一些都是象征的手法，不过多是比较单纯的低级的。"

[2] 指南北朝时的歌舞戏《大面》。据《旧唐书·音乐志》载："《大面》出于北齐。北齐兰陵王长恭，才武而面美，常著假面以对敌。尝击周师金墉城下，勇冠三军，齐人壮之，为此舞以效其指麾击刺之容，谓之《兰陵王入阵曲》。"

中国古来就喜欢讲"相人术"①，但自然和现在的"相面不同，并非从气色上看出祸福来，而是所谓"诚于中，必形于外"，要从脸相上辨别这人的好坏的方法。一般的人们，也有这一种意见的，我们在现在，还常听到"看他样子就不是好人"这一类话。这"样子"的具体的表现，就是戏剧上的"脸谱"。富贵人全无心肝，只知道自私自利，吃得白白胖胖，什么都做得出，于是白就表了奸诈。红表忠勇，是从关云长的"面如重枣"来的。"重枣"是怎样的枣子，我不知道，要之，总是红色的罢。在实际上，忠勇的人思想较为简单，不会神经衰弱，面皮也容易发红，倘使他要永远中立，自称"第三种人"，精神上就不免时时痛苦，脸上一块青，一块白，终于显出白鼻子来了。黑表威猛，更是极平常的事，整年在战场上驰驱，脸孔怎会不黑，擦着雪花膏的公子，是一定不肯自己出面去战斗的。

士君子常在一门一门的将人们分类，平民也在分类，我想，这"脸谱"，便是优伶和看客公同逐渐议定的分类图。不过平民的辨别，感受的力量，是没有士君子那么细腻的。况且我们古时候戏台的搭法，又和罗马不同②，使看客非常散漫，表现倘不加重，他们就觉不到，看不清。这么一来，各类人物的脸谱，就不能不夸大化，漫画化，甚而至于到得后来，弄得希奇古怪，和实际离得很远，好像象征手法了。

脸谱，当然自有它本身的意义的，但我总觉得并非象征手法，而且在舞台的构造和看客的程度和古代不同的时候，它更不过是一种赘疣，无须扶持它的存在了。然而用在别一种有意义的玩艺上，在现在，我却以为还是很有兴趣的。

十月三十一日

（本篇于1937年7月收入《且介亭杂文》，在该书《附记》中鲁迅说："《脸谱臆测》是写给《生生月刊》的，奉官谕：不准发表。我当初很觉得奇怪，待到领回原稿，看见用红铅笔打着杠子的处所，才明白原来是因为得罪了'第三种人'老爷们了。现仍加上黑杠子，以代红杠子，且以警戒新作家"）

---

① "相人术" 《左传》文公元年："内史叔服来会葬；公孙敖闻其能相人也，见其二子焉。"又《汉书·艺文志》"形法"类著录有《相人》一书。

② 古代罗马的剧场，表演场地设在中央，为圆形，观众围坐在周围环形的台阶上。

随便翻翻

我想讲一点我的当作消闲的读书——随便翻翻。但如果弄得不好，会受害也说不定的。

我最初去读书的地方是私塾，第一本读的是《鉴略》①，桌上除了这一本书和习字的描红格，对字（这是做诗的准备）的课本之外，不许有别的书。但后来竟也慢慢的认识字了，一认识字，对于书就发生了兴趣，家里原有两三箱破烂书，于是翻来翻去，大目的是找图画看，后来也看看文字。这样就成了习惯，书在手头，不管它是什么，总要拿来翻一下，或者看一遍序目，或者读几叶内容，到得现在，还是如此，不用心，不费力，往往在作文或看非看不可的书籍之后，觉得疲劳的时候，也拿这玩意来作消遣了，而且它也的确能够恢复疲劳。

倘要骗人，这方法很可以冒充博雅。现在有一些老实人，和我闲谈之后，常说我书是看得很多的，略谈一下，我也的确好像书看得很多，殊不知就为了常常随手翻翻的缘故，却并没有本本细看。还有一种很容易到手的秘本，是《四库书目提要》②，倘还怕繁，那么，《简明目录》也可以，这可要细看，它能做成你好像看过许多书。不过我也曾用过正经工夫，如什么"国学"之类，请过先生指教，留心过学者所开的参考书目。结果都不满意。有些书目开得太多，要十来年才能看完，我还疑心他自己就没有看；只开几部的较好，可是这须看这位开书目的先生了，如果他是一位胡涂虫，那么，开出来的几部一定也是极顶胡涂书，不看还好，一看就胡涂。

---

① 《鉴略》 清代王仕云著，旧时学塾中用的初级历史读物。
② 《四库书目提要》 即《四库全书总目提要》，清代纪昀编撰。参看《关于中国的两三件事》有关注释。《简明目录》，即《四库全书简明目录》，亦纪昀编撰，比《总目》简略。

我并不是说，天下没有指导后学看书的先生，有是有的，不过很难得。

这里只说我消闲的看书——有些正经人是反对的，以为这么一来，就"杂"！"杂"，现在又算是很坏的形容词。但我以为也有好处。譬如我们看一家的陈年账簿，每天写着"豆付三文，青菜十文，鱼五十文，酱油一文"，就知先前这几个钱就可买一天的小菜，吃够一家；看一本旧历本，写着"不宜出行，不宜沐浴，不宜上梁"，就知道先前是有这么多的禁忌。看见了宋人笔记里的"食菜事魔"①，明人笔记里的"十彪五虎"②，就知道"哦呵，原来'古已有之'。"但看完一部书，都是些那时的名人轶事，某将军每餐要吃三十八碗饭，某先生体重一百七十五斤半；或是奇闻怪事，某村雷劈蜈蚣精，某妇产生人面蛇，毫无益处的也有。这时可得自己有主意了，知道这是帮闲文士所做的书。凡帮闲，他能令人消闲消得最坏，他用的是最坏的方法。倘不小心，被他诱过去，那就坠入陷阱，后来满脑子是某将军的饭量，某先生的体重，蜈蚣精和人面蛇了。

讲扶乩的书，讲婊子的书，倘有机会遇见，不要皱起眉头，显示憎厌之状，也可以翻一翻；明知道和自己意见相反的书，已经过时的书，也用一样的办法。例如杨光先③的《不得已》是清初的著作，但看起来，他的思想是活着的，现在意见和他相近的人们正多得很。这也有一点危险，也就是怕被它诱过去。治法是多翻，翻来翻去，一多翻，就有比较，比较是医治受骗的好方子。乡下人常常误认一种硫化铜为金矿，空口是和他说不明白的，或者他还会赶紧藏起来，疑心你要白骗他的宝贝。但如果遇到一点真的金矿，

---

① **"食菜事魔"** 五代两宋时农民的秘密宗教组织明教，提倡素食，供奉摩尼（来源于古代波斯的摩尼教）为光明之神。有关他们的记载中有"食菜事魔"的说法，参看宋代季裕《鸡肋编》。

② **"十彪五虎"** 疑是"五虎五彪"之误。明代计六奇《明季北略》卷四有《五虎五彪》一则："五虎李夔龙、吴淳夫、倪文焕、田吉等追赃发充军，五彪田尔耕、许显纯处决，崔应元、杨寰、孙云鹤边卫充军，以为附权蠹政之戒。"又据《明史·魏忠贤传》，五虎五彪都是当时依附奸相魏忠贤手下的谋士与武将。

③ **杨光先** 安徽歙县人。1644年（顺治元年）清政府委任德国天主教传教士汤若望为钦天监监正，变更历法，新编历书。杨光先上书礼部，指摘新历书封面上不该用"依西洋新法"五字。康熙四年（1665）又上书指摘新历书对该年日蚀推算有误，汤若望等因此被判罪，由杨光先接任钦天监监正，复用旧历。《不得已》就是杨光先历次指控汤若望的呈文和论文的汇编，其中多有"宁可使中夏无好历法，不可使中夏有西洋人"之类排外的思想。

随便翻翻

只要用手掂一掂轻重，他就死心塌地：明白了。

"随便翻翻"是用各种别的矿石来比的方法，很费事，没有用真的金矿来比的明白，简单。我看现在青年的常在问人该读什么书，就是要看一看真金，免得受硫化铜的欺骗。而且一识得真金，一面也就真的识得了硫化铜，一举两得了。

但这样的好东西，在中国现有的书里，却不容易得到。我回忆自己的得到一点知识，真是苦得可怜。幼小时候，我知道中国在"盘古氏开辟天地"之后，有三皇五帝，……宋朝，元朝，明朝，"我大清"①。到二十岁，又听说"我们"的成吉思汗②征服欧洲，是"我们"最阔气的时代。到二十五岁，才知道所谓这"我们"最阔气的时代，其实是蒙古人征服了中国，我们做了奴才。直到今年八月里，因为要查一点故事，翻了三部蒙古史，这才明白蒙古人的征服"斡罗思"③，侵入匈奥，还在征服全中国之前，那时的成吉思还不是我们的汗，倒是俄人被奴的资格比我们老，应该他们说"我们的成吉思汗征服中国，是我们最阔气的时代"的。

我久不看现行的历史教科书了，不知道里面怎么说；但在报章杂志上，却有时还看见以成吉思汗自豪的文章。事情早已过去了，原没有什么大关系，但也许正有着大关系，而且无论如何，总是说些真实的好。所以我想，无论是学文学的，学科学的，他应该先看一部关于历史的简明而可靠的书。但如果他专讲天王星，或海王星，虾蟆的神经细胞，或只咏梅花，叫妹妹，不发关于社会的议论，那么，自然，不看也可以的。

我自己，是因为懂一点日本文，在用日译本《世界史教程》④和新出的《中国社会史》应应急的，都比我历来所见的历史书类说得明确。前一种中国曾有译本，但只有一本，后五本不译了，译得

---

① "我大清" 清朝统治期间，一般汉族官吏也称清朝为"我大清"，这里示嘲讽。

② 成吉思汗（1162—1227） 名铁木真，古代蒙古族领袖。1206 年统一蒙古各部落，被拥为王，称成吉思汗。他和他的孙子拔都曾两次西征，征服了中亚、俄罗斯和匈、奥、波等欧洲国家，他的后代继承者忽必烈灭南宋建立元朝后，追尊他为元太祖。

③ "斡罗思" 即俄罗斯。古代文献中曾作"斡罗思"。

④ 《世界史教程》 苏联波查洛夫（现译鲍恰罗夫）等人编写，原名《阶级斗争史课本》。中译本有两种，一为王礼锡等译，只出第一分册；另一种为史岺音等译，出了一、二分册。鲁迅所指当为前种译本。《中国社会史》，苏联沙发洛夫（现译萨法罗夫）著，原名《中国史纲》。鲁迅存有早川二郎的日译本。文中所说的中译本为李偘人译，1932 年上海新生命书局出版。

怎样，因为没有见过，不知道。后一种中国倒先有译本，叫作《中国社会发展史》，不过据日译者说，是多错误，有删节，靠不住的。

我还在希望中国有这两部书。又希望不要一哄而来，一哄而散，要译，就译他完；也不要删节，要删节，就得声明，但最好还是译得小心，完全，替作者和读者想一想。

十一月二日

（原刊 1934 年 11 月《读书生活》第 1 卷第 2 期，后收入《且介亭杂文》）

随便翻翻

病后杂谈

一

生一点病，的确也是一种福气。不过这里有两个必要条件：一要病是小病，并非什么霍乱吐泻，黑死病，或脑膜炎之类；二要至少手头有一点现款，不至于躺一天，就饿一天。这二者缺一，便是俗人，不足与言生病之雅趣的。

我曾经爱管闲事，知道过许多人，这些人物，都怀着一个大愿。大愿，原是每个人都有的，不过有些人却模模胡胡，自己抓不住，说不出。他们中最特别的有两位：一位是愿天下的人都死掉，只剩下他自己和一个好看的姑娘，还有一个卖大饼的；另一位是愿秋天薄暮，吐半口血，两个侍儿扶着，恹恹的到阶前去看秋海棠。这种志向，一看好像离奇，其实却照顾得很周到。第一位姑且不谈他罢，第二位的"吐半口血"，就有很大的道理。才子本来多病，但要"多"，就不能重，假使一吐就是一碗或几升，一个人的血，能有几回好吐呢？过不几天，就雅不下去了。

我一向很少生病，上月却生了一点点。开初是每晚发热，没有力，不想吃东西，一礼拜不肯好，只得看医生。医生说是流行性感冒。好罢，就是流行性感冒。但过了流行性感冒一定退热的时期，我的热却还不退。医生从他那大皮包里取出玻璃管来，要取我的血液，我知道他在疑心我生伤寒病了，自己也有些发愁。然而他第二天对我说，血里没有一粒伤寒菌；于是注意的听肺，平常；听心，上等。这似乎很使他为难。我说，也许是疲劳罢；他也不甚反对，只是沉吟着说，但是疲劳的发热，还应该低一点。……

好几回检查了全体，没有死症，不至于呜呼哀哉是明明白白的，不过是每晚发热，没有力，不想吃东西而已，这真无异于"吐半口血"，大可享生病之福了。因为既不必写遗嘱，又没有大痛苦，然而可以不看正经书，不管柴米账，玩他几天，名称又好听，叫作"养病"。从这一天起，我就自己觉得好像有点儿"雅"了；那一位愿吐半口血的才子，也就是那时躺着无事，忽然记了起来的。

光是胡思乱想也不是事，不如看点不劳精神的书，要不然，也不成其为"养病"。像这样的时候，我赞成中国纸的线装书，这也就是有点儿"雅"起来了的证据。洋装书便于插架，便于保存，现在不但有洋装二十五六史，连《四部备要》也硬领而皮靴了，[①]——原是不为无见的。但看洋装书要年富力强，正襟危坐，有严肃的态度。假使你躺着看，那就好像两只手捧着一块大砖头，不多工夫，就两臂酸麻，只好叹一口气，将它放下。所以，我在叹气之后，就去寻线装书。

一寻，寻到了久不见面的《世说新语》[②]之类一大堆，躺着来看，轻飘飘的毫不费力了，魏晋人的豪放潇洒的风姿，也仿佛在眼前浮动。由此想到阮嗣宗[③]的听到步兵厨善于酿酒，就求为步兵校尉；陶渊明的做了彭泽令，就教官田都种秫，以便做酒，因了太太的抗议，这才种了一点秔。这真是天趣盎然，决非现在的"站在云端里呐喊"[④]者们所能望其项背。但是，"雅"要想到适可而止，再想便不行。例如阮嗣宗可以求做步兵校尉，陶渊明补了彭泽令，他们的地位，就不是一个平常人，要"雅"，也还是要地位。"采菊东篱下，悠然见南山"是渊明的好句，但我们在上海学起来可就难了。没有南山，我们还可以改作"悠然见洋房"或"悠然见烟囱"的，然而要租一所院子里有点竹篱，可以种菊的房子，租钱就每月总得一百两，水电在外；巡捕捐按房租百分之十四，每月十四两。单是这两项，每月就是一百十四两，每两作一元四角算，等于一百五十九元六。近来的文稿又不值钱，每千字最低的只有四五角，因为是学陶渊明的雅人的稿子，现在算他每千字三大元罢，但标点，洋文，空白除外。那么，单单为了采菊，他就得每月译作净五万三千二百

①　指上海开明书店出版的精装《二十五史》，上海书报合作社出版的精装《二十六史》，上海中华书局印行的精装《四部备要》。

②　《世说新语》　南朝宋刘义庆撰，内容是记述东汉至东晋间一般文士名流的言谈、风貌、轶事等。

③　阮嗣宗（210—263）　名籍，河南尉氏人。三国魏诗人，曾为从事中郎。据《晋书·阮籍传》："籍闻步兵厨营人善酿，有贮酒三百斛，乃求为步兵校尉。"

④　"站在云端里呐喊"　原是林语堂在《怎样洗炼白话入文》（1934 年 10 月 5 日《人间世》第 13 期）中的话。

字。吃饭呢？要另外想法子生发，否则，他只好"饥来驱我去，不知竟何之"了。

"雅"要地位，也要钱，古今并不两样的，但古代的买雅，自然比现在便宜；办法也并不两样，书要摆在书架上，或者抛几本在地板上，酒杯要摆在桌子上，但算盘却要收在抽屉里，或者最好是在肚子里。

此之谓"空灵"。

二

为了"雅"，本来不想说这些话的。后来一想，这于"雅"并无伤，不过是在证明我自己的"俗"。王夷甫①口不言钱，还是一个不干不净人物，雅人打算盘，当然也无损其为雅人。不过他应该有时收起算盘，或者最妙是暂时忘却算盘，那么，那时的一言一笑，就都是灵机天成的一言一笑，如果念念不忘世间的利害，那可就成为"杭育杭育派"②了。这关键，只在一者能够忽而放开，一者却是永远执着，因此也就大有了雅俗和高下之分。我想，这和时而"敦伦"③者不失为圣贤，连白天也在想女人的就要被称为"登徒子"④的道理，大概是一样的。

所以我恐怕只好自己承认"俗"，因为随手翻了一通《世说新语》，看过"姚隅跃清池"⑤的时候，千不该万不该竟从"养病"想到"养病费"上去了，于是一骨碌爬起来，写信讨版税，催稿费。写完之后，觉得和魏晋人有点隔膜，自己想，假使此刻有阮嗣宗或陶渊明在面前出现，我们也一定谈不来的。于是另换了几本书，大抵是明末清初的野史，时代较近，看起来也许较有趣味。第一本拿在手里的是《蜀碧》⑥。

这是蜀宾⑦从成都带来送我的，还有一部《蜀龟鉴》⑧，都是讲张

---

① 王夷甫（256—311） 名衍，晋代琅琊临沂（今属山东）人。《晋书·王戎传》中有他虽口不言钱，却心存私念的记载。

② "杭育杭育派" 原为林语堂语。意指大众文学。

③ "敦伦" 意即性交。清袁枚《答杨笠湖书》中说："李刚主（按：指清代经学家李塨）自负不欺之学，日记云：昨夜与老妻'敦伦'一次。至今传为笑谈。"

④ "登徒子" 战国时楚国宋玉作有《登徒子好色赋》，后就称好色的人为登徒子。

⑤ "姚隅跃清池" 语出《世说新语·排调》。姚隅是南蛮方言对鱼的称谓。

⑥ 《蜀碧》 清代彭遵泗著，共四卷。内容是记载张献忠在四川时的事情。

⑦ 蜀宾 许钦文的笔名。

⑧ 《蜀龟鉴》 清代刘景伯著，共八卷。内容杂录明季遗闻，与《蜀碧》大致相似。

献忠①祸蜀的书，其实是不但四川人，而是凡有中国人都该翻一下的著作，可惜刻的太坏，错字颇不少。翻了一遍，在卷三里看见了这样的一条——

> 又，剥皮者，从头至尻，一缕裂之，张于前，如鸟展翅，率逾日始绝。有即毙者，行刑之人坐死。

也还是为了自己生病的缘故罢，这时就想到了人体解剖。医术和虐刑，是都要生理学和解剖学智识的。中国却怪得很，固有的医书上的人身五脏图，真是草率错误到见不得人，但虐刑的方法，则往往好像古人早懂得了现代的科学。例如罢，谁都知道从周到汉，有一种施于男子的"宫刑"，也叫"腐刑"，次于"大辟"一等。对于女性就叫"幽闭"，向来不大有人提起那方法，但总之，是决非将她关起来，或者将它缝起来。近时好像被我查出一点大概来了，那办法的凶恶，妥当，而又合乎解剖学，真使我不得不吃惊。但妇科的医书呢？几乎都不明白女性下半身的解剖学的构造，他们只将肚子看作一个大口袋，里面装着莫名其妙的东西。

单说剥皮法，中国就有种种。上面所抄的是张献忠式；还有孙可望②式，见于屈大均③的《安龙逸史》，也是这回在病中翻到的。其时是永历六年，即清顺治九年，永历帝已经躲在安隆（那时改为安龙），秦王孙可望杀了陈邦传父子，御史李如月就弹劾他"擅杀勋将，无人臣礼"，皇帝反打了如月四十板。可是事情还不能完，又给孙党张应科知道了，就去报告了孙可望。

> 可望得应科报，即令应科杀如月，剥皮示众。俄缚如月至朝门，有负石灰一筐，稻草一捆，置于其前。如月问，"如何用

---

① 　**张献忠（1606—1646）**　延安柳树涧（今陕西定边东）人，明末农民起义领袖。崇祯十七年（1644）入川在成都建立大西国。清顺治三年（1646）被清兵所杀。
② 　**孙可望（？—166）**　陕西米脂人，张献忠的养子及部将。张死后曾率部转往云南、贵州。1651年由南明永历帝封为秦王，后降清。
③ 　**屈大均（1630—1696）**　广东番禺人，明末文学家。曾在广州参加抗清活动，失败后削发为僧，有《翁山文外》等著作多种。《安龙逸史》，沧州渔隐著，又署溪上樵隐著，清朝禁毁书籍之一。1916年吴兴刘氏嘉业堂刻本《安龙逸史》，二卷，题屈大均撰，但内容与《残明纪事》（不署作者，清朝禁毁书之一）相同，字句小异。

此?"其人曰,"是揎你的草!"如月叱曰,"瞎奴!此株株是文章,节节是忠肠也!"既而应科立右角门阶,捧可望令旨,喝如月跪。如月叱曰,"我是朝廷命官,岂跪贼令!?"乃步至中门,向阙再拜。……应科促令仆地,剖脊,乃臀,如月大呼曰:"死得快活,浑身清凉!"又呼可望名,大骂不绝。乃断至手足,转前胸,犹微声恨骂;至颈绝而死。随以灰渍之,纫以线,后乃入草,移北城门通衢阁上,悬之。……

张献忠的自然是"流贼"式;孙可望虽然也是流贼出身,但这时已是保明拒清的柱石,封为秦王,后来降了满洲,还是封为义王,所以他所用的其实是官式。明初,永乐皇帝剥那忠于建文帝的景清①的皮,也就是用这方法的。大明一朝,以剥皮始,以剥皮终,可谓始终不变;至今在绍兴戏文里和乡下人的嘴上,还偶然可以听到"剥皮揎草"的话,那皇泽之长也就可想而知了。

真也无怪有些慈悲心肠人不愿意看野史,听故事;有些事情,真也不像人世,要令人毛骨悚然,心里受伤,永不全愈的。残酷的事实尽有,最好莫如不闻,这才可以保全性灵,也是"是以君子远庖厨也"②的意思。比灭亡略早的晚明名字的潇洒小品在现在的盛行,实在也不能说是无缘无故。不过这一种心地晶莹的雅致,又必须有一种好境遇,李如月仆地"剖脊",脸孔向下,原是一个看书的好姿势③,但如果这时给他看袁中郎④的《广庄》,我想他是一定不要看的。这时他的性灵有些儿不对,不懂得真文艺了。

然而,中国的士大夫是到底有点雅气的,例如李如月说的"株

---

① **景清** 真宁(今甘肃正宁)人,朱元璋死后,立建文帝,景清任御史大夫,后燕王朱棣造反篡位,他佯为归顺,预谋刺朱棣,事败被杀。据《明史纪事本末·壬午殉难》:"八月望日早朝,清绯衣人。……朝毕,出御门,清奋跃而前,将犯驾。文皇急命左右收之,得佩剑。清知志不得遂,乃起植立嫚骂。抉其齿,且抉且骂,含血直喷御袍。乃命剥其皮,草楦之,械系长安门。"

② **"是以君子远庖厨也"** 语见《孟子·梁惠王》。

③ **看书的好姿势** 1933年11月1日《论语》第28期载黄嘉音画一组,题为《介绍几个读论语的好姿势》,其中一幅为"游蛟伏地式",画一人伏地看书,作者在此顺笔讽刺。

④ **袁中郎(1568—1610)** 名宏道,湖广公安(今属湖北)人,明代文学家。与兄宗道、弟中道合称"三袁",又名"公安派"。他们反对文学拟古主义,主张"独抒性灵,不拘格套"。当时周作人、林语堂正在提倡这种文章。《广庄》是袁中郎仿《庄子》文体而写的谈道家思想的文章,共七篇。

株是文章，节节是忠肠"，就很富于诗趣。临死做诗的，古今来也不知道有多少。直到近代，谭嗣同①在临刑之前就做一绝"闭门投辖思张俭"，秋瑾②女士也有一句"秋雨秋风愁杀人"，然而还雅得不够格，所以各种诗选里都不载，也不能卖钱。

三

清朝有灭族，有凌迟，却没有剥皮之刑，这是汉人应该惭愧的，但后来脍炙人口的虐政是文字狱。虽说文字狱，其实还含着许多复杂的原因，因这里不能细说；我们现在还直接受到流毒的，是他删改了许多古人的著作的字句，禁了许多明清人的书。

《安龙逸史》大约也是一种禁书，我所得的是吴兴刘氏嘉业堂③的新刻本。他刻的前清禁书还不止这一种，屈大均的又有《翁山文外》；还有蔡显的《闲渔闲闲录》④，是作者因此"斩立决"，还累及门生的，但我细看了一遍，却又寻不出什么忌讳。对于这种刻书家，我是很感激的，因为他传授给我许多知识——虽然从雅人看来，只是些庸俗不堪的知识。但是到嘉业堂去买书，可真难。我还记得，今年春天的一个下午，好容易在爱文义路找着了，两扇大铁门，叩了几下，门上开了一个小方洞，里面有中国门房，中国巡捕，白俄镖师各一位。巡捕问我来干什么的。我说买书。他说账房出去了，没有人管，明天再来罢。我告诉他我住得远，可能给我等一会呢？他说，不成！同时也堵住了那个小方洞。过了两天，我又去了，改作上午，以为此时账房也许不至于出去。但这回所得回答却更其绝望，巡捕曰："书都没有了！卖完了！不卖了！"

我就没有第三次再去买，因为实在回复的斩钉截铁。现在所有的几种，是托朋友去辗转买来的，好像必须是熟人或走熟的书店，

---

① **谭嗣同（1865—1898）** 字复生，湖南浏阳人，清末维新派人物，戊戌政变中牺牲的"六君子"之一。**"闭门投辖思张俭"**，原作"望门投止思张俭"，是谭被害前所做的七绝《狱中题壁》的第一句。

② **秋瑾（1879？—1907）** 字璿卿，号竞雄，别署鉴湖女侠，浙江绍兴人，光复会主要成员。1907年因筹划起义事泄，被清政府捕杀。

③ **吴兴刘氏嘉业堂** 近代著名的私人藏书楼，在浙江吴兴南浔镇。藏书达六十万卷，并自行雕版印书。创办人刘承干（1882—1951）。

④ **蔡显（约1697—1767）** 江苏华亭（今上海松江）人，原为雍正时举人，乾隆三十二年因《闲闲录》涉诽谤嫌，被"斩决"。**《闲渔闲闲录》**，九卷，是一部杂录朝典、时事、诗句的杂记。刘氏嘉业堂刻本于1915年印行。

这才买得到。

　　每种书的末尾，都有嘉业堂主人刘承干先生的跋文，他对于明季的遗老很有同情，对于清初的文祸也颇不满。但奇怪的是他自己的文章却满是前清遗老的口风；书是民国刻的，"仪"字还缺着末笔①。我想，试看明朝遗老的著作，反抗清朝的主旨，是在异族的入主中夏的，改换朝代，倒还在其次。所以要顶礼明末的遗民，必须接受他的民族思想，这才可以心心相印。现在以明遗老之仇的满清的遗老自居，却又引明遗老为同调，只着重在"遗老"两个字，而毫不问遗于何族，遗在何时，这真可以说是"为遗老而遗老"，和现在文坛上的"为艺术而艺术"，成为一副绝好的对子了。

　　倘以为这是因为"食古不化"的缘故，那可也并不然。中国的士大夫，该化的时候，就未必决不化。就如上面说过的《蜀龟鉴》，原是一部笔法都仿《春秋》的书，但写到"圣祖仁皇帝康熙元年春正月"，就有"赞"道："……明季之乱甚矣！风终豳，雅终《召旻》②，托乱极思治之隐忧而无其实事，孰若臣祖亲见之，臣身亲被之乎？是编以元年正月终者，非徒谓体元表正③，蔑以加兹；生逢盛世，荡荡难名，一以寄没世不忘之恩，一以见太平之业所由始耳！"

　　《春秋》上是没有这种笔法的。满洲的肃王的一箭，不但射死了张献忠④，也感化了许多读书人，而且改变了"春秋笔法"⑤了。

四

　　病中来看这些书，归根结蒂，也还是令人气闷。但又开始知道

---

　　①　**缺着末笔**　一种避讳方法，始于唐代。指在书写或镌刻到本朝皇帝或尊长的名字时省略最末一笔。刘承干"仪"字缺末笔，是避清废帝溥仪名讳。

　　②　**风终豳，雅终《召旻》**　《诗经》分"风""雅""颂"三类，《豳》是"国风"的末章。《召旻》是"大雅"的末篇，故称。

　　③　**体元表正**　"体元"，见《春秋》隐公元年："元年，春，王正月。"晋代杜预注："凡人君即位，欲其体元以居正，故不言一年一月也。"唐代孔颖达疏："元正实是始长之义，但因名以广之。元者：气之本也，善之长也；人君执大本、长庶物。欲其与元同体，故年称元年。""表正"，见《书经·仲虺之诰》："表正万邦。"汉代孔安国注："仪表天下，法正万国。"

　　④　**关于张献忠之死**　史书中说法不一。据《明史·张献忠传》载，清顺治三年，清肃亲王豪格进兵四川，张献忠率军迎战，在凤凰坡遭遇，中矢落马而被擒杀。但据《明史纪事本末·张献忠之乱》，则说他"以病死于蜀中"。

　　⑤　**"春秋笔法"**　经学家认为，《春秋》中字字均含"褒""贬"的"微言大义"，这种写法称为"春秋笔法。"

了有些聪明的士大夫，依然会从血泊里寻出闲适来。例如《蜀碧》，总可以说是够惨的书了，然而序文后面却刻着一位乐斋先生的批语道："古穆有魏晋间人笔意。"

这真是天大的本领！那死似的镇静，又将我的气闷打破了。

我放下书，合了眼睛，躺着想想学这本领的方法，以为这和"君子远庖厨也"的法子是大两样的，因为这时是君子自己也亲到了庖厨里。瞑想的结果，拟定了两手太极拳。一，是对于世事要"浮光掠影"，随时忘却，不甚了然，仿佛有些关心，却又并不恳切；二，是对于现实要"蔽聪塞明"，麻木冷静，不受感触，先由努力，后成自然。第一种的名称不大好听，第二种却也是却病延年的要诀，连古之儒者也并不讳言的。这都是大道。还有一种轻捷的小道，是：彼此说谎，自欺欺人。

有些事情，换一句话说就不大合式，所以君子憎恶俗人的"道破"。其实，"君子远庖厨也"就是自欺欺人的办法：君子非吃牛肉不可，然而他慈悲，不忍见牛的临死的觳觫，于是走开，等到烧成牛排，然而慢慢的来咀嚼。牛排是决不会"觳觫"的了，也就和慈悲不再有冲突，于是他心安理得，天趣盎然，剔剔牙齿，摸摸肚子，"万物皆备于我矣"① 了。彼此说谎也决不是伤雅的事情，东坡先生在黄州，有客来，就要客谈鬼，客说没有，东坡道："姑妄言之！"②至今还算是一件韵事。

撒一点小谎，可以解无聊，也可以消闷气；到后来，忘却了真，相信了谎。也就心安理得，天趣盎然了起来。永乐的硬做皇帝，一部分士大夫是颇以为不大好的。尤其是对于他的惨杀建文的忠臣。和景清一同被杀的还有铁铉③，景清剥皮，铁铉油炸，他的两个女儿则发付了教坊，叫她们做婊子。这更使士大夫不舒服，但有人说，后来二女献诗于原问官，被永乐所知，赦出，嫁给士人了。④

---

① **"万物皆备于我"** 语见《孟子·尽心》。

② **东坡** 即苏东坡（1037—1101），名轼，字子瞻，眉山（今属四川）人，宋代文学家。神宗初年因反对王安石变法，被贬黄州。关于他要客谈鬼的事，见宋代叶梦得《石林避暑录话》。

③ **铁铉（1366—1402）** 字鼎石，河南邓州人。明建文帝时任山东参政。燕王朱棣起兵夺位时，他曾在济南屡破燕王，升兵部尚书，朱棣登位后被处死。关于他被油炸的事，《明史纪事本末·壬午殉难》中有记载。

④ 据明代王鏊《震泽纪闻》载："铉有二女，入教坊数月，终不受辱。有铉同官至，二女为诗以献。文皇（永乐帝朱棣）曰：'彼终不屈乎？'乃赦出之，皆适士人。"

这真是"曲终奏雅",令人如释重负,觉得天皇毕竟圣明,好人也终于得救。她虽然做过官妓,然而究竟是一位能诗的才女,她父亲又是大忠臣,为夫的士人,当然也不算辱没。但是,必须"浮光掠影"到这里为止,想不得下去。一想,就要想到永乐的上谕①,有些是凶残猥亵,将张献忠祭梓潼神的"咱老子姓张,你也姓张,咱老子和你联了宗罢。尚飨!"的名文,和他的比起来,真是高华典雅,配登西洋的上等杂志,那就会觉得永乐皇帝决不像一位爱才怜弱的明君。况且那时的教坊是怎样的处所?罪人的妻女在那里是并非静候嫖客的,据永乐定法,还要她们"转营",这就是每座兵营里都去几天,目的是在使她们为多数男性所凌辱,生出"小龟子"和"淫贱材儿"来!所以,现在成了问题的"守节",在那时,其实是只准"良民"专利的特典。在这样的治下,这样的地狱里,做一首诗就能超生的么?

我这回从杭世骏②的《订讹类编》(续补卷上)里,这才确切的知道了这佳话的欺骗。他说:

> ……考铁长女诗,乃吴人范昌期《题老妓卷》作也。诗云:"教坊落籍洗铅华,一片春心对落花。旧曲听来空有恨,故园归去却无家。云鬟半軃临青镜,雨泪频弹湿绛纱。安得江州司马在,尊前重为赋琵琶。"昌期,字鸣凤;诗见张士瀹《国朝文纂》。同时杜琼用嘉亦有次韵诗,题曰《无题》,则其非铁氏作明矣。次女诗所谓"春来雨露深如海,嫁得刘郎胜阮郎",其论尤为不伦。宗正睦㮮论革除事,谓建文流落西南诸诗,皆好事伪作,则铁女之诗可知。……

《国朝文纂》③ 我没有见过,铁氏次女的诗,杭世骏也并未寻出根底,但我以为他的话是可信的,——虽然也败坏了口口相传的韵事。况且一则他也是一个认真的考证学者,二则我觉得凡是得到大杀风景的结果的考证,往往比表面说得好听,玩得有趣的东西近真。

---

① 永乐的上谕　参看本书《病后杂谈之余》第一节。

② 杭世骏（1696—1773）　字大宗,浙江仁和（今余杭）人、清代考据家。《订讹类编》,六卷,又《续补》二卷,是一部考订古籍真伪异同的书。

③ 《国朝文纂》　明代诗文的汇编。

首先将范昌期的诗嫁给铁氏长女，聊以自欺欺人的是谁呢？我也不知道。但"浮光掠影"的一看，倒也罢了，一经杭世骏道破，再去看时，就很明白的知道了确是咏老妓之作，那第一句就不象现任官妓的口吻。不过中国的有一些士大夫，总爱无中生有，移花接木的造出故事来，他们不但歌颂升平，还粉饰黑暗。关于铁氏二女的撒谎，尚其小焉者耳，大至胡元杀掠，满清焚屠之际，也还会有人单单捧出什么烈女绝命，难妇题壁的诗词来，这个艳传，那个步韵，比对于华屋丘墟，生民涂炭之惨的大事情还起劲。到底是刻了一本集，连自己们都附进去，而韵事也就完结了。

我在写着这些的时候，病是要算已经好了的了，用不着写遗书。但我想在这里趁便拜托我的相识的朋友，将来我死掉之后，即使在中国还有追悼的可能，也千万不要给我开追悼会或者出什么记念册。因为这不过是活人的讲演或挽联的斗法场，为了造语惊人，对仗工稳起见，有些文豪们是简直不恤于胡说八道的。结果至多也不过印成一本书，即使有谁看了，于我死人，于读者活人，都无益处，就是对于作者，其实也并无益处，挽联做得好，也不过挽联做得好而已。

现在的意见，我以为倘有购买那些纸墨白布的闲钱，还不如选几部明人，清人或今人的野史或笔记来印印，倒是于大家很有益处的。但是要认真，用点工夫，标点不要错。

十二月十一日

（本篇第一节原刊 1935 年 2 月《文学》月刊第 4 卷第 2 号，其余均被国民党检查官删去。后全文收入《且介亭杂文》。在该书附记中作者说："《病后杂谈》是向《文学》的投稿，其五段；待到四卷二号上登了出来时，只剩下第一段了。后有一位作家，根据这一段评论我道：鲁迅是赞成生病的。他竟毫不想到检查官的删削。可见文艺上的暗杀政策，有时也还有一些效力的。"）

病后杂谈之余

——关于"舒愤懑"

一

我常说明朝永乐皇帝的凶残，远在张献忠之上，是受了宋端仪的《立斋闲录》①的影响的。那时我还是满洲治下的一个拖着辫子的十四五岁的少年，但已经看过记载张献忠怎样屠杀蜀人的《蜀碧》，痛恨着这"流贼"的凶残。后来又偶然在破书堆里发见了一本不全的《立斋闲录》，还是明抄本，我就在那书上看见了永乐的上谕，于是我的憎恨就移到永乐身上去了。

那时我毫无什么历史知识，这憎恨转移的原因是极简单的，只以为流贼尚可，皇帝却不该，还是"礼不下庶人"②的传统思想。至于《立斋闲录》，好像是一部少见的书，作者是明人，而明朝已有抄本，那刻本之少就可想。记得《汇刻书目》③说是在明代的一部什么丛书中，但这丛书我至今没有见；清《四库全书总目提要》将它放在"存目"里，那么，《四库全书》④里也是没有的，我家并不是藏书家，我真不解怎么会有这明抄本。这书我一直保存着，直到十多年前，因为肚子饿得慌了，才和别的两本明抄和一部明刻的《宫闺秘典》⑤去卖给以藏书家和学者出名的傅某⑥，他使我跑了三四趟之后，才说一总给我八块钱，我赌气不卖，抱回来

---

① 《立斋闲录》　是依据明人的碑志和说部杂录的笔记。宋端仪，字孔时，福建莆田人，明成化时进士。

② "礼不下庶人"　语出自《礼记·曲礼》。

③ 《汇刻书目》　清王懿荣编，是各种丛书的详细书目，共二十卷，收丛书五百六十余种。

④ 《四库全书》　丛书名，清乾隆三十七年（1772）开馆纂修，经十年始成，共收丛书三千五百零三种，七万九千三百三十七卷。分经、史、子、集四部，故名四库。

⑤ 《宫闺秘典》　即《皇明宫闺秘典》，又名《酌中志》，明代刘若愚著。

⑥ 傅某　指傅增湘（1872—1949），字沅叔，四川江安人，藏书家。

了，又藏在北平的寓里；但久已没有人照管，不知道现在究竟怎样了。

那一本书，还是四十年前看的，对于永乐的憎恨虽然还在，书的内容却早已模模胡胡，所以在前几天写的《病后杂谈》时，举不出一句永乐上谕的实例。我也很想看一看《永乐实录》①，但在上海又如何能够；来青阁有残本在寄售，十本，实价却是一百六十元，也决不是我辈书架上的书。又是一个偶然：昨天在《安徽丛书》②第三集中看见了清俞正燮（1775—1840）《癸巳类稿》③的改定本，那《除乐户丐户籍及女乐考附古事》里，却引有永乐皇帝的上谕，是根据王世贞《弇州史料》④中的《南京法司所记》的，虽然不多，又未必是精粹，但也足够"略见一斑"，和献忠流贼的作品相比较了。摘录于下——

　　永乐十一年正月十一日，教坊司于右顺门口奏：齐泰⑤姊及外甥媳妇，又黄子澄妹四个妇人，每一日一夜，二十余条汉子看守着，年少的都有身孕，除生子令做小龟子，又有三岁女子，奏请圣旨。奉钦依：由他。不的到长大便是个淫贱材儿？
　　铁铉妻杨氏年三十五，送教坊司；茅大芳妻张氏年五十六，送教坊司。张氏病故，教坊司安政于奉天门奏。奉圣旨：分付上元县抬出门去，着狗吃了！钦此！

君臣之间的问答，竟是这等口吻，不见旧记，恐怕是万想不到的罢。但其实，这也仅仅是一时的一例。自有历史以来，中国人是一向被同族和异族屠戮，奴隶，敲掠，刑辱，压迫下来的，非人类所能忍受的楚毒，也都身受过，每一考查，真教人觉得不像活在人间。俞正燮看过野史，正是一个因此觉得义愤填膺的人，所以他在

---

　　① 《永乐实录》　明代杨士奇等编纂，共一三〇卷；《明史·艺文志》作《成祖实录》。
　　② 《安徽丛书》　安徽丛书编审会编辑，共四集，1932—1935年间陆续出版。是安徽人著作的汇编。
　　③ 《癸巳类稿》　刻于道光癸巳（1833），内容是考订经、史以至小说、医学的杂记。俞正燮，字理初，安徽黟县人，清代学者。
　　④ 《弇州史料》　明代董复表编，系采录王世贞著作中有关朝野的记载编纂而成。王世贞（1526—1590），字元美，号凤洲，别号弇州山人，太仓人，明代文学家。
　　⑤ 齐泰　江苏溧水人，官至兵部尚书；下文中的黄子澄，江西分宜人，官太常卿；茅大芳，江苏泰兴人，官副都御史。他们均为建文帝忠臣，永乐登位时被杀。

记载清朝的解放惰民丐户，罢教坊，停女乐①的故事之后，作一结语道——

> 自三代至明，惟宇文周武帝，唐高祖，后晋高祖，金，元，及明景帝，于法宽假之，而尚存其旧。余皆视为固然。本朝尽去其籍，而天地为之廓清矣。汉儒歌颂朝廷功德，自云"舒愤懑"②，除乐户之事，诚可云舒愤懑者：故列古语琐事之实，有关因革者如此。

这一段结语，有两事使我吃惊。第一事，是宽假奴隶的皇帝中，汉人居很少数。但我疑心俞正燮还是考之未详，例如金元，是并非厚待奴隶的，只因那时连中国的蓄奴的主人也成了奴隶，从征服者看来，并无高下，即所谓"一视同仁"，于是就好像对于先前的奴隶加以宽假了。第二事，就是这自有历史以来的虐政，竟必待满洲的清才来廓清，使考史的儒生，为之拍案称快，自比于汉儒的"舒愤懑"——就是明末清初的才子们之所谓"不亦快哉！"③ 然而解放乐户却是真的，但又并未"廓清"，例如绍兴的惰民，直到民国革命之初，他们还是不与良民通婚，去给大户服役，不过已有报酬，这一点，恐怕是和解放之前大不相同的了。革命之后，我久不回到绍兴去了，不知道他们怎样，推想起来，大约和三十年前是不会有什么两样的。

二

但俞正燮的歌颂清朝功德，却不能不说是当然的事。他生于乾隆四十年，到他壮年以至晚年的时候，文字狱的血迹已经消失，满洲人的凶焰已经缓和，愚民政策早已集了大成，剩下的就只有"功

---

① **惰民** 又作堕民，明代称为丐户，清雍正元年（1723）始废除惰民的"丐籍"。教坊废于清雍正七年（1729）。女乐废于清顺治十六年（1659）。

② **"舒愤懑"** 语出《典引》，汉代班固作《典引》，文前小引中说："窃作《典引》一篇，虽不足雍容明盛万分之一，犹启发愤满，觉悟童蒙，光扬大汉，轶声前代，然后退入沟壑，死而不朽。""舒愤懑"即班固的"启发愤满"。

③ **"不亦快哉！"** 金圣叹在他的《圣叹外书》卷七《拷艳》章篇首中说："昔与斲山同客共住，霖雨十日，对床无聊，因约赌说快事，以破积闷。"下面汇录了"快事"三十三则，每则都用"不亦快哉"一语结束。

德"了。那时的禁书，我想他都未必看见。现在不说别的，单看雍正乾隆两朝的对于中国人著作的手段，就足够令人惊心动魄。全毁，抽毁，剜去之类也且不说，最阴险的是删改了古书的内容。乾隆朝的纂修《四库全书》，是许多人颂为一代之盛业的，但他们却不但捣乱了古书的格式，还修改了古人的文章；不但藏之内廷，还颁之文风较盛之处，使天下士子阅读，永不会觉得我们中国的作者里面，也曾经有过很有些骨气的人。（这两句，奉官命改为"永远看不出底细来。"）

　　嘉庆道光以来，珍重宋元版本的风气逐渐旺盛，也没有悟出乾隆皇帝的"圣虑"，影宋元本或校宋元本的书籍很有些出版了，这就使那时的阴谋露了马脚。最初启示了我的是《琳琅秘室丛书》里的两部《茅亭客话》①，一是校宋本，一是四库本，同是一种书，而两本的文章却常有不同，而且一定是关于"华夷"的处所。这一定是四库本删改了的；现在连影宋本的《茅亭客话》也已出版，更足据为铁证，不过倘不和四库本对读，也无从知道那时的阴谋。《琳琅秘室丛书》我是在图书馆里看的，自己没有，现在去买起来又嫌太贵，因此也举不出实例来。但还有比较容易的法子在。

　　新近陆续出版的《四部丛刊续编》②自然应该说是一部新的古董书，但其中却保存着满清暗杀中国著作的案卷。例如宋洪迈的《容斋随笔》至《五笔》③是影宋刊本和明活字本，据张元济④跋，其中有三条就为清代刻本中所没有。所删的是怎样内容的文章呢？为惜纸墨计，现在只摘录一条《容斋三笔》卷三里的《北狄俘虏之苦》在这里——

　　　　元魏破江陵，尽以所俘士民为奴，无分贵贱，盖北方夷俗

---

　　① 《琳琅秘室丛书》　清代胡珽校刊。共五集，计三十六种，所收主要是掌故、说部、释道方面的书。《茅亭客话》，宋代黄休复著，内容系记录从五代到宋真宗时的蜀中杂事。

　　② 《四部丛刊续编》　商务印书馆编选影印的丛书《四部丛刊》续编。

　　③ 《容斋随笔》《续笔》《三笔》《四笔》各十六卷，《五笔》十卷。是一部有关经史、文艺、掌故等的笔记。洪迈（1123—1202）　字景庐，宋代文人。

　　④ 张元济（1867—1959）　字菊生，浙江海盐人，上海商务印书馆编译所所长。《容斋随笔五集》有张元济写于1934年的跋，其中说："清代坊刻，《随笔》卷九阙《五胡乱华》一则，《三笔》卷三阙《北狄俘虏之苦》一则，卷五阙《北虏诛宗王》一则。盖当时深讳胡、虏等字，刊者俱罹禁网，故概从删削。"

皆然也。自靖康之后，陷于金虏者，帝子王孙，官门仕族之家，尽没为奴婢，使供作务。每人一月支稗子五斗，令自舂为米，得一斗八升，用为餱粮；岁支麻五把，令绩为裘。此外更无一钱一帛之入。男子不能绩者，则终岁裸体。虏或哀之，则使执爨，虽时负火得暖气，然才出外取柴归，再坐火边，皮肉即脱落，不日辄死。惟喜有手艺，如医人绣工之类，寻常只团坐地上，以败席或芦藉衬之，遇客至开筵，引能乐者使奏技，酒阑客散，各复其初，依旧环坐刺绣：任其生死，视如草芥。……

清朝不惟自掩其凶残，还要替金人来掩饰他们的凶残。据此一条，可见俞正燮入金朝于仁君之列，是不确的了，他们不过是一扫宋朝的主奴之分，一律都作为奴隶，而自己则是主子。但是，这校勘，是用清朝的书坊刻本的，不知道四库本是否也如此。要更确凿，还有一部也是《四部丛刊续编》里的影旧抄本宋晁说之《嵩山文集》① 在这里，卷末就有单将《负薪对》一篇和四库本相对比，以见一斑的实证，现在摘录几条在下面，大抵非删则改，语意全非，仿佛宋臣晁说之，已在对金人战栗，嗫嚅不吐，深怕得罪似的了——

旧抄本　　　　　　　　四库本

金贼以我疆场之臣无状，　金人扰我疆场之地，

　斥堠不明，　　　　　　边城斥堠不明，

　遂豕突河北，　　　　　遂长驱河北，

　蛇结河东。　　　　　　盘结河东。

犯孔子春秋之大禁，　　　为上下臣民之大耻，

以百骑却虏枭将，　　　　以百骑却辽枭将，

彼金贼虽非人类，　　　　彼金人虽甚强盛，

　而犬豕亦有掉　　　　　而赫然示之以

　瓦怖恐之号，　　　　　威令之森严，

　顾弗之惧哉！　　　　　顾弗之惧哉！

我取而歼焉可也。　　　　我因而取之可也。

太宗时，女真困于契丹　　太宗时，女真困于契丹

——————————

① **晁说之（1059—1129）** 字以道，号景迂，清丰（今属河北）人，宋代文学家。《嵩山文集》，二十卷，是他的诗文集，《负薪对》载于卷三中。

夜记：其他散文作品

之三栅，控告乞援， 　亦卑恭甚矣。	之三栅，控告乞援， 　亦和好甚矣。
不谓敢眦睨中国 　之地于今日也。	不谓竟酿患滋祸 　一至于今日也。
忍弃上皇之子于胡虏乎？	忍弃上皇之子于异地乎？
何则：夷狄喜相吞并斗 　争，是其犬羊猓吠咋 　啮之性也。唯其富者 　最先亡。古今夷狄族 　帐，大小见于史册者 　百十，今其存者一二， 　皆以其财富而自底灭 　亡者也。今此小丑不 　指日而灭亡，是无天 　道也。	（无）
褫中国之衣冠， 　复夷狄之态度。	遂其报复之心， 　肆其凌侮之意。
取故相家孙女姊妹， 　缚马上而去， 　执侍帐中，远近胆落， 　不暇寒心。	故相家皆携老襁幼， 　弃其籍而去， 　焚掠之余，远近胆落， 　不暇寒心。

　　即此数条，已可见"贼""虏""犬羊"是讳的；说金人的淫掠是讳的；"夷狄"当然要讳，但也不许看见"中国"两个字，因为这是和"夷狄"对立的字眼，很容易引起种族思想来的。但是，这《嵩山文集》的抄者不自改，读者不自改，尚存旧文，使我们至今能够看见晁氏的真面目，在现在说起来，也可以算是令人大"舒愤懑"的了。

　　清朝的考据家有人说过，"明人好刻古书而古书亡"①，因为他们妄行校改。我以为这之后，则清人纂修《四库全书》而古书亡，

---

① 《訄书》　章太炎早期的一部学术论著，木刻本印行于1899年。1902年改订出版时，作者删去了带有改良主义色彩的《客帝》等篇，增加了宣传反清革命的论文。卷首有"前录"两篇：《客帝匡谬》和《分镇匡谬》。1914年作者重新增删时，删去"前录"两篇及《解辫发》等文，并将书名改为《检论》。

因为他们变乱旧式，删改原文；令人标点古书而古书亡，因为他们乱点一通，佛头着粪：这是古书的水火兵虫以外的三大厄。

三

对于清朝的愤懑的从新发作，大约始于光绪中，但在文学界上，我没有查过以谁为"祸首"。太炎先生是以文章排满的骁将著名的，然而在他那《訄书》的未改订本中，还承认满人可以主中国，称为"客帝"，比于嬴秦的"客卿"①。但是，总之，到光绪末年，翻印的不利于清朝的古书，可是陆续出现了；太炎先生也自己改正了"客帝"说，在再版的《訄书》里，"删而存此篇"；后来这书又改名为《检论》，我却不知道是否还是这办法。留学日本的学生们中的有些人，也在图书馆里搜寻可以鼓吹革命的明末清初的文献。那时印成一大本的有《汉声》，是《湖北学生界》②的增刊，面子上题着四句集《文选》句："抒怀旧之积念，发思古之幽情"，第三句想不起来了，第四句是"振大汉之天声"。无古无今，这种文献，倒是总要在外国的图书馆里抄得的。

我生长在偏僻之区，毫不知道什么是满汉，只在饭店的招牌上看见过"满汉酒席"字样，也从不引起什么疑问来。听人讲"本朝"的故事是常有的，文字狱的事情却一向没有听到过，乾隆皇帝南巡③的盛事也很少有人讲述了，最多的是"打长毛"。我家里有一个年老的女工，她说长毛时候，她已经十多岁，长毛故事要算她对我讲得最多，但她并无邪正之分，只说最可怕的东西有三种，一种自然是"长毛"，一种是"短毛"，还有一种"花绿头"④。到得后来，我才明白后两种其实是官兵，但在愚民的经验上，是和长毛并无区别的。给我指明长毛之可恶的倒是几位读书人；我家里有几部县志，偶然翻开来看，那时殉难的烈士烈女的名册就有一两卷，同族里的人也有几个被杀掉的，后来封了"世袭云骑尉"⑤，我于是确

<hr>

① **"客卿"** 战国时代，某一诸侯国任用他国人担任官职，称为客卿。
② **《湖北学生界》** 清末在日本留学的湖北学生主办的一种月刊。
③ **"乾隆皇帝南巡"** 清代乾隆皇帝在位六十年（1736—1795），曾先后六次南巡。
④ **"长毛"** 指太平天国起义军队。**"短毛"**，指剃发的清朝官兵。**"花绿头"**，指帮助清廷的法、英帝国主义军队。
⑤ **"世袭云骑尉"** 云骑尉是官名，自唐代后均有此称谓。清朝则以为世袭的职位，为世职的末级。凡阵亡者授爵，自云骑尉至轻车都尉兼一云骑尉不等。

切的认定了长毛之可恶。然而，真所谓"心事如波涛"罢，久而久之，由于自己的阅历，证以女工的讲述，我竟决不定那些烈士烈女的凶手，究竟是长毛呢，还是"短毛"和"花绿毛"了。我真很羡慕"四十而不惑"的圣人的幸福。

对我最初提醒了满汉的界限的不是书，是辫子。这辫子，是砍了我们古人的许多头，这才种定了的①，到得我有知识的时候，大家早忘却了血史，反以为全留乃是长毛，全剃好像和尚，必须剃一点，留一点，才可以算是一个正经人了。而且还要从辫子上玩出花样来：小丑挽一个结，插上一朵纸花打诨；开口跳②将小辫子挂在铁杆上，慢慢的吸烟献本领；变把戏的不必动手，只消将头一摇，劈拍一声，辫子便自会跳起来盘在头顶上，他于是耍起关王刀来了。而且还切于实用：打架的时候可以拔住，挣脱极难；捉人的时候可以拉着，省得绳索，要是被捉的人多呢，只要捏住辫梢头，一个人就可以牵一大串。吴友如画的《申江胜景图》里，有一幅会审公堂，就有一个巡捕拉着犯人的辫子的形象，但是，这是已经算作"胜景"了。

住在偏僻之区还好，一到上海，可就不免有时会听到一句洋话：Pig-tail——猪尾巴。这一句话，现在是早不听见了，那意思，似乎也不过说人头上生着猪尾巴，和今日之上海，中国人自己一斗嘴，便彼此互骂为"猪猡"的，还要客气得远。不过那时的青年，好像涵养工夫没有现在的深，也还未懂得"幽默"，所以听起来实在觉得刺耳。而且对于拥有二百余年历史的辫子的模样，也渐渐的觉得并不雅观，既不全留，又不全剃，剃去一圈，留下一撮，又打起来拖在背后，真好像做着好给别人来拔着牵着的柄子。对于它终于怀了恶感，我看也正是人情之常，不必指为拿了什么地方的东西，迷了什么斯基的理论的③。（这两句，奉官谕改为"不足怪的"。）

我的辫子留在日本，一半送给客店里的一位使女做了假发，一半给了理发匠，人是在宣统初年回到故乡来了，一到上海，首先得装假辫子。这时上海有一个专装假辫子的专家，定价每条大洋四元，

---

① 满族旧俗，男子剃发垂辫。1644 年清兵入关定都北京，即下令剃发垂辫，因受到各地人民反对及时局影响而中止，次年五月攻占南京后，下达严厉的剃发令，即布告之后十日"尽使薙（剃）发，遵依者为我国之民，迟疑者同逆命之寇，"如"已定地方之人民，仍存明制，不随本朝之制度者，杀无赦"等引起广泛的反抗，许多人也因之被杀。

② "开口跳" 传统戏曲中武丑的俗称。

③ 这里是指国民党反动派诬蔑进步人士拿卢布，信俄国人的学说。

不折不扣，他的大名，大约那时的留学生都知道。做也真做得巧妙，只要别人不留心，是很可以不出岔子的，但如果人知道你原是留学生，留心研究起来，那就漏洞百出。夏天不能戴帽，也不大行；人堆里要防挤掉或挤歪，也不行。装了一个多月，我想，如果在路上掉了下来或者被人拉下来，不是比原没有辫子更不好看么？索性不装了，贤人说过的：一个人做人要真实。

但这真实的代价真也不便宜，走出去时，在路上所受的待遇完全和先前两样了。我从前是只以为访友作客，才有待遇的，这时才明白路上也一样的一路有待遇。最好的是呆看，但大抵是冷笑，恶骂，小则说是偷了人家的女人，因为那时捉住奸夫，总是首先剪去他辫子的，我至今还不明白为什么；大则指为"里通外国"，就是现在之所谓"汉奸"。我想，如果一个没有鼻子的人在街上走，他还未必至于这么受苦，假使没有了影子，那么，他恐怕也要这样的受社会的责罚了。

我回中国的第一年在杭州做教员，还可以穿了洋服算是洋鬼子；第二年回到故乡绍兴中学去做学监，却连洋服也不行了，因为有许多人是认识我的，所以不管如何装束，总不失为"里通外国"的人，于是我所受的无辫之灾，以在故乡为第一。尤其应该小心的是满洲人的绍兴知府的眼睛，他每到学校来，总喜欢注视我的短头发，和我多说话。

学生们里面，忽然起了剪辫风潮了，很有许多人要剪掉。我连忙禁止。他们就举出代表来诘问道：究竟有辫子好呢，还是没有辫子好呢？我的不假思索的答复是：没有辫子好，然而我劝你们不要剪。学生是向来没有一个说我"里通外国"的，但从这时起，却给了我一个"言行不一致"的结语，看不起了。"言行一致"，当然是很有价值的，现在之所谓文学家里，也还有人以这一点自豪①，但他们却不知道他们一剪辫子，价值就会集中在脑袋上。轩亭口离绍兴中学并不远，就是秋瑾小姐就义之处，他们常走，然而忘却了。

"不亦快哉！"——到了一千九百十一年的双十，后来绍兴也挂起白旗来，算是革命了，我觉得革命给我的好处，最大，最不能忘的是我从此可以昂头露顶，慢慢的在街上走，再不听到什么嘲骂。几个也是没有辫子的老朋友从乡下来，一见面就摩着自己的光头，从心底里笑了出来道：哈哈，终于也有了这一天了。

---

① 指施蛰存，他在1934年9月《现代》月刊第5卷第5期，发表的《我与文言文》中说："我自有生以来三十年，除幼稚无知的时代以外，自信思想及言行都是一贯的。"

假如有人要我颂革命功德，以"舒愤懑"，那么，我首先要说的就是剪辫子。

四

然而辫子还有一场小风波，那就是张勋的"复辟"，一不小心，辫子是又可以种起来的，我曾见他的辫子兵在北京城外布防，对于没辫子的人们真是气焰万丈。幸而不几天就失败了，使我们至今还可以剪短，分开，披落，烫卷……

张勋的姓名已经暗淡，"复辟"的事件也逐渐遗忘，我曾在《风波》里提到它，别的作品上却似乎没有见，可见早就不受人注意。现在是，连辫子也日见稀少，将与周鼎商彝同列，渐有卖给外国人的资格了。

我也爱看绘画，尤其是人物。国画呢，方巾长袍，或短褐椎结，从没有见过一条我所记得的辫子；洋画呢，歪脸汉子，肥腿女人，也从没有见过一条我所记得的辫子。这回见了几幅钢笔画和木刻的阿Q像，这才算遇到了在艺术上的辫子，然而是没有一条生得合式的。想起来也难怪，现在的二十岁上下的青年，他生下来已是民国，就是三十岁的，在辫子时代也不过四五岁，当然不会深知道辫子的底细的了。

那么，我的"舒愤懑"，恐怕也很难传给别人，令人一样的愤激，感慨，欢喜，忧愁的罢。

十二月十七日

一星期前，我在《病后杂谈》里说到铁氏二女的诗。据杭世骏说，钱谦益①编的《列朝诗集》里是有的，但我没有这书，所以只引了《订讹类编》完事。今天《四部丛刊续编》的明遗民彭孙贻②《茗斋集》出版了，后附《明诗钞》，却有铁氏长女诗在里面。现在就照抄在这里，并将范昌期原作，与所谓铁女诗不同之处，用括弧附注在下面，以便比较。照此看来，作伪者实不过改了一句，并每句各改易一二字而已——

① 钱谦益（1582—1664） 字受之，号牧斋。明崇祯时任礼部侍郎。清军占领南京时，他首先迎降，为世人鄙视。《列朝诗集》是他选辑的明诗的总集。铁氏二女诗载闰集卷四中。

② 彭孙贻（1615—1673） 字仲谋，号茗斋，明代选贡生，明亡后闭门不出。《茗斋集》是他的诗词集。所附《明诗钞》共九卷，铁氏长女诗载卷五中。

教坊献诗

教坊脂粉（落籍）洗铅华，一片闲（春）心对落花。旧曲
听来犹（空）有恨，故园归去已（却）无家。云鬟半挽鲜临妆
（青）镜，雨泪空流（频弹）湿绛纱。今日相逢白司马（安得
江州司马在），尊前重与诉（为赋）琵琶。

但俞正燮《癸巳类稿》又据茅大芳《希董集》，言"铁公妻女
以死殉"[1]；并记或一说云，"铁二子，无女。"那么，连铁铉有无女
儿，也都成为疑案了。两个近视眼论匾额上字，辩论一通，其实连匾
额也没有挂，原也是能有的事实。不过铁妻死殉之说，我以为是粉饰
的。《弇州史料》所记，奏文与上谕具存，王世贞明人，决不敢捏造。

倘使铁铉真的并无女儿，或有而实已自杀，则由这虚构的故事，
也可以窥见社会心理之一斑。就是：在受难者家族中，无女不如其
有之有趣，自杀又不如其落教坊之有趣；但铁铉究竟是忠臣，使其
女永沦教坊，终觉于心不安，所以还是和寻常女子不同，因献诗而
配了士子。这和小生落难，下狱挨打，到底中了状元的公式，完全
是一致的。

二十三日之夜，附记

（原刊 1935 年 3 月《文学》月刊第 4 卷第 3 号，发表时题目被
改为《病后余谈》，副题亦被删去，后收入《且介亭杂文》。在该书
附记中作者说："《病后杂谈之余》也是向《文学》的投稿，但不知
道为什么，检查官这回却古里古怪了，不说不准登，也不说可登，
也不动贵手删削，就是一个支支吾吾。发行人没有办法，来找我自
己删改了一些，然而听说还是不行，终于由发行人执笔，检查官动
口，再删一通，这才能在四卷三号上登出。题目必须改为《病后余
谈》，小注'关于舒愤懑'这一句也不准登；改动的两处，我都注在
本文之下，删掉的五处，则仍以黑点为记，读者试一想这些讳忌，
是会觉得很有趣的。只有不准说'言行一致'云云，也许莫明其妙，
现在我应该指明，这是因为又触犯了'第三种人'了。"）

---

[1] 俞正燮在《除乐户丐户籍及女乐考附古事》一文中引永乐上谕后的小注说："大
芳有《希董集》，言妻张氏及女媳皆死于井，未就逮；书藏其家。又铁公妻女亦以死殉，
与此不同。"

阿　金

近几时我最讨厌阿金。

她是一个女仆，上海叫娘姨，外国人叫阿妈，她的主人也正是外国人。

她有许多女朋友，天一晚，就陆续到她窗下来，"阿金，阿金！"的大声的叫，这样的一直到半夜。她又好像颇有几个姘头；她曾在后门口宣布她的主张：弗轧姘头，到上海来做啥呢？……

不过这和我不相干。不幸的是她的主人家的后门，斜对着我的前门，所以"阿金，阿金！"的叫起来，我总受些影响，有时是文章做不下去了，有时竟会在稿子上写一个"金"字。更不幸的是我的进出，必须从她家的晒台下走过，而她大约是不喜欢走楼梯的，竹竿，木板，还有别的什么，常常从晒台上直摔下来，使我走过的时候，必须十分小心，先看一看这位阿金可在晒台上面，倘在，就得绕远些。自然，这是大半为了我的胆子小，看得自己的性命太值钱；<u>但我们也得想一想她的主子是外国人</u>，被打得头破血出，固然不成问题，即使死了，开同乡会，<u>打电报也都没有用的</u>，——<u>况且我想，我也未必能够弄到开起同乡会</u>。

半夜以后，是别一种世界，还剩着白天脾气是不行的。有一夜，已经三点半钟了，我在译一篇东西，还没有睡觉。忽然听得路上有人低声的在叫谁，虽然听不清楚，却并不是叫阿金，当然也不是叫我。我想：这么迟了，还有谁来叫谁呢？同时也站起来，推开楼窗去看去了，却看见一个男人，望着阿金的绣阁的窗，站着。他没有看见我。我自悔我的莽撞，正想关窗退回的时候，斜对面的小窗开处，已经现出阿金的上半身来，并且立刻看见了我，向那男人说了一句不知道什么话，用手向我一指，又一挥，那男人便开大步跑掉了。我很不舒服，好像是自己做了甚么错事似的，书译不下去了，心里想：<u>以后总要少管闲事，要炼到泰山崩于前而色不变，炸</u>

弹落于侧而身不移！……

　　但在阿金，却似乎毫不受什么影响，因为她仍然嘻嘻哈哈。不过这是晚快边才得到的结论，所以我真是负疚了小半夜和一整天。这时我很感激阿金的大度，但同时又讨厌了她的大声会议，嘻嘻哈哈了。自有阿金以来，四围的空气也变得扰动了，她就有这么大的力量。这种扰动，我的警告是毫无效验的，她们连看也不对我看一看。有一回，邻近的洋人说了几句洋话，她们也不理；但那洋人就奔出来了，用脚向各人乱踢，她们这才逃散，会议也收了场。这踢的效力，大约保存了五六夜。

　　此后是照常的嚷嚷；而且扰动又廓张了开去，阿金和马路对面一家烟饭店里的老女人开始奋斗了，还有男人相帮。她的声音原是响亮的，这回就更加响亮，我觉得一定可以使二十间门面以外的人们听见。不一会，就聚集了一大批人。论战的将近结束的时候当然要提到"偷汉"之类，那老女人的话我没有听清楚，阿金的答复是：

　　"你这老×没有人要！我可有人要呀！"

　　这恐怕是实情，看客似乎大抵对她表同情，"没有人要"的老×战败了。这时踱来了一位洋巡捕，反背着两手，看了一会，就来把看客们赶开；阿金赶紧迎上去，对他讲了一连串的洋话。洋巡捕注意的听完之后，微笑的说道：

　　"我看你也不弱呀！"

　　他并不去捉老×，又反背着手，慢慢的踱过去了。这一场巷战就算这样的结束。但是，<u>人间世</u>的纠纷又并不能解决得这么干脆，那老×大约是也有一点势力的。第二天早晨，那离阿金家不远的也是外国人家的西崽忽然向阿金家逃来。后面追着三个彪形大汉。西崽的小衫已被撕破，大约他被他们诱出外面，又给人堵住后门，退不回去，所以只好逃到他爱人这里来了。爱人的肘腋之下，原是可以安身立命的，伊孛生（H. Ibsen）戏剧里的彼尔·干德①，就是失败之后，终于躲在爱人的裙边，听唱催眠歌的大人物。但我看阿金似乎比不上瑙威女子，她无情，也没有魄力。独有感觉是灵的，那男人刚要跑到的时候，她已经赶紧把后门关上了。那男人于是进了绝路，只得站住。这好像也颇出于彪形大汉们的意料之外，显得有

---

　　① **彼尔·干德**　挪威戏剧家易卜生诗剧《彼尔·干德》（现通译《彼尔·金特》）中的主人公。

些踌躇；但终于一同举起拳头，两个是在他背脊和胸脯上一共给了三拳，仿佛也并不怎么重，一个在他脸上打了一拳，却使它立刻红起来。这一场巷战很神速，又在早晨，所以观战者也不多，胜败两军，各自走散，世界又从此暂时和平了。然而我仍然不放心，因为我曾经听人说过：所谓"和平"，不过是两次战争之间的时日。

但是，过了几天，阿金就不再看见了，我猜想是被她自己的主人所回复。补了她的缺的是一个胖胖的，脸上很有些福相和雅气的娘姨，已经二十多天，还很安静，只叫了卖唱的两个穷人唱过一回"奇葛隆冬强"的《十八摸》①之类，那是她用"自食其力"的余闲，享点清福，谁也没有话说的。只可惜那时又招集了一群男男女女，连阿金的爱人也在内，保不定什么时候又会发生巷战。但我却也叨光听到了男嗓子的上低音（barytone）②的歌声，觉得很自然，比绞死猫儿似的《毛毛雨》③要好得天差地远。

阿金的相貌是极其平凡的。所谓平凡，就是很普通，很难记住，不到一个月，我就说不出她究竟是怎么一副模样来了。但是我还讨厌她，想到"阿金"这两个字就讨厌；在邻近闹嚷一下当然不会成这么深仇重怨，我的讨厌她是因为不消几日，她就摇动了我三十年来的信念和主张。

我一向不相信昭君出塞会安汉，木兰从军就可以保隋；也不信妲己亡殷④，西施沼吴⑤，杨妃乱唐⑥的那些古老话。我以为在男权社会里，女人是决不会有这种大力量的，兴亡的责任，都应该男的负。但向来的男性的作者，大抵将败亡的大罪，推在女性身上，这真是一钱不值的没有出息的男人。殊不料现在阿金却以一个貌不出众，才不惊人的娘姨，不用一个月，就在我眼前搅乱了四分之一里，假使她是一个女王，或者是皇后，皇太后，那么，其影响也就可以推见了：足够闹出大大的乱子来。

―――――――――

① 《十八摸》 旧时流行的一种猥亵小调。
② barytone 英语，男中音，即作者所说的"上低音"。
③ 《毛毛雨》 黎锦晖作的歌曲，1930年前后曾流行一时。
④ 妲己亡殷 妲己，殷纣王之妃。史书中记载，殷纣王好酒淫乐，钟爱妲己，唯妲己之言是听，朝政荒乱，终被周武王所灭。
⑤ 西施沼吴 西施，春秋时越国美女。越王勾践败于吴王夫差后，将西施送给夫差。后来吴王昏乱失政，被灭于越。
⑥ 杨妃乱唐 杨妃，即杨贵妃，名玉环，唐玄宗的宠妃。其兄杨国忠借她得宠而骄奢跋扈，朝纲大乱，引起安禄山、史思明等人的谋乱造反。

昔者孔子"五十而知天命",我却为了区区一个阿金,连对于人事也从新疑惑起来了,虽然圣人和凡人不能相比,但也可见阿金的伟力,和我的满不行。我不想将我的文章的退步,归罪于阿金的嚷嚷,而且以上的一通议论,也很近于迁怒,但是,近几时我最讨厌阿金,仿佛她塞住了我的一条路,却是的确的。

愿阿金也不能算是中国女性的标本。

十二月二十一日

(原刊 1936 年 2 月 20 日上海《海燕》月刊第 2 期,后收入《且介亭杂文》。在该书附记中作者说:"《阿金》是写给《漫画生活》的,然而不但不准登载,听说还送到南京中央宣传会里去了。这真是不过一篇漫谈,毫无深意,怎么会惹出这样大的问题来的呢,自己总是参不透。后来索回原稿,先看见第一页上有两颗紫色印,一大一小,文曰'抽去',大约小的是上海印,大的是首都印,然则必须'抽去',已无疑义了。再看下去,就又发现了许多红杠子,现在改为黑杠,仍留在本文的旁边。看了杠子,有几处是可以悟出道理来的。例如'主子是外国人','炸弹','巷战'之类,自然也以不提为是。但是我总不懂为什么不能说我死了'未必能够弄到开起同乡会'的缘由,莫非官意是以为我死了会开同乡会的么?")

弄堂生意古今谈

"薏米杏仁莲心粥!"

"玫瑰白糖伦教糕!"

"虾肉馄饨面!"

"五香茶叶蛋!"

这是四五年前,闸北一带弄堂内外叫卖零食的声音,假使当时记录了下来,从早到夜,恐怕总可以有二三十样。居民似乎也真会化零钱,吃零食,时时给他们一点生意,因为叫声也时时中止,可见是在招呼主顾了。而且那些口号也真漂亮,不知道他是从"晚明文选"或"晚明小品"里找过词汇的呢,还是怎么的,实在使我似的初到上海的乡下人,一听到就有馋涎欲滴之概,"薏米杏仁"而又"莲心粥",这是新鲜到连先前的梦里也没有想到的。但对于靠笔墨为生的人们,却有一点害处,假使你还没有练到"心如古井",就可以被闹得整天整夜写不出什么东西来。

现在是大不相同了。马路边上的小饭店,正午傍晚,先前为长衫朋友所占领的,近来已经大抵是"寄沉痛于幽闲"①;老主顾呢,坐到黄包车夫的老巢的粗点心店里面去了。至于车夫,那自然只好退到马路边沿饿肚子,或者幸而还能够咬侉饼。弄堂里的叫卖声,说也奇怪,竟也和古代判若天渊,卖零食的当然还有,但不过是橄榄或馄饨,却很少遇见那些"香艳肉感"的"艺术"的玩意了。嚷嚷呢,自然仍旧是嚷嚷的,只要上海市民存在一日,嚷嚷是大约决不会停止的。然而现在却切实了不少:麻油,豆腐,润发的刨花,晒衣的竹竿;方法也有改进,或者一个人卖袜,独自作歌赞叹着袜的牢靠。或者两个人共同卖布,交互唱歌颂扬着布的便宜。但大概

---

① **"寄沉痛于幽闲"** 这是林语堂在 1934 年 4 月 26 日《申报·自由谈》中《周作人读诗法》一文中所说的话。

是一直唱着进来，直达弄底，又一直唱着回去，走出弄外，停下来做交易的时候，是很少的。

偶然也有高雅的货色：果物和花。不过这是并不打算卖给中国人的，所以他用洋话：

"Ringo，Banana，Appulu-u，Appulu-u-u!"①

"Hana 呀 Hana-a-a! Ha-a-na-a-a!"②

也不大有洋人买。

间或有算命的瞎子，化缘的和尚进弄来，几乎是专攻娘姨们的，倒还是他们比较的有生意，有时算一命，有时卖掉一张黄纸的鬼画符。但到今年，好像生意也清淡了，于是前天竟出现了大布置的化缘。先只听得一片鼓钹和铁索声，我正想做"超现实主义"③的语录体诗，这么一来，诗思被闹跑了，寻声看去，原来是一个和尚用铁钩钩在前胸的皮上，钩柄系有一丈多长的铁索，在地上拖着走进弄里来，别的两个和尚打着鼓和钹。但是，那些娘姨们，却都把门一关，躲得一个也不见了。这位苦行的高僧，竟连一个铜子也拖不去。

事后，我探了探她们的意见，那回答是："看这样子，两角钱是打发不走的。"

独唱，对唱，大布置，苦肉计，在上海都已经赚不到大钱，一面固然足征洋场上的"人心浇薄"，但一面也可见只好去"复兴农村"④了，唔。

四月二十三日

（原刊 1935 年 5 月《漫画生活》第 9 期，后收入《且介亭杂文二集》）

---

① **Ringo** 日语"林檎"（苹果）的语音。**Banana**，日语外来词"香蕉"的语音。**Appulu**，日语外来词"苹果"的语音。

② **Hana** 日语"花"的语音。

③ **"超现实主义"** 原指第一次世界大战后流行于西欧的一种现代主义文艺流派。这里借用讽刺周作人、林语堂等人脱离现实的艺术倾向。**语录体**，原指我国古代以问答形式记录格言隽语的一种文体。这里是讽刺林语堂等人正在提倡的注重"幽默""性灵"的语录体诗文。

④ **"复兴农村"** 1933 年 5 月国民党政府成立了农村复兴委员会，发起了所谓农村复兴运动。

我要骗人

疲劳到没有法子的时候，也偶然佩服了超出现世的作家，要模仿一下来试试。然而不成功。超然的心，是得像贝类一样，外面非有壳不可的。而且还得有清水。浅间山①边，倘是客店，那一定是有的罢，但我想，却未必有去造"象牙之塔"的人的。

为了希求心的暂时的平安，作为穷余的一策，我近来发明了别样的方法了，这就是骗人。

去年的秋天或是冬天，日本的一个水兵，在闸北被暗杀了②。忽然有了许多搬家的人，汽车租钱之类，都贵了好几倍。搬家的自然是中国人，外国人是很有趣似的站在马路旁边看。我也常常去看的。一到夜里，非常之冷静，再没有卖食物的小商人了，只听得有时从远处传来着犬吠。然而过了两三天，搬家好像被禁止了。警察拚死命的在殴打那些拉着行李的大车夫和洋车夫，日本的报章，中国的报章，都异口同声的对于搬了家的人们给了一个"愚民"的徽号。这意思就是说，其实是天下太平的，只因为有这样的"愚民"，所以把颇好的天下，弄得乱七八糟了。

我自始至终没有动，并未加入"愚民"这一伙里。但这并非为了聪明，却只因为懒惰。也曾陷在五年前的正月的上海战争③——日本那一面，好像是喜欢称为"事变"似的——的火线下，而且自由早被剥夺④，夺了我的自由的权力者，又拿着这飞上空中了，所以无论跑到那里去，都是一个样。中国的人民是多疑的。无论那一国人。

---

① **浅间山** 日本的火山，过去常有人投火山口自杀，它也是有名的游览区。

② 指 1935 年 11 月 9 日晚日本水兵中山秀雄在上海窦乐安路被暗杀。当时日本侵略者曾借此进行威胁要挟。

③ **上海战争** 指 1932 年的"一二八战争"。

④ **自由早被剥夺** 1930 年 2 月鲁迅参加发起了中国自由运动大同盟。国民党浙江省党部即呈请国民党中央通缉"堕落文人鲁迅"。这里所言当指此事。

都指这为可笑的缺点。然而怀疑并不是缺点。总是疑，而并不下断语，这才是缺点。我是中国人，所以深知道这秘密。其实，是在下着断语的，而这断语，乃是：到底还是不可信。但后来的事实，却大抵证明了这断语的的确。中国人不疑自己的多疑。所以我的没有搬家，也并不是因为怀着天下太平的确信，说到底，仍不过为了无论那里都一样的危险的缘故。五年以前翻阅报章，看见过所记的孩子的死尸的数目之多，和从不见有记着交换俘虏的事，至今想起来，也还是非常悲痛的。

虐待搬家人，殴打车夫，还是极小的事情。中国的人民，是常用自己的血，去洗权力者的手，使他又变成洁净的人物的，现在单是这模样就完事，总算好得很。

但当大家正在搬家的时候，我也没有整天站在路旁看热闹，或者坐在家里读世界文学史之类的心思。走远一点，到电影院里散闷去。一到那里，可真是天下太平了。这就是大家搬家去住的处所①。我刚要跨进大门，被一个十二三岁的女孩子捉住了。是小学生，在募集水灾的捐款，因为冷，连鼻子尖也冻得通红。我说没有零钱，她就用眼睛表示了非常的失望。我觉得对不起人，就带她进了电影院，买过门票之后，付给她一块钱。她这回是非常高兴了，称赞我道，"你是好人"，还写给我一张收条。只要拿着这收条，就无论到那里，都没有再出捐款的必要。于是我，就是所谓"好人"，也轻松的走进里面了。

看了什么电影呢？现在已经丝毫也记不起。总之，大约不外乎一个英国人，为着祖国，征服了印度的残酷的酋长，或者一个美国人，到亚非利加②去，发了大财，和绝世的美人结婚之类罢。这样的消遣了一些时光，傍晚回家，又走进了静悄悄的环境。听到远地里的犬吠声。女孩子的满足的表情的相貌，又在眼前出现，自己觉得做了好事情了，但心情又立刻不舒服起来，好像嚼了肥皂或者什么一样。

诚然，两三年前，是有过非常的水灾的，这大水和日本的不同，几个月或半年都不退。但我又知道，中国有着叫作"水利局"的机关，每年从人民收着税钱，在办事。但反而出了这样的大水了。我

---

① 指当时上海的租界地区。

　② **亚非利加**　英语 Africa 的音译，即非洲。

又知道，有一个团体演了戏来筹钱，因为后来只有二十几元，衙门就发怒不肯要。连被水灾所害的难民成群的跑到安全之处来，说是有害治安，就用机关枪去扫射的话也都听到过。恐怕早已统统死掉了罢。然而孩子们不知道，还在拼命的替死人募集生活费，募不到，就失望，募到手，就喜欢。而其实，一块来钱，是连给水利局的老爷买一天的烟卷也不够的。我明明知道着，却好像也相信款子真会到灾民的手里似的，付了一块钱。实则不过买了这天真烂漫的孩子的欢喜罢了。我不爱看人们的失望的样子。

倘使我那八十岁的母亲，问我天国是否真有，我大约是会毫不踌躇，答道真有的罢。

然而这一天的后来的心情却不舒服。好像是又以为孩子和老人不同，骗她是不应该似的，想写一封公开信，说明自己的本心，去消释误解，但又想到横竖没有发表之处，于是中止了，时候已是夜里十二点钟。到门外去看了一下。

已经连人影子也看不见。只在一家的檐下，有一个卖馄饨的，在和两个警察谈闲天。这是一个平时不大看见的特别穷苦的肩贩，存着的材料多得很，可见他并无生意。用两角钱买了两碗，和我的女人两个人分吃了。算是给他赚一点钱。

庄子曾经说过："干下去的（曾经积水的）车辙里的鲋鱼，彼此用唾沫相湿，用湿气相嘘，"——然而他又说，"倒不如在江湖里，大家互相忘却的好。"①

可悲的是我们不能互相忘却。而我，却愈加恣意的骗起人来了。如果这骗人的学问不毕业，或者不中止，恐怕是写不出圆满的文章来的。

但不幸而在既未卒业，又未中止之际，遇到山本社长②了。因为要我写一点什么，就在礼仪上，答道"可以的"。因为说过"可以"，就应该写出来，不要使他失望，然而，到底也还是写了骗人的文章。

写着这样的文章，也不是怎么舒服的心地。要说的话多得很，但得等候"中日亲善"更加增进的时光。不久之后，恐怕那"亲善"的程度，竟会到在我们中国，认为排日即国贼——因为说是共

我要骗人

---

① "涸辙之鲋"的故事，见《庄子·大宗师》《庄子·天运》《庄子·外物》等篇。
② **山本社长** 山本实彦（1885—1952），当时日本《改造》杂志社社长。

产党利用了排日的口号，使中国灭亡的缘故——而到处的断头台上，都闪烁着太阳的圆圈①的罢，但即使到了这样子，也还不是披沥真实的心的时光。

单是自己一个人的过虑也说不定：要彼此看见和了解真实的心，倘能用了笔，舌，或者如宗教家之所谓眼泪洗明了眼睛那样的便当的方法，那固然是非常之好的，然而这样便宜事，恐怕世界上也很少有。这是可以悲哀的。一面写着漫无条理的文章，一面又觉得对不起热心的读者了。

临末，用血写添几句个人的豫感，算是一个答礼罢。

二月二十三日

（原刊 1936 年 4 月号日本《改造》月刊，系日文，后由作者译成中文，发表于 1936 年 6 月《文学丛报》第 3 期。7 月后收入《且介亭杂文末编》）

夜记：其他散文作品

---

① **太阳的圆圈** 指日本国旗。

写于深夜里

一 珂勒惠支教授的版画之入中国

野地上有一堆烧过的纸灰，旧墙上有几个划出的图画，经过的人是大抵未必注意的，然而这些里面，各各藏着一些意义，是爱，是悲哀，是愤怒，……而且往往比叫了出来的更猛烈。也有几个人懂得这意义。

一九三一年——我忘了月份了——创刊不久便被禁止的杂志《北斗》① 第一本上，有一幅木刻画，是一个母亲，悲哀的闭了眼睛，交出她的孩子去。这是珂勒惠支教授② （Prof. Kaethe Kollwitz） 的木刻连续画《战争》的第一幅，题目叫作《牺牲》；也是她的版画绍介进中国来的第一幅。

这幅木刻是我寄去的，算是柔石遇害的纪念。他是我的学生和朋友，一同绍介外国文艺的人，尤喜欢木刻，曾经编印过三本欧美作家的作品③，虽然印得不大好。然而不知道为了什么，突然被捕了，不久就在龙华和别的五个青年作家同时枪毙。当时的报章上毫无记载，大约是不敢，也不能记载，然而许多人都明白他不在人间了，因为这是常有的事。只有他那双目失明的母亲，我知道她一定还以为她的爱子仍在上海翻译和校对。偶然看到德国书店的目录上有这幅《牺牲》，便将它投寄《北斗》了，算是我的无言的纪念。然而，后来知道，很有一些人是觉得所含的意义的，不过他们大抵以为纪念的是被害的全群。

这时珂勒惠支教授的版画集正在由欧洲走向中国的路上，但到

---

① 《北斗》 文艺月刊。"左联"机关刊物，丁玲主编。1931 年 9 月在上海创刊，1932 年 7 月停刊。

② 珂勒惠支教授 德国女版画家。

③ 指朝花社编印的《艺苑朝华》中所收的《近代木刻选集》第一、二集和《比亚兹莱画选》。

得上海，勤恳的绍介者却早已睡在土里了，我们连地点也不知道。好的，我一个人来看。这里面是穷困，疾病，饥饿，死亡……自然也有挣扎和争斗，但比较的少；这正如作者的自画像，脸上虽有憎恶和愤怒，而更多的是慈爱和悲悯的相同。这是一切"被侮辱和被损害的"的母亲的心的图像。这类母亲，在中国的指甲还未染红的乡下，也常有的，然而人往往嗤笑她，说做母亲的只爱不中用的儿子。但我想，她是也爱中用的儿子的，只因为既然强壮而有能力，她便放了心，去注意"被侮辱的和被损害的"孩子去了。

现在就有她的作品的复印二十一幅，来作证明；并且对于中国的青年艺术学徒，又有这样的益处的——

一，近五年来，木刻已颇流行了，虽然时时受着迫害。但别的版画，较成片段的，却只有一本关于卓伦（Anders Zorn）① 的书。现在所绍介的全是铜刻和石刻，使读者知道版画之中，又有这样的作品，也可以比油画之类更加普遍，而且看见和卓伦截然不同的技法和内容。

二，没有到过外国的人，往往以为白种人都是对人来讲耶稣道理或开洋行的，鲜衣美食，一不高兴就用皮鞋向人乱踢。有了这画集，就明白世界上其实许多地方都还存在着"被侮辱和被损害的"人，是和我们一气的朋友，而且还有为这些人们悲哀，叫喊和战斗的艺术家。

三，现在中国的报纸上多喜欢登载张口大叫着的希特拉像，当时是暂时的，照相上却永久是这姿势，多看就令人觉得疲劳。现在由德国艺术家的画集，却看见了别一种人，虽然并非英雄，却可以亲近，同情，而且愈看，也愈觉得美，愈觉得有动人之力。

四，今年是柔石被害后的满五年，也是作者的木刻第一次在中国出现后的第五年；而作者，用中国式计算起来，她是七十岁了，这也可以算作一个纪念。作者虽然现在也只能守着沉默，但她的作品，却更多的在远东的天下出现了。是的，为人类的艺术，别的力量是阻挡不住的。

二　略论暗暗的死

这几天才悟到，暗暗的死，在一个人是极其惨苦的事。

----

① **卓伦（1860—197）** 瑞典画家、雕刻家和铜版蚀刻画家。

中国在革命以前，死囚临刑，先在大街上通过，于是他或呼冤，或骂官，或自述英雄行为，或说不怕死。到壮美时，随着观看的人们，便喝一声采，后来还传述开去。在我年青的时候，常听到这种事，我总以为这情形是野蛮的，这办法是残酷的。

新近在林语堂①博士编辑的《宇宙风》②里，看到一篇铢堂③先生的文章，却是别一种见解。他认为这种对死囚喝采，是崇拜失败的英雄，是扶弱，"理想是不能不算崇高。然而在人群的组织上实在要不得。抑强扶弱，便是永远不愿意有强。崇拜失败英雄，便是不承认成功的英雄。"所以使"凡是古来成功的帝王，欲维持几百年的威力，不定得残害几万几十万无辜的人，方才能博得一时的慑服"。

残害了几万几十万人，还只"能博得一时的慑服"，为"成功的帝王"设想，实在是大可悲哀的：没有好法子。不过我并不想替他们划策，我所由此悟到的，乃是给死囚在临刑前可以当众说话，倒是"成功的帝王"的恩惠，也是他自信还有力量的证据，所以他有胆放死囚开口，给他在临死之前，得到一个自夸的陶醉，大家也明白他的收场。我先前只以为"残酷"，还不是确切的判断，其中是含有一点恩惠的。我每当朋友或学生的死，倘不知时日，不知地点，不知死法，总比知道的更悲哀和不安；由此推想那一边，在暗室中毕命于几个屠夫的手里，也一定比当众而死的更寂寞。

然而"成功的帝王"是不秘密杀人的，他只秘密一件事：和他那些妻妾的调笑。到得就要失败了，才又增加一件秘密：他的财产的数目和安放的处所；再下去，这才加到第三件：秘密的杀人。这

---

① **林语堂（1895—1976）** 福建龙溪人，作家。著有《京华烟云》《吾国与吾民》等。

② **《宇宙风》** 小品文半月刊，林语堂、陶亢德编，1935 年 9 月创刊，1947 年 8 月停刊。

③ **铢堂** 原作铢庵，本名瞿宣颖（1894—?），字兑之，湖南长沙人。北洋政府官僚，抗日战争时期曾充当伪华北编译馆馆长。他的文章题为《不以成败论英雄》，刊于《宇宙风》第十三期（1936 年 3 月），文中说："我们的民族乃是向来不以成败论英雄的。……近人有一句流行话，说中国民族富于同化力，所以辽金元清都并不曾征服中国。其实无非是一种惰性，对于新制度不容易接收罢了。这种惰性与上面所说的不论成败的精神，最有关系。中国人对于失败者过于哀怜，所以对于旧的过于恋情。对于成功者常怀轻蔑，所以对于新的不容易接收。凡是古来成功的帝王，欲维持几百年的威力，不定得残害几万几十万无辜的人，方才能博得一时的慑服。……这些话好像都是老生常谈。然而我要藉此点明的意思，乃是中国的社会不树威是难得服帖的。……总而言之，中国人理想是不能不算崇高。然而在人群的组织上实在要不得。抑强扶弱，便是永远不愿意有强。崇拜失败英雄，便是不承认成功的英雄。"

写于深夜里

317

时他也如铁堂先生一样，觉得民众自有好恶，不论成败的可怕了。

所以第三种秘密法，是即使没有策士的献议，也总有一时要采用的，也许有些地方还已经采用。这时街道文明了，民众安静了，但我们试一推测死者的心，却一定比明明白白而死的更加惨苦。我先前读但丁①的《神曲》，到《地狱》篇，就惊异于这作者设想的残酷，但到现在，阅历加多，才知道他还是仁厚的了：他还没有想出一个现在已极平常的惨苦到谁也看不见的地狱来。

三　一个童话

看到二月十七日的《DZZ》②，有为纪念海涅（H. Heine）③死后八十年，勃莱兑勒（Willi Bredel）④所作的《一个童话》，很爱这个题目，也来写一篇。

有一个时候，有一个这样的国度。权力者压服了人民，但觉得他们倒都是强敌了，拼音字好像机关枪，木刻好像坦克车；取得了土地，但规定的车站上不能下车。地面上也不能走了，总得在空中飞来飞去；而且皮肤的抵抗力也衰弱起来，一有紧要的事情，就伤风，同时还传染给大臣们，一齐生病。

出版有大部的字典，还不止一部，然而是都不合于实用的，倘要明白真情，必须查考向来没有印过的字典。这里面很有新奇的解释，例如："解放"就是"枪毙"；"托尔斯泰主义"就是"逃走"；"官"字下注云："大官的亲戚朋友和奴才"；"城"字下注云："为防学生出入而造的高而坚固的砖墙"；"道德"条下注云："不准女人露出臂膊"；"革命"条下注云："放大水入田地里，用飞机载炸弹向'匪贼'头上掷之也。"

出版有大部的法律，是派遣学者，往各国采访了现行律，摘取精华，编纂而成的，所以没有一国，能有这部法律的完全和精密。但卷头有一页白纸，只有见过没有印出的字典的人，才能够看出

---

① 但丁（**Dante Alighieri, 1265—1321**）　意大利诗人。《神曲》是他的代表作，分《地狱》《炼狱》《天堂》三部。

② 《**DZZ**》　德文《Deutsche Zentral-Zeitung》（《德意志中央新闻》）的缩写；是当时在苏联印行的德文报纸。

③ 海涅（**1797—1856**）　德国诗人。著有《德国——一个冬天的童话》等，二月二十七日是海涅逝世的日子。

④ 勃莱兑勒（**1901—1964**）　通译布莱德尔，德国作家。

字来，首先计三条：一，或从宽办理；二，或从严办理；三，或有时全不适用之。

自然有法院，但曾在白纸上看出字来的犯人，在开庭时候是决不抗辩的，因为坏人才爱抗辩，一辩即不免"从严办理"；自然也有高等法院，但曾在白纸上看出字来的人，是决不上诉的，因为坏人才爱上诉，一上诉即不免"从严办理"。

有一天的早晨，许多军警围住了一个美术学校①。校里有几个中装和西装的人在跳着，翻着，寻找着，跟随他们的也是警察，一律拿着手枪。不多久，一位西装朋友就在寄宿舍里抓住了一个十八岁的学生的肩头。

"现在政府派我们到你们这里来检查，请你……"

"你查罢！"那青年立刻从床底下拖出自己的柳条箱来。

这里的青年是积多年的经验，已颇聪明了的，什么也不敢有。但那学生究竟只有十八岁，终于被在抽屉里，搜出几封信来了，也许是因为那些信里面说到他的母亲的困苦而死，一时不忍烧掉罢。西装朋友便子子细细的一字一字的读着，当读到"……世界是一台吃人的筵席，你的母亲被吃去了，天下无数无数的母亲也会被吃去的……"的时候，就把眉头一扬，摸出一枝铅笔来，在那些字上打着曲线，问道：

"这是怎么讲的？"

"…………"

"谁吃你的母亲？世上有人吃人的事情吗？我们吃你的母亲？好！"他凸出眼珠，好像要化为枪弹，打了过去的样子。

"那里！……这……那里！……这……"青年发急了。

但他并不把眼珠射出去，只将信一折，塞在衣袋里；又把那学生的木版，木刻刀和拓片，《铁流》，《静静的顿河》②，剪贴的报，都放在一处，对一个警察说：

"我把这些交给你！"

"这些东西里有什么呢，你拿去？"青年知道这并不是好事情。

但西装朋友只向他瞥了一眼，立刻顺手一指，对别一个警察命

写于深夜里

---

① **美术学校** 指杭州国立艺术专门学校。下文的"一个十八岁的学生"指曹白。

② **《铁流》** 苏联作家绥拉菲莫维奇的长篇小说。**《静静的顿河》**，苏联作家肖洛霍夫的长篇小说。

令道：

"我把这个交给你！"

警察的一跳好像老虎，一把抓住了这青年的背脊上的衣服，提出寄宿舍的大门口去了。门外还有两个年纪相仿的学生，[①] 背脊上都有一只勇壮巨大的手在抓着。旁边围着一大层教员和学生。

四　又是一个童话

有一天的早晨的二十一天之后，拘留所里开审了。一间阴暗的小屋子里，上面坐着两位老爷，一东一西。东边的一个是马褂，西边的一个是西装，不相信世上有人吃人的事情的乐天派，录口供的。警察吆喝着连抓带拖的弄进一个十八岁的学生来，苍白脸，脏衣服，站在下面。马褂问过他的姓名，年龄，籍贯之后，就又问道：

"你是木刻研究会[②]的会员么？"

"是的。"

"谁是会长呢？"

"Ch……正的，H……副的。"

"他们现在在那里？"

"他们都被学校开除了，我不晓得。"

"你为什么要鼓动风潮呢，在学校里？"

"阿！……"青年只惊叫了一声。

"哼。"马褂随手拿出一张木刻的肖像来给他看，"这是你刻的吗？"

"是的。"

"刻的是谁呢？"

"是一个文学家。"

"他叫什么名字？"

"他叫卢那却尔斯基[③]。"

"他是文学家？——他是那一国人？"

"我不知道！"这青年想逃命，说谎了。

---

① **"两个年纪相仿的学生"** 指当时杭州艺专学生郝力群和叶乃芬。

② **木刻研究会** 指木铃木刻研究会，1933 年春成立于杭州，发起人是杭州艺专学生曹白、郝力群等。

③ **卢那却尔斯基（А. В. Луначарский，1875—1933）** 通译卢那察尔斯基，苏联文艺批评家，曾任苏联教育人民委员。

"不知道？你不要骗我！这不是露西亚①人吗？这不是明明白白的露西亚红军军官吗？我在露西亚的革命史上亲眼看见他的照片的呀！你还想赖？"

"那里！"青年好像头上受到了铁椎的一击，绝望的叫了一声。

"这是应该的，你是普罗艺术家，刻起来自然要刻红军军官呀！"

"那里……这完全不是……"

"不要强辩了，你总是'执迷不悟'！我们很知道你在拘留所里的生活很苦。但你得从实说来，好使我们早些把你送给法院判决。——监狱里的生活比这里好得多。"青年不说话——他十分明白了说和不说一样。

"你说，"马褂又冷笑了一声，"你是CP，还是CY②？"

"都不是的。这些我什么也不懂！"

"红军军官会刻，CP，CY就不懂了？人这么小，却这样的刁顽！去！"于是一只手顺势向前一摆，一个警察很聪明而熟练的提着那青年就走了。

我抱歉得很，写到这里，似乎有些不像童话了。但如果不称它为童话，我将称它为什么呢？特别的只在我说得出这事的年代，是一九三二年。

五　一封真实的信

"敬爱的先生：

你问我出了拘留所以后的事情么，我现在大略叙述在下面——

在当年的最后一月的最后一天，我们三个被××省③政府解到了高等法院。一到就开检查庭。这检察官的审问很特别，只问了三句：

'你叫什么名字？'——第一句；

'今年你几岁？'——第二句；

'你是那里人？'——第三句。

开完了这样特别的庭，我们又被法院解到了军人监狱。有谁要看统治者的统治艺术的全般的么？那只要到军人监狱里去。他的虐

---

① **露西亚**　俄罗斯的日文译名。

② **CP**　英语 Communist Party 的缩写，即共产党。CY，英语 Communist Youth 的缩写，即共产主义青年团。

③　**××省**　指浙江省。

杀异己，屠戮人民，不惨酷是不快意的。时局一紧张，就拉出一批所谓重要的政治犯来枪毙，无所谓刑期不刑期的。例如南昌陷于危急的时候①，曾在三刻钟之内，打死了二十二个；福建人民政府②成立时，也枪毙了不少。刑场就是狱里的五亩大的菜园，囚犯的尸体，就靠泥埋在菜园里，上面栽起菜来，当作肥料用。

约莫隔了两个半月的样子，起诉书来了。法官只问我们三句话，怎么可以做起诉书的呢？可以的！原文虽然不在手头，但是我背得出，可惜的是法律的条目已经忘记了——

> ……Ch……H……所组织之木刻研究会，系受共党指挥，研究普罗艺术之团体也。被告等皆为该会会员，……核其所刻，皆为红军军官及劳动饥饿者之景象，借以鼓动阶级斗争而示无产阶级必有专政之一日。……

之后，没有多久，就开审判庭。庭上一字儿坐着老爷五位，威严得很。然而我倒并不怎样的手足无措，因为这时我的脑子里浮出了一幅图画，那是陀密埃（Honooré Daumier）的《法官》③，真使我赞叹！

审判庭开后的第八日，开最后的判决庭，宣判了。判决书上所开的罪状，也还是起诉书上的那么几句，只在它的后半段里，有——

> 核其所为，当依危害民国紧急治罪法第×条，刑法第×百×十×条第×款，各处有期徒刑五年。……然被告等皆年幼无知，误入歧途，不无可悯，特依××法第×千×百×十×条第×款之规定，减处有期徒刑二年六个月。于判决书送到后十日以内，不服上诉……

云云。

我还用得到'上诉'么？'服'得很！反正这是他们的法律！

----

① 指 1933 年 4 月国民党对江西苏区第四次"围剿"失败后，红军部队曾连克江西的新淦、金溪，进逼南昌、抚州。

② **福建人民政府** 指 1933 年 11 月，调防福建的国民党十九路军联合部分反蒋势力，在福建省成立"中华共和国人民革命政府"一事。这次政变很快就在蒋介石军事压迫下失败。

③ **陀密埃（1808—1879）** 通译杜米埃，法国画家。《法官》是他的一幅人物画，曾收入鲁迅译《近代美术史潮论》中。

总结起来，我从被捕到放出，竟游历了三处残杀人民的屠场。现在，我除了感激他们不砍我的头之外，更感激的是增加了我不知几多的知识。单在刑罚一方面，我才晓得现在的中国有：一，抽藤条，二，老虎凳，都还是轻的；三，踏杠，是叫犯人跪下，把铁杠放在他的腿弯上，两头站上彪形大汉去，起先两个，逐渐加到八人；四，跪火链，是把烧红的铁链盘在地上，使犯人跪上去；五，还有一种叫'吃'的，是从鼻孔里灌辣椒水，火油，醋，烧酒……；六，还有反绑着犯人的手，另用细麻绳缚住他的两个大拇指，高悬起来，吊着打，我叫不出这刑罚的名目。

我认为最惨的还是在拘留所里和我同枷的一个年青的农民。老爷硬说他是红军军长，但他死不承认。呵，来了，他们用缝衣针插在他的指甲缝里，用榔头敲进去。敲进去了一只，不承认，敲第二只，仍不承认，又敲第三只……第四只……终于十只指头都敲满了。直到现在，那青年的惨白的脸，凹下的眼睛，两只满是鲜血的手，还时常浮在我的眼前，使我难于忘却！使我苦痛！……

然而，入狱的原因，直到我出来之后才查明白。祸根是在我们学生对于学校有不满之处，尤其是对于训育主任，而他却是省党部的政治情报员。他为了要镇压全体学生的不满，就把仅存的三个木刻研究会会员，抓了去做示威的牺牲了。而那个硬派卢那却尔斯基为红军军官的马褂老爷，又是他的姐夫，多么便利呵！

写完了大略，抬头看看窗外，一地惨白的月色，心里不禁渐渐地冰凉了起来。然而我自信自己还并不怎样的怯弱，然而，我的心冰凉起来了……

愿你的身体康健！

人凡①。四月四日，后半夜。"

（附记：从《一个童话》后半起至篇末止，均据人凡君信及《坐牢略记》。四月七日。）

（原刊 1936 年 5 月《夜莺》第 1 卷第 3 期。英译稿刊于同年 6 月 1 日上海英文期刊《中国呼声》——《The Voice of China》——第 1 卷第 6 期，后收入《且介亭杂文末编》）

① **人凡** 即曹白，原名刘平若，江苏武进人。1933 年在杭州国立艺术专门学校肄业，后被捕入狱。1935 年出狱。

关于太炎先生二三事

前一些时，上海的官绅为太炎先生开追悼会，赴会者不满百人，遂在寂寞中闭幕，于是有人慨叹，以为青年们对于本国的学者，竟不如对于外国的高尔基的热诚。这慨叹其实是不得当的。官绅集会，一向为小民所不敢到；况且高尔基是战斗的作家，太炎先生虽先前也以革命家现身，后来却退居于宁静的学者，用自己所手造的和别人所帮造的墙，和时代隔绝了。纪念者自然有人，但也许将为大多数所忘却。

我以为先生的业绩，留在革命史上的，实在比在学术史上还要大。回忆三十余年之前，木板的《訄书》①已经出版了，我读不断，当然也看不懂，恐怕那时的青年，这样的多得很。我的知道中国有太炎先生，并非因为他的经学和小学，是为了他驳斥康有为②和作邹容③的《革命军》序，竟被监禁于上海的西牢④。那时留学日本的浙籍学生，正办杂志《浙江潮》⑤，其中即载有先生狱中所作诗，却并不难懂。这使我感动，也至今并没有忘记，现在抄两首在下面——

① 《訄书》　章大炎早期的学术著作。木刻本1899年印行。

② 指章大炎1905年发表于《苏报》的《驳康有为论革命书》文章批驳了康有为主张中国只可立宪，不能革命的观点。

③ 邹容（1885—1905）　字蔚丹，四川巴县人，清末革命家。《革命军》是他在1903年留日回国后出版的一部反清革命的书，书前有章太炎序。

④ 指当时轰动一时的"《苏报》案"。《苏报》是1896年在上海创刊的宣传反清革命的报纸，曾介绍过《革命军》一书。1903年6月和7月，清政府勾结上海英租界当局先后将章太炎、邹容拘捕。次年3月由上海县知县会同会审公廨审讯，宣布他们的罪状为："章炳麟作《訄书》并《革命军序》，又有驳康有为之一书，污蔑朝廷，形同悖逆；邹容作《革命军》一书，谋为不轨，更为大逆不道。"结果邹容被判监禁二年，章炳麟监禁三年。

⑤ 《浙江潮》月刊，清末浙江籍留日学生创办，1903年创刊于东京。

狱中赠邹容

邹容吾小弟，被发下瀛洲。快剪刀除辫，干牛肉作馔。英雄一入狱，天地亦悲秋。临命须掺手，乾坤只两头。

狱中闻沈禹希①见杀

不见沈生久，江湖知隐沦，萧萧悲壮士，今在易京门。螭魅羞争焰，文章总断魂。中阴当待我，南北几新坟。

一九〇六年六月出狱，即日东渡，到了东京，不久就主持《民报》②。我爱看这《民报》，但并非为了先生的文笔古奥，索解为难，或说佛法，谈"俱分进化"③，是为了他和主张保皇的梁启超斗争，和"××"的×××斗争④，和"以《红楼梦》为成佛之要道"的×××斗争⑤，真是所向披靡，令人神旺。前去听讲也在这时候，但又并非因为他是学者，却为了他是有学问的革命家，所以直到现在，先生的音容笑貌，还在目前，而所讲的《说文解字》⑥，却一句也不记得了。

民国元年革命后，先生的所志已达，该可以大有作为了，然而还是不得志。这也是和高尔基的生受崇敬，死备哀荣，截然两样的。我以为两人遭遇的所以不同，其原因乃在高尔基先前的理想，后来都成为事实，他的一身，就是大众的一体，喜怒哀乐，无不相通；而先生则排满之志虽伸，但视为最紧要的"第一是用宗教发起信心，增进国民的道德；第二是用国粹激动种性，增进爱国的热肠"（见《民报》第六本），却仅止于高妙的幻想；不久而袁世凯又攘夺国柄，

---

① **沈禹希（1872—1903）** 名荩，湖南善化（今长沙）人。清末参加维新活动，戊戌变法失败后留学日本。1900 年回国后秘密从事反清活动。1903 年被捕，杖死狱中。

② **《民报》** 月刊，同盟会机关刊物。1905 年 11 月在东京创刊，1908 年 11 月被日本政府查禁，1910 年初又秘密刊行两期后停刊。自 1906 年 9 月第 7 号起至停刊，都由章太炎主编。

③ **"俱分进化"** 指章太炎在 1906 年 9 月的《民报》第 7 号上发表的谈佛法的《俱分进化论》一文。

④ **和"××"的×××的斗争** "××"应为"献策，×××指吴稚晖。吴稚晖（名敬恒）曾参加《苏报》工作，在《苏报》案中有叛卖行为。对此，章太炎分别著《复吴敬恒书》《再复吴敬恒书》（见《民报》第 19 号、第 22 号）予以揭露。

⑤ **×××** 指蓝公武。章太炎的文章载《民报》第 10 号，题为《与人书》。文中说："某某足下：顷者友人以大著见示，中有《俱分进化论批评》一篇。足下尚崇拜苏轼《赤壁赋》，以《红楼梦》为成佛之要道，所见如此，仆岂必与足下辩乎？"

⑥ **《说文解字》** 东汉许慎撰。是我国第一部分析字形和考究字源的字书。

以遂私图，就更使先生失却实地，仅垂空文，至于今，惟我们的"中华民国"之称，尚系发源于先生的《中华民国解》（最先亦见《民报》），为巨大的记念而已，然而知道这一重公案者，恐怕也已经不多了。既离民众，渐入颓唐，后来的参与投壶①，接收馈赠，遂每为论者所不满，但这也不过白圭之玷，并非晚节不终。考其生平，以大勋章作扇坠，临总统府之门，大诟袁世凯的包藏祸心者，并世无第二人；七被追捕，三入牢狱②，而革命之志，终不屈挠者，并世亦无第二人：这才是先哲的精神，后生的楷范。近有文侩，勾结小报，竟也作文奚落先生以自鸣得意，真可谓"小人不欲成人之美"，而且"蚍蜉撼大树，可笑不自量"了！

但革命之后，先生亦渐为昭示后世计，自藏其锋铓。浙江所刻的《章氏丛书》，是出于手定的，大约以为驳难攻讦，至于忿詈，有违古之儒风，足以贻讥多士的罢，先前的见于期刊的斗争的文章，竟多被刊落，上文所引的诗两首，亦不见于《诗录》中。一九三三年刻《章氏丛书续编》于北平，所收不多，而更纯谨，且不取旧作，当然也无斗争之作，先生遂身衣学术的华衮，粹然成为儒宗，执贽愿为弟子者綦众，至于仓皇制《同门录》③成册。近阅日报，有保护版权的广告，有三续丛书的记事，可见又将有遗著出版了，但补入先前战斗的文章与否，却无从知道。战斗的文章，乃是先生一生中最大，最久的业绩，假使未备，我以为是应该一一辑录，校印，使先生和后生相印，活在战斗者的心中的。然而此时此际，恐怕也未必能如所望罢，呜呼！

十月九日

（原刊 1937 年 3 月 10 日上海出版的《工作与学习丛刊》之一《二三事》一书，后收入《且介亭杂文末编》）

---

① **投壶** 古代宴会时的一种娱乐，宾主依次投矢壶中，负者饮酒。1926 年 8 月，盘踞华东的北洋直系军阀孙传芳提倡复古，曾在南京举行投壶古礼。章太炎当时担任孙传芳设立的婚丧祭礼制会会长，也被邀参加投壶仪式，但章未去。

② **七被追捕，三入牢狱** 章太炎 1906 年 5 月出狱后东渡日本，在旅日革命者为他举行的欢迎会上说，"算来自戊戌年（1898）以后，已有七次查拿，六次都拿不到，到第七次方才拿到。"至于"三入牢狱"，可考者只有两次，一次是因《苏报》案被禁三年，另一次是 1913 年 8 月因反袁世凯被软禁，袁死后始得自由。

③ **《同门录》** 即同学姓名录。

夜记：其他散文作品

我的第一个师父

　　不记得是那一部旧书上看来的了，大意说是有一位道学先生，自然是名人，一生拚命辟佛，却名自己的小儿子为"和尚"。有一天，有人拿这件事来质问他。他回答道："这正是表示轻贱呀！"那人无话可说而退云。[①]

　　其实，这位道学先生是诡辩。名孩子为"和尚"，其中是含有迷信的。中国有许多妖魔鬼怪，专喜欢杀害有出息的人，尤其是孩子；要下贱，他们才放手，安心。和尚这一种人，从和尚的立场看来，会成佛——但也不一定，——固然高超得很，而从读书人的立场一看，他们无家无室，不会做官，却是下贱之流。读书人意中的鬼怪，那意见当然和读书人相同，所以也就不来搅扰了。这和名孩子为阿猫阿狗，完全是一样的意思：容易养大。

　　还有一个避鬼的法子，是拜和尚为师，也就是舍给寺院了的意思，然而并不放在寺院里。我生在周氏是长男，"物以希为贵"，父亲怕我有出息，因此养不大，不到一岁，便领到长庆寺里去，拜了一个和尚为师了。拜师是否要赞见礼，或者布施什么的呢，我完全不知道。只知道我却由此得到一个法名叫作"长庚"，后来我也偶尔用作笔名，并且在《在酒楼上》这篇小说里，赠给了恐吓自己的侄女的无赖；还有一件百家衣，就是"衲衣"，论理，是应该用各种破布拼成的，但我的却是橄榄形的各色小绸片所缝就，非喜庆大事不给穿；还有一条称为"牛绳"的东西，上挂零星小件，如历本，镜子，银筛之类，据说是可以避邪的。

────────────

　　① 宋代笔记小说《道山清话》（著者不详）中有如下故事："一长老在欧阳公（修）座上，见公家小儿有名僧哥者，戏谓公曰：'公不重佛，安得此名？'公笑曰：'人家小儿要易长育，往往以贱名为小名、如狗、羊、大、马之类是也。'闻者莫不服公之捷对。"又据宋代王闢之《渑水燕谈录》："公（欧阳修）幼子小名和尚。"

这种布置，好像也真有些力量：我至今没有死。

不过，现在法名还在，那两件法宝却早已失去了。前几年回北平去，母亲还给了我婴儿时代的银筛，是那时的惟一的记念。仔细一看，原来那筛子圆径不过寸余，中央一个太极图，上面一本书，下面一卷画，左右缀着极小的尺，剪刀，算盘，天平之类。我于是恍然大悟，中国的邪鬼，是怕斩钉截铁，不能含胡的东西的。因为探究和好奇，去年曾经去问上海的银楼，终于买了两面来，和我的几乎一式一样，不过缀着的小东西有些增减。奇怪得很，半世纪有余了，邪鬼还是这样的性情，避邪还是这样的法宝。然而我又想，这法宝成人却用不得，反而非常危险的。

但因此又使我记起了半世纪以前的最初的先生。我至今不知道他的法名，无论谁，都称他为"龙师父"，瘦长的身子，瘦长的脸，高颧细眼，和尚是不应该留须的，他却有两绺下垂的小胡子。对人很和气，对我也很和气，不教我念一句经，也不教我一点佛门规矩；他自己呢，穿起袈裟来做大和尚，或者戴上毗卢帽①放焰口，"无祀孤魂，来受甘露味"的时候，是庄严透顶的，平常可也不念经，因为是住持，只管着寺里的琐屑事，其实——自然是由我看起来——他不过是一个剃光了头发的俗人。

因此我又有一位师母，就是他的老婆。论理，和尚是不应该有老婆的，然而他有。我家的正屋的中央，供着一块牌位，用金字写着必须绝对尊敬和服从的五位："天地君亲师"。我是徒弟，他是师，决不能抗议，而在那时，也决不想到抗议，不过觉得似乎有点古怪。但我是很爱我的师母的，在我的记忆上，见面的时候，她已经大约有四十岁了，是一位胖胖的师母，穿着玄色纱衫裤，在自己家里的院子里纳凉，她的孩子们就来和我玩耍。有时还有水果和点心吃，——自然，这也是我所以爱她的一个大原因；用高洁的陈源教授的话来说，便是所谓"有奶便是娘"，在人格上是很不足道的。

不过我的师母在恋爱故事上，却有些不平常。"恋爱"，这是现在的术语，那时我们这偏僻之区只叫作"相好"。《诗经》云："式相好矣，毋相尤矣"，起源是算得很古，离文武周公的时候不怎么久就有了的，然而后来好像并不算十分冠冕堂皇的好话。这且不管它

夜记：其他散文作品

---

① **毗卢帽** 和尚戴的一种绣有毗卢佛像的帽子。**放焰口**，旧俗于夏历七月十五日（中元节）晚请和尚结盂兰盆会，诵经施食，称为"放焰口"。

罢。总之，听说龙师父年青时，是一个很漂亮而能干的和尚，交际很广，认识各种人。有一天，乡下做社戏了，他和戏子相识，便上台替他们去敲锣，精光的头皮，簇新的海青①，真是风头十足。乡下人大抵有些顽固，以为和尚是只应该念经拜忏的，台下有人骂了起来。师父不甘示弱，也给他们一个回骂。于是战争开幕，甘蔗梢头两点似的飞上来，有些勇士，还有进攻之势，"彼众我寡"，他只好退走，一面退，一面一定追，逼得他又只好慌张的躲进一家人家去。而这人家，又只有一位年青的寡妇。以后的故事，我也不甚了然了，总而言之，她后来就是我的师母。

自从《宇宙风》出世以来，一向没有拜读的机缘，近几天才看见了"春季特大号"。其中有一篇铢堂先生的《不以成败论英雄》②，使我觉得很有趣，他以为中国人的"不以成败论英雄"，"理想是不能不算崇高"的，"然而在人群的组织上实在要不得。抑强扶弱，便是永远不愿意有强。崇拜失败英雄，便是不承认成功的英雄"。"近人有一句流行话，说中国民族富于同化力，所以辽金元清都并不曾征服中国。其实无非是一种惰性，对于新制度不容易接收罢了"。我们怎样来改悔这"惰性"呢，现在姑且不谈，而且正在替我们想法的人们也多得很。我只要说那位寡妇之所以变了我的师母，其弊病也就在"不以成败论英雄"。乡下没有活的岳飞或文天祥，所以一个漂亮的和尚在如雨而下的甘蔗梢头中，从戏台逃下，也就是一个货真价实的失败的英雄。她不免发现了祖传的"惰性"，崇拜起来，对于追兵，也像我们的祖先的对于辽金元清的大军似的，"不承认成功的英雄"了。在历史上，这结果是正如铢堂先生所说："乃是中国的社会不树威是难得帖服的"，所以活该有"扬州十日"和"嘉定三屠"③。但那时的乡下人，却好像并没有"树威"，走散了，自然，也许是他们料不到躲在家里。

因此我有了三个师兄，两个师弟。大师兄是穷人的孩子，舍在寺里，或是卖在寺里的；其余的四个，都是师父的儿子，大和尚的儿子做小和尚，我那时倒并不觉得怎么稀奇。大师兄只有单身；二

---

① **海青** 江浙方言，指一种宽袖长袍。

② 参看本书中《写于深夜里》的有关注释。

③ **"扬州十日"** 指顺治二年（1645）清军攻破扬州后进行的十天大屠杀。**"嘉定三屠"**，指同年清军占领嘉定后进行的三次大屠杀。

师兄也有家小，但他对我守着秘密，这一点，就可见他的道行远不及我的师父，他的父亲了。而且年龄都和我相差太远，我们几乎没有交往。

三师兄比我恐怕要大十岁，然而我们后来的感情是很好的，我常常替他担心。还记得有一回，他要受大戒了，他不大看经，想来未必深通什么大乘①教理，在剃得精光的囟门上，放上两排艾绒，同时烧起来，我看是总不免要叫痛的，这时善男信女，多数参加，实在不大雅观，也失了我做师弟的体面。这怎么好呢？每一想到，十分心焦，仿佛受戒的是我自己一样。然而我的师父究竟道力高深，他不说戒律，不谈教理，只在当天大清早，叫了我的三师兄去，厉声吩咐道："拚命熬住，不许哭，不许叫，要不然，脑袋就炸开，死了！"这一种大喝，实在比什么《妙法莲花经》或《大乘起信论》②还有力，谁高兴死呢，于是仪式很庄严的进行，虽然两眼比平时水汪汪，但到两排艾绒在头顶上烧完，的确一声也不出。我嘘一口气，真所谓"如释重负"，善男信女们也个个"合十赞叹，欢喜布施，顶礼而散"了。

出家人受了大戒，从沙弥升为和尚，正和我们在家人行过冠礼③，由童子而为成人相同。成人愿意"有室"，和尚自然也不能不想到女人。以为和尚只记得释迦牟尼或弥勒菩萨④，乃是未曾拜和尚为师，或与和尚为友的世俗的谬见。寺里也有确在修行，没有女人，也不吃荤的和尚，例如我的大师兄即是其一，然而他们孤僻，冷酷，看不起人，好像总是郁郁不乐，他们的一把扇或一本书，你一动他就不高兴，令人不敢亲近他。所以我所熟识的，都是有女人，或声明想女人，吃荤，或声明想吃荤的和尚。

我那时并不诧异三师兄在想女人，而且知道他所理想的是怎样的女人。人也许以为他想的是尼姑罢，并不是的，和尚和尼姑"相好"，加倍的不便当。他想的乃是千金小姐或少奶奶；而作这"相

---

① **大乘**　公元一、二世纪间形成的佛教宗派。相对于主张"自我解脱"的小乘佛教而言。它主张普渡众生，强调人皆可成佛，一切修行应以利他为主。

② **《妙法莲花经》**　简称《法华经》，印度佛教经典之一。**《大乘起信论》**，解释大乘教理的佛教著作，相传为古印度马鸣作。

③ **冠礼**　古代礼俗，男子二十岁时行此礼以示成人。

④ **释迦牟尼**　原古印度北部迦毗罗卫国净饭王之子，后出家修行，成为佛教创始人。**弥勒**，佛教菩萨之一，相传继释迦牟尼而成佛。

思"或"单相思"——即今之所谓"单恋"也——的媒介的是"结"。我们那里的阔人家，一有丧事，每七日总要做一些法事，有一个七日，是要举行"解结"的仪式的，因为死人在未死之前，总不免开罪于人，存着冤结，所以死后要替他解散。方法是在这天拜完经忏的傍晚，灵前陈列着几盘东西，是食物和花，而其中有一盘，是用麻线或白头绳，穿上十来文钱，两头相合而打成蝴蝶式，八结式之类的复杂的，颇不容易解开的结子。一群和尚便环坐桌旁，且唱且解，解开之后，钱归和尚，而死人的一切冤结也从此完全消失了。这道理似乎有些古怪，但谁都这样办，并不为奇，大约也是一种"惰性"。不过解结是并不如世俗人的所推测，个个解开的，倘有和尚以为打得精致，因而生爱，或者故意打得结实，很难解散，因而生恨的，便能暗暗的整个落到僧袍的大袖里去，一任死者留下冤结，到地狱里去吃苦。这种宝结带回寺里，便保存起来，也时时鉴赏，恰如我们的或亦不免偏爱看看女作家的作品一样。当鉴赏的时候，当然也不免想到作家，打结子的是谁呢，男人不会，奴婢不会，有这种本领的，不消说是小姐或少奶奶了。和尚没有文学界人物的清高，所以他就不免睹物思人，所谓"时涉遐想"起来，至于心理状态，则我虽曾拜和尚为师，但究竟是在家人，不大明白底细。只记得三师兄曾经不得已而分给我几个，有些实在打得精奇，有些则打好之后，浸过水，还用剪刀柄之类砸实，使和尚无法解散。解结，是替死人设法的，现在却和和尚为难，我真不知道小姐或少奶奶是什么意思。这疑问直到二十年后，学了一点医学，才明白原来是给和尚吃苦，颇有一点虐待异性的病态的。深闺的怨恨，会无线电似的报在佛寺的和尚身上，我看道学先生可还没有料到这一层。

后来，三师兄也有了老婆，出身是小姐，是尼姑，还是"小家碧玉"呢，我不明白，他也严守秘密，道行远不及他的父亲了。这时我也长大起来，不知道从那里，听到了和尚应守清规之类的古老话，还用这话来嘲笑他，本意是在要他受窘。不料他竟一点不窘，立刻用"金刚怒目"式，向我大喝一声道：

"和尚没有老婆，小菩萨那里来!?"

这真是所谓"狮吼"①，使我明白了真理，哑口无言，我的确早看见寺里有丈余的大佛，有数尺或数寸的小菩萨，却从未想到他们

---

① "狮吼" 佛语，指震动世界的声音。

为什么有大小。经此一喝，我才彻底的省悟了和尚有老婆的必要，以及一切小菩萨的来源，不再发生疑问。但要找寻三师兄，从此却艰难了一点，因为这位出家人，这时就有了三个家了：一是寺院，二是他的父母的家，三是他自己和女人的家。

我的师父，在约略四十年前已经去世；师兄弟们大半做了一寺的住持；我们的交情是依然存在的，却久已彼此不通消息。但我想，他们一定早已各有一大批小菩萨，而且有些小菩萨又有小菩萨了。

四月一日

（原刊 1936 年 4 月《作家》第 1 卷第 1 期，后收入《且介亭杂文末编》）

"这也是生活"……

这也是病中的事情。

有一些事，健康者或病人是不觉得的，也许遇不到，也许太微细。到得大病初愈，就会经验到；在我，则疲劳之可怕和休息之舒适，就是两个好例子。我先前往往自负，从来不知道所谓疲劳。书桌面前有一把圆椅，坐着写字或用心的看书，是工作；旁边有一把藤躺椅，靠着谈天或随意的看报，便是休息；觉得两者并无很大的不同，而且往往以此自负。现在才知道是不对的，所以并无大不同者，乃是因为并未疲劳，也就是并未出力工作的缘故。

我有一个亲戚的孩子，高中毕了业，却只好到袜厂里去做学徒，心情已经很不快活的了，而工作又很繁重，几乎一年到头，并无休息。他是好高的，不肯偷懒，支持了一年多。有一天，忽然坐倒了，对他的哥哥道："我一点力气也没有了。"

他从此就站不起来，送回家里，躺着，不想饮食，不想动弹，不想言语，请了耶稣教堂的医生来看，说是全体什么病也没有，然而全体都疲乏了。也没有什么法子治。自然，连接而来的是静静的死。我也曾经有过两天这样的情形，但原因不同，他是做乏，我是病乏的。我的确什么欲望也没有，似乎一切都和我不相干，所有举动都是多事，我没有想到死，但也没有觉得生；这就是所谓"无欲望状态"，是死亡的第一步。曾有爱我者因此暗中下泪；然而我有转机了，我要喝一点汤水，我有时也看看四近的东西，如墙壁，苍蝇之类，此后才能觉得疲劳，才需要休息。

象心纵意的躺倒，四肢一伸，大声打一个呵欠，又将全体放在适宜的位置上，然后弛懈了一切用力之点，这真是一种大享乐。在我是从来未曾享受过的。我想，强壮的，或者有福的人，恐怕也未曾享受过。

记得前年，也在病后，做了一篇《病后杂谈》，共五节，投给

《文学》，但后四节无法发表，印出来只剩了头一节了。虽然文章前面明明有一个"一"字，此后突然而止，并无"二""三"，仔细一想是就会觉得古怪的，但这不能要求于每一位读者，甚而至于不能希望于批评家。于是有人据这一节，下我断语道："鲁迅是赞成生病的。"现在也许暂免这种灾难了，但我还不如先在这里声明一下："我的话到这里还没有完。"

有了转机之后四五天的夜里，我醒来了，喊醒了广平。

"给我喝一点水。并且去开开电灯，给我看来看去的看一下。"

"为什么？……"她的声音有些惊慌，大约是以为我在讲昏话。

"因为我要过活。你懂得么？这也是生活呀。我要看来看去的看一下。"

"哦……"她走起来，给我喝了几口茶，徘徊了一下，又轻轻的躺下了，不去开电灯。

我知道她没有懂得我的话。

街灯的光穿窗而入，屋子里显出微明，我大略一看，熟识的墙壁，壁端的棱线，熟识的书堆，堆边的未订的画集，外面的进行着的夜，无穷的远方，无数的人们，都和我有关。我存在着，我在生活，我将生活下去，我开始觉得自己更切实了，我有动作的欲望——但不久我又坠入了睡眠。

第二天早晨在日光中一看，果然，熟识的墙壁，熟识的书堆……这些，在平时，我也时常看它们的，其实是算作一种休息。但我们一向轻视这等事，纵使也是生活中的一片，却排在喝茶搔痒之下，或者简直不算一回事。我们所注意的是特别的精华，毫不在枝叶。给名人作传的人，也大抵一味铺张其特点，李白怎样做诗，怎样耍颠，拿破仑怎样打仗，怎样不睡觉，却不说他们怎样不耍颠，要睡觉。其实，一生中专门耍颠或不睡觉，是一定活不下去的，人之有时能耍颠和不睡觉，就因为倒是有时不耍颠和也睡觉的缘故。然而人们以为这些平凡的都是生活的渣滓，一看也不看。

于是所见的人或事，就如盲人摸象，摸着了脚，即以为象的样子像柱子。中国古人，常欲得其"全"，就是制妇女用的"乌鸡白凤丸"，也将全鸡连毛血都收在丸药里，方法固然可笑，主意却是不错的。

删夷枝叶的人，决定得不到花果。

为了不给我开电灯，我对于广平很不满，见人即加以攻击；到得自己能走动了，就去一翻她所看的刊物，果然，在我卧病期中，全是精华的刊物已经出得不少了，有些东西，后面虽然仍旧是"美容妙法"，"古木发光"，或者"尼姑之秘密"，但第一面却总有一点激昂慷慨的文章。作文已经有了"最中心之主题"①：连义和拳时代和德国统帅瓦德西②睡了一些时候的赛金花，也早已封为九天护国娘娘了。尤可惊服的是先前用《御香缥缈录》③，把清朝的宫廷讲得津津有味的《申报》上的《春秋》，也已经时而大有不同，有一天竟在卷端的《点滴》④ 里，教人当吃西瓜时，也该想到我们土地的被割碎，像这西瓜一样。自然，这是无时无地无事而不爱国，无可訾议的。但倘使我一面这样想，一面吃西瓜，我恐怕一定咽不下去，即使用劲咽下，也难免不能消化，在肚子里咕咚的响它好半天。这也未必是因为我病后神经衰弱的缘故。我想，倘若用西瓜作比，讲过国耻讲义，却立刻又会高高兴兴的把这西瓜吃下，成为血肉的营养的人，这人恐怕是有些麻木。对他无论讲什么讲义，都是毫无功效的。

　　我没有当过义勇军，说不确切。但自己问：战士如吃西瓜，是否大抵有一面吃，一面想的仪式的呢？我想：未必有的。他大概只觉得口渴，要吃，味道好，却并不想到此外任何好听的大道理。吃过西瓜，精神一振，战斗起来就和喉干舌敝时候不同，所以吃西瓜和抗敌的确有关系，但和应该怎样想的上海设定的战略，却是不相干。这样整天哭丧着脸去吃喝，不多久，胃口就倒了，还抗什么敌。

　　然而人往往喜欢说得稀奇古怪，连一个西瓜也不肯主张平平常

---

　　① **"最中心之主题"** 指周扬在《关于国防文学》中说的"国防的主题应当成为汉奸以外的一切作家的作品之最中心的主题"。

　　② **瓦德西（1832—1904）** 德国人，义和团起义时入侵中国的八国联军总司令。**赛金花**，清末妓女。据柴萼《梵天庐丛录》卷三《庚辛纪事》载："金花故姓傅，名彩云（自云姓赵，实则姓曹），洪殿撰（钧）之妾也，随洪之西洋，艳名噪一时，归国后仍操丑业。""瓦德西统帅获名妓赛金花，嬖之甚，言听计从，隐为瓦之参谋。"这里说赛金花被"封为九天护国娘娘"，似是针对夏衍所作剧本《赛金花》及当时报刊对该剧的赞扬而说的。

　　③ **《御香缥缈录》** 原名《老佛爷时代的西太后》，清宗室德龄作，原本系英文，1933年在美国纽约出版。秦瘦鸥译为中文，1934年4月起在《申报》副刊《春秋》上连载。

　　④ **《点滴》** 《申报·春秋》刊登短篇文章的专栏。1936年8月12日该栏有姚明然的文章说："当圆圆的西瓜，被瓜分的时候，我便想到和将来世界殖民地的再分割不是一样吗？"

「这也是生活」……

常的吃下去。其实，战士的日常生活，是并不全部可歌可泣的，然而又无不和可歌可泣之部相关联，这才是实际上的战士。

八月二十三日

（原刊 1936 年 9 月 5 日《中流》第 1 卷第 1 期，后收入《且介亭杂文末编》）

死

当印造凯绥·珂勒惠支（Kaethe Kollwitz）所作版画的选集时，曾请史沫德黎（A. Smedley）① 女士做一篇序。自以为这请得非常合适，因为她们俩原极熟识的。不久做来了，又逼着茅盾先生译出，现已登在选集上。其中有这样的文字：

> 许多年来，凯绥·珂勒惠支——她从没有一次利用过赠授给她的头衔②——作了大量的画稿，速写，铅笔作的和钢笔作的速写，木刻，铜刻。把这些来研究，就表示着有二大主题支配着，她早年的主题是反抗，而晚年的是母爱，母性的保障，救济，以及死。而笼照于她所有的作品之上的，是受难的，悲剧的，以及保护被压迫者深切热情的意识。
>
> 有一次我问她："从前你用反抗的主题，但是现在你好像很有点抛不开死这观念。这是为什么呢？"用了深有所苦的语调，她回答道，"也许因为我是一天一天老了！"……

我那时看到这里，就想了一想。算起来：她用"死"来做画材的时候，是一九一〇年顷；这时她不过四十三四岁。我今年的这"想了一想"，当然和年纪有关，但回忆十余年前，对于死却还没有感到这么深切。大约我们的生死久已被人们随意处置，认为无足重轻，所以自己也看得随随便便，不像欧洲人那样的认真了。有些外

---

① **史沫德黎（1890—195）** 通译史沫特莱，美国女作家，记者。1928 年来华，长期支持和参与中国左翼文化事业。著有自传小说《大地的女儿》和记录朱德事迹的传记文学《伟大的道路》。

② 1918 年德国十一月革命成立共和国后，德国政府文化与教育部曾授予凯绥·珂勒惠支以教授称号，普鲁士艺术学院聘请她为院士，又授予她"艺术大师"荣誉称号，享有领取终身年金的权利。

国人说，中国人最怕死。这其实是不确的，——但自然，每不免模模胡胡的死掉则有之。

大家所相信的死后的状态，更助成了对于死的随便。谁都知道，我们中国人是相信有鬼（近时或谓之"灵魂"）的，既有鬼，则死掉之后，虽然已不是人，却还不失为鬼，总还不算是一无所有。不过设想中的做鬼的久暂，却因其人的生前的贫富而不同。穷人们是大抵以为死后就去轮回①的，根源出于佛教。佛教所说的轮回，当然手续繁重，并不这么简单，但穷人往往无学，所以不明白。这就是使死罪犯人绑赴法场时，大叫"二十年后又是一条好汉"，面无惧色的原因。况且相传鬼的衣服，是和临终时一样的，穷人无好衣裳，做了鬼也决不怎么体面，实在远不如立刻投胎，化为赤条条的婴儿的上算，我们曾见谁家生了小孩，胎里就穿着叫化子或是游泳家的衣服的么？从来没有。这就好，从新来过。也许有人要问，既然相信轮回，那就说不定来生会堕入更穷苦的景况，或者简直是畜生道，更加可怕了。但我看他们是并不这样想的，他们确信自己并未造出该入畜生道的罪孽，他们从来没有能堕畜生道的地位，权势和金钱。

然而有着地位，权势和金钱的人，却又并不觉得该堕畜生道；他们倒一面化为居士，准备成佛，一面自然也主张读经复古，兼做圣贤。他们像活着时候的超出人理一样，自以为死后也超出了轮回的。至于小有金钱的人，则虽然也不觉得该受轮回，但此外也别无雄才大略，只豫备安心做鬼。所以年纪一到五十上下，就给自己寻葬地，合寿材，又烧纸锭，先在冥中存储，生下子孙，每年可吃羹饭。这实在比做人还享福。假使我现在已经是鬼，在阳间又有好子孙，那么，又何必零星卖稿，或向北新书局②去算账呢，只要很闲适的躺在楠木或阴沉木的棺材里，逢年过节，就自有一桌盛馔和一堆国币摆在眼前了，岂不快哉！

就大体而言，除极富贵者和冥律无关外，大抵穷人利于立即投胎，小康者利于长久做鬼。小康者的甘心做鬼，是因为鬼的生活（这两字大有语病，但我想不出适当的名词来），就是他还未过厌的

---

① **轮回** 佛语。佛教宣扬众生各依所作善恶业因，在所谓天、人、阿修罗（印度神话中的恶神）、地狱、饿鬼、畜生六道中不断循环转化。

② **北新书局** 当时上海的一家书店，李小峰主持，曾出版鲁迅著译多种。1929 年 8 月，鲁迅曾请律师就拖欠版税事与该店交涉。

人的生活的连续。阴间当然也有主宰者，而且极其严厉，公平，但对于他独独颇肯通融，也会收点礼物，恰如人间的好官一样。

有一批人是随随便便，就是临终也恐怕不大想到的，我向来正是这随便党里的一个。三十年前学医的时候，曾经研究过灵魂的有无，结果是不知道；又研究过死亡是否苦痛，结果是不一律，后来也不再深究，忘记了。近十年中，有时也为了朋友的死，写点文章，不过好像并不想到自己。这两年来病特别多，一病也比较的长久，这才往往记起了年龄，自然，一面也为了有些作者们笔下的好意的或是恶意的不断的提示。

从去年起，每当病后休养，躺在藤躺椅上，每不免想到体力恢复后应该动手的事情：做什么文章，翻译或印行什么书籍。想定之后，就结束道：就是这样罢——但要赶快做。这"要赶快做"的想头，是为先前所没有的，就因为在不知不觉中，记得了自己的年龄，却从来没有直接的想到"死"。

直到今年的大病，这才分明的引起关于死的豫想来。原先是仍如每次的生病一样，一任着日本的 S 医师[1]的诊治。他虽不是肺病专家，然而年纪大，经验多，从习医的时期说，是我的前辈，又极熟识，肯说话。自然，医师对于病人，纵使怎样熟识，说话是还是有限度的，但是他至少已经给了我两三回警告，不过我仍然不以为意，也没有转告别人。大约实在是日子太久，病象太险了的缘故罢，几个朋友暗自协商定局，请了美国的 D 医师[2]来诊察了。他是在上海的唯一的欧洲的肺病专家，经过打诊，听诊之后，虽然誉我为最能抵抗疾病的典型的中国人，然而也宣告了我的就要灭亡；并且说，倘是欧洲人，则在五年前已经死掉。这判决使善感的朋友们下泪。我也没有请他开方，因为我想，他的医学从欧洲学来，一定没有学过给死了五年的病人开方的法子。然而 D 医师的诊断却实在是极准确的，后来我照了一张用 X 光透视的胸像，所见的景象，竟大抵和他的诊断相同。

我并不怎么介意于他的宣告，但也受了些影响，日夜躺着，无力谈话，无力看书。连报纸也拿不动，又未曾炼到"心如古井"，就只好想，而从此竟有时要想到"死"了。不过所想的也并非"二十

死

① **S 医师** 即须藤五百三，日本退职军医，当时在上海行医。
② **D 医师** 即托马斯·邓恩，美籍德国人，曾由史沫特莱介绍为鲁迅看病。

年后又是一条好汉"，或者怎样久住在楠木棺材里之类，而是临终之前的琐事。在这时候，我才确信，我是到底相信人死无鬼的。我只想到过写遗嘱，以为我倘曾贵为宫保①，富有千万，儿子和女婿及其他一定早已逼我写好遗嘱了，现在却谁也不提起。但是，我也留下一张罢。当时好像很想定了一些，都是写给亲属的，其中有的是：

一，不得因为丧事，收受任何人的一文钱。——但老朋友的，不在此例。

二，赶快收敛，埋掉，拉倒。

三，不要做任何关于纪念的事情。

四，忘记我，管自己生活。——倘不，那就真是胡涂虫。

五，孩子长大，倘无才能，可寻点小事情过活，万不可去做空头文学家或美术家。

六，别人应许给你的事物，不可当真。

七，损着别人的牙眼，却反对报复，主张宽容的人，万勿和他接近。

此外自然还有，现在忘记了。只还记得在发热时，又曾想到欧洲人临死时，往往有一种仪式，是请别人宽恕，自己也宽恕了别人。我的怨敌可谓多矣，倘有新式的人问起我来，怎么回答呢？我想了一想，决定的是：让他们怨恨去，我也一个都不宽恕。

但这仪式并未举行，遗嘱也没有写，不过默默的躺着，有时还发生更切迫的思想：原来这样就算是在死下去，倒也并不苦痛；但是，临终的一刹那，也许并不这样的罢；然而，一世只有一次，无论怎样，总是受得了的……。后来，却有了转机，好起来了。到现在，我想，这些大约并不是真的要死之前的情形，真的要死，是连这些想头也未必有的，但究竟如何，我也不知道。

九月五日

（原刊 1936 年 9 月 20 日《中流》第 1 卷第 2 期，后收入《且介亭杂文末编》）

① **宫保** 即太子太保、少保的通称，一般都是授予大臣的加衔，以示荣宠。

女　吊

大概是明末的王思任①说的罢："会稽乃报仇雪耻之乡，非藏垢纳污之地！"这对于我们绍兴人很有光彩，我也很喜欢听到，或引用这两句话。但其实，是并不的确的；这地方，无论为那一样都可以用。

不过一般的绍兴人，并不像上海的"前进作家"那样憎恶报复，却也是事实。单就文艺而言，他们就在戏剧上创造了一个带复仇性的，比别的一切鬼魂更美，更强的鬼魂。这就是"女吊"。我以为绍兴有两种特色的鬼，一种是表现对于死的无可奈何，而且随随便便的"无常"，我已经在《朝华夕拾》里得了绍介给全国读者的光荣了，这回就轮到别一种。

"女吊"也许是方言，翻成普通的白话，只好说是"女性的吊死鬼"。其实，在平时，说起"吊死鬼"，就已经含有"女性的"的意思的，因为投缳而死者，向来以妇人女子为最多。有一种蜘蛛，用一枝丝挂下自己的身体，悬在空中，《尔雅》②上已谓之"蜆，缢女"，可见在周朝或汉朝，自经的已经大抵是女性了，所以那时不称它为男性的"缢夫"或中性的"缢者"。不过一到做"大戏"或"目连戏"③的时候，我们便能在看客的嘴里听到"女吊"的称呼。也叫作"吊神"。横死的鬼魂而得到"神"的尊号的，我还没有发见过第二位，则其受民众之爱戴也可想。但为什么这时独要称她"女吊"呢？很容易解：因为在戏台上，也要有"男吊"出现了。

---

① 王思任（1574—1646）　字季重，浙江山阴（今绍兴）人，明末官九江佥事。弘光元年（1645）清兵破南京，明朝宰相马士英逃往浙江，王思任写信骂他说："叛兵至则束手无措，强敌来则缩颈先逃……且欲求奔吾越；夫越乃报仇雪耻之国，非藏垢纳污之地也。"

② 《尔雅》　我国最早解释词义的专著，大概由汉初学者缀辑周汉著作而成。

③ "大戏"或"目连戏"　都是绍兴的地方戏。

我所知道的是四十年前的绍兴，那时没有达官显宦，所以未闻有专门为人（堂会？）的演剧。凡做戏，总带着一点社戏性，供着神位，是看戏的主体，人们去看，不过叨光。但"大戏"或"目连戏"所邀请的看客，范围可较广了，自然请神，而又请鬼，尤其是横死的怨鬼。所以仪式就更紧张，更严肃。一请怨鬼，仪式就格外紧张严肃，我觉得这道理是很有趣的。

　　也许我在别处已经写过。"大戏"和"目连"，虽然同是演给神，人，鬼看的戏文，但两者又很不同。不同之点：一在演员，前者是专门的戏子，后者则是临时集合的 Amateur①——农民和工人；一在剧本，前者有许多种，后者却好歹总只演一本《目连救母记》。然而开场的"起殇"，中间的鬼魂时时出现，收场的好人升天，恶人落地狱，是两者都一样的。

　　当没有开场之前，就可看出这并非普通的社戏，为的是台两旁早已挂满了纸帽，就是高长虹之所谓"纸糊的假冠"，是给神道和鬼魂戴的。所以凡内行人，缓缓的吃过夜饭，喝过茶，闲闲而去，只要看挂着的帽子，就能知道什么鬼神已经出现。因为这戏开场较早，"起殇"在太阳落尽时候，所以饭后去看，一定是做了好一会了，但都不是精彩的部分。"起殇"者，绍兴人现已大抵误解为"起丧"，以为就是召鬼，其实是专限于横死者的。《九歌》② 中的《国殇》云："身既死兮神以灵，魂魄毅兮为鬼雄"，当然连战死者在内。明社垂绝，越人起义而死者不少，至清被称为叛贼，我们就这样的一同招待他们的英灵。在薄暮中，十几匹马，站在台下了；戏子扮好一个鬼王，蓝面鳞纹，手执钢叉，还得有十几名鬼卒，则普通的孩子都可以应募。我在十余岁时候，就曾经充过这样的义勇鬼，爬上台去，说明志愿，他们就给在脸上涂上几笔彩色，交付一柄钢叉。待到有十多人了，即一拥上马，疾驰到野外的许多无主孤坟之处，环绕三匝，下马大叫，将钢叉用力的连连刺在坟墓上，然后拔叉驰回，上了前台，一同大叫一声，将钢叉一掷，钉在台板上。我们的责任，这就算完结，洗脸下台，可以回家了，但倘被父母所知，往

---

　　① **Amateur** 英语，业余活动者（指对体育、文娱、艺术、科学等的爱好），这里表示业余演员。

　　② 《**九歌**》 古代楚国祭神的歌词，共十一篇，相传为屈原所作。《**国殇**》是对阵亡将士的颂歌。

往不免挨一顿竹篠（这是绍兴打孩子的最普通的东西），一以罚其带着鬼气，二以贺其没有跌死，但我却幸而从来没有被觉察，也许是因为得了恶鬼保佑的缘故罢。

这一种仪式，就是说，种种孤魂厉鬼，已经跟着鬼王和鬼卒，前来和我们一同看戏了，但人们用不着担心，他们深知道理，这一夜决不丝毫作怪。于是戏文也接着开场，徐徐进行，人事之中，夹以出鬼：火烧鬼，淹死鬼，科场鬼（死在考场里的），虎伤鬼……孩子们也可以自由去扮，但这种没出息鬼，愿意去扮的并不多，看客也不将它当作一回事。一到"跳吊"时分——"跳"是动词，意义和"跳加官"① 之"跳"同——情形的松紧可就大不相同了。台上吹起悲凉的喇叭来，中央的横梁上，原有一团布，也在这时放下，长约戏台高度的五分之二。看客们都屏着气，台上就闯出一个不穿衣裤，只有一条犊鼻裈②，面施几笔粉墨的男人，他就是"男吊"。一登台，径奔悬布，像蜘蛛的死守着蛛丝，也如结网，在这上面钻，挂。他用布吊着各处：腰，胁，胯下，肘弯，腿弯，后项窝……一共七七四十九处。最后才是脖子，但是并不真套进去的，两手扳着布，将颈子一伸，就跳下，走掉了。这"男吊"最不易跳，演目连戏时，独有这一个脚色须特请专门的戏子。那时的老年人告诉我，这也是最危险的时候，因为也许会招出真的"男吊"来。所以后台上一定要扮一个王灵官③，一手捏诀，一手执鞭，目不转睛的看着一面照见前台的镜子。倘镜中见有两个，那么，一个就是真鬼了，他得立刻跳出去，用鞭将假鬼打落台下。假鬼一落台，就该跑到河边，洗去粉墨，挤在人丛中看戏，然后慢慢的回家。倘打得慢，他就会在戏台上吊死；洗得慢，真鬼也还会认识，跟住他。这挤在人丛中看自己们所做的戏，就如要人下野而念佛，或出洋游历一样，也正是一种缺少不得的过渡仪式。

这之后，就是"跳女吊"。自然先有悲凉的喇叭；少顷，门幕一掀，她出场了。大红衫子，黑色长背心，长发蓬松，颈挂两条

---

① **"跳加官"** 旧时在戏剧开演之前，常由一演员戴面具，穿袍执笏，手拿写有"天官赐福""指日高升"等吉利话的条幅，在场上舞蹈表演，称为"跳加官"。

② **犊鼻裈** 原出《史记·司马相如传》，指一种用三尺布做成的形如犊鼻的东西，此处指绍兴一带的一种短裤。

③ **王灵官** 相传是北宋末年的方士，明宣宗时封为隆恩真君。后来道观中都把他奉为镇山门之神。

纸锭，垂头，垂手，弯弯曲曲的走一个全台，内行人说：这是走了一个"心"字。为什么要走"心"字呢？我不明白。我只知道她何以要穿红衫。看王充①的《论衡》，知道汉朝的鬼的颜色是红的，但再看后来的文字和图画，却又并无一定颜色，而在戏文里，穿红的则只有这"吊神"。意思是很容易了然的；因为她投缳之际，准备作厉鬼以复仇，红色较有阳气，易于和生人相接近，……绍兴的妇女，至今还偶有搽粉穿红之后，这才上吊。自然，自杀是卑怯的行为，鬼魂报仇更不合于科学，但那些都是愚妇人，连字也不认识，敢请"前进"的文学家和"战斗"的勇士们不要十分生气罢。我真怕你们要变呆鸟。

她将披着的头发向后一抖，人这才看清了脸孔：石灰一样白的圆脸，漆黑的浓眉，乌黑的眼眶，猩红的嘴唇。听说浙东的有几府的戏文里，吊神又拖着几寸长的假舌头，但在绍兴没有。不是我祖护故乡，我以为还是没有好；那么，比起现在将眼眶染成淡灰色的时式打扮来，可以说是更彻底，更可爱。不过下嘴角应该略略向上，使嘴巴成为三角形：这也不是丑模样。假使半夜之后，在薄暗中，远处隐约着一位这样的粉面朱唇，就是现在的我，也许会跑过去看看的，但自然，却未必就被诱惑得上吊。她两肩微耸，四顾，倾听，似惊，似喜，似怒，终于发出悲哀的声音，慢慢地唱道：

奴奴本身杨家女②，
呵呀，苦呀，天哪！……

下文我不知道了。就是这一句，也还是刚从克士③那里听来的。但那大略，是说后来去做童养媳，备受虐待，终于弄到投缳。唱完就听到远处的哭声，这也是一个女人，在衔冤悲泣，准备自杀。她万分惊喜，要去"讨替代"了，却不料突然跳出"男吊"来，主张应该他去讨。他们由争论而至动武，女的当然不敌，幸而王灵官虽然脸相并不漂亮，却是热烈的女权拥护家，就在危急之际出现，一

① 王充（27—约97）　字仲任，会稽上虞（今属浙江）人，东汉思想家、文学家。《论衡》是他的论文集。

② 杨家女　应为良家女。目连戏中的原唱词为："奴奴本是良家女，将奴卖入勾栏里；生前受不过王婆气，将奴副死勾栏里。阿呀，苦呀，天哪！将奴副死勾栏里。"

③ 克士　周建人的笔名。周建人，鲁迅的三弟，生物学家，当时任商务印书馆编辑。

鞭把男吊打死，放女的独去活动了。老年人告诉我说：古时候，是男女一样的要上吊的，自从王灵官打死了男吊神，才少有男人上吊；而且古时候，是身上有七七四十九处，都可以吊死的，自从王灵官打死了男吊神，致命处才只在脖子上。中国的鬼有些奇怪，好像是做鬼之后，也还是要死的，那时的名称，绍兴叫作"鬼里鬼"。但男吊既然早被王灵官打死，为什么现在"跳吊"，还会引出真的来呢？我不懂这道理，问问老年人，他们也讲说不明白。

而且中国的鬼还有一种坏脾气，就是"讨替代"，这才完全是利己主义；倘不然，是可以十分坦然的和他们相处的。习俗相沿，虽女吊不免，她有时也单是"讨替代"，忘记了复仇。绍兴煮饭，多用铁锅，烧的是柴或草，烟煤一厚，火力就不灵了，因此我们就常在地上看见刮下的锅煤。但一定是散乱的，凡村姑乡妇，谁也决不肯省些力，把锅子伏在地面上，团团一刮，使烟煤落成一个黑圈子。这是因为吊神诱人的圈套，就用煤圈炼成的缘故。散掉烟煤，正是消极的抵制，不过为的是反对"讨替代"，并非因为怕她去报仇。被压迫者即使没有报复的毒心，也决无被报复的恐惧，只有明明暗暗，吸血吃肉的凶手或其帮闲们，这才赠人以"犯而勿校"① 或"勿念旧恶"的格言，——我到今年，也愈加看透了这些人面东西的秘密。

九月十九—二十日

（原刊 1936 年 10 月 5 日《中流》第 1 卷第 3 期，后收入《且介亭杂文末编》）

---

① **"犯而勿校"** 语出《论语·泰伯》。校，计较的意想。**"勿念旧恶"**，语出《论语·公治长》。

因太炎先生而想起的二三事

　　写完题目，就有些踌蹰，怕空话多于本文，就是俗语之所谓"雷声大，雨点小"。

　　做了《关于太炎先生二三事》以后，好像还可以写一点闲文，但已经没有力气，只得停止了。第二天一觉醒来，日报已到，拉过来一看，不觉自己摩一下头顶，惊叹道："二十五周年的双十节！原来中华民国，已过了一世纪的四分之一了，岂不快哉！"但这"快"是迅速的意思。后来乱翻增刊，偶看见新作家的憎恶老人的文章，便如兜顶浇半瓢冷水。自己心里想：老人这东西，恐怕也真为青年所不耐的。例如我罢，性情即日见乖张，二十五年而已，却偏喜欢说一世纪的四分之一，以形容其多，真不知忙着什么；而且这摩一下头顶的手势，也实在可以说是太落伍了。

　　这手势，每当惊喜或感动的时候，我也已经用了一世纪的四分之一，犹言"辫子究竟剪去了"，原是胜利的表示。这种心情，和现在的青年也是不能相通的。假使都会上有一个拖着辫子的人，三十左右的壮年和二十上下的青年，看见了恐怕只以为珍奇，或者竟觉得有趣，但我却仍然要憎恨，愤怒，因为自己是曾经因此吃苦的人，以剪辫为一大公案的缘故。我的爱护中华民国，焦唇敝舌，恐其衰微，大半正为了使我们得有剪辫的自由，假使当初为了保存古迹，留辫不剪，我大约是决不会这样爱它的。张勋来也好，段祺瑞来也好，我真自愧远不及有些士君子的大度。

　　当我还是孩子时，那时的老人指教我说：剃头担上的旗竿，三百年前是挂头的。满人入关，下令拖辫，剃头人沿路拉人剃发，谁敢抗拒，便砍下头来挂在旗竿上，再去拉别的人。那时的剃发，先用水擦，再用刀刮，确是气闷的，但挂头故事却并不引起我的惊惧，因为即使我不高兴剃发，剃头人不但不来砍下我的脑袋，还从旗竿斗里摸出糖来，说剃完就可以吃，已经换了怀柔方略了。见惯者不怪，对辫子也不觉其丑，何况花样繁多，以姿态论，则辫子有松打，有紧打，辫线有三股，有散线，周围有看发（即今之"刘海"），看发有长短，长看发又可打成两条细辫子，环于顶搭之周围，顾影自怜，为美男子；以作用论，则打架时可拔，犯奸时可剪，做戏的可挂于铁竿，为父的可鞭其子女，变把戏的将头摇动，能飞舞如龙蛇，昨在路上，看见巡捕拿人，一手一个，以一捕二，倘在辛亥革命前，则一把辫子，至少十多个，为治民计，也极方便的。不幸的是所谓"海禁大开"，士人渐读洋书，因知比较，纵使不被洋人称为"猪尾"，而既不全剃，又不全留，剃掉一圈，留下一撮，打成尖辫，如慈菇芽，也未免自己觉得毫无道理，大可不必了。

我想，这是纵使生于民国的青年，一定也都知道的。清光绪中，曾有康有为者变过法，不成，作为反动，是义和团起事，而八国联军①遂入京，这年代很容易记，是恰在一千九百年，十九世纪的结末。于是满清官民，又要维新了，维新有老谱，照例是派官出洋去考察，和派学生出洋去留学。我便是那时被两江总督派赴日本的人们之中的一个，自然，排满的学说和辫子的罪状和文字狱的大略，是早经知道了一些的，而最初在实际上感到不便的，却是那辫子。

凡留学生一到日本，急于寻求的大抵是新知识。除学习日文，准备进专门和学校之外，就赴会馆，跑书店，往集会，听讲演。我第一次所经历的是在一个忘了名目的会场上，看见一位头包白纱布，用无锡腔讲演排满的英勇的青年，不觉肃然起敬。但听下去，到得他说"我在这里骂老太婆，老太婆一定也在那里骂吴稚晖"②，听讲者一阵大笑的时候，就感到没趣，觉得留学生好像也不外乎嬉皮笑脸。"老太婆"者，指清朝的西太后。吴稚晖在东京开会骂西太后，是眼前的事实无疑，但要说这时西太后也正在北京开会骂吴稚晖，我可不相信。讲演固然不妨夹着笑骂，但无聊的打诨，是非徒无益，而且有害的。不过吴先生这时却正在和公使蔡钧大战③，名驰学界，

<hr />

① **八国联军** 1900 年，为镇压义和团运动，英、法、德、美、俄、日、意、奥八个帝国主义国家联合出兵侵华，于该年 8 月 14 日占领北京。

② **吴稚晖（1865—1953）** 名敬恒，江苏武进人。早年留学日本时曾参加反清活动，后成为国民党政客。

③ 1902 年 8 月，我国自费留日学生九人，志愿入成城学校肄业（相当于士官预备学校），由于清政府对陆军学生颇为顾忌。公使蔡钧拒绝保送，于是有留日学生二十余人（吴稚晖在内）前往公使馆交涉，蔡钧始终不允，发生冲突。后来蔡钧勾结日政府以妨害治安罪拘捕学生，遣送回国。

白纱布下面，就藏着名誉的伤痕。不久，就被递解回国，路经皇城外的河边时，他跳了下去，但立刻又被捞起，押送回去了。这就是后来太炎先生和他笔战时，文中之所谓"不投大壑而投阳沟，面目上露"①。其实是日本的御沟并不狭小，但当警官护送之际，却即使并未"面目上露"，也一定要被捞起的。这笔战愈来愈凶，终至夹着毒詈，今年吴先生讥刺太炎先生受国民政府优遇时，还提起这件事，这是三十余年前的旧账，至今不忘，可见怨毒之深了②。但先生手定的《章氏丛书》内，却都不收录这些攻战的文章。先生力排清虏，而服膺于几个清儒，殆将希踪古贤，故不欲以此等文字自秽其著述——但由我看来，其实是吃亏，上当的，此种醇风，正使物能遁形，贻患千古。剪掉辫子，也是当时一大事。太炎先生去发时，作《解辫发》，③ 有云——

　　……共和二千七百四十一年，秋七月，余年三十三矣。是时满洲政府不道，戕虐朝士，横挑强邻，戮使略贾，四维交攻。愤东胡之无状，汉族之不得职，陨涕泫泫曰，余年已立，而犹被戎狄之服，不违咫尺，弗能剪除，余之罪也。将荐绅束发，以复近古，日既不给，衣又不可得。于是曰，昔祁班孙，释隐玄，皆以明氏遗老，断发以殁。《春秋谷梁传》曰："吴祝发"，《汉书》《严助传》曰："越劗发"，（晋灼曰："劗，张揖以为古剪字也"）余故吴越间民，去之亦犹行古之道也。……

文见于木刻初版和排印再版的《訄书》中，后经更定，改名《检论》时，也被删掉了。我的剪辫，却并非因为我是越人，越在古昔，"断发文身"④，今特效之，以见先民仪矩，也毫不含有革命性，归根结蒂，只为了不便：一不便于脱帽，二不便于体操，三盘在囟

---

① 章太炎与吴稚晖笔战一事，参见本书中《关于太炎先生二三事》及有关注释。这里引章太炎的话见《民报》第19号（1908年2月）的《复吴敬恒书》。

② 1936年1月1日，吴稚晖在《东方杂志》第33卷第1号发表《回忆蒋竹庄先生之回忆》，文中对自己在《苏报》案中的叛卖行为多方辩解，并对章太炎有所攻击。

③ **《解辫发》** 作于1900年（光绪二十六年）。下文中说的"共和二千七百四十一年"，即指1900年。公元前841年周厉王被逐。由伯和代行王政，号共和元年，这是我国历史上有正确纪年的开始。章太炎用共和纪元，含有不承认清朝统治之意。

④ **"断发文身"** 语出《史记·越王勾践世家》："越王勾践，……封于会稽，以奉守禹之祀，文（纹）身断发，披草莱而邑焉。"另《汉书·地理志》等亦有这种记载。

门上，令人很气闷。在事实上，无辫之徒，回国以后，默然留长，化为不二之臣者也多得很。而黄克强①在东京作师范学生时，就始终没有断发，也未尝大叫革命，所略显其楚人的反抗的蛮性者，惟因日本学监，诫学生不可赤膊，他却偏光着上身，手挟洋磁脸盆，从浴室经过大院子，摇摇摆摆的走入自修室去而已。

[原刊1937年3月25日出版的《工作与学习丛刊》之二《原野》一书。这是鲁迅逝世前二日所作（未完稿），是他最后的一篇文章，后收入《且介亭杂文末编》]

---

① 黄克强（1874—1916） 名兴，字克强，湖南善化（今长沙）人，近代革命家。曾长期与孙中山同倡革命，民国成立后曾任陆军总长。

南腔北调:演讲词

娜拉走后怎样

——一九二三年十二月二十六日在北京
女子高等师范学校文艺会讲

我今天要讲的是"娜拉走后怎样?"

伊孛生是十九世纪后半的瑙威的一个文人。他的著作,除了几十首诗之外,其余都是剧本。这些剧本里面,有一时期是大抵含有社会问题的,世间也称作"社会剧",其中有一篇就是《娜拉》。

《娜拉》一名 Ein Puppenheim,中国译作《傀儡家庭》。但 Puppe 不单是牵线的傀儡,孩子抱着玩的人形①也是;引申开去,别人怎么指挥,他便怎么做的人也是。娜拉当初是满足地生活在所谓幸福的家庭里的,但是她竟觉悟了:自己是丈夫的傀儡,孩子们又是她的傀儡。她于是走了,只听得关门声,接着就是闭幕。这想来大家都知道,不必细说了。

娜拉要怎样才不走呢?或者说伊孛生自己有解答,就是 Die Frauvom Meer,《海的女人》,中国有人译作《海上夫人》的。这女人是已经结婚的了,然而先前有一个爱人在海的彼岸,一日突然寻来,叫她一同去。她便告知她的丈夫,要和那外来人会面。临末,她的丈夫说,"现在放你完全自由。(走与不走)你能够自己选择,并且还要自己负责任。"于是什么事全都改变,她就不走了。这样看来,娜拉倘也得到这样的自由,或者也便可以安住。

但娜拉毕竟是走了的。走了以后怎样?伊孛生并无解答;而且他已经死了。即使不死,他也不负解答的责任。因为伊孛生是在做诗,不是为社会提出问题来而且代为解答。就如黄莺一样,因为他自己要歌唱,所以他歌唱,不是要唱给人们听得有趣,有益。伊孛生是很不通世故的,相传在许多妇女们一同招待他的筵宴上,代表

---

① 人形 日语,即人形的玩具。

者起来致谢他作了《傀儡家庭》，将女性的自觉，解放这些事，给人心以新的启示的时候，他却答道，"我写那篇却并不是这意思，我不过是做诗"。

娜拉走后怎样？——别人可是也发表过意见的。一个英国人曾作一篇戏剧，说一个新式的女子走出家庭，再也没有路走，终于堕落，进了妓院了。还有一个中国人，——我称他什么呢？上海的文学家罢，——说他所见的《娜拉》是和现译本不同，娜拉终于回来了。这样的本子可惜没有第二人看见，除非是伊孛生自己寄给他的。但从事理上推想起来，娜拉或者也实在只有两条路：不是堕落，就是回来。因为如果是一匹小鸟，则笼子里固然不自由，而一出笼门，外面便又有鹰，有猫，以及别的什么东西之类；倘使已经关得麻痹了翅子，忘却了飞翔，也诚然是无路可以走。还有一条，就是饿死了，但饿死已经离开了生活，更无所谓问题，所以也不是什么路。

人生最苦痛的是梦醒了无路可以走。做梦的人是幸福的；倘没有看出可走的路，最要紧的是不要去惊醒他。你看，唐朝的诗人李贺，不是困顿了一世的么？而他临死的时候，却对他的母亲说，"阿妈，上帝造成了白玉楼，叫我做文章落成去了。"这岂非明明是一个谎，一个梦？然而一个小的和一个老的，一个死的和一个活的，死的高兴地死去，活的放心地活着。说谎和做梦，在这些时候便见得伟大。所以我想，假使寻不出路，我们所要的倒是梦。

但是，万不可做将来的梦。阿尔志跋绥夫[1]曾经借了他所做的小说，质问过梦想将来的黄金世界的理想家，因为要造那世界，先唤起许多人们来受苦。他说，"你们将黄金世界预约给他们的子孙了，可是有什么给他们自己呢？"有是有的，就是将来的希望。但代价也太大了，为了这希望，要使人练敏了感觉来更深切地感到自己的苦痛，叫起灵魂来目睹他自己的腐烂的尸骸。惟有说谎和做梦，这些时候便见得伟大。所以我想，假使寻不出路，我们所要的就是梦；但不要将来的梦，只要目前的梦。

然而娜拉既然醒了，是很不容易回到梦境的，因此只得走；可是走了以后，有时却也免不掉堕落或回来。否则，就得问：她除了觉醒的心以外，还带了什么去？倘只有一条像诸君一样的紫红的绒

---

[1] 阿尔志跋绥夫（1878—1927） 俄国小说家。他的小说《工人绥惠略夫》在五四以后由鲁迅介绍到中国，曾产生了一定影响。下文所引就是小说主人公说的话。

绳的围巾，那可是无论宽到二尺或三尺，也完全是不中用。她还须更富有，提包里有准备，直白地说，就是要有钱。

梦是好的；否则，钱是要紧的。

钱这个字很难听，或者要被高尚的君子们所非笑，但我总觉得人们的议论是不但昨天和今天，即使饭前和饭后，也往往有些差别。凡承认饭需钱买，而以说钱为卑鄙者，倘能按一按他的胃，那里面怕总还有鱼肉没有消化完，须得饿他一天之后，再来听他发议论。

所以为娜拉计，钱，——高雅的说罢，就是经济，是最要紧的了。自由固不是钱所能买到的，但能够为钱而卖掉。人类有一个大缺点，就是常常要饥饿。为补救这缺点起见，为准备不做傀儡起见，在目下的社会里，经济权就见得最要紧了。第一，在家应该先获得男女平均的分配；第二，在社会应该获得男女相等的势力。可惜我不知道这权柄如何取得，单知道仍然要战斗；或者也许比要求参政权更要用剧烈的战斗。

要求经济权固然是很平凡的事，然而也许比要求高尚的参政权以及博大的女子解放之类更烦难。天下事尽有小作为比大作为更烦难的。譬如现在似的冬天，我们只有这一件棉袄，然而必须救助一个将要冻死的苦人，否则便须坐在菩提树下冥想普度一切人类的方法①去。普度一切人类和救活一人，大小实在相去太远了，然而倘叫我挑选，我就立刻到菩提树下去坐着，因为免得脱下唯一的棉袄来冻杀自己。所以在家里说要参政权，是不至于大遭反对的，一说到经济的平匀分配，或不免面前就遇见敌人，这就当然要有剧烈的战斗。

战斗不算好事情，我们也不能责成人人都是战士，那么，平和的方法也就可贵了，这就是将来利用了亲权来解放自己的子女。中国的亲权是无上的，那时候，就可以将财产平匀地分配子女们，使他们平和而没有冲突地都得到相等的经济权，此后或者去读书，或者去生发，或者为自己去享用，或者为社会去做事，或者去花完，都请便，自己负责任。这虽然也是颇远的梦，可是比黄金世界的梦近得不少了。但第一需要记性。记性不佳，是有益于己而有害于子孙的。人们因为能忘却，所以自己能渐渐地脱离了受过的苦痛，也

① 传说佛教创始人释迦牟尼（约前565—前486），在菩提树下苦思七日，终于悟出了佛理。这里是借用。

娜拉走后怎样

因为能忘却，所以往往照样地再犯前人的错误。被虐待的儿媳做了婆婆，仍然虐待儿媳；嫌恶学生的官吏，每是先前痛骂官吏的学生；现在压迫子女的，有时也就是十年前的家庭革命者。这也许与年龄和地位都有关系罢，但记性不佳也是一个很大的原因。救济法就是各人去买一本 note-book① 来，将自己现在的思想举动都记上，作为将来年龄和地位都改变了之后的参考。假如憎恶孩子要到公园去的时候，取来一翻，看见上面有一条道，"我想到中央公园去"，那就即刻心平气和了。别的事也一样。

世间有一种无赖精神，那要义就是韧性。听说拳匪乱后，天津的青皮，就是所谓无赖者很跋扈，譬如给人搬一件行李，他就要两元，对他说这行李小，他说要两元，对他说道路近，他说要两元，对他说不要搬了，他说也仍然要两元。青皮固然是不足为法的，而那韧性却大可以佩服。要求经济权也一样，有人说这事情太陈腐了，就答道要经济权；说是太卑鄙了，就答道要经济权；说是经济制度就要改变了，用不着再操心，也仍然答道要经济权。

其实，在现在，一个娜拉的出走，或者也许不至于感到困难的，因为这人物很特别，举动也新鲜，能得到若干人们的同情，帮助着生活。生活在人们的同情之下，已经是不自由了，然而倘有一百个娜拉出走，便连同情也减少，有一千一万个出走，就得到厌恶了，断不如自己握着经济权之为可靠。

在经济方面得到自由，就不是傀儡了么？也还是傀儡。无非被人所牵的事可以减少，而自己能牵的傀儡可以增多罢了。因为在现在的社会里，不但女人常作男人的傀儡，就是男人和男人，女人和女人，也相互地作傀儡，男人也常作女人的傀儡，这决不是几个女人取得经济权所能救的。但人不能饿着静候理想世界的到来，至少也得留一点残喘，正如涸辙之鲋，急谋升斗之水一样，就要这较为切近的经济权，一面再想别的法。

如果经济制度竟改革了，那上文当然完全是废话。

然而上文，是又将娜拉当作一个普通的人物而说的，假使她很特别，自己情愿闯出去做牺牲，那就又另是一回事。我们无权去劝诱人做牺牲，也无权去阻止人做牺牲。况且世上也尽有乐于牺牲，

① 英语，笔记簿。

乐于受苦的人物。欧洲有一个传说，耶稣去钉十字架时，休息在Ahasvar①的檐下，Ahasvar 不准他，于是被了咒诅，使他永世不得休息，直到末日裁判的时候。Ahasvar 从此就歇不下，只是走，现在还在走。走是苦的，安息是乐的，他何以不安息呢？虽说背着咒诅，可是大约总该是觉得走比安息还适意，所以始终狂走的罢。

只是这牺牲的适意是属于自己的，与志士们之所谓为社会者无涉。群众，——尤其是中国的，——永远是戏剧的看客。牺牲上场，如果显得慷慨，他们就看了悲壮剧；如果显得觳觫②，他们就看了滑稽剧。北京的羊肉铺前常有几个人张着嘴看剥羊，仿佛颇愉快，人的牺牲能给与他们的益处，也不过如此。而况事后走不几步，他们并这一点愉快也就忘却了。

对于这样的群众没有法，只好使他们无戏可看倒是疗救，正无需乎震骇一时的牺牲，不如深沉的韧性的战斗。

可惜中国太难改变了，即使搬动一张桌子，改装一个火炉，几乎也要血；而且即使有了血，也未必一定能搬动，能改装。不是很大的鞭子打在背上，中国自己是不肯动弹的。我想这鞭子总要来，好坏是别一问题，然而总要打到的。但是从那里来，怎么地来，我也是不能确切地知道。

我这讲演也就此完结了。

---

① **Ahasvar** 阿哈斯瓦尔，欧洲传说中的一个补鞋匠，被称为"流浪的犹太人"。

② 通作觳觫，恐惧得发抖。

未有天才之前

——一九二四年一月十七日在北京师范大学附属中学校友会讲

  我自己觉得我的讲话不能使诸君有益或者有趣，因为我实在不知道什么事，但推托拖延得太长久了，所以终于不能不到这里来说几句。我看现在许多人对于文艺界的要求的呼声之中，要求天才的产生也可以算是很盛大的了，这显然可以反证两件事：一是中国现在没有一个天才，二是大家对于现在的艺术的厌薄。天才究竟有没有？也许有着罢，然而我们和别人都没有见。倘使据了见闻，就可以说没有；不但天才，还有使天才得以生长的民众。

  天才并不是自生自长在深林荒野里的怪物，是由可以使天才生长的民众产生，长育出来的，所以没有这种民众，就没有天才。有一回拿破仑过 Alps 山①，说，"我比 Alps 山还要高！"这何等英伟，然而不要忘记他后面跟着许多兵；倘没有兵，那只有被山那面的敌人捉住或者赶回，他的举动，言语，都离了英雄的界线，要归入疯子一类了。所以我想，在要求天才的产生之前，应该先要求可以使天才生长的民众。——譬如想有乔木，想看好花，一定要有好土；没有土，便没有花木了；所以土实在较花木还重要。花木非有土不可，正同拿破仑非有好兵不可一样。

  然而现在社会上的论调和趋势，一面固然要求天才，一面却要他灭亡，连预备的土也想扫尽。举出几样来说：

  其一就是"整理国故"②。自从新思潮来到中国以后，其实何尝

---

  ① **Alps 山**　即阿尔卑斯山，位于法国和意大利之间。1800 年拿破仑进兵意大利和奥地利作战时，曾越过此山。

  ② **"整理国故"**　1919 年 12 月，胡适在《"新思潮"的意义》一文中提出要"研究问题，输入学理，整理国故，再造文明"，主张用科学的方法对中国古代典籍进行整理。胡适主张提出以后，在社会上引起了各种反应。当时就有学者指出："国故一名（转下页）

有力，而一群老头子，还有少年，却已丧魂失魄的来讲国故了，他们说，"中国自有许多好东西，都不整理保存，倒去求新，正如放弃祖宗遗产一样不肖。"抬出祖宗来说法，那自然是极威严的，然而我总不信在旧马褂未曾洗净叠好之前，便不能做一件新马褂。就现状而言，做事本来还随各人的自便，老先生要整理国故，当然不妨去埋在南窗下读死书，至于青年，却自有他们的活学问和新艺术，各干各事，也还没有大妨害的，但若拿了这面旗子来号召，那就是要中国永远与世界隔绝了。倘以为大家非此不可，那更是荒谬绝伦！我们和古董商人谈天，他自然总称赞他的古董如何好，然而他决不痛骂画家，农夫，工匠等类，说是忘记了祖宗：他实在比许多国学家聪明得远。

其一是"崇拜创作"[①]。从表面上看来，似乎这和要求天才的步调很相合，其实不然。那精神中，很含有排斥外来思想，异域情调的分子，所以也就是可以使中国和世界潮流隔绝的。许多人对于托尔斯泰，都介涅夫，陀思妥夫斯奇的名字，已经厌听了，然而他们的著作，有什么译到中国来？眼光因在一国里，听谈彼得和约翰就生厌，定须张三李四才行，于是创作家出来了，从实说，好的也离不了刺取点外国作品的技术和神情，文笔或者漂亮，思想往往赶不上翻译品，甚者还要加上些传统思想，使他适合于中国人的老脾气，而读者却已为他所牢笼了，于是眼界便渐渐的狭小，几乎要缩进旧圈套里去。作者和读者互相为因果，排斥异流，抬上国粹，那里会有天才产生？即使产生了，也是活不下去的。

这样的风气的民众是灰尘，不是泥土，在他这里长不出好花和

（接上页）词，学者各执一端以相回应，从未有确当的定义，于是那般遗老遗少都想借此为护符，趁国内学者研究国故的倾向的机遇，来干'思想复辟'的事业"（1924年3月26日《民国日报·觉悟副刊》曹聚仁的文章），周作人也在《思想界的倾向》（1922年4月）里谈到了"复古"与"排外"的倾向。鲁迅在胡适的主张提出四年后才在本文提出批评，强调他并不反对"老先生要整理国故"（其实他自己也做过《古小说钩沉》《中国小说史略》这类整理国故的工作），他反对的是"拿了这外面旗帜来号召"，引导青年钻进故纸堆里去的复古与排外的社会思潮。四年以后，即1928年胡适本人在《治学的方法与材料》一文中，也表示了对复古思潮的忧虑与反对："现在一般少年跟着我们向故纸堆里乱钻，这是最可悲的现状"，"这条故纸堆的路是死路"。

① 这里可能指的是郭沫若提出的主张：他曾在一封信将创作比作"处女"，指翻译为"媒婆"，强调创作比翻译更重要。所以鲁迅说这是一种"崇拜创作"的思潮，有可能导致对翻译的贬斥。而在鲁迅看来，通过翻译引进外来思想，与世界思潮相连接，对还没有完全走出封闭状态的中国，是更为重要的。

乔木来！

还有一样是恶意的批评。大家的要求批评家的出现，也由来已久了，到目下就出了许多批评家。可惜他们之中很有不少是不平家，不像批评家，作品才到面前，便恨恨地磨墨，立刻写出很高明的结论道，"唉，幼稚得很。中国要天才！"到后来，连并非批评家也这样叫喊了，他是听来的。其实即使天才，在生下来的时候的第一声啼哭，也和平常的儿童的一样，决不会就是一首好诗。因为幼稚，当头加以戕贼，也可以萎死的。我亲见几个作者，都被他们骂得寒噤了。那些作者大约自然不是天才，然而我的希望是便是常人也留着。

恶意的批评家在嫩苗的地上驰马，那当然是十分快意的事；然而遭殃的是嫩苗——平常的苗和天才的苗。幼稚对于老成，有如孩子对于老人，决没有什么耻辱；作品也一样，起初幼稚，不算耻辱的。因为倘不遭了戕贼，他就会生长，成熟，老成；独有老衰和腐败，倒是无药可救的事！我以为幼稚的人，或者老大的人，如有幼稚的心，就说幼稚的话，只为自己要说而说，说出之后，至多到印出之后，自己的事就完了，对于无论打着什么旗子的批评，都可以置之不理的！

就是在座的诸君，料来也十之九愿有天才的产生罢，然而情形是这样，不但产生天才难，单是有培养天才的泥土也难。我想，天才大半是天赋的；独有这培养天才的泥土，似乎大家都可以做。做土的功效，比要求天才还切近；否则，纵有成千成百的天才，也因为没有泥土，不能发达，要像一碟子绿豆芽。

做土要扩大了精神，就是收纳新潮，脱离旧套，能够容纳，了解那将来产生的天才；又要不怕做小事业，就是能创作的自然是创作，否则翻译，介绍，欣赏，读，看，消闲都可以。以文艺来消闲，说来似乎有些可笑，但究竟较胜于戕贼他。

泥土和天才比，当然是不足齿数的，然而不是坚苦卓绝者，也怕不容易做；不过事在人为，比空等天赋的天才有把握。这一点，是泥土的伟大的地方，也是反有大希望的地方。而且也有报酬，譬如好花从泥土里出来，看的人固然欣然的赏鉴，泥土也可以欣然的赏鉴，正不必花卉自身，这才心旷神怡的——假如当作泥土也有灵魂的说。

记 谈 话

　　鲁迅先生快到厦门去了，虽然他自己说或者因天气之故而不能在那里久住，但至少总有半年或一年不在北京，这实在是我们认为很使人留恋的一件事。八月二十二日，女子师范大学学生会举行毁校周年纪念，鲁迅先生到会，曾有一番演说，我恐怕这是他此次在京最后的一回公开讲演，因此把它记下来，表示我一点微弱的纪念的意思。人们一提到鲁迅先生，或者不免觉得他稍微有一点过于冷静，过于默视的样子，而其实他是无时不充满着热烈的希望，发挥着丰富的感情的。在这一次谈话里，尤其可以显明地看出他的主张；那么，我把他这一次的谈话记下，作为他出京的纪念，也许不是完全没有重大的意义罢。我自己，为免得老实人费心起见，应该声明一下：那天的会，我是以一个小小的办事员的资格参加的。

（培良）

　　我昨晚上在校《工人绥惠略夫》，想要另印一回，睡得太迟了，到现在还没有很醒；正在校的时候，忽然想到一些事情，弄得脑子里很混乱，一直到现在还是很混乱，所以今天恐怕不能有什么多的话可说。

　　提到我翻译《工人绥惠略夫》的历史，倒有点有趣。十二年前，欧洲大混战开始了，后来我们中国也参加战事，就是所谓"对德宣战"；派了许多工人到欧洲去帮忙；以后就打胜了，就是所谓"公理战胜"。中国自然也要分得战利品，——有一种是在上海的德国商人的俱乐部里的德文书，总数很不少，文学居多，都搬来放在午门的门楼上。教育部得到这些书，便要整理一下，分类一下，——其实是他们本来分类好了的，然而有些人以为分得不好，所以要从新分一下。——当时派了许多人，我也是其中的一个。后来，总长要看看那些书是什么书了。怎样看法呢？叫我们用中文将书名译出来，有义译义，无义译音，该撒呀，克来阿派忒拉呀，大马色①呀……。每人每月有十块钱的车费，我也拿了百来块钱，因为那时还有一点所谓行政费。这样的几里古鲁了一年多，花了几千块钱，对德和约成立了，后来德国来取还，便仍由点收的我们全盘交付，——也许少了几本罢。至于"克来阿派忒拉"之类，总长看了没有，我可不得而知了。

据我所知道的说，"对德宣战"的结果，在中国有一座中央公园里的"公理战胜"的牌坊，在我就只有一篇这《工人绥惠略夫》的译本，因为那底本，就是从那时整理着的德文书里挑出来的。

那一堆里文学书多得很，为什么那时偏要挑中这一篇呢？那意思，我现在有点记不真切了。大概，觉得民国以前，以后，我们也有许多改革者，境遇和绥惠略夫很相像，所以借借他人的酒杯罢。然而昨晚上一看，岂但那时，譬如其中的改革者的被迫，代表的吃苦，便是现在，——便是将来，便是几十年以后，我想，还要有许多改革者的境遇和他相像的。所以我打算将它重印一下……。

《工人绥惠略夫》的作者阿尔志跋绥夫是俄国人。现在一提到俄国，似乎就使人心惊胆战。但是，这是大可以不必的，阿尔志跋绥夫并非共产党，他的作品现在在苏俄也并不受人欢迎。听说他已经瞎了眼睛，很在吃苦，那当然更不会送我一个卢布……。总而言之：和苏俄是毫不相干。但奇怪的是有许多事情竟和中国很相像，譬如，改革者，代表者的受苦，不消说了；便是教人要安本分的老婆子，也正如我们的文人学士一般。有一个教员因为不受上司的辱骂而被革职了，她背地里责备他，说他"高傲"得可恶，"你看，我以前被我的主人打过两个嘴巴，可是我一句话都不说，忍耐着。究竟后来他们知道我冤枉了，就亲手赏了我一百卢布"。自然，我们的文人学士措辞决不至于如此拙直，文字也还要华赡得多。

然而绥惠略夫临末的思想却太可怕。他先是为社会做事，社会倒迫害他，甚至于要杀害他，他于是一变而为向社会复仇了，一切是仇仇，一切都破坏。中国这样破坏一切的人还不见有，大约也不会有的，我也并不希望其有。但中国向来有别一种破坏的人，所以

---

① 该撒（前100—前44） 通译恺撒，古罗马政治家。克来阿派忒拉（前69—前30），通译克利奥佩特拉，埃及女王。大马色，通译大马士革。

我们不去破坏的，便常常受破坏。我们一面被破坏，一面修缮着，辛辛苦苦地再过下去。所以我们的生活，便成了一面受破坏，一面修补，一面受破坏，一面修补的生活了。这个学校，也就是受了杨荫榆章士钊们的破坏之后，修补修补，整理整理，再过下去的。

俄国老婆子式的文人学士也许说，这是"高傲"得可恶了，该得惩罚。这话自然很像不错的，但也不尽然。我的家里还住着一个乡下人，因为战事，她的家没有了，只好逃进城里来。她实在并不"高傲"，也没有反对过杨荫榆，然而她的家没有了，受了破坏。战事一完，她一定要回去的，即使屋子破了，器具抛了，田地荒了，她也还要活下去。她大概只好搜集一点剩下的东西，修补修补，整理整理，再来活下去。

中国的文明，就是这样破坏了又修补，破坏了又修补的疲乏伤残可怜的东西。但是很有人夸耀它，甚至于连破坏者也夸耀它，便是破坏本校的人，假如你派他到万国妇女的什么会里去，请他叙述中国女学的情形，他一定说，我们中国有一个国立北京女子师范大学在。

这真是万分可惜的事，我们中国人对于不是自己的东西，或者将不为自己所有的东西，总要破坏了才快活的。杨荫榆知道要做不成这校长，便文事用文士的"流言"，武功用三河的老妈，总非将一班"毛鸦头"赶尽杀绝不可[1]。先前我看见记载上说的张献忠屠戮川民的事，我总想不通他是什么意思；后来看到别一本书，这才明白了：他原是想做皇帝的，但是李自成先进北京，做了皇帝了；他便要破坏李自成的帝位。怎样破坏法呢？做皇帝必须有百姓；他杀尽了百姓，皇帝也就谁都做不成了。既无百姓，便无所谓皇帝，于是只剩了一个李自成，在白地上出丑，宛如学校解散后的校长一般。这虽然是一个可笑的极端的例，但有这一类的思想的，实在并不止张

---

[1] 1925年北京女子师范大学校长杨荫榆与学生发生冲突，引发了著名的"反杨风潮"。杨荫榆下令开除学生自治会职员六人，并动员一批教授（即鲁迅说的"文士"）支持自己，制造"流言"攻击包括鲁迅在内的支持学生的教员，这就是这里所说的"文事用文士的'流言'"。当时的教育部总长章士钊支持杨荫榆，下令停办女师大，在原校另成立女子大学。学生坚决反对，组织校务维持会负责校务。教育部就雇用北京郊区三河县的一批流氓女丐将女学生强行拉出学校禁闭起来。这就是鲁迅所说的"武功用三河老妈"。**"毛鸦头"**即"毛丫头"，这是杨荫榆的支持者对女师大学生的蔑称。下文所说的由新任教育总长带兵强行"武装接收"女师大，说明当局终于用武力镇压了学生的反抗运动。

献忠一个人。

我们总是中国人，我们总要遇见中国事，但我们不是中国式的破坏者，所以我们是过着受破坏了又修补，受破坏了又修补的生活。我们的许多寿命白费了。我们所可以自慰的，想来想去，也还是所谓对于将来的希望。希望是附丽于存在的，有存在，便有希望，有希望，便是光明。如果历史家的话不是诳话，则世界上的事物可还没有因为黑暗而长存的先例。黑暗只能附丽于渐就灭亡的事物，一灭亡，黑暗也就一同灭亡了，它不永久。然而将来是永远要有的，并且总要光明起来；只要不做黑暗的附着物，为光明而灭亡，则我们一定有悠久的将来，而且一定是光明的将来。

> 我赴这会的后四日，就出北京了。在上海看见日报，知道女师大已改为女子学院的师范部，教育总长任可澄自做院长，师范部的学长是林素园。后来看见北京九月五日的晚报，有一条道："今日下午一时半，任可澄特同林氏，并率有警察厅保安队及军督察处兵士共四十左右，驰赴女师大，武装接收。……"原来刚一周年，又看见用兵了。不知明年这日，还是带兵的开得校纪念呢，还是被兵的开毁校纪念？现在姑且将培良君的这一篇转录在这里，先作一个本年的纪念罢。

> 一九二六年十月十四日，鲁迅附记

无声的中国

以我这样没有什么可听的无聊的讲演，又在这样大雨的时候，竟还有这许多来听的诸君，我首先应当声明我的郑重的感谢。

我现在所讲的题目是：《无声的中国》。

现在，浙江，陕西，都在打仗，那里的人民哭着呢还是笑着呢，我们不知道。香港似乎很太平，住在这里的中国人，舒服呢还是不很舒服呢，别人也不知道。

发表自己的思想，感情给大家知道的是要用文章的，然而拿文章来达意，现在一般的中国人还做不到。这也怪不得我们；因为那文字，先就是我们的祖先留传给我们的可怕的遗产。人们费了多年的工夫，还是难于运用。因为难，许多人便不理它了，甚至于连自己的姓也写不清是张还是章，或者简直不会写，或者说道：Chang。虽然能说话，而只有几个人听到，远处的人们便不知道，结果也等于无声。又因为难，有些人便当作宝贝，像玩把戏似的，之乎者也，只有几个人懂，——其实是不知道可真懂，而大多数的人们却不懂得，结果也等于无声。

文明人和野蛮人的分别，其一，是文明人有文字，能够把他们的思想，感情，藉此传给大众，传给将来。中国虽然有文字，现在却已经和大家不相干，用的是难懂的古文，讲的是陈旧的古意思，所有的声音，都是过去的，都就是只等于零的。所以，大家不能互相了解，正像一大盘散沙。

将文章当作古董，以不能使人认识，使人懂得为好，也许是有趣的事罢。但是，结果怎样呢？是我们已经不能将我们想说的话说出来。我们受了损害，受了侮辱，总是不能说出些应说的话。拿最近的事情来说，如中日战争，拳匪事件，民元革命这些大事件，一直到现在，我们可有一部像样的著作？民国以来，也还是谁也不作声。反而在外国，倒常有说起中国的，但那都不是中国人自己的声音，是别人的声音。

这不能说话的毛病，在明朝是还没有这样厉害的；他们还比较地能够说些要说的话。待到满洲人以异族侵入中国，讲历史的，尤其是讲宋末的事情的人被杀害了，讲时事的自然也被杀害了。所以，到乾隆年间，人民大家便更不敢用文章来说话了。所谓读书人，便只好躲起来读经，校刊古书，做些古时的文章，和当时毫无关系的文章。有些新意，也还是不行的；不是学韩，便是学苏。韩愈苏轼他们，用他们自己的文章来说当时要说的话，那当然可以的。我们却并非唐宋时人，怎么做和我们毫无关系的时候的文章呢。即使做得像，也是唐宋时代的声音，韩愈苏轼的声音，而不是我们现代的声音。然而直到现在，中国人却还耍着这样的旧戏法。人是有的，没有声音，寂寞得很。——人会没有声音的么？没有，可以说，是死了。倘要说得客气一点，那就是：已经哑了。

要恢复这多年无声的中国，是不容易的，正如命令一个死掉的人道："你活过来！"我虽然并不懂得宗教，但我以为正如想出现一个宗教上之所谓"奇迹"一样。

首先来尝试这工作的是"五四运动"前一年，胡适之先生所提倡的"文学革命"。"革命"这两个字，在这里不知道可害怕，有些地方是一听到就害怕的。但这和文学两字连起来的"革命"，却没有法国革命的"革命"那么可怕，不过是革新，改换一个字，就很平和了，我们就称为"文学革新"罢，中国文字上，这样的花样是很多的。那大意也并不可怕，不过说：我们不必再去费尽心机，学说古代的死人的话，要说现代的活人的话；不要将文章看作古董，要做容易懂得的白话的文章。然而，单是文学革新是不够的，因为腐败思想，能用古文做，也能用白话做。所以后来就有人提倡思想革新。思想革新的结果，是发生社会革新运动。这运动一发生，自然一面就发生反动，于是便酿成战斗……。

但是，在中国，刚刚提起文学革新，就有反动了。不过白话文却渐渐风行起来，不大受阻碍。这是怎么一回事呢？就因为当时又有钱玄同先生提倡废止汉字，用罗马字母来替代。这本也不过是一种文字革新，很平常的，但被不喜欢改革的中国人听见，就大不得了了，于是便放过了比较的平和的文学革命，而竭力来骂钱玄同。

白话乘了这一个机会，居然减去了许多敌人，反而没有阻碍，能够流行了。

中国人的性情是总喜欢调和，折中的。譬如你说，这屋子太暗，须在这里开一个窗，大家一定不允许的。但如果你主张拆掉屋顶，他们就会来调和，愿意开窗了。没有更激烈的主张，他们总连平和的改革也不肯行。那时白话文之得以通行，就因为有废掉中国字而用罗马字母的议论的缘故。

其实，文言和白话的优劣的讨论，本该早已过去了，但中国是总不肯早早解决的，到现在还有许多无谓的议论。例如，有的说：古文各省人都能懂，白话就各处不同，反而不能互相了解了。殊不知这只要教育普及和交通发达就好，那时就人人都能懂较为易解的白话文；至于古文，何尝各省人都能懂，便是一省里，也没有许多人懂得的。有的说：如果都用白话文，人们便不能看古书，中国的文化就灭亡了。其实呢，现在的人们大可以不必看古书，即使古书里真有好东西，也可以用白话来译出的，用不着那么心惊胆战。他们又有人说，外国尚且译中国书，足见其好，我们自己倒不看么？殊不知埃及的古书，外国人也译，非洲黑人的神话，外国人也译，他们别有用意，即使译出，也算不了怎样光荣的事的。

近来还有一种说法，是思想革新紧要，文字改革倒在其次，所以不如用浅显的文言来作新思想的文章，可以少招一重反对。这话似乎也有理。然而我们知道，连他长指甲都不肯剪去的人，是决不肯剪去他的辫子的。

因为我们说着古代的话，说着大家不明白，不听见的话，已经弄得像一盘散沙，痛痒不相关了。我们要活过来，首先就须由青年们不再说孔子孟子和韩愈柳宗元们的话。时代不同，情形也两样，孔子时代的香港不这样，孔子口调的“香港论”是无从做起的，“吁嗟阔哉香港也”，不过是笑话。

我们要说现代的，自己的话；用活着的白话，将自己的思想，感情直白地说出来。但是，这也要受前辈先生非笑的。他们说白话文卑鄙，没有价值；他们说年青人作品幼稚，贻笑大方。我们中国能做文言的有多少呢，其余的都只能说白话，难道这许多中国人，就都是卑鄙，没有价值的么？至于幼稚，尤其没有什么可羞，正如孩子对于老人，毫没有什么可羞一样。幼稚是会生长，会成熟的，只不要衰老，腐败，就好。倘说待到纯熟了才可以动手，那是虽是村妇也不至于这样蠢。她的孩子学走路，即使跌倒了，她决不至于叫孩子从此躺在床上，待到学会了走法再下地面来的。

青年们先可以将中国变成一个有声的中国。大胆地说话，勇敢地进行，忘掉了一切利害，推开了古人，将自己的真心的话发表出来。——真，自然是不容易的。譬如态度，就不容易真，讲演时候就不是我的真态度，因为我对朋友，孩子说话时候的态度是不这样的。——但总可以说些较真的话，发些较真的声音。只有真的声音，才能感动中国的人和世界的人；必须有了真的声音，才能和世界的人同在世界上生活。

我们试想现在没有声音的民族是那几种民族。我们可听到埃及人的声音？可听到安南①，朝鲜的声音？印度除了泰戈尔，别的声音可还有？

我们此后实在只有两条路：一是抱着古文而死掉，一是舍掉古文而生存。

368　　① **安南**　越南的旧称。

老调子已经唱完

——一九二七年二月十九日在香港青年会讲

今天我所讲的题目是"老调子已经唱完"：初看似乎有些离奇，其实是并不奇怪的。

凡老的，旧的，都已经完了！这也应该如此。虽然这一句话实在对不起一般老前辈，可是我也没有别的法子。

中国人有一种矛盾思想，即是：要子孙生存，而自己也想活得很长久，永远不死；及至知道没法可想，非死不可了，却希望自己的尸身永远不腐烂。但是，想一想罢，如果从有人类以来的人们都不死，地面上早已挤得密密的，现在的我们早已无地可容了；如果从有人类以来的人们的尸身都不烂，岂不是地面上的死尸早已堆得比鱼店里的鱼还要多，连掘井，造房子的空地都没有了么？所以，我想，凡是老的，旧的，实在倒不如高高兴兴的死去的好。

在文学上，也一样，凡是老的和旧的，都已经唱完，或将要唱完。举一个最近的例来说，就是俄国。他们当俄皇专制的时代，有许多作家很同情于民众，叫出许多惨痛的声音，后来他们又看见民众有缺点，便失望起来，不很能怎样歌唱，待到革命以后，文学上便没有什么大作品了。只有几个旧文学家跑到外国去，作了几篇作品，但也不见得出色，因为他们已经失掉了先前的环境了，不再能照先前似的开口。

在这时候，他们的本国是应该有新的声音出现的，但是我们还没有很听到。我想，他们将来是一定要有声音的。因为俄国是活的，虽然暂时没有声音，但他究竟有改造环境的能力，所以将来一定也会有新的声音出现。

再说欧美的几个国度罢。他们的文艺是早有些老旧了，待到世界大战时候，才发生了一种战争文学。战争一完结，环境也改变了，老调子无从再唱，所以现在文学上也有些寂寞。将来的情形如何，我们实在不能豫测。但我相信，他们是一定也会有新的声音的。

现在来想一想我们中国是怎样。中国的文章是最没有变化的，调子是最老的，里面的思想是最旧的。但是，很奇怪，却和别国不一样。那些老调子，还是没有唱完。

这是什么缘故呢？有人说，我们中国是有一种"特别国情"。——中国人是否真是这样"特别"，我是不知道，不过我听得有人说，中国人是这样。——倘使这话是真的，那么，据我看来，这所以特别的原因，大概有两样。

第一，是因为中国人没记性，因为没记性，所以昨天听过的话，今天忘记了，明天再听到，还是觉得很新鲜。做事也是如此，昨天做坏了的事，今天忘记了，明天做起来，也还是"仍旧贯"的老调子。

第二，是个人的老调子还未唱完，国家却已经灭亡了好几次了。何以呢？我想，凡有老旧的调子，一到有一个时候，是都应该唱完的，凡是有良心，有觉悟的人，到一个时候，自然知道老调子不该再唱，将它抛弃。但是，一般以自己为中心的人们，却决不肯以民众为主体，而专图自己的便利，总是三翻四复的唱不完。于是，自己的老调子固然唱不完，而国家却已被唱完了。

宋朝的读书人讲道学，讲理学，尊孔子，千篇一律。虽然有几个革新的人们，如王安石等等，行过新法，但不得大家的赞同，失败了。从此大家又唱老调子，和社会没有关系的老调子，一直到宋朝的灭亡。

宋朝唱完了，进来做皇帝的是蒙古人——元朝。那么，宋朝的老调子也该随着宋朝完结了罢，不，元朝人起初虽然看不起中国人，后来却觉得我们的老调子，倒也新奇，渐渐生了羡慕，因此元人也跟着唱起我们的调子来了，一直到灭亡。

这个时候，起来的是明太祖。元朝的老调子，到此应该唱完了罢，可是也还没有唱完。明太祖又觉得还有些意趣，就又教大家接着唱下去。什么八股咧，道学咧，和社会，百姓都不相干，就只向着那条过去的旧路走，一直到明亡。

清朝又是外国人。中国的老调子，在新来的外国主人的眼里又见得新鲜了，于是又唱下去。还是八股，考试，做古文，看古书。但是清朝完结，已经有十六年了，这是大家都知道的。他们到后来，倒也略略有些觉悟，曾经想从外国学一点新法来补救，然而已经太迟，来不及了。

老调子将中国唱完，完了好几次，而它却仍然可以唱下去。因此就发生一点小议论。有人说："可见中国的老调子实在好，正不妨唱下去。试看元朝的蒙古人，清朝的满洲人，不是都被我们同化了么？照此看来，则将来无论何国，中国都会这样地将他们同化的。"原来我们中国就如生着传染病的病人一般，自己生了病，还会将病传到别人身上去，这倒是一种特别的本领。

殊不知这种意见，在现在是非常错误的。我们为甚么能够同化蒙古人和满洲人呢？是因为他们的文化比我们的低得多。倘使别人的文化和我们的相敌或更进步，那结果便要大不相同了。他们倘比我们更聪明，这时候，我们不但不能同化他们，反要被他们利用了我们的腐败文化，来治理我们这腐败民族。他们对于中国人，是毫不爱惜的，当然任凭你腐败下去。现在听说又很有别国人在尊重中国的旧文化了，那里是真在尊重呢，不过是利用！

从前西洋有一个国度，国名忘记了，要在非洲造一条铁路。顽固的非洲土人很反对，他们便利用了他们的神话来哄骗他们道："你们古代有一个神仙，曾从地面造一道桥到天上。现在我们所造的铁路，简直就和你们的古圣人的用意一样。"非洲人不胜佩服，高兴，铁路就造起来。——中国人是向来排斥外人的，然而现在却渐渐有人跑到他那里去唱老调子了，还说道："孔夫子也说过，'道不行，乘桴浮于海。'所以外人倒是好的。"外国人也说道："你家圣人的话实在不错。"

倘照这样下去，中国的前途怎样呢？别的地方我不知道，只好用上海来类推。上海是：最有权势的是一群外国人，接近他们的是一圈中国的商人和所谓读书的人，圈子外面是许多中国的苦人，就是下等奴才。将来呢，倘使还要唱着老调子，那么，上海的情状会扩大到全国，苦人会多起来。因为现在是不像元朝清朝时候，我们可以靠着老调子将他们唱完，只好反而唱完自己了。这就因为，现在的外国人，不比蒙古人和满洲人一样，他们的文化并不在我们之下。

那么，怎么好呢？我想，唯一的方法，首先是抛弃了老调子。旧文章，旧思想，都已经和现社会毫无关系了，从前孔子周游列国的时代，所坐的是牛车。现在我们还坐牛车么？从前尧舜的时候，吃东西用泥碗，现在我们所用的是甚么？所以，生在现今的时代，捧着古书是完全没有用处的了。

但是，有些读书人说，我们看这些古东西，倒并不觉得于中国怎样有害，又何必这样决绝地抛弃呢？是的。然而古老东西的可怕就正在这里。倘使我们觉得有害，我们便能警戒了，正因为并不觉得怎样有害，我们这才总是觉不出这致死的毛病来。因为这是"软刀子"。这"软刀子"的名目，也不是我发明的，明朝有一个读书人，叫做贾凫西的，鼓词里曾经说起纣王，道："几年家软刀子割头不觉死，只等得太白旗悬才知道命有差。"我们的老调子，也就是一把软刀子。

中国人倘被别人用钢刀来割，是觉得痛的，还有法子想；倘是软刀子，那可真是"割头不觉死"，一定要完。

我们中国被别人用兵器来打，早有过好多次了。例如，蒙古人满洲人用弓箭，还有别国人用枪炮。用枪炮来打的后几次，我已经出了世了，但是年纪青。我仿佛记得那时大家倒还觉得一点苦痛的，也曾经想有些抵抗，有些改革。用枪炮来打我们的时候，听说是因为我们野蛮；现在，倒不大遇见有枪炮来打我们了，大约是因为我们文明了罢。现在也的确常常有人说，中国的文化好得很，应该保存。那证据，是外国人也常在赞美。这就是软刀子。用钢刀，我们也许还会觉得的，于是就改用软刀子。我想：叫我们用自己的老调子唱完我们自己的时候，是已经要到了。

中国的文化，我可是实在不知道在那里。所谓文化之类，和现在的民众有甚么关系，甚么益处呢？近来外国人也时常说，中国人礼仪好，中国人肴馔好。中国人也附和着。但这些事和民众有甚么关系？车夫先就没有钱来做礼服，南北的大多数的农民最好的食物是杂粮。有什么关系？

中国的文化，都是侍奉主子的文化，是用很多的人的痛苦换来的。无论中国人，外国人，凡是称赞中国文化的，都只是以主子自居的一部份。

以前，外国人所作的书籍，多是嘲骂中国的腐败；到了现在，不大嘲骂了，或者反而称赞中国的文化了。常听到他们说："我在中国住得很舒服呵！"这就是中国人已经渐渐把自己的幸福送给外国人享受的证据。所以他们愈赞美，我们中国将来的苦痛要愈深的！

这就是说：保存旧文化，是要中国人永远做侍奉主子的材料，苦下去，苦下去。虽是现在的阔人富翁，他们的子孙也不能逃。我曾经做过一篇杂感，大意是说："凡称赞中国旧文化的，多是住在租界或安稳地方的富人，因为他们有钱，没有受到国内战争的痛苦，所以发出这样的赞赏来。殊不知将来他们的子孙，营业要比现在的苦人更其贱，去开的矿洞，也要比现在的苦人更其深。"这就是说，将来还是要穷的，不过迟一点。但是先穷的苦人，开了较浅的矿，他们的后人，却须开更深的矿了。我的话并没有人注意。他们还是唱着老调子，唱到租界去，唱到外国去。但从此以后，不能像元朝清朝一样，唱完别人了，他们是要唱完了自己。

这怎么办呢？我想，第一，是先请他们从洋楼，卧室，书房里踱出来，看一看身边怎么样，再看一看社会怎么样，世界怎么样。然后自己想一想，想得了方法，就做一点。"跨出房门，是危险的。"自然，唱老调子的先生们又要说。然而，做人是总有些危险的，如果躲在房里，就一定长寿，白胡子的老先生应该非常多；但是我们所见的有多少呢？他们也还是常常早死，虽然不危险，他们也胡涂死了。

要不危险，我倒曾经发见了一个很合式的地方。这地方，就是：牢狱。人坐在监牢里便不至于再捣乱，犯罪了；救火机关也完全，不怕失火；也不怕盗劫，到牢狱里去抢东西的强盗是从来没有的。坐监是实在最安稳。

但是，坐监却独独缺少一件事，这就是：自由。所以，贪安稳就没有自由，要自由就总要历些危险。只有这两条路。那一条好，是明明白白的，不必待我来说了。

现在我还要谢诸位今天到来的盛意。

革命时代的文学

——一九二七年四月八日在黄埔军官学校讲

今天要讲几句的话是就将这"革命时代的文学"算作题目。这学校是邀过我好几次了，我总是推宕着没有来。为什么呢？因为我想，诸君的所以来邀我，大约是因为我曾经做过几篇小说，是文学家，要从我这里听文学。其实我并不是的，并不懂什么。我首先正经学习的是开矿，叫我讲掘煤，也许比讲文学要好一些。自然，因为自己的嗜好，文学书是也时常看看的，不过并无心得，能说出于诸君有用的东西来。加以这几年，自己在北京所得的经验，对于一向所知道的前人所讲的文学的议论，都渐渐的怀疑起来。那是开枪打杀学生的时候罢，文禁也严厉了，我想：文学文学，是最不中用的，没有力量的人讲的；有实力的人并不开口，就杀人，被压迫的人讲几句话，写几个字，就要被杀；即使幸而不被杀，但天天呐喊，叫苦，鸣不平，而有实力的人仍然压迫，虐待，杀戮，没有方法对付他们，这文学于人们又有什么益处呢？

在自然界里也这样，鹰的捕雀，不声不响的是鹰，吱吱叫喊的是雀；猫的捕鼠，不声不响的是猫，吱吱叫喊的是老鼠；结果，还是只会开口的被不开口的吃掉。文学家弄得好，做几篇文章，也许能够称誉于当时，或者得到多少年的虚名罢，——譬如一个烈士的追悼会开过之后，烈士的事情早已不提了，大家倒传诵着谁的挽联做得好：这实在是一件很稳当的买卖。

但在这革命地方的文学家，恐怕总喜欢说文学和革命是大有关系的，例如可以用这来宣传，鼓吹，煽动，促进革命和完成革命。不过我想，这样的文章是无力的，因为好的文艺作品，向来多是不受别人命令，不顾利害，自然而然地从心中流露的东西；如果先挂起一个题目，做起文章来，那又何异于八股，在文学中并无价值，更说不到能否感动人了。为革命起见，要有"革命人"，"革命文学"倒无须急急，革命人做出东西来，才是革命文学。所以，我想：革命，倒是与文章有关系的。革命时代的文学和平时的文学不同，革命来了，文学就变换色彩。但大革命可以变换文学的色彩，小革命却不，因为不算什么革命，所以不能变换文学的色彩。在此地是听惯了"革命"了，江苏浙江谈到革命二字，听的人都很害怕，讲的人也很危险。其实"革命"是并不稀奇的，惟其有了它，社会才会改革，人类才会进步，能从原虫到人类，从野蛮到文明，就因为没有一刻不在革命。生物学家告诉我们："人类和猴子是没有大两样的，人类和猴子是表兄弟。"但为什么人类成了人，猴子终于是猴子呢？这就因为猴子不肯变化——它爱用四只脚走路。也许曾有一个猴子站起来，试用两脚走路的罢，但许多猴子就说："我们底祖先一向是爬的，不许你站！"咬死了。它们不但不肯站起来，并且不肯讲话，因为它守旧，人类就不然，他终于站起，讲话，结果是他胜利了。现在也还没有完。所以革命是并不稀奇的，凡是至今还未灭亡的民族，还都天天在努力革命，虽然往往不过是小革命。

大革命与文学有什么影响呢？大约可以分开三个时候来说：

（一）大革命之前，所有的文学，大抵是对于种种社会状态，觉得不平，觉得痛苦，就叫苦，鸣不平，在世界文学中关于这类的文学颇不少。但这些叫苦鸣不平的文学对于革命没有什么影响，因为叫苦鸣不平，并无力量，压迫你们的人仍然不理，老鼠虽然吱吱地叫，尽管叫出很好的文学，而猫儿吃起它来，还是不客气。所以仅仅有叫苦鸣不平的文学时，这个民族还没有希望，因为止于叫苦和鸣不平。例如人们打官司，失败的方面到了分发冤单的时候，对手就知道他没有力量再打官司，事情已经了结了；所以叫苦鸣不平的文学等于喊冤，压迫者对此倒觉得放心。有些民族因为叫苦无用，连苦也不叫了，他们便成为沉默的民族，渐渐更加衰颓下去，埃及，阿拉伯，波斯，印度就都没有什么声音了！至于富有反抗性，蕴有力量的民族，因为叫苦没用，他便觉悟起来，由哀音而变为怒吼。怒吼的文学一出现，反抗就快到了；他们已经很愤怒，所以与革命爆发时代接近的文学每每带有愤怒之音；他要反抗，他要复仇。苏俄革命将起时，即有些这类的文学。但也有例外，如波兰，虽然早有复仇的文学，然而他的恢复，是靠着欧洲大战的。

（二）到了大革命的时代，文学没有了，没有声音了，因为大家受革命潮流的鼓荡，大家由呼喊而转入行动，大家忙着革命，没有闲空谈文学了。还有一层，是那时民生凋敝，一心寻面包吃尚且来不及，那里有心思谈文学呢？守旧的人因为受革命潮流的打击，气得发昏，也不能再唱所谓他们底文学了。有人说："文学是穷苦的时候做的"，其实未必，穷苦的时候必定没有文学作品的；我在北京时，一穷，就到处借钱，不写一个字，到薪俸发放时，才坐下来做文章。忙的时候也必定没有文学作品，挑担的人必要把担子放下，才能做文章；拉车的人也必要把车子放下，才能做文章。大革命时代忙得很，同时又穷得很，这一部分人和那一部分人斗争，非先行变换现代社会底状态不可，没有时间也没有心思做文章；所以大革命时代的文学便只好暂归沉寂了。

（三）等到大革命成功后，社会底状态缓和了，大家底生活有余裕了，这时候就又产生文学。这时候底文学有二：一种文学是赞扬革命，称颂革命，——讴歌革命，因为进步的文学家想到社会改变，社会向前走，对于旧社会的破坏和新社会的建设，都觉得有意义，一方面对于旧制度的崩坏很高兴，一方面对于新的建设来讴歌。另有一种文学是吊旧社会的灭亡——挽歌——也是革命后会有的文学。有些的人以为这是"反革命的文学"，我想，倒也无须加以这么大的罪名。革命虽然进行，但社会上旧人物还很多，决不能一时变成新人物，他们的脑中满藏着旧思想旧东西；环境渐变，影响到他们自身的一切，于是回想旧时的舒服，便对于旧社会眷念不已，恋恋不舍，因而讲出很古的话，陈旧的话，形成这样的文学。这种文学都是悲哀的调子，表示他心里不舒服，一方面看见新的建设胜利了，一方面看见旧的制度灭亡了，所以唱起挽歌来。但是怀旧，唱挽歌，就表示已经革命了，如果没有革命，旧人物正得势，是不会唱挽歌的。

不过中国没有这两种文学——对旧制度挽歌，对新制度讴歌；因为中国革命还没有成功，正是青黄不接，忙于革命的时候。不过旧文学仍然很多，报纸上的文章，几乎全是旧式。我想，这足见中国革命对于社会没有多大的改变，对于守旧的人没有多大的影响，所以旧人仍能超然物外。广东报纸所讲的文学，都是旧的，新的很少，也可以证明广东社会没有受革命影响；没有对新的讴歌，也没有对旧的挽歌，广东仍然是十年前底广东。不但如此，并且也没有叫苦，没有鸣不平；止看见工会参加游行，但这是政府允许的，不是因压迫而反抗的，也不过是奉旨革命。中国社会没有改变，所以没有怀旧的哀词，也没有崭新的进行曲，只在苏俄却已产生了这两种文学。他们的旧文学家逃亡外国，所作的文学，多是吊亡挽旧的哀词；新文学则正在努力向前走，伟大的作品虽然还没有，但是新作品已不少，他们已经离开怒吼时期而过渡到讴歌的时期了。赞美建设是革命进行以后的影响，再往后去的情形怎样，现在不得而知，但推想起来，大约是平民文学罢，因为平民的世界，是革命的结果。

现在中国自然没有平民文学，世界上也还没有平民文学，所有的文学，歌呀，诗呀，大抵是给上等人看的；他们吃饱了，睡在躺椅上，捧着看。一个才子出门遇见一个佳人，两个人很要好，有一个不才子从中捣乱，生出差迟来，但终于团圆了。这样地看看，多么舒服。或者讲上等人怎样有趣和快乐，下等人怎样可笑。前几年《新青年》载过几篇小说，描写罪人在寒地里的生活，大学教授看了就不高兴，因为他们不喜欢看这样的下流人。如果诗歌描写车夫，就是下流诗歌；一出戏里，有犯罪的事情，就是下流戏。他们的戏里的脚色，止有才子佳人，才子中状元，佳人封一品夫人，在才子佳人本身很欢喜，他们看了也很欢喜，下等人没奈何，也只好替他们一同欢喜欢喜。在现在，有人以平民——工人农民——为材料，做小说做诗，我们也称之为平民文学，其实这不是平民文学，因为平民还没有开口。这是另外的人从旁看见平民的生活，假托平民底口吻而说的。眼前的文人有些虽然穷，但总比工人农民富足些，这才能有钱去读书，才能有文章；一看好像是平民所说的，其实不是；这不是真的平民小说。平民所唱的山歌野曲，现在也有人写下来，以为是平民之音了，因为是老百姓所唱。但他们间接受古书的影响很大，他们对于乡下的绅士有田三千亩，佩服得不了，每每拿绅士的思想，做自己的思想，绅士们惯吟五言诗，七言诗；因此他们所唱的山歌野曲，大半也是五言或七言。这是就格律而言，还有构思取意，也是很陈腐的，不能称是真正的平民文学。现在中国底小说和诗实在比不上别国，无可奈何，只好称之曰文学；谈不到革命时代的文学，更谈不到平民文学。现在的文学家都是读书人，如果工人农民不解放，工人农民的思想，仍然是读书人的思想，必待工人农民得到真正的解放，然后才有真正的平民文学。有些人说："中国已有平民文学"，其实这是不对的。

诸君是实际的战争者，是革命的战士，我以为现在还是不要佩服文学的好。学文学对于战争，没有益处，最好不过作一篇战歌，或者写得美的，便可于战余休憩时看看，倒也有趣。要讲得堂皇点，则譬如种柳树，待到柳树长大，浓阴蔽日，农夫耕作到正午，或者可以坐在柳树底下吃饭，休息休息。中国现在的社会情状，止有实地的革命战争，一首诗吓不走孙传芳，一炮就把孙传芳轰走了。自然也有人以为文学于革命是有伟力的，但我个人总觉得怀疑，文学总是一种余裕的产物，可以表示一民族的文化，倒是真的。

人大概是不满于自己目前所做的事的，我一向只会做几篇文章，自己也做得厌了，而捏枪的诸君，却又要听讲文学。我呢，自然倒愿意听听大炮的声音，仿佛觉得大炮的声音或者比文学的声音要好听得多似的。我的演说只有这样多，感谢诸君听完的厚意！

读书杂谈
——一九二七年七月十六日在广州知用中学讲

因为知用中学的先生们希望我来演讲一回，所以今天到这里和诸君相见。不过我也没有什么东西可讲。忽而想到学校是读书的所在，就随便谈谈读书。是我个人的意见，姑且供诸君的参考，其实也算不得什么演讲。

说到读书，似乎是很明白的事，只要拿书来读就是了，但是并不这样简单。至少，就有两种：一是职业的读书，一是嗜好的读书。所谓职业的读书者，譬如学生因为升学，教员因为要讲功课，不翻翻书，就有些危险的就是。我想在坐的诸君之中一定有些这样的经验，有的不喜欢算学，有的不喜欢博物，然而不得不学，否则，不能毕业，不能升学，和将来的生计便有妨碍了。我自己也这样，因为做教员，有时即非看不喜欢看的书不可，要不这样，怕不久便会于饭碗有妨。我们习惯了，一说起读书，就觉得是高尚的事情，其实这样的读书，和木匠的磨斧头，裁缝的理针线并没有什么分别，并不见得高尚，有时还很苦痛，很可怜。你爱做的事，偏不给你做，你不爱做的，倒非做不可。这是由于职业和嗜好不能合一而来的。倘能够大家去做爱做的事，而仍然各有饭吃，那是多么幸福。但现在的社会上还做不到，所以读书的人们的最大部分，大概是勉勉强强的，带着苦痛的为职业的读书。

现在再讲嗜好的读书罢。那是出于自愿，全不勉强，离开了利害关系的。——我想，嗜好的读书，该如爱打牌的一样，天天打，夜夜打，连续的去打，有时被公安局捉去了，放出来之后还是打。诸君要知道真打牌的人的目的并不在赢钱，而在有趣。牌有怎样的有趣呢，我是外行，不大明白。但听得爱赌的人说，它妙在一张一张的摸起来，永远变化无穷。我想，凡嗜好的读书，能够手不释卷的原因也就是这样。他在每一叶每一叶里，都得着深厚的趣味。自然，也可以扩大精神，增加智识的，但这些倒都不计及，一计及，便等于意在赢钱的博徒了，这在博徒之中，也算是下品。

不过我的意思，并非说诸君应该都退了学，去看自己喜欢看的书去，这样的时候还没有到来；也许终于不会到，至多，将来可以没法使人们对于非做不可的事发生较多的兴味罢了。我现在是说，爱看书的青年，大可以看看本分以外的书，即课外的书，不要只将课内的书抱住。但请不要误解，我并非说，譬如在国文讲堂上，应该在抽屉里暗看《红楼梦》之类；乃是说，应做的功课已完而有余暇，大可以看看各样的书，即使和本业毫不相干的，也要泛览。譬如学理科的，偏看看文学书，学文学的，偏看看科学书，看看别个在那里研究的，究竟是怎么一回事。这样子，对于别人，别事，可以有更深的了解。现在中国有一个大毛病，就是人们大概以为自己所学的一门是最好，最妙，最要紧的学问，而别的都无用，都不足道的，弄这些不足道的东西的人，将来该当饿死。其实是，世界还没有如此简单，学问都各有用处，要定什么是头等还很难。也幸而有各式各样的人，假如世界上全是文学家，到处所讲的不是"文学的分类"便是"诗之构造"，那倒反而无聊得很了。

不过以上所说的，是附带而得的效果，嗜好的读书，本人自然并不计及那些，就如游公园似的，随随便便去，因为随随便便，所以不吃力，因为不吃力，所以会觉得有趣。如果一本书拿到手，就满心想道，"我在读书了！""我在用功了！"那就容易疲劳，因而减掉兴味，或者变成苦事了。

我看现在的青年，为兴味的读书的是有的，我也常常遇到各样的询问。此刻就将我所想到的说一点，但是只限于文学方面，因为我不明白其他的。

第一，是往往分不清文学和文章。甚至于已经来动手做批评文章的，也免不了这毛病。其实粗粗的说，这是容易分别的。研究文章的历史或理论的，是文学家，是学者；做做诗，或戏曲小说的，是做文章的人，就是古时候所谓文人，此刻所谓创作家。创作家不妨毫不理会文学史或理论，文学家也不妨做不出一句诗。然而中国社会上还很误解，你做几篇小说，便以为你一定懂得小说概论，做几句新诗，就要你讲诗之原理。我也尝见想做小说的青年，先买小说法程和文学史来看。据我看来，是即使将这些书看烂了，和创作也没有什么关系的。

事实上，现在有几个做文章的人，有时也确去做教授。但这是因为中国创作不值钱，养不活自己的缘故。听说美国小名家的一篇中篇小说，时价是二千美金；中国呢，别人我不知道，我自己的短篇寄给大书铺，每篇卖过二十元。当然要寻别的事，例如教书，讲文学。研究是要用理智，要冷静的，而创作须情感，至少总得发点热，于是忽冷忽热，弄得头昏，——这也是职业和嗜好不能合一的苦处。苦倒也罢了，结果还是什么都弄不好。那证据，是试翻世界文学史，那里面的人，几乎没有兼做教授的。

还有一种坏处，是一做教员，未免有顾忌；教授有教授的架子，不能畅所欲言。这或者有人要反驳：那么，你畅所欲言就是了，何必如此小心。然而这是事前的风凉话，一到有事，不知不觉地他也要从众来攻击的。而教授自身，纵使自以为怎样放达，下意识里总不免有架子在。所以在外国，称为"教授小说"的东西倒并不少，但是不大有人说好，至少，是总难免有令人发烦的炫学的地方。

所以我想，研究文学是一件事，做文章又是一件事。

第二，我常被询问：要弄文学，应该看什么书？这实在是一个极难回答的问题。先前也曾有几位先生给青年开过一大篇书目。但从我看来，这是没有什么用处的，因为我觉得那都是开书目的先生自己想要看或者未必想要看的书目。我以为倘要弄旧的呢，倒不如姑且靠着张之洞的《书目答问》去摸门径去。倘是新的，研究文学，则自己先看看各种的小本子，如本间久雄的《新文学概论》，厨川白村的《苦闷的象征》，瓦浪斯基们的《苏俄的文艺论战》之类，然后自己再想想，再博览下去。因为文学的理论不像算学，二二一定得四，所以议论很纷歧。如第三种，便是俄国的两派的争论，——我附带说一句，近来听说连俄国的小说也不大有人看了，似乎一看见"俄"字就吃惊，其实苏俄的新创作何尝有人介绍，此刻译出的几本，都是革命前的作品，作者在那边都已经被看作反革命的了。倘要看看文艺作品呢，则先看几种名家的选本，从中觉得谁的作品自己最爱看，然后再看这一个作者的专集，然后再从文学史上看看他在史上的位置；倘要知道得更详细，就看一两本这人的传记，那便可以大略了解了。如果专是请教别人，则各人的嗜好不同，总是格不相入的。

第三，说几句关于批评的事。现在因为出版物太多了，——其实有什么呢，而读者因为不胜其纷纭，便渴望批评，于是批评家也便应运而起。批评这东西，对于读者，至少对于和这批评家趣旨相近的读者，是有用的。但中国现在，似乎应该暂作别论。往往有人误以为批评家对于创作是操生杀之权，占文坛的最高位的，就忽而变成批评家；他的灵魂上挂了刀。但是怕自己的立论不周密，便主张主观，有时怕自己的观察别人不看重，又主张客观；有时说自己的作文的根柢全是同情，有时将校对者骂得一文不值。凡中国的批评文字，我总是越看越胡涂，如果当真，就要无路可走。印度人是早知道的，有一个很普通的比喻。他们说：一个老翁和一个孩子用一匹驴子驮着货物去出卖，货卖去了，孩子骑驴回来，老翁跟着走。但路人责备他了，说是不晓事，叫老年人徒步。他们便换了一个地位，而旁人又说老人忍心；老人忙将孩子抱到鞍鞒上，后来看见的人却说他们残酷；于是都下来，走了不久，可又有人笑他们了，说他们是呆子，空着现成的驴子却不骑。于是老人对孩子叹息道，我们只剩了一个办法了，是我们两人抬着驴子走。无论读，无论做，倘若旁征博访，结果是往往会弄到抬驴子走的。

不过我并非要大家不看批评，不过说看了之后，仍要看看本书，自己思索，自己做主。看别的书也一样，仍要自己思索，自己观察。倘只看书，便变成书厨，即使自己觉得有趣，而那趣味其实是已在逐渐硬化，逐渐死去了。我先前反对青年躲进研究室，也就是这意思，至今有些学者，还将这话算作我的一条罪状哩。

听说英国的培那特萧（Bernard Shaw）[①]，有过这样意思的话：世间最不行的是读书者。因为他只能看别人的思想艺术，不用自己。这也就是勖本华尔（Schopenhauer）[②] 之所谓脑子里给别人跑马。较好的是思索者。因为能用自己的生活力，但还不免是空想，所以更好的是观察者，他用自己的眼睛去读世间这一部活书。

这是的确的，实地经验总比看，听，空想确凿。我先前吃过干荔支，罐头荔支，陈年荔支，并且由这些推想过新鲜的好荔支。这回吃过了，和我所猜想的不同，非到广东来吃就永不会知道。但我对于萧的所说，还要加一点骑墙的议论。萧是爱尔兰人，立论也不免有些偏激的。我以为假如从广东乡下找一个没有历练的人，叫他从上海到北京或者什么地方，然后问他观察所得，我恐怕是很有限

① **培那特萧**　即萧伯纳。
② **勖本华尔**　通译叔本华。

的，因为他没有练习过观察力。所以要观察，还是先要经过思索和读书。

总之，我的意思是很简单的：我们自动的读书，即嗜好的读书，请教别人是大抵无用，只好先行泛览，然后决择而入于自己所爱的较专的一门或几门；但专读书也有弊病，所以必须和实社会接触，使所读的书活起来。

魏晋风度及文章与药及酒之关系

——一九二七年九月间在广州夏期学术演讲会讲①

我今天所讲的，就是黑板上写着的这样一个题目。

中国文学史，研究起来，可真不容易，研究古的，恨材料太少，研究今的，材料又太多，所以到现在，中国较完全的文学史尚未出现。今天讲的题目是文学史上的一部分，也是材料太少，研究起来很有困难的地方。因为我们想研究某一时代的文学，至少要知道作者的环境，经历和著作。

汉末魏初这个时代是很重要的时代，在文学方面起一个重大的变化，因当时正在黄巾和董卓大乱之后，而且又是党锢的纠纷之后，这时曹操出来了。——不过我们讲到曹操，很容易就联想起《三国志演义》，更而想起戏台上那一位花面的奸臣，但这不是观察曹操的真正方法。现在我们再看历史，在历史上的记载和论断有时也是极靠不住的，不能相信的地方很多，因为通常我们晓得，某朝的年代长一点，其中必定好人多；某朝的年代短一点，其中差不多没有好人。为什么呢？因为年代长了，做史的是本朝人，当然恭维本朝的人物，年代短了，做史的是别朝人，便很自由地贬斥其异朝的人物，所以在秦朝，差不多在史的记载上半个好人也没有。曹操在史上年代也是颇短的，自然也逃不了被后一朝人说坏话的公例。其实，曹操是一个很有本事的人，至少是一个英雄，我虽不是曹操一党，但无论如何，总是非常佩服他。

研究那时的文学，现在较为容易了，因为已经有人做过工作：

---

① 这篇演讲是在 1927 年 7 月 23 日、26 日的会上作的，副题说成是"九月间"有误。鲁迅后来在给友人书中说："在广州之谈魏晋事，盖实有慨而言"（致陈濬书，1928 年 12 月 30 日，《鲁迅全集》第 11 卷，人民文学出版社 1981 年版，第 646 页）。在演讲前一个星期，国民党广州政府发动了"七一五事件"，大肆屠杀共产党人与进步青年。鲁迅在演讲中谈魏晋时期知识分子的境遇，正是有慨而发。

在文集一方面有清严可均辑的《全上古三代秦汉三国晋南北朝文》。其中于此有用的，是《全汉文》，《全三国文》，《全晋文》。

在诗一方面有丁福保辑的《全汉三国晋南北朝诗》。——丁福保是做医生的，现在还在。

辑录关于这时代的文学评论有刘师培编的《中国中古文学史》。这本书是北大的讲义，刘先生已死，此书由北大出版。

上面三种书对于我们的研究有很大的帮助。能使我们看出这时代的文学的确有点异彩。

我今天所讲，倘若刘先生的书里已详的，我就略一点；反之，刘先生所略的，我就较详一点。

董卓之后，曹操专权。在他的统治之下，第一个特色便是尚刑名。他的立法是很严的，因为当大乱之后，大家都想做皇帝，大家都想叛乱，故曹操不能不如此。曹操曾自己说过："倘无我，不知有多少人称王称帝！"这句话他倒并没有说谎。因此之故，影响到文章方面，成了清峻的风格。——就是文章要简约严明的意思。

此外还有一个特点，就是尚通脱。他为什么要尚通脱呢？自然也与当时的风气有莫大的关系。因为在党锢之祸以前，凡党中人都自命清流，不过讲"清"讲得太过，便成固执，所以在汉末，清流的举动有时便非常可笑了。

比方有一个有名的人，普通的人去拜访他，先要说几句话，倘这几句话说得不对，往往会遭倨傲的待遇，叫他坐到屋外去，甚而至于拒绝不见。

又如有一个人，他和他的姊夫是不对的，有一回他到姊姊那里去吃饭之后，便要将饭钱算回给姊姊。她不肯要，他就于出门之后，把那些钱扔在街上，算是付过了。

个人这样闹闹脾气还不要紧，若治国平天下也这样闹起执拗的脾气来，那还成甚么话？所以深知此弊的曹操要起来反对这种习气，力倡通脱。通脱即随便之意。此种提倡影响到文坛，便产生多量想说甚么便说甚么的文章。

更因思想通脱之后，废除固执，遂能充分容纳异端和外来的思想，故孔教以外的思想源源引入。

总括起来，我们可以说汉末魏初的文章是清峻，通脱。在曹操本身，也是一个改造文章的祖师，可惜他的文章传的很少。他胆子很大，文章从通脱得力不少，做文章时又没有顾忌，想写的便写出来。

所以曹操征求人才时也是这样说，不忠不孝不要紧，只要有才便可以。这又是别人所不敢说的。曹操做诗，竟说是"郑康成行酒伏地气绝"，他引出离当时不久的事实，这也是别人所不敢用的。还有一样，比方人死时，常常写点遗令，这是名人的一件极时髦的事。当时的遗令本有一定的格式，且多言身后当葬于何处，或葬于某某名人的墓旁；操独不然，他的遗令不但没有依着格式，内容竟讲到遗下的衣服和伎女怎样处置等问题。

陆机虽然评曰"贻尘谤于后王"，然而我想他无论如何是一个精明人，他自己能做文章，又有手段，把天下的方士文士统统搜罗起来，省得他们跑在外面给他捣乱。所以他帷幄里面，方士文士就特别地多。

孝文帝曹丕，以长子而承父业，篡汉而即帝位。他也是喜欢文章的。其弟曹植，还有明帝曹叡，都是喜欢文章的。不过到那个时候，于通脱之外，更加上华丽。丕著有《典论》，现已失散无全本，那里面说："诗赋欲丽"，"文以气为主"。《典论》的零零碎碎，在唐宋类书中；一篇整的《论文》，在《文选》中可以看见。

后来有一般人很不以他的见解为然。他说诗赋不必寓教训，反对当时那些寓训勉于诗赋的见解，用近代的文学眼光看来，曹丕的一个时代可说是"文学的自觉时代"，或如近代所说是为艺术而艺术（Art for Art's Sake）的一派。所以曹丕做的诗赋很好，更因他以"气"为主，故于华丽以外，加上壮大。归纳起来，汉末，魏初的文章，可说是："清峻，通脱，华丽，壮大。"在文学的意见上，曹丕和曹植表面上似乎是不同的。曹丕说文章事可以留名声于千载；但子建却说文章小道，不足论的。据我的意见，子建大概是违心之论。这里有两个原因，第一，子建的文章做得好，一个人大概总是不满意自己所做而羡慕他人所为的，他的文章已经做得好，于是他便敢说文章是小道；第二，子建活动的目标在于政治方面，政治方面不甚得志，遂说文章是无用了。

曹操曹丕以外，还有下面的七个人：孔融，陈琳，王粲，徐幹，阮瑀，应瑒，刘桢，都很能做文章，后来称为"建安七子"。七人的文章很少流传，现在我们很难判断；但，大概都不外是"慷慨"，"华丽"罢。华丽即曹丕所主张，慷慨就因当天下大乱之际，亲戚朋友死于乱者特多，于是为文就不免带着悲凉，激昂和"慷慨"了。

七子之中，特别的是孔融，他专喜和曹操捣乱。曹丕《典论》里有论孔融的，因此他也被拉进"建安七子"一块儿去。其实不对，很两样的。不过在当时，他的名声可非常之大。孔融作文，喜用讥嘲的笔调，曹丕很不满意他。孔融的文章现在传的也很少，就他所有的看起来，我们可以瞧出他并不大对别人讥讽，只对曹操。比方操破袁氏兄弟，曹丕把袁熙的妻甄氏拿来，归了自己，孔融就写信给曹操，说当初武王伐纣，将妲己给了周公了。操问他的出典，他说，以今例古，大概那时也是这样的。又比方曹操要禁酒，说酒可以亡国，非禁不可，孔融又反对他，说也有以女人亡国的，何以不禁婚姻？

　　其实曹操也是喝酒的。我们看他的"何以解忧？惟有杜康"的诗句，就可以知道。为什么他的行为会和议论矛盾呢？此无他，因曹操是个办事人，所以不得不这样做；孔融是旁观的人，所以容易说些自由话。曹操见他屡屡反对自己，后来借故把他杀了。他杀孔融的罪状大概是不孝。因为孔融有下列的两个主张：

　　第一，孔融主张母亲和儿子的关系是如瓶之盛物一样，只要在瓶内把东西倒了出来，母亲和儿子的关系便算完了。第二，假使有天下饥荒的一个时候，有点食物，给父亲不给呢？孔融的答案是：倘若父亲是不好的，宁可给别人。——曹操想杀他，便不惜以这种主张为他不忠不孝的根据，把他杀了。倘若曹操在世，我们可以问他，当初求才时就说不忠不孝也不要紧，为何又以不孝之名杀人呢？然而事实上纵使曹操再生，也没人敢问他，我们倘若去问他，恐怕他把我们也杀了！

　　与孔融一同反对曹操的尚有一个祢衡，后来给黄祖杀掉的。祢衡的文章也不错，而且他和孔融早是"以气为主"来写文章的了。故在此我们又可知道，汉文慢慢壮大起来，是时代使然，非专靠曹操父子之功的。但华丽好看，却是曹丕提倡的功劳。

　　这样下去一直到明帝的时候，文章上起了个重大的变化，因为出了一个何晏。

　　何晏的名声很大，位置也很高，他喜欢研究《老子》和《易经》。至于他是怎样的一个人呢？那真相现在可很难知道，很难调查。因为他是曹氏一派的人，司马氏很讨厌他，所以他们的记载对何晏大不满。因此产生许多传说，有人说何晏的脸上是搽粉的，又有人说他本来生得白，不是搽粉的。但究竟何晏搽粉不搽粉呢？我也不知道。

但何晏有两件事我们是知道的。第一，他喜欢空谈，是空谈的祖师；第二，他喜欢吃药，是吃药的祖师。

此外，他也喜欢谈名理。他身子不好；因此不能不服药。他吃的不是寻常的药，是一种名叫"五石散"的药。

"五石散"是一种毒药，是何晏吃开头的。汉时，大家还不敢吃，何晏或者将药方略加改变，便吃开头了。五石散的基本，大概是五样药：石钟乳，石硫黄，白石英，紫石英，赤石脂；另外怕还配点别样的药。但现在也不必细细研究它，我想各位都是不想吃它的。

从书上看起来，这种药是很好的，人吃了能转弱为强。因此之故，何晏有钱，他吃起来了；大家也跟着吃。那时五石散的流毒就同清末的鸦片的流毒差不多，看吃药与否以分阔气与否的。现在由隋巢元方做的《诸病源候论》的里面可以看到一些。据此书，可知吃这药是非常麻烦的，穷人不能吃，假使吃了之后，一不小心，就会毒死。先吃下去的时候，倒不怎样的，后来药的效验既显，名曰"散发"。倘若没有"散发"，就有弊而无利。因此吃了之后不能休息，非走路不可，因走路才能"散发"，所以走路名曰"行散"。比方我们看六朝人的诗，有云："至城东行散"，就是此意。后来做诗的人不知其故，以为"行散"即步行之意，所以不服药也以"行散"二字入诗，这是很笑话的。

走了之后，全身发烧，发烧之后又发冷。普通发冷宜多穿衣，吃热的东西。但吃药后的发冷刚刚要相反：衣少，冷食，以冷水浇身。倘穿衣多而食热物，那就非死不可。因此五石散一名寒食散。只有一样不必冷吃的，就是酒。

吃了散之后，衣服要脱掉，用冷水浇身；吃冷东西；饮热酒。这样看起来，五石散吃的人多，穿厚衣的人就少；比方在广东提倡，一年以后，穿西装的人就没有了。因为皮肉发烧之故，不能穿窄衣。为豫防皮肤被衣服擦伤，就非穿宽大的衣服不可。现在有许多人以为晋人轻裘缓带，宽衣，在当时是人们高逸的表现，其实不知他们是吃药的缘故。一班名人都吃药，穿的衣都宽大，于是不吃药的也跟着名人，把衣服宽大起来了！

还有，吃药之后，因皮肤易于磨破，穿鞋也不方便，故不穿鞋袜而穿屐。所以我们看晋人的画像或那时的文章，见他衣服宽大，不鞋而屐，以为他一定是很舒服，很飘逸的了，其实他心里都是很苦的。

更因皮肤易破，不能穿新的而宜于穿旧的，衣服便不能常洗。因不洗，便多虱。所以在文章上，虱子的地位很高，"扪虱而谈"，当时竟传为美事。比方我今天在这里演讲的时候，扪起虱来，那是不大好的。但在那时不要紧，因为习惯不同之故。这正如清朝是提倡抽大烟的，我们看见两肩高耸的人，不觉得奇怪。现在就不行了，倘若多数学生，他的肩成为一字样，我们就觉得很奇怪了。

此外可见服散的情形及其他种种的书，还有葛洪的《抱朴子》。

到东晋以后，作假的人就很多，在街旁睡倒，说是"散发"以示阔气。就像清时尊读书，就有人以墨涂唇，表示他是刚才写了许多字的样子。故我想，衣大，穿屦，散髪等等，后来效之，不吃也学起来，与理论的提倡实在是无关的。

又因"散发"之时，不能肚饿，所以吃冷物，而且要赶快吃，不论时候，一日数次也不可定。因此影响到晋时"居丧无礼"。——本来魏晋时，对于父母之礼是很繁多的。比方想去访一个人，那么，在未访之前，必先打听他父母及其祖父母的名字，以便避讳。否则，嘴上一说出这个字音，假如他的父母是死了的，主人便会大哭起来——他记得父母了——给你一个大大的没趣。晋礼居丧之时，也要瘦，不多吃饭，不准喝酒。但在吃药之后，为生命计，不能管得许多，只好大嚼，所以就变成"居丧无礼"了。

居丧之际，饮酒食肉，由阔人名流倡之，万民皆从之，因为这个缘故，社会上遂尊称这样的人叫作名士派。

吃散发源于何晏，和他同志的，有王弼和夏侯玄两个人，与晏同为服药的祖师。有他三人提倡，有多人跟着走。他们三人多是会做文章，除了夏侯玄的作品流传不多外，王何二人现在我们尚能看到他们的文章。他们都是生于正始的，所以又名曰"正始名士"。但这种习惯的末流，是只会吃药，或竟假装吃药，而不会做文章。

东晋以后，不做文章而流为清谈，由《世说新语》一书里可以看到。此中空论多而文章少，比较他们三个差得远了。三人中王弼二十余岁便死了，夏侯何二人皆为司马懿所杀。因为他二人同曹操有关系，非死不可，犹曹操之杀孔融，也是借不孝做罪名的。

二人死后，论者多因其与魏有关而骂他，其实何晏值得骂的就是因为他是吃药的发起人。这种服散的风气，魏，晋，直到隋，唐，还存在着，因为唐时还有"解散方"，即解五石散的药方，可以证明还有人吃，不过少点罢了。唐以后就没有人吃，其原因尚未详，大概因其弊多利少，和鸦片一样罢？

晋名人皇甫谧作一书曰《高士传》，我们以为他很高超。但他是服散的，曾有一篇文章，自说吃散之苦。因为药性一发，稍不留心，即会丧命，至少也会受非常的苦痛，或要发狂；本来聪明的人，因此也会变成痴呆。所以非深知药性，会解救，而且家里的人多深知药性不可。晋朝人多是脾气很坏，高傲，发狂，性暴如火的，大约便是服药的缘故。比方有苍蝇扰他，竟至拔剑追赶；就是说话，也要胡胡涂涂地才好，有时简直是近于发疯。但在晋朝更有以痴为好的，这大概也是服药的缘故。

魏末，何晏他们以外，又有一个团体新起，叫做“竹林名士”，也是七个，所以又称“竹林七贤”。正始名士服药，竹林名士饮酒。竹林的代表是嵇康和阮籍。但究竟竹林名士不纯粹是喝酒的，嵇康也兼服药，而阮籍则是专喝酒的代表。但嵇康也饮酒，刘伶也是这里面的一个。他们七人中差不多都是反抗旧礼教的。

这七人中，脾气各有不同。嵇阮二人的脾气都很大；阮籍老年时改得很好，嵇康就始终都是极坏的。

阮年青时，对于访他的人有加以青眼和白眼的分别。白眼大概是全然看不见眸子的，恐怕要练习很久才能够。青眼我会装，白眼我却装不好。

后来阮籍竟做到“口不臧否人物”的地步，嵇康却全不改变。结果阮得终其天年，而嵇竟丧于司马氏之手，与孔融何晏等一样，遭了不幸的杀害。这大概是因为吃药和吃酒之分的缘故：吃药可以成仙，仙是可以骄视俗人的；饮酒不会成仙，所以敷衍了事。

他们的态度，大抵是饮酒时衣服不穿，帽也不带。若在平时，有这种状态，我们就说无礼，但他们就不同。居丧时不一定按例哭泣；子之于父，是不能提父的名，但在竹林名士一流人中，子都会叫父的名号。旧传下来的礼教，竹林名士是不承认的。即如刘伶——他曾做过一篇《酒德颂》，谁都知道——他是不承认世界上从前规定的道理的，曾经有这样的事，有一次有客见他，他不穿衣服。人责问他；他答人说，天地是我的房屋，房屋就是我的衣服，你们为什么进我的裤子中来？至于阮籍，就更甚了，他连上下古今也不承认，在《大人先生传》里有说：“天地解兮六合开，星辰陨兮日月颓，我腾而上将何怀？”他的意思是天地神仙，都是无意义，一切都不要，所以他觉得世上的道理不必争，神仙也不足信，既然一切都是虚无，所以他便沉湎于酒了。然而他还有一个原因，就是他的饮酒不独由于他的思想，大半倒在环境。其时司马氏已想篡位，而阮籍名声很大，所以他讲话就极难，只好多饮酒，少讲话，而且即使讲话讲错了，也可以借醉得到人的原谅。只要看有一次司马懿求和阮籍结亲，而阮籍一醉就是两个月，没有提出的机会，就可以知道了。

阮籍作文章和诗都很好，他的诗文虽然也慷慨激昂，但许多意思都是隐而不显的。宋的颜延之已经说不大能懂，我们现在自然更很难看得懂他的诗了。他诗里也说神仙，但他其实是不相信的。嵇康的论文，比阮籍更好，思想新颖，往往与古时旧说反对。孔子说："学而时习之，不亦说乎？"嵇康做的《难自然好学论》，却道，人是并不好学的，假如一个人可以不做事而又有饭吃，就随便闲游不喜欢读书了，所以现在人之好学，是由于习惯和不得已。还有管叔蔡叔，是疑心周公，率殷民叛，因而被诛，一向公认为坏人的。而嵇康做的《管蔡论》，就也反对历代传下来的意思，说这两个人是忠臣，他们的怀疑周公，是因为地方相距太远，消息不灵通。

但最引起许多人的注意，而且于生命有危险的，是《与山巨源绝交书》中的"非汤武而薄周孔"。司马懿因这篇文章，就将嵇康杀了。非薄了汤武周孔，在现时代是不要紧的，但在当时却关系非小。汤武是以武定天下的；周公是辅成王的；孔子是祖述尧舜，而尧舜是禅让天下的。嵇康都说不好，那么，教司马懿篡位的时候，怎么办才是好呢？没有办法。在这一点上，嵇康于司马氏的办事上有了直接的影响，因此就非死不可了。嵇康的见杀，是因为他的朋友吕安不孝，连及嵇康，罪案和曹操的杀孔融差不多。魏晋，是以孝治天下的，不孝，故不能不杀。为什么要以孝治天下呢？因为天位从禅让，即巧取豪夺而来，若主张以忠治天下，他们的立脚点便不稳，办事便棘手，立论也难了，所以一定要以孝治天下。但倘只是实行不孝，其实那时倒不很要紧的，嵇康的害处是在发议论；阮籍不同，不大说关于伦理上的话，所以结局也不同。

但魏晋也不全是这样的情形，宽袍大袖，大家饮酒。反对的也很多。在文章上我们还可以看见裴頠的《崇有论》，孙盛的《老子非大贤论》，这些都是反对王何们的。在史实上，则何曾劝司马懿杀阮籍有好几回，司马懿不听他的话，这是因为阮籍的饮酒，与时局的关系少些的缘故。

然而后人就将嵇康阮籍骂起来，人云亦云，一直到现在，一千六百多年。季札说："中国之君子，明于礼义而陋于知人心。"这是确的，大凡明于礼义，就一定要陋于知人心的，所以古代有许多人受了很大的冤枉。例如嵇阮的罪名，一向说他们毁坏礼教。但据我个人的意见，这判断是错的。魏晋时代，崇奉礼教的看来似乎很不错，而实在是毁坏礼教，不信礼教的。表面上毁坏礼教者，实则倒是承认礼教，太相信礼教。因为魏晋时所谓崇奉礼教，是用以自利，那崇奉也不过偶然崇奉，如曹操杀孔融，司马懿杀嵇康，都是因为他们和不孝有关，但实在曹操司马懿何尝是著名的孝子，不过将这个名义，加罪于反对自己的人罢了。于是老实人以为如此利用，亵黩了礼教，不平之极，无计可施，激而变成不谈礼教，不信礼教，甚至于反对礼教。——但其实不过是态度，至于他们的本心，恐怕倒是相信礼教，当作宝贝，比曹操司马懿们要迂执得多。现在说一个容易明白的比喻罢，譬如有一个军阀，在北方——在广东的人所谓北方和我常说的北方的界限有些不同，我常称山东山西直隶河南之类为北方——那军阀从前是压迫民党的，后来北伐军势力一大，他便挂起了青天白日旗，说自己已经信仰三民主义了，是总理的信徒。这样还不够，他还要做总理的纪念周。这时候，真的三民主义的信徒，去呢，不去呢？不去，他那里就可以说你反对三民主义，定罪，杀人。但既然在他的势力之下，没有别法，真的总理的信徒，倒会不谈三民主义，或者听人假惺惺的谈起来就皱眉，好像反对三民主义模样。所以我想，魏晋时所谓反对礼教的人，有许多大约也如此。他们倒是迂夫子，将礼教当作宝贝看待的。

还有一个实证，凡人们的言论，思想，行为，倘若自己以为不错的，就愿意天下的别人，自己的朋友都这样做。但嵇康阮籍不这样，不愿意别人来模仿他。竹林七贤中有阮咸，是阮籍的侄子，一样的饮酒。阮籍的儿子阮浑也愿加入时，阮籍却道不必加入，吾家已有阿咸在，够了。假若阮籍自以为行为是对的，就不当拒绝他的儿子，而阮籍却拒绝自己的儿子，可知阮籍并不以他自己的办法为然。至于嵇康，一看他的《绝交书》，就知道他的态度很骄傲的；有一次，他在家打铁——他的性情是很喜欢打铁的——钟会来看他了，他只打铁，不理钟会。钟会没有意味，只得走了。其时嵇康就问他："何所闻而来，何所见而去？"钟会答道："闻所闻而来，见所见而去。"这也是嵇康杀身的一条祸根。但我看他做给他的儿子看的《家诫》——当嵇康被杀时，其子方十岁，算来当他做这篇文章的时候，他的儿子是未满十岁的——就觉得宛然是两个人。他在《家诫》中教他的儿子做人要小心，还有一条一条的教训。有一条是说长官处不可常去，亦不可住宿；官长送人们出来时，你不要在后面，因为恐怕将来官长惩办坏人时，你有暗中密告的嫌疑。又有一条是说宴饮时候有人争论，你可立刻走开，免得在旁批评，因为两者之间必有对与不对，不批评则不像样，一批评就总要是甲非乙，不免受一方见怪。还有人要你饮酒，即使不愿饮也不要坚决地推辞，必须和和气气的拿着杯子。我们就此看来，实在觉得很希奇：嵇康是那样高傲的人，而他教子就要他这样庸碌。因此我们知道，嵇康自己对于他自己的举动也是不满足的。所以批评一个人的言行实在难，社会上对于儿子不像父亲，称为"不肖"，以为是坏事，殊不知世上正有不愿意他的儿子像自己的父亲哩。试看阮籍嵇康，就是如此。这是，因为他们生于乱世，不得已，才有这样的行为，并非他们的本态。但又于此可见魏晋的破坏礼教者，实在是相信礼教到固执之极的。

不过何晏王弼阮籍嵇康之流，因为他们的名位大，一般的人们就学起来，而所学的无非是表面，他们实在的内心，却不知道。因为只学他们的皮毛，于是社会上便很多了没意思的空谈和饮酒。许多人只会无端的空谈和饮酒，无力办事，也就影响到政治上，弄得玩"空城计"，毫无实际了。在文学上也这样，嵇康阮籍的纵酒，是也能做文章的，后来到东晋，空谈和饮酒的遗风还在，而万言的大文如嵇阮之作，却没有了。刘勰说："嵇康师心以遣论，阮籍使气以命诗。"这"师心"和"使气"，便是魏末晋初的文章的特色。正始名士和竹林名士的精神灭后，敢于师心使气的作家也没有了。

到东晋，风气变了。社会思想平静得多，各处都夹入了佛教的思想。再至晋末，乱也看惯了，篡也看惯了，文章便更和平。代表平和的文章的人有陶潜。他的态度是随便饮酒，乞食，高兴的时候就谈论和作文章，无尤无怨。所以现在有人称他为"田园诗人"，是个非常和平的田园诗人。他的态度是不容易学的，他非常之穷，而心里很平静。家常无米，就去向人家门口求乞。他穷到有客来见，连鞋也没有，那客人给他从家丁取鞋给他，他便伸了足穿上了。虽然如此，他却毫不为意，还是"采菊东篱下，悠然见南山"。这样的自然状态，实在不易模仿。他穷到衣服也破烂不堪，而还在东篱下采菊，偶然抬起头来，悠然的见了南山，这是何等自然。现在有钱的人住在租界里，雇花匠种数十盆菊花，便做诗，叫作"秋日赏菊效陶彭泽体"，自以为合于渊明的高致，我觉得不大像。

陶潜之在晋末，是和孔融于汉末与嵇康于魏末略同，又是将近易代的时候。但他没有什么慷慨激昂的表示，于是便博得"田园诗人"的名称。但《陶集》里有《述酒》一篇，是说当时政治的。这样看来，可见他于世事也并没有遗忘和冷淡，不过他的态度比嵇康阮籍自然得多，不至于招人注意罢了。还有一个原因，先已说过，是习惯。因为当时饮酒的风气相沿下来，人见了也不觉得奇怪，而且汉魏晋相沿，时代不远，变迁极多，既经见惯，就没有大感触，陶潜之比孔融嵇康和平，是当然的。例如看北朝的墓志，官位升进，往往详细写着，再仔细一看，他是已经经历过两三个朝代了，但当时似乎并不为奇。

据我的意思，即使是从前的人，那诗文完全超于政治的所谓"田园诗人"，"山林诗人"，是没有的。完全超出于人间世的，也是没有的。既然是超出于世，则当然连诗文也没有。诗文也是人事，既有诗，就可以知道于世事未能忘情。譬如墨子兼爱，杨子为我。墨子当然要著书；杨子就一定不著，这才是"为我"。因为若做出书来给别人看，便变成"为人"了。

由此可知陶潜总不能超于尘世，而且，于朝政还是留心，也不能忘掉"死"，这是他诗文中时时提起的。用别一种看法研究起来，恐怕也会成一个和旧说不同的人物罢。

自汉末至晋末文章的一部分的变化与药及酒之关系，据我所知的大概是这样。但我学识太少，没有详细的研究，在这样的热天和雨天费去了诸位这许多时光，是很抱歉的。现在这个题目总算是讲完了。

关于知识阶级

——一九二七年十月二十五日
在上海劳动大学讲

    我到上海约二十多天，这回来上海并无什么意义，只是跑来跑去偶然到上海就是了。

    我没有什么学问和思想，可以贡献给诸君。但这次易先生要我来讲几句话；因为我去年亲见易先生在北京和军阀官僚怎样奋斗，而且我也参与其间，所以他要我来，我是不得不来的。

    我不会讲演，也想不出什么可讲的，讲演近于做八股，是极难的，要有讲演的天才才好，在我是不会的。终于想不出什么，只能随便一谈；刚才谈起中国情形，说到"知识阶级"四字，我想对于知识阶级发表一点个人的意见，只是我并不是站在引导者的地位，要诸君都相信我的话，我自己走路都走不清楚，如何能引导诸君？

    "知识阶级"一辞是爱罗先珂（V. Eroshenko）七八年前讲演"知识阶级及其使命"时提出的，他骂俄国的知识阶级，也骂中国的知识阶级，中国人于是也骂起知识阶级来了；后来便要打倒知识阶级，再利害一点，甚至于要杀知识阶级了。知识就仿佛是罪恶，但是一方面虽有人骂知识阶级；一方面却又有人以此自豪：这种情形是中国所特有的，所谓俄国的知识阶级，其实与中国的不同，俄国当革命以前，社会上还欢迎知识阶级。为什么要欢迎呢？因为他确能替平民抱不平，把平民的苦痛告诉大众。他为什么能把平民的苦痛说出来？因为他与平民接近，或自身就是平民。几年前有一位中国大学教授，他很奇怪，为什么有人要描写一个车夫的事情，这就因为大学教授一向住在高大的洋房里，不明白平民的生活。欧洲的著作家往往是平民出身，（欧洲人虽出身穷苦，而也做文章；这因为他们的文字容易写，中国的文字却不容易写了。）所以也同样的感受到平民的苦痛，当然能痛痛快快写出来为平民说话，因此平民以为知识阶级对于自身是有益的；于是赞成他，到处都欢迎他，但是他们既受此荣誉，地位就增高了，而同时却把平民忘记了，变成一种特别的阶级。那时他们自以为了不得，到阔人家里去宴会，钱也多了，房子东西都要好的，终于与平民远远的离开了。他享受了高贵的生活，就记不起从前一切的贫苦生活了。——所以请诸位不要拍手，拍了手把我的地位一提高，我就要忘记了说话的。他不但不同情于平民或许还要压迫平民，以致变成了平民的敌人，现在贵族阶级不能存在；贵族的知识阶级当然也不能站住了，这是知识阶级缺点之一。

还有知识阶级不可免避的运命，在革命时代是注重实行的，动的；思想还在其次，直白地说：或者倒有害。至少我个人的意见如此的。唐朝奸臣李林甫有一次看兵操练很勇敢，就有人对着他称赞。他说："兵好是好，可是无思想，"这话很不差。因为兵之所以勇敢，就在没有思想，要是有了思想，就会没有勇气了。现在倘叫我去当兵，要我去革命，我一定不去，因为明白了利害是非，就难于实行了。有知识的人，讲讲柏拉图（Plato）讲讲苏格拉底（Socrates）是不会有危险的。讲柏拉图可以讲一年，讲苏格拉底可以讲三年，他很可以安安稳稳地活下去，但要他去干危险的事情，那就很费踌躇。譬如中国人，凡是做文章，总说"有利然而又有弊"，这最足以代表知识阶级的思想。其实无论什么都是有弊的，就是吃饭也是有弊的，它能滋养我们这方面是有利的；但是一方面使我们消化器官疲乏，那就不好而有弊了。假使做事要面面顾到，那就什么事都不能做了。

还有，知识阶级对于别人的行动，往往以为这样也不好，那样也不好。先前俄国皇帝杀革命党，他们反对皇帝；后来革命党杀皇族，他们也起来反对。问他怎么才好呢？他们也没办法。所以在皇帝时代他们吃苦，在革命时代他们也吃苦，这实在是他们本身的缺点。

所以我想，知识阶级能否存在还是个问题。知识和强有力是冲突的，不能并立的；强有力不许人民有自由思想，因为这能使能力分散，在动物界有很显的例；猴子的社会是最专制的，猴王说一声走，猴子都走了。在原始时代酋长的命令是不能反对的，无怀疑的，在那时酋长带领着群众并吞衰小的部落；于是部落渐渐的大了，团体也大了。一个人就不能支配了。因为各个人思想发达了，各人的思想不一，民族的思想就不能统一，于是命令不行，团体的力量减小，而渐趋灭亡。在古时野蛮民族常侵略文明很发达的民族，在历史上常见的。现在知识阶级在国内的弊病，正与古时一样。

英国罗素（Russel）法国罗曼罗兰（R. Rolland）反对欧战，大家以为他们了不起，其实幸而他们的话没有实行，否则，德国早已打进英国和法国了；因为德国如不能同时实行非战，是没有办法的。俄国托尔斯泰（Tolstoi）的无抵抗主义之所以不能实行，也是这个原因。他不主张以恶报恶的，他的意思是皇帝叫我们去当兵，我们不去当兵。叫警察去捉，他不去；叫刽子手去杀，他不去杀，大家都不听皇帝的命令，他也没有兴趣；那末做皇帝也无聊起来，天下也就太平了。然而如果一部分的人偏听皇帝的话，那就不行。

我从前也很想做皇帝，后来在北京去看到宫殿的房子都是一个刻板的格式，觉得无聊极了。所以我皇帝也不想做了。做人的趣味在和许多朋友有趣的谈天，热烈的讨论。做了皇帝，口出一声，臣民都下跪，只有不绝声的 Yes，Yes，那有什么趣味？但是还有人做皇帝，因为他和外界隔绝，不知外面还有世界！

总之，思想一自由，能力要减少，民族就站不住，他的自身也站不住了！现在思想自由和生存还有冲突，这是知识阶级本身的缺点。

然而知识阶级将怎么样呢？还是在指挥刀下听令行动，还是发表倾向民众的思想呢？要是发表意见，就要想到什么就说什么。真的知识阶级是不顾利害的，如想到种种利害，就是假的，冒充的知识阶级；只是假知识阶级的寿命倒比较长一点。像今天发表这个主张，明天发表那个意见的人，思想似乎天天在进步；只是真的知识阶级的进步，决不能如此快的。不过他们对于社会永不会满意的，所感受的永远是痛苦，所看到的永远是缺点，他们预备着将来的牺牲，社会也因为有了他们而热闹，不过他的本身——心身方面总是苦痛的；因为这也是旧式社会传下来的遗物。至于诸君，是与旧的不同，是二十世纪初叶青年，如在劳动大学一方读书，一方做工，这是新的境遇；或许可以造成新的局面，但是环境是老样子，着着逼人堕落，倘不与这老社会奋斗，还是要回到老路上去的。

譬如从前我在学生时代不吸烟，不吃酒，不打牌，没有一点嗜好；后来当了教员，有人发传单说我抽鸦片。我很气，但并不辩明，为要报复他们，前年我在陕西就真的抽一回鸦片，看他们怎样？此次来上海有人在报纸上说我来开书店；又有人说我每年版税有一万多元。但是我也并不辩明；但曾经自己想，与其负空名，倒不如真的去赚这许多进款。

　　还有一层，最可怕的情形，就是比较新的思想运动起来时，如与社会无关，作为空谈，那是不要紧的，这也是专制时代所以能容知识阶级存在的原故。因为痛哭流泪与实际是没有关系的，只是思想运动变成实际的社会运动时，那就危险了。往往反为旧势力所扑灭。中国现在也是如此，这现象，革新的人称之为"反动"。我在文艺史上，却找到一个好名辞，就是 Renaissance①，在意大利文艺复兴的意义，是把古时好的东西复活，将现存的坏的东西压倒，因为那时候思想太专制腐败了，在古时代确实有些比较好的；因此后来得到了社会上的信仰。现在中国顽固派的复古，把孔子礼教都拉出来了，但是他们拉出来的是好的么？如果是不好的，就是反动，倒退，以后恐怕是倒退的时代了。

　　还有，中国人现在胆子格外小了，这是受了共产党的影响。人一听到俄罗斯，一看见红色，就吓得一跳；一听到新思想，一看到俄国的小说，更其害怕，对于较特别的思想，较新思想尤其丧心发抖，总要仔仔细细底想，这有没有变成共产党思想的可能性?！这样的害怕，一动也不敢动，怎样能够有进步呢？这实在是没有力量的表示，比如我们吃东西，吃就吃，若是左思右想，吃牛肉怕不消化，喝茶时又要怀疑，那就不行了，——老年人才是如此；有力量，有自信力的人是不至于此的。虽是西洋文明罢，我们能吸收时，就是西洋文明也变成我们自己的了。好像吃牛肉一样，决不会吃了牛肉自己也即变成牛肉的，要是如此胆小，那真是衰弱的知识阶级了，不衰弱的知识阶级，尚且对于将来的存在不能确定；而衰弱的知识阶级是必定要灭亡的。从前或许有，将来一定不能存在的。

　　现在比较安全一点的，还有一条路，是不做时评而做艺术家。要为艺术而艺术。住在"象牙之塔"里，目下自然要比别处平安。就我自己来说罢，——有人说我只会讲自己，这是真的。我先前独自住在厦门大学的一所静寂的大洋房里；到了晚上，我总是孤思默想，想到一切，想到世界怎样，人类怎样，我静静地思想时，自己以为很了不得的样子；但是给蚊子一咬，跳了一跳，把世界人类的大问题全然忘了，离不开的还是我本身。

　　就我自己说起来，是早就有人劝我不要发议论，不要做杂感，

---

　　① **Renaissance**　英语，文艺复兴。

你还是创作去吧！因为做了创作在世界史上有名字，做杂感是没有名字的。其实就是我不做杂感，世界史上，还是没有名字的，这得声明一句，是：这些劝我做创作，不要写杂感的人们之中，有几个是别有用意，是被我骂过的。所以要我不再做杂感。但是我不听他，因此在北京终于站不住了，不得不躲到厦门的图书馆上去了。

艺术家住在象牙塔中，固然比较地安全，但可惜还是安全不到底。秦始皇，汉武帝想成仙，终于没有成功而死了。危险的临头虽然可怕，但别的运命说不定，"人生必死"的运命却无法逃避，所以危险也仿佛用不着害怕似的。但我并不想劝青年得到危险，也不劝他人去做牺牲，说为社会死了名望好，高巍巍的镌起铜像来。自己活着的人没有劝别人去死的权利，假使你自己以为死是好的，那末请你自己先去死吧。诸君中恐有钱人不多罢。那末，我们穷人唯一的资本就是生命。以生命来投资，为社会做一点事，总得多赚一点利才好；以生命来做利息小的牺牲，是不值得的。所以我从来不叫人去牺牲，但也不要再爬进象牙之塔和知识阶级里去了，我以为是最稳当的一条路。

至于有一班从外国留学回来，自称知识阶级，以为中国没有他们就要灭亡的，却不在我所论之内，像这样的知识阶级，我还不知道是些什么东西?!

今天的说话很没有伦次，望诸君原谅！

文艺与政治的歧途

——一九二七年十二月二十一日
在上海暨南大学讲

　　我是不大出来讲演的；今天到此地来，不过因为说过了好几次，来讲一回也算了却一件事。我所以不出来讲演，一则没有什么意见可讲，二则刚才这位先生说过，在座的很多读过我的书，我更不能讲什么。书上的人大概比实物好一点，《红楼梦》里面的人物，像贾宝玉林黛玉这些人物，都使我有异样的同情；后来，考究一些当时的事实，到北京后，看看梅兰芳姜妙香扮的贾宝玉林黛玉，觉得并不怎样高明。

　　我没有整篇的鸿论，也没有高明的见解，只能讲讲我近来所想到的。我每每觉到文艺和政治时时在冲突之中；文艺和革命原不是相反的，两者之间，倒有不安于现状的同一。惟政治是要维持现状，自然和不安于现状的文艺处在不同的方向。不过不满意现状的文艺，直到十九世纪以后才兴起来，只有一段短短历史。政治家最不喜欢人家反抗他的意见，最不喜欢人家要想，要开口。而从前的社会也的确没有人想过什么，又没有人开过口。且看动物中的猴子，它们自有它们的首领；首领要它们怎样，它们就怎样。在部落里，他们有一个酋长，他们跟着酋长走，酋长的吩咐，就是他们的标准。酋长要他们死，也只好去死。那时没有什么文艺，即使有，也不过赞美上帝（还没有后人所谓 God 那么玄妙）罢了！那里会有自由思想？后来，一个部落一个部落你吃我吞，渐渐扩大起来，所谓大国，就是吞吃那多多少少的小部落；一到了大国，内部情形就复杂得多，夹着许多不同的思想，许多不同的问题。这时，文艺也起来了，和政治不断地冲突；政治想维系现状使它统一，文艺催促社会进化使它渐渐分离；文艺虽使社会分裂，但是社会这样才进步起来。文艺既然是政治家的眼中钉，那就不免被挤出去。外国许多文学家，在本国站不住脚，相率亡命到别个国度去；这个方法，就是"逃"。要是逃不掉，那就被杀掉，割掉他的头；割掉头那是最好的方法，既不会开口，又不会想了。俄国许多文学家，受到这个结果，还有许多充军到冰雪的西伯利亚去。

有一派讲文艺的，主张离开人生，讲些月呀花呀鸟呀的话（在中国又不同，有国粹的道德，连花呀月呀都不许讲，当作别论），或者专讲"梦"，专讲些将来的社会，不要讲得太近。这种文学家，他们都躲在象牙之塔里面；但是"象牙之塔"毕竟不能住得很长久的呀！象牙之塔总是要安放在人间，就免不掉还要受政治的压迫。打起仗来，就不能不逃开去。北京有一班文人，顶看不起描写社会的文学家，他们想，小说里面连车夫的生活都可以写进去，岂不把小说应该写才子佳人一首诗生爱情的定律都打破了吗？现在呢，他们也不能做高尚的文学家了，还是要逃到南边来；"象牙之塔"的窗子里，到底没有一块一块面包递进来的呀！

等到这些文学家也逃出来了，其他文学家早已死的死，逃的逃了。别的文学家，对于现状早感到不满意，又不能不反对，不能不开口，"反对""开口"就是有他们的下场。我以为文艺大概由于现在生活的感受，亲身所感到的，便影印到文艺中去。挪威有一文学家，他描写肚子饿，写了一本书，这是依他所经验的写的。对于人生的经验，别的且不说，"肚子饿"这件事，要是欢喜，便可以试试看，只要两天不吃饭，饭的香味便会是一个特别的诱惑；要是走过街上饭铺子门口，更会觉得这个香味一阵阵冲到鼻子来。我们有钱的时候，用几个钱不算什么；直到没有钱，一个钱都有它的意味。那本描写肚子饿的书里，它说起那人饿得久了，看见路人个个是仇人，即是穿一件单裤子的，在他眼里也见得那是骄傲。我记起我自己曾经写过这样一个人，他身边什么都光了，时常抽开抽屉看看，看角上边上可以找到什么；路上一处一处去找，看有什么可以找得到；这个情形，我自己是体验过来的。

从生活窘迫过来的人，一到了有钱，容易变成两种情形：一种是理想世界，替处同一境遇的人着想，便成为人道主义；一种是什么都是自己挣起来，从前的遭遇，使他觉得什么都是冷酷，便流为个人主义。我们中国大概是变成个人主义者多。主张人道主义的，要想替穷人想想法子，改变改变现状，在政治家眼里，倒还不如个人主义的好；所以人道主义者和政治家就有冲突。俄国文学家托尔斯泰讲人道主义，反对战争，写过三册很厚的小说——那部《战争与和平》，他自己是个贵族，却是经过战场的生活，他感到战争是怎么一个惨痛。尤其是他一临到长官的铁板前（战场上重要军官都有铁板挡住枪弹），更有刺心的痛楚。而他又眼见他的朋友们，很多在战场上牺牲掉。战争的结果，也可以变成两种态度：一种是英雄，他见别人死的死伤的伤，只有他健存，自己就觉得怎样了不得，这么那么夸耀战场上的威雄。一种是变成反对战争的，希望世界上不要再打仗了。托尔斯泰便是后一种，主张用无抵抗主义来消灭战争。他这么主张，政府自然讨厌他；反对战争，和俄皇的侵掠欲望冲突；主张无抵抗主义，叫兵士不替皇帝打仗，警察不替皇帝执法，审判官不替皇帝裁判，大家都不去捧皇帝；皇帝是全要人捧的，没有人捧，还成什么皇帝，更和政治相冲突。这种文学家出来，对于社会现状不满意，这样批评，那样批评，弄得社会上个个都自己觉到，都不安起来，自然非杀头不可。

但是，文艺家的话其实还是社会的话，他不过感觉灵敏，早感到早说出来（有时，他说得太早，连社会也反对他，也排轧他）。譬如我们学兵式体操，行举枪礼，照规矩口令是"举……枪"这般叫，一定要等"枪"字令下，才可以举起。有些人却是一听到"举"字便举起来，叫口令的要罚他，说他做错。文艺家在社会上正是这样；他说得早一点，大家都讨厌他。政治家认定文学家是社会扰乱的煽动者，心想杀掉他，社会就可平安。殊不知杀了文学家，社会还是要革命；俄国的文学家被杀掉的充军的不在少数，革命的火焰不是到处燃着吗？文学家生前大概不能得到社会的同情，潦倒地过了一生，直到死后四五十年，才为社会所认识，大家大闹起来。政治家因此更厌恶文学家，以为文学家早就种下大祸根；政治家想不准大家思想，而那野蛮时代早已过去了。在座诸位的见解，我虽然不知道；据我推测，一定和政治家是不相同；政治家既永远怪文艺家破坏他们的统一，偏见如此，所以我从来不肯和政治家去说。

到了后来，社会终于变动了；文艺家先时讲的话，渐渐大家都记起来了，大家都赞成他，恭维他是先知先觉。虽是他活的时候，怎样受过社会的奚落。刚才我来讲演，大家一阵子拍手，这拍手就见得我并不怎样伟大；那拍手是很危险的东西，拍了手或者使我自以为伟大不再向前了，所以还是不拍手的好。上面我讲过，文学家是感觉灵敏了一点，许多观念，文学家早感到了，社会还没有感到。譬如今天××先生穿了皮袍，我还只穿棉袍；××先生对于天寒的感觉比我灵。

再过一月，也许我也感到非穿皮袍不可，在天气上的感觉，相差到一个月，在思想上的感觉就得相差到三四十年。这个话，我这么讲，也有许多文学家在反对。我在广东，曾经批评一个革命文学家——现在的广东，是非革命文学不能算做文学的，是非"打打打，杀杀杀，革革革，命命命"，不能算做革命文学的——我以为革命并不能和文学连在一块儿，虽然文学中也有文学革命。但做文学的人总得闲定一点，正在革命中，那有功夫做文学。我们且想想：在生活困乏中，一面拉车，一面"之乎者也"，到底不大便当。古人虽有种田做诗的，那一定不是自己在种田；雇了几个人替他种田，他才能吟他的诗；真要种田，就没有功夫做诗。革命时候也是一样；正在革命，那有功夫做诗？我有几个学生，在打陈炯明时候，他们都在战场；我读了他们的来信，只见他们的字与词一封一封生疏下去。俄国革命以后，拿了面包票排了队一排一排去领面包；这时，国家既不管你什么文学家艺术家雕刻家；大家连想面包都来不及，那有功夫去想文学？等到有了文学，革命早成功了。革命成功以后，闲空了一点；有人恭维革命，有人颂扬革命，这已不是革命文学。他们恭维革命颂扬革命，就是颂扬有权力者，和革命有什么关系？

这时，也许有感觉灵敏的文学家，又感到现状的不满意，又要出来开口。从前文艺家的话，政治革命家原是赞同过；直到革命成功，政治家把从前所反对那些人用过的老法子重新采用起来，在文艺家仍不免于不满意，又非被排轧出去不可，或是割掉他的头。割掉他的头，前面我讲过，那是顶好的法子咾，——从十九世纪到现在，世界文艺的趋势，大都如此。

十九世纪以后的文艺，和十八世纪以前的文艺大不相同。十八世纪的英国小说，它的目的就在供给太太小姐们的消遣，所讲的都是愉快风趣的话。十九世纪的后半世纪，完全变成和人生问题发生密切关系。我们看了，总觉得十二分的不舒服，可是我们还得气也不透地看下去。这因为以前的文艺，好像写别一个社会，我们只要鉴赏；现在的文艺，就在写我们自己的社会，连我们自己也写进去；在小说里可以发见社会，也可以发见我们自己，以前的文艺，如隔岸观火，没有什么切身关系；现在的文艺，连自己也烧在这里面，自己一定深深感觉到；一到自己感觉到，一定要参加到社会去！

十九世纪，可以说是一个革命的时代；所谓革命，那不安于现在，不满意于现状的都是。文艺催促旧的渐渐消灭的也是革命（旧的消灭，新的才能产生），而文学家的命运并不因自己参加过革命而有一样改变，还是处处碰钉子。现在革命的势力已经到了徐州，在徐州以北文学家原站不住脚；在徐州以南，文学家还是站不住脚，即共了产，文学家还是站不住脚。革命文学家和革命家竟可说完全两件事。诋斥军阀怎样怎样不合理，是革命文学家；打倒军阀是革命家；孙传芳所以赶走，是革命家用炮轰掉的，决不是革命文艺家做了几句"孙传芳呀，我们要赶掉你呀"的文章赶掉的。在革命的时候，文学家都在做一个梦，以为革命成功将有怎样怎样一个世界；革命以后，他看看现实全不是那么一回事，于是他又要吃苦了。照他们这样叫，啼，哭都不成功；向前不成功，向后也不成功，理想和现实不一致，这是注定的运命；正如你们从《呐喊》上看出的鲁迅和讲坛上的鲁迅并不一致；或许大家以为我穿洋服头发分开，我却没有穿洋服，头发也这样短短的。所以以革命文学自命的，一定不是革命文学，世间那有满意现状的革命文学？除了吃麻醉药！苏俄革命以前，有两个文学家，叶遂宁和梭波里，他们都讴歌过革命，直到后来，他们还是碰死在自己所讴歌希望的现实碑上，那时，苏维埃是成立了！

不过，社会太寂寞了，有这样的人，才觉得有趣些。人类是欢喜看看戏的，文学家自己来做戏给人家看，或是绑出去砍头，或是在最近墙脚下枪毙，都可以热闹一下子。且如上海巡捕用棒打人，大家围着去看，他们自己虽然不愿意挨打，但看见人家挨打，倒觉得颇有趣的。文学家便是用自己的皮肉在挨打的啦！

今天所讲的，就是这么一点点，给它一个题目，叫做……《文艺与政治的歧途》。

对于左翼作家联盟的意见

——一九三〇年三月二日在左翼
作家联盟成立大会讲

　　有许多事情，有人在先已经讲得很详细了，我不必再说。我以为在现在，"左翼"作家是很容易成为"右翼"作家的。为什么呢？第一，倘若不和实际的社会斗争接触，单关在玻璃窗内做文章，研究问题，那是无论怎样的激烈，"左"，都是容易办到的；然而一碰到实际，便即刻要撞碎了。关在房子里，最容易高谈彻底的主义，然而也最容易"右倾"。西洋的叫做"Salon 的社会主义者"，便是指这而言。"Salon"是客厅的意思，坐在客厅里谈谈社会主义，高雅得很，漂亮得很，然而并不想到实行的。这种社会主义者，毫不足靠。并且在现在，不带点广义的社会主义的思想的作家或艺术家，就是说工农大众应该做奴隶，应该被虐杀，被剥削的这样的作家或艺术家，是差不多没有了，除非墨索里尼，但墨索里尼并没有写过文艺作品。（当然，这样的作家，也还不能说完全没有，例如中国的新月派诸文学家，以及所说的墨索里尼所宠爱的邓南遮便是。）

　　第二，倘不明白革命的实际情形，也容易变成"右翼"。革命是痛苦，其中也必然混有污秽和血，决不是如诗人所想像的那般有趣，那般完美；革命尤其是现实的事，需要各种卑贱的，麻烦的工作，决不如诗人所想像的那般浪漫；革命当然有破坏，然而更需要建设，破坏是痛快的，但建设却是麻烦的事。所以对于革命抱着浪漫谛克的幻想的人，一和革命接近，一到革命进行，便容易失望。听说俄国的诗人叶遂宁，当初也非常欢迎十月革命，当时他叫道，"万岁，天上和地上的革命！"又说"我是一个布尔塞维克了！"然而一到革命后，实际上的情形，完全不是他所想像的那么一回事，终于失望，颓废。叶遂宁后来是自杀了的，听说这失望是他的自杀的原因之一。又如毕力涅克和爱伦堡，也都是例子。在我们辛亥革命时也有同样的例，那时有许多文人，例如属于"南社"的人们，开初大抵是很革命的，但他们抱着一种幻想，以为只要将满洲人赶出去，便一切都恢复了"汉官威仪"，人们都穿大袖的衣服，峨冠博带，大步地在街上走。谁知赶走满清皇帝以后，民国成立，情形却全不同，所以他们便失望，以后有些人甚至成为新的运动的反动者。但是，我们如果不明白革命的实际情形，也容易和他们一样的。

还有，以为诗人或文学家高于一切人，他底工作比一切工作都高贵，也是不正确的观念。举例说，从前海涅以为诗人最高贵，而上帝最公平，诗人在死后，便到上帝那里去，围着上帝坐着，上帝请他吃糖果。在现在，上帝请吃糖果的事，是当然无人相信的了，但以为诗人或文学家，现在为劳动大众革命，将来革命成功，劳动阶级一定从丰报酬，特别优待，请他坐特等车，吃特等饭，或者劳动者捧着牛油面包来献他，说："我们的诗人，请用吧！"这也是不正确的；因为实际上决不会有这种事，恐怕那时比现在还要苦，不但没有牛油面包，连黑面包都没有也说不定，俄国革命后一二年的情形便是例子。如果不明白这情形，也容易变成"右翼"。事实上，劳动者大众，只要不是梁实秋所说"有出息"者，也决不会特别看重知识阶级者的，如我所译的《溃灭》中的美谛克（知识阶级出身），反而常被矿工等所嘲笑。不待说，知识阶级有知识阶级的事要做，不应特别看轻，然而劳动阶级决无特别例外地优待诗人或文学家的义务。

现在，我说一说我们今后应注意的几点。

第一，对于旧社会和旧势力的斗争，必须坚决，持久不断，而且注重实力。旧社会的根柢原是非常坚固的，新运动非有更大的力不能动摇它什么。并且旧社会还有它使新势力妥协的好办法，但它自己是决不妥协的。在中国也有过许多新的运动了，却每次都是新的敌不过旧的，那原因大抵是在新的一面没有坚决的广大的目的，要求很小，容易满足。譬如白话文运动，当初旧社会是死力抵抗的，但不久便容许白话文底存在，给它一点可怜地位，在报纸的角头等地方可以看见用白话写的文章了，这是因为在旧社会看来，新的东西并没有什么，并不可怕，所以就让它存在，而新的一面也就满足，以为白话文已得到存在权了。又如一二年来的无产文学运动，也差不多一样，旧社会也容许无产文学，因为无产文学并不厉害，反而他们也来弄无产文学，拿去做装饰，仿佛在客厅里放着许多古董磁器以外，放一个工人用的粗碗，也很别致；而无产文学者呢，他已经在文坛上有个小地位，稿子已经卖得出去了，不必再斗争，批评家也唱着凯旋歌："无产文学胜利！"但除了个人的胜利，即以无产文学而论，究竟胜利了多少？况且无产文学，是无产阶级解放斗争底一翼，它跟着无产阶级的社会的势力的成长而成长，在无产阶级的社会地位很低的时候，无产文学的文坛地位反而很高，这只是证明无产文学者离开了无产阶级，回到旧社会去罢了。

第二，我以为战线应该扩大。在前年和去年，文学上的战争是有的，但那范围实在太小，一切旧文学旧思想都不为新派的人所注意，反而弄成了在一角里新文学者和新文学者的斗争，旧派的人倒能够闲舒地在旁边观战。

第三，我们应当造出大群的新的战士。因为现在人手实在太少了，譬如我们有好几种杂志，单行本的书也出版得不少，但做文章的总同是这几个人，所以内容就不能不单薄。一个人做事不专，这样弄一点，那样弄一点，既要翻译，又要做小说，还要做批评，并且也要做诗，这怎么弄得好呢？这都因为人太少的缘故，如果人多了，则翻译的可以专翻译，创作的可以专创作，批评的专批评；对敌人应战，也军势雄厚，容易克服。关于这点，我可带便地说一件事。前年创造社和太阳社向我进攻的时候，那力量实在单薄，到后来连我都觉得有点无聊，没有意思反攻了，因为我后来看出了敌军在演"空城计"。那时候我的敌军是专事于吹擂，不务于招兵练将的；攻击我的文章当然很多，然而一看就知道都是化名，骂来骂去都是同样的几句话。我那时就等待有一个能操马克斯主义批评的枪法的人来狙击我的，然而他终于没有出现。在我倒是一向就注意新的青年战士底养成的，曾经弄过好几个文学团体，不过效果也很小。但我们今后却必须注意这点。

我们急于要造出大群的新的战士，但同时，在文学战线上的人还要"韧"。所谓韧，就是不要像前清做八股文的"敲门砖"似的办法。前清的八股文，原是"进学"① 做官的工具，只要能做"起承转合"，借以进了"秀才举人"，便可丢掉八股文，一生中再也用不到它了，所以叫做"敲门砖"，犹之用一块砖敲门，门一敲进，砖就可抛弃了，不必再将它带在身边。这种办法，直到现在，也还有

---

① **"进学"** 按明、清考试制度，童生经过县考初试，府考复试，再参加院考（道考），考取的列名府、县学，叫"进学"，也就成为"秀才"。

许多人在使用，我们常常看见有些人出了一二本诗集或小说集以后，他们便永远不见了，到那里去了呢？是因为出了一本或二本书，有了一点小名或大名，得到了教授或别的什么位置，功成名遂，不必再写诗写小说了，所以永远不见了。这样，所以在中国无论文学或科学都没有东西，然而在我们是要有东西的，因为这于我们有用。(卢那卡尔斯基是甚至主张保存俄国的农民美术，因为可以造出来卖给外国人，在经济上有帮助。我以为如果我们文学或科学上有东西拿得出去给别人，则甚至于脱离帝国主义的压迫的政治运动上也有帮助。)但要在文化上有成绩，则非韧不可。

最后，我以为联合战线是以有共同目的为必要条件的。我记得好像曾听到过这样一句话："反动派且已经有联合战线了，而我们还没有团结起来！"其实他们也并未有有意的联合战线，只因为他们的目的相同，所以行动就一致，在我们看来就好像联合战线。而我们战线不能统一，就证明我们的目的不能一致，或者只为了小团体，或者还其实只为了个人，如果目的都在工农大众，那当然战线也就统一了。

上海文艺之一瞥

——一九三一年八月十二日
在社会科学研究会讲

　　上海过去的文艺，开始的是《申报》。要讲《申报》，是必须追溯到六十年以前的，但这些事我不知道。我所能记得的，是三十年以前，那时的《申报》，还是用中国竹纸的，单面印，而在那里做文章的，则多是从别处跑来的"才子"。

　　那时的读书人，大概可以分他为两种，就是君子和才子。君子是只读四书五经，做八股，非常规矩的。而才子却此外还要看小说，例如《红楼梦》，还要做考试上用不着的古今体诗之类。这是说，才子是公开的看《红楼梦》的，但君子是否在背地里也看《红楼梦》，则我无从知道。有了上海的租界，——那时叫作"洋场"，也叫"夷场"，后来有怕犯讳的，便往往写作"彝场"——有些才子们便跑到上海来，因为才子是旷达的，那里都去；君子则对于外国人的东西总有点厌恶，而且正在想求正路的功名，所以决不轻易的乱跑。孔子曰，"道不行，乘桴浮于海"，从才子们看来，就是有点才子气的，所以君子们的行径，在才子就谓之"迂"。

　　才子原是多愁多病，要闻鸡生气，见月伤心的。一到上海，又遇见了婊子。去嫖的时候，可以叫十个二十个的年青姑娘聚集在一处，样子很有些像《红楼梦》，于是他就觉得自己好像贾宝玉；自己是才子，那么婊子当然是佳人，于是才子佳人的书就产生了。内容多半是，惟才子能怜这些风尘沦落的佳人，惟佳人能识坎轲不遇的才子，受尽千辛万苦之后，终于成了佳偶，或者是都成了神仙。

　　他们又帮申报馆印行些明清的小品书出售，自己也立文社，出灯谜，有入选的，就用这些书做赠品，所以那流通很广远。也有大部书，如《儒林外史》，《三宝太监西洋记》，《快心编》等。现在我们在旧书摊上，有时还看见第一页印有"上海申报馆仿聚珍板印"字样的小本子，那就都是的。

佳人才子的书盛行的好几年，后一辈的才子的心思就渐渐改变了。他们发见了佳人并非因为"爱才若渴"而做婊子的，佳人只为的是钱。然而佳人要才子的钱，是不应该的，才子于是想了种种制伏婊子的妙法，不但不上当，还占了她们的便宜，叙述这各种手段的小说就出现了，社会上也很风行，因为可以做嫖学教科书去读。这些书里面的主人公，不再是才子＋（加）呆子，而是在婊子那里得了胜利的英雄豪杰，是才子＋流氓。

在这之前，早已出现了一种画报，名目就叫《点石斋画报》，是吴友如主笔的，神仙人物，内外新闻，无所不画，但对于外国事情，他很不明白，例如画战舰罢，是一只商船，而舱面上摆着野战炮；画决斗则两个穿礼服的军人在客厅里拔长刀相击，至于将花瓶也打落跌碎。然而他画"老鸨虐妓"，"流氓拆梢"之类，却实在画得很好的，我想，这是因为他看得太多了的缘故；就是在现在，我们在上海也常常看到和他所画一般的脸孔。这画报的势力，当时是很大的，流行各省，算是要知道"时务"——这名称在那时就如现在之所谓"新学"——的人们的耳目。前几年又翻印了，叫作《吴友如墨宝》，而影响到后来也实在利害，小说上的绣像不必说了，就是在教科书的插画上，也常常看见所画的孩子大抵是歪戴帽，斜视眼，满脸横肉，一副流氓气。在现在，新的流氓画家又出了叶灵凤先生，叶先生的画是从英国的毕亚兹莱（Aubrey Beardsley）剥来的，毕亚兹莱是"为艺术的艺术"派，他的画极受日本的"浮世绘"（Ukiyoe）的影响。浮世绘虽是民间艺术，但所画的多是妓女和戏子，胖胖的身体，斜视的眼睛——Erotic（色情的）眼睛。不过毕亚兹莱画的人物却瘦瘦的，那是因为他是颓废派（Decadence）的缘故。颓废派的人们多是瘦削的，颓丧的，对于壮健的女人他有点惭愧，所以不喜欢。我们的叶先生的新斜眼画，正和吴友如的老斜眼画合流，那自然应该流行好几年。但他也并不只画流氓的，有一个时期也画过普罗列塔利亚，不过所画的工人也还是斜视眼，伸着特别大的拳头。但我以为画普罗列塔利亚应该是写实的，照工人原来的面貌，并不须画得拳头比脑袋还要大。

现在的中国电影，还在很受着这"才子＋流氓"式的影响，里面的英雄，作为"好人"的英雄，也都是油头滑脑的，和一些住惯了上海，晓得怎样"拆梢"，"揩油"，"吊膀子"①的滑头少年一样。看了之后，令人觉得现在倘要做英雄，做好人，也必须是流氓。

才子＋流氓的小说，但也渐渐的衰退了。那原因，我想，一则因为总是这一套老调子——妓女要钱，嫖客用手段，原不会写不完的；二则因为所用的是苏白，如什么倪＝我，耐＝你，阿是＝是否之类，除了老上海和江浙的人们之外，谁也看不懂。

然而才子＋佳人的书，却又出了一本当时震动一时的小说，那就是从英文翻译过来的《迦茵小传》（H. R. Haggard：Joan Haste）。但只有上半本，据译者说，原本从旧书摊上得来，非常之好，可惜觅不到下册，无可奈何了。果然，这很打动了才子佳人们的芳心，流行得很广很广。后来还至于打动了林琴南先生，将全部译出，仍旧名为《迦茵小传》。而同时受了先译者的大骂，说他不该全译，使迦茵的价值降低，给读者以不快的。于是才知道先前之所以只有半部，实非原本残缺，乃是因为记着迦茵生了一个私生子，译者故意不译的。其实这样的一部并不很长的书，外国也不至于分印成两本。但是，即此一端，也很可以看出当时中国对于婚姻的见解了。

这时新的才子＋佳人小说便又流行起来，但佳人已是良家女子了，和才子相悦相恋，分拆不开，柳阴花下，像一对胡蝶，一双鸳鸯一样，但有时因为严亲，或者因为薄命，也竟至于偶见悲剧的结局，不再都成神仙了，——这实在不能不说是一个大进步。到了近来是在制造兼可擦脸的牙粉了的天虚我生先生所编的月刊杂志《眉语》出现的时候，是这鸳鸯胡蝶式文学的极盛时期。后来《眉语》虽遭禁止，势力却并不消退，直待《新青年》盛行起来，这才受了打击。这时有伊孛生的剧本的绍介和胡适之先生的《终身大事》的别一形式的出现，虽然并不是故意的，然而鸳鸯胡蝶派作为命根的那婚姻问题，却也因此而诺拉（Nora）似的跑掉了。

这后来，就有新才子派的创造社的出现。创造社是尊贵天才的，为艺术而艺术的，专重自我的，崇创作，恶翻译，尤其憎恶重译的，与同时上海的文学研究会相对立。那出马的第一个广告上，说有人"垄断"着文坛，就是指着文学研究会。文学研究会却也正相反，是主张为人生的艺术的，是一面创作，一面也看重翻译的，是注意于

---

① **"拆梢"** 即敲诈，**"揩油"** 指对妇女的猥亵行为，**"吊膀子"** 即勾引妇女，这都是上海方言。

绍介被压迫民族文学的，这些都是小国度，没有人懂得他们的文字，因此也几乎全都是重译的。并且因为曾经声援过《新青年》，新仇夹旧仇，所以文学研究会这时就受了三方面的攻击。一方面就是创造社，既然是天才的艺术，那么看那为人生的艺术的文学研究会自然就是多管闲事，不免有些"俗"气，而且还以为无能，所以倘被发见一处误译，有时竟至于特做一篇长长的专论。一方面是留学过美国的绅士派，他们以为文艺是专给老爷太太们看的，所以主角除老爷太太之外，只配有文人，学士，艺术家，教授，小姐等等，要会说 Yes，No，这才是绅士的庄严，那时吴宓先生就曾经发表过文章，说是真不懂为什么有些人竟喜欢描写下流社会。第三方面，则就是以前说过的鸳鸯胡蝶派，我不知道他们用的是什么方法，到底使书店老板将编辑《小说月报》的一个文学研究会会员撤换，还出了《小说世界》，来流布他们的文章。这一种刊物，是到了去年才停刊的。

创造社的这一战，从表面看来，是胜利的。许多作品，既和当时的自命才子们的心情相合，加以出版者的帮助，势力雄厚起来了。势力一雄厚，就看见大商店如商务印书馆，也有创造社员的译著的出版，——这是说，郭沫若和张资平两位先生的稿件。这以来，据我所记得，是创造社也不再审查商务印书馆出版物的误译之处，来作专论了。这些地方，我想，是也有些才子＋流氓式的。然而，"新上海"是究竟敌不过"老上海"的，创造社员在凯歌声中，终于觉到了自己就在做自己们的出版者的商品，种种努力，在老板看来，就等于眼镜铺大玻璃窗里纸人的眒眼，不过是"以广招徕"。待到希图独立出版的时候，老板就给吃了一场官司，虽然也终于独立，说是一切书籍，大加改订，另行印刷，从新开张了，然而旧老板却还是永远用了旧版子，只是印，卖，而且年年是什么纪念的大廉价。

商品固然是做不下去的，独立也活不下去。创造社的人们的去路，自然是在较有希望的"革命策源地"的广东。在广东，于是也有"革命文学"这名词的出现，然而并无什么作品，在上海，则并且还没有这名词。

到了前年，"革命文学"这名目这才旺盛起来了，主张的是从"革命策源地"回来的几个创造社元老和若干新份子。革命文学之所以旺盛起来，自然是因为由于社会的背景，一般群众，青年有了这样的要求。当从广东开始北伐的时候，一般积极的青年都跑到实际工作去了，那时还没有什么显著的革命文学运动，到了政治环境突然改变，革命遭了挫折，阶级的分化非常显明，国民党以"清党"之名，大戮共产党及革命群众，而死剩的青年们再入于被迫压的境遇，于是革命文学在上海这才有了强烈的活动。所以这革命文学的旺盛起来，在表面上和别国不同，并非由于革命的高扬，而是因为革命的挫折；虽然其中也有些是旧文人解下指挥刀来重理笔墨的旧业，有些是几个青年被从实际工作排出，只好借此谋生，但因为实在具有社会的基础，所以在新份子里，是很有极坚实正确的人存在的。但那时的革命文学运动，据我的意见，是未经好好的计划，很有些错误之处的。例如，第一，他们对于中国社会，未曾加以细密的分析，便将在苏维埃政权之下才能运用的方法，来机械的地运用了。再则他们，尤其是成仿吾先生，将革命使一般人理解为非常可怕的事，摆着一种极左倾的凶恶的面貌，好似革命一到，一切非革命者就都得死，令人对革命只抱着恐怖。其实革命是并非教人死而是教人活的。这种令人"知道点革命的厉害"，只图自己说得畅快的态度，也还是中了才子＋流氓的毒。

激烈得快的，也平和得快，甚至于也颓废得快。倘在文人，他总有一番辩护自己的变化的理由，引经据典。譬如说，要人帮忙时候用克鲁巴金的互助论，要和人争闹的时候就用达尔文的生存竞争说。无论古今，凡是没有一定的理论，或主张的变化并无线索可寻，而随时拿了各种各派的理论来作武器的人，都可以称之为流氓。例如上海的流氓，看见一男一女的乡下人在走路，他就说，"喂，你们这样子，有伤风化，你们犯了法了！"他用的是中国法。倘看见一个乡下人在路旁小便呢，他就说，"喂，这是不准的，你犯了法，该捉到捕房去！"这时所用的又是外国法。但结果是无所谓法不法，只要被他敲去了几个钱就都完事。

在中国，去年的革命文学者和前年很有点不同了。这固然由于境遇的改变，但有些"革命文学者"的本身里，还藏着容易犯到的病根。"革命"和"文学"，若断若续，好像两只靠近的船，一只是"革命"，一只是"文学"，而作者的每一只脚就站在每一只船上面。当环境较好的时候，作者就在革命这一只船上踏得重一点，分明是革命者，待到革命一被压迫，则在文学的船上踏得重一点，他变了不过是文学家了。所以前年的主张十分激烈，以为凡非革命文学，统得扫荡的人，去年却记得了列宁爱看冈却罗夫（I. A. Gontcharov）的作品的故事，觉得非革命文学，意义倒也十分深长；还有最彻底的革命文学家叶灵凤先生，他描写革命家，彻底到每次上茅厕时候都用我的《呐喊》去揩屁股，现在却竟会莫名其妙的跟在所谓民族主义文学家屁股后面了。

类似的例，还可以举出向培良先生来。在革命渐渐高扬的时候，他是很革命的；他在先前，还曾经说，青年人不但嗥叫，还要露出狼牙来。这自然也不坏，但也应该小心，因为狼是狗的祖宗，一到被人驯服的时候，是就要变而为狗的。向培良先生现在在提倡人类的艺术了，他反对有阶级的艺术的存在，而在人类中分出好人和坏人来，这艺术是"好坏斗争"的武器。狗也是将人分为两种的，豢养它的主人之类是好人，别的穷人和乞丐在它的眼里就是坏人，不是叫，便是咬。然而这也还不算坏，因为究竟还有一点野性，如果再一变而为吧儿狗，好像不管闲事，而其实在给主子尽职，那就正如现在的自称不问俗事的为艺术而艺术的名人们一样，只好去点缀大学教室了。

这样的翻着筋斗的小资产阶级，即使是在做革命文学家，写着革命文学的时候，也最容易将革命写歪；写歪了，反于革命有害，所以他们的转变，是毫不足惜的。当革命文学的运动勃兴时，许多小资产阶级的文学家忽然变过来了，那时用来解释这现象的，是突变之说。但我们知道，所谓突变者，是说 A 要变 B，几个条件已经完备，而独缺其一的时候，这一个条件一出现，于是就变成了 B。譬如水的结冰，温度须到零点，同时又须有空气的振动，倘没有这，则即便到了零点，也还是不结冰，这时空气一振动，这才突变而为冰了。所以外面虽然好像突变，其实是并非突然的事。倘没有应具的条件的，那就是即使自说已变，实际上却并没有变，所以有些忽然一天晚上自称突变过来的小资产阶级革命文学家，不久就又突变回去了。

去年左翼作家联盟在上海的成立，是一件重要的事实。因为这时已经输入了蒲力汗诺夫，卢那卡尔斯基等的理论，给大家能够互相切磋，更加坚实而有力，但也正因为更加坚实而有力了，就受到世界上古今所少有的压迫和摧残，因为有了这样的压迫和摧残，就使那时以为左翼文学将大出风头，作家就要吃劳动者供献上来的黄油面包了的所谓革命文学家立刻现出原形，有的写悔过书，有的是反转来攻击左联，以显出他今年的见识又进了一步。这虽然并非左联直接的自动，然而也是一种扫荡，这些作者，是无论变与不变，总写不出好的作品来的。

但现存的左翼作家，能写出好的无产阶级文学来么？我想，也很难。这是因为现在的左翼作家还都是读书人——智识阶级，他们要写出革命的实际来，是很不容易的缘故。日本的厨川白村（H. Kuriyagawa）曾经提出过一个问题，说：作家之所描写，必得是自己经验过的么？他自答道，不必，因为他能够体察。所以要写偷，他不必亲自去做贼，要写通奸，他不必亲自去私通。但我以为这是因为作家生长在旧社会里，熟悉了旧社会的情形，看惯了旧社会的人物的缘故，所以他能够体察；对于和他向来没有关系的无产阶级的情形和人物，他就会无能，或者弄成错误的描写了。所以革命文学家，至少是必须和革命共同着生命，或深切地感受着革命的脉搏的。（最近左联的提出了"作家的无产阶级化"的口号，就是对于这一点的很正确的理解。）

在现在中国这样的社会中，最容易希望出现的，是反叛的小资产阶级的反抗的，或暴露的作品。因为他生长在这正在灭亡着的阶级中，所以他有甚深的了解，甚大的憎恶，而向这刺下去的刀也最为致命与有力。固然，有些貌似革命的作品，也并非要将本阶级或资产阶级推翻，倒在憎恨或失望于他们的不能改良，不能较长久的保持地位，所以从无产阶级的见地看来，不过是"兄弟阋于墙"，两方一样是敌对。但是，那结果，却也能在革命的潮流中，成为一粒泡沫的。对于这些的作品，我以为实在无须称之为无产阶级文学，作者也无须为了将来的名誉起见，自称为无产阶级的作家的。

但是，虽是仅仅攻击旧社会的作品，倘若知不清缺点，看不透病根，也就于革命有害，但可惜的是现在的作家，连革命的作家和批评家，也往往不能，或不敢正视现社会，知道它的底细，尤其是认为敌人的底细。随手举一个例罢，先前的《列宁青年》上，有一篇评论中国文学界的文章，将这分为三派，首先是创造社，作为无产阶级文学派，讲得很长，其次是语丝社，作为小资产阶级文学派，可就说得短了，第三是新月社，作为资产阶级文学派，却说得更短，到不了一页。这就在表明：这位青年批评家对于愈认为敌人的，就愈是无话可说，也就是愈没有细看。自然，我们看书，倘看反对的东西，总不如看同派的东西的舒服，爽快，有益；但倘是一个战斗者，我以为，在了解革命和敌人上，倒是必须更多的去解剖当面的敌人的。要写文学作品也一样，不但应该知道革命的实际，也必须深知敌人的情形，现在的各方面的状况，再去断定革命的前途。惟有明白旧的，看到新的，了解过去，推断将来，我们的文学的发展才有希望。我想，这是在现在环境下的作家，只要努力，还可以做得到的。

在现在，如先前所说，文艺是在受着少有的压迫与摧残，广泛地现出了饥馑状态。文艺不但是革命的，连那略带些不平色彩的，不但是指摘现状的，连那些攻击旧来积弊的，也往往就受迫害。这情形，即在说明至今为止的统治阶级的革命，不过是争夺一把旧椅子。去推的时候，好像这椅子很可恨，一夺到手，就又觉得是宝贝了，而同时也自觉了自己正和这"旧的"一气。二十多年前，都说朱元璋（明太祖）是民族的革命者，其实是并不然的，他做了皇帝以后，称蒙古朝为"大元"，杀汉人比蒙古人还利害。奴才做了主人，是决不肯废去"老爷"的称呼的，他的摆架子，恐怕比他的主人还十足，还可笑。这正如上海的工人赚了几文钱，开起小小的工厂来，对付工人反而凶到绝顶一样。

在一部旧的笔记小说——我忘了它的书名了——上，曾经载有一个故事，说明朝有一个武官叫说书人讲故事，他便对他讲檀道济——晋朝的一个将军，讲完之后，那武官就吩咐打说书人一顿，人问他什么缘故，他说道："他既然对我讲檀道济，那么，对檀道济是一定去讲我的了。"现在的统治者也神经衰弱像这武官一样，什么他都怕，因而在出版界上也布置了比先前更进步的流氓，令人看不出流氓的形式而却用着更厉害的流氓手段：用广告，用诬陷，用恐吓；甚至于有几个文学者还拜了流氓做老子，以图得到安稳和利益。因此革命的文学者，就不但应该留心迎面的敌人，还必须防备自己一面的三翻四复的暗探了，较之简单地用着文艺的斗争，就非常费力，而因此也就影响到文艺上面来。

现在上海虽然还出版着一大堆的所谓文艺杂志，其实却等于空虚。以营业为目的的书店所出的东西，因为怕遭殃，就竭力选些不关痛痒的文章，如说"命固不可以不革，而亦不可以太革"之类，那特色是在令人从头看到末尾，终于等于不看。至于官办的，或对官场去凑趣的杂志呢，作者又都是乌合之众，共同的目的只在捞几文稿费，什么"英国维多利亚朝的文学"呀；"论刘易士得到诺贝尔奖金"呀，连自己也并不相信所发的议论，连自己也并不看重所做的文章。所以，我说，现在上海所出的文艺杂志都等于空虚，革命者的文艺固然被压迫了，而压迫者所办的文艺杂志上也没有什么文艺可见。然而，压迫者当真没有文艺么？有是有的，不过并非这些，而是通电，告示，新闻，民族主义的"文学"，法官的判词等。例如前几天，《申报》上就记着一个女人控诉她的丈夫强迫鸡奸并殴打得皮肤上成了青伤的事，而法官的判词却道，法律上并无禁止丈夫鸡奸妻子的明文，而皮肤打得发青，也并不算毁损了生理的机能，所以那控诉就不能成立。现在是那男人反在控诉他的女人的"诬告"了。法律我不知道，至于生理学，却学过一点，皮肤被打得发青，肺，肝，或肠胃的生理的机能固然不至于毁损，然而发青之处的皮肤的生理的机能却是毁损了的。这在中国的现在，虽然常常遇见，不算什么稀奇事，但我以为这就已经能够很明白的知道社会上的一部分现象，胜于一篇平凡的小说或长诗了。

除以上所说之外，那所谓民族主义文学，和闹得已经很久了的武侠小说之类，是也还应该详细解剖的。但现在时间已经不够，只得待将来有机会再讲了。今天就这样为止罢。

帮忙文学与帮闲文学

——一九三二年在北京大学第二院讲

　　我四五年未到这边，对于这边情形，不甚熟悉；我在上海的情形，也非诸君所知。所以今天还是讲帮闲文学与帮忙文学。

　　这当怎么讲？从五四运动后，新文学家很提倡小说；其故由当时提倡新文学的人看见西洋文学中小说地位甚高，和诗歌相仿佛；所以弄得像不看小说就不是人似的。但依我们中国的老眼睛看起来，小说是给人消闲的，是为酒余茶后之用。因为饭吃得饱饱的，茶喝得饱饱的，闲起来也实在是苦极的事，那时候又没有跳舞场；明末清初的时候，一份人家必有帮闲的东西存在的。那些会念书会下棋会画画的人，陪主人念念书，下下棋，画几笔画；这叫做帮闲，也就是篾片！所以帮闲文学又名篾片文学。小说就做着篾片的职务。汉武帝时候，只有司马相如不高兴这样，常常装病不出去。至于究竟为什么装病，我可不知道。倘说他反对皇帝是为了卢布，我想大概是不会的，因为那个时候还没有卢布。大凡要亡国的时候，皇帝无事，臣子谈谈女人，谈谈酒，像六朝的南朝；开国的时候，这些人便做诏令，做敕，做宣言，做电报，——做所谓皇皇大文。主人一到第二代就不忙了，于是臣子就帮闲。所以帮闲文学实在就是帮忙文学。

　　中国文学从我看起来，可以分为两大类：（一）廊庙文学，这就是已经走进主人家中，非帮主人的忙，就得帮主人的闲；与这相对的是（二）山林文学。唐诗即有此二种。如果用现代话讲起来，是"在朝"和"下野"。后面这一种虽然暂时无忙可帮，无闲可帮，但身在山林，而"心存魏阙"。如果既不能帮忙，又不能帮闲，那么，心里就甚是悲哀了。

　　中国是隐士和官僚最接近的。那时很有被聘的希望，一被聘，即谓之征君；开当铺，卖糖葫芦是不会被征的。我曾经听说有人做世界文学史，称中国文学为官僚文学。看起来实在也不错。一方面固然由于文字难，一般人受教育少，不能做文章，但在另一方面看起来，中国文学和官僚也实在接近。

现在大概也如此。惟方法巧妙得多了，竟至于看不出来。今日文学最巧妙的有所谓为艺术而艺术派。这一派在五四运动时代，确是革命的，因为当时是向"文以载道"说进攻的，但是现在却连反抗性都没有了。不但没有反抗性，而且压制新文学之发生。对社会不敢批评，也不能反抗，若反抗，便说对不起艺术。故也变成帮忙柏勒思（plus）① 帮闲。为艺术而艺术派对俗事是不问的，但对于俗事如主张为人生而艺术的人是反对的，例如现代评论派，他们反对骂人，但有人骂他们，他们也是要骂的。他们骂骂人的人，正如杀杀人的一样——他们是刽子手。

这种帮忙和帮闲的情形是长久的。我并不劝人立刻把中国的文物都抛弃了，因为不看这些，就没有东西看；不帮忙也不帮闲的文学真也太不多。现在做文章的人们几乎都是帮闲帮忙的人物。有人说文学家是很高尚的，我却不相信与吃饭问题无关，不过我又以为文学与吃饭问题有关也不打紧，只要能比较的不帮忙不帮闲就好。

帮忙文学与帮闲文学

---

① **柏勒思** 英语，"加"的意思。

今春的两种感想

——一九三二年十一月二十二日
在北平辅仁大学讲

　　我是上星期到北平的，论理应当带点礼物送给青年诸位，不过因为奔忙匆匆未顾得及，同时也没有什么可带的。

　　我近来是在上海，上海与北平不同，在上海所感到的，在北平未必感到。今天又没豫备什么，就随便谈谈吧。

　　昨年东北事变①详情我一点不知道，想来上海事变②诸位一定也不甚了然。就是同在上海也是彼此不知，这里死命的逃死，那里则打牌的仍旧打牌，跳舞的仍旧跳舞。

　　打起来的时候，我是正在所谓火线里面，亲遇见捉去许多中国青年。捉去了就不见回来，是生是死也没人知道，也没人打听，这种情形是由来已久了，在中国被捉去的青年素来是不知下落的。东北事起，上海有许多抗日团体，有一种团体就有一种徽章。这种徽章，如被日军发现死是很难免的。然而中国青年的记性确是不好，如抗日十人团，一团十人，每人有一个徽章，可是并不一定抗日，不过把它放在袋里。但被捉去后这就是死的证据。还有学生军们，以前是天天练操，不久就无形中不练了，只有军装的照片存在，并且把操衣放在家中，自己也忘却了。然而一被日军查出时是又必定要送命的。像这一般青年被杀，大家大为不平，以为日人太残酷。其实这完全是因为脾气不同的缘故，日人太认真，而中国人却太不认真。中国的事情往往是招牌一挂就算成功了。日本则不然。他们不像中国这样只是作戏似的。日本人一看见有徽章，有操衣的，便以为他们一定是真在抗日的人，当然要认为是劲敌。这样

---

　　① 东北事变　指 1931 年九·一八事变。
　　② 上海事变　指 1932 年一·二八事变。

不认真的同认真的碰在一起，倒霉是必然的。

中国实在是太不认真，什么全是一样。文学上所见的常有新主义，以前有所谓民族主义的文学也者，闹得很热闹，可是自从日本兵一来，马上就不见了。我想大概是变成为艺术而艺术了吧。中国的政客，也是今天谈财政，明日谈照像，后天又谈交通，最后又忽然念起佛来了。外国不然。以前欧洲有所谓未来派艺术。未来派的艺术是看不懂的东西。但看不懂也并非一定是看者知识太浅，实在是它根本上就看不懂。文章本来有两种：一种是看得懂的，一种是看不懂的。假若你看不懂就自恨浅薄，那就是上当了。不过人家是不管看懂与不懂的——看不懂如未来派的文学，虽然看不懂，作者却是拚命的，很认真的在那里讲。但是中国就找不出这样例子。

还有感到的一点是我们的眼光不可不放大，但不可放的太大。

我那时看见日本兵不打了，就搬了回去，但忽然又紧张起来了。后来打听才知道是因为中国放鞭炮引起的。那天因为是月蚀，故大家放鞭炮来救她。在日本人意中以为在这样的时光，中国人一定全忙于救中国抑救上海，万想不到中国人却救的那样远，去救月亮去了。

我们常将眼光收得极近，只在自身，或者放得极远，到北极，或到天外，而这两者之间的一圈可是绝不注意的，譬如食物吧，近来馆子里是比较干净了，这是受了外国影响之故，以前不是这样。例如某家烧卖好，包子好，好的确是好，非常好吃，但盘子是极污秽的，去吃的人看不得盘子，只要专注在吃的包子烧卖就是，倘使你要注意到食物之外的一圈，那就非常为难了。

在中国做人，真非这样不成，不然就活不下去。例如倘使你讲个人主义，或者远而至于宇宙哲学，灵魂灭否，那是不要紧的。但一讲社会问题，可就要出毛病了。北平或者还好，如在上海则一讲社会问题，那就非出毛病不可，这是有验的灵药，常常有无数青年被捉去而无下落了。

在文学上也是如此。倘写所谓身边小说，说苦痛呵，穷呵，我爱女人而女人不爱我呵，那是很妥当的，不会出什么乱子。如要一谈及中国社会，谈及压迫与被压迫，那就不成。不过你如果再远一点，说什么巴黎伦敦，再远些，月界，天边，可又没有危险了。但有一层要注意，俄国谈不得。

上海的事又要一年了，大家好似早已忘掉了，打牌的仍旧打牌，跳舞的仍旧跳舞。不过忘只好忘，全记起来恐怕脑中也放不下。倘使只记着这些，其他事也没工夫记起了。不过也可以记一个总纲。如"认真点"，"眼光不可不放大但不可放的太大"，就是。这本是两句平常话，但我的确知道了这两句话，是在死了许多性命之后。许多历史的教训，都是用极大的牺牲换来的。譬如吃东西罢，某种是毒物不能吃，我们好像全惯了，很平常了。不过，这一定是以前有多少人吃死了，才知道的。所以我想，第一次吃螃蟹的人是很可佩服的，不是勇士谁敢去吃它呢？螃蟹有人吃，蜘蛛一定也有人吃过，不过不好吃，所以后人不吃了。像这种人我们当极端感谢的。

我希望一般人不要只注意在近身的问题，或地球以外的问题，社会上实际问题是也要注意些才好。

附　　录

《野草》英文译本序

冯 Y. S. ① 先生由他的友人给我看《野草》的英文译本，并且要我说几句话，可惜我不懂英文，只能自己说几句。但我希望，译者将不嫌我只做了他所希望的一半的。

这二十多篇小品，如每篇末尾所注，是一九二四至二六年在北京所作，陆续发表于期刊《语丝》上的。大抵仅仅是随时的小感想。因为那时难于直说，所以有时措辞就很含糊了。

现在举几个例罢。因为讽刺当时盛行的失恋诗，作《我的失恋》，因为憎恶社会上旁观者之多，作《复仇》第一篇，又因为惊异于青年之消沉，作《希望》。《这样的战士》，是有感于文人学士们帮助军阀而作。《腊叶》，是为爱我者的想要保存我而作的。段祺瑞政府枪击徒手民众后，作《淡淡的血痕中》，其时我已避居别处②；奉天派和直隶派军阀战争③的时候，作《一觉》，此后我就不能住在北京了。

所以，这也可以说，大半是废弛的地狱边沿的惨白色小花，当然不会美丽。但这地狱也必须失掉。这是由几个有雄辩和辣手，而那时还未得志的英雄们的脸色和语气所告诉我的。我于是作《失掉的好地狱》。

后来，我不再作这样的东西了。日在变化的时代，已不许这样的文章，甚而至于这样的感想存在。我想，这也许倒是好的罢。为译本而作的序言，也应该在这里结束了。

十一月五日

（本篇 1932 年 10 月收入《二心集》，此前未曾发表）

---

① **冯 Y. S.** 指《野草》的英文本译者冯余声，广东人，当时的"左联"成员。

② **避居别处** 1926 年"三一八"惨案后，鲁迅在友人敦促下，从该月下旬起先后在山本医院、德国医院和法国医院等处避居。历时一个多月。

③ **奉天派和直隶派军阀的战争** 指 1926 年春夏之间冯玉祥的国民军与奉系张作霖、李景林的军队在京、津间的战争。